천공의 연 1

지은이_조레진 | 초판 1쇄 인쇄_2009년 3월 26일 | 초판 1쇄 발행_2009년 4월 3일 | 발행처
_도서출판 청어람 | 발행인_서경석 | 편집장_문혜영 | 편집_유경화, 조수희 | 주소_경기도 부천
시 원미구 심곡2동 163-2 서경B/D 3F | 등록_1999년 5월 31일(제1081-1-89호) | 문의전
화_032)656-4452 | 팩스_032)656-4453 | http://www.chungeoram.com | 전자우편
_eoram99@chollian.net | 어람번호_8-0014 | 파본은 구입하신 서점에서 교환하여 드립니
다. 저자와 협의하여 인지를 붙이지 않습니다. 책값은 뒤에 있습니다.

ISBN 978-89-251-1737-9 04810
ISBN 978-89-251-1736-2 (SET)

천공의 연 1

조례진 지음

울지 마.

네가 울면 나도 아파. 하늘이 울면 달도 흐려지며 아파하듯이……

천웅(天公). 하늘에서 관직을 받은 자.

'변치 않는 남원'에서만 태어나는 고대의 천능을 계승한 자들.

그런 우리에게 진정으로 쉴 곳은 없었다.

그러나 우리는 대해를 건너, 창공을 넘어 서로에게 닿았다.

도서출판
청어람

서막 제1장

세-이든 제국력 4101년.

불규칙하게 토해져 나오는 숨이 마치 불타는 것만 같았다. 끝없이 달려온 폐는 터질 것 같았고, 한계를 넘어선 팔과 다리는 아예 감각이 느껴지지 않았다. 질척한 진흙탕은 망자(亡者)처럼 발길을 옭아매 왔다. 그럼에도 그녀는 달리고 있었다, 습윤한 암흑이 내려앉아 마치 마계(魔界)로 통하는 입구인 양 깊고 어두운 숲속을.

「이건 꿈일 거야……. 이건 꿈이야…….」

정신없이 되뇌어 보았지만, 뒤에서 들려오는 추격자들의 발소리는 먹이를 쫓는 허기진 짐승처럼 끊이지 않고 따라오고 있었다.

「저쪽이다! 쫓아라!」

숲의 안식을 방해하는 침입자들의 시끄러운 고함 소리, 그들이 들고 있는 횃불이 퍼뜨리는 매캐한 연기, 철컥철컥 울려 퍼지는 소름 끼치는 쇳소리. 지진처럼 땅을 울리는 그들의 발소리만큼이나 심장이 쿵덕쿵덕 매섭게 뛰었다.

사실 더 이상 살아갈 이유가 없었다. 목숨만큼 귀히 여기던 연인을 잃고 더러운 개처럼 쫓기게 된 마당에 이 부질없는 목숨을 연명해서 무슨 부귀영화를 누릴까. 하지만 그녀는 멈출 수 없었다. 무언가가 그녀를 끊임없이 채찍질하고 있기 때문에. 제발 멈추지 말라고. 살아달라고.

「우욱! 흐윽! 흑!」

그녀는 억장이 무너지는 듯한 오열을 토해내면서도 달렸다. 그러나 어디로 가야 할지 갈피를 잡지 못하고 무작정 달리기만 했기 때문일까. 어느새 숲의 끝에 도달해 있었다.

아무 생각 없이 성마르게 덤불을 헤치고 지나간 순간, 그녀는 '헉!' 소리를 내지르며 멈춰 섰다. 동시에 전신을 후려치는 강한 바닷바람이 불어와 몸이 쓸려 나갈 듯하자, 그녀는 본능적으로 얼른 두어 걸음 물러섰다. 그러나 눈까지 시리게 만드는 매서운 바람은 조금도 잦아들지 않았다.

팔로 얼굴을 가린 채 주저주저 앞을 바라보자, 심장이 멎을 만큼 장대한 풍경이 펼쳐졌다. 수평선이 보이지도 않을 만큼 까맣게 드리워진 밤바다. 그리고 바로 몇 발자국 앞은 까마득한 단애(斷崖).

꿀꺽, 굵은 침이 목을 타고 넘어갔다. 실수로 몇 발자국만 더 내딛었다면 속수무책으로 저 사나운 파도의 먹잇감이 되었으리라. 그리고 절벽 끝에 부딪혀 장렬한 포말을 토해내는 파도는 예리한 이빨을 드러내고 여린 육체를 아득아득 씹어 삼켰겠지.

거의 발악하듯이 불어닥치는 바닷바람은 마치 검 같아서, 보호막 하나 없이 헤쳐 드러내진 피부를 잔인하게 난도질했다. 그녀는 둔기 같기도 하고, 흉기 같기도 한 바닷바람을 정면으로 맞으며 멍하니 생각했다.

밤바다의 냄새는 어쩐지 피 냄새와 비슷하구나…….

잠시 멍해져서 상황과 어울리지 않게 태평한 생각을 하고 있을 때였다.

「저기다! 저기 있다!」

금세 그녀를 발견한 추격자들이 목청껏 외치는 소리가 고막을 헤쳤다. 그녀는 머리가 아뜩해질 만큼 높은 단애의 아래를 내려다보았다. 절벽의 밑동에 부딪혔다가 사그라지는 파도가 격렬한 손짓을 하고 있었다.

이리 와.

편해질 거야.

그녀는 목에서 잘그락잘그락 흔들리는 두 개의 목걸이를 뜯어낼 듯이 와락, 움켜쥐었다.

「잡았……!」

덤불을 헤치고 나온 침입자들이 무어라 할 틈도 주지 않았다. 그녀는 그들을 돌아보지도 않고 한 치의 주저도 없이, 그녀의 아름다운 육체를 탐내고 있는 검은 괴물의 입속으로 몸을 던졌다.

「저, 저런! 미, 미친……!」

침입자들은 얼른 단애 아래를 내려다보았다. 마침 푸웅덩! 하는 소란스러운 물소리가 울리며 높은 파도가 처얼썩! 맹렬하게 허공을 때렸다. 그리고 다시 수면으로 돌아가 무심히 몰아치는 파도의 향연에 섞여들었다. 혹시라도 떠오를까 싶어 한참을 내려다봤지만, 새까만 수면에 삼켜진 붉은 머리칼은 다시 떠오르지 않았다. 그저 포식한 검은 괴물이 깔깔거리며 웃듯 소름 끼치는 파도 소리를 퍼뜨릴 뿐이었다.

물속은 마치 심연(深淵)과 같았다. 아무런 소리도 없고, 아무런 색깔도 없고, 아무런 냄새도 없고, 아무런 고통도 없었다. 마치 양수 속에 누운 태아일 적에 느꼈던 것 같은 안락함. 빈틈없이 몸을 감싸 안는 심해에 서서히 의식이 몽롱해져 갔다.

점차 흐려지는 시야에 표류하는 판자처럼 멀거니 떠 있는 자신의 팔이 보였다. 새까만 물에 대비되는 새하얀 팔은 마치 시체의 것처럼 지독히도 창백했다. 시간이 느려진 것처럼 주변에 일렁일렁 떠다니는 붉은 머리카락은 낭자한 피 같았다. 하지만 이카란은 곧 다가올 안락을 갈구하듯 눈꺼풀을 내리감았다.

'이렇게 끝이 나는구나…….'

열여섯 살, 하고 싶은 것도 많고 가보고 싶은 곳도 많았던 어린 나이에 신의 품에 귀의해 신녀가 되었다. 아기일 때 신전 앞에 버려져 그곳에서 허드렛일을 하며 커온 그녀에게는 다른 선택이 없었다.

신을 상징하는 화롯불 앞에 나서 순결서원을 외치고 평생 당신의 신부로 살겠노라, 맹세했다. 그때는 그럴 수 있을 거라 생각했다. 그런데 여인에겐 한없이 늦은 해, 우연히 한 남자를 만나 속절없이 사랑에 빠져들고 말았다. 평생 처녀로 살아야 하는 신의 신부에게는 절대 허락되지 않는 연정이었는데도, 멈출 수가 없었다. 이대로 세상이 멸망해도 좋으니 세상이 끝나는 그 순간까지 함께하게 해달라고, 신의 분노를 살 만한 말을 감히 내뱉고 말았다.

그럼에도 그 사람을 만난 후로는 그 무엇과도 바꿀 수 없는 행복으로 충만한 나날이었다. 그는 자신을 사랑했고, 자신은 그를 사랑해 문득문득 두려워질 만큼 행복했다. 그래서 어리석게도, 그런 행복이 영속될 거라 믿었다. 그러나 신의 분노는 그들이 함께하도록 내버려 두지 않았다. 자신만 아니었다면 무탈했을 그 고운 사람은 사형대에 목 매달렸고, 자신은 더러운 짐승처럼 쫓기다 시신조차 찾을 수 없는 바다에 투신했다. 하지만 괜찮았다. 그의 곁으로만 갈 수 있다면.

모든 게 끝났음을 직감하고 스르륵 몸에 힘을 뺐을 때였다.

펄떡!

가슴, 아니, 뱃속에서 무언가가 태동했다. 아무런 소리도 없는 암흑 같은 공간에서 유일하게 울리는 소리였기에 이카란은 번뜩 눈을 뜨고 말았다. 하지만 여전히 그녀를 깊숙이 집어삼키고 있는 새까만 심연밖에 보이지 않았다.

'무슨……'

그 순간이었다.

쿠웅!

바닷물에 자르르 진동이 일 정도로 강한 박동이 그녀에게서 퍼져 나갔다. 그녀의 동공이 최대치로 팽창되었다.

쿠웅!

묵직한 둔기로 땅을 내려치는 듯한 파동이 다시 한 번 그녀에게서 퍼져 나가 새까만 심연 속에 충격파를 퍼뜨렸다. 그 기묘한 장면에 이카란은 번뜩 자신의 배를 내려다보았다. 분명 자신의 배를 중심으로 파동이 퍼져 나가고 있었다. 그러나 불가사의한 힘의 정체를 알기도 전, 내리 깔리는 베일처럼 낮게 가라앉아 가던 바닷속에 변화가 일었다.

쿠웅! 쿠웅!

누군가가 바다에 대고 북을 치는 것처럼 강한 박동이 연속적으로 퍼져 나가더니, 길이 열리기 시작했다.

콰아아…… 콰아아…….

바닷물이 마치 살아 있는 유기체처럼 소용돌이치며 그녀의 몸을 끌어올렸다. 이카란은 본능에 이끌려 필사적으로 팔다리를 내저었다. 대체 왜 이런 이상한 일이 일어나는지 도무지 알 수 없었지만 그 순간에는 살아나야 한다는 생각밖에 들지 않았다.

콰아아아악!

「헉! 허억! 코, 콜록! 콜록콜록!」

수면 위로 솟아오른 이카란은 격렬하게 기침을 토해냈다. 한참을 콜록거린 후에야 가슴과 뱃속을 둔중하게 누르던 수압이 사라졌다. 그제야 이카란은 패닉에 빠져 실성한 여자처럼 정신없이 주변을 둘러보았다.

피부에 오도도 소름이 돋을 만큼 차가운 바람과 폐 속으로 밀고 들어오는 공기. 그리고 아무 인기척도 없이 괴괴하게 가라앉아 있는 강가.

「세상에……!」

이카란은 왈칵 입을 막으며 숨길 수 없는 경악을 토해냈다.

이럴 수가! 인간이라면 그 누구도 살아남을 수 없는 단애에서 몸을 던졌는데, 자신은 살아 있었다! 그것도 상처는커녕 타박상도 없이, 온전한 모습 그대로!

「대, 대체 어떻게…….」

공황 상태에 빠진 이카란은 강가에 주저앉은 채 경기라도 일으킬 것처럼 파르르 어깨를 떨었다. 믿을 수가 없었다. 믿을 수 없지만, 분명히 바닷물이 그녀를 구해냈다. 살아 있는 생명체도 아닐진대 멋대로 소용돌이치며 그녀를 끌어올려 어디인지 알 수 없는 강가에 올려두었다. 마치 지금 죽으면 안 된다고 말하는 것처럼.

상식적으로 도저히 이해되지 않는 일에 자신이 쫓기고 있다는 것도 잊고 망연자실하게 앉아 있을 때였다.

타다닥! 타다다닥!

이쪽으로 뛰어오는 발걸음 소리가 들려왔다. 이카란은 쇠꼬챙이에 뚫린 짐승처럼 흠칫 몸을 굳혔다. 설마 추격자들이? 하지만 뛰어오는 발걸음 소리는 하나뿐이었고, 너무 가벼웠다. 마치…… 그래, 어린아이가 뛰어오는 것처럼. 그렇지만 이런 곳에 아이가 있을 리…….

「……!」

생각을 끝마치기도 전, 숲의 무성한 덤불을 헤치고 작고 까만 인영 하나가 튀어나왔다. 이카란은 크게 놀라고 말았다.

어린아이였다.

그것도 다섯 살이나 되었을까 한 작은 아이.

부모가 없으면 문밖으로 나가지도 못할 것 같은 어린아이가 혼자 나타나, 주저앉아 있는 이카란을 물끄러미 내려다보았다. 이런 어둠 속에서도 선명하게 보이는 새빨간 눈동자가 번득거리며 기괴한 광채를 발했다.

소름이 끼쳤다.

지옥에서 타오르는 염화(炎火)의 불길이 저러할까. 아이의 적안(赤眼)은 불길해 보이기까지 할 정도로 붉디붉었다. 게다가 뛰어오느라 어지럽혀진 긴 머리카락은 한밤중의 어둠보다 순도가 높은 흑색이었다. 흡사 어둠을 정제해서 뽑아낸 것처럼.

그 절묘한 색의 조화에 어우러지는 압도적인 존재감이 마치 음울한 숲 속에서 먹이를 노리며 숨어 있는 야수 같았다. 고작 어린 아이일 뿐인데도. 무엇보다 그 나이에도 가히 경국지색이라 할 만한 외모에 저도 모르게 숨이 들이 삼켜졌다. 그래서 한순간 여자아이라고 생각했지만, 휘몰아치는 것처럼 이글거리는 붉은 눈은 지독히도 남성적이었다.

「너……」

아이가 입을 열었다.

「뱃속에 뭘 가지고 있지?」

아이의 당연한 하대는 그다지 놀랍지 않았다. 척 봐도 압도적인 지배자의 풍채가 느껴지기 때문이었다. 덕분에 잠시 넋을 놓고 있다가 조금 뒤에야 그의 질문을 이해한 이카란은 휙 자신의 배를 내려다보았다. 배는 물에 젖은 옷에 휘감겨 있을 뿐, 여전히 납작하고 판판했다.

「아무것도……」

무의식중에 대답하던 이카란은 섬광처럼 스치는 생각에 흡, 말을 멈추었다. 그리고 뱃속에 있는 무언가를 보호하려는 것처럼 빠르게 배를 감싸 안았다.

어째서인지는 모르겠지만, 그녀는 직감할 수 있었다. 이곳에 그의 아이가 있다는 것을.

여태까지는 임신에 대한 징조도 없었고 한가롭게 생각이란 걸

할 만한 때가 아니었기 때문에 전혀 짐작조차 못했지만, 확신할 수 있었다. 아이가, 신을 배신하고서라도 함께하고자 했던 연인의 아이가 이곳에 둥지를 틀었다고.

이카란은 배를 감싸 안은 채 떨리는 눈으로 적안의 아이를 올려다보았다.

「어떻게…….」

자신이 임신을 직감한 것은 충분히 있을 수 있는 일이지만, 오늘 처음 보는 생면부지의 어린아이가 도대체 어떻게? 아니, 그는 자신보다도 먼저 이곳에 아이가 있음을 알았다. 도저히 있을 수 없는 일이었다.

「네 뱃속에 있는 것이 날 불렀다.」

아이는 손바닥으로 자신의 심장 부근을 짚었다. 그리고 어쩐지 울어버릴 것 같기도, 몹시 고통스러운 것 같기도 한 얼굴로 말했다.

「심장이 터질 것 같아서, 당장 뛰어가지 않으면 정말 죽을 것만 같아서 미친 듯이 달렸다. 무엇이 날 부르는지도 모르고. 그런데 닿아보니…… 네 뱃속에 있는 것이 나를 부른 거였어.」

이카란은 굵은 침을 삼켰다.

「제, 제 뱃속에 있는 것은…… 아이입니다.」

아이의 신분이 무엇인지는 알 수 없지만 몸에 걸치고 있는 것으로 보나 어린 몸에서 배어나는 기품으로 보나 보통 신분은 아닌 듯했기에 절로 존대가 나왔다.

「아이?」

「예, 저나…… 당신과 같은 생명…….」

아이가 무어라 말하려고 입을 연 찰나, 어디선가 웅성웅성 시

끄러운 소리가 들리더니 이쪽으로 다가오는 수많은 발걸음 소리
가 고요한 밤공기를 때렸다. 이카란은 추격자들일 거라는 생각에
얼굴색이 주검처럼 해쓱하게 질렸다. 하지만 여기저기 들쑤시며
무언가를 찾고 있는 듯한 사람들은 뜻밖의 이름을 외쳤다.

「전하! 전하!」

「자네들은 도대체 생각이 있는 건가! 전하께서 홀로 나가시는
데도 알지 못했다니!」

이카란은 번뜩 아이를 돌아보았다.

불길해 보일 정도로 선명한 붉은색 눈동자. 고귀한 흑발. 고급
스러운 옷차림. 전하라는 호칭. 남들은 이해하기 힘든 독특한 언
행. 광기(狂氣)와 비슷한 기운. 이 모든 것을 조합해 봤을 때, 나오
는 결론은 단 한 가지뿐이었다.

아니, 굳이 그런 것들을 따져 보지 않아도 이카란은 이 아이가
누군지 알 수 있었다. 지금에야 떠올랐지만 분명히 본 적이 있었
다. 제국의 가장 큰 명절인 군신절, 자카르단. 해마다 황궁에서
열리는 기념행사에 신녀의 신분으로 참가했을 때, 화려하게 치장
된 광장에 한가득 휘날리는 능사(綾紗)들의 날갯짓 사이로 희미하
게 보였던…….

황제의 둘째 아들.

「설마…… 당신은…….」

더듬더듬 입을 열자, 아이는 느닷없이 몸에 붙어 있는 금붙이
들을 모조리 뜯어내기 시작했다. 알 수 없는 기행에 이카란은 눈
을 크게 떴다. 하지만 아이는 신경 쓰지 않고 단추나 반지, 천 허
리띠에 달린 장식까지 돈이 될 만한 것들은 모두 뜯어내 불쑥 이
카란에게 내밀었다.

「가져가라.」

「예?」

「넌 도망자다. 아닌가?」

이카란은 숨 쉬는 것조차 잊어버리고 말았다.

「그러니 이것을 가지고 가라.」

「어째서…… 도와주시는 겁니까?」

「나도 몰라. 하지만 내 심장이 널 도와주라 말한다. 그걸로 됐어. 사실 널 숨겨주고 싶지만…… 나 역시 그럴 만한 처지가 못 되거든.」

아이는 그렇게 말하더니 이카란의 손에 억지로 그것들을 쥐어주었다. 그리고 전혀 거침이 없었던 여태까지와 달리 아주 조심스럽게, 조금은 주저하듯이 이카란의 배에 손을 대었다. 마른 손을 타고 전해져 오는 온기가 너무나 따듯해서, 이카란은 울컥 눈물이 솟을 것 같았다.

이상했다. 그와는 단지 바로 방금 전에 만났을 뿐이고, 평소라면 시선을 마주치는 것조차 불경죄에 해당하는 상대인데.

「아이. 생명이라…….」

그는 그렇게 잠시 그녀의 배에 손을 댄 채로 있었다. 손바닥 아래로 느껴지는, 아주 미약한 생명의 파동을 느끼려는 듯. 그 작은 태동을 느낄 수 있다는 듯.

「소중히 지키기를.」

천천히 눈을 감았다 뜨며 중얼거린 그는 손을 거두더니 무언가를 하려는 것처럼 몇 걸음 물러섰다.

「전하! 전하아!」

그때 마침 그를 찾는 소리가 거의 지척에서 들려왔다. 이카란

은 절망을 느꼈다. 기껏 그가 도와준다고 했지만, 지금이라면 도
망친다고 해도 금방 발견될 터였다. 시간이 너무 촉박했다. 그런
데 아이는 전혀 그렇게 생각하지 않는 모양이었다. 그대로 선 채
힐끗, 뒤를 돌아보더니 무언가를 하기 시작했다. 막상 보기에는
그냥 서 있는 것으로만 보였다. 하지만 그는 분명 무언가를 '하
고' 있었다. 그 증거로, 갑자기 서늘하던 공기가 훅 더워지고 벨
벳 같은 밤하늘에 붉은 알갱이들이 눈꽃송이처럼 알음알음 떨어
져 내리기 시작했다. 어디서 나타났는지 알 수 없는 붉은 알갱이
들이.

휘이이이―

허공에 오로라가 드리워지는 것처럼 점점이 발갛게 빛나는 불
티들이 깔렸다. 이카란은 너무도 비현실적이어서 비현실적이라
고 느낄 새도 없는 장면을 멍하니 바라보았다.

『사조(娑鳥)의 날개. 홍염(紅焰).』

아이가 인간의 목소리가 아닌 것처럼 옅은 파동을 가진 음성을
내었을 때, 이변이 일어났다. 허공에 휘적휘적 흩날리고 있던 불
티들이 갑자기 엄청난 질량을 얻은 듯 묵직해지더니 거대한 불꽃
으로 화하여 땅을 내리쳤다.

쿠구구구구궁!

마치 새의 날개처럼 허공에서 펼쳐진 불꽃의 장막이 대지를 양
단하는 검처럼 아이의 뒤로 맹렬하게 지나가며 벽을 만들었다.

불타오르는 적벽(赤壁)을.

스르륵 입이 벌어졌다.

황제의 둘째 아들이 가진 힘에 대해 숱하게 들어오긴 했지만
이런…… 이런, 인간의 한계를 벗어나도 너무 벗어난 힘이라

니…….

「이걸로 시간은 벌었다. 어서 가라.」

그야말로 사조― 춤추는 새처럼 불타오르는 벽을 등진 아이가 붉은 빛에 비춰 마치 불타오르는 듯한 눈으로 말했다. 그리고 권위적이기 이를 데 없었던 아까와 달리 조금 쓰게 웃으며 덧붙였다.

「더 하면 나도 혼나거든.」

이카란은 콰다닥콰다닥 타오르고 있는 불꽃의 장막을 바라보았다. 그리고 다시 아이를 본 후에 입술을 질끈 깨물고 자리에서 일어났다. 팔과 다리가 이미 떨어져 나간 듯 감각이 없었다. 거세게 타오르고 있는 적벽 때문에 숨이 막히고 그 열기 탓에 피부가 화상이라도 입은 것처럼 따끔거렸지만, 아까처럼 머릿속에 남은 생각은 단 하나뿐이었다.

살아남아야 한다.

무슨 일이 있어도, 진창에 구르는 한이 있어도, 그가 남긴 이 아이만은 지켜야 했다.

그래. 그를 잃고도 죽을 수 없었던 이유는 이미 잉태된 한 생명 때문이었으리라. 열 달 뒤 보게 될 세상을 기대하며 자신의 자궁 안에서 편안히 잠자고 있는 이 보드라운 존재 때문에…….

이카란은 이미 말라 버렸다고 생각한 눈물을 다시 뚝뚝 흘려내며 앞에 굳건히 버티고 서 있는 아이에게 깊이 허리 숙였다.

「이 은혜, 잊지 않겠습니다.」

「잠깐.」

가보려는 순간, 아이가 막 떠올랐다는 듯 그녀를 잡았다. 그래서 뒤를 돌아보자, 아이가 왜인지 초조해 보이는 표정으로 말했다.

「증표를 남기고 가라.」

「증······ 표요?」

아이는 비장하게 고개를 끄덕였다.

「그래, 너와 내가 만난 것이 꿈이 아니라는 증표를.」

위험천만한 도박이었다.

아무리 자신을 도와준다지만 그는 계속 제국에 남을 사람이었고, 그가 아무리 위대한 신의 권능을 계승받았다지만 아직 어린 아이였다. 그런 아이에게 오늘로서 죽은 사람이 되어야 할 자신의 증거를 남겨놓는다는 건, 위험하기 짝이 없는 짓이었다. 하지만 대체 어디서 그토록 출처가 불분명한 맹신이 솟아올랐을까. 이 어린 황자는 결코 자신과 아이에게 해가 되지 않을 거라는 강렬한 믿음 속에, 이카란은 목에 걸린 두 개의 목걸이 중 하나를 풀어 그에게 건네주었다.

「제게 더없이 소중한 사람이 정표로 준 목걸이입니다.」

언뜻 보면 그것은 그저 판판하고 둥그런 유리알로만 보였다. 특별할 게 없어 보였다. 이카란이 목에 매고 있는 것은 푸르스름한 유리알이고, 그에게 건넨 것은 검은색이라는 점을 빼면.

「세상에 단 하나밖에 없는 것입니다. 부디 소중히 아껴주세요.」

손바닥 위에서 잘그락거리는 목걸이에서 시선을 뗄 줄 모르던 아이는 꾸욱, 그 목걸이를 움켜쥐었다.

「약속하마.」

아주 잠시, 두 사람의 시선이 얽혔다. 이카란은 입술을 달싹였다. 하지만 그녀는 무어라 말하는 대신, 깊이 고개를 숙였다. 그리고 몸을 돌려 불의 벽이 타오르는 반대 방향으로 달리기 시작했다. 눈물을 훔쳐내며, 후일 운명의 지표가 될 증표를 어린 황자에게 남겨놓고.

「세상에! 전하!」

얼마나 여인이 도망칠 시간을 벌어주었을까. 이쯤이면 되겠다 싶어 힘을 거두자, 억겁 동안 타오를 듯했던 불의 벽이 가라앉는 해일처럼 사르르 내려앉으며 이내 땅에 닿았을 때는 불씨조차 남겨놓지 않고 사라졌다. 남은 것은 새까맣게 그슬린 강가와 반쯤 타버린 숲, 매캐한 연기와 허무한 잿더미, 처참하다 싶은 잔해들뿐이었다.

「전하!」

불의 벽 때문에 황자가 이곳에 있다는 건 알지만 그에 가로막혀 다가올 수 없었던 사람들은 벽이 걷히자마자 비명 같은 목소리를 내질렀다. 혹시 황자가 납치당한 건 아닌가 싶어 긴급히 출동한 군인이나 황자궁의 시녀, 하인 등등으로 구성된 그들은 어림짐작하기도 힘든 숫자였다.

그들은 아연실색하게 잿더미로 변한 주변을 둘러보았다. 도대체가…… 믿을 수도 없고 이해할 수도 없었다. 잘 자다가 갑자기 혼자 황자궁을 뛰쳐나가 사람들을 혼비백산하게 만든 건 그렇다 손 치더라도, 겨우 찾아냈나 싶었더니 난데없이 강가를 불바다로 만들어놓았다.

마치 전설의 거인 같았던 그 불의 벽…….

일동은 일제히 아직 그들의 허리까지도 오지 않는 어린 황자를 돌아보았다. 오싹한 침묵이 흘렀다. 음울한 음영을 머금고 기이한 이채를 발하는 붉은 눈에 그들의 등허리를 미끄러져 내려가는 섬뜩한 것은 무엇이었을까. 바보가 아닐까 싶을 만큼 지적인 발달이 느린 것으로 유명한 황자이건만, 보다시피 '능력'을 다루는 것에 있어서는 유례가 없을 정도였다. 이 어린 야수는 그만큼 위험한 존재라는 경종이 모든 이의 머리를 울려왔다.

「오, 자카라스시여! 전하!」

그때, 새까맣게 모여든 인파를 헤치고 한 중년 여인이 허겁지겁 뛰어왔다. 그제야 검붉기까지 한 공기를 장막처럼 두르고 죽은 듯이 서 있던 아이에게서 그 섬뜩한 기운이 떠나가며, 움직임이 살아났다.

「유모.」

다가온 유모는 아이의 앞에 무릎을 꿇고 앉아 눈물을 글썽였다. 아이는 놀랍게도 힘없이 웃었다.

「미안해.」

「아니, 아닙니다. 무사하셔서 다행입니다.」

유모는 황자의 앞에서 이 무슨 추태인가 싶어 급히 눈물을 닦아냈다. 희미하게 웃은 아이는 독보적인 위엄을 내뿜었던 게 언제냐는 듯, 아직 어린 나이임을 증명하듯 유모에게 양팔을 내밀었다. 그러자 유모는 자연스럽게 아이를 안아 들었고, 아이는 유모의 목을 꼭 끌어안으며 숨을 곳을 찾는 어린 새처럼 파고들었다.

갑자기 그에게서 흐느낌이 새어져 나왔다.

「왜…… 그러십니까? 전하?」

어떤 일이 있어도 결코 울지 않았던 황자가 난데없이 흐느끼자 유모의 몸이 빳빳하게 굳었다.

「유모…… 나, 이상해…….」

「어디 아프십니까?」

유모는 거의 공포에 질린 채 화급히 물었다.

「심장이…… 심장이 아파. 떨어져 나간 것만 같아…….」

도대체 왜인지 그 스스로도 알 수 없었다. 홀로 깊은 잠에 빠져 있다가, 불현듯 심장이 찢어질 듯한 공명(共鳴)을 느꼈다. 그래서 번뜩 잠에서 깨어났는데, 심장이 미친 듯이 박동 치며 계속해서 쿠웅! 쿠웅! 울렸다. 그는 두 번 생각할 것도 없이 방을 박차고 나갔다. 그리고 자신을 이끄는 공명을 따라 달리고 또 달려, 한 번도 와보지 못한 강가에 도착했다.

그렇게 도착한 이곳에서 붉은 머리의 여인을 만났고, 충동적으로 그녀를 도와주었다. 그때까지만 해도 단지 자신이 종종 부리곤 하는 기행의 일종이라고 여겼다. 그런데 증표를 남겨놓은 그녀의 걸음이 한 발자국 한 발자국 멀어질수록 누가 심장을 쥐어뜯는 것만 같았다. 마치 일부를 베어가는 것처럼.

「어, 어의(御醫)를 불러라! 어의를 불러!」

유모는 주변 사람들을 닦달하며 황자를 안은 채 급히 황자궁으로 돌아가기 시작했다. 그동안 그는 그 품속에서 짝 잃은 정표를 움켜쥐고 하염없이 흐느꼈다.

그 후로 그는 꼬박 나흘을 열병에 앓았다. 그때는 몰랐지만, 떠나 보낸 제 짝이 슬퍼서. 아주 먼 훗날에야 닿을 수 있는 제 운명이 벌써부터 그리워서.

서막 제2장

세-이든 제국력 4113년.

사아아아아…….

짐승과 식물, 숨결마저 얼어붙는 유구한 겨울의 땅. 시퍼런 얼
음과 척박한 바위산으로 이루어진 천험(天險)의 대지에 날카로운
칼바람이 불어왔다. 잘 갈아둔 칼날과 진배없는 바람이 메마른
눈꽃송이를 휘날리고, 그것은 거센 눈보라가 되어 시야를 가려왔
다.

사박, 사박, 사박…….

얼어 죽은 망자들의 절규마저 묻혀 버리는 눈보라 속, 천의 숫
자에 이르는 사내들이 말없이 걸음을 옮기고 있었다. 그들이 걸
음을 옮길 때마다 수북이 쌓인 눈들이 무릎 높이까지 패였다. 하
지만 인정사정없이 몰아치는 눈보라가 금세 그들의 발자국을 지

워 버리고, 흔적조차 남겨놓지 않았다. 그러나 사내들은 돌아갈 길이 걱정되지도 않는지 모두 한마디도 없이 묵묵히 걷는 데만 집중했다.

그들은 하나같이 중무장을 한 채였고, 극도로 훈련된 병사들인 듯 절도있는 걸음걸이도 비슷했다. 마계의 군대인 양 음험하고 비장한 분위기도 같았다. 하지만 나이 대는 각양각색이었다. 노인까진 아니더라도 아주 나이 든 자가 있는가 하면, 턱에 푸르스름한 수염 자국만 보이는 앳된 소년도 있었다.

일행의 앞쪽에서 걸어가는 '그'는 딱 그 중간쯤이었다. 소년도 아니고, 청년도 아닌 애매모호한 경계. 하지만 파르라니 변한 턱과 굳건한 입매, 두툼한 털 옷 밖으로도 드러나는 늠름한 어깨와 군마처럼 탄력적이고 강인한 다리는 이미 훌륭한 '남자'였다. 그러나 아직 조금은 앳된 느낌이, 약관을 넘지 못한 나이임이 분명했다. 그럼에도 불구하고 이 유구한 겨울의 땅만큼이나 황폐한 눈은 그 나이 대의 소년들이 내비칠 수 없는 무언가를 형용하고 있었다. 특히 피처럼 붉은 눈이 마치 다른 세상을 보고 있는 것만 같았다.

「어이, 전하.」

그때 툭! 누군가가 그의 어깨를 떠밀었다. 그것도 꽤나 무례하고 불량한 부름과 함께. 소년은 찡그린 낯으로 뒤를 돌아보았다. 텅 빈 듯한 붉은 눈에는 짜증기가 역력했다.

「뭐냐.」

소년의 뒤에는 곰 같은 사내가 서 있었다. 차림새는 소년과 비슷했지만, 덩치는 말 그대로 산만 했고 미친놈처럼 싱글벙글 웃고 있었다.

곰—소년의 표현을 빌리자면—은 갑자기 소년을 빤히 들여다보더니, 엄청난 신분 차이에도 불구하고 면전에 대고 쯧쯧, 혀를 내찼다.

「또 그렇게 살벌한 표정을 짓고 있네. 웃으라고. 보는 사람 살 떨리게 그런 표정만 짓고 있지 말고.」

그의 넉살 좋은 말에 소년은 보란 듯이 잘생긴 미간을 찡그렸다.

「마엘 하이네.」

그의 말이 떨어지자마자 곰 같은 사내는 눈을 동그랗게 떴다. 그 모습에 소년은 다시 한 번 미간을 찌푸렸다. 극한의 추위에 허연 포말이 일어난 입술에서는 증기처럼 짙은 김이 뿜어져 나오고, 도적처럼 지리멸렬한 눈썹과 수염은 눈 알갱이들이 매달려 하얗게 바래있는데 웬 귀여운 척인지.

마엘은 두툼한 입술을 모아 획— 휘파람을 내불더니 이죽거렸다.

「전하께서 내 이름을 다 기억하고 있었나? 이거 영광인데?」

아무리 죽음을 각오한 최전방이라지만 황자의 머리까지 툭툭 쳐대는 간담의 소유자라면 결코 잊을 수가 없지.

「헛소리하지 말고 네 위치로 돌아가라.」

소년은 지극히 권위적으로 명했다. 그에는 아무리 막 나가는 마엘이라도 어쩔 수 없는지, 그는 아쉽다는 듯 입맛을 다시며 몸을 돌렸다. 전장에서 상관에 대한 불복종 죄는 곧 죽음이기 때문이었다. 하지만 한마디 남기는 것은 잊지 않았다.

「전하 웃는 모습이 참 좋은데 말이야. 가끔은 남자인 내가 봐도 반할 것 같다는 거 알아?」

소년은 얄따랗게 뜬 시선을 마엘에게 던졌다.

「사양이다.」

정나미 떨어지는 무뚝뚝한 말투에 마엘은 픽— 입술을 허물어 뜨리며 웃었다.

「하여간 있는 것들이…… 아니, 있는 사람들이 더 한다니까. 그 얼굴 싫으면 나나 주던가. 난 아주 멋들어지게 웃어줄 수 있는데 말이야.」

차마 황자에게 '것들' 운운할 순 없었는지 급히 '사람들'이라고 고치긴 했다만 이미 소년은 다 듣고 난 후였다. 하지만 딱히 지적하진 않았다. 그의 무례가 하루 이틀 일도 아니고, 불쾌하지도 않았기 때문이다.

마엘이 원위치로 돌아가고 다시 묵묵히 걸음을 옮기던 소년은 문득 저도 모르게 입귀를 어그러뜨렸다. 다시 생각해 보니 마엘의 너스레가 우스운 탓이었다. 처음 말을 나누게 된 순간부터 자신의 웃는 얼굴에 집착했던 그가 어쩐지 조금은 귀엽기도 했다. 그리고 여태 그리 대해준 이가 없었기 때문인지 어색하면서도 썩 나쁘지 않은 느낌이었다.

「전하?」

그때, 앞서 가던 한 갈색 머리 군인이 웃을락 말락 하는 그를 보고 몇 걸음 물러 다가왔다.

「무슨 일 있으십니까?」

「기요.」

그들이 걸을 때마다 메마른 눈밭이 밟혀 거의 뼈가 부서지는 것 같은 소리가 울려 퍼졌다. 그리고 말할 때마다 입 안으로 밀려드는 한기에 혀와 숨결이 얼어붙었다. 그럼에도 소년은 희미하게 웃고 있었다. 겨우내 얼어 있던 대지가 봄을 맞아 푸근한 산천을 내보이듯, 이 한파 속에서 피어난 한 송이의 싱그러운 웃음꽃이었다. 그러자 기욤은 웃는 일 드문 어린 주군이 웃으니 마냥 좋다는 듯 얼떨결에 따라 웃었다.

「아니, 아무것도.」

소년은 가볍게 고개를 내저으며 웃음을 접고, 우중충한 잿빛으로 가라앉아 있는 하늘을 올려다보았다.

「그냥, 문득…… 이곳도 그리 나쁘진 않다는 생각이 들어서 말이다.」

솔직히 말하자면, 이곳은 생지옥이었다. 얼음 지옥 같은 추위에 손발이 굽어들고, 대부분의 땅이 얼어 있는 대륙의 북부다 보니 군량 조달이 여의치 않았다. 더운 남부 지방에서 징집된 병사들은 동상 때문에 손가락 두어 개를 잘라내는 일이 비일비재했다. 게다가 적군들은 파병 온 그들보다 지리를 훨씬 잘 알고 있으니 시시때때로 쳐들어와 조롱하듯 병사들을 베고 홀연히 사라지곤 했다. 제국군이라는 명성이 무색하게 연일 계속되는 전투에서 그다지 승전하지 못하고 있음은 말할 것도 없었다. 하지만 적어도 이곳에선 그 역시 필요한 사람이었다. 없으니 못한 존재인 고향에서와 달리.

혹독한 전쟁터도 그다지 나쁘지 않은 곳으로 느껴지는 기분을, 평범한 이들은 반이라도 이해할 수 있을까?

「물론 사람이 살 만한 곳은 못 되지만.」

소년이 쓰게 웃으며 덧붙인 말에 기욤도 따라서 쓴웃음을 지었다.

「그러게 말입니다. 그나저나 다음 행로는 듀라 셀레네 협곡인데 갑자기 행로를 변경한 거라 매복은 없겠지만 식량이…….」

기욤과 다음 행로에 대해 이야기하며 계속 행군하고 있을 때였다. 갑자기 앞의 무언가가 시선을 끌었다. 힐끗 보니 또 마엘 하이네였다. 그는 씩 웃고는 제 입꼬리를 끌어올리는 시늉을 해 보였다. 웃으라는 표시였다. 정말 지치지도 않는 모양이었다. 불현듯 자신이 그리 우울한 얼굴을 하고 있나 궁금해질 만큼. 하지만 마엘이 다시 앞을 돌아보자, 소년은 저도 모르게 비식 웃어버렸다.

그때까지만 해도 그 누구 하나 앞으로 다가올 사건에 대해서는 짐작조차 하지 못했다. 듀라 셀레네 협곡에서 매복하고 있는 적군들마저도.

악몽이다.

그는 그렇게 생각했다. 아니, 그러길 바랐다는 쪽이 맞았다. 이 생생한 현실감은 도저히 꿈이 될 수도, 될 리도 없었다. 하지만 소년은 몽중(夢中)에 있는 듯 꼼짝도 할 수가 없었다. 얼어붙은 다리가 땅에 못 박혔는지 도무지 움직이질 않았다. 그저 그는 제삼자가 되어 이 끔찍한 무간지옥을 지켜보고 있을 뿐이었다. 그 한가운데서.

「끄아악! 으아아악!」

「방패를 들어라! 진형을 갖추고 방패를 들어! 움직이란 말이다!」

「아아아악! 내 팔!」

비명이 울렸다. 화살이 날았다. 아수라장의 지독한 소음이 귓전을 때렸다. 하늘 높은 줄 모르고 솟아오른 협곡의 벽에 부딪히는 소리들이 메아리가 되어 고막을 찢었다.

압도감이 느껴질 정도로 거대한 협곡은 삽시간에 피로 물들었다. 바로 얼마 전까지만 해도 눈앞에서 멀쩡히 살아 움직이던 인간이 한 덩어리의 고기가 되어 설원 위로 쓰러지고, 순결한 설원 위에 부정한 피를 흩뿌렸다. 정예부대원이라는 자들이 적의 기습에 힘이 부치자 공황에 빠져 먼저 달아나겠다고 앞 다퉈 내달렸다. 하지만 협곡의 전천후에서 날아오는 화살들은 자비없이 그들의 목을 꿰뚫고, 어깨를 찢고, 머리를 뚫고, 몸을 관통했다. 웅장한 협곡 사이를 내달리는 스산한 바람이 피의 향락을 즐기는 마녀처럼 깔깔거리며 웃어댔다.

소년은 마치 시간의 흐름이 느려진 것처럼 서서히 고개를 내렸다. 그 와중에도 병사들은 살려달라 울부짖으며 그를 스쳐 지나 달려갔다. 그런데도 그는 느리게 움직였다. 오로지 그만이 다른 세상에 있는 것처럼.

손이 뜨거웠다. 다리가 뜨겁고, 배도 뜨겁고, 심지어 목마저 뜨거웠다. 소년의 허벅지 위에 늘어진 마엘이 쿨럭이며 핏덩어리를 토해낼수록 그의 몸에 뜨거운 액체가 쏟아졌다.

「마엘 하이네.」

소년은 소름이 끼칠 만큼 잔뜩 쉰 목소리로 읊조렸다.

「하아…… 하, 하아……. 이거…… 좀, 아픈데.」

입만으로 모자라 역류한 피가 코에서도 쏟아진 마엘은 정말 봐줄 수 없는 몰골이었다. 얼굴과 목에는 피가 강을 이루며 홍건하게 흘러내렸고, 벌써 응고되기 시작한 피가 여기저기 굳어 있었다. 그로 인해 소년의 손도 꾸덕꾸덕해진 지 오래였다.

「총사령관을 구하는 영웅 흉내라도 내고 싶었나?」

소년은 아주 느리게 물었다. 지나치게 낮은 목소리로.

「글쎄……. 단지, 그냥 내버려 둘 수 없었을 뿐이야…….」

마엘은 이미 생명의 빛이 꺼지기 시작한 불투명한 눈으로 무표정한 황자를 올려다보았다.

「전하, 그거 알아? 당신…… 버려진, 강아지 같아. 대체 어떤 여자가 주워 갈라나, 모르겠지만…….」

소년은 대답이 없었다.

「전하……에 대한 이야기는, 쉬쉬해도 전 제국이 다, 알지. 어미라는 여자가…… 한 나라의 황후라는 사람이 제 배 아파 낳은 황자를, 아들을, 그렇게도, 끔찍해한다지? 황제는…… 전하를 전혀, 감싸주지 않고…….」

거기까지 말한 마엘은 무엇이 그리 웃긴지 잠시 말을 끊고 낄낄거렸다.

「오히려 애물단지 치우듯 이 빌어먹을 땅으로, 보내, 버렸지. 뭐어……. 무슨 생각인지 전하가 먼저 가겠다고 했다고, 쿨럭, 들었지만, 말이 떨어지자마자 당장 보내 버렸다지? 전하도 참, 희한해. 평생 추운 게 뭔지도 모르고, 살 수 있었을 텐데 자진해서 이 지옥으로 뛰어들다니. 난 오지 않을 수만 있었다면 북쪽으론, 오줌도 안 쌌을 텐데 말이야.」

마엘은 핏덩어리가 기도를 막기 시작해 목소리도 제대로 나오지 않으면서 피식, 하고 웃었다.

「근데 그럼 씩씩한 척이라도 해야지, 바보같이…… 늘 자기가 세상 불운 다 짊어진 것처럼 뚱한 얼굴을 하고…….」

마엘은 자신의 쭉 뻗은 사지를 힘겹게 내려다보았다. 몸에 꽂힌 화살만 해도 족히 열 개 이상. 뭐랄까, 이쯤 되니 제 몸에 꽂힌 화살을 보는 게 아니라 지푸라기 인형에 꽂힌 화살을 보는 것 같은 착각마저 들었다.

그는 자신이 살아생전 마지막으로 보게 될 소년의 얼굴을 올려다보았다.

「내 한 목숨, 부지하기도 힘든데 왜, 전하를, 살리려고 했을까? 나도 몰라. 그저 전하는…… 우리의 신앙이고, 군신(軍神)의 명을 받아 이 지상에…… 내려온 하늘의 현신이니, 나 죽으면 좀 좋은 곳에 가게 해달라고…… 아부 떠는 걸지도.」

두 사람의 주위로만 시간이 더디게 흐르는 듯했다. 하지만 그저 그리 느껴질 뿐이었다. 잔인한 현실은 그들을 홀로 내버려 두지 않았다. 적군들이 바로 지척까지 달려오고 있었다. 와와와, 승리감에 취한 함성을 내지르며. 저 멀리서 적군의 목을 베고 있는 기욤이 절규하듯 그를 부르는 소리가 들려왔다.

전하! 일어서십시오! 후퇴해야 합니다! 전하!

「그건 단순한 미신에 불과해. 난, 인간이다.」

끝까지 무뚝뚝한 대답임에도 불구하고 마엘은 희미하게 웃었다.

「누가, 그걸 모르나. 그냥 그렇다고, 믿는 거지. 믿음이란 그런 거잖아? 진실의, 여부와는 상관없이 믿고 싶은 대로 믿어버리는 거.」

그는 후욱, 후욱, 가쁜 숨을 몰아쉬며 멍하니 하늘을 올려다보았다.

「전하, 웃어. 웃으면 행운이, 온다는데, 웃고 지내다 보면 하늘이, 곱다란 계집이라도 점 지어줄 줄 누가 알아? 꼭…… 그럴 거야. 내가 관상 좀 보는데…… 껄껄, 전하. 어미복은 없지만 좋은 마누라 얻을 거야. 부럽구먼. 그런데 말이야, 이제 너무, 피곤하네. 전하. 자, 그럼…….」

한 생명의 빛이 꺼졌다. 너무나 허무하게, 너무나…… 쉽게. 하지만 그는 마엘의 숨결이 천천히 잦아들다가 이내 완전히 사라질 때까지 아무 말도 하지 못했다. 이 혹독한 추위에 입마저 얼어붙었는지, 입술조차 달싹일 수 없었다.

그때, 소년의 머리 위에서 검이 날았다. 설원의 흰 빛을 비추는 검이 섬뜩한 윤광을 퍼뜨리며 하늘 높이 치솟았다. 잿빛 하늘에 흐릿하게 뜬 유백색의 초승달이 검은 그림자에 의해 두 쪽으로 갈라졌다. 짐승의 가죽으로 옷을 지어 입은 적군은 살육의 쾌감에 도취되어 있었다.

검이 공기를 가르며 하강하기 시작한 순간이었다. 무언가가 재빨리 그의 앞을 막아섰다.

「전하─!」

콰직! 검이 살을 갈랐다. 촤악! 질퍽한 핏물이 뿌려졌다.

투두두둑…….

소년의 동공이 최대치까지 팽창되었다. 그런 그의 망막에 반토막 난 기욤의 어깨가 비춰졌다. 바로 다음 순간, 기욤의 어깨에서 인간의 몸에 어떻게 저만큼의 피가 들어 있는지 신기할 정도로 핏줄기가 쏟아지기 시작했다.

「전…… 하……. 움직…….」

기욤의 말은 그것이 끝이었다. 폐를 다쳤는지 토혈을 한 움큼 쏟아내더니 적군이 짜증을 내며 내치는 대로 날아가 버렸다. 그리고 저 멀리에 쌓여 있는 시체 산의 하나가 되어 픽 목을 꺾은 채 영원한 잠에 들었다.

소년은 천천히 손을 들어 슥— 자신의 볼을 훑어냈다. 얼굴을 치고 지나간 기욤의 핏물이 흥건하게 묻어 나왔다.

두근!

아예 죽어버린 듯했던 심장이 거세게 고동쳤다. 동공이 빛을 흡수하며 확장되고, 손끝이 파르르 요동쳤다.

앞에 서 있는 적군이 희열에 차서 무어라 말했다. 하지만 소년의 뇌리에는 들어오지 않았다. 그의 뇌리에서는 마엘의 싸늘한 몸과 저 멀리에 처박힌 기욤, 주변에 핏덩이가 되어 나뒹굴고 있는 아군의 모습만이 윙윙거리며 맴돌 뿐이었다.

「디아볼(죽어라)!」

상대는 짧고 굵게 무어라 외치고 다시 검을 내려쳤다. 기생오라비 같은 소년병의 머리가 허공으로 멋지게 날아오르길 기대하며.

카창!

하지만 다음 순간에 일어난 일은 전혀 그의 예상과 달랐다. 눈앞의 소년병이 가을바람에 흔들리는 갈대처럼 유연하고 느리게 손을 드는가 싶더니, 맨손으로 검을 막아내었다. 눈이 의심되는 광경이었지만, 분명히 맨손이었다. 이상한 점은 그뿐만이 아니었다. 고개를 숙이고 있는 소년병의 기운이 뭔가…… 달랐다. 불이 일기 직전에 생성되는 공기처럼 푸르스름하니 새까만 기운이 그를 감싸고 있었고, 주변의 공기도 점차 비정상적으로 묵직해지는 것 같았다.

「비아……(뭐……).」

왠지 모를 오싹함에 주춤한 찰나였다.

쿠우우우우웅!

엄청난 충격파가 대지를 내리쳤다. 대지 위에 늘어진 시체들이 덜덜덜 떨리고 아직 살아 있는 자들은 태풍 앞의 묘목처럼 우두두 넘어졌다. 협곡을 생성한 거대한 벽마저도 콰르릉 콰르릉 흔들려 마치 하늘이 무너지는 것 같았다. 이젠 적군들까지 바닥에 넘어져 각자의 신을 찾으며 울부짖었다.

「자, 자카라스시여! 요, 용서하소서!」

「듀라임 셀레네스 엘 제이온(신께서 심판대에 오르셨다)!」

쿠르르르르……

어느 순간, 모든 것이 멈추었다. 잔떨림마저도 빠르게 사그라졌다. 섬뜩하도록 고요한 정적이 찾아들었다. 대지가 울기 시작한 순간 무기를 내던지고 땅 위로 엎어졌던 이들은 한참 후에야 무슨 일인가 싶어 슬그머니 고개를 들었다. 하지만 고개를 들지 말았어야 했다. 타오르는 '염화(炎火)의 화신(化身)'을 목격하고 싶지 않았다면.

쿠웅!

크르르르륵!

짐승이 울부짖는 듯한 바람 소리와 함께 소년을 중심으로 거대한 불꽃이 터져 올랐다. 동시에 장엄한 소용돌이를 그리며 하늘 끝까지 치솟아 올라가는 불기둥으로 화하였다. 그 불기둥에 비하자면 턱없이 작은 소년의 주위로는 커다란 원형의 진(陣)이 그려져 있었다. 신성한 고대의 언어로 짜인 홍염 빛 진은 아연할 정도로 거대했다. 하지만 그보다 더 놀라운 것은, 그 파괴적인 불꽃을 제 수족처럼 거느린 소년이었다. 아니, 인간의 나약한 호흡기관으로는 숨을 쉴 수 없을 만큼 격한 불꽃의 소용돌이 가운데 서 있는 소년은 인간이되 더 이상 인간이 아니었다.

흑안화정(黑眼火睛). 검게 물든 눈자위에 불꽃처럼 붉은 홍채.

그것은 이 지상에 내린 신의 증거.

특히 열화의 불꽃이 일으킨 바람에 펄럭펄럭 춤추는 검은 옷자락이 그를 더욱 전율스러운 왕으로 보이게 했다.

「자, 자, 자카…… 자카라스…….」

적군은 경악하면서도 어리둥절할 뿐이었지만, 아군은 거의 졸도 직전에 미친 듯이 떨며 한 단어만을 중얼거렸다. 소년의 저 모습이 무엇을 증명하는지 알고 있는 듯.

신인지, 짐승인지, 혹은 둘 다인지 알 수 없어진 소년은 이글거리는 불길 속에서도 눈조차 깜빡이지 않았다. 부릅 뜨인 흑안화정. 그것은 신안(神眼)으로, 앞을 주시하되 뒤를 보고 있었으며, 뒤를 보되 옆도 보며 위아래 또한 보니, 능력이 극한에 다른 자만이 일시적으로 열 수 있는 '천리안(千里眼)'이었다. 그야말로 신의 눈인 것이다.

드디어 염화의 화신이 입을 열었다.

『내 적을.』

인간의 음성과는 분명히 다른 파동. 수면 위에 퍼지는 파문처럼 고요하되 널리널리 퍼져 나가며 웅웅 울리는 듯한 음성.

『섬멸하라. 천화(天火).』

불길이 일었다. 불사조가 날개를 펼치듯이 폭발해 나가 눈보라를 집어삼켰다. 일순 숨을 쉴 수 없을 정도로 거대한 공기의 흐름이 모조리 불길 속으로 빨려 들어가고, 대자연의 패악이 이뤄낸 눈보라마저도 잠시 멈추었다.

쿠우우우웅!

거대한 불꽃의 해일이 대지를 뒤덮었다.

소년은 멍하니 고개를 들었다. 여인의 머리채처럼 나풀거리는 눈꽃송이가 피에 물든 뺨을 스쳤다. 뼛속까지 시리도록 차가웠다.

무거운 수은처럼 짙게 깔려 손을 뻗으면 닿을 듯한 잿빛 하늘이 바로 협곡 위에 있었다. 협곡의 양 벽에 가려져 강줄기처럼 가느다랗게 보이는 하늘이. 그 가운데 작게 떠 있는 뿌연 흰빛의 초승달은 마치 누군가가 하늘에 콕 손톱자국을 찍어놓은 것만 같았다.

'멀구나······.'

하늘은 이토록 가깝게 느껴지는데도, 달님은 저토록 멀게 느껴졌다.

시선을 지상으로 되돌리자, 보지 않는 것이 더 나을 법한 풍경이 펼쳐졌다. 언뜻 보기에는 아무것도 남아 있지 않은 것처럼 보였다. 실제로도 남아 있는 건 없었으니까. 그저 맹렬한 불길 속에서 불타오른 잿더미만이 있을 뿐. 설원조차도 모조리 날아가 밑의 강철색 바위들을 흉물스럽게 드러내 놓고 있었다.

소년은 스스로에게 물었다.

'인간이라고? 네가? 이런 네가······ 정말 인간인가?'

웃음이 터졌다. 지독히도 메마르고 버석거리는 웃음이. 흉포한 광기와 함께 터져 올라 반쯤 무너진 협곡을 쩌렁쩌렁 울려댔다. 겨우 살아남은 아군은 그 검은 불꽃같은 웃음에 오들오들 공포에 떨었다.

웃음을 멈춘 소년은 사납게 눈을 치떴다. 그리고 선득한 광채를 품은 눈으로 어느 지점을 바라보았다. 그 방향에 서 있던 자들은 모두 눈에 띌 정도로 창백하게 질려 몸을 떨기까지 했다. 마치 소년에게서 그들의 두려운 신을 발견한 것처럼.

소년은 독기를 품은 눈으로 아주 낮게 무어라 중얼거렸다. 그러자 그가 바라보고 있는 방향에서 훅— 작은 불길이 일더니, 돼지의 목을 비트는 듯한 비명이 울려 퍼졌다. 그리고 온몸에 불이 붙은 병사가 간질병 환자처럼 난동을 부리며 앞으로 뛰쳐나와 살려달라고 울부짖었다. 하지만 주검보다 파랗게 질린 병사들은 꿈쩍도 못하고 얼어 있을 따름이었다. 까만 연기가 매캐하게 퍼져 올랐다. 단백질 타는 냄새가 끈적끈적하게 풍겨와 몇몇 병사는 구역질을 하기 시작했다. 하지만 그 누구도 감히 황자의 앞을 막아서진 못했다.

불의 형상을 한 야수에게 집어 삼켜진 병사는 이내 한 덩이의 새까만 숯이 되어 바닥 위로 널브러졌다. 넘어질 때의 반동에 숯덩이가 되어버린 손가락과 다리가 퍼석, 메마른 소리를 내며 떨어져 나갔다. 그러자 병사— 아니, 숯의 몸을 덮고 있는 붉은 야수는 잔뜩 포식한 듯 허공에서 한 바퀴를 휘릭 돌더니 소멸해 버렸다.

사아아아…….

싸늘한 칼바람과 그보다 더 섬뜩한 침묵만이 남았다. 모두가 난데없는 황자의 행동에 의문을 품었지만, 이 상황에서 입을 열 수 있을 리가 없었다. 그때였다. 아직 소년의 뱃속에선 불꽃이 다 잦아들지 않았는지, 불쏘시개로 후벼 파는 듯한 고통이 복부를 달구었다. 그리고 그로부터 무언가가 울컥, 치받혀 왔다.

「우욱……!」

입에서 핏덩이가 왈칵 토해져 나왔다. 그리고 우둘투둘한 바위

위에 걸쭉한 선혈의 웅덩이와 검붉은 내를 만들었다. 지독하게 비릿한 냄새가 훅 콧속을 밀고 들어왔다.

「쿨럭쿨럭! 크윽! 쿨럭! 쿨럭!」

그는 오장육부를 다 토해낼 것처럼 격렬하게 기침했다. 그러자 손으로 입을 막은 것도 헛되이 손안에 가득 포화된 핏물이 폭포처럼 울컥울컥 넘쳐흘렀다. 이미 마엘의 피로 검붉어진 손은 선홍빛의 핏물로 손가락 사이사이가 젖어들고, 핏물이 팔목을 타고 내려가 옷자락도 붉게 물들였다.

힘의 과다 사용으로 각혈하는 일이 처음은 아니지만 이 정도로 심했던 적은 없었다. 한참이 지나도 각혈은 멈출 기미가 없었다. 마치 온몸의 부정한 피를 빼내려는 듯이 한 됫박을 토해냈다. 동시에…… 울음이 터졌다.

짐승의 포효 같은 절규가 무너진 협곡의 구석구석을 할퀴었다. 공기를 후려치는 절규에 살아남은 자들은 공포감에 눈이 뒤집힐 지경이었다. 하지만 그들이 할 수 있는 일은 없었다. 그저 신의 심판대 위에 오른 제물처럼 공포에 떨며 처분을 기다릴 뿐. 그러나 아무리 시간이 지나도 불길은 다시 일지 않았다. 단지 모든 것의 폭심점이 된 가운데 땅 위로 무너진 소년이 있을 뿐이었다.

쿵!

소년은 주먹으로 돌바닥을 내려쳤다.

그는 보았다. 천리안인 혹안화정이 열렸을 때, 탁류가 흐르듯이 세계의 지식이 머릿속으로 흘러들어 오고, 만휘군상의 삶과 감정들이 그의 머릿속을 가득 포화시켰다. 그 가운데, 갑자기 행로를 변경했기 때문에 적의 매복이 없었어야 할 듀라 셀레네 협곡에서 기습을 받은 이유가 무엇이었는지도 보았다.

배신자.

나라 간의 경계를 지키기 위한 이 전쟁에 신물이 난 아군 하나가 돈 몇 푼에 제 나라를 팔아넘겼다. 그 병사가 바로 지금 불타 죽은 병사였다. 미친 듯이 흘러들어 오는 진실과 지식의 탁류 속에 스쳐 지나갔던 그 병사의 모습. 그는 제 한 삶을 영위하기 위해 나라를 팔고, 전우를 팔고, 제 자신마저 팔았다.

그래서 이토록 오열하는가?

아니, 아니었다.

배신자에게 분노한 것 또한 사실이지만 그는 그 자신에게 분노하고 있었다. 소위 신이 내렸다는 능력을 가지고도 한 부대조차 지켜내지 못한 자신에게, 둘도 없는 충신과 마엘이 죽게 내버려 둔 자신에게, 모든 게 제 탓이었으면서 감정을 제어 못해 폭주해 버린 자신에게, 스스로 또한 죄인이면서 누군가를 벌해야 하는 자신에게.

'신이시여. 왜 당신의 어리석은 아들을 이 지상에 내리셨나이까.'

신은 왜 그에게 이런 힘을 쥐어서 지상으로 내려보냈을까. 인간이되 인간이 아닌 그의 존재는 대체 무엇을 말하고자 함일까. 인간의 범주를 벗어난 그의 힘은 도대체 무엇을 이루고자 함일까.

알 수가 없었다. 도저히.

'이것은 지상에 존재해선 안 되는 힘이다.'

어느 순간, 그의 생각이 최악의 결론에 도달했다.

'사라져야만 하는 힘이다!'

그 누가 죽음이 두렵지 않을까. 그럼에도 어린 황자는 피로 물든 검을 잡았다. 제 손으로 모든 걸 끝내기 위해.

그 순간이었다.

휘이이이—

은빛……. 반투명하게 휘날리는 은빛 실타래가 희미하게 눈앞을 스쳤다.

〈왜 울고 있어?〉

그리고 낭랑한 미성이 물었다. 깜짝 놀란 소년은 고개를 들었다.

다른 이들의 눈에는 소년이 허공을 올려다보는 것으로만 보였으나, 아직 천리안이 다 닫히지 않은 그의 시야는 한 소녀를 보고 있었다. 목화솜처럼 보드라운 바람결에 금빛 어린 은발이 흩날리도록 내버려 둔 채 언덕 위에서 바다를 바라보고 있는 한 소녀를. 하지만 왜인지 얼굴이 보이지 않았다. 그것이 왠지 모르게 초조하고, 안타까웠다.

〈왜 그러니?〉

그때, 결 고운 목소리가 아련한 이명처럼 울려왔다. 그러자 소녀가 위를 올려다보았다. 소녀의 손을 잡고 있는 붉은 머리칼의 여인이 의아한 표정을 짓고 있었다.

'저 여인, 본 적이 있어…….'

소년은 멍하니 생각했다. 분명히…… 분명히 어디선가…….

흐릿한 기억이 선명해지기도 전에 소녀가 대답했다.

〈어머니, 누가 울고 있어요.〉

여전히 소녀의 얼굴은 보이지 않았다. 소년은 그제야 깨달았다. 그가 '그녀'의 눈으로 보고 있기 때문에 얼굴은 볼 수가 없다는 것을.

〈울다니? 누가?〉

붉은 머리칼의 여인은 고개를 갸웃하며 물었다. 소녀가 가리키는 쪽에는 아무것도 없는데 무슨 소리냐는 듯.

〈모르겠어요. 그냥 너무…… 슬프게 울어요.〉

그리 말하는 소녀도 어쩐지 목이 메는 듯했다. 마치 소년의 고통을 느낄 수 있다는 듯이. 그러자 붉은 머리의 여인은 도통 이해할 수 없다는 듯 살짝 난색 어린 웃음을 지었다. 그 순간 소년의 머리에 섬광 같은 깨달음이 스쳤다.

'붉은 머리!'

분명히 그녀였다. 아주 어릴 적에 강가에서 만났던 임부. 고생을 많이 했는지 나이 대에 비해 더 들어 보였고, 그때와 달리 옷차림도 썩 좋진 않았지만, 어둠 속에서 두려움에 젖은 눈으로 그를 올려다보던 그녀가 분명했다.

죽은 줄 알았는데.

'그렇다면…….'

이 은발의 소녀는 그때 그녀의 뱃속에서 잠들어 있던 어린 생명.

그래, 무사히 태어났구나……. 무사히 태어났어. 이렇게나 컸어…….

이내 붉은 머리의 여인이 의아함을 뒤로하고 입을 열었다.

〈무슨…… 말……. 어쨌든 부지런히 가야 성문이 닫히기 전에 도착…….〉

하지만 그녀의 마지막 말은 불분명했다. 그저 바람이 훅 쓸어가듯 공기에 녹아들며 사그라졌다. 그리고 갑자기 소년의 시야도 소녀에게서 떨어져 나오기 시작했다. 그 느낌이 마치 영혼이 육체에서 강제로 분리되어 절벽 아래로 내던져지는 것만 같았다. 심장이 쿵, 하고 내려앉았다.

소년은 왠지 모를 절박함에 저도 모르게 손을 뻗으려고 했다. 그 순간, 소녀가 고개를 돌렸다. 그러나 화악— 하고 불어온 바람이 소녀의 은발을 흩날려 시야가 반짝임으로만 가득했다.

〈울지 마.〉

낙화하는 꽃잎처럼 천천히 내려앉는 은발 사이로 애절한 목소리가 울렸다.

〈네가 울면 나도 아파……. 하늘이 울면 달도 흐려지며 아파하듯이.〉

잡을 새도 없었다. 흐릿한 영상이 반투명하게 변해가더니 미처 소녀의 얼굴을 볼 새도 없이 완전히 사라져 버렸다. 천리안이 닫혀 버리고 만 것이다. 소년의 검은 눈자위도 완벽히 흰색으로 되돌아왔다. 뻗어 올렸던 손은 허무하게 허공만을 쥐었다.

그 말을 끝으로 소녀의 목소리는 더 이상 들려오지 않았다. 천년 같은 시간이 흘렀다. 한동안 죽은 것처럼 앉아 있던 소년은 아직도 변함없이 하늘의 그 자리에 있는 달을 올려다보며 망연자실하게 중얼거렸다.

「달님…….」

은빛의 달님. 손에 닿지 않는 달님.

그때 무언가가 반짝거리며 소년의 주위를 끌었다. 천천히 시선을 내리자, 그가 한 움큼 토해낸 선혈의 웅덩이 속에서 무언가가 희미한 빛을 반사하고 있었다. 그는 그것을 조심스럽게 들어 올렸다. 붉은 머리의 여인이 남겨놓고 갔던 증표였다. 왠지 모르게 몸에서 떼어놓을 수 없어 늘 걸고 다녔는데, 소란 통에 떨어진 모양이었다.

둥그렇고 판판한 검은색의 목걸이 장식. 마치 월식이 일어난 달처럼……

순간 소년의 결후가 상하로 거칠게 움직였다. 무언가를 필사적으로 참는 것처럼. 하지만 그런 노력도 헛되이 목구멍 속에서 울컥, 치받혀 오른 뜨거운 덩어리가 뜨거운 눈물이 되어 볼을 적셨다. 날렵한 턱을 뜨겁게 훔쳤다.

소년은 억눌린 울음소리를 흘리며 한 손으로 눈가를 감싸 쥐었다.

죽고 싶지 않아.

널 만나고 싶어.

내 달님…….

그래. 그것이 그의 솔직한 심정이었다. 달님이 정확히 누구인지는 몰랐다. 자신이 왜 이런 감정을 가지는지도 몰랐다. 그러나 한 가지 무엇보다 확실한 게 있다면, 그녀를 만나야만 한다는 것이었다.

「전……하…….」

그때였다. 신이 자비를 베풀었는지, 더 이상 들을 수 없을 거라 믿었던 목소리가 들려왔다. 서서히 돌아보자, 응급조치로 어깨를 고정한 기윰이 병사의 부축을 받아 겨우겨우 걸어오고 있었다. 온몸이 피범벅에 옷은 넝마가 되었고 반송장이나 다름없었지만, 살아 있었다.

「끝까지 지켜 드렸어야 했는데…… 불충했습니다.」

퀭하게 패인 눈과 젖은 눈 사이에 보이지 않는 감정의 기류가 오갔다. 기윰은 이 모든 사태의 한가운데에 있는 그를 비난하지 않았다. 그저 살아 있어서 다행이라고, 살아달라고, 눈으로 소원하고 있었다.

소년의 귓가에 마엘이 씩 웃으며 하곤 하던 말이 스쳐 지나갔다.

"전하, 웃어. 웃고 살라고. 웃으면 행운이 와."

소년은 천천히 다리에 힘을 주어 일어섰다. 그리고 대지 위에 두 다리로 굳건히 버티고 섰다. 시린 바람이 검은 옷자락을 훔치고 지나갔다. 그때 소년의 모습이 얼마나 커 보였는지, 보지 못한 자는 영원히 알지 못하리라.

이내 소년은 버석거리는 입을 열어 띄엄띄엄하게, 그러나 어느 때보다 강인한 확신에 차 있는 목소리를 흘렸다.

「기욤. 난…… 살겠다. 살아 보이겠다…….」

제국력 4111년, 북대륙에서 발화한 전란의 불길이 남하(南下)할 조짐을 보이자 황제 닐드란 2세에게서 제칙(制勅)이 내려졌다. 그리하여 제국령 각국이 군을 편성하니 만의 군병들이 천험의 대지를 향해 나아갔다. 파병군의 총사령관은 닐드란 2세의 둘째 아들 이황자, 카르테일 운 알카임 15세였다.

제국력 4114년, 황제 닐드란 2세 붕어(崩御). 같은 해 황태자가 즉위하여 닐드란 3세의 이름을 받았다.

제국력 4118년, 황량한 바람은 설원을 뒤덮고, 이내 유구한 겨울의 땅에도 고요가 찾아왔다. 파병군은 승전 깃발 아래 고향으로 귀환하고, 그중에는 성년이 된 이황자도 있었다. 아니, 전쟁 도중 닐드란 3세로부터 내려진 제칙에 의해 대공(大公) 위를 받은 대공, 카르테일 운 알카임 22세였다.

제1부

The Resonance—공명(共鳴)

1

휘익―

매 한 마리가 공기를 가르며 날아올랐다. 그리고 하늘 호수를 유영하는 한 마리의 물고기처럼 창공을 기민하게 가로질러 멀어져 갔다.

용맹하게 펄럭이는 매의 날개를 실어간 바람이 여인의 머리카락을 사르라니 흩날렸다. 여인은 바람결에 흩날리는 머리카락을 그대로 둔 채 하늘을 올려다보았다. 하늘 호수를 비추는 그녀의 눈동자가 마치 꿈을 꾸는 듯이 다채로웠다.

얼마만의 휴식인가. 촌초의 꿈같은 순간이겠지만 그래서 더 소중했다. 지금은 아무런 방해도 받지 않고, 누구의 부름에도 응하지 않고, 그 무엇도 생각하지 않고 그저 저 하늘 속을 헤엄치고 싶었다. 그러자 포근한 산들바람이 그 소망을 들었는지 지금만큼은 편히 쉬라는 듯 피부를 사르라니 감싸 안아왔다. 그녀는 그 감촉을 즐기듯 살짝 눈꺼풀을 내리감았다.

"단장님! 단장님!"

그때였다. 불유쾌한 목소리가 불쑥 꿈결 같은 휴식 속으로 침입해 들어와 잔잔한 평화를 엉망으로 흩어놓았다. 그 순간 그녀는 휴가가 끝났다는 사실을 직감적으로 깨달았다. 아직 허락받은 휴가가 끝나기까지는 이틀 정도 남아 있었지만, 어차피 휴가를 다 쓸 수 있을 거라고는 꿈도 꾸지 않았다. 휴가를 받아 고향으로 돌아온 지 꼭 삼 일. 하루도 못 참고 불러들이곤 했던 예전에 비하면 예상외로 많이 참은 셈이었다.

"단장님!"

뒤에서 그녀를 부르는 목소리가 점차 급해져 갔다. 하지만 그녀는 조금도 개의치 않고 잠시 더 눈을 감고 있다가 서서히 눈꺼풀을 밀어 올렸다. 눈꺼풀이 걷히고 드러난 눈동자에는 따스한 빛깔이 거짓말처럼 사그라지고 눈길 닿는 모든 것을 얼려 버릴 듯한 냉기(冷氣)가 어렸다.

그녀는 느리게 고개를 돌렸다. 그때 화악― 불어온 바람이 짓궂게 그녀의 머리카락을 흩날리며 허공에 찬란한 은빛 물결을 일으켰다. 그야말로 달의 현신(現身)인 듯한 머리카락이 햇빛을 머금고 현요하게 찰랑거렸다. 하지만 이내 둥그스름한 어깨 위로 퍼져 내리며 사라락 제자리로 돌아갔다.

왕명(王命)을 받고 급히 오던 남자는 저도 모르게 우뚝 멈춰 서고 말았다.

물빛 하늘과 옥빛 바다, 그리고 초록빛 산야를 등진 그녀는 마치 화폭에 그려놓은 듯 배경과 스스럼없이 녹아들어 있었다. 하지만 언제나 그녀를 볼 때마다 느꼈던 미묘한 이질감 때문인지,

그녀는 선연한 빛깔의 배경과 더없이 잘 어울리면서도 다른 세계에 살고 있는 것 같은 거북한 위화감이 있었다.

에이옌스는 잔물결조차 일지 않는 수면 같은 눈으로 남자를 한동안 바라보더니, 일렁일렁 흔들리는 은발 사이로 고집스럽게 다물린 입을 열었다.

"무슨 일인가?"

자연스러운 하대가 흘러나왔을 때에야 남자는 퍼뜩 멍한 정신에서 깨어났다. 그리고 몸에 녹아든 듯한 동작으로 척 허리를 숙였다.

"전보가 도착했습니다. 급히 왕궁으로 귀환하시라는 명입니다."

예상했던 대로였다. 하지만 에이옌스는 지엄한 왕의 명에도 선뜻 움직이지 않고 시원하게 뻗은 풍경을 바라보았다.

그녀의 고향은 기억의 화폭에 그려진 대로 여전히 맑고 아름다웠다. 하지만 에이옌스는 언제나 의식하고 있었다. 이곳은 자신의 자리가 아님을. 자신은 그저 불어가는 바람일 뿐, 흘러가는 강물일 뿐, 지나가는 여행자일 뿐.

에이옌스는 손을 들었다. 그리고 입과 손을 한데 모아 길고 높은 휘파람 소리를 내었다. 언덕 아래를 지나가던 사람들이 화들짝 놀랄 만큼 크고 강직한 소리였다. 하지만 물빛 천을 곱게 펼쳐놓은 듯한 하늘은 한동안 아무런 변화가 없었다. 그러나 에이옌스는 전혀 조급해하지 않았고, 뒤에서 묵묵히 기다리고 있는 남자도 마찬가지였다.

얼마나 기다렸을까. 갑자기 저 하늘 멀리에 검은 점이 나타나더니 순식간에 좀 더 큰 형체가 되고, 눈 깜짝할 사이에 분명한 형태를 가진 한 마리의 매가 되었다.

"카이드!"

에이엔스가 낮지만 힘있는 목소리로 이름을 부르자, 주인의 부름에 이끌린 잿빛 매가 쐐에엑 그녀에게 날아왔다. 그리고 가죽 토시가 끼워진 그녀의 팔 위에 나비처럼 사뿐히 내려앉았다. 동시에 푸드덕 크게 날갯짓을 한 번 하는 것으로 커다란 날개를 착 접더니 돌아왔다 말하듯 '삐익—' 목을 울렸다.

"카이드, 성으로 돌아간다."

에이엔스는 카이드를 다시 휙 날려 보냈다. 그러자 카이드는 새파란 창공을 향해 날아올라 한 걸음 앞서 성으로 돌아갔다.

카이드가 완전히 사라지고 나서야 에이엔스는 가죽 토시를 벗어 내며 몸을 돌렸다. 그 순간, 향긋하기만 한 여인의 몸에서 날 리가 없는 서늘한 금속성이 철컥 하고 울려 퍼졌다. 그 소리를 따라 그녀의 헐렁한 상의 아래로 길게 뻗어난 검이 보였다. 정교한 문양이 새겨진 하얀 검실에 백금 장식과 은빛 무늬. 단순한 디자인이었지만 비범한 윤기에서부터 그 값어치가 톡톡히 느껴졌다.

찻잔과 부채를 쥐고 있어야 할 여인이 쥐기에는 몹시 투박스러운 물건임에도 불구하고 검을 차고 있는 에이엔스는 무척 자연스러워 보였다. 게다가 그녀는 차림새부터 마을의 여느 처녀들과는 달랐다. 촘촘하게 짜인 상의에 기사들이 입을 법한 통이 좁은 검은 바지, 그리고 누긋하게 무두질해 놓은 가죽 장화. 언뜻 보면 영락없이 사내라고 착각할 만한 차림새였다.

"바로 왕궁으로 돌아가시겠습니까?"

남자가 깍듯하게 묻자, 에이엔스는 가타부타 군말없이 담백하게 고개를 끄덕였다. 그러자 남자는 먼저 가서 준비해 두겠다는 듯 꾸벅 목례하고 경사진 언덕을 내려갔다.

에이엔스는 사라지는 남자의 뒷모습을 보며 잠시 그 자리에 서 있었다. 그리고 곧 바람에 이끌리듯 등 뒤로 끝도 없이 펼쳐진 바다를 돌아보았다. 그때, 봄의 여신이 입김을 불어 에이엔스의 머리카락을 흩날리고 바다 위를 내달려 저 망망대해 건너 어딘가에 있을 대지로 향해갔다.

그녀는 언제나 저 바다 너머에 어떤 초도(初度)의 대지가 있을까 궁금했다. 어머니가 아련하게 가라앉은 눈으로 바라보던 바다 건너에는 무엇이 있을까 궁금해 하루 종일 지도를 쳐다보고 있은 적도 있었다. 하지만 에이엔스는 곧 냉정하게 발걸음을 돌렸다.

'쓸데없는 생각이다.'

그래, 쓸데없는 생각이었다. 바다 건너편에 무엇이 있든, 자신과는 관계없는 이야기였다. 자신의 자리는 바로 이곳, 아멜리타 왕국 제3왕궁기사단의 기사단장 에이엔스 아이힌이니까.

아멜리타 왕국.

정직하고 올바른 기사들의 나라로 유명한 아멜리타 왕국은 삼면이 바다로 둘러싸인 해상국가였다. 그 수도의 중심에는 흔히 '백궁(白宮)'이라 불리는 왕궁이 장엄히 솟아 있는데, 백궁은 언제 봐도 경탄이 나올 만큼 훌륭한 건축물이었다. 햇빛을 받을 때면 소년의 말간 낯빛처럼 해맑게 빛났고, 달빛을 받을 때면 성숙한 여인의 살결처럼 은은한 빛을 뿜었다. 하지만 에이엔스는 모두가 감탄하는 백궁을 지극히 무감동한 눈으로 올려다보았다. 하늘을 찌를 듯이 뾰족하게 솟아오른 첨탑 끝에 걸린 햇빛의 파편이 눈을 아프게 파고들어 왔다.

열네 살. 그 이후로 매일같이 보고 지내온 곳이지만, 에이엔스는 이상하게 백궁에 정이 가지 않았다. 온통 새하얀 표면이 너무나 서늘하게 느껴지기 때문이었다. 하지만 그것은 언제나 그랬다. 왕국의 어디를 가건 늘 기묘한 위화감이 에이엔스를 괴롭혀왔다. 그렇지만 이곳이 그녀가 있어야 할 곳이었다. 열네 살 때 왕명을 받아 입궁한 후로부터 시체가 되어 나가기 전까지는.

에이엔스는 요즘 따라 묘하게 상념이 많다 생각하며 번잡한 사념들을 떨쳐 내었다. 그러자 그녀는 순식간에 냉철한 가면을 뒤집어쓰고, 찔러도 피 한 방울 나오지 않을 듯한 기사 아이힌이 되었다.

"여, 에이엔스."

그녀에게 꼭 맞춘 듯한 백마에서 홀쩍 뛰어내린 순간이었다. 느끼함이 뚝뚝 떨어져 내리는 저음의 목소리가 들려왔다. 좀 떨어진 곳에 기사단장복을 불성실하게 갖춰 입은 금발의 남자가 서 있었다.

"아이힌입니다, 엔드로 유웰 경."

에이엔스는 지극히 사무적인 어조로 그의 오류를 지적해 주었다. 하지만 머리카락을 제멋대로 풀어둔 남자는 두툼한 입술을 능글맞게 늘어뜨릴 따름이었다. 다른 이라면 이미 그녀의 한기 어린 목소리에 찔끔해서 물러났을 텐데, 그는 전혀 개의치 않았다.

"여전히 딱딱하시구만. 휴가를 다녀오면 좀 느슨해지려나 싶었는데 휴가가 마음에 들지 않았나 보지, 아이힌? 고향 사람들이 반겨주지 않던가?"

"부디 직급에 맞는 호칭을 붙여주시길 바랍니다, 유웰 경."

에이엔스는 꼬박꼬박 '경'의 호칭을 붙여 부르며 사사로이 자신을 부르지 않도록 거듭 강조했다. 역시 바늘 하나 파고들 틈이 없을 정도로 건조하고 딱딱한 목소리였다. 하지만 유웰은 장난스럽게 어깨를 으쓱거렸다.

"하여간 틈을 주지 않는다니까."

에이엔스는 눈부신 백색의 기사단장복을 펄럭이며 무심하게 유웰의 곁을 스쳐 지나갔다. 그러자 유웰은 술병이나 끼고 있으면 어울릴 법한 걸음으로 껄렁껄렁 에이엔스의 뒤를 따라왔다.

"혹시 또 휴가 도중에 불려 와서 삐쳐 있는 건가?"

"기사는 국가의 자산입니다. 언제 어디서든 국가의 명이 있을 시에는……."

"예이, 예이. 국가의 명이 있을 시에는 뭘 하고 있든 간에 뼈가 부서지도록 달려와야 한다, 이 말이지? 역시 기사의 표본서 같은 에이엔스 아이힌 경이로군."

그때도 에이엔스는 여전히 철벽같은 무표정을 유지했지만 속으로는 심히 불쾌했다. 유웰은 매사가 이런 식이었다. 아멜리타 왕국 제1왕궁기사단의 기사단장이라면 그 누구보다 기사의 모범이 되어야 할 텐데, 대체 무슨 생각을 하고 사는지 매사가 늘 대충이었다. 게다가 속에는 능구렁이를 대여섯 마리쯤 품고 있는 것처럼 미끄덩미끄덩. 기사의 정도를 지키고자 하는 자신을 대놓고 비웃는 것도 모자라, 자신도 기사이면서 가끔은 기사의 긍지를 짓밟기도 했다.

기사 된 자로서의 긍지는 그녀의 긍지였고, 그녀의 긍지는 왕의 긍지였으며 나아가 왕의 긍지는 모국 아멜리타의 긍지였다. 언제나 그녀는 그 긍지를 지키고자 불철주야 노력해 왔고, 긍지를 모욕하는 자가 있다면 거침없이 검을 발도했다. 그나마 유웰은 '제1왕궁기사단장'이라는 면죄부가 있어서 뉘 집 개가 짖나 하는 식으로 무시해 왔지만, 그는 지치는 법이 없었다. 사실 에이

엔스가 가진 어떠한 특수성 때문에 같은 기사단 소속의 부하 기
사들도 때로 그녀를 꺼리는데, 유웰은 도통 어려워하는 기색이
없으니 담대함 하나만큼은 확실히 기사단장 감이었다.

"바로 전하를 알현하러 가는 건가?"

"예, 귀환하는 즉시 전하를 알현하라는 전보를 받았습니다."

"저런, 또 출정이겠군."

빈정거리는 말투에 절대 멈추지 않을 듯했던 에이엔스의 걸음
이 멈추었다. 그리고 에이엔스는 주름 하나 잡히지 않은 무표정
으로 유웰을 돌아보았다. 유웰은 양 주머니에 손을 넣고 불량하
게 서 있었다.

"무슨 말씀이신지 물어도 괜찮겠습니까?"

유웰은 어깻짓을 해 보였다.

"휴가 도중에 불려왔다면 무슨 일이 났을지 네가 더 잘 알잖아?
요번에는 바다 위에서 설치는 개 떼들이라더군."

"그렇군요."

평범한 사람이었다면 불안한 낯빛부터 비쳤을 소식임에도, 에
이엔스는 사교계의 염문을 들은 것처럼 변화없는 얼굴로 다시 제
갈 길을 가기 시작했다.

"역시 걱정없다는 건가, 에이엔스?"

에이엔스는 그에게서 좀 떨어진 후에야 흘긋 시선을 돌렸다.
유웰은 더 이상 따라오지 않고 그 자리에 그대로 서 있었지만, 빙
글빙글 웃고 있었다.

"아이힌입니다, 유웰 경."

칼로 내리긋듯 싸늘하게 말한 에이엔스는 그녀의 상징 같은 백
색 기사단장복을 펄럭이며 멀어져 갔다. 뒤에 남은 유웰은 피식,

걸렁한 웃음을 토해냈다.

"저런, 저런. 무서워서 오금이 다 저리누만."

유웰은 에이엔스 아이힌 기사단장의 검이 공기를 가를 때 어떤 소리가 나는지 잘 알고 있으면서도 마냥 유쾌해 보였다. 하지만 그 눈빛만은 철옹성의 괴멸을 기대하는 잔악한 적장처럼 차갑게 빛났다.

"전하, 제3왕궁기사단장님께서 드셨습니다."

왕의 집무실 앞에 부동자세로 서 있는 시녀가 정중하게 에이엔스의 방문을 고하자, 안에서 누군가가 벌떡 일어서는 소리가 들려왔다.

"어서 들라 하라!"

육중한 문이 밀려났다. 그러자 유난히 에이엔스를 총애하는 아멜리타의 젊은 왕, 아비드 4세가 입구 쪽으로 성큼성큼 다가오고 있는 모습이 보였다. 그는 그녀가 온 것만으로도 골치 아픈 일이 모두 해결될 것처럼 함박웃음을 짓고 있었다. 하지만 지극히 기사다운 걸음걸이로 들어선 에이엔스는 그가 완전히 다가오기 전에 정중하게 고개를 숙여 인사했다.

"제3왕궁기사단의 에이엔스 아이힌이 높으신 전하를 뵙습니다."

너무나 정중하지만 그렇기에 더욱 벽이 느껴지는 깍듯한 어조. 아비드는 멈칫하고 말았다.

자신을 좀 더 편하게 대하라 해도 에이엔스는 왕과 기사의 선을 넘는 법이 없었다. 오히려 가까이 오라 할수록 멀리멀리 달아났다. 물론 피하는 기색을 보이거나 대놓고 뒷걸음질치는 것은 아니었다. 가까이 오라 하면 가까이 오고, 이리 가라 하면 이리가고, 저리 가라 하면 저리 갔다. 하지만 그럴수록 기사단장의 껍질을 뒤집어쓰고 그를 철저히 왕으로만 대했다. 절대적인 충성심이 깃들어 있지만 그 외에는 아무것도 없는 에이엔스의 푸른 눈을 볼 때마다 그는 도저히 줄일 수 없는 거리감을 느껴야 했다.

뒤늦게 헛기침하며 자리로 돌아간 아비드는 집무실 중간에 반듯하게 서 있는 에이엔스를 바라보았다.

새하얀 기사단장복을 입은 그녀는 남복을 하고 있어도 결코 그 아름다움이 가려지지 않았다. 맑게 찰랑이는 순도 높은 은발과 고귀한 기품이 흐르는 청안(靑眼). 그 푸른 눈동자는 바다를 품었는지, 하늘을 품었는지, 그도 아니면 고고한 만년설을 품었는지 더없이 청아한 빛을 발했다. 그리고 그야말로 백옥 같은 피부에 불그스름한 입술은 소녀의 홍조 빛이었고, 살결은 비단에 비할 바가 아니었다. 게다가 아주 가는 만년필촉으로 그려놓은 것처럼 가늘디가는 얼굴 선까지. 그녀는 남자라면 누구나 한 번쯤은 탐내 볼 미녀였다. 하지만 그녀는 '여인'이 아닌 '기사'였다.

여인의 몸으로도 기사라면 누구나 바라 마지않을 정점의 자리에 선 에이엔스 아이힌. 왕국에서 유일하게 이미 사라져 버린 고대의 권능을 계승한 그녀는 인간의 발길이 닿을 수 없는 설산 위에 고고히 핀 얼음 꽃이었다.

"아이힌 경, 아직 푹 쉬지도 못했을 텐데 이리 불러내어 미안하다."

"아닙니다. 언제나 불러주실까 기다렸습니다."

기사의 입바른 말임을 알고 있음에도 아비드는 치솟은 기쁨을 주체할 수 없었다.

"다름이 아니라, 나라에 우환이 생겼다."

"여쭈어도 되겠습니까."

"그라나츠 해역에 해적이 출몰했다."

에이엔스의 눈이 서늘하게 가라앉았다.

삼면이 바다로 둘러싸인 아멜리타 왕국은 예로부터 해적 때문에 골머리를 앓는 일이 빈번했다. 그 덕분에 해상 군사력이 강해지기도 했지만, 땅보다 바다의 면적이 월등하게 높은 이 세계에서는 어느 나라나 해적과 떼려야 뗄 수 없는 관계에 놓여 있었다. 그래서 에이엔스는 기사단장이 된 후 대대적인 해적 토벌을 감행한 적이 있었다. 그 결과는 매우 성공적이었다. 덕분에 사람들은 그녀의 대표적인 공을 뽑으라 한다면 90%가 사 년 전의 해적 토벌을 지목할 정도였다.

그런데 아멜리타를 위협하는 끈질긴 벌레 같은 족속들이 또 기어나왔다고?

"우환이라 말씀하실 정도입니까?"

"처음에 나타났을 때는 난민들이 모여 한두 번 도적질을 하다가 마는 정도라고 여겼지만, 단순한 좀도둑이 아니라고 하더군. 아주 본격적이야. 아멜리타의 해군에 도전이라도 하는 건지, 한 달여 전부터 출몰하기 시작한 몇 대의 해적선이 어제는 아멜리타의 무역선을 공격했다는 보고를 받았다."

정부의 직속 선박인 무역선이 공격당했다는 말에 에이엔스의 눈에는 빙점에 도달하는 듯한 냉기가 스몄다.

"본격적이고, 계획적이지."

아멜리타 왕은 고민스럽게 중얼거렸다.

"그 해적선이 공격하는 것은 아멜리타 소속의 선박뿐이라더군."

참으로 겁도 없는 해적이었다. 아멜리타는 예전부터 막강한 해상 군사력을 자랑해 오기도 했지만, 그녀가 실행한 해적 토벌 때문에 요 몇 년간 아멜리타의 인근 해역에는 해적이라면 쪽배 탄이들도 찾아볼 수 없었다. 그녀가 완전히 씨를 말려 버린 탓이었다. 그때 그녀가 얼마나 악독하게 해적 토벌을 감행했는지에 대해서는 전 대륙인들이 다 알고 있을 정도였다. 오죽하면 그 후로 에이엔스를 공공연히 '청안(靑眼)의 마녀'라고까지 불렀겠는가. 그런데 간이 커질 대로 커진 해적은 몇 년간 바다가 잠잠했다고 그녀에게 복수라도 하려는 모양이었다. 바다는 조용하다고 해서 정말 조용한 것이 아니고, 폭풍이 불지 않는다고 해서 늘 잔잔한 법이 아니거늘.

"그것도 그렇지만, 이상한 점은 한두 가지가 아니야."

에이엔스는 말해달라는 듯 아비드를 보았다.

"아멜리타의 배만 습격하는 것. 물건은 모두 훔쳐 가도 포로를 데리고 가거나 선원들을 죽이지는 않는다는 것. 그리고 계속 아멜리타 해역을 배회한다는 것. 대체 그 해적선의 목적이 뭔지 알 수가 없어."

에이엔스도 마찬가지였다. 이유를 알 수가 없었다. 다른 해적이라면 호기롭게 해적질을 한다고 해도 에이엔스가 있는 이상 아멜리타는 피해가려고 할 텐데, 요번 해적들은 뭔가 목적이 있는 것처럼 아멜리타만을 노린다?

그 목적이 무엇일까? 아멜리타를 건드려서 얻는 득이 무엇이라고? 그러나 에이엔스에겐 그 해적의 목적이 무엇인지는 중요하지 않았다. 단지 누구든지 아멜리타를 위협한다면 그 끝에는 죽음이 있을 뿐이었다.

"아이힌 경, 출정해 주겠는가?"

에이엔스는 의연하게 자세를 바로 했다. 그리고 그녀에겐 그 무엇보다 절대적인 왕명을 받들며 고개 숙였다.

"신 아이힌, 출정하겠습니다."

출정 명령을 받고 왕의 집무실을 나온 에이엔스는 고향과 별다를 바 없이 새파란 물빛 하늘을 올려다보았다. 호수를 그대로 옮겨놓은 듯한 하늘은 마치 당장이라도 쏟아져 내릴 것만 같았다. 하지만 가만한 미풍이 불어오는 가운데 아무리 바라보고 있어도 하늘은 그저 유유히 흘러갈 뿐이었다.

'한바탕 퍼붓기라도 하면 속 시원할 것 같은데.'

에이엔스는 조각구름이 평화롭게 떠가는 하늘을 보며 머릿속으로는 앞으로 해야 할 일을 점검했다. 출정에 대한 서류 작성, 출정을 나가는 동안 기사단의 감독권 임시 이임, 출정을 나갈 기사 선별……. 바람이 머물렀다 가는 샘인 듯 평온해 보여도 에이엔스의 머릿속은 맹렬하게 움직였다.

대충 할 일의 목록을 정리했으니, 이제는 숨 가쁘게 움직이는 일만 남았다. 출정에서 돌아와도 한동안은 눈코 뜰 새 없이 바쁠 터였다. 하지만 에이엔스는 좀처럼 걸음을 움직일 수 없었다. 파란 구슬을 터뜨려 놓은 듯한 창공의 푸른빛에 매료되기라도 했는지, 이상하게 가슴이 설레었다. 정말 이상한 느낌이었다.

한가로운 왕궁 어디에서도 가슴이 뛸 만한 풍경은 없는데, 가슴이 묘하게 공명(共鳴)했다. 하지만 오랜만에 출정을 나가기 때문은 아니라고 확신할 수 있었다. 오늘뿐만이 아니라 요 근래 계속 그래 왔기 때문이다.

모두를 설레게 하는 봄기운은 얼음 기사 에이엔스에게도 여지없이 힘을 발휘하는지, 여느 때와 달리 가만히 있다가도 발작적으로 가슴이 뛰었다. 검을 휘두르다가도, 서류를 보다가도, 누구와 이야기할 때에도 기묘한 설렘은 시간과 장소를 가리지 않고 찾아왔다. 그래서인지 때때로 번잡한 사념이 얼음물처럼 맑고 차분한 이성을 교묘하게 어지럽혔다. 의식의 저편에 묻어둔 어머니에 대한 기억이라던가, 바다 건너를 보고 싶은 소망, 혹은 일탈하고픈 위험한 충동이.

'대체 무슨 일이 일어나려고 하는가.'

날카로운 기사의 감이랄까, 일부러라도 인식하고 있지 않던 여인의 감이랄까, 매몰차게 무시할 수 없는 뭔가가 가슴을 공이질시켰다.

혹여 대륙의 중심 지대에서 일고 있는 전쟁의 피바람이 예까지 불어오려는 전조를 느낀 것이라면…….

문득 거기에 생각이 닿은 에이엔스는 전쟁에 대해 자세히 알아보라 명령해야겠다고 결심했다. 만약 그런 거라면 가벼이 넘겨선 안 될 일이었다.

에이엔스는 독이라도 풀어놓은 것처럼 지나치게 청명한 하늘로 다시 시선을 돌렸다. 또 가슴이 두근, 하고 뛰었다. 도대체 무슨 일이 일어나려고 가슴이 이토록 설레는 것인지 도통 알 수가 없었다.

2

　푸른 하늘을 이고 날아온 독수리 한 마리가 첨탑처럼 솟아오른 돛대 위에서 빙글빙글 맴돌았다. 갑판 위에서 한가로운 때를 즐기고 있던 선원들은 보란 듯 왔다 갔다 하는 그림자에 이끌려 하늘을 보았다. 가리개 하나 없이 직선으로 쏟아져 내리는 햇빛에 눈이 시렸다. 그야말로 '쨍一' 하고 빛나는 듯 강렬한 햇빛이었다.

　「저거 사왈리 아니야?」

　시린 눈으로 하늘을 올려다본 선원들 중 누군가가 확신 조로 중얼거렸다. 하지만 다른 선원들은 독수리가 그러거나 말거나 하나둘 고개를 내리고 다시 앞에 놓여 있는 도박판으로 시선을 집중시켰다.

　「정찰 끝내고 돌아왔나 보네.」

　「그런데 왜 안 내려오고 저기서 뱅글뱅글 맴돌아? 정신 사납게.」

「전…… 아니, 두목님을 찾고 있나 보지.」

선원은 너르게 펼쳐진 갑판을 휘휘 둘러보았다.

「그러고 보니 전…… 아니, 두목님은 어디 계신 거지?」

두목의 이름이 '전…… 아니' 이기라도 한 것일까? 아니라면 왜 하나같이 입에 자연스럽게 밴 호칭을 말하려다가 급히 고치는 짓을 반복하는지 알 수 없는 일이었다.

「선장실에 계시겠지.」

그제야 선원은 하늘에서 시선을 떼고 도박 패가 어지럽게 왔다 갔다 하는 풍경을 멍하니 바라보았다. 그리고 이대로 졸아버리기라도 할 것처럼 노곤한 눈으로 중얼거렸다.

「이러고 있어도 되는 건가 모르겠네.」

작열하듯 내리쬐는 햇빛. 패악스러운 바다의 마녀가 깊은 잠에 든 시간인지 더없이 잔잔한 파도. 때때로 청명한 하늘을 가르며 끼룩끼룩 날아가는 갈매기. 평화로움과 졸음기가 가득한 갑판 위. 하나같이 물에 불려놓은 밀가루 반죽처럼 퍼지게 늘어져 있는 선원들. 긴장감이라고는 눈곱만큼도 없는 풍경이었다. 사실 몇몇 선원들은 난간 가에 서서 변함없는 부동자세를 취하고 있었지만 대부분은 갑판 위를 거의 굴러다니고 있었다.

「두목님께서 실컷 놀라시는데 놀아야지.」

짝! 누군가가 모포 위로 도박 패를 내려치자 장렬한 마찰음이 울려 퍼졌다.

「노는 것도 하루 이틀이어야 말이지. 내가 언제 이렇게 놀아봤는지 기억에도 없네그려.」

「아직 풍뎅이가 안 나왔으니 어쩔 수 없지.」

풍뎅이? 누구를 지칭하는지 알 수 없는 말이었지만, 한자리에 앉은 선원들은 모두 알아들은 듯 고개를 주억였다.

「그놈의 풍뎅이. 끈질기기도 하네. 이만했으면 대충 하고 나올 것이지 뭐 그리 비싼 몸이라고 아직 무거운 엉덩이를 문대고 있나.」

선원들은 키들거리며 웃었다.

「원래 계집들은 엉덩이가 무거운 법이지 않겠나. 일어서는 데 하루가 걸리고 오는 데 백날이 걸리니 우리가 기다려 줘야지 어쩌겠어.」

「그렇다지만 풍뎅이 껍데기에 금칠이라도 했나, 보기 더럽게 힘들어.」

한 선원들의 말에 다들 잠시 무료한 평화를 잊고 왁자지껄 자지러지게 웃어댔다. 그때였다.

삐익—

길고 힘있는 휘파람 소리가 울리더니, 공기와 공명하듯 중후한 음성이 하늘로 퍼져 갔다.

「사왈리!」

그 순간, 선원들은 갑판 위에 녹아들 것처럼 퍼져 있던 게 언제냐는 듯 벌떡 자리에서 일어섰다. 그리고 열린 선장실 문 앞에 서 있는 남자에게 예를 갖추었다.

천한 것들과 상대하고 싶지 않다는 듯 허공에서만 뱅글뱅글 맴돌고 있던 독수리도 재빨리 하강해 와 푸드덕 남자의 팔 위에 내려앉았다. 그러자 남자는 칭찬해 달라는 듯 '삐이익—' 목을 울리는 사왈리를 가볍게 쓰다듬어 주었다.

사왈리는 새까만 깃털에 머리와 꼬리 깃털만 대조적으로 새하얀 세—이든 산 순종 독수리였다. 하지만 독수리치고는 이색적이게도 홍옥(紅玉)을 박아놓은 듯 번들거리는 붉은 눈동자가 기묘한 위화감을 자아냈다. 그러나 그보다 더 위화감을 느끼게 하는 이는 독수리 사왈리가 아닌, 남자였다.

남자는 온통 검은색으로 도배한 차림새였다. 검은 바지에 셔츠 형식의 검은 상의, 머리에 두른 두건과 새로 장만한 것인 듯 다소 뻣뻣한 가죽 장화까지. 다만 역삼각형 상체에 늘씬하게 뻗은 허리에 단단하게 둘러맨 허리 천만이 짙은 붉은빛이었고, 헐렁하게 풀어진 앞섶 사이로 보이는 목걸이와 손목에 둘러진 팔찌, 허리 뒤편에 비스듬하게 찬 단도(單刀:한 자루의 칼)만이 다른 색을 지니고 있었다.

나이는 이십대 중, 후반쯤 되었을까. 군신(軍神) 같은 인상에서 풍겨 나오는 관록이 도무지 이십대 청년의 것으로 보이지는 않았지만, 그는 사왈리처럼 날렵한 맹금류 같은 남자였다. 짙은 눈매는 어딘가 짓궂은 분위기를 풍겼지만, 전체적으로 지독히도 관능적인 공기를 휘감고 있었고, 사왈리와 꼭 닮은 붉은 눈동자를 가지고 있었다. 아니, 사왈리가 그의 눈을 닮았다고 해야겠지만 그가 사왈리를 키우게 된 계기가 돌연변이로 태어난 독수리의 붉은 눈을 보고라고 하니 그만큼 둘은 홍채 색이 비슷했다. 그야말로 붉디붉은 보석을 정제해 박아놓은 듯한 색이었다.

처음 봤을 때보다야 많이 익숙해졌지만 선원들은 아직도 갑자기 그와 시선이 마주치면 저도 모르게 굳어버렸다. 그들의 고향인 세—이든 제국에서는 붉은 눈이 길하다는 미신이 있었지만, 그런 미신을 떠나 그의 적안은 본능적인 두려움을 자아냈다. 특히 흑색 깃털을 지닌 독수리와 함께 있으니 더더욱 위압적으로 보였다.

마치 세–이든 제국의 신화에 등장하는 군신 자카라스와 죽어서까지 주인의 곁을 지킨 독수리 자모일을 그대로 옮겨놓은 것 같지 않은가.

　사왈리를 건장한 어깨에 옮겨 태운 남자는 정자세로 굳어 있는 선원들을 돌아보았다. 그리고 무표정하게 있으면 가슴이 선득할 정도로 서늘해 보이는 얼굴을 풀며 빙그레 미소를 띠었다.

「다들 못 먹을 거라도 먹었나? 왜 그렇게 굳어 있는 거지?」

　귓가에 이명(耳鳴)을 울리는 듯한 저음이 성대 깊은 곳에서 진하게 우려져 나왔다. 그것은 바람을 타고 오는 것처럼 가만한 목소리이면서도 귀를 묘하게 낚아채는 힘이 있었다.

　제법 온화한 물음에야 선원들은 핫 하고 동결 상태에서 풀려났다. 한동안 함께 생활해 오며 그가 보이는 것만큼 차갑거나 위압적인 성격이 아니라는 것을 깨달았지만, 아직도 때때로 본능적인 거부감이 숨통을 졸라왔다. 하지만 넉살하면 이길 자가 없는 선원들은 곧 짐짓 아무렇지 않게 너스레를 떨었다.

「다름이 아니라, 팔자에도 없는 사치를 누리고 있었더니 이제 슬슬 좀이 쑤시지 뭡니까.」

　아직 별다른 이변이 없는 듯한 선원의 말에 남자는 하늘을 올려다보았다. 내리쬐는 햇빛을 담뿍 흡수한 그의 적안이 투명한 루비 빛으로 일렁였다.

「아직 아무런 기미가 없나?」

「예, 평소보다 더 조용합니다.」

　남자는 작게 '흠' 하는 소리를 내더니 갑판의 2층으로 올라갔다. 물론 선원들에게 하던 일을 마저 하라는 듯 손짓하는 것도 잊지 않았다. 그제야 선원들은 하나둘 긴장을 풀고 다시 갑판 위에 늘어지기 시작했다. 고향에서 먼 길 떠나와 이런 평화라니, 참 팔자가 아니 좋다고 할 수 없는 모습들이었다.

「기욤.」

2층 갑판 위로 올라간 남자는 하염없이 바다를 지켜보고 있는 사내를 불렀다. 그때 남자가 움직이느라 잠시 허공으로 날아올랐던 사왈리가 다시 어깨에 안착했다.

기욤은 뒤에 선 남자를 발견하자마자 빠르게 몸을 돌리고 인사해 왔다.

「전…… 아니, 두목님.」

「상황은?」

남자는 기욤의 곁으로 다가가 자연스러운 하대로 물었다. 그러자 갈색 머리에 녹색 눈동자를 가진 기욤 역시 자연스러운 목례와 함께 대답했다.

「군함은 그림자도 보이지 않습니다.」

육안으로 봐도 조용한 바람만이 불어오는 바다에는 군함은커녕 쪽배의 그림자도 보이지 않았다.

남자는 균형적인 자세를 풀며 삐딱하게 팔짱을 꼈다. 그러자 헐렁하게 풀어헤쳐진 옷깃 사이로 그의 튼실한 가슴팍이 더욱 불거져 오르고, 팔뚝에 희미한 힘줄이 돋아났다 사라졌다.

「풍뎅이는 뭘 그리 재고 있는 건지 모르겠군.」

풍뎅이란 말에 기욤은 흘긋, 남자의 어깨에 위풍당당하게 앉아 있는 독수리 사왈리를 바라보았다. 그러자 기분 탓이겠지만 사왈리가 붉은 눈을 찌릿 흘기며 '뭘 봐?' 하고 쌀쌀맞은 아가씨의 눈빛을 보내왔다.

사실 '풍뎅이'는 해당 표적과는 아무런 관계가 없는 호칭이었다. 그저 남자에게 임의로 부를 만한 이름을 정해달라고 했을 때, 그는 어떤 이름이 좋을까 고민하는 눈치였고, 마땅히 떠오르는 게 없는지 처음에는 눈앞에 보이는 대로 '책상은 어때?' 라는 등 불성실한 대답이나 돌려주었다. 생김새와 달리 묘하게 핀트가 어긋나는 사람이랄까. 어쨌든 다른 것으로 하라 했더니, 그때 마침 산책을 나갔던 사왈리가 선물이랍시고 레몬 색 부리에 뭔가를 물고 왔다. 아직 살아서 파다닥 움직이는 풍뎅이였다. 그 순간 기욤은 보았다. 풍뎅이를 본 주군의 눈이 번뜩, 하고 빛나는 것을.

뭐, 덕분에 암호명이 풍뎅이로 낙찰되었다는 이야기였다.

「풍뎅이를 끌어내기에는 부족했는가 봅니다.」

「아직 위기감을 느끼지 못한다는 말이로군.」

남자의 뚜렷한 입매에 떠올라 있는 것은 즐거움이었다. 악동처럼 흥미롭다는 웃음과 아슬아슬한 위험에서 희열을 얻는 도박사의 눈빛. 그러한 것들이 요사스럽게 보일 정도로 붉은 눈동자에 스며 있었다.

기욤은 다음 계책을 짜고 있는 듯한 그를 보며 얼핏 웃음 지었다. 언제나 종잡을 수 없는 기행으로 제국을 들었다 놨다 하는 주군이지만, 요번에 한해서는 무슨 생각을 하고 있는지 알 것 같았다. 아마 좀 더 강도 높은 '눈에 띄기 위한 해적 흉내' 를 생각 중이리라.

「이제는 약탈한 물건을 실을 자리도 없습니다.」

사실 최소화한 짐만을 싣고 왔음에도 불구하고 눈에 띄기 위해 해적질을 반복하는 동안 물건이 늘고 또 늘어버려 이제는 물건을 버리지 않으면 선원을 버려야 할 판이었다. 물론 선원을 버릴 리는 없으니 저번에는 약탈한 물건 반 이상을 바다에 던져 버렸다.

하루 벌어 하루 먹고사는 서민들이 보았다면 눈물과 함께 개탄할 만한 일이지만, 어쩌겠는가. 그들도 살고 봐야 하는 것을.

「어쩔 수 없군. 다음 배는 침몰시킨다.」

대수로울 것 없다는 한마디에 기욤은 당혹감 어린 표정을 지었다. 이건 예상보다 강도가 높았다.

「하지만 그렇게까지…….」

「누가 선원들을 죽인다고 했나?」

「예?」

「한 놈도 빠짐없이 건져 올려. 그리고 육지로 데려다 줘.」

남자는 여전히 바다를 바라보며 단조롭게 이야기했다.

「기어코 배를 침몰시킨 잔인무도한 해적. 그러나 선원들은 한 사람도 빠짐없이 구해 육지에 데려다 주기까지 한다? 뭔가 이상하지 않나?」

「예, 굉장히 이상합니다만.」

남자는 기욤을 돌아보았다. 그의 붉은 눈에는 선연한 이채가 서려 있었다.

「우리의 목적은 그거잖아? 이상하고 이상해서 도저히 확인하지 않고는 못 배길 정도가 되어야지. 그래야 풍뎅이도 기어나올 생각이 들 테니까.」

그리고 남자는 이죽거리듯 육감적인 입매를 길게 늘어뜨렸다.

「기행이라면 내 전문이지.」

그때였다. 1층 갑판에 늘어져 있는 선원들 사이에 작게 웅성임이 일더니, 누군가가 급히 2층으로 탁탁탁 뛰어올라 왔다.

「두목님! 배가 나타났습니다!」

두 남자의 시선이 동시에 뒤쪽으로 돌아갔다. 아직 육안으로는 아무것도 보이지 않았다. 뛰어들어 헤엄쳐도 되겠다 싶을 정도로 조용하고 푸른 바다밖에는.

남자의 눈매가 슥 가늘어졌다.

「상선(商船)인가?」

배가 오는 방향은 아멜리타 쪽이 아닌 바깥 대양 쪽이었다. 그러니 아멜리타의 군함일 리는 없었다. 상선이 오고 있는 방향 쪽으로 밤낮없이 가고 또 가면 그들의 고향인 세─이든 제국이 있었다.

「푸른 깃발에 방패와 검 문양……. 예! 아멜리타 소속의 상선입니다!」

「때마침 먹잇감이 나타나 주시는군.」

남자의 입가에 걸린 웃음이 더더욱 짙어졌다.

멈칫.

기사궁으로 들어서던 에이엔스는 또 걸음을 멈추었다. 그리고 획 뒤를 돌아보았다. 하지만 잔잔한 햇빛이 가라앉아 있는 회랑에는 아무도 보이지 않았다. 그저 멀리서 기사들이 수련하고 있는 듯 우렁찬 기합 소리만이 간간이 들려올 뿐이었다. 에이엔스의 반듯한 미간에 서서히 한줄기의 금이 그려졌다.

또 가슴을 울려오는 기묘한 공명.

그 공명 자체는 첫사랑에 빠진 소녀의 것처럼 달근달근한 느낌이었지만, 에이엔스는 그 공명이 매우 불쾌했다. 언제나 정립된 규율 속에서 확신을 가지고 직진해 온 그녀였기에 이유를 알 수 없는 설렘이란 불쾌함, 그 이상도 그 이하도 아니었다.

에이엔스는 몹시 떨떠름해졌지만 곧 차가운 무표정을 되돌리고 기사궁 안으로 들어갔다. 그리고 연무장으로 가자, 기사들이 투명한 땀방울을 흩뿌리며 검을 내지르고 있었다. 앞으로 날카롭게 찔러 들어갔다가 재빨리 회전하며 뒤로 내찌르기. 한 치의 오차도 없이 맞아떨어지는 동작들은 그들을 하나의 군집(群集)처럼 보이게 했다.

그때, 기사 중 누군가가 에이엔스를 발견하고 동작을 멈추었다. 그녀가 그늘 아래 서 있어서 잘 보이지 않았겠지만, 거울처럼 반짝이는 은발과 왕국에서 단 다섯 명만이 입을 수 있는 기사단 장복에 확신을 얻은 모양이었다. 그러자 다른 기사들도 동작을 멈추었다. 그리고 그녀를 향해 경례했다. 오른손으로 검을 쥐고 왼쪽 가슴에 대어 보이는 것. 심장이 있는 부위에 검을 붙이는 행동은 기사들이 상대에게 경의를 표할 때 쓰는 인사법이었다.

에이엔스는 됐다는 듯 가볍게 손짓하고 기사들 앞에 서 있는 남자에게 이리 오라는 양 고갯짓했다. 그러자 남자는 기사들에게 계속하라 이야기하고 절제된 걸음걸이로 에이엔스에게 다가왔다.

"다녀오셨습니까?"

다가온 남자는 소녀들이 꿈꾸는 이상형을 그대로 옮겨놓은 듯한 청발벽안의 미남자였다. 하지만 표정이나 목소리는 에이엔스 못지않게 서늘하고 별다른 파동이 없었다. 에이엔스가 '기사의 표본서'에 여성이란 점이 걸린다면, 그는 성격, 신념, 성별, 가문, 모든 것이 '기사의 표본서'에 부합했다.

듀스 데임 지할드. 아멜리타 왕국에서 최고 가는 기사 가문 백작 지할드 가(家)의 삼남이며, 사교계의 아가씨들을 보고 '공작의 깃털을 꽂은 오리 무리'라고 일축하는 촌철살인 급의 언변을 지닌 제3왕궁기사단의 부기사단장이었다.

"출정이다."

에이엔스는 군말없이 핵심만을 집어 이야기했다. 듀스 역시 군말없이 고개를 끄덕였다.

"그라나츠 해역에 출몰한다는 해적 토벌입니까?"

"그래. 오늘 내로 림하렐(아멜리타의 수도)을 떠나 그라나츠(그라나츠 해역에 가장 인접해 있는 항구 도시)로 간다."

"기사 선별은 어떻게 하시겠습니까?"

"2조를 데리고 간다."

"2조면 되겠습니까?"

기사단마다 조금씩 차이는 있지만 한 기사단에 소속된 기사의 수는 보통 백여 명. 그중 한 조라면 열 명 안팎이었다. 대부분은 해군이 충당할 테지만 극악한 해적 토벌을 나가는데 열 명이라면 조금 부족한 감이 있는 숫자였다.

에이엔스는 흘긋, 그녀보다 시선이 좀 더 위에 있는 듀스를 바라보았다.

"안 될 거라고 생각하나?"

듀스는 살짝 목례했다.

"실례를 범했습니다."

두 사람은 마치 자로 재어 검으로 반듯하게 잘라놓은 것만 같았다. 조금도 돌출되는 부분 없이, 튀는 부분 없이, 거슬리는 부분 없이, 지나치게 반듯해 인간미가 느껴지지 않을 정도였다.

"그럼 준비를……."

에이엔스가 무어라 말하려는 순간이었다. 탁탁탁, 다급하게 달려오는 발걸음 소리가 빠르게 가까워지더니, 조속히 달려온 한 기사가 에이엔스와 듀스를 발견하고 제자리에 서서 왼쪽 가슴에 손을 대었다.

"단장님! 급보입니다! 그라나츠 해역에서 아멜리타 상선이 해적의 기습을 받았습니다!"

에이엔스의 청안이 선득하게 가라앉았다.

조금만 기다리면 알아서 처리해 줄 터인데 그새를 못 참고 또 일을 쳤군.

"피해 상황은?"

"선박은 공격을 받아 침몰되었고 물건도 모두 가라앉았습니다."

올라온 보고에 의하면 여태까지의 해적들은 고래의 배를 갈라 심장만 빼가듯이 물건만 약탈해 갔는데, 이제는 그것도 질렸는지 기어코 더러운 해적의 본성을 드러낸 모양이었다.

에이엔스는 한시도 지체할 수 없다는 듯 몸을 돌리려고 했다. 하지만 그전에 급보를 안고 온 기사가 뒷말을 꺼냈다.

"저, 그런데 이상한 점이 있다고 합니다."

"뭐지?"

"인명 피해는 없습니다."

"뭐라고?"

배가 침몰되었는데 인명 피해는 전혀 나지 않았다고? 에이엔스로서도 이해할 수 없는 보고였다.

"해적선이 바다에 빠진 인원까지 모두 구해 그라나츠 항구에 데려다 주었다고 합니다."

"그리고?"

그 보고에도 듀스는 여전히 무표정했고, 에이엔스는 담담하게 되물었다. 그러자 기사는 잠시 당혹감 어린 표정을 지었다. 이 보고에는 에이엔스나 듀스도 의아해할 거라고 생각했는데, 둘의 반응이 예상과 다른 탓이었다.

"아, 그러니까……."

"해적은 붙잡지 못했나?"

"아, 예. 항구 근처에 상선의 탑승자들을 모두 내려놓고 다시 바다로 돌아……."

에이엔스는 싸늘한 일갈을 가했다.

"그라나츠 해군들은 넋 놓고 보고만 있었다는 건가?"

누군가에게는 애석하게도 에이엔스는 해적선의 의미 모를 행동을 의아해하지 않았다. 그녀에게 있어 과정이란 불필요한 변명에 불과했다. 단지 결과만이 중요할 뿐이었다.

"그, 그게…… 어째서인지 해적선의 속도가 비정상적으로 빨라서……."

에이엔스는 말을 다 듣지도 않고 백색 옷자락을 펄럭이며 몸을 돌렸다.

"30분 내로 출발한다. 단 1분의 지체도 용서하지 않는다."

3

　아삭, 잘 닦아놓은 창처럼 깨끗하고 하얀 이가 경쾌하게 과일을 베어 물었다.

　「이대로 눌러 앉을까?」

　나무 궤짝으로 된 맥주통 위에 불성실하게 걸터앉은 남자가 과일을 우물거리며 중얼거리자, 옆에 서 있는 기욤이 무슨 소리냐는 듯 돌아보았다.

　「이렇게 사는 것도 나쁘지 않을 것 같아서 말이지. 아니, 이십구 년을 살고서야 내 적성에 맞는 일을 발견했다고 해야 하나?」

　그러니까 슬슬 해적질에 재미가 들렸다는 말이었다.

　기욤은 미간을 찌푸리며 정색했다.

　「그런 무서운 말씀은 삼가주셨으면 합니다.」

　「무서워?」

　남자는 기욤을 돌아보고 피식 웃었다. 그런 그는 마치 노곤한 한낮의 낮잠을 즐기는 맹수 같았다. 맥주통 위에 걸터앉아 뒤의 난간에 팔을 걸치고 있는 모습은 가녀린 여인이 덤벼도 쉽게 당할 것처럼 허점이 가득했지만, 기음은 알고 있었다. 바로 곁에 서 있는 자신이 공격해도 성공하지 못하리라는 것을.

「예, 무섭습니다. 정말 눌러앉는다고 하실까 봐서요.」

남자는 그저 느물느물 웃을 따름이었다. 대체 이 능글맞음을 누가 당할까. 하지만 기음은 우스갯소리로 하는 말이 아니었다. 그가 정말 하고자 하는 일이라면 말릴 수 있는 사람이 없을 테니까.

「그나저나 평화롭군요…….」

기음은 일흔 살쯤 먹은 노인네처럼 하늘을 아련하게 올려다보며 중얼거렸다.

「하루가 지났는데도 아직 소식이 없다니, 아멜리타의 연락망이 굼뜬 건가 아니면 풍뎅이가 굼뜬 건가?」

「글쎄요……. 어느 쪽이 되었든 오늘이 가기 전까지는 소식이 있어야 할 텐데 말이죠. 하긴, 림하렐에서 그라나츠까지 오려면 좀 걸리겠군요.」

「말이 굼뜬 거였군.」

남자는 짓궂게 말하며 다 먹고 난 과일 뼈대를 쓰레기통 쪽으로 던졌다. 시선 한 번 주지 않고 무성의하게 던진 거였지만 과일 뼈대는 아주 정확히 쓰레기통 안으로 들어갔다.

「하여간 사 년 전에 해적의 씨를 다 말려 버렸다기에 얼마나 대단한가 싶었더니, 이런 일 처리 속도로 봐서는 더 볼 것도 없겠어.」

남자는 고개를 뒤로 끝까지 젖혀서 뒤집힌 시야로 바다를 바라보았다. 그러자 그의 유려한 목줄기가 쭉 펴지고, 새하얗게 부서지는 햇빛이 그의 목줄기와 쇄골, 미풍이 훑어가는 가슴에 사분히 내려앉았다.

「그때 이후로 아멜리타 해역에는 해적들이 얼씬도 안 했다고 하니 긴장이 풀려 있었던 게 아닐까요?」

「그럼 생각이 짧은…….」

남자는 작게 움찔하더니 말을 멈추었다. 기욤이 의아한 시선을 던지자, 그는 갑자기 바람이 일 정도로 벌떡 허리를 일으켜 세웠다.

「온다.」

밑도 끝도 없이 그저 온다는 말뿐이었다. 하지만 바다는 아직 마치 화폭에 그려놓은 것처럼 변화가 없었다.

「온다니…….」

문득 중심 돛대의 최상단 활대에 앉아 있던 사왈리가 '삐익―' 하고 길게 울었다. 동시에 그라나츠 항구 쪽에서 공기를 가르며 쉐에엑― 날아온 무언가가 눈이 쫓아가지 못할 만큼 빠른 속도로 배 위를 지나갔다. 두 사람을 포함해 모두의 시선이 하늘에 꽂혔다. 사왈리는 이미 활대 위에서 비상해, 하늘 저편으로 사라졌다가 다시 돌아오는 검은 그림자를 향해 날아가고 있었다.

「매?」

기욤은 절대 목표한 것을 놓치지 않는 군신의 맹금, 사왈리의 목표가 된 검은 그림자를 보고 의아하게 중얼거렸다. 그때 남자가 전혀 중력을 느끼지 못하는 것 같은 몸놀림으로 난간 위에 훌쩍 뛰어올라 갔다.

「잊었나, 기욤?」

어디선가 아까보다 좀 더 강해진 바람이 불어왔다. 그 바람이 난간 위에 당당하게 올라선 남자의 옷깃을 훑고, 꼬리처럼 길게 펄럭이는 허리 천을 흩날리고, 희열에 찬 저음으로 섞여들었다.

기욤은 너무나도 커 보이는 그의 주군을 시린 눈으로 올려다보았다. 역광 때문에 잘 보이지는 않았지만 그는 웃고 있었다. 진심으로 기쁜 듯이.

「'천공(天公)' 은 공명한다.」

그제야 기욤은 핫, 정신을 차리고 얼른 바다 너머를 바라보았다. 너른 수평선까지 맞닿아 있는 듯 평평하게 펼쳐진 바다 위로 검은 물체들이 점점이 나타나고 있었다.

「군함이다!」

누군가가 놀라움, 경악, 그리고 기대감에 찬 고함을 터뜨렸다.

그 순간, 펄럭였다. 저편에서 다가오고 있는 중앙 군함 돛대의 최상단에 걸린 깃발이.

푸른 깃발의 일렁임을 따라 당장이라도 튀어나올 듯이 넘실거리는 은빛 물뱀. 해적들에게는 악명을, 국민에게는 용맹을 떨치는 아멜리타 왕국 제3왕궁기사단의 표식이었다.

「풍뎅이가 날았다!」

기욤은 재빨리 몸을 돌리고 선원들에게 소리쳤다.

「움직여! 전투 준비에 들어간다!」

갑판은 순식간에 이리 뛰고 저리 뛰는 발걸음으로 혼잡스러워졌다. 하지만 선원들은 모두 오래전부터 준비해 왔다는 듯 조직적으로 움직였다. 그 엄청난 기동력은 가히 제국의 정규군에 비교해도 손색이 없었다.

모두 전투 준비로 정신이 없는 가운데, 홍안(紅眼)의 남자만이 난간 위에 올라선 채 다가오는 군함들의 근엄한 향연을 지켜보았다.

두웅, 두웅, 두웅.

바로 귀 옆에서 거대한 북이 울리는 듯한 공명이 규칙적으로 가슴을 울려왔다. 그 공명이 너무나도 힘차고 강렬해, 그는 몸이 떨릴 지경이었다. 가슴은 만조(滿潮)처럼 벅차오르고, 심장이 묵직하게 고동쳤다. 전신을 옭아매는 것 같은 공명은 거의 전율에 가까웠다.

도대체 이렇게까지 자신과 공명할 수 있는 자가 누구인지, 어떤 인물인지 궁금해졌다. 사실 세―이든에서 떠나올 때까지만 해도 반은 의무감이었지만 지금은 아니었다. 그는 진심으로 풍뎅이― 제3왕궁기사단장 에이엔스 아이힌이 만나고 싶어졌다. 당장 바다를 헤엄쳐서라도 그녀가 있는 곳에 가고 싶을 만큼.

바람을 마주 보고 서 있는 남자의 모양새 좋은 입술이 서서히 움직였다.

「와라, 천공. 네 적을 섬멸해라. 그리고 나에게 닿아라.」

알 수 없는 소유욕을 담은 목소리가 바람에 묻어갔다.

"괜찮으십니까?"

뒤에 서 있는 듀스의 물음에 에이엔스는 대답은커녕 고개조차 돌리지 않았다. 그저 저 멀리 떠 있는 해적선들을 주시하고 있을 뿐이었다.

듀스가 난데없이 괜찮으냐고 물어보는 데는 이유가 있었다. 그는 노파심에 안부를 묻거나 걱정을 내비칠 남자가 아니었다. 그건 군함에 탑승하기 위해 그라나츠 항구에 도착한 에이엔스가 갑자기 현기증이 이는 듯 비틀거렸기 때문이다. 그래도 곧 자세를 바로 했지만, 언제나 꼿꼿한 에이엔스가 휘청하는 것은 듀스로서도 자주 볼 수 있는 모습이 아니었다.

'대체 뭐였을까…….'

항구에 발을 디딘 순간, 에이엔스는 하늘이 내려앉는 듯한 충격을 느꼈다. 물리적인 충격과는 조금 달랐다. 다만 갑자기 가슴이 쿵 하고 내려앉아 어디가 하늘이고 어디가 땅인지 균형을 잃어버릴 정도였다. 금방 괜찮아지긴 했지만 사실 지금도 가슴이 터질 듯한 잔떨림이 계속 일고 있었다. 마치 거대하게 펼쳐진 바다가 해저에서 일어나는 지진 때문에 파르르 진동하는 것처럼.

설렘이라고 해야 할지 불길함이라고 해야 할지…….

그 느낌은 그녀를 태운 군함이 기민하게 물살을 가르고 해적선에 다가갈수록 강해져 갔다. 그래서일까, 저곳으로 다가가고 싶지 않았다. 자칫 조금이라도 긴장을 푼다면 저도 모르게 뒷걸음질을 칠 것만 같았다.

'이 무슨…….'

그녀는 배에 검이 밀고 들어와도 멈추지 않을 사람이었다. 눈앞에 넘어지지 않은 적이 있다면 만신창이가 되어서도 전진할 사람이었다. 하지만 지금은 인간의 힘으로는 결코 넘을 수 없는 웅장한 해일을 마주한 것 같은 두려움을 느끼고 있었다. 그것은 피할 수만 있다면 피하고 싶은 운명의 전조를 느낀 것과 같은 일종의 예감이었다.

그런데 아이러니하게도, 두려울수록 저 해적선에 있는 무언가가 그녀를 강하게 끌어당겼다. 카이드처럼 날아서라도 저곳에 가고 싶은 욕망과 청안의 마녀답지 않게 뒷걸음질치고 싶은 충동이 팽팽하게 당겨져 겨우 자세를 유지하고 있을 수 있는 것이었다.

대체 저 해적선에 무엇이 있기에.

"단장님."

그제야 에이엔스는 흘긋 시선을 돌렸다.

"평소와 조금 달라 보이십니다."

듀스만큼 감각이 예민한 자가 에이엔스의 첨예한 심경 변화를 눈치 채지 못할 리가 없었다. 보통 때는 눈치 채이지 않을 자신이 있었지만, 지금은 본연의 모습을 유지하고 있는 것만으로도 힘에 부쳤다.

"그런가."

그럼에도 에이엔스는 무심하게 대답하고 다시 시선을 앞으로 돌렸다.

바람이 불어왔다. 그 바람이 스쳐 지나간 귓가에 기묘한 이명이 남았다. 하지만 에이엔스는 그 덕분에 오히려 평정심을 찾을 수 있었다. 그것은 마치 주저 말고 네 적을 섬멸하라 말하는 듯한 이명이었다.

그래, 오로지 그녀가 생각해야 할 것은 모국 아멜리타를 위협하는 적을 섬멸하는 것뿐이었다. 늘 그래 왔듯이.

"아니, 다르지 않다. 조금도."

에이엔스는 결연하게 말했다. 그러자 듀스도 더 이상은 말이 없었다. 그리고 얼마 후, 아멜리타의 군함들은 해적선들과 좀 떨어진 거리에 멈추어 섰다.

"단장님."

그때, 이 배의 선장이 선수(배의 앞부분)에 서 있는 에이엔스와 듀스에게 다가왔다.

"선전포고를 하시겠습니까?"

에이엔스는 잠시 해적선과 군함의 거리를 가늠해 보았다. 이 정도 거리면 충분할 것 같았다.

"아니."

탁, 에이엔스는 한 걸음 내딛으며 차갑게 잘랐다.

문답무용. 선전포고 따위는 필요없었다. 선전포고는 이미 그들이 출몰했을 때부터 여러 번 해왔을 테니까. 그럼에도 겁없이 물러가지 않고 노략질을 계속하며 죽음을 재촉한 것은 그들이었다.

에이엔스가 군함의 최선두에 서자, 듀스가 몇 걸음 물러나며 선장에게도 내려가라 손짓했다. 에이엔스를 처음 만나는 선장은 그녀의 의미 모를 행동이 궁금했지만, 명령에 복종해 순순히 아래로 내려갔다.

스르릉—

가슴이 선득해지는 서늘한 금속성과 함께 그녀의 허리춤에 차인 검실에서 백옥 같은 검신이 모습을 드러내었다. 그녀의 피부와 닮은 백색의 검신은 그 차가움과 순정함에 소름이 돋을 정도였다.

건너편에 떠 있는 해적선들은 군함이 이토록 까맣게 몰려왔는데도 아무 반응이 없었다. 마치 할 테면 해보라는 듯.

잔잔한 바다는 조용했다. 희미하게 불어오는 바람은 고요했다. 하지만 그들의 배 위로는 팽팽한 긴장감이 투명한 물고기처럼 유유히 헤엄치고 있었다. 모두가 동시에 군침을 삼키면 '꿀꺽' 하는 소리가 울려 퍼질 것 같은 침묵이었다.

여인의 살결처럼 새하얀 검신이 비스듬하게 바닥을 향했다. 불어온 바람이 서슬 퍼런 검날을 사르륵 감싸 안았다가 휘리릭 도망가 버렸다. 지금부터 어떤 일이 일어날지, 어리석은 인간들은 몰라도 자연은 알고 있는 모양이었다.

에이엔스는 지금부터 알려줄 생각이었다. 그녀가 어떻게 여자의 몸으로, 그것도 열아홉 살에 왕국의 최고 기사 자리에 오를 수 있었는지, 최연소 기사단장이 어떻게 대대적인 해적 토벌에 대한 윤허를 얻을 수 있었는지, 왜 그녀가 '청안의 마녀'라고 불리는지, 왜 하필 휴가 중이었던 그녀에게 출정을 명했는지…… 모든 것을.

하긴, 알게 되는 순간 이미 저승길에 올라 있겠지만.

찬란하게 빛나는 은발 위로 푸른 바다를 헤엄치는 듯한 은빛 물뱀이 고혹적으로 물결쳤다.

「조용…… 한데요?」

기음은 멀찍이 떨어진 곳에서 도통 움직일 생각이 없는 아멜리타 군함들을 보고 이상하다는 듯이 중얼거렸다.

「왜 공격하지 않는 걸까요?」

기음의 물음에도 남자는 빙글빙글 웃고 있을 뿐이었다. 무언가를 기대하는 듯, 아주 유쾌하다는 듯, 요 근래 이렇게 재미있는 일은 없었다는 듯. 아멜리타 군함에 탑승한 자들이 그를 본다면 대체 뭘 믿고 저토록 여유를 부리는 것인지 심히 의아해할 터였다. 상대는 다른 이도 아닌 악명 높은 청안의 마녀이니 말이다.

「바람이 부는군.」

남자는 아직 고요하기만 한 하늘을 올려다보며 뜬금없이 말했다. 기음도 그의 시선을 따라 하늘을 바라보았다. 바람은 확실히 아까보다 강하게 불고 있었다.

「그러네요. 딱 맞게 바람이 부는군요.」

그 말에 남자는 푸핫 웃음을 터뜨렸다.

「기욤, 넌 정말 날 웃기는 재주가 있단 말이야.」

「예?」

「이건 자모일의 바람이 아니다.」

미신을 믿는 관습이 강한 세−이든 제국에서는 자연적으로 불어오는 바람을 '자모일의 바람' 이라고 불렀다. 더 정확히는 세−이든 제국의 주신(主神)이자 창공과 대지를 아우르는 위대한 신, 군신 자카라스의 독수리인 자모일이 거대한 날개를 펄럭일 때 일어나는 바람이라고 믿었다.

「자모일의 바람이 아니라면…….」

「봐라. 바다가 울고 하늘이 일그러진다.」

아멜리타 군함이 떠 있는 쪽을 바라본 기욤은 크게 숨을 들이삼켰다. 주군의 말대로였다. 바다가 진동하고 공기가 일그러지고 있었다. 이건 누군가가 인공적으로 공간에 위배되는 힘을 사용하려고 한다는 증거였다.

기욤은 저도 모르게 난간을 우그러뜨릴 듯이 꽉 쥐었다.

「세상에! 정말 '천공' 이었단 말입니까?」

남자의 입매가 다소 잔인하게 늘어졌다.

「보다시피.」

소문은 숱하게 들어왔지만 만난 적은 없었던 에이엔스 아이힌이 정말 '천공' 인지 아닌지, 그것을 확인한 것만으로도 일단 제1 목적은 달성한 셈이었다. 이역만리로 떠나와 팔자에도 없는 해적질을 하며 고생한 보람이 조금은 있는 거랄까. 뭐, 반쯤은 즐기긴 했지만 말이다.

「그런데, 이렇게 한가하게 대화하고 있어도 되는 겁니까?」

기욤의 얼떨떨한 물음에 남자는 가볍게 어깨를 으쓱거렸다.

「아마 안 될걸?」

「전하!」

주군이 괜찮다고 대답해 주길 바랐던 기윰은 저도 모르게 한동안 부르지 말라고 명했던 호칭을 내지르고 말았다. 그러자 남자가 단번에 쯧쯧 혀를 내찼다.

「기윰, 당분간 내 이름은 뭐라고 했지?」

「아…… 카, 칼 두목님.」

「조심하라고.」

「죄송합니다.」

둘이 상황의 심각성을 잊고 대화하는 동안 사태는 더더욱 심각해지고 있었다. 아무것도 없는 허공에서 소용돌이가 생겨난 듯 원형으로 휘몰아치더니, 누군가가 허공에 대고 붓으로 그림을 그린 것 같은 문양이 그려지기 시작했다. 소름이 끼칠 만큼 기묘한 장면이었다.

「호오?」

남자, 칼은 흥미롭다는 듯 짧은 소리를 흘렸다. 그때, 경악한 선원 한 명이 난간 너머를 가리키며 크게 외쳤다.

「처, 천공진(天公陣)이다!」

첫 번째 이미지는 그저 둥그런 원형이었다. 검은 심연의 바닥에 그려진 푸른 동그라미. 그리고 그 원형 안에 빠른 손놀림으로 슥슥 그림을 그려 넣듯, 의식 저편에 각인되어 있는 주문을 써넣었다. 그러자 어디선가 밤나비처럼 아련하게 빛나는 글자들이 날아와 원형 안을 빼곡히 채워갔다.

한 글자, 두 글자, 세 글자…… 여덟 글자.

원형의 안쪽 가장자리에 자리 잡은 여덟 개의 글자를 주축으로 진(陣)이 머릿속에서 완성되는 순간, 에이엔스는 감았던 눈꺼풀을 밀어 올렸다.

그녀를 중심으로 바람이 불고 있었다. 한 가닥으로 묶은 은발이 정신없이 휘날릴 정도로 강한 바람이. 하지만 바람이 이토록 미친 듯이 불고 있는데, 군함과 바다는 조금도 미동하지 않았다. 단지 갑판 위에만 쓸려 나갈 것 같은 바람이 무섭게 몰아치고 있을 따름이었다.

자연이 일으키는 바람이 아닌 신(神)의 권능이 일으키는 바람의 가운데 선 에이엔스는 고요히 입을 열었다.

『새벽의 여명.』

이 세상 것이 아닌 듯한 파동을 품은 그녀의 목소리를 따라 우우웅, 검신이 파랗게 요동쳤다.

『창공의 궤적.』

그 순간, 천구의 수레바퀴가 구르듯 허공에서 빙글빙글 도는 원형이 모습을 드러내었다.

『바람의 파동. 윤회의 굴레. 은빛의 천구.』

의미를 알 수 없는 주문이 하나하나 나올수록 허공에 그려진 거대한 원형 안에 글자와 기하학적인 문양들이 꿈틀거리는 물뱀처럼 스르륵 나타났다.

『마녀의 천칭. 현자의 지팡이.』

이 세계에는 ‘마법’이란 것이 존재하지 않았다. 아니, 과거에는 존재했었지만 지금은 대륙에서 사라진 지 오래였다. 창조주가 그의 존재를 대변하는 마법을 사사로이 쓰는 인간들에게 분노해 그들에게 내렸던 권능을 거두어간 탓이었다.

근대에서 마법이란 케케묵은 고서(古書)에 나오는 전설이나 다름없었다. 고작해야 신전이나 성당의 벽화에 빛, 아니면 원소 같은 모호한 존재로 묘사될 뿐이었다. 하지만 시대를 잘못 타고난 것인지, 이 땅에 내린 신의 계보가 아직 끊이지 않았다는 증거인지, 몇몇 아주 희박한 확률로 마법을 쓸 수 있는 사람들이 태어났다.

에이엔스 아이힌은 그 '선택받은 인간' 중 한 명이었다. 다른 말로 하자면 '돌연변이'였지만, 그녀가 사라져 버린 고대의 권능을 계승한 '마법의 실현자'라는 사실은 불변했다. 그것도 아멜리타 왕국에서 유일하게. 아멜리타 왕국과 가장 먼 곳에 있는 세-이든 제국에서는 '마법의 실현자'가 꽤 태어난다고 들었지만, 아멜리타에서는 그녀가 유일했다.

그녀가 고작 열아홉의 나이로 기사단장 자리에 오를 수 있었던 이유는 그 특수성 탓이 컸다. 그래서 사람들은 그녀를 아니꼬워하면서도 두려워했고, 경외하면서도 기피했다. 그녀가 작심만 한다면 아멜리타 왕국의 일개 대대는 상대조차 되지 않을 터이기에. 그것은 해적 토벌에서 그녀가 이 힘을 어떻게 사용했는지 본 자라면 단호히 확신할 수 있었다.

『낙원의 풍차.』

그녀가 마지막 부름을 끝내는 순간, 쿠웅― 알 수 없는 힘이 대기를 짓눌렀다. 다리가 휘청하는 충격에 모두 억눌린 신음을 토해냈다. 그리고 전신을 압박하는 듯한 힘이 사라졌을 때에야― 위대한 창조자가 한정된 인간에게만 허락한 권능이 어떤 식으로 나타났는지 볼 수 있었다.

배의 선두에 떠 있는 가장 큰 원형진을 중심으로 그보다 좀 더

작은 원형진이 에이엔스의 양옆에, 그리고 그녀가 서 있는 바닥에 그려져 있었다. 달빛을 받은 것처럼 은은하게 빛나는 푸른색의 진이 마치 사파이어 보석으로 빚어놓은 듯했다.

『실현자의 이름으로 여명과 궤적, 파동, 굴레, 천구, 천칭, 지팡이, 풍차의 권능에 바라노니.』

에이엔스는 경건한 의식을 행하듯 슥 한쪽 무릎을 꿇고 앉았다. 그리고 검을 높이 치켜들었다. 그녀의 흩날리는 은발과 백색 옷이 푸른 진과 화려한 조화를 이루었다.

『내 적을 섬멸하라!』

콰앙!

그녀가 검으로 바닥에 그려진 진을 강하게 내려친 순간, 천축처럼 쉴새없이 응응 돌고 있던 중심의 원형진이 멈칫했다. 동시에 그 안에서 눈이 부실 정도로 강렬한 섬광이 폭발하듯이 뿜어져 나왔다. 그리고 적선을 향해 창공을 가르는 매처럼 맹렬히 날아가기 시작했다.

모두 숨을 멈추고 말았다.

「처, 천공진(天公陣)이다!」

한 선원의 외침에 갑판이 완전히 발칵 뒤집혀 버렸다. 너나 할 것 없이 허공에 장엄한 위용을 자랑한 채 떠 있는 진을 보고 거의 사색이 되어 호들갑을 떨어댔다. 천공진 앞에서는 그 어떤 적도 살아남을 수 없다는 것을 잘 알고 있기 때문이었다.

기욤은 턱이 빠진 것처럼 입을 쩍 벌렸다.

「세, 세상에……..」

천공진을 처음 보는 것도 아닐진대 기욤은 과하다 싶을 만큼 놀랐다.

「저, 저렇게 무식하게 큰 천공진은 처음 봅니다…….」

아마 풍뎅이는 모르겠지만, 세—이든 제국에서는 '마법의 실현자' 라고도 불리는 '천공' 이 힘을 발현할 때 나타나는 진을 '천공진' 이라고 칭했다.

「그렇군. 무식하게 커.」

칼은 여전히 제삼자의 일을 보듯 턱을 긁적거리는 여유까지 보여주었다.

「하지만 체계화되어 있지 않군.」

「그렇습니까?」

「그래, 무식하게 클 뿐이야. 저기 천공진의 가장자리를 잘 보라고. 떨리고 있지? 저래서야 오래 못 가지.」

대화하는 사이에도 천공진은 계속 완성이 되어가고 있는데, 칼은 손가락으로 천공진을 가리키며 여유작작하게 가르침을 주고 있었다.

「확실히 조금 일그러지는군요.」

「천공진은 크게 펼칠수록 그만한 힘이 더 들어가지. 하지만 제어하지 못하는 힘을 아무리 쏟아부어 봤자, 저걸론 사왈리도 떨어뜨릴 수 없겠는걸.」

「그래도 저걸로 해적을 다 쓸어버렸다지 않습니까?」

칼은 야릇한 웃음을 지었다.

「하긴, 교육을 받지 않고도 저 정도라면 칭찬해 줄 만해.」

말은 평이하게 해도 칼은 가슴이 터질 것만 같았다. 온몸의 신경과 혈액이 미쳐 날뛰는 듯하고, 환희에 가까운 감각이 전신을 내달렸다.

저 천공진이 있는 자리에 그녀가 있다. 벅찬 희열이 느껴질 만큼 자신과 공명하는 그녀가.

「헉! 오, 옵니다!」

완성된 천공진에서 푸른 섬광이 쏘아져 나오려는 모습을 목격한 기윰이 기함한 채 외쳤다. 아무리 체계화되어 있지 않다지만 저 섬광에 격파당하면 살아남을 수 없으리라는 걸 아는 까닭이었다. 하지만 이 상황에서 유일한 타개책을 가지고 있는 칼은 아직도 움직일 생각이 없어 보였다.

「전하!」

안달이 날 정도로 여유로운 칼의 행동에 기윰은 거의 울듯이 소리쳤다. 지금은 호칭을 주의하라는 명령도 새하얗게 잊어버린 채였다.

「저, 전하! 전하!」

선원들 역시 호칭에 대한 주의를 잊고 칼을 부르느라 제정신이 아니었다. 여기저기서 '전하! 전하!' 외쳐 대는데, 가만히 듣고 있자니 칼은 왠지 닭들이 시끄럽게 울어대는 양계장 한중간에 서 있는 듯한 기분이 들었다. 귀가 아플 정도였다. 천공진의 파동보다 시끄럽게 귀를 울려오는 외침에 칼은 한 손으로 귓가를 탁탁 쳤다.

「전하! 제발!」

기윰은 칼의 바짓가랑이라도 붙잡을 듯이 애원했다. 그제야 칼은 탁 손을 내렸다. 그리고 기윰을 돌아보고는 악동처럼 히죽 웃었다.

「기윰, 진정하라고. 날 위협하는 천공이라니, 전에도 후에도 두 번은 없을 이야기잖아? 그러니 잠깐이라도 이 순간을 즐기게 해달라고.」

「그, 그런 한가한 소리를 하실 때가!」

일단 급한 불은 끄고 그런 소리를 하란 말입니다!

차마 소리로 내뱉을 수 없는 외침이 기욤의 속에서 천불처럼 들끓었다. 기행의 대가로 유명한 대공 덕분에 화병에 걸릴 것 같은 순간이 하나 더 추가된 셈이랄까.

「하여간 성격 급하다니까. 다짜고짜 공격부터 하는 풍뎅이도 그렇고, 기욤 너도.」

「전하아아아!」

더 이상은 한가롭게 말을 나누고 있을 시간이 없었다. 천공진에서 쏘아져 나온 푸른 섬광이 바닷물을 가르며 맹렬하게 날아오고 있었다. 그래서 기욤이 피를 토할 것처럼 외쳤을 때에야 칼은 이쯤 해두려는 듯 군함을 마주 보고 있는 배의 선수로 올라갔다. 그리고 배를 쓸고 지나가기 일보 직전까지 다가온 푸른 섬광을 향해 척 한 손을 뻗었다.

「이 정도로는 나에게 닿을 수 없어, 네 진짜 둥지가 어디인지도 모르는 천공.」

에이엔스는 특별히 칭할 만한 이름이 없어 대충 '마법진' 이라고 부르는 진에서 공격이 무사히 뻗어져 나가는 모습을 무심하게 지켜보았다. 이제 몇 초만 지나면 해적선은 두 동강이 나거나 무참하게 산산조각 나서 바다 위에 표류하고 있을 터였다. 그 와중에 생명을 잃는 자도 있겠지만, 극악한 해적에게 동정심 따위는 들지 않았다.

펄럭—

크게 휘날렸던 그녀의 옷자락이 서서히 바닥으로 내려앉은 순간이었다. 몇 척의 해적선 중 가장 가운데에 떠 있는 배 선두에 어렴풋한 그림자가 나타났다. 그 그림자는 바로 공격이 지나갈 자리에 똑바로 섰다.

에이엔스는 미미하게 미간을 찌푸렸다. 저 자리라면 공격이 지나가고 난 후에는 뼛조각 하나 남지 않을 것이다. 해적에게 보일 동정심 따위는 없지만, 자진해서 죽음으로 뛰어드는 자를 보고 유쾌할 리도 없었다. 하지만 검은 일색으로 무장한 인영은 감히 신의 권능을 막아보겠다는 듯 양손을 뻗었다.

실성한 자인가?

칼은 그저 손바닥을 내보이고 있을 뿐이었다. 그러나 푸른 섬광과 그의 손바닥이 부딪친 그 찰나.

콰아아아아아아앙!

거대한 섬광의 줄기가 보이지 않는 방어벽에 부딪혀 고막이 터질 것 같은 파공음을 터뜨렸다. 그리고 힘이 마찰하는 부분에서 폭풍 같은 바람이 터져 나왔다. 하지만 칼의 몸은 미동조차 하지 않았다. 그의 등 뒤에서 숨죽이고 있던 선원들은 엄청난 바람에 벌러덩 넘어지기까지 했는데, 칼은 옷자락만이 광증에 들린 것처럼 펄럭펄럭 흔들렸다.

「오, 꽤 하는데.」

느긋하게 중얼거린 칼은 푸른 섬광을 맞이한 손으로 허공에 원형을 한 번 그렸다. 그러자 허공에 멈춘 채 앞으로 진격하려는 듯이 격렬하게 떨리고 있던 섬광의 줄기가 그 손짓을 따라 휘릭 회전했다. 그리고 그가 팔을 굽히는 동시에 뭔가를 감아쥐듯 주먹

쥐자, 그 손안에 소용돌이라도 있는 양 섬광이 슈르르륵 빨려 들어가 버렸다. 그 모습이 마치 거대한 뱀이 꿈틀거리며 눈이 쫓지 못할 정도의 속도로 기민하게 사라지는 것 같았다.

그와 동시에 그의 두건이 휙 벗겨져 공중으로 날아올랐다. 검은 물결이 흩어져 내리며 날쌔게 날아온 사왈리가 두건을 낚아채 홰액— 하늘로 솟구쳤다.

괴괴한 침묵만이 남았다. 사라져 버린 공격을 증명해 주는 것은 출렁출렁 흔들리는 파도뿐이었고, 바다에는 미풍 한 점조차 남지 않았다. 이내 바닷물도 차분하게 가라앉아 갔다. 한동안 섣불리 입을 여는 사람은 없었다. 하지만 어느 순간, 선원들 사이에서 하늘을 찌를 듯 우렁찬 함성이 터져 나왔다.

「우아아아아아아!」

선원들이 양팔을 번쩍 치켜들고 내지르는 소리에 잔잔해진 바다가 다시 덜덜덜 진동했다.

기적을 제 눈으로 목격한 환희를 참을 수 없는지, 선원들은 공중에서 손바닥을 짝 맞부딪치거나, 서로 손을 잡고 빙글빙글 돌거나 혹은 무거운 몸으로도 용케 뛰어올라 서로 배를 퉁 맞부딪치는 등 거의 잔치 분위기였다.

「으쑤!」

「샌님 같은 아멜리타쯤이야! 얼마든지 덤비라고 해!」

「얼씨구나! 좋구나!」

숨까지 멈추고 있었던 기음은 잔뜩 굳은 몸이 서서히 이완되자, 굳건하게 서 있는 주군의 등을 바라보았다. 역광에 빛나는 그의 등은 몹시도 넓었다. 기음은 경외심과 감사를 담아 그의 등에 엄숙히 목례했다.

그때, 칼의 두건을 물고 있는 사왈리가 푸드덕푸드덕 날갯짓하며 그의 어깨에 내려앉았다.

「사왈리, 그 매는?」

칼은 사왈리의 입에서 두건을 빼 들며 그녀가 말을 알아들을 수 있는 것처럼 물었다. 그러자 사왈리는 '삐이익— 삐익—' 무슨 말이 하고 싶은 건지 알 수 없는 소리를 냈다. 그럼에도 칼은 알았다는 양 고개를 주억거렸다.

「그래, 놓쳤다고.」

벅찬 감정에 초롱초롱하게 빛나던 기욤의 녹색 눈이 미지근하게 식어버렸다.

그는 종종 누가 보면 실성했다 싶게끔 지금처럼 혼자 노는 짓을 즐겼다. 아무리 그라도 축생의 말을 알아들을 수 있을 리 만무한데 말이다. 물론 아멜리타 군함 쪽으로 날아가는 매의 그림자를 보고 어련히 놓쳤으리라 추측한 것이겠지만, 전에도 후에도 종잡을 수 없기로 둘째가라면 서러운 그가 아닌가. 오랜 세월 곁에서 보좌해 온 기욤마저도 그의 심중을 파악해 내기란 좀처럼 쉬운 일이 아니었다. 그것은 이런 일에 강대국 세—이든 제국의 제2 황위 계승자인 대공(大公)이 손수 나선 것만 봐도 어렴풋이 짐작할 수 있는 사실이었다.

「전…… 아니, 두목님.」

또 한 번 '전…… 아니'가 나왔다. 이러다간 정말 칼의 이름이 '전…… 아니'가 되어버릴지도 모르겠다.

「항상 궁금했는데 말입니다.」

「뭘?」

「정말 사왈리의 말을 알아들으실 수 있는 겁니까?」

아마도 아니겠지만, 이런 비현실적인 일까지 해내는 사람이다. 그러니 축생과 대화하는 것도 어쩌면 가능하지 않을까? 그런 마음에 묻자, 칼은 압박감이 느껴질 정도로 그를 빤히 바라보더니 히죽, 웃었다.

「꼭 말로 해야 알 수 있는 게 있는가 하면, 말로 하지 않아도 알 수 있는 게 있는 법이지.」

천공끼리의 공명처럼.

「자, 이제 우리의 천공께서는 어떻게 나올라나?」

칼은 마냥 즐거워 보였다. 우울한 소년 시절에도 불구하고 언제나 유쾌함을 잃지 않는 그였지만, 이토록 순수한 즐거움을 만끽하는 듯한 모습은 실로 오랜만이었다.

기쁨에 잔뜩 고조되어 있는 세-이든의 배와 달리, 아멜리타의 군함들은 얼떨떨함과 어리둥절함에서 풀려날 줄을 몰랐다. 현재 출정 나온 그라나츠의 해군에는 이전의 해적 토벌에 참여했던 자들도 여럿 있었기에 이번에도 에이엔스의 마법에 처참하게 격파당할 거라 믿었는데, 해적선들은 멀쩡했다. 멀쩡해도 너무 멀쩡했다. 흥분에 찬 함성이 여기까지 들려왔다.

불멸의 힘이라 믿었던 에이엔스의 마법은 흔적도 없이 소멸돼 버렸고, 해적선들은 아멜리타를 조롱하듯 홈집 하나 나지 않은 모습으로 바다 위에 떠 있었다. 다들 어떻게 된 일인가 싶어 서로 흘긋흘긋 눈치를 살폈다. 하지만 해답을 내줄 이가 있을 리 만무했다.

"불발……입니까?"

듀스가 다소 의외라는 듯 물었다. 그러자 에이엔스는 검을 들어 올려 무서울 정도로 오차가 없는, 능숙한 동작으로 검실에 되돌려 넣었다. 그리고 대답했다.

"이게 대포인 줄 아나."

당혹감도 놀람도 없는 담담한 목소리에 듀스는 실례했다는 듯 살짝 목례해 보이고 재차 물었다.

"어떻게 하시겠습니까?"

에이엔스는 아직도 해적선 선두에 서 있는 검은 인영을 빤히 응시했다. 아까보다 두근거림이 많이 가라앉긴 했지만, 폭풍이 지나가고 난 바다처럼 가슴이 여전히 파르르 떨려왔다.

이내 그녀는 기사단장복을 펄럭이며 차갑게 몸을 돌렸다.

"전투 개시다. 궁수 부대를 배치하고 화약을 장전해라."

대체 어떻게 마법을 무력화시킨 것인지, 그것만은 에이엔스도 무척 궁금했지만 지금은 마냥 궁금해하고 있을 때가 아니었다. 마법이 듣지 않는다면 아멜리타가 자랑하는 해군으로 쓸어버리면 그만이었다. 물어보는 것은 그 후에 포로를 잡아서 해도 늦지 않았다.

「저런, 독이 올랐나 봅니다.」

아멜리타 군함이 전진해 오는 모습을 본 기움이 애석하다는 어조로 중얼거렸다. 기실 군함들이 완벽한 진영을 갖춘 채 두웅! 소리를 낼 것처럼 진격하는 모습은 거의 장관에 가까웠지만, 청안의 마녀가 자랑하는 힘이 무산되는 장면을 목격한 후로는 간이 불어나 버렸다고 해야 할까. 칼에 대한 절대적인 맹신 덕분이기도 했다.

「아무래도 힘이 통하질 않으니 이번에는 인간답게 공격해 보려고 하는 것 같습니다.」

「흠, 그렇게 나온다 이거지. 역시 소문대로 한 성깔 하는군.」

팔짱을 끼고 서 있는 칼은 다가오는 군함에게서 시선을 떼지 않고 중얼거렸다.

이 대륙은 뒤집힌 부메랑 모양으로 굽어 있었다. 그리고 세-이든 제국과 아멜리타 왕국은 각자 그 양 끝에 자리 잡고 있었다. 같은 양 끝에 자리 잡고 있다 해도 '제국' 과 '왕국' 의 명칭 차이에서 알 수 있듯 세-이든 제국의 영토는 아멜리타나 타국에 비할 바가 아니었지만, 어쨌든 세-이든 제국에서 가장 멀리 떨어져 있는 나라가 아멜리타였다. 대륙을 건너가는 건 거의 무리였고, 내해를 통해서 간다고 해도 얼마나 걸릴지 알 수 없었다. 하지만 발 없는 말이 천 리를 간다고 하던가. '청안의 마녀' 에 대한 악명은 세-이든 제국에도 자자했다. 그녀가 제국에만 존재해야 할 힘을 사용한다는 소문이나, 고작 이십대의 여성 기사단장이라는 이야기, 그리고 앞길을 막는 자에겐 그 어떤 자비도 용서도 없다는 악명 등등, 황궁에서 뒹굴고 있어도 귀에 못이 박힐 정도로 들려왔다.

한 성깔 한다는 것은 칼이 멋대로 도출해 낸 결론이었지만, 실제로도 그다지 다른 것 같지는 않았다. 마녀가 괜히 마녀겠는가.

「어떻게 하시겠습니까?」

「초면에는 좀 겸손을 떨어줘야겠지만, 이대로 헤어지면 섭섭하지 않겠어?」

그리 말하는 그의 웃음은 좋은 장난감을 발견한 악동과도 같았다.

「근데, 전하.」

문득 기욤이 물어볼 게 있다는 듯 칼을 불렀다.

「기욤, 지금은 두목이라고 했을 텐데?」

「아, 죄송합니다. 그런데 말이죠.」

기욤의 시선은 사정거리 안으로 들어온 군함들에 멈춰 있었다.

「말해.」

「혹시 화살도 막을 줄 아십니까?」

쐐애애애액! 콰악!

마침 매서운 화살 하나가 공기를 찢으며 날아와 바로 칼의 발치에 깊숙이 박혔다. 칼과 기욤은 두 사람의 중간에 박힌 화살을 동시에 내려다보았다. 발끝에서 아슬아슬하게 비켜난 화살은 아직도 파르르 몸을 떨고 있었다.

칼은 쩝 입맛을 다시고 고개를 들었다.

「뛰어. 화살은 못 막아.」

그 말이 떨어지기도 전에 기욤은 이미 몸을 돌려 달려가고 있었다.

「전투 개시! 대열을 갖추고 방패를 들어라!」

칼의 앞에서 어수룩하게 굴던 이가 누구였냐는 양 기욤은 갑판 위를 성큼성큼 가로지르며 단전으로부터 끌어올린 음성으로 명령했다. 그러자 선원으로 위장하고 있는 제국 군부 소속의 군인들이 척 방패를 들었고, 때마침 화살의 폭우가 쏟아지기 시작했다. 화살 같은 원시적인 공격에는 칼도 별달리 뾰족한 수가 없었기에 그 역시 1층으로 내려가 몸을 피했다.

「움직이지 마라! 아직이다!」

콰다다닥! 콰직! 콰직!

거북이 등껍질처럼 빈틈없이 메워져 있는 방패 위로 날아와 처박히는 화살 소리가 사납게 울려 퍼졌다. 그 후로도 화살 공격은 한동안 계속되었다. 하지만 이쪽에서 철통같은 방어벽으로 무장한 채 공격이 끝나기만을 기다리자 저쪽도 화살은 소용없겠다고 생각했는지 날아오는 화살이 끊겼다. 그러나 한숨을 돌리기도 전이었다.

쾅! 콰! 쿠웅! 쿵!

「발포했습니다! 옵니다!」

대기를 울리는 폭음과 함께 이번에는 시커먼 대포알들이 날아오기 시작했다. 대포알을 철제 방패로 막기에는 무리인지라, 갑판 위는 순식간에 함성과 여기저기 뛰어다니는 소리로 아수라장이 되었다. 그제야 칼은 다시 자신의 차례가 왔음을 직감하고 갑판 위로 나왔다. 아멜리타 군함의 양측에서 뻗어난 수많은 대포가 반동을 일으키며 화약을 내뿜어대는 모습은 그야말로 위협적이었다.

「전하! 어떻게…….」

공격이 날아올 때마다 전하라는 호칭이 튀어나오니 칼은 나중에 다시 주의를 줘야겠다고 생각하며 난간 앞에 섰다.

「또 내 차례로군.」

그의 앞에 화기(火器)는 무용지물이었다. 차라리 화살이 유용한 공격일 테지만 아멜리타 군함 측에서는 그것을 모를 테니 안타까운 일이었다.

칼은 아까처럼 난간 앞에서 양 주머니에 손을 꽂고 서 있을 뿐이었다. 하지만 에이엔스의 푸른 섬광만큼이나 위력적으로 날아오던 숱한 대포알들이 배에 닿기도 전에 공중에서 퍼버버버벙! 붉은 불꽃과 검은 연기를 토해내며 폭발했다. 그리고 남은 잔재들만이 첨벙! 첨벙! 시끄러운 물소리를 내며 바닷속으로 침몰했다. 세—이든의 배는 또 한 번 함성으로 진동했다.

"대, 대체 이게…… 무슨……."

아멜리타 군함의 선장은 도무지 할 말을 찾을 수가 없었다. 화살까진 그렇다손 쳐도 아멜리타 해군이 자랑하는 화력마저 보이지 않는 장막에 부딪힌 듯 폭발해 버리다니, 이건 이미 상식으로 이해할 수 있는 한계를 넘어가 있었다.

"신기한 일이로군요."

듀스도 이런 일은 예상치 못했는지 중얼거렸다. 하지만 등을 보이고 서 있는 에이엔스는 아무런 말이 없었다.

사람들은 흔히 듀스에게 너처럼 속을 알 수 없는 사람은 없을 거라 단언했다. 하지만 듀스가 보기에 자신은 에이엔스에 비하자면 아무것도 아니었다. 그녀가 기사단장이 된 순간부터 보좌해 왔지만, 에이엔스는 대체 그 속에 무엇을 담고 있는지 도통 알 수가 없었다. 다만 그녀는 언제나 하늘을 바라보고 있었다. 그녀의 매인 카이드처럼 창공을 비상하고 싶다는 듯, 바다를 건너 훨훨 날아가고 싶다는 듯. 빙하를 품은 듯이 가라앉은 푸른 눈은 아무 말도 속삭이지 않았지만, 가끔 하늘을 바라보는 그녀를 볼 때면 왠지 사라질 것만 같았다. 그래서 듀스는 저도 모르게 그녀에게 손을 뻗었다가 거둬들이는 일이 잦았다. 냉철한 기사의 교과서라는 듀스 데임 지할드가.

"백병전으로 나가진 않으실 겁니까?"

그렇게 물었을 때야 에이엔스는 대답을 되돌려주었다.

"적은 이상한 힘을 쓴다. 적의 힘을 모르는데 섣불리 다가갈 순

없다."

왕국에서 가장 이상한 힘을 쓰는 에이엔스 아이힌이 적의 힘을 일러 이상하다고 칭하다니, 정말 오래 살고 볼 일이었다.

"재발포에 들어간다."

에이엔스는 직감적으로 알았다. 절대 무기인 대포를 무용지물로 만들고 있는 이가 푸른 섬광을 막았던 그 남자라고.

'넌 대체 뭐지?'

후우웅─! 쿠웅! 쾅! 쿠우웅!

「소용없다니까.」

파공음과 작파음, 폭발음이 가득한 가운데 칼은 이제 슬슬 지루하다는 듯 혼잣말을 했다. 지루해 보이긴 대포알이 허공에서 폭발하는 모습을 지켜보고 있는 선원들도 마찬가지였다. 처음에는 대포알 하나가 폭발하면 함성을 내지르고, 두 개가 폭발하면 손바닥을 맞부딪치고, 세 개가 폭발하면 잔치를 벌이더니, 더 이상은 신기하지도 않은 모양이었다. 처음엔 꼿꼿하게 서 있었던 칼도 이제는 난간 앞에 불량한 자세로 쭈그려 앉아 있었다.

접고 앉은 양 무릎 위에 양팔을 턱 걸쳐 놓은 자세가 도대체 어딜 봐서 제국의 대공이라는 것인지, 뒤에 서 있는 기욤은 절레절레 고개를 내젓고 말았다.

「지치지도 않고 날리는군요. 하지만 계속 이러고 있을 수는 없고…… 천공인 것을 확인했으니 데려가야 하지 않겠습니까?」

기욤의 말에 칼은 삐딱하게 고개를 젖혔다.

「오란다고 순순히 올 성질이 아닌 것 같은데.」

「그럼 이대로 두고 보실 겁니까?」

칼은 대답없이 중심 돛대의 최상단 활대에 앉아 있는 사왈리를 올려다보았다. 눈을 끔뻑거리며 조신하게 앉아 있는 모습을 보니 사왈리도 슬슬 지루한 모양이었다.

「마치 성전(聖戰)을 보고 있는 것 같군요.」

칼이 대답하지 않는 사이 기욤은 탄식을 토하듯이 중얼거렸다. 이런 장면은 몇 번을 봐도 항상 기함할 만했다. 미지의 힘으로부터 생성된 푸른 섬광이 날아오질 않나, 평범한 인간의 전투였다면 이미 배가 좌초되었을 만한 공격도 다 허공에서 무산되질 않나…… 이건 인간의 전투라기보다 그 옛날 하늘을 울리고 대지를 두드렸던 신들의 전쟁, 성전을 보고 있는 것 같았다. 하긴, 하늘에서 관직을 받은 천공은 인간이되 인간이 아니었지만.

「그렇게까지 거창할 건 없지.」

칼이 웃음기 섞인 목소리로 말했을 때였다.

쿵! 콰아앙!

「부, 부딪쳤습니다!」

공중에서 작파되지 않은 대포알 하나가 배의 좌측에 굉음을 내며 처박혔다. 갑판이 격렬하게 진동하고, 거의 졸고 있던 사왈리가 깜짝 놀란 듯 푸드덕 날아올랐다.

「어이쿠, 실수. 하나 놓쳤네.」

미안하다는 듯 말은 한다만 칼은 마냥 웃고 있었다. 그리고 탁소리 나게 무릎을 치고 사자가 낮잠에서 깨어나듯 나른하게 몸을 일으켰다.

「더 놀아주고 싶지만, 이제 그만 도망친다.」

기욤이야말로 '어이쿠' 하는 소리를 내고 싶은 심정이었다.

「이왕이면 후퇴라고 해주지 않으시겠습니까?」

군신의 나라 세—이든 제국에서 도망이란 죽음과 동의어였다. 그러니 농담으로 하는 말임을 알고 있어도 탐탁할 리 없었다.

「도망이나 후퇴나.」

칼은 무심하게 중얼거리고 선원들에게 외쳤다.

「후퇴한다! 제3선의 에테루니에게 전해라!」

한 연락병이 척 경례를 하고 날쌔게 달려갔다. 그리고 얼마 지나지 않았을 때였다. 후방에 있는 제3선에서 은은한 초록빛이 뿜어져 나오더니, 바다의 신이 후욱 입김을 분 것인지 갑자기 때아닌 강풍이 몰아쳤다.

파앙! 느른하게 휘적휘적 흔들리고 있던 돛이 터질 듯 팽팽하게 날개를 펼쳐 올렸다. 하지만 머지않은 곳에 떠 있는 아멜리타 군함들의 돛은 여전히 힘없이 늘어져 있는 상태였다. 오로지 세—이든의 배들만 거대한 바람을 받아 돛을 펼쳤다.

「좌현 최대!」

선장의 외침에 끼이이익— 끼익— 배가 좌측으로 도는 동시에 엄청난 속도로 물살을 가르기 시작했다.

「속도 5…… 6노트!」

자모일의 바람이 아닌 천공의 바람이 세—이든의 배들을 힘차게 밀었다. 그러자 배는 아멜리타 쪽이 흠칫하는 사이, 뱃머리에 부딪혀 새하얀 포말을 토해내는 물살을 헤치며 순식간에 멀어져 갔다.

「속도 9노트!」

속도가 빨라 군함에 자주 이용되는 갤리선의 최대 속도는 보통 5~6노트였다. 그런데 세—이든의 둔중한 배들은 그보다 훨씬 빠른 속도로 거의 나는 듯이 바다 위를 내달렸다. 눈 깜짝할 사이에 아멜리타 군함들이 멀어졌다. 그제야 깜짝 놀란 아멜리타 군함들이 쫓아오려는 기색을 보였지만, 청안의 마녀가 지휘하는 은빛 물뱀이라고 해도 이제 와서 뒤따라 잡기엔 무리일 터였다.

좌아악— 좌악—

뱃머리가 물살을 가르는 소리가 난간 가에 선 칼의 귓전을 때려왔다. 그리고 고조된 바람이 전천후로 몸을 훙훙 휩쓸어갔다.

「놀랍겠지.」

칼은 알 수 없는 말을 중얼거렸다.

「아멜리타에서는 볼 수 없었던 자신과 같은 힘을 사용하는 자가 나타났으니.」

파라라락, 거센 바람에 그의 허리끈과 머리 장식이 정신없이 흩날렸다.

「둥지를 잘못 알고 자리를 튼 새는 결코 그 무리와 섞일 수 없는 법이지.」

이제 하늘을 배경으로 장엄하게 펄럭이는 은빛 물뱀 깃발이 거의 보이지 않았다. 칼은 마지막으로 읊조리고 몸을 돌렸다.

「그러니 이제 그만 진짜 둥지에 돌아와라.」

비록 풍뎅이는 곧 아멜리타와 작별하게 되리라는 것을 모르겠지만 말이다.

"해적들이 도망갑니다!"

한 선원이 놓칠 수 없다는 듯 결의에 차서 소리쳤다. 하지만 거의 날개를 단 듯이 빠르게 멀어지는 해적선을 보고 당황한 어조로 덧붙였다.

"그, 그것도 엄청난 속도로……."

그라나츠 해군도 놓쳤을 만큼 비정상적으로 속도가 빠르다고 하더니, 과연 그랬다. 대체 무슨 조화를 부린 건지 해적선들은 아멜리타 군함들 쪽에는 한 점도 불어오지 않는 바람을 독식하며 순식간에 사라져 갔다.

"쫓아라! 해적선을 쫓는다!"

선장은 중앙의 기사단장까지 출두해 온 상황에 무능력한 모습을 보일 수 없다는 듯 악에 받쳐 외쳤다. 하지만 에이엔스가 서늘한 한마디로 그를 막았다.

"됐다."

선장은 놀란 눈으로 에이엔스를 보았다.

"쫓지 않으시겠습니까?"

"이미 늦었다. 그리고…….."

에이엔스는 푸르게 일렁이는 눈으로 이제 점으로밖에 보이지 않는 해적선들을 응시했다.

"저들은 다시 온다."

"예?"

에이엔스는 이게 끝이 아니라고 확신할 수 있었다. 분명 저들은 다시 올 터였다. 목적하는 바를 이루기 전까지는 몇 번이고. 그 목적하는 바가 무엇인지는 알 수 없지만, 적어도 다시 올 거라는 점에 대해서는 알 수 없는 확신이 들었다.

"항구로 돌아간다. 뱃머리를 돌려라."

듀스는 스쳐 지나가는 에이엔스의 입술이 꼭 다물려 있는 것을 발견했다. 하지만 별다른 기색 없이 조용히 그녀의 뒤를 따랐다.

4

아멜리타 왕국 동부, 항구 도시 그라나츠 해군부.

평소였다면 출정 나간 당일 해적을 토벌하고 수도 림하렐로 돌아갔겠지만, 에이엔스는 예상치 않게 일이 일단락되지 않아 일단 그라나츠에 남게 되었다. 그리고 지금은 그라나츠 해군부에서 임시 집무실로 배정받은 방에 앉아 있었다. 책상 옆에는 듀스가 정자세를 취하고 있었고, 앞에는 그라나츠 해군 소속의 군인이 뻣뻣하게 서 있었다. 책상에 앉은 에이엔스의 손에는 방금 도착한 양피지가 들려 있었다.

그 양피지의 내용을 훑어 내린 에이엔스의 눈이 냉랭하게 가라앉았다. 군인은 에이엔스와 듀스가 동시에 내뿜어내는 한기에 거의 질식할 듯한 얼굴이었다. 왕궁기사들도 어려워하는 에이엔스와 듀스를 혼자서 마주하고 있다니, 참 운이 나쁜 군인이라 할 수 있었다.

"즉."

한참 후에야 에이엔스의 입이 열렸다.

"세-이든 제국의 배로 의심이 된다?"

양피지의 내용은 이상한 조화를 부리며 사라져 간 해적선들에 대한 보고였다.

"확신하는 건가?"

에이엔스는 서릿발이 몰아치는 목소리로 물었다. 그러자 군인이 더욱 뻣뻣하게 굳더니, 힘겹게 거수경례를 해 보였다.

"죄송합니다! 확신은 없습니다!"

에이엔스는 더 볼 가치도 없다는 듯 탁 소리 나게 양피지를 책상 위에 내려놓았다.

"나가 봐."

군인이 나가고 난 집무실에 남은 에이엔스와 듀스는 한참이나 침묵을 유지했다. 그러다 듀스가 먼저 입을 뗐다.

"사실 저도 잠깐 세-이든 제국의 배가 아닐까 의심했습니다."

에이엔스의 눈이 흘긋, 흘겨보았다.

"그렇다면 묻지. 강대국 세-이든의 배가 왜 아멜리타 해역에서 해적질을 했던 거지?"

"죄송합니다. 그 점에 대해서는 잘 모르겠습니다."

"지할드 경, 경은 확실치 않은 것에 대해서는 섣불리 발언하지 않는 사람이라 생각했는데, 아니었나?"

역시 그녀는 서슬 퍼렇게 날이 선 칼날 같았다. 저런 모습을 보자면 그녀가 정말 사교계의 아가씨들과 같은 '여자'인지 의심이 될 정도였다. 분명 나긋한 몸과 낭랑한 목소리, 옷 위로 불룩하게 솟아오른 가슴과 여린 얼굴 선은 사교계의 아가씨와 별다를 것이 없는데, 아니, 오히려 더 부드러워 보이는데 에이엔스는 그런 여자들과는 구성 성분부터 달라 보였다. 그녀는 마치 세상에 날 때부터 기사단장복을 입고 태어난 것 같았다.

"생각이 짧았습니다."

듀스의 말을 끝으로 에이엔스는 턱을 괴고 앉은 자세로 다시 입을 다물었다.

세―이든 제국에 대해서는 에이엔스도 잘 알고 있었다. 아니, 그녀도 이 대륙에 발을 딛고 사는 이상 모를 수가 없었다. 거리가 먼 탓에 아멜리타와는 왕래가 없었지만, 세―이든 제국은 대륙의 최고 가는 강대국이었고, 주변의 섬나라를 포함해 북부에 인접해 있는 나라들을 속국으로 거느린 '제국'이었다. 그리고 그런 그들이 대륙 최고의 강대국으로 발돋움할 수 있었던 많은 이유 중에서도 가장 두드러지는 요인이 바로 '마법의 실현자'였다.

에이엔스는 손끝으로 톡톡, 책상을 두드렸다.

"대륙에서 유일하게 '마법의 실현자'가 태어나는 나라라……."

대륙인이라면 누구나 아는 진실, 세―이든 제국을 제외한 타국에서는 마법의 실현자들이 태어나지 않았다. 실제로 타국에서 출현한 마법의 실현자는 역사상 에이엔스가 처음이었다. 그래서 그녀가 마법의 실현자라는 사실이 밝혀졌을 때, 아멜리타는 쾌재를 불렀다. 모든 국가가 어떻게 한 명이라도 손에 넣고 싶어 발버둥 치는 마법의 실현자가 자국에서 태어났으니 어찌 즐거운 비명이 나오지 않았겠는가.

"하지만 세―이든 제국에서도 마법의 실현자가 마구잡이로 태어나는 건 아니라 들었습니다."

"그렇다더군. 인구 백만 명에 한 명 꼴이라던가?"

덕분에 세—이든 제국에서도 마법의 실현자는 돌연변이 취급을 받는 것 같았다. 어쨌든 해적들이 사용했던 이상한 힘 때문에 다들 세—이든 제국을 의심할 수밖에 없는 모양이었다. 하지만 만약 그 해적선이 세—이든 제국 소속이라고 쳐도, 왜 강대국에서 멋대로 타국의 해역에 침범해 와 노략질을 한 것일까? 그것을 설명할 수 없다면 확신도 내릴 수 없었다.

할 수만 있다면 세—이든 제국에서만 나타난다는 마법의 실현자에 대해 자세히 알아보고 싶었지만, 세—이든 제국에서도 마법의 실현자에 관한 것은 특급 기밀 사항이라고 들었다. 그러니 머나먼 아멜리타에서 제국인도 잘 모르는 기밀에 대해 자세히 알아볼 수 있을 리 만무했다.

에이엔스는 이 일이 일단락되면 세—이든 제국의 마법의 실현자들에 대해 최대한 자세히 알아봐야겠다고 결심하며 생각을 끝마쳤다.

"가설입니다만……."

그때 듀스가 다시 입을 떼었다.

"세—이든 제국에서 탈출한 마법의 실현자가 해적이 되었을 가능성도 있는 것 같습니다."

"그 말은 확실히 일 리가 있군."

"그 정도로 관리를 허술하게 하고 있는지는 모르겠습니다만……."

듀스가 알게 모르게 다음 말을 주저하는 사이, 에이엔스가 아무렇지 않게 뒷말을 이었다.

"인간의 범주를 넘어가는 힘을 지니고 있다는 사실을 미루어 짐작하면 충분히 탈출했을 수도 있겠지."

에이엔스 본인이 마법의 실현자이다 보니 아무리 듀스라도 그리 말하길 주저했는데, 그녀는 간지럽지도 않은 표정이었다.

"예. 게다가 그쪽에도 마법의 실현자가 있다면 단장님의 힘을 두려워하지 않고 아멜리타 해역에 출몰한 이유도 설명이 됩니다."

확실히 현재로서는 그 가설이 가장 합당한 듯했다.

"만약 그 배에 마법의 실현자가 있다면."

에이엔스는 책상에 팔꿈치를 괴고 손으로 입가를 가볍게 쓰다듬었다.

"되도록 생포해야겠군."

나중에 세―이든 측에서 멋대로 마법의 실현자를 죽였다고 걸고넘어지면 골치 아팠다. 후환은 없도록 하는 게 좋았다.

"마법의 실현자를 생포할 수 있겠습니까?"

"할 수 없다고 해도 할 수밖에 없다. 이만 가봐."

듀스는 군말없이 목례하고 군더더기없는 동작으로 그녀의 집무실을 나섰다. 에이엔스는 문 앞에 반듯하게 서 있는 두 해군에게도 나가 보라 손짓했다. 그러자 뒷짐을 지고 서 있던 두 해군도 척 거수경례를 하고 문밖으로 나섰다.

고요한 집무실에 혼자 남겨진 에이엔스는 털썩, 등받이에 등을 기대었다. 그리고 양팔을 수갑처럼 꽉 죄고 있는 소매를 풀고, 목 끝까지 채운 단추도 두어 개 풀어 내렸다. 그러고 나서 의자 등받이에 녹아들 것처럼 등을 묻자 그나마 숨통이 트이는 것 같았다. 젖가슴을 단단하게 압박하고 있는 띠도 풀고 싶었지만 아직 일선에서 벗어나지 않았으니 이 정도로 만족해야 할 성싶었다.

사실 에이엔스의 젖가슴은 마른 몸매에 비해 지나치게 풍만한 편이었다. 그래서 가슴띠를 두르지 않고 기사복을 입으면 두툼한 가슴 살집 때문에 영 옷 태가 살지 않았다. 쓸데없이 크기만 한 가슴이 쭉 내리뻗은 선을 거스르며 튀어나와 더욱 강조돼 보이기 때문이었다. 기사복은 남성을 대상으로 디자인 되었으니 어찌 보면 당연한 이야기였다.

에이엔스는 그것이 싫었다. 그래서 늘 가슴띠를 강하게 두르고 나서야 기사복을 입었는데, 그래도 봉긋하게 솟아오른 윤곽이 드러나긴 했지만 하지 않은 것보다는 훨씬 나았다. 게다가 가슴을 압박해 두는 편이 움직일 때도 편했다.

더 끔찍한 것은 가슴에 와 닿는 동료 기사들의 시선이었다. 기사궁은 금녀(禁女)의 영역이니 기사들은 홍일점인데다가 외모까지 출중한 에이엔스에게서 시선을 뗄 줄 몰랐다. 그러다 보면 시선은 자연스레 그녀가 여자임을 증명하는 부위에 닿게 되고, 함께 수련해 온 동료들의 눈빛이 순식간에 수컷의 눈빛으로 변해 버렸다. 그래서 그녀는 자신이 여자임을 증명하는 부위를 고의적으로 내리눌렀고, 어느새 그렇게 하는 게 버릇이 되어버렸다.

에이엔스는 뒷머리를 젖혀 등받이에 대고 천천히 눈을 감았다.

짜악!

순간 뇌리를 치고 들어오는 날카로운 타격음.

그녀의 감은 눈이 움찔 떨려왔다.

"눈 깔지 못해! 뭘 잘했다고 그런 눈으로 보는 거냐!"

짜악!

또 한 번 가해지는 잔인한 채찍질. 여린 거죽에 파고드는 불길 같은 고통. 가슴에 퍼지는 독.

"넌 내 것이다!"

퉤엣.

넝마가 된 몸 위로 걸쭉하게 뱉어내진 침.

"어미 죽어가는 꼴이 딱해 거두어주고 폐병 걸린 것을 죽는 날까지 돌봐주었더니 감히 도망을 가!"

에이엔스는 번뜩 눈을 떴다. 그리고 타악! 책상을 짚었다. 그 김에 꽉 다물린 잉크병이 떨어져 바닥에 둔탁한 소리를 내며 굴러다녔지만 신경 쓰지 않았다. 아주 잠깐 떠올린 것뿐인데도 식은땀이 적적히 배어난 이마를 짚은 손이 미세하게 떨려왔다.

떠올리지 마. 이제 그 남자는 없어. 그 짐승은 없어.

에이엔스는 작게 숨을 골랐다. 이내 조용히 눈꺼풀을 밀어 올렸을 때, 냉랭하게 빛나는 푸른 눈에 학대받는 어린 소녀는 없었다. 뼈까지 에일 듯한 한기를 품은 기사가 있을 뿐이었다. 그런 그녀의 목에 걸린 유리알 모양의 목걸이가 파르랗게 반짝거렸다.

「전하.」

선원들이 배를 수리하는 모습을 지켜보고 있던 칼은 조용한 부름에 고개를 돌렸다. 그리고 빙긋이 웃었다.

「에테루니.」

조금 떨어진 곳에 금발을 가진 청년이 다가오고 있었다. 나이는 십대 후반에서 이십대 초반쯤. 이제 막 청년이 된 나이였다.

「에테루니, 지금은 전하가 아니라고 했잖아?」

칼은 양 허리에 짚고 있던 손을 내리고 짐짓 매섭지 않은 엄포를 놓았다. 에테루니는 죄송하다는 듯 쑥스럽게 웃었다.

「아무래도 전하를 두목님이라고 부르려니 조금……. 평소에는 전하라 부르게 해주세요.」

「뭐, 상관은 없는데 실수만 하지 말라고.」

「네, 명심하겠습니다. 근데 기욤 경께서는 어디 계세요?」

칼은 엄지손가락으로 보수 중인 배 쪽을 가리켰다.

「저기서 망치질하고 있어.」

에테루니는 황당함을 숨기지 못한 눈빛으로 배 쪽을 보았다.

「기욤 경 같은 분께서 망치질이라니…….」

「뭘, 그래 봤자 출세와는 영 거리가 먼 날라리 군인인데.」

충성을 다하는 신하에게 하는 평치고는 상당히 신랄했다. 하지만 칼이라면 마냥 좋은 기욤은 그래도 좋다고 웃을 터였다. 사실 칼은 그렇다 쳐도 그와 떼어놓고 보면 기욤은 꽤 진중한 사람인데, 붙여놓으면 웬만한 재담가가 저리 가라였다. 그러니 그런 둘을 보는 사람들은 절로 고개가 내저어질 수밖에.

「그래도…….」

「마침 저기 오는군.」

에테루니가 작게 반박하려는 찰나 칼이 말했다. 그의 말대로 저기 배로부터 익숙한 인영이 뛰어오고 있었다.

「전하!」

「보수는 다 됐나?」

칼이 묻자, 군인답게 발군의 체력과 속도를 자랑하며 단숨에 달려온 기욤이 걷어붙인 소매를 풀어 내리며 대답했다.

「마무리 작업만 하면 끝날 것 같습니다.」

「그래?」

칼은 다음에 할 일을 생각하듯 한 손으로 턱을 감싼 채 잠깐 침묵에 빠져들었다. 그때 에테루니가 생각났다는 듯 말을 꺼냈다.

「그러고 보니 전하, 혹시 느끼셨나요?」

「아아……. 공명 말인가? 에테루니 너 역시 느꼈나?」

에테루니는 고개를 끄덕였다.

「확실한 정도는 아니었지만 천공인 건 분명한 것 같아요.」

에테루니는 빈민가에서 태어나 칼에게 발견되어 제국의 소속이 된 천공이었다. 그리고 바람을 일으켜 배의 속도를 높여주었던 것은 제3선에 탑승하고 있었던 그의 힘이었다. 그러니 아멜리타의 군함이 진격해 올 때 그도 분명 공명을 느꼈으리라. '천공'이란 존재는 공명함으로 인해 서로를 인식하니까.

「확실한 정도는 아니었다고……?」

칼은 일개미처럼 열심히 움직이는 선원들을 바라보며 미묘하게 중얼거렸다.

「왜 그러세요?」

「아니, 아무것도.」

그때, 멀뚱히 그들의 대화를 듣고 있던 기욤이 끼어들었다.

「그런데 정확히 '공명'이란 게 무엇입니까?」

칼은 기욤이 그를 한 대 때리기라도 한 것 같은 눈으로 바라보았다. 기욤은 잠깐 주춤했다.

「왜 그러십니까?」

「기욤, 네가 내 곁에 있은 지 얼마나 됐지?」

「글쎄요, 한 십오 년 정도…….」

「그런데 공명을 몰라? 발에 돌멩이보다 천공이 더 많이 채였을 텐데 이제 와서 공명이 뭐냐고?」

사실 천공의 숫자는 천연기념 동물에 준하는 정도밖에 되지 않았다. 하지만 국법상 천공은 발견되는 순간부터 제국의 소속이기 때문에 황궁에서는 칼을 포함해 꽤 심심치 않게 볼 수 있었다. 그래도 돌멩이보다 많이 차인다는 건 다소 과장이었지만, 이제 더 이상 천공이란 존재가 신기할 것도 없는 기욤에겐 그다지 틀린 말도 아니었다.

기욤은 칼의 타박에 머쓱하게 대답했다.

「자세히 물어본 적이 없어서 그런 게 아닐까 생각합니다만……. 그래도 대강은 알고 있습니다. 정확히 모를 뿐이죠.」

칼은 쯧, 혀를 내차더니 갑자기 무릎을 접고 앉았다. 그리고 주변에 아무렇게나 굴러다니고 있던 나뭇가지를 주워 들고 모래 위에 뭔가 슥슥 그리기 시작했다.

「카르테일 운 알카임의 특별 강의를 임시로 개강한다. 한 번만 설명할 테니 잘 들어.」

뭘 그렇게까지, 라는 생각이 아니 든 건 아니었지만 기욤은 순순히 칼의 옆에 무릎을 접고 앉았다. 에테루니는 이미 착하게 쭈그리고 앉아서 청강할 준비를 끝내고 있었다.

「믿거나 말거나 천공이란 하늘로부터 관직을 받아 지상에 내려온 자들을 일컫지.」

일단 칼이 모래 위에 그린 그림은 물결 표시였다. 그리고 그 위에 세ー이든 어로 대충 '하늘' 이라고 적고 지상으로 내려오는 화살표를 그렸다. 그때 기윰이 끼어들었다.

「그래서 천공(天公), '하늘에서 관직을 받은 자' 라고 불리죠. 물론 그 정도는 알고 있습니다. 이래 봬도 아카데미에서 천공학 강의를 들어본 적이…….」

「졸았지?」

칼은 시선 한 번 들어보지 않고 확신 조로 물었다.

「무슨 말씀을! 무슨 근거로 그런 말씀을 하십니까?」

기윰은 엄한 사람 매도하지 말라는 듯 굳건한 태도로 반박했다.

「공명도 모르는 거 보면 말 다 했지.」

「졸지 않았습니다!」

기윰은 불끈 주먹을 쥐고 강력히 주장했다.

「흐응?」

「숙면을 취했죠. 잘 거면 확 자버리지, 비겁하게 조는 짓은 안 합니다.」

칼이 황당하다는 듯 '하' 하는 소리를 흘릴 동안 에테루니는 두 사람이 모이기만 하면 돈 한 푼 안 들이고 구경할 수 있는 재담에 키득거렸다. 곧 칼은 절레절레 고개를 내저으며 난색을 표했다.

「제국의 최고 교육 기관인 아카데미를 졸업했다는 인재가 이 지경이라니……. 기윰, 진지하게 묻는 건데, 혹시 강당 같은 거 지어주고 들어갔나?」

「아니면 연줄?」

칼이 한마디 하고 에테루니가 조심스레 덧붙이자, 기윰은 내일모레 마흔이라는 나이를 잠시 망각했는지 뚱하니 볼을 부풀렸다.

「강당을 지어준 쪽은 전하이신 걸로 아는데요.」

나름 독설 어린 공격이었으나, 칼은 태연스레 어깨를 으쓱였다.

「그건 내가 아카데미에 입학하는 기념으로 형님께서 지어주신 거지, 형님께서 지어주셔서 내가 입학하게 된 건 아니었잖아? 주객을 전도하지 말라고. 게다가 그 강당도 난 황족이 들어온다고 광고하는 것도 아니고 뭐냐고 극구 말린 쪽이었다만?」

「글쎄요, 굳이 폐하께서 강당을 지어주지 않으셨어도 전하께선 당연히 엄청난 화제였을 거라고 생각합니다만…….」

기욤이 애매한 어조로 대답하자, 에테루니는 금세 거기 가서 붙었다.

「황족은 보통 아카데미에 입학하지 않는 게 관례니까요. 게다가 아카데미의 재학생은 삼백 명도 안 되지 않나요? 황족이시란 사실을 제하더라도 그중에 전하라면…….」

에테루니는 은근슬쩍 칼을 돌아보았다. 옷차림은 일반인들 사이에 섞여놔도 크게 눈에 띄지 않을 수준이지만, 문제는 외모였다. 지나치게 혈통이 좋아 보인달까. 왠지 얼굴에 '족보 있음'이라고 쓰여 있는 것 같지 않은가? 황족답지 않은 성격은 차치하고라도 이런 얼굴이 길거리를 지나간다면 누구나 한 번쯤 뒤돌아볼 거란 사실은 의심할 필요조차 없었다. 즉, 존재만으로도 굉장히 눈에 뜬다는 의미.

「아무래도 외모가…….」

기욤은 쭈그려 앉은 자세로 팔짱을 낀 채 음, 하고 침음을 흘렸다.

「전하께서는 좋은 혈통이 다른 데보다 외모에 더 두드러지게 나타난 경우랄까.」

보통 다른 황족과 신하의 관계라면 이런 발언은 입 밖에 내는 순간 황족모독죄에 준하지만, 기욤은 서슴없이 내뱉었다. 칼도 설핏 미간을 찡그리는 정도의 반응밖에 보이지 않았다.

「좋은 혈통을 겉가죽에밖에 못 써서 그것참 미안하군.」

「뭐, 인생의 80%는 얼굴로 먹고 들어간다는 말도 있지 않습니까? 자부심을 가져도 좋으신 겁니다.」

「그 말, 형님께도 해보지?」

칼이 이죽거리며 한마디 하자, 기욤의 침음이 심각하게 변했다. 아무리 배짱에 살고 죽는 그라지만 황제에게까지 그런 말을 하는 건 무리였다. 그사이, 칼은 바보는 저대로 내버려 두라는 듯 쯧 소리를 한 번 낸 후 본래 주제로 되돌아갔다.

「어쨌든 천공이 하늘에서 관직을 받은 자라고는 하지만 그건 상징적인 의미일 뿐이지 그게 진짜 관직이라거나 그런 건 아니야. 하늘이 천공에게 내린 '관직'이란 개체마다 다른 능력으로 발현되는 '마법'을 뜻하지.」

어느덧 본 주제로 돌아온 기욤이 고개를 주억거렸다.

「확실히 특별한 관직을 받은 것처럼 특수한 능력이니까 그럴듯하죠.」

「그리고 마법은 우리의 육신을 타고 흐르는 무형의 기(氣), 즉 '산스(Sanse)'라 불리는 존재에 의해 발현된다.」

칼은 모래 위에 인간의 형상과 비슷한 무언가를 그리고 그 가운데 동그라미를 그렸다.

「이 산스란 혈액과 같아서 누구에게나 존재하고 항상 일정한 양으로 몸속을 순환하고 있지만, 누구나 이걸 물리적인 힘이나 실리적인 능력으로 치환할 수 있는 건 아니야. 근대엔 천공이란 존재만이 산스의 흐름을 인식하고 활동 능력으로 변환해 밖으로 표출할 수 있지. 일단 이게 천공, 나와 에테루니가 마법을 사용할 수 있는 이론이다.」

「그럼 공명은…….」

기윰이 무어라 하려는 찰나, 칼이 이런저런 그림으로 어지럽혀져 있는 모랫바닥을 내려다보며 대답했다.

「짐승의 울음소리.」

「……?」

「짐승은 동족을 찾기 위해 울지. 공명은 천공이 내는, 들리지 않는 울음소리다.」

이 거대한 세계에서도 몇 안 되는 존재, 천공. 멸종 위기에 놓인 짐승과도 같은 그들은 인간의 껍질을 타고나 짐승처럼 울 수 없기에 그 대신 심장을 울렸다. 이곳에 너와 같은 자가 있노라고. 하지만 칼은 제가 말하고도 그 말의 무엇이 웃겼던지 갑자기 고개를 내리깔며 피식, 하고 웃었다.

「하지만 이건 내 개인적인 생각일 뿐이고, 보통은 산스가 자력을 가지고 있기 때문이라고 한다. 양(陽)의 극과 음(陰)의 극이 나뉘어 있어 인력이 생기는데, 그 대신 힘의 평행을 유지하고, 존재의 붕괴를 막지. 그래도 일반인들은 전혀 이 자력을 느낄 수 없을 정도로 산스의 양이 미미해서 상관없지만, 아무래도 천공은 다르지. 천공 자체가 거대한 산스의 흐름이라고 할 수 있기 때문에, 천공과 천공이 일정한 거리에 있으면 엄청난 자력이 발생한다. 그게 맞울림이 일어나는 '공명'처럼 느껴지기 때문에 그리 불리는 거지.」

「멀리 있는 천공을 느낀다거나 하는 것은 어떻습니까?」

「그건 능력에 따라 달라. 하지만 천공의 육체도 결국은 '인간'이기 때문에 인간의 범주를 크게 벗어나진 못해.」

그 말을 끝으로 칼은 침묵에 빠져들었다.

분명 천공은 서로 공명한다. 하지만 일반적으로 공명이란 게 '강렬하다' 말할 정도는 아니었다. 이론적으로는 '엄청난 자력'이 발생한다고 하지만 실제로 느끼기로는 가슴이 조금 설레는 정도니까. 그래서 같은 천공이라도 아직 발현되지 않은 천공을 찾아내는 것은 쉽지 않은 일이었다. 그러나 에이엔스 아이힌과는 뭔가 달랐다.

그녀와의 공명은…… 지나치게 강렬했다.

자리를 벗어나고 생각해 보니 확실히 이상했다.

천공 중에서도 특수한 존재인 칼 역시 이런 공명을 느껴본 적은 이번이 딱 두 번째였다. 첫 번째는, 어렸을 때 강가에서 만났던 붉은 머리 여인. 정확히는 그 여인이 품고 있던 생명, 달님. 하지만 그때 그 공명보다 이번이 더 강렬했을 정도니, 그의 능력이 조금만 덜했거나 더 어렸을 때였다면 그때처럼 감당하기 힘들었을 것이다.

'뭐지? 왜 그렇게 강렬한 공명이 일어났던 거지?'

칼의 미간에 살짝 주름이 잡혔다.

보통 이럴 때의 가설은 두 가지였다. 에이엔스 아이힌의 잠재 능력이 그에 맞먹거나, 그냥 하늘의 뜻이라거나.

소위 '근대에 사는 고대인'이라는 불리는 '천공'에 대해서는 질릴 정도로 많은 질문이 있지만, 그 답은 그리 많지 않았다. 그저 하늘의 뜻이라고 말할 수밖에 없는 일이 대부분이었다. 그렇기 때문에 정작 천공 본인이라도 이 기현상에 대해 무어라 시원하게 대답할 방법이 없었다. 달님과의 공명도, 이십사 년이 지났지만 이유이나 원인은 밝혀내지 못했으니까.

그때, 에테루니가 신기하다는 듯 입을 여는 바람에 생각이 끊겼다.

「천공이 군신 자카라스의 영토 밖에서도 태어날 수 있는지 몰랐어요. 사실 풍뎅이, 아니, 청안의 마…… 이거 참, 뭐라고 불러야 하죠? 어쨌든 아이힌 기사단장님도 진짜 천공일 거라고는 생각하지 않았었거든요. 사기꾼쯤이겠거니 생각했는데 아무래도 그 힘은 부정하기 힘들게 하네요.」

확실히 믿기지 않을 법도 했다. 천공을 교육하는 세―이든의 전통 교육 기관 '데―알카임' 학원에서 가장 못이 박히도록 들어온 소리가 천공은 세―이든에서만 태어난다는 것이었으니.

「아니, 없어.」

칼은 딱 잘라 말했다. 에테루니는 의아하게 칼을 돌아보았다.

「없나요?」

「그래, 없어. 청안의 마녀는 분명히 세―이든 인일 거다.」

「하지만 조사에 의하면…….」

「그래, 조사한 대로라면 아멜리타의 귀족으로 태어났고 계속 아멜리타에서만 살았지. 열네 살 때 궁으로 들어가 열아홉 살에 기사단장이 되었다지?」

「그럼 타국인일 가능성은 거의 없지 않나요? 기사, 그것도 기사단장이 될 수 있었다는 건. 그런 쪽으론 아멜리타도 제국만큼 보수적이라고 들었거든요.」

「하지만 천공인 이상 부모든지, 조상 누구든지, 그 누군가는 분명 세―이든 인이겠지. 국가는 백성의 출입국까지는 금지하고 있지 않으니까.」

「하지만…… 그런 일이 있을 수 있는 건가요?」

에테루니는 천진하게 고개를 갸웃하며 물었고, 칼은 어깨를 으쓱거렸다.

「어쨌든 일어난 걸 보면 일어날 수 있는 일인 거겠지?」

그때 마침 해변에 정박해 있는 배 쪽에서 한 선원이 나는 사왈리도 떨어뜨릴 듯이 우렁찬 목소리로 외쳤다.

「보수가 끝났습니다!」

그의 외침에 중심 돛대의 최상단 활대에 앉아 있던 사왈리가 신난다는 듯 '삐익―' 하고 울었다. 칼은 서서히 자리에서 일어났다. 접혀 있던 그의 긴 몸이 기지개를 켜는 맹수처럼 우아하게 뻗어지며 높이 솟아올랐다.

「어쨌든 누가 그녀를 천공으로 태어나게 했는지, 그걸 밝히는 게 우리가 여기까지 온 목적 아니겠어? 뭐, 가장 중요한 목적은 따로 있지만.」

천공은 철저히 돌연변이로만 태어나니 의도적인 일은 아니었겠지만, 그녀의 인척 중 누가 세―이든 인인지 밝혀내야지만 역사상 처음 국외에서 태어난 천공을 회수해 갈 수 있었다.

「자, 그럼 천공을 납치하러 가볼까?」

그렇게 말한 칼은 먼저 척척 배 쪽으로 걸어갔다. 뒤늦게 자리에서 일어난 기용과 에테루니는 그런 그를 보며 못 말린다는 듯 웃어버렸다. 에테루니는 그가 처음 자신에게 손을 내밀었을 때가 기억났다.

"널 납치해 가도 될까?"

그것은 '구원' 이었다. 청안의 마녀도 그가 내민 손을 잡는다면, 분명 구원받을 수 있으리라. 에테루니는 그리 믿었다.

예의 그 해적선들이 다시 나타났다는 소식을 가장 먼저 접한 이는 에이엔스가 아닌 듀스였다. 해군에게서 그 소식을 접한 듀스는 조속히 에이엔스의 임시 집무실로 갔다. 그리고 문을 두드렸지만, 아무 대답도 들려오지 않았다. 듀스는 하는 수 없이 문을 열고 들어갔다.

"단……."

듀스는 그녀를 부르려다가 멈칫하고 말았다. 그녀는 책상에 엎드린 자세로 잠들어 있었다.

머리 한쪽은 비상시임을 인식하고 있었으나 그는 선뜻 그녀를 깨우지 못했다. 창문을 타고 아스라하게 스며들어 오는 햇빛 아래 가만히 잠들어 있는 그녀가 평소와 달리 몹시 편안해 보였기 때문이다.

햇빛에 감싸인 그녀는 마치 전신이 빛나는 것만 같았다. 해맑은 피부도, 맑은 은발도, 새하얀 제복도. 모든 게 햇빛을 받아 꿈결처럼 은연한 반짝거림을 내보였다.

어린 소녀처럼 곱게 잠들어 있는 모습 때문일까? 새삼 그녀가 철혈 같은 냉기로 무장한 채 싸늘한 일갈을 토하는 기사단장이라는 사실이 믿기지 않았다. 기사단장은커녕 검 한 번 쥐어보지 않았을 것 같았다.

만약 마법의 실현자가 아니었다면 그녀도 평범한 귀족 아가씨로 어여쁘게 꾸민 채 사교계에 데뷔했을 것이다. 지금처럼 왕궁 무도회에 참가해도 기사로 경비 공무를 수행할 게 아니라.

듀스는 의아했다. 대체 왜 이렇게 안타까운 기분이 드는 걸까. 단지 여려 보일 뿐, 그녀는 누구보다 강한 사람인데.

"단장님!"

그때, 해군 하나가 거의 뛰어들 듯이 들어와 목청껏 에이엔스를 불렀다. 그러자마자 살포시 감겨 있던 에이엔스의 눈이 섬광을 내뿜듯 번쩍 뜨였다.

"뭐지?"

"해적선이 다시 나타났습니다!"

에이엔스는 능숙한 손길로 재빨리 커프스를 채우고 목가의 단추도 깔끔하게 채웠다. 그리고 한시도 소비하지 않으려는 듯 벌떡 자리에서 일어섰다. 그런데 그녀가 일어서는 순간 무언가가 타악, 하고 둔탁한 소리와 함께 바닥으로 떨어졌다. 반사적으로 바닥을 내려다본 에이엔스는 쯧, 혀를 내차고 끈이 끊어진 목걸이를 주워 들었다.

잘그락…….

듀스도 그 목걸이를 바라보았다. 그것은 판판하고 동그란 유리알 장식이 달린 목걸이였는데, 항상 그녀가 기사단장복 안에 걸고 다니는 것이었다. 지나가면서 듣기론 어머니의 유품이라고 하니 한시도 떼어놓지 않는 것이 이해는 되었다. 단지 그녀가 죽은 어머니를 추억할 정도로 감상적인 성격인지 알 수 없을 뿐. 하여간 오래 걸고 다니더니 마침 목걸이 끈이 수명을 다한 모양이었다.

에이엔스는 잠시 어떻게 할까 생각하는 눈치더니, 차마 두고 갈 수 없는지 임시로 기사단장복의 안주머니에 넣고 단추를 채웠다. 그리고 그 자리를 가볍게 두드리고는 집무실을 나섰다.

"지할드 경."

"예."

듀스는 아직도 생선 가시처럼 걸려오는 정체불명의 마음을 접어두고 깍듯하게 대답했다.

"잊지 마라. 생포다."

"명심하겠습니다."

해군부의 복도를 걸어가는 두 사람의 걸음이 마치 맞춘 것처럼 규칙적으로 울려 퍼졌다.

「잘 들어라.」

돛대 줄을 잡고 난간 위에 올라선 칼은 기합이 들어간 선원들을 훑어보며 진지하게 말했다. 선원들 사이에 섞인 기욤은 칼을 흐뭇한 눈으로 지켜보았다. 늘 요리조리 장난칠 궁리만 하는 칼이 제국의 대공다운 모습으로 연설하고 있으니 괜한 감동이 밀려오는 것이었다.

「오늘 우리의 목표는 전투가 아니다. 목표는 단 하나, 천공의 탈환이다.」

엄숙한 침묵만이 가득한 갑판 위, 선원들은 모두 경건한 표정으로 칼을 주시하고 있었다.

「아멜리타 군함 측에서도 이틀 전 전투로 화기와 화살은 통하지 않는다는 것을 알았을 테니, 분명 백병전으로 나올 것이다.」

평소의 느슨한 모습을 보면 누가 믿겠느냐마는, 칼은 세-이든 제국 군부의 영웅이었다. 군인들에게 있어 그는 군신 자카라스의 화신이며 신앙이고, 영원한 주군이었다. 그것은 선원으로 위장한 군인들의 눈이 벅찬 경외심과 존경심을 품고 더없이 반짝거리는 것만 보아도 알 수 있었다.

「하지만 돌격조 외에는 배끼리 인접해도 절대 아멜리타 군함에 올라타지 마라. 도발에 걸려들어 아멜리타 군함에 올라탔다가 시간 못 맞추는 놈들은 그냥 버리고 간다.」

선원들은 껄껄 웃음을 터뜨렸다. 무표정하던 칼의 입매에도 씩 짓궂은 웃음이 그려졌다.

「불필요한 전투는 최대한 자제하고, 모두 전투보다 방어, 그리고 돌격조의 엄호에 신경 쓴다. 돌격조는 중앙 군함, 아멜리타 제1선만을 노려라. 하지만 살생 역시 금지한다. 알겠나?」

척! 선원들은 한 사람도 빠짐없이 한꺼번에 거수경례를 해 보였다.

「명을 받듭니다!」

한 사람이 내는 것처럼 동시에 터져 나온 대답이 바다를 두드리고 하늘을 울렸다.

칼이 손과 입으로 휘파람 소리를 내며 손을 뻗자, 배 위를 날고 있던 사왈리가 단숨에 하강해 와 그의 팔 위에 안착했다.

「귀환 신호는 사왈리의 비상이다.」

칼이 사왈리가 앉은 팔을 살짝 아래로 내렸다가 휙 뻗어 올리자, 사왈리는 그 탄력을 받는 동시에 힘찬 날개를 펼치고 하늘로 날아올랐다. 그리고 매끄럽게 공기를 가르고 올라가 그녀의 지정석인 중심 돛대의 최상단 활대에 앉았다.

「자, 그럼……」

칼은 몸을 돌려 끝도 없이 펼쳐져 있는 푸른 융단을 바라보았다. 은빛 물뱀의 수호를 받는 군함들이 푸른 융단을 타고 결의에 찬 모습으로 진격해 오고 있었다. 오늘은 기필코 자신들의 적을 섬멸하겠다는 듯이.

「자모일의 바람이 부는군.」

군신 자카라스의 독수리 자모일이 세-이든의 승리를 기원하며 그들 쪽으로 날갯짓을 하고 있었다. 그 바람에 이끌린 것인지, 군함 쪽에서도 예의 그 잿빛 매가 날아오르는 모습이 보였다. 칼은 직감했다. 저 매는 은빛 물뱀에 더불어 제3왕궁기사단의 표식이자, 그녀가 이곳에 있다는 사실의 대변이라는 것을.

「그 옛날 군신 자카라스께선 독수리 자모일과 그의 백만 대군을 이끌고 성전의 땅으로 향해 신들과의 전쟁에서 당당히 승리하고, 황폐화된 땅을 탄식하는 눈물 한 방울로 녹음을 되돌리셨지.」

그는 세-이든의 아이들이 태어나자마자 듣고, 또 살아가면서 가장 많이 듣게 되는 건국신화를 조용히 읊조렸다. 선원들은 모두 숙엄하게 그의 말을 경청했다.

사실 칼은 제국에 만연하는 미신이나 전설을 그다지 믿지 않는 편이었다. 하지만 그런 그조차도 군신의 이야기를 들을 때면 묘한 감동에 사로잡혔다. 신성모독이다 싶을 만큼 신을 경배하지 않는 그 역시 세-이든의 피를 이어받은 자이긴 한 모양이었다.

「그러한 군신이 명하신다. 그에게서 관직을 받은 새의 귀환을.」

두웅!

누군가가 가슴에 대고 북을 치는 것처럼 또 한 번 공명이 일어났다. 군함들의 웅장한 모습을 담은 그의 적안이 유리알 표면처럼 번득거렸다.

공명을 일러 짐승의 울음소리라 묘사했지만, 모든 공명이 이렇다면 차라리 치사량의 아편이라고 하는 게 맞을지도 몰랐다. 하지만 지금만큼은 왜 이런 공명이 일어나는지 따위 아무래도 좋았다. 지금 그를 그로 존재하게 하는 것은 고동과 전율이었다.

비슷한 성질의 공명 덕분에 아주 조금, 이십사 년이 지난 지금에도 찾지 못한 달님과 에이엔스 아이힌의 상관관계를 떠올리기도 했다. 하지만 생각은, 조금 뒤에 해도 늦지 않으리라. 그녀를 맞이한 후에.

칼은 난간에서 훌쩍 뛰어내리며 소리쳤다.

「우선은 대포다! 이틀 전에 받은 만큼 돌려줘야겠지. 다들 엉덩이에 힘 콱 줘라. 힘 빼고 있다간 걷어차 버릴 테니까!」

발작적으로 웃음이 터져 나오는 가운데, 세-이든 배의 돛이 먹잇감을 덮치는 독수리의 날개처럼 펼쳐졌다.

쿠웅! 쿵! 쿠우웅! 쿠웅!

"발포했습니다!"

잔뜩 경계하고 있긴 했지만, 미처 해적들의 전술이 무엇인지 파악하기도 전이었다. 해적선의 양측에서 수많은 대포 입구가 솟아나오더니, 대기를 울리는 굉음과 함께 대포알들이 날아오기 시작했다.

에이엔스는 척 한쪽 무릎을 꿇고 앉아 바닥에 손을 대었다. 그러자 우우우웅― 그녀의 손이 닿은 부분에서 푸른 마법진이 나타났다. 동시에 군함들의 위로 투명하게 번득거리는 윤기가 획 지나가고, 대포알들이 허공의 무언가와 부딪혔다. 그리고 퍼버버벙! 잔재를 토해내며 폭발해 버렸다. 칼이 한 것과는 조금 다른 형태였지만 그것 역시 공격에서 아군을 완벽하게 보호해 냈다.

"포격!"

에이엔스가 소리치기 무섭게 아멜리타 군함에서도 대포알들이 날아올랐다. 하지만 이번에도 대포알들은 해적선에 부딪히지 않고 허공에서 작파되어 버렸다. 그러나 충분히 예상한 일이었기에 해군들도 저번처럼 놀라지는 않았다.

"멈추지 마라! 계속 포격하라!"

콰앙! 쾅! 쿠웅!

대포알들이 터져 나가는 반동에 갑판이 자르르 진동했다.

적군에게서 발포된 포탄은 에이엔스의 방어벽에 부딪혀 사라지고, 아군에게서 발포된 포탄은 해적선에 탑승한 누군가의 힘에 의해 허공에서 펑펑 폭발해 갔다.

쿠와앙! 쿠웅! 쿵!

작파음이 대기를 찢는 듯이 작렬했다. 아마 그라나츠 항구 도시의 시민들은 대체 이 하늘을 울리는 소리가 무엇인가 싶어 다들 맨발로 뛰어나와 있을 터였다.

바닥에 닿은 에이엔스의 손 위로 식은땀 한 방울이 투욱, 떨어져 내렸다. 그리고 산산조각나며 자잘하게 수많은 파편을 토해냈다.

이 힘을 사용하는 것은 엄청난 체력 소모를 가지고 왔다. 특히 방어는 더욱 그랬다. 공격을 하는 것은 그나마 견딜 만하지만, 어째서인지 이 힘으로 방어를 하자면 체력이 촛불 심지처럼 순식간에 타 들어가는 소리가 들려올 정도였다. 아마 추측하건대, 공격은 한가운데로 힘을 응축하지만 방어는 힘을 펼치기 때문이 아닌가 싶었다. 특히 지금처럼 전 군함을 다 보호하자면 고작해야 오분이 한계였다.

에이엔스는 뿌득 하는 소리가 들려올 정도로 이를 악물었다. 이마와 목에 식은땀이 잔뜩 배어났다. 그때에야 그녀는 더 이상 방어만 하고 있기를 포기했다. 방어만 해서는 될 일이 아니었다. 다소의 손해를 감수하더라도 진격해야 했다.

크게 한숨을 토해내며 방어의 힘을 거둔 순간이었다.

"피해라! 온다!"

콰아앙!

에이엔스가 외침과 동시에 적군의 포탄이 군함에 처박혔다. 그러자 다들 흔들리는 갑판 위에서 자세를 바로 하느라 정신이 없었다.

"포격!"

에이엔스가 방어벽을 거둔 탓에 대포알들은 신난 듯이 군함에 충격을 퍼부었다. 비로소 좀 인간다운 싸움이 되어가는 듯했다. 하지만 해적선에 있는 마법의 실현자는 지치지도 않는지 여전히 대포알들을 공중에서 터뜨리고 있었다.

"적선이 접근해 옵니다!"

"백병전으로 나갈 모양입니다!"

그 말대로, 해적선이 발포를 멈춘 채 군함 쪽으로 진격해 오고 있었다. 속도는 그다지 빠르지 않았지만, 계속해서 사정거리 안으로 들어왔다.

"좋다. 그렇다면 받아주어야겠지."

낮게 중얼거린 에이엔스는 몸을 돌리고 엄숙히 외쳤다.

"준비해라! 군함으로 보나 숫자로 보나 아군이 훨씬 우세하다. 일격에 해적들을 제압하고 마법의 실현자로 의심되는 자들을 모조리 잡아들인다!"

이미 오래전부터 준비가 완료되어 있는 기사들과 해군들 역시 엄숙하게 그녀의 명을 받들었다.

"오늘로서 해적 토벌은 끝이 날 것이다. 난 나와 그대들의 힘을 믿는다."

에이엔스는 아멜리타 왕이 친애와 신뢰의 표시로 하사한 검을 빼 들고, 검을 쥔 손을 척 왼쪽 가슴에 대었다. 그리고 불어오는 바람을 마주하고 서서, 처음 기사가 되던 날 맹세했던 대로 아멜리타 기사들의 강령을 읊조렸다.

"앞길을 막는 자는 그 누가 되든 아멜리타의 영광된 이름으로 용서치 말지어다."

그녀의 백옥 같은 검신이 찬연한 햇빛을 받아 부서질 듯이 빛나고, 사라락 흐트러지는 은빛 물결이 현요하게 일렁였다. 땀에 젖은 얼굴마저도 햇빛을 받아 희맑은 안광을 발했다.

"부딪힙니다!"

두 척의 배가 부딪치며 검끼리 맞부딪치듯 서로의 나무 충각(배 앞머리에 길게 튀어나온 장치)이 끼기긱 마찰했다. 그 충격에 단단하게 발을 디디고 있던 모두가 잠시 휘청했지만, 흔들리는 바닥에 익숙한 자들인만큼 재빨리 자세를 바로잡았다.

에이엔스는 적선의 돛이 등 뒤로 그림자를 드리우는 걸 알면서도 뒤돌아보지 않고 있다가, 그제야 백색 옷을 나부끼며 획 몸을 돌렸다. 그리고 단전에서부터 끌어올린 목소리로 강하게 외쳤다.

"진격!"

총지휘자의 외침에 모두들 일사불란하게 움직이기 시작했다.

"발판을 내려라!"

"전진을 멈추지 마라! 두려워하지 마라!"

"극악무도한 해적을 베어라!"

섬멸하고자 하는 자와 탈환하고자 하는 자. 그들의 형상이 어지럽게 엉켜들기 시작했다.

카앙!

휘둘러져 오는 검을 능숙하게 받아친 에이엔스는 공격해 온 해적을 향해 단숨에 검을 내질렀다.

「으헛!」

카아앙! 하지만 그녀의 검이 해적의 몸을 양단하고 지나가기 전에 불쑥 방해가 끼어들었다. 그 해적을 구하고자 하는 또 다른 해적이었다.

「움직여!」

내려쳐지는 에이엔스의 검을 막으며 끼어든 해적이 움찔하는 동료에게 매섭게 일갈을 가했다. 그리고 재차 휘둘러져 오는 에이엔스의 공격을 가까스로 막았다. 아무리 악명 높은 청안의 마녀라고 해도 여자인 이상 힘에서는 자신이 우세할 거라 믿었는데, 기술부터 너무 차이가 나니 힘으로 압도할 틈이 보이질 않았다.

에이엔스는 입을 꾹 다문 채 첨단처럼 날카롭게 세워진 집중력을 검을 휘두르는 데 온통 쏟아부었다. 하지만 순식간에 해적을 제압하고 베려 하면 또 어디선가 방해가 끼어들었다.

'뭔가 이상하다.'

동료를 위하는 마음은 해적이나 기사나 같겠지만, 이 해적들은 과하게 동료를 보호하려 하고 있었다. 그리고 아직 죽은 자가 아무도 없었다. 적군도 아군도. 모두 다 몰살해 버리려는 듯이 군함으로 건너왔으면서 해적들은 왠지 몸을 사렸고, 그들의 적을 제압하는 것으로 공격을 끝내 버렸다. 그럼 해군들은 금방 다시 일어나 공격을 가했고, 해적들은 또 그런 행동을 반복했다.

'게다가 이 몸놀림……. 평범한 해적이 아니다!'

해적들의 몸놀림은 지나치게 깨끗했다. 도의없는 싸움과 굶주린 짐승 같은 전투 방식에 익숙한 해적들의 움직임이 아니었다. 분명 차림새나 외모는 딱 해적으로 보였다. 하지만 그들의 동작은 해적이라기보다…… 그래, 마치 어느 나라의 군인처럼 보였다.

카아아앙!

「크윽!」

온 힘을 다해 검을 휘두르자, 가까스로 공격을 막고 있던 해적이 식겁해서 양손으로 검을 꽉 붙잡고 에이엔스의 검을 막았다. 하지만 힘의 마찰에 부딪혀 뒤로 좌악 밀려나고 말았다. 그럼에도 해적은 뭐가 그리 좋다고 저릿저릿 울리는 손을 붙잡은 채 복면에 감춰진 얼굴을 씨익 쪼갰다.

「역시 천공. 제 상대는 아니시로군요.」

에이엔스는 슬며시 눈가를 찌푸렸다. 그런데 무어라 묻기도 전에 그 해적이 갑자기 몸을 돌리고 도망치기 시작했다.

"멈춰라!"

얼른 뒤쫓으려고 했지만 또 다른 해적이 날쌔게 끼어들어 에이엔스의 전진을 막았다.

「이번에는 제가 상대해 드리겠습니다!」

문답무용. 에이엔스는 어디 한번 상대해 보라는 듯 당장 검부터 내질렀다. 그 해적은 바로 검부터 날아올 줄 몰랐는지 깜짝 놀라 얼른 검을 들었다. 하지만 두 사람의 검이 맞부딪치려는 찰나였다.

끼이이익— 끼익! 쿠우웅!

갑판이 지진이라도 난 것처럼 흔들리더니 비스듬하게 세워졌다. 아직 넘어질 정도는 아니었지만 기울어진 바닥이 확실히 느껴졌다. 집중적으로 포탄을 받은 제1선의 하층부에 바닷물이 밀려들어 와 무게 중심이 흐트러진 것이었다.

갑판이 잠시 진정된 순간 에이엔스는 다시 해적에게 공격을 내질렀다. 그리고 짧은 숨을 돌릴 틈도 없이 해적을 밀어붙였다.

「윽! 큭!」

카앙! 카강! 카아앙!

검들끼리 어지러이 부딪치는 소리가 공기를 울렸다. 그 와중에도 배는 점차적으로 계속 기울어가고 있었다.

'괜히 기사단장이 된 건 아니었군!'

해적, 아니, 해적으로 위장한 세—이든 중앙군부 소속의 군인은 혼신의 힘을 다한 일격을 날리고 잠깐 공격이 끊긴 새에 재빨리 도망쳤다. 더 이상 시간을 끌다간 저 아름다운 백색 검신의 먹이가 될 터였다. 하지만 웬일인지 에이엔스는 쫓아오지 않았다.

일부러 해적을 몰아붙여 도망가게 한 에이엔스는 또 들어올지 모르는 공격을 경계하며 아군에게 소리쳤다.

"제1선은 버린다! 모두 다른 배로 올라타라!"

명령이 떨어지기 무섭게 해군들은 해적들의 공격을 막으며 몸을 물렸다. 그리고 아군의 다른 배와 연결되어 있는 발판으로 후퇴하기 시작했다.

"모두 다른 배로 이동해라!"

그 순간이었다. 그녀의 등 뒤에서 낯선 목소리가 들려왔다.

"다른 녀석들은 가도 상관없는데……."

바닥에까지 깔린 듯 나직하게 울리는 음성. 오싹— 전율 같은 소름이 끼쳐 왔다. 영혼이 속박당한 것만 같았다. 게다가 목소리의 거리가 너무 가까웠다. 거의 귓가에서 속삭이는 듯한 거리였다.

에이엔스는 전례없이 놀란 눈을 한 채 휙 뒤를 돌아보았다. 한 가닥으로 묶어 올린 긴 은발이 찰랑이며 그녀의 고갯짓을 따라 옆으로 넘어갔다. 차라라락— 은발이 지나가고 난 자리에 검은 복면을 쓴 남자가 보였다. 그는 바로 뒤에 서 있었다.

'어느새!'

다가오는 기척을 조금도 느끼지 못했는데!

그럼에도 에이엔스는 순간적으로 멍해져서 적을 바로 앞에 두고도 움직이지 못했다. 지나치게 붉은 눈이 마치 이글거리는 화염처럼 최면을 거는 것만 같아서…….

정면에서 에이엔스의 얼굴을 바라본 남자 역시 상당히 놀란 눈이었다. 당혹마저 스쳐 지나가는 것 같았다면, 착각일까? 하지만 그 바로 다음 순간, 강철 같은 무언가가 에이엔스의 후두부를 강하게 내려쳤다. 에이엔스의 반사 신경으로도 따라갈 수 없는 엄청난 속도였거니와, 그녀가 전투 중에 이례적으로 우뚝 굳어 있었기에 너무나 쉽게 제압당하고 말았다.

"넌 그쪽이 아니라 이쪽이야."

급소를 강타당한 공격에는 에이엔스도 인간인 이상 어쩔 수가 없었다. 눈꺼풀이 스르륵 내려앉는 동시에 몸이 무너져 내렸다.

챙강!

의식을 잃은 에이엔스의 손에서 검이 떨어져 날카로운 금속성을 퍼뜨렸다.

탁, 칼은 힘을 잃고 무너지는 그녀의 몸을 한 팔로 받아 들었다. 그리고 짐짝 들 듯 옆구리에 끼는데, 바닥에 떨어진 검을 보니 함께 주워가야 할 것 같아 슬쩍 무릎을 접고 앉았다. 그런 후 검을 주워 그녀의 허리춤에 차인 검실에 납검하고 손을 뗀 순간이었다.

"그분을 놓아라!"

강직한 일갈과 함께 바람이 일었다. 그래서 휙 고개를 들자, 은빛 검신이 햇빛을 반으로 쪼개며 무서운 속도로 하강해 오고 있었다. 칼의 붉은 눈이 조금 커졌다.

'잡았다!'

듀스는 그의 검이 해적의 머리를 양단하기 전에 섣부른 오판을 해버렸다. 하지만 이 거리에서 검을 들고 있지도 않은 해적이 그의 날쌘 검을 막을 방법은 없었다. 아니, 그렇다고 믿었다.

카아아아앙!

다음 순간, 금속끼리 격렬하게 부딪치며 불티를 토해냈다.

이번에는 듀스의 눈이 크게 뜨였다. 해적의 손에는 어디서 나타난 것인지 알 수 없는 검이 들려 있었다. 더욱이 믿기지 않는 점은 두 손으로 온 힘을 다해 내려친 자신의 검을 한 손으로 막았다는 것이었다.

검이 닿기 바로 직전에 칼이 허리 뒤편에 차인 검의 손잡이를 잡고, 그 동시에 빼어 들어 에이엔스마저 제압해 낸 속도로 막은 것이었지만 듀스는 그 사실을 알지 못했다.

무표정하게 정면을 보고 있던 칼은 놀란 듀스를 올려다보고 씩 웃었다. 그리고 팔의 힘만으로 듀스의 검을 탕 튕겨내었다. 듀스는 기사복을 펄럭이며 당장 두어 걸음 물러섰다.

칼은 축 늘어진 에이엔스를 옆구리에 끼고 얄미울 만큼 느긋하게 일어섰다. 그리고 중도 길이의 검을 휘릭 회전시키더니 그대로 허리 뒤편의 가죽 검실에 탁, 끼워 넣었다.

"이런, 이런. 백마 탄 기사님이 등장하셨군."

느물거리는 말투에 듀스는 미간을 찡그렸다. 다른 해적들은 알아들을 수 없는 언어를 썼는데, 허점이 잔뜩 보이는 자세로 여유롭게 서 있는 이 남자는 아멜리타 어를 쓰고 있었다. 후천적으로 익혔는지 억양이 약간 독특하긴 했지만 거의 완벽한 아멜리타 어라 할 만했다.

듀스는 본능적으로 깨달았다.

이 남자가 우두머리다!

허점 가득한 자세는 문제가 아니었다. 그는 저런 자세로도 공격이 들어오는 순간 철통같은 방어 태세로 들어갈 수 있을 터였다. 게다가 느슨한 분위기로도 가려지지 않는 압도적인 존재감. 마치 먹이를 노리며 입맛을 다시고 있는 야생의 맹수를 마주하고 있는 듯한 기분이 들었다. 절로 검을 쥔 손에 질척한 땀이 배어났다. 하지만 듀스는 지지 않고 냉랭한 목소리를 흘렸다.

"마지막 경고다. 그분을 놓아라."

한 번 보면 절대 잊을 수 없을 것 같은 붉은 눈이 매력적으로 휘어졌다. 그는 웃고 있었다.

"마음 같아선 놀아주고 싶다만 시간이 없어서 안 되겠군. 너무 섭섭해하지 말라고."

"무슨 소리를 지껄이는 거냐!"

듀스는 끼익 소리가 날 정도로 손잡이를 강하게 쥐고 매섭게 바닥을 박찼다. 그리고 그에게 덤벼들었다. 하지만 남자는 빙글빙글 웃고 있을 따름이었다. 오싹한 붉은 눈에 웃음기가 잔뜩 스며 있었다.

"뒤를 조심하는 게 좋을걸."

쐐애애액— 그 말과 동시에 검이 가로로 공기를 가르는 소리가 들려왔다. 그 인기척을 눈치 챈 듀스는 당장 오른쪽으로 검을 돌렸다. 바로 그 찰나, 카아아앙! 또 한 번 금속끼리 거세게 부딪치고, 강한 힘의 마찰에 검신이 우우웅 진동했다.

「두목님, 제발 괜한 도발은 하지 말아주십시오.」

듀스의 등 뒤에서 검을 날린 이는 다름 아닌 잠재적 바보인자의 보유자, 기욤 경이었다.

「도발없는 싸움이 무슨 재미야?」

칼은 느긋하게 말했다. 기욤은 이미 듀스와 검을 나누고 있는 상태였다.

「도발에 걸려들지 말라고 하신 분은 두목님이십니다!」

채애앵! 카앙!

검들이 허공을 날며 재차 부딪치고, 부딪치는 검들이 울부짖었다.

「도발에 걸려들지 말라고 했지 도발하지 말라고는 안 했잖아?」

「나참! 언어유희하시는 것도 아니고!」

캉! 끼기기기긱!

엑스 자로 교차하여 부딪친 검들이 미끄러지며 소름 끼치는 마찰음을 퍼뜨렸다. 그 상태로 듀스와 기욤은 힘겨루기를 시작했다. 한 번 부딪친 검들은 서로 녹여서 붙여놓은 듯 떨어질 줄을 몰랐다. 샌님 같은 외모에 어딘지 바보 같았던 기욤은 전혀 듀스에게 뒤지지 않고 있었다. 아니, 오히려 듀스가 좀 더 밀리는 듯했다.

"어딜 가는 거냐!"

듀스는 기욤의 등 뒤로 발판 위에 올라선 칼을 보고 사납게 외쳤다. 그러자 칼은 천 길 낭떠러지 위의 다리 같은 발판 위에서 듀스를 돌아보고 빙긋이 웃었다. 에이엔스의 축 늘어진 몸은 이제 그의 한쪽 어깨 위에 한 자루의 포대처럼 얹혀져 있었다.

「지금이야 출세와 거리가 먼 날라리 군인이지만 그래 봬도 한때는 중앙군부의 이성장군이었으니 심심하게 하진 않을 거다.」

중앙군부의 이성장군이라면 세-이든 제국 전 군부의 정점에서 멀지 않은 위치였다. 그것도 기욤은 서른 초반에 그만한 위치에 올랐었으니, 제국 최고의 출세 가도를 달렸다고 할 수 있었다. 그 사실을 다른 말로 하자면 검술 실력으로는 칼과 비등한 수준이라는 의미였다. 아니, 순수하게 검술로만 대결한다면 칼도 기욤을 이길 자신은 없었다.

「뭐, 말해봤자 못 알아듣겠지만.」

듀스가 알아선 안 되는 사실이기에 일부러 세-이든 어로 말한 것이었다.

「하하하. 다 옛날이야기죠.」

기욤은 후덕한 할아버지처럼 웃으며 겸손을 떨었다. 물론 그러는 와중에도 손은 맹렬히 움직이고 있었다.

듀스는 이를 악물었다. 상대가 한 합 한 합 내지르는 힘이 양손으로 막지 않으면 안 될 정도였다. 검을 내지를 때는 야수가 강철 같은 발톱으로 후려치는 듯했고, 끌어당길 때는 야수가 먹이를 움켜쥐고 쥐어뜯는 듯했다. 듀스는 대체 왜 이런 실력자가 해적이 되었는지 알 수 없었다.

"멈춰라! 그분을 데리고는…….."

듀스는 에이엔스를 데리고 해적선으로 훌쩍 사라지는 칼을 얼른 따라가려고 했다. 하지만 겨우 떨쳐 냈다 싶었던 기욤이 순식간에 앞을 가로막았다. 기욤은 오랜만에 실력자를 만나 흥분에 도취된 듯 짙은 미소를 지었다.

「쓰러지지 않은 상대를 두고 한눈을 파는 건 어느 나라 기사의 예의이신가?」

철컥, 기욤은 무표정해진 얼굴로 검을 들었다. 그리고 온 힘을 다해 내질렀다. 그것은 제압의 검이 아닌 살생의 검이었다. 물론 하늘 같은 주군이 살생하지 말라 명했으니 죽일 생각은 없었다. 하지만 기욤의 검은 보여주기 위해 익힌 검술이 아닌, 피와 비명이 난무하는 전장에서 일격필살로 적군의 목을 떨어트리기 위한 살인검이었다.

「뭐, 어차피 못 알아듣겠지만.」

삐이이이익―

길게 울려 퍼진 휘파람 소리에 기욤의 손이 우뚝 멈추었다. 그러자 그의 전신에 휘감겨 있던 시퍼런 살기(殺氣)도 거짓말처럼 사라졌다.

기욤은 얼른 뒤쪽의 하늘을 올려다보았다. 이 시끄러운 전투 도중에도 활대에 얌전히 앉아 있었던 사왈리가 비상해 올랐다. 귀환 신호였다.

「나원! 제대로 놀지도 못했구만!」

말은 그렇게 했지만 기욤은 끈질기게 따라붙는 듀스의 검을 팅

겨내고 발판을 향해 엄청난 속도로 달리기 시작했다. 다른 세-이든 돌격조는 기욤이 듀스에게 묶여 있는 사이 이미 건너간 후였다.

"멈춰라!"

「뭐라는 거야? 어차피 못 알아듣는다니까!」

듀스가 따라오며 외쳤으나 기욤은 달릴 뿐이었다. 세-이든의 배가 벌써 우두두두 발판을 떨어트리며 멀어지고 있는 탓이었다.

「두목님! 같이 갑시다! 개똥밭에 굴러도 고향이 최고지 이역만리에 남기는 싫다 이겁니다!」

기욤은 연병장을 토할 때까지 달리던 실력을 십분 발휘하여 듀스가 따라잡지 못할 속도로 내달렸다. 그리고 난간에 도달한 순간, 한 치의 주저도 없이 난간을 박차고 올라…… 한 마리의 새가 되고자 하는 소망을 품…… 지는 않았지만, 어쨌든 장렬하게 비상했다.

"저……!"

듀스는 차마 난간을 박차고 뛰어오르진 못하고 난간에 걸려 멈춰 서고 말았다.

「어이쿠야!」

우당탕탕탕!

기욤은 거의 처박히듯이 갑판 위에 굴러떨어졌다. 그 부딪치는 소리가 어찌나 큰지, 선원들이 질끈 눈을 감으며 목을 움츠릴 정도였다. 그리고 기욤은 '내 다리! 내 팔! 내 허리이이이!' 꽥꽥 소리 지르며 불붙은 망아지인 양 갑판 위를 데굴데굴 굴러다녔다. 아직 에이옌스를 한쪽 어깨에 얹고 난간 가에 서 있던 칼은 쯧쯧 혀를 내찼다.

「쇼하네.」

매몰찬 주군이로고.

「어디 부러진 데 없나 봐줘.」

그래도 생각해 준답시고 말한 칼은 발악하듯이 그들을 추격해 오고 있는 군함들을 바라보았다. 하지만 좀 더 떨어지면 에테루니가 바람을 불러와 속도를 높일 테니 추격은 얼마 가지 못할 터였다.

「걱정 마라, 잘 돌봐줄 테니.」

칼은 빙긋이 웃고 몸을 돌렸다.

콰앙!

듀스는 난생처음 이성을 잃고 난간을 부서뜨릴 듯이 내려쳤다. 주먹이 욱신욱신 울려왔지만 그것은 문제가 아니었다. 가슴이 이글이글 끓어 입을 열면 불꽃이 토해져 나올 것만 같았다. 눈가마저 시뻘겋게 달아오르는 듯했다.

"부, 부단장님……."

선장이 격한 분노의 불꽃에 사로잡힌 듀스를 보고 얼떨떨하게 그를 불렀다. 하지만 듀스는 뒤돌아보지 않았다. 그저 순식간에 멀어져 가고 있는 해적선들만을 찢어 죽일 것처럼 노려보았다.

에이엔스가 납치당한 상황이니 자연스럽게 전권을 이임받은 듀스는 당장 해적선들을 추격했지만, 해적선들은 예의 그 방법으로 따라잡지 못할 만큼 빠르게 항해해 갔다. 마치 그를 비웃는 것처럼. 이 상황에서는 날개라도 달지 않는 이상 해적선들을 따라잡을 수 없었다. 그 현실을 잘 알고 있기에 더욱 분노가 치솟는 것이었다.

왕궁기사단장이 납치당했다.

그것만으로도 큰일인데, 그녀는 국가가 애지중지하는 마법의 실현자였다. 하지만 묘한 힘을 쓰는 해적에게 납치당한 이상 그녀가 살아 돌아올 가능성은 희박했다. 그리고 그녀의 대쪽 같은 성격상 구차하게 목숨을 구걸하지도 않을 터였다.

예상치 못한 때에 너무도 갑자기 일어난 이별에 듀스는 절규가 토해져 나올 것만 같았다. 그것을 억누르는 것만 해도 혼신의 힘을 다 들여야 했다. 이십팔 년 평생 냉철하게 굳혀온 이성이 겨우 본연의 모습을 유지할 수 있게 해주었다.

이죽이죽 웃었던 붉은 눈이 아직도 자신을 비웃고 있는 것 같았다.

"다음에 만나면, 기필코 네놈의 목을 베어버리겠다……!"

듀스는 꽉 잠긴 목소리로 말을 짓씹었다.

만약 에이옌스를 죽인다면, 아멜리타와 지할드의 이름으로 처참한 복수를 맹세하리라.

5

칼은 어깨에 엎고 있던 에이엔스를 갑판 위에 내려놓았다. 그러자 그의 어깨에서 흘러내린 몸이 갑판 위로 털썩 늘어지고, 어느새 머리 끈이 사라졌는지 그녀의 주위로 긴 은발이 흐드러지게 펼쳐졌다.

웅성웅성 에이엔스의 주위로 몰려든 선원들은 희귀 동물을 보는 듯한 눈으로 그녀를 내려다보았다. 하지만 후두부를 맞고 기절한 에이엔스는 의식없이 늘어져 있을 뿐이었다.

「이 여자가 정말 청안의 마녀인가?」

「잘못 데리고 온 건 아니겠지?」

무시무시한 섬광을 쏘아대고 적을 거침없이 베어버린다는 마녀가 이런 여자일 거라고는 미처 예상치 못했다. 눈을 감고 있어도 그녀는 전장이 아니라 황제의 후궁에 있어야만 할 것 같은 미녀였다.

"다, 단장님!"

누군가가 비명 같은 소리를 내질렀다. 그러자 모두의 시선이 일사불란하게 그쪽으로 쏠렸다. 비명을 내지른 이는 세—이든의 배에 올라탔다가 건너가지 못하고 사로잡힌 그라나츠 해군이었다. 물론 그는 지금 기절해 있는 몇몇 해군과 함께 밧줄로 꽁꽁 묶여 있는 상태였다.

"이, 이런 더러운 놈들! 단장님까지⋯⋯!"

아직 복면을 한 채 에이엔스의 옆에 앉아 있는 칼은 고갯짓으로만 명령을 내렸다. 그러자 한 선원이 비장한 얼굴로 그 해군에게 다가섰다. 해군은 자신의 위로 그림자를 드리우는 선원을 올려다보고 꿀꺽, 굵은 침을 삼켰다.

해적이 스윽 검을 들어 올렸다. 이런 죽음은 상상도 못했는데, 이렇게 목숨이 다하는 모양이었다. 해군은 질끈 눈을 감았다.

"아멜리타를 지키다 갈 수 있으니 가히 영광되지만 부디 단장님만은⋯⋯."

따악!

「뭐라고 지껄이는 거야?」

둔탁한 타격음과 함께 해군은 꿰꼬닥 고개를 꺾고 기절해 버리고 말았다. 선원이 검실로 그의 머리를 내려쳐서 기절시켜 버린 것이었다.

「다 처리해.」

칼의 말에 선원들이 하나둘, 아직 기절하지 않은 포로들에게 다가갔다. 그리고 모두 예외없이 검실로 내려쳐서 기절시켜 버렸다. 따악! 따악! 딱! 검실이 두개골과 부딪치는 소리가 타악기를 두드리는 양 경쾌하게 울려 퍼졌다.

이내 세-이든의 배에는 에이옌스를 포함해 깨어 있는 포로가 한 명도 없게 되었다. 그제야 칼은 복면을 아래로 끌어내렸다. 그리고 잠시 잠들어 있는 에이옌스를 내려다보다가, 그녀의 허리춤에서 검실을 풀어냈다. 그러는 김에 본의 아니게 허리를 더듬게 되었는데, 그녀의 허리는 양손으로 쥐면 거의 다 들어올 것처럼 가녀렸다. 그에 칼마저 이 여자가 정말 청안의 마녀인가 하는 의심이 들었다. 하지만 그라나츠 해군들이 분명 그녀를 보고 '단장님'이라 불렀고, 푸른 눈은 분명 '청안의 마녀'라는 별명과 일치했다.

이토록 가녀려 보이는 여자일 거라고는 생각하지 못했다. 어깨에 둘러메고 있을 때 느껴진 몸도 녹아들 것처럼 말랑말랑했더란다. 보기와 다른 여자라는 말은 들었지만, 이건 거의 사기일 정도로 뜻밖이었다.

게다가 이런 은발을 가지고 있을 줄도 몰랐다.

푸른 눈일 거라는 건 '청안의 마녀'라는 별명 덕분에 대충 짐작했으나, 은발이라는 말은 들은 적이 없었다. 천공이면 천공인 거고 아니면 아닌 여자의 머리 색 따위 궁금해하지 않았고, 아무도 말해주지 않았다. 은발인 걸 보고 얼마나 놀랐던지…….

「뭘 그리 보고 계십니까?」

겨우 몸을 추스른 기욤이 노인네처럼 허리를 붙들고 절뚝절뚝 다가왔다. 그제야 칼은 정신을 차리고 그녀에게서 시선을 거두었다. 하지만 기욤은 욱신욱신 아리는 허리를 문지르며 찡그린 눈으로 에이옌스에게서 시선을 거두지 않았다. 뭔가 이런, 하고 머리를 스친 탓이었다.

에이옌스 아이힌 기사단장의 머리카락은 하고 많은 색 중에 하필이면 은발이었다.

　이유는 모르겠지만, 칼은 유독 은발을 가진 여자에게 집착하는 구석이 있었다. 그가 한 번이라도 눈길을 멈추는 여자는 명암과 순도는 다를지언정 모두 은발의 소유자일 정도였으니까. 그런데 갑자기 그런 그의 앞에 떨어진 순은발의 미인이라? 게다가 오로지 아내 사랑인 그마저도 인정하건대, 그녀의 미모는 보통이 아니었다. 달갑지 않은 일이 일어나는 건 아닌가 싶어 기음의 찡그린 미간은 펴질 줄을 몰랐다. 은발에 대한 칼의 집착은 정말 보통이 아니었으니까.

　그때, 칼이 휙 그녀의 검을 뽑아 들었다. 하늘로 추켜올려진 백색 검신이 찬란한 빛을 발했다.

「오, 검 좋은데.」

　그녀의 검은 간소함과 단정함의 미학을 실천했으되 날이 모두 새파랗게 서 있고, 검인지 예술품인지 헷갈릴 정도로 우아했다. 꼭 그녀 같은 검이었다. 하얗고, 깨끗하고, 건드리면 안 될 것 같은 고고함까지.

　햇빛마저 가를 것처럼 빛나는 검신을 올려다보고 있을 때였다.

「엇! 전하!」

　쉬이이이익─ 한 선원의 외침과 함께 등 뒤에서 무언가가 고속으로 날아오는 소리가 들려왔다. 칼은 재빨리 고개를 숙였다. 그러자 머리 위로 횡 바람이 스쳐 지나가고, 칼의 머리를 노리고 날아왔던 무언가는 저 멀리 갑판으로 하강했다가 다시 날아오르려 했다. 그래서 칼은 고개를 들었지만, 재차 등 뒤로 다가오는 소리에 또 휙 고개를 숙였다.

「이런!」

여태 어디 있다가 나타난 건지 사왈리는 어느 때보다 빠르게 날아가더니, 칼의 머리를 노리고 날아왔던 잿빛 매를 날카로운 발톱으로 움켜쥐었다. 그러자 그 매는 회색 날개를 정신없이 파닥이며 사왈리에게서 벗어나려고 했다.

푸드덕! 푸드더덕! 파다닥! 파다닥!

인간들이 멍해 있는 사이, 갑판 위에서 때아닌 축생의 싸움이 일어났다. 두 맹금은 많은 눈이 보고 있거나 말거나 미친 듯이 홰치며 몸싸움을 계속했다. 말 그대로 닭싸움이 따로 없었다. 칼은 허, 짧은 소리를 토해내고 말았다. 그때 마침 회색 매가 재주 좋게 사왈리를 떨쳐 내고 후다닥 하늘로 도망가 버리자, 사왈리는 칼에게 날아와 그의 어깨에 앉았다.

깃털이 이리저리 흐트러져 있는 게, 아가씨 모습이 영 말이 아니었다. 꼭 아낙들이 머리끄덩이 잡고 싸우고 나서 봉두난발을 하고 있는 듯한 모습이랄까. 그런데 어깨에 앉은 사왈리가 갑자기 버릇없게 주인의 어깨를 움켜쥐고 푸드덕푸드덕 날갯짓을 해 대는 게 아닌가?

「윽! 아파!」

예리한 발톱이 어깨를 파고들자 칼도 아픔을 토로할 수밖에 없었다. 그리고 해도 아픈 것은 아픈 것이었다. 아무리 세―이든 제국 군부의 영웅이며, 천공으로만 이루어진 소수 정예 부대 '천공대(天公隊)'의 총대장이라고 해도.

「아프다니까! 왜 이래?」

칼이라면 죽는 시늉까지 하는 사왈리인데, 그녀는 대체 뭐가 문제인지 계속 푸드더덕 날갯짓하며 하늘을 보고 '삐익― 삐익―' 울어댔다. 칼은 하늘을 올려다보았다. 그 잿빛 매가 항해

중인 배 위에서 빙글빙글 돌고 있었다. 그제야 칼은 사왈리를 보고 '아하' 하는 소리를 냈다. 얼굴에는 짓궂은 웃음이 떠올라 있었다.

「너, 저 매한테 꽂힌 거지?」

기욤과 선원들은 동시에 황당한 표정을 지었다. 사왈리의 마음을 눈치 챘다는 양 말하는 칼도 그렇고, 독수리가 매한테 반했다고? 둘 다 황당하기 이를 데 없었다. 하지만 그들이 그러거나 말거나 칼은 사왈리에게 충고 조로 말했다. 그것도 아주 진지하게.

「아가씨, 넌 독수리고 쟨 매야. 금지된 사랑이라고. 상처받기 전에 끝내.」

사왈리는 그럴 수 없다고 말하듯 삐익, 삐익 울었다. 칼은 절레절레 고개를 내저었다.

「같은 맹금류라고 해도 종족이 다른 사랑은 언젠가 지치게 마련이야. 슬픈 일이지.」

기욤은 기어코 '어이쿠' 소리를 내며 이마를 짚었다. 누가 제발 저 사람 좀 말려다오.

「게다가 아가씨가 조신하지 못하게 남자를 덮치고 말이야…….」

칼은 그렇게 중얼거리다가 어딘가에 생각이 닿은 듯 기욤을 올려다보았다.

「근데 저 매, 수컷인가?」

기욤은 하늘을 바라보았다. 매는 여전히 배 위를 맴돌고 있었다. 사왈리에게 호되게 당하고도 떠나지 않는 걸 보니 떠날 수 없는 이유가 있는 모양이었다.

「글쎄요……. 아마도 수컷 아닐까요?」

칼은 미묘한 웃음을 지었다.

「수컷이길 빌어야지.」

칼은 아직도 손에 들고 있는 에이엔스의 검을 마치 제 검 다루듯 능숙하게 납검했다. 그리고 옆에 서 있는 선원에게 전해주었다.

「잘 보관해 둬.」

「예.」

그 선원은 정중하게 양손으로 검을 받아 들었다. 그리고 애매모호하게 웃으며 물었다.

「저 매, 포획할까요?」

칼은 다시 하늘로 시선을 던졌다. 매는 여전히 그곳에 있었다.

「됐어. 제 주인이 여기 있는 이상 알아서 따라올 테니.」

그때 사왈리가 다시 칼의 어깨 위에서 날아올라 하늘로 비상했다. 그러자 빙글빙글 돌고 있던 매가 식겁한 듯 획 도망가 버렸다. 하지만 사왈리가 사라지면 다시 돌아올 걸 알기에 칼은 신경 쓰지 않았다. 대신 기욤이 '어이쿠' 하는 소리를 내었다.

칼 외의 사람에겐 절대 가지 않을 만큼 도도한 독수리 아가씨 사왈리, 금단의 사랑에 빠지다.

더구나 십오 년 정도 사는 매와 약 칠십 년을 사는 독수리의 수명 차이를 보면 저 매는 많아봤자 다섯 살 부근일 텐데, 사왈리는 열일곱 살이었다. 이거, 좀 심각한 거 아닌가? 하지만 정작 그녀의 주인은 좋을 대로 하라는 듯 내버려 두었다. 독립성을 키워주는 건지 방임주의인지……

두 맹금의 순탄치 않은 애정 전선은 어쨌거나, 칼은 가장 중요한 일 처리를 위해 에이엔스의 목과 무릎 아래로 손을 넣어 안아

들었다. 그 몸짓을 따라 에이엔스의 몸이 훌쩍 위로 떠올랐다. 그리고 보는 것만큼이나 부드러운 머리카락이 드러난 팔뚝에 서늘하게 휘감겨 왔다. 어쩐지 오싹해지는 느낌이었다.

「뭐가 이렇게 가벼워? 빈 대롱 같군.」

어깨에 짊어질 때부터 생각했는데, 그녀의 몸은 검술로 다져진 몸답지 않게 심각할 만큼 가벼웠다. 그의 힘이 강한 탓도 있겠지만 휙 던져 올리면 휙 바람에 쓸려 날아갈 것만 같았다.

기욤은 에이엔스를 안고 있는 칼을, 칼에게 안겨 있는 에이엔스를 또 한 번 찡그린 눈으로 바라보았다. 칼은 검은색 일색인 반면 그녀는 백색 일색이라서인지, 두 사람은 일부러 그렇게 맞춰입은 것처럼 어울려 보였다. 게다가 흑발 적안에 은발청안, 눈에 띄는 외모까지. 마치 태어날 때부터 한 짝이었던 것 같⋯⋯.

기욤은 더욱 미간을 찌푸렸다. 아무래도 그만 생각하는 게 나을 것 같았다. 모르긴 몰라도 얼핏 들어온 그녀의 성격에 의하면 절대 그럴 일은 없을 듯했고, 은발에 집착하는 점만 빼면 칼도 결코 쉽게 마음을 주는 남자가 아니었다. 오죽하면 저 나이에 후궁 한 명 없는 홀몸일까. 자신도 칼의 신임을 얻기까지 얼마나 고생했던가.

그사이 칼은 에이엔스를 안고 아래층으로 내려갔다. 기욤도 곧 따라 내려갔다.

「그걸 하시는 겁니까?」

마침 칼은 임시로 에이엔스를 가둬둘 방의 침대에 그녀를 내려놓고 있었다.

「깨어나면 분명 도망가려고 할 테니까.」

「그것도 다 몰살하고 말이죠.」

「그거 무섭군.」

오죽이나 무섭겠습니다. 기욤은 불량하게 생각했다.

「근데 기욤, 계속 거기 서 있을 건가?」

「아, 실례했습니다.」

칼이 무엇을 하려고 하는지 알기에 기욤은 사과한 후에 문을
닫고 나갔다. 하지만 혹시 모를 사태에 대비해 멀리 가진 않고 바
로 문 앞에 서서 기다렸다.

방 안에 둘만 남은 칼은 에이엔스의 목 단추에 손을 대었다. 그
리고 겉옷의 단추를 모두 풀어냈다.

「단추가 왜 이리 많아?」

투덜거린 칼은 안에 받쳐 입은 흰 와이셔츠의 단추까지 푸르기
시작했다. 그런데 두어 개 풀다가 잠시 멈추고, 의아하게 그녀를
내려다보았다. 잠든 여자를 덮치려는 것도 아닌데, 덮칠 생각도
없었지만, 왜 이리 나쁜 짓을 하고 있는 듯한 느낌이 드는지 알 수
가 없었다. 왜 괜히 가슴이 설레는지도.

잠시 고개를 갸웃한 칼은 다시 와이셔츠의 단추를 풀어냈다.
그러자 옆으로 벌어진 기사단장복 겉옷에서 뭔가 잘그락, 하는
소리가 들려왔지만 칼은 신경 쓰지 않았다.

「겹겹이도 껴입었군.」

겉옷에, 안 상의에, 와이셔츠. 이렇게 후텁지근한 날씨에 덥지
도 않을까 싶었다. 하지만 제복을 빈틈없이 바르게 갖춰 입은 모
습에서 그녀의 성격이 보이는 것 같기도 했다.

칼은 에이엔스의 몸을 뒤집고 어깨가 보이도록 겉옷과 안쪽 상
의, 그리고 와이셔츠를 한꺼번에 당겨 내렸다. 그래도 깊이 잠든
그녀는 인형처럼 얌전히 그의 손짓을 따라 움직였다.

「이건 뭐지?」

칼은 상의가 반쯤 벗겨진 채 누워 있는 에이엔스를 바라보고 의아하게 중얼거렸다. 그녀의 가슴께에는 단단한 띠 같은 것이 둘러져 있었다. 띠라고 해야 할지, 코르셋을 변형한 것처럼 딱딱했다. 하지만 가슴 부분에만 둘러진 걸 보니 코르셋은 아닌 것 같고, 보호대라고 하기에는 검이 들어가지 않을 강도가 아니었다. 칼은 기사단장은 속옷도 이상한 걸 하고 있다 생각하고 흐트러진 은발을 한쪽으로 치워냈다.

휘파람이 절로 나왔다. 백옥 같은 피부란 바로 이런 피부를 말하는 건지, 은은하게 빛나기까지 할 것 같은 피부가 눈앞에 드러났다. 게다가 고정하기 위해 그녀의 어깨를 쥔 손바닥 아래로 그 감촉이 오롯이 전해져 왔다. 어린아이의 살결처럼 보들보들하고, 상아처럼 매끄러웠다. 가슴이 이상하게 무지근해져 왔다.

이상한 일이었다. 그녀가 확실히 아름답긴 하지만, 아름다운 여인은 황궁에도 차고 넘쳤다. 더구나 그들은 이 여자처럼 시퍼런 날을 품고 있지도 않았다. 아까 보니 어쩌나 독살스럽게 검을 내지르던지, 엄격하게 훈련된 세―이든의 군인들도 몇 합을 견디지 못하고 물러날 정도가 아니었던가. 훌륭한 검술 실력임은 인정하겠으나, 외모를 제한다면 아이힌 단장은 어딜 보나 여자 같지 않은 여자였다. 거기에 이의를 제기할 이는 없을 터.

칼은 여자다운 여자가 좋았다. 부드럽고, 나긋하고, 달콤하고…… 거기에 덤으로 가슴까지 풍만하면 더할 나위 없고.

'뭐, 이왕이면 다홍치마라고 빈약한 것보다는 풍만한 게 좋지.'

단순히 개인 취향일 뿐이랄까.

문득 그는 에이엔스의 잠든 얼굴을 흘긋, 훔쳐보았다. 실례임이 분명하니 일부러 뒤집어놓고 옷을 내려서 가슴을 보진 못했지만, 그다지 큰 편은 아닌 것 같았다.

뭐랄까……. 좀 아쉬운 기분.

'카르테일 운 알카임. 드디어 미친 거냐.'

칼은 번잡한 마음을 다잡았다. 그리고 해야 할 일을 하기 위해 그녀의 오른쪽 어깨를 좀 더 제대로 쥐었다. 그런데 그러고 보자니, 정말 피부 하나는 극상이었다. 북풍이 몰아치는 눈빛과 다르게 따스하고, 부드러운 크림을 문지르고 있는 것 같은 느낌이 손에 감칠맛 나게 감겨왔다.

칼은 어느새 그녀의 피부를 어루만지고 있는 제 몹쓸 손을 발견하고 좀 머쓱해졌다. 이건 뭐랄까, 지나치게 변태 같지 않은가. 잠든 여자를 엎어놓고 슬슬 쓰다듬고 있다니. 그래서 이번엔 정말 굳건히 마음을 다잡고 눈을 내리감았다. 그리고 힘을 집중시켰다.

사아아아…… 사아아…….

귓가에 흰 포말을 부서뜨리는 파도 소리가 들려왔다. 감각이 극도로 예민해지고, 숨소리도 고요에 가깝게 잦아들었다.

『열화(烈火)의 인(印). 적인(赤印).』

영혼까지 울리게 만드는 기묘한 이명을 가진 목소리가 떨어진 찰나, 그의 몸으로부터 불꽃이 화악— 하고 터져 나왔다. 주홍빛, 노란빛, 붉은빛, 푸른빛까지 열대어처럼 하늘거리며 춤추는 기이한 색의 불꽃이었다. 하지만 확 퍼져 나가 방을 재빠르게 핥고 지나갔을 뿐, 뭔가를 태우기는커녕 그슬린 자국 하나 남기지 않았다. 마치 환영처럼 칼을 중심으로 확 퍼지는가 싶더니, 눈 깜짝할 새에 다시 그의 쪽으로 빨려 들어왔다. 그리고 칼의 손과 에이엔스의 어깨가 맞닿은 미세한 틈 사이로 사라져 버렸다.

칼은 천천히 손을 뗴었다. 그의 손이 치워지고 드러난 하얀 어깨에는 기묘한 문양이 새겨져 있었다. 원형에 손바닥만 한 크기로, 색은 검붉은색에 가깝고 고대 풍의 문양이라 언뜻 보면 문신 같았다. 하지만 보통 문신이라고는 여길 수 없는, 기이한 위압감이 있었다.

칼은 이제 됐다는 듯 다시 그녀의 단추를 모두 잠가주었다. 물론 그러는 동안에도 가슴 쪽은 보지 않으려고 부단히 애썼다. 자신도 이해할 수 없는 일이었지만, 이상하게 그녀를 대하는 일은 모든 게 조심스러웠다. 그리고 문을 열고 나서자, 문 앞에 서 있는 기욤이 끝났냐는 듯 그를 보았다.

「힘을 봉인해 두긴 했지만 혹시 모르니 손도 묶어둬. 방에 자해할 만한 물건이 있는지도 확인하고.」

「예, 알겠습니다.」

설득을 하기도 전에 기사의 명예를 지킨다고 목숨을 끊어버리면 곤란했다. 여기까지 와서 고생한 보람을 잃는 것도 잃는 것이거니와, 제국의 소중한 재산을 허무하게 잃는 것이니.

그도 그렇지만, 뭔가…….

칼은 희미하게 찡그린 미간으로 자신이 막 나온 방을 돌아보았다. 공명부터 시작해서 분명히 뭔가가 보통 때와는 달랐다.

6

쏴아아아— 쏴아아—

파도 소리가 아련하게 귓가를 울려왔다. 그 소리에 이끌린 에
이엔스는 어둠 속에서 눈을 떴다. 하지만 눈을 다 뜨기도 전에 욱
신, 하고 뒷머리를 내려치는 통증에 다시 눈을 감아버리고 말았
다. 속에서도 신물이 게워져 나올 것만 같았다. 그래서 에이엔스
는 머리맡에 있는 푹신한 피륙에 가만히 머리를 대고 누웠다.

'오늘따라 두통이 심하군……'

관자놀이를 쥐어짜는 것처럼 옭죄어오는 통증은 시간이 지나
도 사라지지 않았다. 자신이 아직 살아 있다고 증명하는 듯한 통
증이 시끄럽게 머리를 두드렸다.

'그래, 아직 살아……'

거기까지 생각한 에이엔스는 벌떡 몸을 일으켰다. 하지만 그
순간 또 통증이 자비없이 뒷머리를 내려쳐, 에이엔스는 무거운

신음을 흘렸다. 대체 무엇으로 후두부를 가격당한 건지 후유증이 너무 심했다.

끼익— 탁.

마침 어둠 속에 한줄기 빛이 스며들더니 인기척과 함께 문이 닫히고 다시 어둠이 찾아왔다.

"그대로 있는 편이 좋을 거다."

어둠을 가르고 목소리가 들려왔다. 에이엔스는 눈꺼풀을 파르르 떨며 겨우 눈을 떴다. 그리고 이리저리 흐트러져 있는 머리카락 사이로 힘겨운 시선을 던졌다. 하지만 시야가 부옇게 흐려져 있어 어둠 속에 서 있는 사람이 누구인지 잘 보이지 않았다. 다만 무척 크고 강인한 윤곽이 망막에 각인되었다.

"넌……."

어둠과 동화된 듯이 서 있던 누군가가 한 걸음, 두 걸음, 이쪽으로 다가오기 시작했다. 하지만 에이엔스는 움직일 수 없었다. 머리가 심하게 울려서이기도 했지만, 어둠 때문에 정확히 보이지 않는 누군가의 기운이 너무나 압도적인 탓이었다. 숨결이 무거워지고, 온몸이 보이지 않는 뭔가에 칭칭 감긴 것만 같아 눈조차 깜빡이기 힘들었다. 시각이 차단되고 감각만이 극대화된 탓에 그의 기운이 더 위압적으로 느껴졌다.

모든 감각이 그의 존재감, 그의 걸음 소리, 그의 숨소리, 그리고 들릴 리 없음에도 묵직하게 박동 치는 그의 심장 소리마저 과민하게 의식했다. 그래서 그가 거의 침대 쪽으로 다가선 순간, 그녀는 저도 모르게 주춤 물러나고 말았다. 거의 본능이었다.

"네가 에이엔스 아이힌인가?"

어둠 속에서 그가 물었다. 새로운 방문자를 눈앞에 둔 마계의 마왕처럼.

조금은 고압적인 질문에 에이엔스는 미간을 찡그렸다. 한 번은 압도당했지만, 두 번은 그에게 압도된 본능마저도 거부했다. 그녀는 누군가에게 압도당하는 데 익숙한 사람이 아니었다.

"넌…… 누구냐."

그는 대답하지 않았다. 대신 손을 뻗었다. 그리고 에이엔스가 반응을 보이기도 전에 그녀의 한쪽 볼을 감싸 쥐었다. 움찔, 그의 손이 닿은 부분이 눈에 띄게 떨렸다.

볼을 감싸 쥐다니, 그녀의 어머니가 죽은 뒤론 그 누구도 보인 적 없는 친밀한 행동이었다. 하지만 에이엔스는 그 손을 떨쳐 낼 수 없었다. 왠지 모르게 울컥 눈가가 뜨거워질 만큼 간절히 바라 왔던 무언가를 찾아낸 듯한 기분 때문이었다. 가슴까지 뻐근하게 당겨왔다.

볼을 한껏 감싸 쥔 큰 손에서는 아련하게 불의 냄새가 났다. 하지만 실제의 불 냄새처럼 매캐하지 않았고 오히려 따듯하면서 오래된 거목처럼 무게감있는 향기였다. 오래 검을 쥔 자의 손인 듯 다소 투박하면서도 포근한 손바닥처럼 뭐라 형용하기 힘든 향기였다. 굳이 말하자면…… 불도 체로 걸러낼 수 있다면 체로 매캐한 냄새를 모두 걸러내고 난 뒤 남은, 순수한 불의 냄새 같았다.

"아직은 시간이 좀 남았어."

남자는 굉장히 깊이있는 음성을 나직하게 흘렸다.

"도착하기 전까지는."

에이엔스의 머리 한쪽은 이 상황을 인식해야 한다고 부단히 외쳤지만, 피부에 사르라니 스며드는 듯한 음성과 지끈거리는 통증이 이성의 귀환을 막고 있었다. 곧 납을 삼킨 것처럼 몸이 무거워지고, 의식이 다시 먼 곳으로 떠내려가기 시작했다. 그리고 의도와 다르게 몸이 무너져 내렸다. 등 뒤를 받혀주는 강한 팔이 느껴졌다.

"지금은 걱정 말고 자라."

에이엔스는 무슨 말이냐고 묻고 싶었다. 하지만 몸이 둔중하게 내려앉는 듯한 감각과 함께 아득한 어둠이 찾아오기 시작해 입을 열 수 없었다. 결국 에이엔스는 얼마 지나지 않아 다시 스윽 잠들어 버리고 말았다. 그 찰나 어둠 속에서 고요히 빛나는 붉은 눈동자를 본 것 같았다. 왠지 낯이 익은…….

칼은 자신의 팔 안에서 잠든 에이엔스를 빤히 내려다보았다. 어둠 속에서도 옅게 반짝이는 은발이 말간 피부 위로 흩어져 있고, 긴 속눈썹을 내리깐 채 의식을 잃은 모습이 처음보다 많이 편안해 보였다. 마치 자장가를 들은 아기처럼.

칼은 자신도 의식하지 못한 새 손가락 등으로 그녀의 볼을 훑어 내렸다. 그 감촉에 홀린 듯이 그녀의 볼에서 선을 그리며 내려와 살짝 벌어져 있는 입술에까지 도달했다. 도톰한 입술을 살며시 쓸자 의식을 잃은 와중에도 그녀의 입술이 움찔하고 떨렸다. 그제야 칼은 번뜩 정신을 차렸다. 그리고 미간을 찌푸렸다.

「뭐지?」

그녀가 잘 잠들어 있나 확인하기 위해 잠시 방에 들어온 이후 그가 보인 행동들 모두가 이상했다. 그 스스로도 자신이 왜 이런 행동을 보인 건지 이해할 수가 없었다. 처음 보는 여자의 볼을 감싸 쥐질 않나, 홀린 것처럼 살결을 어루만지질 않나……. 무엇보다 가장 이상한 것은 잠든 그녀를 품에서 놓아주고 싶지 않은 기묘한 충동이었다.

물론 그녀의 볼을 감싸 쥔 것도, 몹시 매끄러운 살결을 어루만진 것도, 그 스스로 의지를 가지고 행한 행동이었다. 누군가가 그에게 그리 하라 명한 게 아니었다. 하지만 뭔가 보이지 않는 인력(引力) 같은 게 있었다는 건 부정할 수 없었다. 어둠 속에 앉은 그녀를 처음 본 순간 심장이 꽉 쥐어지는 듯한 느낌이 특히 그러했다. 그리고 무언가가 너무나도 강렬하게 그를 충동질했다. 그녀를 만지라고, 그녀의 존재를 확인하라고.

'이 은발 때문인가.'

칼은 그녀의 어깨 위로 흐트러진 은발을 물끄러미 내려다보았다. 그의 '달님'과 같은 은발.

그러나 달님의 은발은 좀 더 금발에 가까운 색이었다. 이렇게까지 순은 빛은 아니었다. 그리고 달님이 살아 있다면 스물네 살. 에이엔스 아이힌은 스물여섯 살이었다. 미묘한 차이지만, 분명히 차이는 있었다. 게다가 에이엔스 아이힌은 천공임이 분명했지만, 달님은 천공이라는 확신이 없었다. 뱃속에 있는 천공과 이미 태어난 천공이 공명했다는 이야기는 듣도 보도 못했기 때문이다. 보통 인간과 좀 다르긴 해도 천공 역시 인간이었다. 그런데 아직 자아도 의지도 없는 존재가 양수 바깥의 세계와 접촉할 수 있다니……. 달님이 천공이 아니라면 그 공명을 무어라 설명할 수 있겠느냐만, 단순히 '천공'이라고 정리할 수 있는 존재도 아닌 것 같았다.

어차피 천공이란 근대에 살고 있음에도 불구하고 고대에 사라진 드래곤보다 더 아리송한 존재였다. 이제 와서 머리 셋 달린 천공이 나타난다고 해도 그다지 놀랍지는 않으리라.

사실 이런 여자가 그의 달님일 수도 있다는 사실을 별로 고려하고 싶지 않은 걸지도 몰랐다. 이 여자는 침대 위에서도 서슴 펴런 눈동자를 번득거릴 것 같았다. 목소리도 창백한 밀랍 같았던 그의 심장을 깊숙이 건드린 달님의 다정한 목소리와는 그 톤부터 차이 났다. 하지만 그런 생각에도 불구하고, 어느새 그의 시선이 조용히 잠든 얼굴에서 백색 제복에 감싸인 몸으로 기민한 뱀처럼 미끄러져 내려갔다.

옷감 너머로 느껴지는 달콤한 숨결과 늘씬하게 뻗은 몸.

살짝 갈증이 일었다.

조금 마른 듯한 느낌은 있지만, 탄력적인 몸매를 좋아하는 그의 구미는 확실히 당기게 하는 몸이었다. 이리 보니 손가락 사이사이를 서늘하게 훔치는 머리카락도 기분 좋고, 정숙한 은발청안에 어우러지는 금욕적인 외모도 괜스레 아랫배가 뻐근해지게 했다. 하지만 칼은 더 이상 그녀에게 손대지 않고 고이 침대에 눕혀놓았다.

에이엔스 아이힌은 천공이었다. 함부로 건드릴 수 없는 존재이거니와—그가 보통 황족일 때의 이야기지만—무엇보다 같은 천공을 건드릴 생각은 추호도 없었다. 이 방에 온 이유도 천공의 힘을 묶어둔 데에 대한 후유증은 없나 싶어서 확인하러 온 것뿐이었다.

문가로 다가간 칼은 그곳에 서서 힐끗 그녀를 돌아보았다. 그녀는 아예 죽은 것처럼 잠들어 있었다. 홀로 침대에 누워 있는 모습이 왠지 모르게 외로운 어린아이 같아 꼭 안아줘야 할 것만 같았다. 생소한 충동에 칼은 또 한 번 미간을 찡그렸다. 그리고 걸음마다 줄줄이 떨어지는 미련을 무시한 채 문밖으로 나섰다.

끼익, 끼익 흔들리는 복도를 지나 빛이 한 움큼 쏟아져 들어오는 계단 위로 올라가자, 밝은 빛이 어둠에 적응된 눈을 아프게 찔러 들어왔다. 한낮보다는 햇빛이 많이 잦아들어 있었지만 바다의 햇볕은 여전히 뜨겁고 강렬했다.

갑판 위로 나온 칼은 우적우적 밥을 먹고 있는 사왈리에게 다가갔다. 그리고 주인이 온지도 모르고 식사에 열중하고 있는 사왈리를 내려다보며 피식 웃어버리고 말았다. 주먹만 한 새끼일 때는 당장 목숨을 거둘 것처럼 비실거리더니, 지금 사왈리는 그 야말로 하늘의 무법자였다. 돌본 보람이 있게 잘 커줬으니 고맙지만, 이리 괄괄해서야 대체 어느 수컷 독수리가 데려갈는지.

「아가씨, 하나만 줘봐.」

먹을 땐 개도 안 건드린다는데, 칼은 사왈리가 먹고 있는 생닭의 다리 하나를 뺏어 들었다. 그러자 사왈리가 '삐익―' 울며 감히 주인의 손을 공격하려는 시늉을 했다. 이런 못된 주인 같으니! 하지만 칼이 닭다리를 들고 하늘을 보며 손과 입으로 휘파람 소리를 내자, 주인의 심중을 눈치 챈 것처럼 동작을 거두었다.

「오, 반응하는군.」

칼은 잠시 멈춰 선 채 날개를 퍼덕이고 있는 매를 향해 닭다리를 휙 던졌다. 그러자 매가 날쌔게 날아가 닭다리를 허공에서 탁 낚아채었다. 그리고 닭다리를 문 채 저편으로 날아가는가 싶더니, 한 바퀴 빙 돌고 다시 돌아와 닭다리를 그냥 툭 떨어뜨려 놓고 가버렸다.

칼은 하늘에서 직선으로 떨어져 내려 갑판 위를 구르는 닭다리를 웃는 눈으로 바라보았다.

「적의 동정은 사양하겠다는 건가? 지조있군.」

적군이기는커녕 아군이건만 매의 입장에서 보기에 칼은 제 주인을 납치해 가는 적, 그 이상 그 이하도 되지 않을 터였다.

칼은 난간에 비스듬하게 팔을 기댄 채 사왈리를 돌아보았다.

사왈리는 붉은 눈으로 멀뚱히 주인을 보고 있었다.

「친해지려면 좀 시간이 걸리겠어, 안 그래?」

하지만 칼은 저 매와 친해질 자신이 있었다. 사실 사왈리도 처음 만났을 때는 붉은 눈을 가진 돌연변이로 태어나 무리에서 버림받고 지독히 배타적이었다. 그래서 어렸던 칼은 하루 종일 사왈리가 다가와 주길 기다리며 미동없이 앉아 있기도 했고, 제 손으로 먹이를 잡아다 주거나, 날아보라고 내던졌다가 잔뜩 화가 난 사왈리에게 수없이 쪼이기도 했다. 하지만 그런 후에 사왈리는 칼의 무릎 위에서 폭 날개를 접고 잠에 들었다. 그렇듯, 짐승이란 진심을 다한다면 언젠가는 알아주는 기특한 생물이었다. 인간 쪽은 어떨지 모르겠지만.

가슴이 또 옅게 진동해 왔다. 하지만 그것은 더 이상 천공 간의 공명이 아니었다. 일종의 설렘 같은 것이었다. 무엇을, 왜 향하는지 알 수 없는.

이번 일 같은 경우는 조금 미심쩍은 구석이 없잖아 있긴 했지만, 칼은 바람을 마주하고 서서 기꺼이 그 느낌을 즐겼다.

"죽여라."

……그랬는데, 지금 칼은 퍽이나 난감한 상황에 놓여 있었다.

"일단 말을……."

"죽여라."

칼은 애매모호한 웃음을 지었다. 순순히 말을 들을 거라곤 언감생심 꿈도 꾸지 않았지만, 이렇게까지 완고하니 뭐라고 말조차 꺼낼 수가 없지 않은가.

"일단 말이나 들어보지 그래?"

서슬 퍼렇게 날 선 청안이 잔뜩 독기를 품고 칼을 노려보았다.
청해(靑海)처럼 푸르고 맑은 눈에 어찌나 독기가 가득한지, 뒤에
서 있는 기욤은 '어이쿠' 소리를 내며 한 발자국 물러서기까지
했다. 기욤의 성격 탓도 있지만 명색이 제국군을 이끌던 이성장
군을 물러서게 하는 카리스마, 흔한 것이 아니었다.

"해적 따위에게 들을 말은 없다."

목소리에도 칼바람 같은 북풍이 매섭게 몰아쳤다. 몇 분만 더
마주하고 있다가는 얼음 동상이 되어버릴 것 같았다.

"그러니까 지금 들은 것처럼 말을 좀 들어보라고."

칼은 지지 않고 재차 말했다. 하지만 돌아오는 대답은 한결같
았다.

"죽여라."

사람이 한결같은 것은 좋지만, 이런 부분에까지 저토록 한결같
으니 기욤은 기가 질렸다는 표정이었다. 반면 칼은 잠시 속으로
숫자 셈을 해보았다. 그녀가 깨어나서 여태까지 죽이라는 말을
몇 번이나 했는지.

칼은 한 걸음, 양손이 뒤로 묶인 채 앉아 있는 에이엔스에게 다
가섰다. 그리고 그녀의 앞에 긴 다리를 접고 앉았다. 에이엔스는
어디 한번 할 테면 해보라는 듯 고집스럽게 그를 바라보았다. 결
코 시선을 피하지 않았다. 꾹 다문 입술 하며 빙점까지 도달한 눈
동자, 감정도 두려움도 보이지 않는 표정에서 아주 결연한 의지
가 엿보였다.

"이봐, 아가씨."

도저히 제국의 대공 같지 않은 불량한 부름에도 에이엔스는 반
응하지 않았다. 차가운 시선을 보낼 따름이었다. 하지만 속으로

는 가히 불쾌했다. 자신을 아가씨라고 부르는 호칭도 불쾌했고, 느물거리는 말투가 딱 제1왕궁기사단장 엔드로 유웰을 떠올리게 하기 때문이었다. 손만 자유롭다면 그의 입을 도려내고 싶은 심정이었다.

"그렇게 죽고 싶어?"

그는 이죽거리듯 물었다. 기욤은 뜨악한 표정을 지었다. 안 그래도 힘든 상대인데 이 상황에서 더 자극해서 뭘 어쩌자는 건지, 칼의 말투는 꼭 그녀를 도발하려는 듯했다. 무슨 말을 하는지 몰라도 말투로 충분히 알 수 있었다.

"짐승 같은 너희들이 기사의 긍지를 이해하리라 생각진 않는다. 하지만 도의없는 너희들에게도 일말의 인정이 있다면 시간 끌지 말고 죽여라."

칼은 쯧쯧 혀를 내찼다.

또 저 죽이라는 소리.

차라리 죽이겠다고 덤벼들 것이지, 죽이라고 강경하게 주장하며 말을 들을 생각조차 하지 않으니 죽이겠다고 덤벼드는 것보다 상대하기가 어려웠다. 게다가 일부러 그들을 자극해서 자신을 죽이게끔 유도하고 있었다. 더 이상 살아서 욕을 보느니 기사의 긍지를 지키고 죽겠다는 생각인 것 같았다.

대체 그놈의 기사의 긍지가 무엇이기에.

기사 제도가 없는 세-이든에서 태어나 자란 칼은 도무지 이해할 수 없었다. 기사가 어떤 자들인지, 그들에게 가장 중요한 게 무엇인지, 들어 알고 있긴 했지만 알고 있다는 말이 이해할 수 있다는 말과 동의어는 아니었다.

세-이든 제국은 철저한 군인 제도의 나라였다. 그리고 그들에게 가장 중요한 것은 목숨이었다. 그들의 강령은 살아남는 자가 진정한 강자라는 것이기 때문이었다. 물론 구차하게 목숨을 구걸해서 살아남으라는 말은 아니었지만, 제 힘으로 살아날 가능성이 조금이라도 보인다면 결코 포기하지 말라 가르쳤다.

현재 그녀에게는 그 가능성이 있었다. 도망치게 놔둘 생각은 없었지만, 천공의 힘을 봉인당했다고 해도 검술 실력이 남아 있고, 기회를 노리다 보면 언젠가는 틈이 있을 터였다. 하지만 에이엔스는 목숨보다 명예를 선택했다. 칼은 이게 세뇌 교육의 말로인가 싶어졌다.

"그렇다면……."

칼은 야릇하게 웃었다. 에이엔스는 미미하게 미간을 찡그렸다.

왠지, 굉장히 묘한 공기를 휘감고 있는 남자였다. 소년 같기도 하고 성인 남자 같기도 한 양면성을 지니고 있었다. 성인 남자의 외모에 소년 같은 웃음. 게다가 긴장감없는 분위기가 상당히 껄렁해 보이지만, 대충 앉아 있는 자세에서도 풍겨 나오는 기백이 기묘하게 압도적이었다.

그뿐만 아니라, 그가 소리없는 숨을 내쉴 때마다 피부에 자르르 소름이 내달렸다. 그리고 그가 상당히 나른하게 들리는 독특한 억양과 함께 밀어를 속삭이듯이 입술을 움직일 때면 뱃속이 퍼덕거렸다.

에이엔스는 노골적으로 미간을 찡그렸다.

'혹시 추워서 이러는 건가? 아니, 그다지 춥진 않은데…….'

그때 남자가 아멜리타 어를 쓸 때보다 더욱 나른하게 들리는 언어로 뒤에 있는 사내에게 물었다.

「기욤, 포로의 숫자가 얼마나 되지?」

「왕궁기사 두 명까지 합쳐서 오십 명 남짓입니다.」

칼은 시선을 다시 에이엔스에게 고정했다.

"그라나츠 해군 약 오십 명과 왕궁기사 두 명. 이들도 같이 죽여야겠군?"

에이엔스의 눈에 베일 듯 싸늘한 한기가 몰아쳤다. 그나마 담담했던 그녀의 분위기가 송곳처럼 예리하게 변하자, 기욤은 조마조마한 심정이 되어버렸다. 제발 칼이 그녀의 역린(逆鱗)만은 건드리지 않았길 바라는 수밖에.

에이엔스의 입이 다시 열렸다. 칼은 어떤 말이 나올지 기대된다는 듯 그녀를 보았다. 그녀에게도 부드러운 여심이 있다면 결코 매몰차게 부하들마저 죽이라 할 수는 없을 터였다.

"죽여라."

여전히 한결같긴 하지만 예상 밖의 대답.

칼은 어이없다는 양 짧은 웃음을 흘렸다.

"넌 그들을 책임질 필요가 있는 기사단장이 아니었던가?"

"그들 역시 아멜리타의 영광된 이름을 지키고자 하는 이들이다. 아멜리타를 위해서라면 기꺼이 죽음을 받아들일 것이다."

이번에는 칼마저 기가 질렸다는 표정을 지었다.

「아멜리타의 현자들은 대체 어떻게 교육을 시켜놓은 거야? 완전히 광신도 수준이군.」

그 말에 기욤은 대강 그녀가 무슨 말을 했을지 알겠다는 눈치였다. 게다가 그녀의 청안에 서린 견고한 의지는 만국 공통어인 수준이라, 굳이 듣지 않아도 무슨 생각을 하고 있는지 알 수 있었다.

「기사들은 명예와 긍지를 무엇보다 소중히 여긴다고 하더군요. 저 정도까지 세뇌시켜 놨으니 아멜리타가 제법 국력을 쌓을 수 있었던 거겠죠. 그런 거 보면 아멜리타도 은근히 음흉하군요.」

게다가 말투가 어찌나 딱딱하고 고압적인지, 군신의 나라 세—이든 제국의 여자들도 이 정도까지는 아니었다.

"어떻게든 살아날 생각은 하지 않는 건가?"

그의 적안에는 장난기로 위장한 진지한 빛이 스며 있었다. 참으로 알 수 없게도.

"더 이상 네 간악한 혀와 말을 섞고 싶지 않다. 내 일신의 힘이 부족해 너에게 패했으니, 기사로 죽게 해주길 바란다."

칼은 한동안 말없이 에이엔스를 응시했다.

백색 옷을 입고 결연히 앉아 있는 그녀는 몇백 년 전에 멸망한 신성왕국의 순교자 같았다.

그때 신성왕국의 성직자들은 선혈과 철갑옷으로 무장한 채 진격해 오는 제국의 백만 대군 앞에 나와 죽음도 두려워하지 않고 신의 이름을 울부짖었다. 당시에 제국군을 이끌었던 알렌스투스 공작(公爵)은 그 모습에 크게 감명받아 진격을 멈추었고, 황제에게 눈물로 고하여 신성왕국의 멸망을 막았다. 황제 역시 충신의 눈물을 야멸치게 내칠 수 없어 명령을 거두었다. 후일 정치적인 이유로 신성왕국은 결국 멸망했지만, 후대의 황제가 알렌스투스 공작의 공을 기려 신성왕국이 무너진 땅에 알렌스투스의 이름을 붙였다. 현재 세—이든 제국 북부에 인접해 있는 종속국, 알렌스투스 공국(公國)은 그리하여 건국된 나라였다.

어리석은 믿음으로 자신을 파멸로 이끌고 가는 에이엔스가 참 못마땅하긴 했다. 하지만 그때 알렌스투스 공작이 느꼈던 감명이 이런 것이었을까, 칼은 조금은 이해가 되었다.

"후, 오늘은 이만 하지."

칼은 더 이상 눈싸움하기를 포기하고 자리에서 일어섰다. 그러자 방을 나가 보려는 듯 몸을 돌리는 그에게 에이엔스는 조용히 말했다.

"한 가지만 묻겠다."

'응?' 하고 뒤를 돌아본 칼은 의외라는 듯, 그럼에도 흥미롭다는 듯 슬쩍 입매를 끌어올려 웃었다.

"듣던 중 반가운 소리군. 뭐지?"

"네 이름이 무엇이냐?"

칼은 잠시 생각하는 눈치더니, 문가에 선 채 말했다.

"카르테일이다."

이번에 기욤은 진심으로 뜨악한 표정을 지었다. 칼이 본명을 말한 탓이었다. 하지만 기욤이 무어라 하기도 전에 칼은 시선으로 기욤이 행동하는 것을 막고 에이엔스에게 물었다.

"그런데 이름은 왜 묻는 거지?"

사람을 아는 데는 통성명이 기본이겠지만, 그녀의 성격과 분위기상 통성명을 하자고 이름을 물어본 것은 아닌 듯했다.

"카르테일……. 좋다. 날 죽일 남자의 이름, 확실히 기억해 두겠다."

칼은 '저런' 하는 소리를 내며 방을 나섰다. 기욤은 얼른 그의 뒤를 따라갔다. 에이엔스는 끼익— 소리를 내며 닫히는 문을 새파랗게 빛나는 눈으로 지켜보았다.

「전하!」

기욤은 에이엔스가 감금된 방에서 좀 떨어지자마자 타박 조로 칼을 불렀다. 그러나 칼은 뭐 잘못된 게 있냐는 듯 무심하게 돌아볼 따름이었다.

「정신 좀 차렸나 했더니 또다시 바보짓을 하는군. 기욤. 여기서는 두목이라고 몇 번을 더 말해야 되나?」

「전하께선 지금 본명을 말씀하셨습니다!」

기욤은 전례없이 당황한 눈치였다.

「그게 뭐? 가명이나 본명이나.」

「만약 그녀가 대공 전하의 성함을 알고 있었으면 어쩌려고 하셨습니까?」

칼은 여전히 심드렁한 표정이었다.

「모르고 있는 것 같으니 된 거 아닌가? 그리고 어차피 곧 말할 건데 좀 일찍 말한다고 해서 뭐 그리 문제가 된다고?」

기욤은 대공 앞에서 불경하게도 '으이구!' 하는 소리를 내었다. 하지만 칼은 신경 쓰지 않고 덧붙였다.

「만약 본명을 알고 있어도 대륙상에 카르테일이란 이름이 나만 있는 것도 아니…… 아니지, 나밖에 없긴 하겠군.」

팔짱을 끼고 턱을 괸 채 중얼거리는 폼이 이제야 거기에 생각이 닿은 모양이었다.

왕국의 왕족만 해도 그렇겠지만 제국의 황족, 특히 직계 황족의 이름은 여간 고심해서 짓는 게 아니었다. 가장 특별하고, 가장 뜻 깊고, 가장 흔하지 않은 이름으로 지었다. 특히 카르테일이란 이름은 고대학으로 장황하게 풀면 '군신의 귀환' 이란 뜻으로, 그 의미가 무겁기까지 한 이름이었다.

「언젠가는 할 말이었지만, 그녀가 전혀 수긍하지 못한 상태에서는 아니었습니다. 만약 이 일에 전하께서 개입되어 있다는 말이 새어나가는 날에는 분명 국제적인 문제로 번질 겁니다. 저희는 지금 그녀의 허락을 받고 데리고 온 게 아니라 엄연히 납치해서 데리고 온 거니까요. 아멜리타가 그토록 애지중지하는 기사단장을, 그것도 해적으로 위장해서 한바탕 소란을 피운 다음에 말이죠. 아멜리타 측에서 알게 되면 아무리 상대가 세―이든이라고 해도 가만히 있지 않을 겁니다.」

칼은 더 말해보라는 양 웃는 낯으로 삐딱하게 고개를 젖혔다.

「어차피 각오하고 시작한 일이긴 합니다마는 만약 일이 잘못돼서 아멜리타 측에서 이 사실을 알고 반격해 온다면.」

「반격해 온다면?」

「절 잘라내시면 그만입니다. 하지만 대공 전하께서 개입하셨다는 것이 알려진다면 그 정도로는 수습할 수 없습니다. 잘 아시지 않습니까?」

기욤은 에이엔스에게 지지 않을 만큼 결연하게 말했다. 하지만 칼은 여전히 웃는 낯이었다.

「널 잘라내면 된다? 중앙군부의 이성장군이 말을 너무 쉽게 하는군.」

기욤은 웃지 않았다.

「그거야 기억도 잘 나지 않을 만큼 오래된 이야기입니다. 지금은 대공 친위대의 군인일 뿐입니다.」

「널 잘라내면 분명히 네 주인인 날 의심할 게 아닌가?」

「제게도 명분은 충분합니다. 만약의 사태에 대한 이야기지만…….」

그때였다.

카아아앙!

고속으로 부딪친 검들이 야수처럼 울부짖으며 진동음을 퍼뜨렸다. 기욤은 손이 저릿저릿 울려왔다.

「기욤 알렌스투스.」

칼은 웃음기가 섞인 음성으로 서늘하게 읊조렸다.

바로 방금 전까지만 해도 평범하게 마주 서서 대화하고 있던 두 남자는 어느새 서로 검을 맞부딪친 자세가 되어 있었다. 기욤의 말이 끝나려는 찰나 칼이 갑자기 허리 뒤편에 차고 있는 단도를 빼 드는 동시에 내질렀고, 살기를 느낀 기욤은 반사적으로 발검했다. 그 순간 서로의 검이 부딪쳤고, 덕분에 기욤은 아직 검을 검실에서 완전히 빼지도 않은 상태였다.

「인정 넘치는 알렌스투스 공작의 후예이며 세-이든에 영원한 충성을 맹세한 알렌스투스 공국의 아들. 세-이든 제국의 선황(先皇)이 총애해 약관의 나이에 중앙군부의 이성장군에 오른 귀재(鬼才), 기욤 알렌스투스.」

기욤의 풀 네임은 기욤 알렌스투스. 신성왕국으로부터 그 줄기를 잇대온 알렌스투스 공국의 공작가 태생이었다. 하지만 사생아로 태어나 천대받으며 일찍이 전장에 내몰려졌고, 손톱이 부러지고 살갗이 찢어져도 멈추지 않고 기어올라 와 황제의 눈에 들었다. 그리하여 약관의 나이에 이성장군에 봉해졌다. 그러나 대공을 만나 충성을 맹세하고 제 손으로 누구나 바라 마지않는 자리를 걷어차 버렸다. 그리고 평범한 군인 자리에 흔연히 안주했다. 그것이 현재의 기욤이었다.

「하지만 네가 말하지 않았던가? 날 만난 순간 기욤 알렌스투스는 죽었다고. 그리고 나는 알렌스투스가 죽은 기욤을 거두었다.」

칼은 변함없이 웃고 있었다. 하지만 눈자위와 경계가 더욱 뚜렷해진 붉은 눈은 웃고 있되 웃고 있지 않았다.

「알다시피……」

그는 느긋하게 운을 떼우며 검을 거두어 검실에 꽂아 넣었다. 그 소리가 탁, 하고 울렸다.

「난 아주 소유욕이 강해서 한 번 손에 쥔 것은 절대 놓지 않는 다. 그래서 애초부터 무언가를 손에 쥐지 않으려고 하는 편이지 만, 한 번 손안에 들어온 것은 죽는 날까지 내 것이다.」

기윰은 꿀꺽, 침을 삼키며 스르륵 검을 내렸다.

확실히 칼은 그랬다. 그래서 일부러 쉽게 무언가를 가지려 하지 않았다. 가지고 싶어하는 마음이 소유욕일진대, 방관하기를 포기 하고 움켜쥐는 순간 절대 놓을 수 없으리라는 걸 스스로가 알고 있기 때문이었다. 누군가에게 쉽게 마음을 주지 않는 것도 그런 이유였다. 그 때문에 칼은 기윰이 받아달라고 쫓아다녔을 때도 몇 년 동안 독하게 밀어낼 뿐이었다. 나중에 왜 그랬느냐 물었더니, 중앙군부의 이성장군은 결코 자신의 것으로 묶어둘 수 있는 위치 가 아니기 때문이었다고 대답했다. 이성장군은 황자나 대공이 아 닌 황제의 것. 칼은 황제의 것은 그 무엇도 넘보지 않았다.

원래는 그의 것인데도.

그의 능구렁이 담 넘는 듯한 성격과 진지함이 결여된 언변은 포장이었다. 마계의 사자(使者)처럼 음울한 위압감을 내뿜는 진정 한 그를 가리기 위한.

「그걸 알면서도 각오가 되었다고 이야기한 것은 너였다, 기윰.」

칼은 몸을 돌렸다.

「이제 와서 그런 식으로 발을 빼려고 해도 소용없어.」

「전……」

여전히 웃는 얼굴로 말하고 난 칼은 돌아보지 않고 손을 흔들며 걸어갔다.

「그리고 일단 이 일에 개입한 이상 비겁하게 네 뒤로 숨을 생각은 없다.」

그제야 기욤은 피식 웃으며 검을 원위치시켰다.

'하여간 솔직하지 못하다니까.'

그냥 잘라낼 수 없다고 말했으면 될 것을 꼭 저리 돌려서 이야기하다니.

기분 좋은 한숨을 내쉰 기욤은 에이엔스가 감금되어 있는 방쪽을 돌아보았다.

사람이라면 언젠가 한 번씩 중대한 선택의 기로에 서게 된다. 그리고 그 기로에서 어느 길을 선택하느냐에 따라 인생이 완전히 바뀌어 버린다. 어느 쪽이 더 나은 길인지, 그것은 알 수 없었다. 하지만 분명 다른 쪽보다 올바른 길은 있었다. 기욤은 지금 선택의 기로에 서게 된 그녀가 부디 올바른 길을 선택해 주길 바랐다.

「후, 나도 좀 쉬어볼까.」

기욤은 이미 칼이 사라진 길을 따라 걸었다. 그의 주변으로 해변에 정박한 여러 대의 배가 보이고, 새파란 하늘과 끝없는 대양, 희디흰 백사장이 펼쳐졌다. 그 외에는 아무리 주변을 둘러보아도 푸르게 펼쳐진 숲뿐이었다. 한가하고 고적하기 이를 데 없는 풍경이 결코 세−이든 제국은 아니었다.

대체 이곳은 어디?

7

칼은 해변의 바위에 걸터앉아 사왈리에게 먹이를 주고 있었다. 바위에 팔꿈치를 대고 관자놀이를 괸 채 앉아 있는 자세가 더없이 한가로워 보였다. 그런 자세로 말린 과일을 툭툭 던져 주자, 사왈리는 육식동물 주제에 착하게도 쏙쏙 받아먹었다. 그 모습이 귀여워 칼은 짓궂게도 쿡쿡 웃었다.

「사왈리!」

조금 힘있게 이름을 부르자, 사왈리가 삐죽 고개를 들었다. 칼은 상체를 일으키고 팔의 반동을 이용해 바다 쪽으로 말린 과일을 휙 던졌다. 그러자 사왈리가 모래를 박차고 날아올라 말린 과일이 바다에 떨어지기 직전에 낚아챘다. 그리고 칼의 어깨 위로 돌아와 '나 잘했지?' 라고 묻는 양 우쭐거렸다.

칼은 피식 웃고 숲 쪽을 돌아보았다. 멀리 있는 나무에 잿빛 깃털을 가진 매가 가만히 앉아 있었다. 그러면서도 계속 주위를 둘러보는 게, 제 주인을 찾는 모양이었다.

「저 매의 어디가 좋은 건데?」

묻자, 사왈리는 삐익 하고 울었다.

「하긴, 늠름하게 생겼군.」

칼은 근엄하게 앉아 있는 잿빛 매를 보며 사왈리와 숙덕거렸다.

「깃털 색을 보니 아무래도 북부 산인 것 같지? 그럼 더위에 약할 텐데 이 날씨에도 아주 꼿꼿하게 앉아 있군. 역시 제 주인을 닮은 건가?」

사왈리는 그런 것 같다고 대답하는 양 또 삐익 하고 울었다.

「그래도 아가씨가 튕기는 맛이 있어야지, 그렇게 남자한테 들이대는 거 아냐.」

사왈리는 푸더더덕 날갯짓을 했다. 그 모습이 꼭 여자는 적극적이면 안 되냐고 불만을 토로하는 듯했다.

어이구, 조류 한 마리와 남자 한 마리. 잘도 논다.

「두목님.」

그때, 해변을 가로질러 온 누군가가 칼을 불렀다. 칼은 고개를 돌렸다. 다가오고 있는 이는 에테루니였다.

「무슨 일이지?」

「사소한 문제가 생겼어요.」

「말하는 걸 들으니 그다지 사소한 문제가 아닌 것 같은데?」

과연 정확히 맞추었는지, 에테루니는 또 곤란한 듯 웃었다.

「사소하다면 사소하달까…… 큰일이라면 큰일이랄까……. 밥을 안 먹네요.」

칼은 단번에 누구를 말하는지 눈치 챘다.

에테루니는 에이엔스의 식사 담당이었다. 천공이니만큼 새삼 밥을 나를 군번이 아니긴 했지만, 현재 그들의 일행에는 남자밖에 없기 때문에 가장 순하게 생긴 에테루니가 에이엔스를 담당할 수밖에 없었다. 물론 칼이 명한다면 누구든지 에이엔스를 깍듯하게 대하겠지만, 찌그러진 세숫대야들이 차례로 왔다 갔다 하면서 괜한 위화감을 조성할 필요는 없을 것 같았다. 뭐, 그녀라면 그 찌그러진 세숫대야들이 목에 검을 들이밀어도 눈 하나 깜짝하지 않겠지만 말이다. 그래도 칼은 나름대로 신경을 써준다고 써준 것이었다. 게다가 에테루니는 유창하게까지는 아니더라도 어느 정도 아멜리타 어를 쓸 줄 알았다. 칼이 불필요에 의해—필요가 아니다—아멜리타 어를 배울 때 혼자 하기 싫다고 끌어다 놓고 함께 배운 탓이었다.

어쨌든 그건 그렇고…….

「내가 가봐야겠군.」

칼은 자리에서 일어섰다.

「조심하세요. 방심하면 물릴지도 몰라요.」

에테루니는 진심으로 걱정스레 말했다.

「죽겠다고 자포자기하고 있는 것보다야 죽이겠다고 덤벼드는 게 낫지.」

칼은 느긋하게 중얼거리고 그녀가 감금되어 있는 곳을 향해갔다. 그러는 와중에 주변 풍경을 둘러보자, 다들 하얀 여체에 잠긴 듯 결이 고운 백사장에서 뒹굴고 있는 모습이 그리 한가해 보일 수가 없었다. 그리고 푸른 보석 빛의 바다와 그 바다를 비춘 거울인 듯한 하늘, 고요한 숲은 이곳에 그들 외의 사람은 없다고 증명해 주었다.

풍뎅이가 날기를 기다리고 있을 때 말고 이런 한가로움이 또 언제였던가 싶어졌다. 그에 칼은 진심으로 이렇게 사는 것도 나쁘진 않을 것 같다는 생각이 들었다. 단지 이곳은 사전 작업을 위한 무대일 뿐임에도.

달칵, 문을 열자 손이 묶인 채 정자세로 앉아 있는 에이엔스가 정면으로 보였다. 그녀는 명상에 든 듯 가만히 눈을 감고 있었고, 앞에는 에테루니가 몸소 가져다주었을 음식이 가져온 그대로 놓여 있었다.

칼은 고갯짓으로 그녀의 방을 지키고 있는 군인들을 물러가게 한 후, 벽에 비스듬하게 기대섰다. 그리고 그녀를 마음껏 구경했다. 피부로 와 닿는 시선을 느꼈을 텐데도 에이엔스는 자고 있는 것처럼 반응이 없었다. 하지만 칼은 그녀가 자고 있지 않다는 것을 알았다. 그녀의 주위로 차갑게 가라앉은 공기가 깨어 있기 때문이었다. 그 모습이 여전히 자신의 죽음을 초연하게 받아들이는 순교자 같았다.

그녀는 모든 게 예상과 엇나갔다. 지나치게 여려 보이는 외모도, 악명답지 않게 선뜻 죽음을 받아들이는 모습도, 타성에 젖은 근대인에게서 발견하기 힘든 왠지 모를 신성함까지. 게다가 아직 스물여섯이라고 들었는데, 한 번 패했다고 죽음을 선택할 정도로 그녀는 삶에 미련이 없는 것일까?

"에이엔스 아이힌."

결국 칼이 먼저 입을 뗐다. 그러자 눈 밑으로 옅은 그림자를 드리우고 있던 에이엔스의 긴 속눈썹이 희미하게 떨리더니, 이내 눈꺼풀이 무대의 장막처럼 스르륵 걷혔다. 그리고 빙옥(氷玉) 같은 청안이 모습을 드러내었다.

갑작스러운 빛에 적응 중인지, 투명한 그릇에 담아놓은 호수 물처럼 맑은 눈동자에 잠시 다채로운 빛이 스쳐 지나갔다. 그 고운 빛깔이 참으로 신비해, 왠지 칼은 가슴이 간질거렸다. 그래서 저도 모르게 가슴께를 벅벅 긁었다.

"날 아는가."

여전히 딱딱하고 고압적이기 이를 데 없는 말투였다. 어찌 보면 노인네 같기도 한 말투가 저 얼굴에서 나오니 참으로 언밸런스했다.

"알다마다."

칼은 문가에 기대선 채 웃음기가 섞인 목소리로 대답했다.

"아멜리타 왕국 남부 도시 베하엘로의 아이힌 자작 가문 태생. 제3왕궁기사단의 기사단장 에이옌스 아이힌. 이만하면 잘 아는 편이지. 아, 외동에 스물여섯 살이라는 것도 아는군."

에이옌스는 슥 눈을 치켜뜨고 그녀의 약력을 줄줄이 읊어대는 칼을 바라보았다. 그 말에도 그녀의 무표정은 잔잔한 수면처럼 흐트러지지 않았다. 칼은 무패신화가 깨졌을 때도, 해적에게 납치되어 와서도, 그 어떤 말을 들어도 흐트러지지 않는 그녀의 이성이 존경스럽기까지 했다. 반면 그런 생각도 들었다. 과연 저토록 냉철한 이성은 천성적인 것일까, 아니면 주변의 기대에 부응하기 위해 필사적으로 쌓아 올린 공든 탑일까. 저런 고정관념적인 노력파 수재형에게 흔히 있는 딜레마 말이다.

"나도 하나만 묻지."

칼의 말에 에이옌스는 해보라는 듯 말없는 시선을 던졌다.

"왜 아무것도 묻지 않는 거지?"

뜬금없이 납치를 당한 상황에서도 에이옌스는 아무런 질문이 없었다. 납치한 목적이 무엇인지도 묻지 않았고, 그녀를 죽이지 않는다면 어쩔 작정인지도 묻지 않았고, 신원 미상인 해적들의 정체를 묻지도 않았다. 그저 패배자는 할 말이 없다는 양 침묵으로 일관했다. '죽여라' 라는 말을 제외하고.

"내가 물어야 할 것이 있나?"

"있다면 있고 없다면 없겠지."

에이엔스는 선문답하듯 대답하는 칼을 담담하게 바라보았다.

이름이 카르테일이라고 했던가. 저 남자만 보아도 한동안 그라나츠 해역을 골치 아프게 했던 해적들이 평범한 해적은 아니라는 사실을 알 수 있었다. 해적들의 움직임이 지나치게 깨끗하기에 이상하다 생각은 하고 있었지만, 남자를 만나고 더욱 확실해졌다. 남자와 해적들은 군인이 분명했다. 체계적으로 전투를 배우지 않은 자들이고서야 아멜리타 해군과 그토록 호각으로 싸울 수 없었을 테고, 자신을 이리 쉽게 납치할 수도 없었을 것이다. 남자가 보인 속도는 결코 범인(凡人)의 것이 아니었다.

타국의 군인으로 보이는 자들이 해역에 숨어들어 와 왕궁기사단장을 납치했다면, 분명 목적이 있을 것이다. 하지만 묻는다고 순순히 대답해 줄 리는 없을 터. 차라리 궁금하지 않은 척하며 방심하게 만드는 편이 좋았다.

게다가 남자들 중 누군가 사용했던 마법과 귀에 익은 언어…….

그렇다면 역시 세─이든 제국일까? 하지만 세─이든 제국이 대체 왜? 듀스가 제시한 가설대로 마법의 실현자가 해적이 된 걸까? 그러나 그 무엇도 확신할 수 없으니 에이엔스는 머리가 복잡할 대로 복잡했다.

지금은 그 무엇도 확실하지 않았다. 그러니 어느 때보다 이성적이 되어야만 했다. 사면초가인 상황일수록 최대한 자신을 유지하고, 스스로 상황과 생각을 주도해야 했다. 남자들이 자신의 말을 들어 죽이려고 한다면 그때 기회를 노리려고 했는데, 무슨 이유에서인지는 모르겠지만 죽이지 않으려고 하는 것 같으니 좀 더 면밀히 살펴보아야 할 듯했다.

"그나저나."

그때, 붉은 눈의 남자가 문가에 기대고 있던 몸을 슥 똑바로 세웠다. 에이엔스는 저도 모르게 움찔했다. 남자가 다가오려는 듯한 기색을 보이자 본능적으로 반응하고 만 것이었다. 남자가 자신을 해칠지도 모른다는 생각 때문은 아니었다. 이 카르테일이란 남자는 밥을 가지고 왔던 그 금발의 청년보다 살기가 없었다. 그런데도 이상하게 야수의 앞에 먹이로 던져진 듯한 위기감이 드니, 에이엔스는 이 적안의 남자를 무어라 정의해야 할지 헷갈렸다. 그래서인지 남자가 한 걸음 한 걸음 다가올 때마다 에이엔스는 뒷걸음질치고 싶은 충동에 시달려야 했다.

끌어당기면서도 뒷걸음치고 싶게 만드는 본능.

번뜩, 이 기분을 언젠가 느껴본 적 있다는 생각이 머리를 스쳤다. 그때 남자가 다가와 바로 앞에 앉았다.

"왜 밥을 안 먹는 거지?"

에이엔스는 흘긋, 자신과 남자의 사이에 경계선을 그리고 있는 음식을 내려다보았다. 그리고 무심히 시선을 들었다.

"노략질로 얻은 음식 따위 입에 대고 싶지 않다."

"그래도 먹어두는 편이 좋을 텐데."

칼은 비웃듯 느물거리며 말했다. 에이엔스는 도저히 저 말투만은 듣고 있기가 힘들었다.

"떠들지 말고 나가라."

"노략질로 얻은 음식이 아니니 먹어두지 그래?"

풍뎅이—에이엔스—를 끌어내리려고 일부러 노략질을 했던 것은 사실이었지만, 에이엔스의 대쪽 같은 성격상 그런 음식에는 손을 대지 않을 것 같아 애초에 세—이든 제국에서 가져온 것으로 내놓았다. 하지만 그것을 모르는 에이엔스는 싸늘한 눈초리였다.

"그렇다면 해적인 너희들이 밭이라도 일구었단 말이냐?"

칼은 잠시 무언가 생각하는 듯 '흠' 하는 소리를 흘렸다. 그러면서 슬쩍 눈동자만 굴려 천장 쪽을 바라보는데, 그 얼굴이 외모와 어울리지 않게 제법 천진해 보였다.

"내가 일군 건 아니지만 그래도 정당하게…… 아니, 정당한 게 맞나?"

칼은 난데없이 팔짱까지 끼고 고민에 빠졌다.

확실히 세—이든에서 가져온 것이니 정당하다면 정당하지만, 황궁에서 탱자탱자 노는 대공이 서민들의 피와 땀이 맺힌 이 음식들을 정당하게 받았다고 할 수 있을까? 일하지 않는 자, 먹지도 말라는데.

하여간 엉뚱한 속이 또 발동한 모양이었다.

에이엔스는 혼자 뜬금없는 고민에 빠진 칼을 보고 황당하다는 눈이 되어버렸다. 하지만 칼이 보기 전에 표정을 딱딱하게 되돌리고 억양없이 일갈했다.

"나가라 했다."

"네가 이걸 다 먹으면 나가 주지."

에이엔스는 콧방귀 하나 뀌지 않고 다시 눈을 감았다.

"마음대로 해라."

그와 계속 한 방에 있어야 한다는 사실이 불편하긴 했지만, 못

참을 정도까지는 아니었다. 버티고 있다 보면 먼저 지쳐 어련히 포기하겠지.

"웬만하면 이 방법은 쓰고 싶지 않았는데……."

에이엔스는 무슨 짓을 하려는 건가 의아해 천천히 눈을 떴다. 바로 검이 날아온다면 곤란했다.

"끝까지 안 먹겠다면 어쩔 수 없지."

칼은 천천히 손을 뻗어 후식으로 나온 과일 조각 하나를 자신의 입에 집어 넣었다. 뭘 하는 건지 의아했지만, 별로 알고 싶지 않았다. 다만 붉은 눈에 잔뜩 스며 있는 웃음기가 거슬렸다.

보아하니 그는 특유의 웃는 방법이 있었다. 눈이 반짝반짝 빛난다 싶을 만큼 웃음기를 가득 머금고, 조금 짓궂은 듯한 입매를 길게 늘어뜨리며 비웃는 것 같기도 하고 진심으로 웃는 것 같기도 한 웃음을 지었다. 보고 있자면 기분이 굉장히 이상야릇해지는 웃음이었다.

'어디서 이렇게 형용하기 힘든 남자가 나타났는지, 역시 대륙은 넓…….'

에이엔스의 생각은 거기서 뚝 끊겨 버렸다. 남자의 손이 덥석 팔뚝을 잡은 탓이었다. 순간 에이엔스는 반사적으로 재빨리 손을 내지르려 했지만, 뒤로 묶여 있는 손이 앞으로 돌아올 리 없었다. 그 김에 휘청하는 사이 남자가 우악스레 몸을 끌어당겼다. 덕분에 에이엔스는 속수무책으로 끌려가 버렸다. 그리고 무슨 짓이냐고 차갑게 쏘아붙이기도 전에 턱이 꽉 붙들렸다. 동시에 무언가가 왈칵 입을 막아왔다. 눈이 따라가기 힘들 정도로 순식간에 일어난 일이었다.

"……!"

번쩍 뜬 눈에 남자의 감은 눈이 비춰왔다. 그리고 입술에는 태어나서 처음 느끼는 생경한 감촉이 와 닿아 있었다.

에이엔스는 저도 모르게 입을 벌렸다. 물론 에이엔스는 무슨 짓이냐고 소리치려고 한 것이었지만, 입이 완전히 막혀 있는 상황에 말이 나와줄 리 없었다. 게다가 그것이 남자를 돕는 행동이라고는 추호도 생각지 못했다.

철벽 수비로 닫혀 버릴 줄 알았던 행로가 절로 트이자, 칼은 단숨에 그녀의 입 안으로 파고들어 갔다.

"무⋯⋯!"

입 안으로 물컹한 무언가가 침입해 들어오고, 그 뒤를 따라서 시원하고 달콤한 맛이 입 안을 가득 채웠다. 에이엔스는 경악했다. 입에서 입으로 음식을 전해주다니! 이건 분노를 느끼기 이전에 그야말로 경악스러웠다. 고지식한 에이엔스의 상식으로는 도저히 이해할 수 없었고 이해하고 싶지도 않은 일이었다.

소름이 돋을 만큼 끔찍한 느낌에 에이엔스는 고개를 뒤로 젖혔다. 그 역시 피해보고자 한 행동인데, 칼은 오히려 잘됐다는 듯 고개를 내리며 더 깊이 파고들었다. 아쉬운 대로 혀를 써서라도 그를 밀어내려고 했지만, 어설픈 행동은 하지 않느니만 못했다. 오히려 남자를 자극한 꼴만 되어버렸다.

이내 꿀꺽, 하는 믿고 싶지 않은 소리와 함께 짓물러질 대로 짓물러진 과일 조각이 뜨끈하게 목을 타고 넘어갔다. 그것을 느낀 순간, 아직 그에게 맞닿아 있는 에이엔스의 입술이 지진이라도 난 것처럼 부들부들 떨려왔다. 가슴에도 뚜껑이 있다면 뚜껑이 당장 폭발해 오를 것처럼 열기가 확 받쳐 왔다.

진심으로⋯⋯ 정말 진심으로⋯⋯ 상대를 죽이고 싶은 적은 처음이었다. 뜨뜻해진 과일을 삼키고 만 속이 울렁거리는 동시에 전례없는 분노로 하늘이라도 태울 것처럼 타올랐다.

'죽여 버리겠다!'

어느 때보다 매서운 칼날을 품고 벌떡 일어서려는데, 칼이 아직 끝나지 않았다는 듯 와락 허리를 끌어안아 왔다.

"읍!"

그는 여전히 에이엔스가 입을 다물지 못하도록 턱을 꽉 잡은 채, 이번에는 목구멍 쪽이 아닌 치열 쪽을 공략했다. 입 안을 유영해 가 바르게 난 치열을 샅샅이 훑었다. 그리고 뜨거워질 대로 뜨거워진 혀를 질척하게 뒤섞었다. 순간 에이엔스의 정수리에 전율 같은 소름이 관통했다. 피부가 부슬부슬 돋아 오르고 띠 안에 단단하게 매어진 젖가슴이 욱신거렸다. 딱 혀를 깨물고 싶을 만큼 끔찍한 느낌이었다.

"읍, 음, 으읍……."

에이엔스는 한시라도 빨리 이 끔찍한 순간을 끝내기 위해 견고하게 묶인 손을 들썩거렸다. 살갗이 밧줄에 쓸리는 느낌이 신경 줄을 요동치게 만들었지만, 입 안을 헤매고 다니는 느낌에 비하자면 아무것도 아니었다. 그런데 갑자기 큰 손이 마찰로 인해 발갛게 부어오른 부분을 가만히 감싸 쥐었다. 에이엔스는 움찔하고 동작을 멈추었다. 다정한 손길에 또 이상한 기분이 들었다.

그 이상한 기분이 감정에서 기인한 것인지, 육체에서 기인한 것인지, 그가 감싸 쥔 부분에서 기묘한 열기가 퍼지고 허리에 힘이 들어가질 않았다. 그리고 이 끔찍한 짓이 깊어질수록 이상하게 숨이 가빠왔다. 목구멍 끝까지 숨이 차올라 가슴을 크게 들썩거리면 그가 뜨거운 숨결을 거두어가고, 맞닿은 입술의 각도를 바꾸며 신선한 공기를 불어넣었다.

"그, 만……. 이따위……."

말은 그렇게 했지만, 더 이상 이 행위가 끔찍하게 느껴지지 않았다. 머리가 아뜩해질 만큼 황홀한 것 같기도 한 감각이 덮쳐 왔다. 입 안에 남은 과일 맛 때문인지 누구의 것인지 알 수 없을 만큼 뒤섞인 타액마저 달착지근하게 느껴졌다.

그것은 칼도 마찬가지였다. 군신 자카라스의 이름으로 맹세하건대, 처음에는 별다른 뜻이 없었다. 그저 그녀의 반응이 궁금해서, 융통성없는 그녀가 어떤 얼굴을 할지 기대돼서, 평소처럼 장난치듯 입술을 훔쳤을 뿐이었다. 물론 평소에도 장난으로 이런 짓까지 하진 않지만…… 아니, 그러고 보니 사실 우직하게 닫힌 그녀의 입술이 탐났던 것 같기도 했다.

세상에, 군신의 이름으로 맹세했거늘.

하지만 유일하게 딱딱한 갑주로 둘러싸이지 않은 그녀의 입술은 미치도록 부드러웠다. 새파란 눈도, 보드라운 몸도, 외부로부터의 간섭을 배타하는 것처럼 딱딱한 무언가에 감싸 있는데, 유혹하는 것처럼 드러나 있던 입술은 이토록이나 달콤하고, 나긋하고, 부드러웠다.

품 안에서 바르작거리는 온기가 몹시 귀여웠다. 할딱거리는 목소리는 예상외로 색정적이기 그지없었다.

두 사람 모두 이 순간만은 자신들이 누구인지, 어떠한 상황에 놓여 있는지, 모든 걸 잊어버렸다. 하지만 이내 입술이 츠읍— 하는 소리와 함께 떨어졌을 때, 와인 빛으로 짙어진 붉은 눈을 마주한 에이엔스는 점차 이성이 살아나기 시작했다. 동시에 얼굴에 벌겋게 열이 올랐다.

'내가 지금 무슨 짓을!'

그에게 제압당했을 때보다 더한 분노와 자괴감이 부글부글 들끓어 올랐다. 에이엔스는 벌떡 자리를 박차고 일어섰다. 그리고 유일하게 자유로운 다리를 휘둘러 그를 걷어차 버리려고 했다.

"무슨 짓이냐!"

방 전체가 쩌렁쩌렁 울리는 일갈과 함께 다리가 검처럼 날카롭게 내질러졌지만, 칼은 얼른 자리에서 일어서며 타악! 한 손으로 그녀의 다리를 막았다. 그리고 또 들어올지 모르는 공격을 피해 얼른 그녀의 사정거리에서 벗어났다.

그토록 진득하게 키스하고 난 남녀의 모습이라고 보기에는 무서울 정도로 살벌했다.

"감히 날 모욕하는 것이냐!"

말 그대로 새파랗게 빛나는 그녀의 눈에는 순수한 살의가 가득했다. 하지만······.

'······키스가 어지간히 충격인 모양이군.'

얼굴이 과도할 정도로 새빨간 게 정말 타오르지나 않을지 걱정이었다.

"모욕이라니, 누가 들으면 오해하겠군."

칼도 생경한 기분이 잠시 당혹스러웠지만, 빠르게 자신을 위장하고 아무렇지도 않게 어깨를 으쓱거렸다.

"밥을 먹지 않으면 그런 식으로라도 먹이겠다는 말이었는데 말이야."

에이엔스의 눈에 숨길 새도 없이 경악이 스쳐 지나갔다. 그리고 곧 말을 한 자 한 자 거의 짓씹듯이 내뱉었다.

"저열한······!"

여기서 '너도 느낀 것 같은데'라고 말했다가는 저 푸른 칼날 같은 음산함으로 보건대 기어코 피를 볼 것 같았다. 그래서 칼도 그 말만은 삼갔다. 대신 궁금했던 것을 물었다.

"혹시 처음은 아니겠지?"

단지 궁금했을 뿐이었다. 생각해 보니 에이엔스는 자신이 여자라는 사실을 거의 잊고 살고 있는 듯했고, 저런 성격이니 첫사랑조차 해보지 않았을 것 같았다. 그럴진대 하물며 키스를 해보았을까? 늦게야 생각이 닿아 순수하게 확인한답시고 물은 거였다. 그런데 하필이면 딱 정곡이었는지 에이엔스는 진심으로 전신에 살기를 휘감으며 전의를 불태웠다. 뾰족뾰족한 살기가 피부를 마구 찔러오는데, 여간 무섭지 않은 게 아니었다. 하지만 그럴수록 그녀의 얼굴은 열사병에라도 걸린 것처럼 붉어져 가는 게 유독 하얀 얼굴이라 홍조가 더 두드러졌다. 게다가 목까지 전염병이 퍼진 것처럼 붉게 달아오른 탓에 물을 끼얹어주면 머리에서 김이라도 올라올 것 같았다.

대체 어디가 여자고, 어디가 이십대의 아가씨라는 걸까 싶었는데, 지금 보니 영락없이 수줍은 처녀였다. 이런 상황은 그녀로서도 겪어보지 못한 터라 도무지 이성적으로 대처할 수가 없는 모양이었다. 하긴, 아무리 외모가 저래도 국가에서 특혜받은 기사이자 유일한 마법의 실현자인 그녀를 누가 언감생심 건드릴 생각이나 했을까.

"저런."

칼은 매우 애석하다는 듯 혀를 내찼다.

"처음이면 말을 하지 그랬어. 좀 더 부드럽게 해줬을 텐데."

얄밉게 반죽대는 말투에 이제 에이엔스의 분노는 인간의 언어로는 형용할 수 없을 정도였다.

"그 더러운 입 닥쳐라!"

"응? 이 잘 닦았는데?"

어이상실. 에이엔스는 다른 의미로 머리가 아뜩해져 잠깐 할 말을 잃고 말았다.

"네놈이 진정 죽고 싶은 게로구나!"

다른 이가 보았다면 오금이 저릴 만큼 극단적인 살기였음에도 칼은 그저 능구렁이 담 넘듯 술술 받아칠 뿐이었다. 사실 죽겠다고 상대조차 하지 않으려 했던 에이엔스가 파르르 솟아올라 죽이겠다고 덤비니 야릇한 흥분이 일었다.

흠, 숨겨진 변태 기질이 있었던가?

"계속 생각한 건데, 아가씨 말투가 영 살벌한 거 알아?"

"닥치라 했다!"

거짓없는 살심에 사로잡힌 에이엔스는 힘을 발현할 때 주문을 외치는 것처럼 격앙된 목소리를 내질렀다. 하지만 동시에 뭔가 이상한 것을 느끼고 살벌하게 내딛은 발걸음을 멈추었다. 그리고 휙 자신의 몸을 내려다보았다.

아무런 변화도 일지 않았다. 힘은 발현되지 않았다.

'뭐……지?'

불안감이 소름처럼 확 끼쳐 왔다.

막 깨어났을 때는 힘을 쓸 수 없어서 쓰지 않은 것이 아니었다. 막무가내로 힘부터 쓰기에는 포로가 너무 많았고, 정황도 알 수 없었으며, 큰 공격을 쓰기에는 검이 없어 불가능했다. 에이엔스는 검이 없으면 능력을 쓸 수 없었다. 아니, 쓸 수는 있었지만 검 같은 매개체가 없으면 공격이 불확실하게 나가 어디로 튈지 본인도 알 수 없었다. 그래서 잠시 보류해 두고 있었을 뿐이었는데, 지금은 아예 힘의 존재 자체가 느껴지지 않았다.

에이엔스는 휙 맞은편에 서 있는 칼을 바라보았다. 그는 뭔가를 알고 있는 것처럼 웃고 있었다.

"내 몸에…… 무슨 짓을 한 거냐?"

감정을 너무 억누른 탓인지 성긴 목소리가 새어져 나갔다. 그러나 칼은 믿는 구석이 너무 많아 탈인지 그저 빙그레 웃었다.

"글쎄……. 무슨 짓을 했을까?"

에이엔스의 청안이 선득하게 가라앉았다.

그랬다. 누구인진 모르겠지만 이들에겐 마법의 실현자가 있었다. 그리고 자신은 힘에 대해서 잘 알지 못했다. 굳이 알고 싶지 않았기에 알려고 노력하지도 않았다. 더 이상 인간에서 멀어지는 일은 사양이었다. 다만 국가에서 자신이 마법의 실현자임을 확인할 수 있을 정도로만 있으면 되었다. 국가가 바라는 것은 그녀가 아니라, 마법을 쓸 줄 아는 기사단장 에이엔스 아이힌이니까. 그러니 해적들은 힘을 제어하는 방법을 알고 있었을 수도 있었다. 자신은 모르는 방법을.

"그런데 말이야……."

에이엔스의 눈이 생각에 잠긴 것을 보고 있던 칼이 문득 운을 띄웠다.

"정말 처음?"

힘 따위 필요없었다. 에이엔스는 나무 바닥을 우지끈 부서뜨려 버리려는 듯이 발로 쾅! 내려치며 일갈했다.

"꺼져라!"

단전에서 끌어올린 고함과 단호한 발길질에 천장이 후드득 떨려왔다.

"무서워서 원. 가면 되잖아?"

"언젠가 기필코 네놈의 목을 베어 성벽 높이 효시하겠다!"

"부디 성공하길 빌어줄게."

칼은 살랑살랑 손까지 흔들고는 문을 나섰다. 방에 홀로 남겨진 에이엔스의 이에서 뿌드득— 하고 섬뜩한 소리가 들려왔다.

제1왕궁기사단장 엔드로 유웰에 버금가는가 싶었더니, 터무니없는 착각이었다. 저 남자에 비하면 유웰은 아무것도 아니었다. 적어도 유웰은 진심으로 목을 베겠다는 소리까지 나오게 하진 않으니까.

'저열하고, 저속하고, 치졸하고, 비겁하고…… 이, 이! 더러운!'

에이엔스는 타액에 젖은 입술을 어깨에 거칠게 문댔다. 그러는 와중에도 심장이 시끄럽게 쿵쿵 뛰어대 귀를 틀어막고 싶었다. 그 거친 박동이 분노로 인한 것인지, 알 수 없는 다른 감정으로 인한 것인지, 그것은 알 수 없었다.

방을 나온 칼은 한 손으로 턱, 옆벽을 짚었다. 그리고 잠시 침묵과 함께 엄숙히 고개를 숙였다. 그런데 갑자기 그의 어깨가 희미하게 덜덜덜 떨리는가 싶더니, 꾹 다물린 입술을 뚫고 기묘한 소리가 흘러나오기 시작했다.

「큭큭큭큭…….」

복부에 힘을 꽉 주고 참고 참았던 웃음이 기어코 터져 나가고 말았다.

「풉……. 으하하하!」

혹시라도 에이엔스의 귀에 흘러들어 갈까 싶어 최대한 목소리를 죽였지만, 그럴수록 실성한 사람처럼 웃음이 터져 나왔다. 벌겋게 달아올랐던 에이엔스의 얼굴을 되새기니 도저히 웃음을 참을 수가 없었다.

칼은 한참이나 웃고 나서야 헐떡이며 숨소리를 골랐다.

「너무 귀여운 거 아냐?」

무시무시한 북풍의 장막을 휘감고 있는 청안의 마녀가 키스 한 번에 저토록 얼굴을 붉힐 줄이야 누가 알았겠는가. 상당히 의외였지만, 그녀의 외모와 성격이 주는 갭처럼 이 갭 또한 나쁘지 않았다. 아니, 파르르 떠는 모습이 못 참게 귀여워 전신을 다 깨물어주고 싶어졌다. 안 그럴 것 같은 사람이 그러니 더욱 그랬다. 게다가 자신이 그 입술을 알게 된 첫 남자라니, 묘하게 도취되는 기분이었다.

「아참, 이럴 게 아니라 설득을 해야 했지.」

어쨌든 그건 그렇고, 그녀를 놀려서 자극할 게 아니라 차근차근히 대화를 해봤어야 하는 건데 파르르 떠는 모습이 귀여워—제 딴에는 매서운 거였겠지만—잠시 본래 목적을 상실하고 있었다. 하지만 지금 되돌아가서 대화를 하자고 해봤자 별로 소용없을 것 같았다.

밧줄을 풀어주는 순간 죽이겠다고 덤벼들지나 않으면 다행이지.

결국 칼은 좀 진정하길 기다렸다 말하자고 생각하고 걸음을 다른 쪽으로 옮겼다. 물론 그의 어깨는 그녀의 빨간 얼굴이 생각날 때마다 간헐적으로 떨렸다.

8

"결투를 신청한다."

방문을 다 열기도 전에 냉랭한 목소리가 비수처럼 날아와 꽂혔다. 에테루니 대신 밥을 들고 온 칼은 슬쩍 옆벽을 흘겨보았다. 저 목소리를 형상화할 수 있다면 암기가 되어 날아와 옆벽에 꽂혔을 것만 같기 때문이었다. 물론 거기엔 아무것도 없었다. 그래서 에이엔스 쪽으로 시선을 돌리자, 날뛰었던 것이 언제냐는 듯 섬뜩할 만큼 차분해진 푸른 눈이 그를 주시하고 있었다. 혼자 있는 동안 완벽하게 이성을 되찾은 모양이었다.

옆 탁자에 식판을 내려놓은 칼은 문가에 한 손을 짚고 다른 한 손은 주머니에 꽂은, 다소 불량한 자세로 섰다.

결투 신청이라니, 너무 기사다워서 헛웃음이 나올 지경이었다.

"너랑 결투해서 내가 얻는 게 뭐지?"

이런 말투는 그녀의 반감을 살 뿐이라는 걸 알고 있지만, 이상

하게 자꾸 그녀를 자극하고 싶어졌다. 에이엔스는 웬만한 자극에
는 반응하지 않으니까. 지금도 보라.

"사내가 되어서 결투를 두려워하는 것이냐?"

저 냉랭한 일침과 변함없는 무표정을.

"해적 따위에게 기사도를 바라진 않지만 사내라면 정정당당히
결투 신청을 받아들여라."

칼은 입매를 늘어뜨려 이죽거렸다.

"내가 사실은 여자라면?"

에이엔스는 그를 머리끝부터 발끝까지 노골적으로 훑어 내렸
다.

"너와 농담 따먹기 할 생각은 없다."

"청안의 마녀께서도 농담 따먹기를 할 때가 다 있나 보지?"

"재차 말하지만 네 간악한 혀와 더 이상 말을 섞고 싶지 않다.
본론만 말해라. 결투 신청을 받아들일 것이냐 말 것이냐."

칼은 문가에 그대로 선 채 흐음, 하는 소리를 흘렸다.

"그럼 네가 얻는 건 뭐지?"

"너에게 짓밟힌 내 명예."

또 그놈의 명예 타령이었다. 잠깐 뒤가 빈 틈을 노려 제압했던
것뿐인데, 그 한 번으로 명예가 짓밟히기까지 했다니 비약이 너
무 심한 것 아닌가? 하긴 그녀의 기준에서 보자면 그것도 두 번
생각하기 싫은 치욕스러운 패배겠지만, 뭔 놈의 명예를 그리 좋
아하는지 모르겠다.

문득 칼의 얼굴에 야릇한 미소가 떠올랐다.

아니면 기습적으로 빼앗긴 입술에 대한 이야기인가?

"그리고 내 부하들을 풀어줘라."

순간 두 사람 사이에 침묵이 내려앉았다. 칼은 드물게도 웃음이 싹 가신 눈으로 그녀를 주시했다.

"나까지 풀어달라는 말은 하지 않겠다. 뭔지는 몰라도 내게 볼일이 있는 것 같으니."

고요한 푸른 눈이 말갛게 그의 모습을 비추었다.

"오히려 그렇다면 나만으로 충분하지 않은가?"

그렇게 말은 해도, 그녀는 만약 칼이 안 된다고 해도 '안 되면 말아라' 하고 담백하게 납득할 것 같은 얼굴이었다. 그러나 칼은 에이엔스가 이런 말을 한다는 것 자체에서 간절함을 보았다. 처음에 부하들을 죽여도 되냐고 물었을 때 단호하게 죽이라고 대답했던 것은 적에게 말려들지 않기 위해서였을 터였다.

그녀라면 대(大)를 위해 소(小)를 희생할 수 있을 것이다. 위에선 자일수록 냉철한 결단력을 필요로 하는 법이니까. 하지만 소를 지킬 수 있는 방법이 있다면, 굳이 희생시키지 않아도 된다면 기꺼이 지키려고 하리라.

'이거, 정말 반하겠는걸.'

이 기개, 인재 욕심이 없는 칼도 탐이 날 정도였다. 어찌 운명은 이토록 얄궂은 장난을 쳤단 말인가. 이십육 년간만이라도 그녀 같은 인물을 군신 자카라스의 영토 밖에서 살게 하다니.

"그렇다면 내가 얻는 것은?"

"만약 네가 이긴다면, 앞으로는 네가 무슨 짓을 하든 순순히 굴복하겠다."

칼은 '저런' 하는 소리를 내었다.

"무슨 짓을 하든?"

자신이 억지로 그 '무슨 짓'까지 할 사람으로 보였다니 왠지 섭섭했다. 하긴, 자업자득이겠지. 멋대로 키스까지 빼앗았는데, 몸이라고 빼앗지 않을 리 없다고 생각한 게 분명했다.

하지만 그녀로서도 더 이상 물러날 곳이 없었던 것이리라. 잊고 살았음이 분명한 성별까지 들고 나올 정도라면.

아니. 칼은 곧 생각을 고쳐먹었다. 그러고 보면 그녀는 몸을 준다고 말한 것이 아니었다. 만약 칼이 이긴다면, 이라는 전제가 있었다. 그녀의 성격상 '이기면 될 것 아닌가?' 라고 생각한 거겠지?

거기에 생각이 미치자 칼의 얼굴에 다시 특유의 웃음이 떠올랐다.

"그건 별로 매력적인 조건이 못 되는 것 같은데?"

솔직히 말하자면 매력적인 조건인 것은 맞았다. 결투니 뭐니 해가며 취할 정도로 궁한 것은 아니지만, 저 몸은 확실히 매력적이었다. 늘씬하고 탄력적이다. 도약을 준비하는 암사자 같은 분위기랄까. 아까의 키스 덕분에 의외로 순진한 부분이 있다는 걸 알게 되었지만, 몸만큼은 지나치게 감각적이었다. 그런 건 한 번만 끌어안아 봐도 눈치 챌 수 있는 사실. 하지만 칼은 녹록치 않은 에이옌스의 모습이 더 마음에 들었기 때문에 순순히 굴복해 주길 바라지 않았다.

그는 불량한 자세를 풀고 똑바로 섰다.

"하지만…… 뭐, 좋아. 결투 신청을 받아들이지. 단."

물론 추가 조건을 빼놓을 수는 없었다.

"만약 네가 이긴다면, 조건대로 그라나츠 해군은 모두 풀어주겠다. 하지만 왕궁기사 두 명은 불허한다."

어차피 그라나츠 해군 약 오십 명은 적당히 시기를 봐서 풀어줄 생각이었으므로, 그녀가 내건 조건에 대해서는 전혀 문제가 없었다. 그라나츠 해군은 버리지 못해 데리고 온 것이기 때문에 오히려 이 많은 숫자를 먹일 음식이 충분하지 않았다. 아무리 노략질을 하며 쌓아둔 음식이 많다지만, 칼 측의 사람만 해도 약 삼백 명이었다.

다들 뱃속에 거지를 품고 있나 싶을 정도로 대식가이니 이대로라면 얼마 버티지 못할 터였다. 세—이든 제국으로 돌아가는 여정까지 생각하면 음식은 최대한 비축해 두어야 했다. 하지만 에이엔스만 남기고 모두 돌려보냈다가는 목적이 그녀라는 사실을 단번에 눈치 채일 테고, 의심은 세—이든 제국으로 향할 것이다. 몇 년 전 세—이든에서 에이엔스의 소문을 듣고—제국 밖에서 나타난 마법의 실현자라는—그녀에 관한 서류 양도를 부탁했던 적이 있기 때문이었다. 가족의 족보라던가 그런 것을. 그러나 아멜리타에서는 제국에서도 충분히 알아낼 수 있는 애매모호한 서류만 보내주었고, 하나 있는 마법의 실현자마저 채가는 걸 두려워하듯 계속해서 불확실한 대답만 돌려주었다.

그게 세—이든에서 더 이상 평화적인 해결 방법을 포기하고 다소 우악스러운 방법을 쓰게 된 이유였다. 사실 세—이든이라면 명색이 대륙 최고의 제국이고, 정직을 최고 강령으로 삼는 신의 나라인데 어찌 처음부터 이런 비평화적인 방법을 택했겠는가? 천공에 관해서라면 달거리 직전의 여인처럼 까칠해지는 제국이 이만큼이나 참은 것만 해도 칭찬해 줘야 했다. 적어도 칼은 그렇게 생각했다.

어쨌든 이 모두 언젠가는 밝힐 일이나 아직은 시기상조였다. 그러니 왕궁기사 두 명은 눈속임용으로 데리고 있어야 했다.

"그리고 만약 내가 이긴다면…… 흐음."

무슨 조건을 내걸어야 할지 선뜻 생각나질 않았다. 그런데 그러는 사이, 칼은 저도 모르게 에이엔스의 몸을 핥듯이 훑어 내리고 말았다. 그의 본심이 원하는 게 무엇인지 확실하게 알려주듯이.

그 눈에서 노골적인 욕망을 보았는지, 에이엔스도 움찔하고 말았다. 그제야 칼은 이게 아니지 싶어 가까스로 시선을 들었다. 본인도 인정하건대, 남자란 동물이 어찌나 허리하학적인 생물인지 푸짐한 진수성찬이 눈앞에 있으니 자꾸만 생각이 흐트러졌다.

아무튼 지금 그녀에게 바라는 것이라고는 세—이든 제국으로의 귀화뿐인데…… 아니, 가만? 그러고 보니 바라 마지않는 일이 하나 있지 않은가? 바로 귀화.

칼은 보는 이의 기분이 이상해질 만큼 야릇한 표정을 지었다. 순간 에이엔스는 묘하게 불안해졌다.

대체 이 속을 알 수 없는 남자가 무슨 조건을 내걸려고?

"내가 이겼을 때의 조건은 이긴 후에 말해도 되겠지?"

에이엔스는 잠시 무표정한 얼굴로 칼의 웃는 낯을 바라보았다. 그러자 칼은 에이엔스가 다른 소리를 하지 못하도록 부드러운 일침을 가했다.

"그게 싫다면 이기면 그만 아닌가? 왜? 이길 자신이 없나?"

"……"

"응?"

에이엔스는 입술을 단호하게 다물었다.

"좋다. 네가 이겼을 때의 조건은 네가 이겼을 때 듣겠다."

그의 실력을 다 본 것은 아니지만, 자신을 한 번에 제압한 만큼 보통 실력이 아닐 터였다. 그러니 이길 수 있다는 확신은 없었다.

하지만 어차피 결투란 언제나 진검 승부. 정면으로 부딪쳐서도 진다면 피를 토하는 심정으로 수련한 실력이 그것밖에 되지 않는 것이고, 자신의 힘을 맹신한 오만에 대한 대가이리라.

칼은 에이엔스에게 다가왔다. 그리고 밧줄을 잘라주려는 듯 허리 뒤편에서 검을 빼 들었다. 하지만 밧줄을 자르기 전에 어딘가에 생각이 닿은 듯, 앞쪽으로 빠끔히 고개를 내밀었다.

"그런데."

에이엔스는 흠칫 고개를 물렸다. 얼굴이 너무 가까웠다.

"얼굴 치워라."

칼은 '까다롭긴' 하고 중얼거렸다. 그 어린아이 같은 모습이 묘하게…… 뭐라고 해야 하나, 귀여워 보인다…… 라고 해야 할까? 눈이 미쳤는지, 도대체 어찌 된 노릇인지 알 수 없었다.

"밧줄을 풀어주는 순간 난도질하는 건 아니겠지?"

"기사는 한 번 맹세한 일에 대해서는 어떠한 일이 있어도 지킨다."

에이엔스는 물어본 사람이 민망할 만큼 단호하게 대답했다. 물론 칼은 민망해하지 않았지만.

서걱, 칼이 밧줄을 베어내자 팔이 앞으로 돌아왔다. 한 자세로 오래 있었던 탓인지 팔과 어깨가 뻐근했다. 그래도 팔이 풀리니 그나마 살 것 같았다.

"그럼 목을 베어서 성벽에 효시하겠다는 말도?"

자리에서 일어선 에이엔스는 정말 그럴 거냐는 듯 묻는 칼을 냉랭하게 바라보았다.

"언젠가는."

괜히 물어봤다가 본전도 못 건진 칼은 쩝 입맛을 다셨다. 뭘 기대했던 건지.

"따라와."

에이엔스는 칼의 뒤를 묵묵히 따라나섰다.

'뭐냐, 여긴.'

납치당한 후 처음으로 가리개 없는 햇빛을 받은 에이엔스의 첫 생각은 그것이었다. 그들이 있는 곳은 너무나 의외의 장소였다. 웅장한 본체를 드리운 채 정박해 있는 배들과 그 아래 긴장감없이 누워 있는 남자들, 맑은 하늘과 푸른 바다, 눈부신 백사장, 한가롭다 못해 늘어지는 공기. 휴가로 오면 딱 좋을 만한 무인도였다. 그들의 본국이나 해적섬쯤 되려나 싶었는데, 철저하게 예상을 깨뜨렸다.

여기저기 분포되어 있는 남자들은 햇빛 아래 반짝거리는 은발을 보고 웅성웅성 몸을 일으키기 시작했다. 하지만 그녀의 바로 앞에 칼이 걷고 있으니 선뜻 다가오진 않고 웬일이냐는 듯 신기하단 시선을 던졌다.

「기사단장의 검을 가져와.」

칼은 주변에 있는 남자에게 명했다. 그러자 남자는 알겠다는 듯 척 인사하고 얼른 뛰어갔고, 칼은 계속해서 앞으로 걸어갔다.

「어이, 흉물스러운 물건들 가려.」

어느 지점에 도착한 칼은 해변에 드러누워 일광욕을 하고 있던 남자들에게 타박을 놓았다. 그러자 껍질 까진 달걀처럼 홀딱 벗고 누워 있던 남자들이 칼을 발견하고 후다닥 일어섰다. 그러다가 뒤에 있는 에이엔스까지 발견하고 식겁해서 '으헉!' 소리를 내지르며 재빨리 국부를 가렸다.

에이엔스는 희미하게 미간을 찡그렸다.

「어이구, 두목님도 참……. 데리고 나오실 거라면 일찍 말씀을 해주시지…….」

「험험, 나원. 이거 민망해서…….」

여전히 웃는 얼굴이긴 하지만 칼도 희미하게 미간을 찡그렸다.

「우리 서로 예의는 지키자고?」

남자들은 붉어진 얼굴로 연방 험험 헛기침을 했다. 그리고 무표정한 에이엔스를 피해 게걸음으로 도망가 버렸다. 그들로서도 그녀에게 이런 모습을 보인 게 영 민망한 듯했다. 그 부끄러워하는 모습들이 여태까지 만나왔던 해적들과는 판이하게 달라 에이엔스는 묘한 기분이 되어버렸다. 하긴 이들은 해적이 아님이 분명했지만 말이다.

「어? 두목님?」

그때, 에테루니가 에이엔스를 발견하고 놀란 듯한 얼굴로 다가왔다.

「무슨 일로……?」

「결투.」

「예에?」

칼이 무심하게 대답하자, 에테루니는 대뜸 그게 무슨 소리냐는 듯 놀란 소리를 내었다. 하지만 다시 무어라 묻기도 전에 칼이 물었다.

「근데 사왈리는?」

「아까 그 매를 쫓아 어디론가 날아가던데요.」

그 말에 칼은 에이엔스를 돌아보고 덩달아 애매하게 웃었다. 어쩐지 그토록 오매불망 그리던 주인이 나왔는데도 그 매가 보이지 않는다 싶었더니, 사왈리를 피해 도망가 있는 모양이었다.

이걸 말해줘야 하나 말아야 하나. 하지만 뭐, 그 매와 사왈리가 어린애도 아니고 알아서 잘하겠지 싶었다. 종(種)이 다르니 어디서 대뜸 애 하나 낳아올 리도 없겠고.

칼은 실없는 생각을 하며 서 있는 자리를 확인하듯 신발 밑창으로 툭툭 두들겼다. 그리고 마침 에이엔스의 검을 들고 오고 있는 남자를 보았다.

"이쯤에서 하기로 할까?"

"좋다."

에이엔스는 많은 사람이 보고 있어도 상관없는지 담백하게 수긍했다. 그리고 다가온 선원이 건네주는 그녀의 검을 익숙한 손길로 받아 들었다.

"이 검은 꽤 잘 든다. 넌 그것이면 되겠는가?"

검실을 허리춤에 찬 에이엔스는 허리 뒤편에서 그 중도 길이의 검을 꺼내 드는 칼을 보고 물었다. 칼은 문제없다는 양 씩 웃었다.

"이것도 꽤 잘 드는 편이거든."

에테루니는 둘의 모습을 걱정스레 지켜보았다. 칼의 실력을 잘 아니만큼 그가 질지도 모른다는 걱정을 하는 것은 아니었지만, 결투까지 해서 무얼 어쩌자는 건지 걱정되었다. 그러다 기움에게도 알려야겠다는 생각이 들어 얼른 배 쪽을 향해 달려갔다.

"아멜리타 왕국 제3왕궁기사단의 기사단장, 아이힌 자작가(家)의 에이엔스 아이힌이다."

에이엔스는 모든 기사가 결투에 임하기 전에 하는 대로 자신의 이름과 직급을 밝혔다.

"음, 난 거창하게 밝힐 만한 게 없으니…… 뭐, 카르테일이다."

굳이 밝히자면 그만큼 거창하게 밝힐 게 많은 사람도 드물겠지만, 칼은 짧게 일축했다.

"간다."

후텁지근한 바닷바람이 불어와 결투 개시의 종을 울렸다.

「기욤 경!」

선실의 문을 벌컥 열고 들어가자, 대답 대신 '커거거걱―' 코고는 소리가 에테루니를 반겼다. 기욤은 대충 바지만 걸친 채 침대에 대 자로 뻗어 코까지 골며 신나게 자고 있었다. 그는 해군이 아닌 육군이다 보니 흔들리는 배에서 제대로 잠들지 못했기에 누가 살기를 내뿜으며 다가와도 모를 것처럼 깊이 잠든 채였다.

「기욤 경! 일어나세요!」

에테루니는 기욤에게 다가가 그를 마구잡이로 흔들었다. 하지만 폭 퍼진 표정으로 잠들어 있는 기욤은 도통 깨어날 줄을 몰랐다. 도대체 이 모습 어디가 중앙군부의 이성장군이었다는 것인지, 이럴 때면 기욤의 진면목을 봐온 에테루니마저 헷갈렸다.

「에잇! 정말!」

급한 마음에 성질이 치민 에테루니는 불판 위에서 밀가루 반죽 뒤집듯 기욤의 몸을 홱 뒤집어 버렸다.

「어엉?」

그제야 기욤은 부스스하게 눈을 뜨고 바보 같은 얼굴로 에테루니를 바라보았다.

「에테루니……? 뭐야?」

「지금 두 사람, 결투하고 있다구요.」

기욤은 거북이 등껍질처럼 엎드린 채 침대에 착 붙어 있는 자세로 '으응?' 하는 소리를 흘렸다. 진짜 바보가 따로 없었다.

「전하와 기사단장님 말이에요.」

잠시 침묵……. 그리고 몇 초가 지난 순간, 기욤은 벌떡 자리에서 일어섰다. 머리는 한쪽으로 왕창 쏠려 있어 무슨 전위적인 예술 작품을 만들어놓은 듯했지만, 눈에는 잠기운이 싹 가서 있었다.

「아니, 두 사람이 갑자기 왜?」

「이유는 저도 잘 모르겠는데, 기사단장님이 먼저 결투 신청을 했고 전하가 받아들이셨어요. 그래서 지금 밖에서…….」

「어이구! 또 무슨 짓을 벌이시는 건지!」

기욤은 당장 침대를 박차고 일어나 상의를 주워 들고 밖으로 뛰어나갔다. 설득해서 데리고 가야 할 사람과 왜 계속 치고받고 싸우는 건지, 도통 칼의 심중을 이해할 수가 없었다.

카앙!

두 개의 검이 부딪쳤다. 후끈한 공기마저 식혀 버릴 듯한 금속성이 퍼지고, 금속성이 가라앉기도 전에 카아앙! 다시 한 번 검들이 맹렬하게 부딪쳤다. 각자 제 할 일을 하다가 하나둘 모여든 선원들은 그 쉴새없는 움직임을 따라가느라 정신없이 눈을 굴리고 있었다.

그때, 배에서 내린 기욤이 헐레벌떡 달려와 인파를 뚫고 들어왔다. 하지만 차마 검들이 부딪치는 사이로 들어갈 생각은 못하고 그 자리에 선 채 미간을 찌푸렸다.

「이미 말릴 수 있는 상황이 아니네요.」

뒤따라온 에테루니가 애석하다는 듯 말했다. 과연 두 사람의 분위기는 이미 무르익을 대로 무르익어 있었다. 구경하는 선원들도 묘하게 신경을 고조시키는 금속성이 높아질수록 점차 흥분해 가는 분위기였다. 하지만 아직까지 주로 공격을 내지르는 사람은 에이엔스 쪽이었고, 칼은 거의 여유롭게 방어를 하고 있는 편이었다. 게다가 칼은 웃음기가 가득한 얼굴만 보아도 이 결투를 즐기고 있다는 것을 알 수 있었다.

「즐거워 보이시는군.」

기윰은 미묘하게 읊조렸다.

대공. 그렇다. 그는 대공이었다. 즉, 황제의 동생. 그렇다 함은, 얼핏 보기에는 뭔가 대단하거나 특혜받은 것처럼 보여도 직설적으로 이야기하자면 황제가 되지 못한 황가의 남자라는 의미였다. 특히 그의 형인 당대 황제는 현군(賢君)으로 이름 높아 백성들의 찬양을 한 몸에 받고 있었고, 황태자 역시 영민하고 건강했다. 이런 상황에서 대공은 언제 터질지 모르는 곪은 상처일 뿐이었다. 하지만 대공은 그의 형을 끔찍하게 사랑했다. 조카는 제 아들처럼 아꼈으며, 그들을 향한 그의 애정은 결코 자신의 안녕을 위해 위장한 것이 아닌 진심 그 자체였다.

바보 황자.

그것이 그의 또 다른 이름이었다.

전에는 자신을 내친 어머니를 위하여, 후에는 그가 친애하는 이들을 위하여.

그는 항상 타인을 위해 무언가를 희생하고, 포기하며 살아왔다. 즐겁다는 감정도 그중 하나였다. 그는 늘 웃고 있었지만 진심으로 웃지 않았다는 것 따위, 기윰이 모를 리가 없었다. 아니, 언

젠가는 진심이었을 것이다. 진심으로 우스웠을 것이고, 진심으로
즐거웠을 것이고, 진심으로 웃음이 나왔겠지만, 그가 진정으로
바라는 것에서는 즐거움을 느낄 새도 없었다.

황제가 될 수 없는 그는 검술을 잘해서도 안 되고, 학문이 뛰어
나서도 안 되고, 어떠한 재주가 특출 나서도 안 되었다. 황가에서
태어난 천공이기 때문이었다. 원래대로라면 제국의 권좌에 앉았
어야 할 인물이기 때문에, 경계받는 것이다. 그래서 봉토(封土:제
후로 봉하여 땅을 내주는 일)를 받지 못했고, 암암리에 감시의 눈길
이 닿는 황궁에서 살아야 했다.

그는 이미 충분히 위험한 입장이었다. 오죽하면 그를 일약 군부
의 영웅으로 만들어준 칠여 년 전 드몬도 출정을 끝으로 군부에 대
한 그 어떤 개입도 허용되지 않고 있을까. 하지만 칼은 타고난 전
사였다. 검을 휘두르고 있으면 신경이 환희로 요동치는 느낌이라
했고, 누군가와 검을 부딪칠 때의 흥분은 세상 그 어떤 느낌과도
비교가 되지 않는다고 했다. 그러나 훌륭한 검술이나 똑똑한 머리
는 그에게 허락되지 않은 것이었다. 그래서 칼은 검술에서 즐거움
을 느끼는 것조차 포기해 버렸다. 황제인 형을 위해서 기꺼이.

황제는 그것을 알고 있었다. 그래서 자신을 위해 모든 걸 포기
한 동생을 가엾게 여겼고, 언제나 측은지심을 가지고 있었다. 때
문에 칼이 천공 회수 부대에 참가하게 해달라고 했을 때 선뜻 허
락한 것이 아니었을까? 잠시나마 친애하는 동생이 움츠렸던 날개
를 펼치길 바라며.

그런 칼이 지금 무척이나 즐거워 보였다. 평소와 똑같이 웃고 있
어도 지금 그의 웃음 일면에 스며 있는 것은 희열이었다. 원하는 만
큼 검을 부딪치는 상황에서 오는 희열, 호적수를 만난 기쁨에서 오

는 희열. 지금 그는 그런 것을 느끼고 있었다. 칼이 저토록 진심에서 우러나는 표정을 짓는 모습은 기욤도 오랜만에 보는 것이었다.

「뭐…… 이 정도는 괜찮지 않을까?」

기욤의 중얼거림에 에테루니는 의아한 시선을 던졌다.

「무슨 말씀이세요?」

「아냐, 아무것도.」

기욤은 피식 웃고는 덩달아 그들의 결투를 구경하기 시작했다.

기욤까지 구경하는 인파에 섞여들자, 둘의 결투는 점점 절정을 향해 치달아갔다. 일체의 군더더기 없는 남자의 동작과 화려하면서도 날카로운 여자의 동작이 마치 춤을 추는 것처럼 한데 어우러졌다. 에이엔스는 진정으로 춤을 추는 것처럼 보였다. 춤이라기엔 그 예리함이 가히 비범했지만, 굳이 표현하자면 검무(劍舞)라 해야 할까? 나비처럼 날아 벌처럼 쏜다는 말이 과연 저런 것이구나 싶어졌다.

검술로는 정상에 올랐다 할 수 있는 기욤도 그녀처럼 화려한 검술은 생소했기에 마냥 감탄하는 눈으로 지켜보았다. 게다가 화려하다고 해서 불필요한 동작이 있거나 빈틈이 있는 것도 아니었다. 화려하되, 극히 실용적으로 움직였다.

'천공의 능력뿐만 아니라 묘령의 나이에 검술도 저기까지 달성하다니…… 과연 평범하지는 않군.'

기욤이 속으로 탄성을 터뜨렸다. 지금만큼은 그도 에이엔스가 여기까지 달성하기 위해 얼마나 손에 많은 물집을 터뜨렸고 피를 흘렸는지 미처 생각지 못하고 있었다.

그 순간이었다.

"느려!"

주로 방어만 하고 있던 칼이 단호한 말과 함께 검을 휘둘렀다. 카강! 하지만 빠르게 검을 되돌린 에이엔스가 그의 검을 막았다. 그리고 서늘하게 말했다.

"네 입은 너무 빠르군."

칼은 '호오' 하는 소리를 흘리며 몇 발자국 물러섰다. 에이엔스가 다시 치고 들어왔다. 또다시 검이 부딪쳤다. 두 사람은 그야 말로 호각으로 싸우고 있었다.

에이엔스는 또 이상한 기분이 들었다. 사실 그녀는 검술이 좋아서 익혔다기보다 익혀야만 했기에 이를 독하게 물고 익힌 쪽이었다. 그래서 누군가와 검을 부딪치는 것을 당연하게 여기긴 했어도 그게 진심으로 즐거웠던 적은 없었다. 그래도 다행히 검술에 자질이 있었는지 노력한 만큼 보상받을 수 있었지만, 주어진 의무라는 생각이 강했다. 하지만 왜인지 이 남자와는 검을 부딪치는 것이 즐거웠다. 남자가 즐기고 있다 해서 전염이라도 된 것인지, 드물게 흥에 겨워졌다.

역시 이상한 남자였다. 그는 주변을 자신의 색으로 물들이는 힘이 있었다. 그것은 존재감이라 할 수도 있을 테고, 흡입력이라 할 수도 있을 것이다.

하지만 이미 시간을 너무 오래 끌었다. 익숙지 않은 모랫바닥 때문에 체력이 빨리 소모되기도 했고, 가볍게 입은 상대에 비해 자신의 기사단장복은 너무 두꺼웠다. 속전속결이 필요한 때였다.

에이엔스의 청안이 먹이를 노리는 매인 양 날카롭게 빛났다.

그녀는 한 발자국, 강하게 내딛었다. 그러자 고운 모래가 확 휘날리며 앞줄에서 구경하고 있는 사람들의 시야를 뿌옇게 만들었다. 하지만 칼의 시야를 방해할 정도는 아니었다. 그에 칼은 강하게 휘둘러져 오는 그녀의 검을 능숙하게 막았고, 매섭게 파고들어 오는 그녀를 피해 몇 걸음 물러섰다. 그러나 에이엔스는 멈추지 않고 재차 파고들어 왔다.

"이제는 몰아붙이기인가?"

에이엔스는 칼의 질문에 대답하지 않았다. 오로지 모양새 좋은 입술을 야무지게 다물고 온 힘을 다해 그를 밀어붙였다.

'이것도 어떻게 보면 육탄 공격이로군. 뭐…… 이왕이면 다른 쪽으로 육탄 공격이면 좋을 텐데 말이야.'

칼은 느물거리는 생각을 하며 또 한 걸음 물러섰다. 그때.

「엇! 저, 두, 두목님!」

누군가가 뭔가를 경고하려는 것처럼 놀람에 찬 목소리를 터뜨렸다. 하지만 칼이 그 경고를 알아듣기도 전이었다. 그녀의 육탄 공격을 피해 한 걸음 물러선 순간, 칼의 뒷발에 무언가 단단한 것이 채였다.

「얼레?」

칼이 무언가에 걸려 당황한 소리와 함께 뒤로 휘청한 찰나, 에이엔스의 눈이 무시무시한 살기를 흩뿌렸다. 동시에 중심을 잃었던 그의 발이 모래 위로 거칠게 미끄러지며 겨우 자세를 잡았다. 덕분에 꼴사납게 벌렁 넘어지는 일만은 면할 수 있었지만, 이미 에이엔스의 검끝이 거의 어깨에 다가와 있었다. 그 순간 놀란 에테루니가 당장 칼의 앞에 방어벽을 펼치려 하자, 기욤이 재빨리 손을 뻗어 그것을 막았다. 그때, 칼이 너무 낮아 뭐라고 하는지 잘 알아들을 수 없는 목소리를 나직이 흘렸다.

『화공(火工)의 인장(印章). 화인(火印).』

그 순간, 허공에 스며들듯이 나타난 붉은색의 진과 검이 맞부

딪쳤다. 그리고 서로 마찰한 부분에서 화륵! 하고 불꽃이 폭발하
듯 터져 나갔다.

엄청난 강풍과 함께 몰아치는 불꽃이 에이옌스를 공격하는 순
간, 그녀는 본능적으로 '힘'을 발휘하고자 했다. 하지만 마법이
발현되지 않자 그제야 자신의 능력이 모종의 방법에 의해 제한되
어 있다는 걸 깨달았다. 그래서 폭풍 같은 불꽃이 덮쳐 오는 찰
나, 자신의 생명이 끝났음을 직감하고 팔로 얼굴을 감쌌다.

침묵이 흘렀다.

아무도 입을 열지 않았다.

에이옌스는 서서히 팔을 내렸다. 팔이 내려갔다. 숯이 되어 떨
어져 나가지 않을까 생각했는데, 아무런 고통 없이 그냥 내려갔
다. 고통스럽기는커녕 뜨겁지도 않았다. 분명히 불꽃이 자신을
덮쳤다고 생각했는데?

진상 확인을 위해 고개를 든 순간, 에이옌스는 염화의 불길 속
에서 타오르고 있는 자신을 보았다. 손안 가득 새빨간 불꽃이 이
글대고 있었고, 불이 새하얀 제복을 따라 붉은 천이 너울대듯 흘
러내렸다.

에이옌스는 천천히 손을 뒤집었다. 손가락을 따라 한 올 한 올
불꽃이 따라왔지만 신기하게도 전혀 뜨겁지 않았다. 불꽃이 이토
록 선명한데도.

에이옌스는 고개를 들었다. 그리고 불꽃 너머로 빙그레 웃고
있는 남자를 마주했다.

"네놈…… 정체가 뭐냐."

푸른 시선과 붉은 시선이 허공에서 뒤얽히는 사이, 에이옌스를
위시한 불꽃이 서서히 내려앉기 시작했다. 그리고 그녀가 붉은

드레스를 벗어 던지는 것처럼 발치로 떨어져 내렸다. 그 모습이 옷을 완벽히 입고 있음에도 불구하고 묘하게 선정적이었지만 그녀는 그를 똑바로 주시하고 있을 뿐이었다.

"굳이 말하자면……."

칼은 천천히 운을 떼었다.

"너와 동족이라고 해야 할까?"

그럼에도 에이엔스의 눈빛은 여전히 혹독한 겨울을 지새우고 있는 것처럼 풀릴 줄을 몰랐다. 그녀의 청안에 봄이 잦아드는 날이 과연 있기나 있을까 의아할 지경이었다.

"다시 가겠다."

에이엔스는 몇 번이라도 더 싸우겠다는 양 말했다. 지금은 아무리 놀라운 게 있어도 결투보다 우선시될 수 없다는 의미인 것 같았다. 그러자 불꽃을 완전히 거두어들인 칼은 양 손바닥을 보이며 순순히 패배를 시인했다.

"내가 졌어."

"감히 날 봐주려는 것이냐."

졌다는데도 에이엔스는 냉랭하게 응수했다. 칼은 검을 검실에 되돌리고 담담하게 대답했다.

"어쨌든 난 한 번 방심했고, 이 능력이 아니었다면 너에게 베였을 거다. 충분히 졌다고 할 수 있지."

능력이 아니었다고 해도 빠르게 검을 올렸다면 아슬아슬하게나마 막을 수 있었겠지만, 그가 방심했던 것은 사실이었다. 그것도 조금 음흉한 생각을 하느라.

"게다가 우리는 서로 목숨을 걸고 싸운 게 아니잖아? 내 목을 베고 싶겠지만 오늘은 이쯤에서 참아주라고."

그 말에는 에이엔스도 수긍을 했는지 검을 집어넣었다. 지금은 제 고집을 피울 게 아니라 부하들을 살리는 것이 우선이었다. 이 겼다는 사실 하나면 충분했다. 약속한 것에 대해 두말할 남자로 는 보이지 않으니 우선은 믿어도 될 터였다. 하지만 선원들은 뭐 가 어떻게 된 건지 알 수 없어 서로 어리둥절한 시선을 교환하고 있었다.

칼은 자신의 발치 쪽을 내려다보았다. 능력이 발현될 때 터져 나온 강풍 때문에 모래들이 모조리 휩쓸려 나가 바닥이 훤히 드 러난 모래사장에 그를 휘청하게 만들었던 것이 뾰족하게 튀어나 와 있었다. 돌부리였다. 거의 모래에 덮여 있어 잘 보이지 않는 위치였는데, 에이엔스는 쉼없이 검을 주고받는 상황에서도 어찌 재주 좋게 보았던 모양이다. 동체 시력까지 보통이 아니었다. 그 래서 그토록 칼을 뒤로 물러나게 했던 것이었다. 그가 돌부리에 걸려 휘청하는 단 한 순간을 승리의 순간으로 만들기 위해.

'이러다 정말 반하는 거 아닌가 모르겠네.'

칼은 쓰게 웃었다.

「두목님, 대체……?」

그때, 칼이 능력을 발현한 모습에 잠시 넋을 놓고 있었던 한 선 원이 조심스레 물어왔다. 그러자 칼은 그를 돌아보고 절대 침을 뱉지 못할 듯한 미소를 화사하게 지어 보였다. 그 미소가 어찌나 해맑은지, 과장을 안 보태도 그야말로 눈이 부실 지경이었다.

「미안, 져버렸군.」

모두가 쩡 동결해 버렸다. 날씨는 이토록 후텁지근하고 햇볕은 뜨겁기만 한데, 모두는 빙하 속에 갇혀 버린 듯 움직일 줄을 몰랐 다. 이내 투둑투둑 잔재를 떨어뜨릴 것처럼 겨우 움직이기 시작

했을 때, 다들 우우우 함성을 내지르며 말도 되지 않는다고 소리

쳤다. 그러자 기욤이 얼른 중재에 나섰다.

「다들 조용! 포로들을 풀어줘야 하기 때문에 일부러 져주신 거

다!」

그제야 다들 안심이라는 양 안도의 한숨을 내쉬었다. 역시 우

상의 권위가 무너지는 모습은 그 누구도 보고 싶지 않은 모양이

었다. 그래도 에이엔스가 세—이든 어를 모르기에 망정이지, 알아

들었다면 끝까지 해보자고 덤볐을지도 몰랐다.

'꿈보다 해몽이라더니…….'

그런 그들을 보며 칼은 뒷목을 긁적거렸다.

사실 칼 본인도 진심으로 싸웠던 건지 아닌지는 알 수 없었다.

만약 그녀가 졌다면 성격상 세—이든으로의 귀화도 받아들였을

것이다. 하지만 솔직히 칼의 본심은 이 일을 빨리 끝내고 싶지 않

았다. 뭐, 진짜로 방심한 탓도 있었다. 그의 형이 기다리고 있을

테니 언젠가는 돌아가야 하겠지만, 칼은 조금이라도 더 이곳에

머물고 싶었다. 아주 잠깐 휴가를 지낸다고 생각해도 괜찮지 않

을까? 황궁에 돌아가 봤자 딱히 할 일이 있는 것도 아니고, 숨을

편히 쉴 수 있는 것도 아니니 말이다.

그때, 설마하는 시선으로 하늘을 보고 있던 에이엔스가 짧고

굵게 외쳤다.

"카이드!"

그 순간, 이쪽으로 날아오고 있던 매가 무서운 속도로 하강해 와

오매불망 그렸던 제 주인의 팔 위에 앉았다. 그리고 찾았다 말하듯

길게 목을 울렸다. 제 나름대로 애교를 피우는 모습이 그 근엄하던

매와 동일 인물…… 이 아니라, 동일 동물인가 싶어질 정도였다.

'카이드, 따라왔구나.'

에이엔스는 카이드가 여기 있다는 것만으로도 크게 안심이 되어 저도 모르게 딱딱한 표정이 다소 풀어졌다. 자신도 미처 모르고 있었지만, 낯선 상황과 낯선 남자들에게 둘러싸여 아무래도 제법 긴장하고 있었던 모양이다.

칼은 희미하게 풀어지는 에이엔스의 표정을 보고 언뜻 놀란 눈이 되었다. 어디 저 만년설 같은 표정이 녹을 일이나 있을까 싶었는데, 웃는 것까지는 아니더라도 확실히 지금 에이엔스의 얼굴에는 따스한 공기가 감돌고 있었다. 사왈리가 그렇듯, 그녀에게도 저 매는 축생 이상의 의미를 지니고 있는 것 같았다.

"이름이 카이드라면……."

칼이 말을 걸자 에이엔스는 도로 차가운 표정이 되어버렸다. 그에 칼은 또 왠지 모르게 아쉬운 기분이 들었다.

"아멜리타의 북부 도시 카이드 산인가?"

에이엔스는 잠시 대답해야 하나 말아야 하나 망설였지만, 대충 대답해 주었다.

"그렇다."

칼은 애매하게 웃었다. 카이드 도시에서 태어난 매이기 때문에 이름이 카이드라니…….

"이름을 잘 짓는 편은 아니로군."

에이엔스는 순간적으로 울컥하는 기분에 찌릿 눈을 흘겼다.

"쓸데없는 간섭이다."

그때, 카이드가 칼의 말을 알아듣기라도 한 것처럼 탄력적으로 휙 날아올랐다. 그리고 여태까지는 주인에게 해라도 갈까 싶어하지 못했던 보복을 하듯 그의 머리를 노렸다. 칼은 재빨리 고개를 옆으로 젖혔다. 그래서 다행히 공격은 피할 수 있었지만, 카이드가 머리를 스쳐 지나가기 전에 그의 두건을 움켜쥐고 휙 벗겨내는 동시에 날아가 버렸다.

"카이드!"

아무리 얄미운 남자라고 해도 절대 사람은 공격하지 않는 카이드가 사람을 공격하자, 에이엔스는 카이드를 혼내듯 소리 높여 불렀다. 그러자 카이드는 혼날 일이 걱정되는 듯 푸드덕 저쪽으로 날아가 버렸다.

「누가 제 주인 닮지 않았달까 봐 성격 하고는.」

칼은 두건이 벗겨져 흘러내린 머리카락을 쓸어 올리며 투덜거렸다. 에이엔스는 그런 그를 저도 모르게 빤히 바라보았다.

두건이 벗겨져서 드러난 그의 머리카락은 에이엔스만큼이나 찰랑찰랑하고 길었다. 지금은 한 가닥으로 느슨하게 묶고 있었지만, 흑암처럼 짙고 까만 머리카락이 선연한 핏빛 눈동자와 어우러져 묘한 조화를 이루었다.

확실히 이렇게 보니…… 자신이 봐온 그 어떤 남자보다 미남이긴 했다.

"왜 그렇게 보는 거지?"

그와 시선이 아주 정통으로 마주쳤다. 양귀비 꽃잎처럼 붉고, 양귀비 열매처럼 묘한 중독성을 지닌 붉은 홍채. 또다시 뱃속이 퍼덕거렸다. 동시에 누군가 전신을 꽉 죄는 것만 같은 야릇한 긴장감이 피부에 잔물결을 일으켰다. 그제야 자신이 그를 넋 놓고 쳐다보고 있었다는 사실을 깨달은 에이엔스는 노골적으로 휙 고개를 돌려 버렸다. 그리고 그런 자신이 혼란스러워 괜히 퉁명스럽게 타박을 놓았다.

"사내의 머리가 치렁치렁하게 그게 뭐냐. 정신 사납다."

칼은 예상치 않게 멍해졌다. 확실히 아멜리타는 기사의 나라이니만큼 문화적으로 남자들의 머리가 대부분 짧았다. 세─이든 제국도 전투를 생업으로 삼는 군인들이라면 긴 머리카락은 방해가 될 뿐이니 마찬가지였다. 하지만 대공궁의 시녀들이 혼신의 힘을 다해 관리하는 머리카락이 정신 사납다니……

에이엔스는 칼이 멍해 있거나 말거나 무심하게 그를 스쳐 지나갔다.

"내가 이겼으니 조건대로 내 부하들을 풀어줘라."

"아, 뭐…… 그러도록 하지."

가까스로 대답은 했지만, 칼은 에이엔스가 지나가고 나서도 한동안 '정신 사납다고?'라는 말을 심각하게 중얼거렸다.

「정신이 사납단 말이지…….」

무인도에도 어김없이 저녁은 찾아오고, 훈훅하게 가라앉은 공기가 점차 짙어져 무거운 밤공기로 바뀌었을 때였다. 해변에 앉은 칼은 질리지도 않는지 아직까지 그 말을 중얼거리고 있었다.

문득 칼은 다시 되찾은 두건을 풀어냈다. 그리고 머리 끝까지 풀어내고 사르륵 흘러내리는 머리카락을 유심히 바라보았다.

달이 뜨지 않은 밤하늘처럼 짙은 머리카락은 나무 가지치기하듯 꾸준히 관리하며 길러온 것이었다. 물론 스스로 했던 것은 아니지만, 전통적으로 세─이든에서 남자의 긴 머리는 그만큼 위치가 높다는 것을 상징했다. 그래서 황족은 하나같이 머리가 길었다. 칼 역시 마찬가지였고, 가끔은 움직일 때 귀찮아서 잘라 버리고 싶었지만 목숨이라도 걸린 것처럼 관리하는 시녀들을 보자니 그것도 왠지 못할 짓이다 싶었다.

그러고 보니…… 지금 이곳에는 머리카락에 목숨을 거는 시녀가 없었다.

갑자기 칼은 가죽 장화를 벗고 바지를 걷어붙였다. 그리고 첨벙첨벙 바다로 들어가 손바닥 길이만 한 단도를 꺼내 들었다. 그런 후, 머리카락을 모아 쥐고 한 치의 주저도 없이 대충 석둑 잘라 냈다. 그러자 밤빛 아래 은황(銀潢)을 품은 것처럼 반짝거리는 바닷물 위로 윤기 어린 검은 실들이 사르라니 흩어져 내렸다.

만약 대공궁의 시녀들이 보았다면 온몸을 던져 막으며 안 된다고 절규했을 것이다. 하지만 애석하게도 그들은 대해(大海) 건너 아주 먼 곳에 있었다. 나중에 본다면 목을 놓아 울지도 모르겠지만, 칼은 정신이 사납다는 말까지 듣고 굳이 이 치렁치렁한 머리카락을 고집하고 있어야 할 필요를 느끼지 못했다. 어차피 잘라 버리고 싶었던 거, 미련없이 잘라내고 나니 오히려 시원했다. 마치 그를 새장에 얽매어두는 대공이라는 이름을 썩둑 잘라낸 것처럼.

찰꽉찰꽉…….

칼은 머리카락과 단도에 물을 묻혀 엉망으로 잘라진 머리카락을 정리하기 시작했다. 그러자 시녀들의 정성이 녹아들어 있는 머리카락이 사정없이 바닷물 위로 표류했다. 그리고 속 시원히 '안녕' 이라고 말하듯 저 멀리 떠내려 갔다.

이내 작업이 끝났을 때, 칼은 단도를 품속에 갈무리하고 잔머리를 정리하듯 바닷물에 푹 머리를 담갔다. 그리고 고개를 들자, 준수한 얼굴과 유려한 목줄기, 탄탄한 가슴과 든든한 어깨 위로 차르륵 물이 쏟아져 내렸다.

칼은 잔뜩 젖은 머리를 슥 쓸어 올렸다. 그리고 일렁일렁 흔들리는 바닷물을 내려다보자, 검은 수면 위로 말끔해진 모습이 눈에 들어왔다. 칼은 자연스러워진 자신을 보고 어느 때보다 매력적인 미소를 지었다.

「시원하군.」

그러다 문득, 일렁일렁 흔들리는 수면 위에 아렴풋 그려진 달 그림자에 이끌려 고개를 들었다. 고요히 드리워진 밤하늘에는 볼이 빵빵하게 불어난 하얀 달이 떠 있었다. 토실한 볼 살을 조금만 더 부풀리면 곧 동그란 보름달이 될 것 같았다.

「많이 컸겠지.」

전생의 기억이라도 떠올리게 할 것처럼 조용한 달밤, 저 앙증맞은 달을 보고 있자니 떠올랐다.

「내 달님…….」

칼은 목 쪽에서 자신의 셔츠 안으로 손을 넣었다. 그리고 잘그락, 하는 소리와 함께 목에 걸린 목걸이를 셔츠 바깥으로 꺼내었다. 그런 후 행여 상할까 목걸이 끝에 채워둔 가죽집까지 벗기자, 밤공기에 드러난 새까만 유리알 장식이 윤기 어리게 빛났다. 그 단순한, 아니, 이제 낡기까지 한 목걸이를 내려다보는 그의 눈에도 부드러운 윤기가 어렸다.

그에게는 아주 특별한 한 명의 여인이 있었다.

단 한 번도 만나본 적은 없지만 그에겐 어떤 여자보다 소중한 소녀, 달님.

천리안을 통해 그녀의 목소리를 들은 후로 꽤 오랜 세월이 지났으니 이제는 그녀도 여인이 되었으리라. 하지만 그의 머릿속에서는 언제까지나 작고 귀여운 소녀로 살아 있었다.

때로는 상상해 보았다. 미처 보지 못했던 그녀의 눈동자는 어떤 색일까, 코는 낮을까 높을까, 입술은 앙중맞을까 시원할까, 키는 작을까 클까, 웃으면 토실한 보름달 같을까 우아한 초승달 같을까…….

아무것도 모르는 소녀에 대한 상상은 시간이 갈수록 차오르는 달처럼 불어나 갈수록 그리움을 깊어지게 했다.

'남이 들으면 역시 미쳤다고 할 만한 일이지. 환영 같은 여자를 제 여동생처럼 소중하게 여기고 있다니.'

사실 달님이란 소녀가 아예 세상에 존재하지 않을 수도 있었다. 그의 힘이 폭주했을 때 열린 천리안이 환영을 보여주었을 가능성도 배제할 순 없었다. 제국의 사천 년 역사에서도 천리안을 열어본 천공은 흔치 않았으므로, 그게 꼭 현실을 비춰주는 눈이라고 단정할 수는 없는 탓이었다.

그런 생각을 할 때면, 미칠 것 같았다. 이토록 사랑스러운 존재가 이 세상에 없다니, 아주 우연에 우연이라도 만날 가능성이 없다니, 분명 작고 보드라울 온기를 끌어안아 볼 수 없다니.

다행히 달님이 이 세상에 존재한다는 증거가 이 목걸이라 그는 '실제로' 미치지 않을 수 있었다.

달님에 대한 감정이 비이상적이라는 건 알고 있었다. 만나본 적도 없는 여자에게 느끼는 감정치고는 너무 지나쳤다. 하지만 그런 건 아무래도 좋았다. 어차피 적어도 그녀는 그의 '살아야 할 이유'가 되어주었으니까.

고통스러우면 달님을 떠올렸다. 울지 말라며, 하늘이 울면 달도 흐려진다고 손을 꼭 잡아주는 듯했던 음성을. 그리우면 하늘을 올려다보았다. 소녀에서 여인으로 커가듯 풍요롭게 차오르는 달을.

모순적이지 않은가? 세상은 불신과 증오, 죄와 아집, 배신과 음모로 가득 차 있는데, 그 중심에 살고 있는 그를 구원한 것은 고작 어린 소녀의 한마디라니.

갑자기 무슨 생각이 났는지 칼의 입가에 희미한 웃음이 떠올랐다.

「칼리마, 왠지 널 떠올리게 하는 여자가 있어.」

칼은 '달님'을 칼리마라고 불렀다. 고대어로 '달'이라는 의미였다. 물론 그밖에 모르는 이름이었다. 다른 이들은 달님의 존재조차 모르니까.

「하지만 그 여자가 한마디라도 다정하게 말하는 건 전혀 상상이 되지 않는달까? 딱딱하고, 고지식하고, 머리가 굳었고, 고집쟁이에 하나밖에 모르는 바보니까.」

만약 에이엔스가 들었다면 눈을 파랗게 빛내며 찢어 죽일 것처럼 살벌하게 노려봤을 만한 말이었다.

「하지만 조금은, 귀여워.」

침묵이 내려앉았다. 잠시 후 칼은 자신이 무슨 말을 한 건지 한심해진 듯 어깨를 으쓱였다. 그리고 목에 걸린 목걸이를 풀어서 자신의 눈높이까지 들어 올렸다. 찰락찰락 흔들리는 유리알이 그의 얼굴을 비추었다 말았다 했다.

'칼리마, 언제나 생각해. 네 목소리를 들은 것 외에 내게 또 한 번의 기적이 허락된다면, 단 한 번만이라도 널 만나고 싶어.'

특별히 큰 것을 바라는 건 아니었다. 그냥 단 한 번만이라도 만나서 왠지 모르게 어렸을 때 생이별한 여동생 같은 그 아이를, 꼭 한 번 포옹해 보고 싶은 것뿐이었다. 하지만 가진 힘을 총동원해 대륙 각지로 사람을 보내 알아보았을 때도, 칼리마는 찾을 수 없었다.

칼리마의 어머니, 알아본 바에 의하면 '이카란'이라는 이름을 가진 파문된 신녀인 그녀는 제국에서 도망친 후 디운 왕국의 남부 끝자락 시골 마을에서 완전히 자취를 감춰 버렸다. 그 후로부터는 아무리 뒤져 봐도 실마리조차 찾을 수가 없었다. 시골 마을의 냄새 나는 마구간 한구석에서 이미 고인이 된 마구간지기 부부의 도움을 받아 난산 끝에 칼리마를 낳고는 전혀…….

그 마구간지기 부부의 아들이 말하길, 여자는 아침에 일어나 보니 아기와 함께 홀연히 사라져 있었다고 했다. 남은 것은 '감사합니다. 죄송합니다'라고 단 두 마디가 적힌 얼룩진 메모뿐. 마구간지기 부부의 아들은 그 외엔 아는 게 없었다. 하지만 칼은 칼리마가 세상에 무사히 나도록 도와준 마구간지기 부부를 대신해 그 아들이 평생 배곯는 일 없이 풍족하게 살게 해주었다. 어차피 그에게 황족의 좋은 점이란 그 정도뿐이었으므로.

그 후로는, 여전히 이 상태였다. 하늘 높이 뜬 달을 잡지 못해 덧없는 상사병에 걸린 지상의 남자처럼…….

'칼리마, 정말 운명 같은 게 존재하는 걸까? 만약 그런 게 존재한다면, 언젠가는 널 만날 수 있을까?'

늘 그렇듯, 돌아오는 대답은 없었다.

칼은 어린아이의 까만 눈망울처럼 반드러운 유리알 장식을 깊이 응시하다가 그런 자신이 우스워진 듯 비식 웃었다. 그런 남자의 머리 위로 애잔한 달빛이 쏟아져 내렸다. 곁에 간절히 바라는 누군가가 없는 달밤은 오늘도 그렇게나 쓸쓸했다.

9

척, 발걸음을 내딛자 반갑게 인사하려고 고개를 들었던 선원이
눈을 댕그랗게 떴다.

「어? 두목님?」

칼은 빙긋이 웃었다.

「좋은 아침이군.」

「아…… 예, 그렇습니다. 그런데…….」

선원이 무어라 물으려고 했지만 칼은 틈을 주지 않고 손만 들
어 보인 후에 멀어져 갔다. 그러자 다음으로 만난 선원 역시 놀란
눈을 했다. 그다음도 그랬고, 그다음의 다음도 그랬다. 하지만 그
들은 잠시 놀란 정도였을 뿐, 지금 딱 마주친 기욤 알렌스투스 경
의 반응과는 비교조차 할 수 없었다.

「으아아아악!」

돼지 멱따는 듯한 비명이 무인도를 뒤흔들며 쩌렁쩌렁 울려 퍼

졌다. 농담이 아니라, 바로 옆에 있는 배는 정말 한순간 흔들린 것처럼 보였을 정도였다. 갑판 위에 있던 선원들은 무슨 일이 났나 싶어 당장 난간 밖을 내려다보았고, 군인들은 휙 검까지 빼어 들었다.

「카, 카, 카!」

기욤은 미친 듯이 턱을 떨며 차마 튀어나오지 않는 이름을 부르려고 부단히 노력했다.

「내 이름이 언제부터 카카카였나? 기욤.」

칼도 갑작스러운 비명에 놀란 듯 찡그린 얼굴로 물었다.

「머, 머리! 머리! 머리 어디 갔습니까!」

「내 머리라면 목 위에 멀쩡히 붙어 있다만? 아니면 내 입이 붙어 있는 곳은 머리가 아니라 다리인가?」

「머리카락 말입니다!」

기욤은 버럭 소리를 질러 버리고 말았다. 지금은 불경하다는 것도 중요하지 않았다. 황족 남자의 머리카락이 저토록 짧아지다니! 이건 대공궁이 시녀들의 오열로 뒤흔들리고 온건한 황제마저 눈살을 찌푸릴 만한 일이었다. 하지만 칼은 기욤의 기절할 것 같은 기분을 아는지 모르는지 무심하게 어깨를 으쓱거렸다.

「아아, 귀찮아서 잘라 버렸어.」

철퍼덕! 기욤은 창백하게 질린 얼굴로 주춤주춤 물러서다가 옆 벽에 거머리처럼 착 등을 붙였다. 이대로 있다가는 기절하면서 뒤로 넘어갈 것 같은 모양이었다.

「귀, 귀찮…… 잘라 버리…….」

기욤은 이제 거의 울먹이기 시작했다. 그러자 칼은 미묘하게 웃는 얼굴로 난색을 표했다. 하지만 유별나다느니 적당히 하라느니 그런 말은 하지 않았다. 나중에 대공궁의 시녀들이 보일 반응은 이보다 더하면 더했지 결코 덜하지는 않을 것이므로. 그걸 생각하면 좀 골치 아프지만, 일단 칼은 아직도 바다괴물을 본 것처럼 굳어 있는 기욤을 덤덤히 스쳐 지나갔다.

「오늘 그라나츠 해군들을 돌려보낸다. 어서 준비해.」

그러나 기욤은 움직이지 않았다. 엄밀히는 움직일 수 없는 것이었지만, 칼이 뒷덜미가 훤히 보이도록 짧아진 머리카락을 흔들며 지나가자 이내 중병에 거린 사람처럼 헐떡이기 시작했다. 이내 입술을 이리저리 뒤틀며 어엉 우는 소리를 흘렸다.

「황가의 상징이…… 찰랑찰랑이……!」

멀찍이 그 비탄에 빠진 소리를 들은 칼은 결국 헛웃음을 흘리고 말았다. 누구든지 한 명은 격한 반응을 보일 거라 예상하긴 했지만 울먹이기까지 하다니, 정말 저런 인간을 누가 중앙군부의 이성장군으로 올렸는지 신기할 따름이었다.

'아, 선황 폐하였지.'

무엇보다 저런 인간을 측근으로 거둔 것은 자신이니 이거 이래서야 누워서 침 뱉기가 아닌가.

결국 칼도 절레절레 고개를 내젓고 말았다.

달칵, 문이 열리는 소리에 에이엔스는 감고 있던 눈을 떠올렸다.

"웬 비명 소리가……."

하지만 에이엔스도 말을 하다 말고 멈추었다. 문을 열고 들어선 남자의 모습이 어제와 다른 탓이었다. 긴 머리일 때의 그는 왠지 기품이 있어 보였다면, 짧은 머리의 그는 정말 해상을 누비며 자유자재로 살아가는 해적처럼 자유분방해 보였다. 대충 터벅터벅 잘랐는지 깔끔하다 싶은 편은 아니었지만, 오히려 그로 인해 야생의 맹금류 같은 야성미가 돋보였다.

에이엔스가 말을 하다 말고 빤히 쳐다보고 있자, 칼의 웃는 얼굴에 난색이 서렸다.

"정신이 사납다고 했던 건 너 아니었던가?"

의외라는 빛이 서려 있던 에이엔스의 눈이 다시 평소처럼 되돌아갔다.

"설마 그 말 때문에 자른 거냐?"

"아니, 어차피 자르려고 했어."

에이엔스는 더는 말이 없었다. 생각해 보니 머리 자른 게 뭐 그리 대수라고 죽이니 마니 하고 싸웠던 남자와 이런 소소한 대화를 나누고 있는 건지 한심해진 탓이었다. 하지만 왠지 만져 보고 싶었을 만큼 윤기 어린 머리카락이 저토록 짧아져 버리니 묘하게 아쉬웠다. 지금처럼 활동적인 모습도 썩 괜찮지만 잘라 버리라고 한 말이 아니었는데…….

'괜찮다고?'

막을 새도 없이 불쑥 치밀고 만 생각에 에이엔스의 눈가가 움찔 떨렸다.

'뭐가 괜찮다는 거냐. 목적이 무엇인지는 몰라도 이 남자는 적이다.'

게다가 멋대로 입술까지 빼앗은 호색한이었다. 과하게 능글거리는 것만 빼면 그리 막돼먹은 것 같지 않다고 해도, 호감 가질 구석이 단 한 곳도 없는 남자였다.

"뭐, 어쨌든 일어나."

에이엔스는 무슨 소리냐는 듯 칼을 바라보았다.

"부하들을 배웅하게 해주려고 했더니 싫은가 보지?"

칼은 따라오라는 듯 등을 돌리고 먼저 방을 나섰다. 어제 이후 더 이상 팔이 묶이지 않게 된 에이엔스는 어렵지 않게 그를 따라 나갔다. 그런데 아무렇지 않게 등을 보이고 걸어가는 그를 보니 뭘 믿고 저리 태연한가 싶었다. 본디 기사는 검 없이도 상대를 제압할 수 있는 격투술을 배우게 마련이었다. 게다가 특기인 검술을 펼치기 위한 검이라면 그의 허리 뒤춤에 당당히 꽂혀 있었다.

당장 몸을 날려 검부터 뺏고 제압에 들어가면 뭘 어쩌려고 저토록 느긋한 건지……. 아니, 설령 그런다 해도 빠르게 반응할 자신이 있다는 걸까?

에이엔스는 의심스럽게 그의 뒤태를 훑어보다가, 문득 그의 걸음걸이가 상당히 반듯하다는 사실을 눈치 챘다. 성격대로 느물거리며 껄렁껄렁 걸을 줄 알았는데, 자기가 무슨 왕족이라도 되는 양 똑바르고 당당한 걸음걸이였다.

'아니, 확실히…… 차려입고 있으면 그럴듯하겠군.'

무엇보다 전신에서 왕족 특유의 세상을 아래 둔 듯한 당당함이 풍겨 나오니 잘만 꾸며놓으면 정말 왕족이라고 해도 손색이 없을 것 같았다.

'혹, 예상보다 직급이 높은 군인인가?'

타당성이 있었다. 어제 잠깐 보니 일행 중 이 남자보다 높은 사람은 없는 듯했고, 모두 깍듯하게 떠받드는 걸로 보아 이 일행이 타국의 군인이라는 전제하에 남자는 부대를 통솔하는 상급 군인일 가능성이 높았다. 그렇다면 귀족일 가능성 또한 높았다. 기사 태반이 귀족의 삼남 이하 자제들이듯, 상급 군인도 귀족의 삼남

이하인 게 보통일 테니까.

'하지만 귀족이라기엔…… 너무…….'

그 가설에 유일한 걸림돌은 지나치게 격의없는 남자의 태도였다. 태생이 모든 걸 좌우한다고 믿지는 않지만, 태생이 미치는 영향도 무시할 수는 없었다. 그건 귀족 출신 남자들에게 둘러싸여 살아온 에이엔스가 가장 잘 알았다.

에이엔스는 칼의 뒷모습을 끈질긴 시선으로 쭈욱 훑어 내렸다. 당연히 누구처럼 음심(淫心)이 담긴 시선은 아니었고, 객관적으로 관찰하고 평가하는 시선이었다. 워낙 살아온 환경이 그렇다 보니 에이엔스는 버릇처럼 상대의 몸을 보고 단련 정도를 알아보곤 했다.

남자의 몸은 확실히 단련이 잘되어 있었다. 너무 잘되어서 군살이 하나도 없었다. 그건 옷 너머로도 확실히 알 수 있었다. 게다가 검은 옷을 입고 있어서 그런지 전체적으로 더욱 날렵해 보였다.

"이봐."

그때, 칼이 갑자기 고개를 돌렸다. 그리고 드물게 웃지 않는 얼굴로 붉은 눈에 진지한 빛을 담고 물었다.

"왠지 핥는 것 같은 시선이 느껴졌는데…… 착각인가?"

꼭 말을 해도 핥는 것 같은 시선이라니, 객관적으로 평가하는 시선이었거늘.

"착각이다."

앙큼하게도 에이엔스는 전혀 그런 적 없다는 듯 차갑게 대답했다. 칼은 고개를 갸웃거렸다.

기욤은 화사하게 펼쳐진 풍경을 혼이 나간 듯 멍하니 바라보고 있었다. 종종 지나가던 선원들이 무슨 일 있느냐고 걱정스레 물어왔지만, 대답해 줄 여력도 없었다. 나중에 무슨 힐책을 들을지 상상만 해도 관자놀이가 욱신욱신 울려왔다. 물론 칼이 머리를 짧게 자른 게 이번이 처음은 아니었다. 하지만 그때는 전시 상황이라 어쩔 수 없었고, 지금은 그저 '미친 짓'일 뿐이었다.

기욤은 문득 칼과 처음 만났을 때를 떠올렸다.

그를 만나게 된 것은 순전히 우연이었다. 예전부터 언뜻언뜻 스쳐 지나가거나 멀리서 본 적은 더러 있었지만, 단둘이서만 대면한 것은 그때가 처음이었다. 모두는 황제의 둘째 아들을 두고 '바보'라고, 조금은 조소까지 깔린 평가를 내리곤 했다. 마치 그는 자신들과 같은 '인간'이 아닌 양, 사이에 경계를 그어놓고 신의 아들보다 우월한 자신들에게 도취된 듯. 하지만 그들만의 잘못이라고도 할 수 없었다. 둘째 황자는 지적인 습득이 몹시 느리거니와 가정교사를 붙여놓으면 도망가기에 바쁘고, 질문을 하면 엉뚱한 대답이나 하고, 아무리 엄하게 예법을 가르쳐 놓아도 자기 내키는 대로 행동하기 일쑤였다. 그런데 불쑥 앞에 튀어나온 그는 도저히 바보로는 보이지 않았다. 아니, 언뜻 보기에는 뭔가 모자란 듯 보이기도 했지만…….

일단 첫인상은 굉장한 미동(美童)이었다. 그때도 키가 남다르게 크고 전사의 골격을 가지고 있었지만, 늘씬하게 뻗은 팔다리에 절묘한 대비를 이루는 흑발 적안이 묘하게 탐미적인 분위기를 자아내 사내아이가 굉장한 색기를 풍겼다. 그런데 흙이 묻은 맨발에, 어깨에는 어린 독수리가 새치름하게 앉아 있었고, 길게 나풀거리는 흑발의 한쪽에는 붉은 꽃이 꽂혀 있었다. 하지만 앞에 무를 꿇은 자신을 내려다보는 적안은 청정한 총기를 발했다. 거의 붉은 눈에 푸른 광택이 번득거리는 것처럼 보일 정도였다. 그때 기욤은 한눈에 직감했다.

이분은 조금도 바보가 아니다.

오히려 모든 것을 너무나 선명하게 볼 수 있어 견딜 수 없는 것이지, 바보의 흐리멍덩한 눈빛이 아니었다.

어깨에 무거운 운명을 짊어지고 흑색과 적색의 기묘한 조화를 이룬 채 독수리를 데리고 나타난 어린 황자. 어깨에 창생의 운명을 짊어지고 흑색과 적색으로 무장한 채 독수리 자모일을 거느리고 대지에 강림한 군신 자카라스. 그야말로 군신 자카라스가 귀환한 것 같지 않은가.

강렬한 전율이 그의 전신을 사로잡았다. 그때의 전율은 죽는 날까지 결코 잊지 못하리라. 하지만! 하지만! 그때 그 전율을 선사했던 이는…….

"내 착각만이 아닌 것 같은데?"

"착각이다."

"아닌 것 같은데."

"착각이다."

"정말?"

"몇 번을 더 말해야 되는 거냐. 귀가 먹은 거냐."

기욤은 '크흑' 하는 소리를 흘리고 말았다. 그때 그 전율을 선사했던 이는, 저기 저 남자처럼 여자의 뒤를 쫓아다니며 했던 말을 또 하고, 했던 말을 또 하는 앵무새가 아니었단 말이다!

기욤 알렌스투스, 난데없이 인생에 회의감을 느끼다.

"아님 말고."

칼이 또 얄밉게 굴자, 에이엔스는 냉랭한 눈빛으로 그를 쩨려 보았다. 그 사단을 낼 듯한 눈빛에 칼은 얼른 그녀의 앞으로 나가 준비를 끝낸 배로 다가갔다.

「준비 다 되었나?」

그제야 기욤은 비척비척 앉은 자리에서 일어섰다. 하지만 아무리 다시 봐도 여전히 짧은 채인 칼의 머리카락을 보고 또 한 번 '크흑' 하는 소리를 흘렸다. 게다가 차마 보고 있을 수 없다는 듯 고개까지 돌려 버렸다. 칼은 결국 한마디 하고 말았다.

「기욤, 이제 그만 적당히 하지?」

「나중에 시녀들이 절 잡아다가 솥에 끓여 버리려고 할 겁니다.」

아예 가능성이 없지는 않은 터라 칼은 애매하게 웃었다.

「꼭 기욤탕이 되기 전에 건져 내주지.」

「무척이나 위안이 되는 말씀, 감사합니다.」

「기욤탕이라니, 왠지 먹다가 심하게 체할 것 같은 이름이라서 말이야.」

「왜 아니겠습니까? 머리카락 때문에 형장의 이슬이 아니라 거대한 솥에 국물로 스러져 갔으니 말이죠.」

「갈수록 받아치는 솜씨가 제법인데?」

「하핫, 뭘 이 정도 가지고 그러십니까.」

거기까지 주거니 받거니 한 두 남자는 이쯤에서 그만 해두자는 듯 시선으로 합의를 보았다. 그러자 두 사람의 공방이 끝나길 기다렸던 선원이 에이엔스를 한 번 흘긋 보더니, 칼에게 무어라 속삭였다. 칼은 고개를 끄덕였다. 그리고 선원에게 무어라 명령한 다음에 해변에 서 있는 에이엔스에게 말했다.

"그라나츠 해군들이 너에게 인사를 전하고 싶다더군."

에이엔스는 의심스러운 눈빛을 보냈다.

"허락하는 거냐?"

칼은 안 될 게 뭐 있냐는 듯 어깨를 으쓱거렸다.

"죽은 사람 소원도 들어준다는데 산 사람 소원쯤이야."

"그럼 내 소원도 들어줘야겠구나."

"가만 보니 청안의 마녀께서도 받아치는 솜씨가 제법이군."

에이엔스의 차가운 눈빛이 더욱 짙어졌다.

"그따위 이름으로 날 부르지 마라."

"왜? 딱 어울리는데."

차갑게 짙어진 눈빛이 이제는 정말 사단이라도 낼 것처럼 냉랭한 빛을 발했다.

"죽고 싶나."

아무리 감정의 기복이 없는 에이엔스라지만 공공연히 마녀로 불리면서 기분이 유쾌할 리 없었다. 앞에 대놓고 부르는 사람이 없었기에 알면서도 모른 척 넘겨왔던 것이지, 만약 누군가가 대놓고 그렇게 불렀다면 왕궁기사 모독죄로 체포해 버렸을 것이다.

"하여간 성질 하고는."

"단장님!"

그때, 해변으로부터 높이 솟아 있는 배의 난간에 그라나츠 해군으로 보이는 남자가 나타나 격하게 에이엔스를 불렀다. 그는 어제까지의 에이엔스처럼 팔이 뒤로 억압된 채 눈가리개를 하고 있었다. 이 무인도의 위치가 알려져선 안 될 테니 당연한 처사였다.

햇빛과 거리 때문에 잘 보이지는 않지만, 그는 여느 포로답지 않게 상처나 맞은 자국 하나 없었고 해군 제복도 퍽 깨끗했다. 포로라고 해서 거칠게 다루진 않은 모양이었다.

"단장님께서…… 저희를 위해 해적 두목과 결투하셨다는 말을 들었습니다……."

그는 감동에 겨운 듯 울먹거리며 격앙된 어조로 말했다.

"뭐라고…… 뭐라고 해야 할지……."

해군은 눈물을 삼키며 단어를 골랐다. 하지만 이내, 구구절절한 말 따위 필요없다는 걸 깨달은 듯 의연히 자세를 바로 하고 경건하게 말했다.

"전 그라나츠 해군을 대표하여 단장님께 경의를 표합니다. 아이힌 단장님께 아멜리타의 광명이 함께하기를 진심으로 기원합니다."

사무적인 말이었지만 그의 목소리에서는 그들을 위해 투혼을 다해준 에이엔스를 향한 거짓없는 존경심이 배어 나왔다.

그의 한마디로 인해 유쾌하게 들떠 있던 분위기가 차분하게 가라앉았다. 하지만 기움이 사인을 보내자 배가 움직이기 시작하며 더 이상 그에게 시간을 허락하지 않았다.

"단장님! 꼭! 꼭 아멜리타에서 다시 뵙겠습니다!"

에이엔스는 멀어져 가는 배를 보며 낮은 목소리로 읊조렸다.

"아멜리타의 광명이 있기를."

온화한 미풍이 머리카락을 흐트러뜨리도록 내버려 둔 채 가만히 읊조리는 그녀의 모습은 가히 신성했다. 그리고 너무나도 숙엄하여 결코 그녀의 침묵을 방해하면 안 될 것 같았다. 그 엄숙한 분위기 탓인지 무인도에 남은 선원들도 섣불리 입을 열지 못했다. 그 침묵 가운데, 에이엔스의 몇 발자국 뒤에 서 있는 칼이 조용히 물었다.

"너에게 있어 아멜리타는 뭐지?"

등을 보이고 서 있는 에이엔스는 잠시 대답이 없었다.

하얗게 빛나는 뒷모습이 마치 당장이라도 햇빛에 섞여들어 사라질 것만 같아 칼은 묘한 기분에 사로잡혔다. 뭇 사내 못지않게 강직한 뒷모습이 왜 이토록 애처로워 보이는 것일까. 마치 둥지를 잃고 갈 곳을 잃어버린 작은 새처럼.

자신이 이럴진대, 아무도 그녀를 보고 이런 생각을 하지 않았단 말인가? 이토록 안아주고 싶어지지 않았단 말인가? 그렇다면 아멜리타의 남자들은 모두 눈이 멀어버린 것이리라.

"모든 것."

다행히 에이엔스는 칼이 충동적으로 그녀를 끌어안아 버리기 전에 대답해 주었다.

"목숨조차 기꺼이 바칠 수 있는 그런 것이다. 너 같은 자에게도 그런 것은 있겠지."

칼도 잠시 침묵했다.

"있다면 있고, 없다면 없겠지."

에이엔스는 가만히 그를 응시했다. 칼도 말없이 그 시선을 받아들였다. 그러자 두 사람 사이에 함부로 끼어들 수 없는 둘만의 세계 같은 것이 형성되어, 다른 이들은 모두 아리송한 표정이 되었다.

자신들의 주군은 왜 저토록 그윽한 눈빛으로 청안의 마녀를 바라보는 것일까?

기윰은 왠지 찝찝한 기분이 들었다. 주군의 저 눈빛……. 만약 자신의 상상이 맞는다면, 있어서는 안 될 일이었다.

천공은 천공인 것만 확인되면 지위 여하를 막론하고 신(新) 귀족으로 편성되지만, 대공의 상대로는 이야기가 달랐다. 아무리 있으나 마나 한 대공일지라도 대공은 대공이었다. 그 상대로는 천공이라도 혈통이 보증되어야만 했다. 하지만 그녀가 세—이든의 귀족이나 황족 태생일 가능성은 극히 미미했다. 알카임 황가 태생의 천공—칼—을 제외하고 대부분의 천공은 서민이나 천민 출신이기 때문에 에이엔스 아이힌 단장도 그럴 가능성이 높았다.

칼이 좋다면 마냥 좋기만 해야 할 텐데, 입장상 생선 가시를 삼킨 듯한 기분이 되어버리니 기음은 어떻게 해야 할지 곤란했다. 아무래도 칼과 진지하게 대화를 나누어봐야 할 것 같았다. 포기는 칼이 태어나 가장 먼저 배운 것이니까. 언제나 포기하고 살아온 사람에게 또 포기하라 강요하는 것만큼 잔인한 일도 없을 테지만, 본디 그가 태어난 자리란 그런 것이었다. 게다가 꼭 포기해야 한다면 포기할 수 있을 때 포기할 수 있도록 해주는 것이 충신의 일일 터였다.

그때, 에이엔스가 먼저 칼에게서 시선을 돌렸다. 그리고 이미 점으로밖에 보이지 않는 배를 주시했다.

에이엔스는 모르겠지만, 긴급 상황에 대비해 에테루니를 태우고 다시 아멜리타 해역으로 돌아간 저 배는 그라나츠가 아닌 다른 항구 도시 베하엘로에서 포로들을 풀어주고 돌아올 예정이었다. 이미 그라나츠 쪽에는 해군들이 쫙 깔려 있을 터이기 때문이었다.

"그런데 말이야……."

문득 칼이 그녀의 뒤로 다가왔다. 에이엔스는 너무도 가깝게 다가온 그의 존재감에 등줄기가 흠칫 서는 기분이었다. 이상하게 모든 신경이 그의 존재감에 민감하게 반응했다. 그가 공격할지도 모른다는 긴장감 때문인 걸까?

"찝찝하지 않아?"

에이엔스는 무슨 말인가 싶어져 그를 흘긋 돌아보았다. 그는 진지한 분위기가 언제였냐는 듯 또 웃고 있었다. 꼭 못된 짓을 꾸미고 있는 악동 같았다. 천진하기도 하고, 얄밉기도 하고, 그래서 알면서도 속아주고 싶어지는 그런 느낌.

"무슨 말이냐."

"씻지 못한 지 꽤 됐잖아?"

확실히 납치당한 이후로 한 번도 샤워를 하지 못해 온몸이 득실득실 끓어댔다. 피부는 버석거렸고, 땀이 찼다가 그대로 말라버린 가슴띠 안은 열렬하게 해방을 울부짖고 있었다. 하지만 에이엔스는 슥 눈을 흘겼다. 능글맞은 말투 때문인지 그가 말하면 모든 말이 순수하게 들리지 않는 탓이었다.

"필요없……."

아무리 성별에 대한 경각심이 부족하다지만, 남자밖에 없는 상황에서 샤워한답시고 옷을 벗을 수는 없었다. 그런 짐승들로 보이진 않아도 남자란 어느 때 어떻게 돌변할지 알 수 없는 생물이었다. 하지만 필요없다는 말이 끝나기도 전이었다.

"어허, 사람 성의를 무시하면 쓰나."

칼이 에이엔스의 팔을 덥석 잡아왔다.

"내 몸에 손대지……."

날카롭게 손을 쳐내려는 순간, 갑자기 칼이 피할 새도 없이 에이엔스를 번쩍 안아 들었다. 여기저기서 놀란 신음이 터져 나왔다.

"무슨 짓이냐! 놔라!"

에이엔스는 와락 와 닿은 남자의 단단한 몸에 당황해 째질 듯이 높은 목소리를 내질렀다.

"아가씨, 이제 슬슬 몸에서 냄새 난다고."

"그만두……!"

번뜩 칼이 할 만한 짓을 직감한 에이엔스는 고양이처럼 그의 옷을 와락 움켜쥐었다. 하지만 씨익 길게 웃은 칼은 자비없이 내던져 버렸다.

모처럼 자신에게 매달리는 그녀를 떼어내자니 못내 아쉬웠지만, 지금은 이쪽의 유혹이 더 컸다. 그러자 푸웅더엉! 통쾌한 물소리가 울리며 에이엔스는 반항 한 번 못하고 바다에 빠져 버리고 말았다.

"오, 소리 한 번."

목적을 완수하고 난 악동은 얄밉게도 너무나 화사하게 웃었다. 사실 아까부터 에이엔스를 바다에 내던지면 어떤 반응을 보일지 궁금해서 근질거리는 손을 참느라 힘든 참이었다. 내던지고 나니 후환이 걱정되긴 해도 기대감에 심장이 다 두근두근 뛰었다.

촤아아아아아악!

쫄딱 젖은 에이엔스가 몸을 일으키자, 물을 담뿍 흡수한 제복과 긴 머리카락에서 장렬한 폭포가 떨어져 내렸다. 앞으로 쏠려 치렁치렁하게 늘어진 머리카락과 창백한 백색 옷이 거의 물귀신 수준이었다.

"네놈……!"

칼은 바로 그런 반응을 기대했다는 듯 시원하게 웃었다.

"시원하고 좋잖아?"

그때 칼은 앞에 있는 에이엔스에게 정신이 팔려 뒤에서 어떤 일이 일어나고 있는지 미처 알지 못했다. 발단은 기욤이었다. 칼이 장난치는 모습을 한숨 어린 눈으로 지켜보고 있던 기욤은 문득 그에게 작게나마 복수할 방법을 떠올렸고, 당장 선원들에게 눈짓을 보냈다. 물론 그 눈짓을 알아들은 선원들은 '에엑?' 하며 절대 할 수 없다고 설레설레 고개를 내저었다. 그러자 기욤은 자기가 책임지겠다고 손짓, 발짓, 고갯짓까지 해가며 선원들을 설득했다. 그때 그의 동작이 어찌나 화려했는지, 암컷 공작을 유혹하는 수컷 공작의 꼬리털도 그에는 비교가 되지 않으리라.

그제야 선원들은 주춤주춤 움직이기 시작했다. 지금은 그저 단순한 군인이라고 해도 왕년에 중앙군부에서 날렸던 기욤의 명을 무시할 수는 없는 탓이었다. 그러자 기욤은 칼이 눈치 채기라도 할까 봐 필사적으로 그들의 등을 떠밀었다. 그에 선원들은 눈을 질끈 감고, 혼나도 혼자 감내하겠다는 기욤의 호언장담을 믿어보기로 했다. 게다가 두 번 오기 힘든 상황에 대한 참을 수 없는 유혹이 들기도 했다.

「두목님!」

선원들이 가까운 곳에서 이구동성으로 우렁차게 부르자, 칼은 '응?' 하고 고개를 돌렸다. 아니, 돌리려고 했다.

「실례를 범하겠습니다!」

터억, 하고 등을 밀어낸 엄청난 압력만 아니라면.

「엇!」

덕분에 순식간에 앞으로 밀려나가 발목까지 바다에 잠기고 말았지만, 칼은 얼른 몸을 돌리고 장사 같은 힘으로 밀어대는 선원들을 막아섰다.

「쉽게는 안 되지!」

다행히 황족에게 불경스럽다고 불쾌해하는 기색은 아니었다. 오히려 목소리에 웃음기가 가득했다. 그예 안도한 선원들은 이제 신명나게 그를 밀어댔다. 그래서 주거니 받거니 팽팽한 힘의 접전을 한동안 벌이고 있는데, 갑자기 칼의 뒷덜미로 하얀 손 하나가 스윽— 올라왔다. 그리고 사심이 담긴 힘으로 타악, 낚아채어 뒤로 확 당겨 버리고 말았다. 때문에 팽팽하게 맞부딪치고 있던 힘의 균형이 무너지며 칼과 선원들은 전부 바다로 우르르 넘어지고 말았다.

「헉!」

「크헉!」

요란한 물소리가 울리고 네 장정은 모두 고스란히 에이엔스의 전철을 밟았다. 그러자 젖은 머리카락을 쓸어 올린 채 그 옆에 서 있는 에이엔스가 허부적허부적 일어서고 있는 네 장정을 내려다보며 서늘하게 중얼거렸다.

"시원하고 좋겠구나."

쫄딱 젖어버린 칼은 상체의 반 정도만 수면 위로 내놓은 채 황당하게 에이엔스를 올려다보았다. 미처 그녀가 이럴 줄은 몰랐다는 듯. 그러자 에이엔스는 조금 후련해진 얼굴로 등을 돌리고 나가려고 했다. 그러나 가만히 두고 볼 칼이 아니었다.

"어허! 어딜 가시나!"

그가 그녀의 긴 옷자락을 낚아채자 에이엔스는 저도 모르게 '윽!' 하는 소리를 내뱉었다.

"놔라! 숨 막힌다!"

어찌나 옷자락을 강하게 휘어잡았는지 단단하게 잠긴 목 단추가 숨통을 압박해 왔다. 그러는 새에 칼이 휙 뒤로 잡아당겨 버려 에이엔스는 또 바다에 첨벙! 넘어지고 말았다. 그 모습에 칼은 호탕하게 웃어젖혔다.

그 풍경을 보고 있던 기음은 쥐도 새도 모르게 얼른 자리를 뜨려고 했다. 그때 칼이 그 모습을 발견하고 외쳤다.

「장군이 도망가는구나!」

선원들은 단번에 말뜻을 알아듣고 당장 물살을 헤치며 기윰에게 뛰어갔다.

「각하! 혼자 도망가시다니요!」

「헉! 아니! 자, 잠깐!」

대공이 허락한 상황에 전직 장군의 반항이 대수일쏘랴. 선원들은 거의 짐짝 들다시피 기윰을 번쩍 들어 올려 바다로 내던져 버렸다. 하지만 기윰은 바다에 빠지지 않으려는 필사의 노력으로 날렵하게 움직여 가까스로 자세를 바로잡았다. 그러나 안도의 한숨을 내쉴 새도 없이 칼이 발로 다리를 쳐버려 결국은 대 자로 넘어졌다.

「푸헉!」

순순히 운명을 수긍했다면 그나마 대 자로 넘어지는 일만은 피했을 텐데, 허무한 반항의 몸짓을 보인 탓에 기윰은 퍽이나 꼴사납게 넘어지고 말았다. 그러자 그 자세가 개구리를 연상시킨 탓인지 선원들은 크게 웃어버렸다.

「이런! 두목님이라고 봐드리지 않겠습니다!」

몸을 일으킨 기윰은 당장 칼에게 덤벼들었다.

「오냐! 덤벼라!」

칼은 날쌔게 자리에서 일어나 멧돼지처럼 밀고 들어오는 기윰을 정면으로 받아들였다. 그렇게 잠시 직급을 떠나 엎치락뒤치락하다가, 칼이 기윰의 허리춤과 목덜미를 잡고 더 깊은 곳으로 휙 내던졌다. 그러자 아직 뭍에 얼떨떨하게 서 있던 선원들도 신이 났는지 소 떼처럼 바다로 뛰어들었다. 그리고 누가 더 높고, 누가 더 낮고 할 것 없이 잡히는 대로 내던지며 즐거운 소란을 피워댔다. 덕분에 엄숙한 침묵이 감돌고 있던 바닷가는 순식간에 웃음 소리와 물소리, 몸싸움을 하는 소리로 포화되었다.

이내 선원들은 상의를 홀렁홀렁 벗어젖히기 시작했다. 한 사람이 어디 한번 해보자는 듯 상의를 벗어 던지자, 전염병이 창궐하듯 너도나도 홀홀 옷을 털어버렸다. 그러자 바닷가에는 난데없이 옅고 짙은 피부색의 향연이 펼쳐졌다.

「이봐들! 숙녀 분이 계신데!」

누군가가 웃음기 섞인 목소리로 외쳤다. 그제야 남자들은 홍일점인 에이엔스를 떠올린 눈치였지만, 그들이 반응하기도 전에 칼이 먼저 소리쳤다.

「여기 계신 숙녀 분이라면 남자의 벗은 상체쯤이야 신물 날 정도로 보셨을 거다!」

그도 그랬다. 기사단장인 에이엔스라면 남자의 벗은 웃통은 하루가 멀다 하고 보았을 터였다. 그에 잠시 주춤했던 남자들은 다시 와자지껄 웃으며 거리낌없이 상의를 벗어 던졌다.

에이엔스는 황당하다는 눈빛을 숨기지 않은 채 남자들을 바라보았다. 남자의 벗은 상체쯤이야 그다지 감흥을 느끼지 못할 정도로 숱하게 보아왔지만, 남자들은 스스럼이 없어도 너무 없었다. 저토록 자연스러운 태도라니, 마치 자신을 아군쯤으로 여기고 있는 것 같았다.

그런데 갑자기 머지않은 곳에 있는 칼마저 휙 상의를 벗어 던지는 게 아닌가? 선원들이 옷을 벗어 던지는 모습은 그저 황당하게 바라보았지만 이번에는 에이엔스도 깜짝 놀라고 말았다. 하지만 칼은 이미 탄탄한 상체를 햇빛 아래 드러내 놓은 채 선원들과 몸싸움을 벌이고 있었다.

예상했던 대로, 칼의 벗은 상체는 군살 하나 없이 꽉 조여져 있어 그야말로 실용적인 근육으로만 짜여 있는 맹금류나 맹수를 떠올리게 했다. 그리고 아찔하다 싶을 만큼의 조형미를 이루고 있었다. 반듯한 역삼각형 상체에 늘씬한 허리, 물방울을 튕겨내는 듯 탄력있는 피부는 몹시 육감적이었고, 가슴께에서 흔들리는 가죽 목걸이가 묘하게 강조되어 보였다.

멀거니 그를 쳐다보고 있다는 것도 모르고 넋을 놓고 있을 때였다.

「흐흐흐! 공께서도 이러고 있으실 때가 아니죠!」

자신을 향함이 분명한 말에 에이엔스는 번뜩 정신을 차렸다. 한 선원이 그녀를 향해 뛰어오고 있었다. 순간 진심으로 신변의 위협이 느껴졌다. 다락같은 사내가 웃통을 벗은 채 덤벼드니 아무리 그녀라도 오싹한 위기감이 뒷덜미를 덮쳐 올 수밖에 없었다.

"뭐냐! 오지 마라!"

소리쳐 봤지만 선원이 에이엔스의 말을 알아들을 수 있을 리 만무했다. 아니, 눈치로 대충 그런 말을 하고 있겠거니 알아들었어도 장난기가 느글느글 떨어져 내리는 얼굴은 전혀 멈출 생각이 없어 보였다.

에이엔스는 발목에 휘적휘적 휘감겨 오는 옷자락과 바닷물을 헤치며 도망가기 시작했다. 하지만 선원은 끈질기게도 따라붙었고, 결국 에이엔스는 몸을 돌렸다. 그리고 선원의 한 팔을 잡아 획 끌어당겼다. 그러자 그가 '어엇!' 하는 소리를 내며 엉거주춤하게 딸려왔다. 동시에 그녀는 펼친 손바닥으로 그의 턱을 쳐올리고, 뒤로 다리를 걸어 처참하게 바닷속에 수장시켜 버렸다.

"오! 기술 들어가는군!"

더 생각을 하기도 전이었다. 한 놈을 처리했다 싶었더니, 대뜸 두목이 등장했다. 이번에는 칼이었다.

"그만 해라!"

자신의 꼴이 한심스러워진 에이엔스는 히스테릭하게 외쳤다. 하지만 주눅 들거나 그만둘 칼이 아니었다. 오히려 음흉하게 웃으며 쥐를 궁지에 모는 고양이처럼 다가왔다. 그리고 에이엔스를 와락 끌어당겨 그녀가 했던 것처럼 기술을 거는 동시에 넘어뜨려 버렸다.

"그만⋯⋯."

속수무책으로 넘어진 에이엔스는 입술을 질끈 깨물었다.

"⋯⋯두래도!"

팔을 잡는 동시에 다리를 걸며 옆으로 내던져 버리자, 칼도 '엇!' 하는 소리를 내며 넘어졌다. 풍덩! 물소리가 요란스레 울렸다. 그러자 모두가 떠들썩하게 웃었다. 전신에서 물을 떨어뜨리며 일어선 칼도 크게 웃었다.

소년처럼 해맑은 미소가 속절없이 가슴에 꽂혀들었다. 그 느낌이 참으로 생소해, 에이엔스는 나직한 한숨을 내쉬고 말았다. 다른 이들의 눈에는 그게 자포자기의 한숨으로 비쳤는지, 그들은 철벽같은 기사단장이 다소 누그러진 모습에 시원한 웃음소리를 터뜨렸다.

그들을 지켜보는 하늘이 웃고, 바다가 웃고, 바람도 웃었다.

10

타닥타닥…….

새빨간 불꽃이 시커멓게 그슬린 장작의 표면을 기민하게 핥으며 솟아올라 어두운 허공에 점점이 빛나는 불티를 토해냈다. 그리고 순환하는 바퀴처럼 다시 장작의 아래에서부터 솟아올라 그 동작을 반복했다. 그렇게 불꽃은 빨간 천을 흔들며 너울너울 춤추듯 쉴새없이 역동적으로 움직였다.

에이엔스는 허공에 붉은 수를 놓으며 타 들어가는 불꽃을 빤히 바라보고 있었다.

"그러다 빨려 들어가겠어."

문득 들려온 그윽한 저음에 에이엔스는 고개를 들었다. 그러자 마치 이 불꽃같은 눈동자를 지닌 남자가 다가와 장작불 옆자리에 털썩 앉았다. 그리고 그는 손에 들고 온 음식 그릇을 그녀에게 건네주었다. 하지만 에이엔스는 선뜻 음식 그릇을 받아 들지 않고 빤히 내려다보기만 했다.

"독은 안 들었으니 걱정 말지? 새삼 독살이라도 하겠어?"

딱히 독이 들었을 거라 생각한 건 아니었지만, 에이엔스는 별다른 변명 없이 순순히 음식 그릇을 받아 들었다. 그러자 칼은 제 몫으로 가져온 빵을 과감하게 베어 물고 먹기 시작했다.

둘은 잠시 타오르는 불꽃을 바라보며 침묵을 유지했다.

지금 에이엔스는 이곳에 온 후 처음으로 기사단장복을 입고 있지 않았다. 늦게까지 바다에서 물장구를 친 탓에 아직 옷이 마르지 않았기 때문이다. 그래서 칼이 그나마 그녀와 몸집이 비슷한 에테루니의 옷을 빌려주었고, 에이엔스는 어쩔 수 없이 그 옷으로 갈아입었다.

속옷도 쫄딱 젖어버려 벗을 수밖에 없었지만, 대신 허리띠를 아주 단단하게 묶어 매었다. 하지만 아직 가슴띠는 풀지 않은 채였다. 너무 갑갑해서 잠시나마 풀어둘까 하는 충동을 아주 강렬히 느끼긴 했지만, 얇은 천 위로 풍만한 가슴 선과 젖꼭지가 두드러지는 탓에 어쩔 수가 없었다.

문득, 순식간에 빵 하나를 먹어치운 칼이 입을 열었다.

"넌 지나치게 궁금한 게 없는 것 같군."

에이엔스는 흘긋 시선만 돌려 그를 바라보았다. 일렁일렁 흔들리는 붉은 빛이 그의 미려한 얼굴을 핥는 듯이 스쳐 지나갔다. 하지만 칼은 에이엔스의 시선이 와 닿는 것을 느꼈음에도 장작불만을 주시했다.

"물어보면 대답을 해준다는 뜻이냐?"

묻고 싶었던 게 아주 없지는 않았던 모양.

"질문에 따라서는."

"네 정체가 뭐냐?"

일단 말이 나오자 에두를 것 없이 아주 직선적으로 파고들어 왔다. 정말 성격이 딱 나왔다. 칼은 미묘하게 웃었다.

"그건 너무 포괄적인 질문인 것 같은데, 뭐라고 대답해 주길 바라는 거지? 카르테일 이십구 세, 애칭은 칼, 해적단 두목?"

스물아홉 살……. 좀 예상 밖의 나이인 것 같기도 하고, 딱 예상했던 대로의 나이 같기도 했다.

"네가 보인 힘, 그건 뭐지?"

이번에 칼은 선뜻 대답하지 않았다. 그저 옆에 놓인 불쏘시개용 나뭇가지를 들더니, 쿡쿡 장작불을 들쑤셨다. 에이엔스는 초조해하지 않고 인내심있게 그가 알아서 대답하길 기다렸다.

"천공(天公)."

이내 가만한 목소리가 흘러나왔다.

"천공……?"

"다른 이름으로는 마법의 실현자, 라고 부르지. 하지만 마법의 실현자는 타국에서 임의로 붙인 이름일 뿐이고 우리들의 진짜 이름은 천공이다."

우리. 이날 이때껏 아무런 접점 없이 판이하게 다른 삶을 살아온 두 사람을 하나의 군(群)으로 묶는 단어가 천공이라는 단어처럼 묘하게 들려왔다. 하지만 왠지, 싫지 않았다. 여자. 귀족. 기사. 모든 게 에이엔스를 칭하는 단어였지만, 무엇과도 같은 군이 될 수는 없었기 때문이다. 그녀는 여자이기 이전에 기사였고, 귀족이기 전에 이방인이었으니까.

"세-이든에서는 그렇게 부르지."

에이엔스의 눈가가 움찔했다. 지금 그는 가장 궁금했던 것에 대해 아무렇지도 않게 발언했다.

"그렇다면 넌 세–이든 인이냐?"

그녀의 표정과 음성은 차분하기 그지없었지만, 불빛을 반사하는 청안은 선득한 이채를 발했다.

"일단은. 뭐, 우리가 쓰는 말이 세–이든 어라는 것 정도는 이미 눈치 챘을 거 아냐?"

에이엔스는 잠시 침묵했다.

"세–이든에서 탈출해 해적이 된 건가?"

칼이 장작불을 들쑤시자 불꽃이 파박 하고 튀어 올랐다.

"그 질문은 통과. 사생활에 대해서는 지켜줘야 하잖아? 남자도 신비롭고 싶은 법이라고."

"지치지도 않고 헛소리를 하는구나."

칼은 큭 하는 웃음을 토해냈다. 하지만 아직 자세한 경위에 대해 말해줄 생각은 없었다. 솔직히 자신이라도 대뜸 이상한 사람들이 나타나 '넌 천공이니 본국으로 돌아가야 한다. 당장 이리와!'라며 보도 못한 이역만리로 보쌈해 간다면 길길이 날뛸 터였다. 근처 무인도까지의 납치는 어쩔 수 없는 일이었지만, 천천히 해갈 예정이었다. 시간이 허락하는 한 그녀를 설득하는 것도, 일단 그들에게나마 적응하게 해주는 것도, 진실에 대해 알려주는 것도. 대뜸 붙잡고 감당하기 어려운 진실을 줄줄이 풀어놓는 것보다야 하나씩 알아가게 해주는 편이 나을 것이다. 그러다 보면 어느 순간 그녀의 인척 중 누가 세–이든 인인지에 대해서도 나오리라.

급할수록 돌아가라. 누가 말했는지 진정 명언이었다.

"천공의 능력은……."

칼은 불쏘시개를 옆자리에 내려놓고, 가볍게 손을 뻗었다. 그 순간, 두 눈 시퍼렇게 뜨고 보아도 믿을 수 없는 일이 일어났다. 바람이 홍— 부는가 싶더니, 눈앞에서 타오르고 있던 장작불이 살아 있는 유기체인 양 몸을 치켜들고 날아올라 칼의 손바닥 위로 훌쩍 올라갔다. 그리고 그의 손바닥보다 한 뼘 높은 허공에서 파르르 타올랐다.

"개체에 따라 조금씩 다르지. 난 불을 다룬다. 너와 결투했을 때 보여줬던 뜨겁지 않은 불꽃도 이 능력의 일종이지."

칼이 작게 손짓하자 불꽃은 그의 손바닥 위에서 뛰어내려 장작으로 돌아갔다. 그리고 아무 일도 없었다는 듯 다시 새침하게 장작 위에서 타오르기 시작했다. 도저히 믿기 힘든 광경이었다.

에이엔스는 미간을 찡그렸다.

"난 한 번도 자연의 요소는 다뤄본 적 없다. 감히 인간이 어떻게 자연을 다룬단 말이냐?"

에이엔스가 마법을 사용해 할 수 있는 것이라고는 예의 그 공격이나 방어뿐이었다. 인간이 오만하게 자연을 다룬다니, 상상조차 못해본 일이었다. 하지만 칼은 별 대답 없이 피식 웃더니, 삐딱하게 자세를 고쳐 앉았다. 그리고는 대뜸 말했다.

"재미있는 이야기 하나 해줄까?"

에이엔스는 갑자기 무슨 말이냐고 항변하듯 슬쩍 미간을 찌푸렸다. 하지만 그녀가 그러거나 말거나 칼은 멋대로 이야기를 시작했다.

"이 대륙은 뒤집힌 부메랑 모양으로 굽어 있지. 그 양 끝이 세—이든 제국과 아멜리타 왕국이고, 중앙은 투란티카 공화국이지."

에이엔스는 인상을 찡그린 채 말했다.

"설마 그게 재미있는 이야기라는 건 아니겠지. 다섯 살짜리 어린애도 지루해할 이야기를?"

"항상 생각하는 건데 성격 참 급한 거 알아?"

"네가 느린 거다."

"말을 빨리 하면 천박해 보인다고 부모님께서 가르쳐 주지 않으셨나?"

에이엔스는 확 표정을 일그러뜨렸다.

"지금 내가 천박하다는 거냐?"

"피해망상이 극에 달했군. 그렇게까지 생각하는 것도 재주야."

"그렇게 생각하게 만드는 너보단 낫다."

칼은 조금 난색 어린 웃음을 지었다. 어린애도 아니고 그 말은 뭐냐는 듯.

"어쨌든 투란티카 공화국의 동쪽으론 페덴테포인 왕국, 서쪽으론 디운 왕국. 자잘한 소국(小國)들을 제외하면 굵직한 나라는 이 정도지. 하지만 알고 있지? 지도에 그려져 있지 않을 뿐, 세-이든 제국의 동쪽으로 대륙이 더 있다는 거."

여러 가지 가설 중 천공이 세-이든에만 태어나는 이유는 그 때문이라고 전해지고 있었다. 일종의 '지각 변동설'인데, 원래 고대에 세-이든은 다른 대륙의 땅이었다. 하지만 이 대륙에 '나라'라는 개념조차 서 있지 않을 때에 일어난 대지진으로 인해—분노한 신의 뇌성이 일으킨 사고라고도 전해진다—세-이든은 서서히 본래 대륙에서 떨어져 나왔고, 바다 건너 아득히 먼 대륙, 즉 현재의 대륙과 맞붙어 지금과 같은 모양이 되었다는 것이었다.

정리하자면, 세-이든은 투란티카, 페덴테포인, 디운, 아멜리타 등의 나라와는 아예 '본질'부터 다른 땅이었다. 흐름이 다르고, 생태가 다르고, 운명이 달랐다. 그래서 다른 곳엔 없는 것이 세-이든에는 있다는 가설이 가장 지배적이었다. 물론 이건 '과학적인' 접근이었고, '신화적인' 접근은 조금 달랐다.

"천공의 시조는 그 땅에서 왔다고 하지."

칼은 어깨를 으쓱였다.

"속설 중 하나지만."

"무슨 소리냐? 마법의 실현자는 원인 모를 이유에 의해 돌연변이로 태어나는……."

"세상에는 인과율이라는 게 있지. 원인이 없는 결과는 없어."

"그래서…… 천공의 시조가 있고, 그가 동쪽의 땅에서 왔다는 거냐?"

칼은 가볍게 어깻짓을 했다.

"뭐, 이것도 속설 중 하나니까 그리 진지하게 듣진 말고. 신화에 의하면 하늘에서 내려온 천신(天神)들이 각자 지상에 가져온 선물로 이 세상을 만들었다고 하지? 그 천신 중 한 명이 세—이든의 주신인 군신 자카라스인데, 세—이든 땅에서 성전이 났을 때 친히 대군을 이끌고 와 전쟁을 끝내고 황폐화된 대지를 한 방울의 눈물로 되살렸다지. 음, 행복한 결말이로군."

에이엔스의 찌푸려진 미간은 여전히 펴지지 않았다. 그게 천공과 무슨 관계냐는 듯.

"하여간 이게 끝이 아니라, 그때 군신 자카라스는 한 인간을 불과 흙, 숨결로 빚어 관직을 내리고 그의 군대를 이끌게 했는데……."

그때 그 인간이 받은 '하늘의 관직' 이 바로 '천공의 능력' 이었다.

"그게 다른 대륙에서 온, 천공의 시조라는 거냐?"

"정답."

"아예 소설을 쓰는구나."

칼은 다시 어깨를 으쓱였다. 그런가? 하듯이.

"그의 이름은 알카임이었지. 세—이든 제국의 초대 황제이자 현 황가의 시조(始祖)."

"뭐?"

에이엔스는 대뜸 황가가 등장할 줄은 몰랐는지 미간을 찌푸렸다.

"잠깐. 그렇다면 모든 천공이 한 핏줄이고 황족이란 말이냐?"

칼은 고개를 내저었다.

"그가 이 땅에 건너온 유일한 천공은 아니야. 그의 부대를 이끌었던 각기의 천공들과 함께 왔지. 그들 사이에 혈연관계는 없다. 그리고 정말 전설답게 다른 천공들은 성전이 끝난 후 자연으로, '산스'라 불리는 무형의 기로 돌아가 이 세계를 부유하다 신탁을 받은 아이에게 깃들어 태어난다지. 오로지 단 한 사람, 알카임만이 나라를 건국했지. 유일하게 살아서……."

에이엔스는 순간, 왠지 모르게 소름이 끼쳤다. 불빛에 반사되는 홍염한 눈이 무섭도록 고요하고 압도적인 기운을 내뿜고 있어서…….

처음 만났을 때부터 묘한 남자라고 생각은 했지만, 아주 가끔 이 남자의 눈에는 뭔가 섬뜩한 빛이 있었다. 살기는 아니었다. 뭔가 인간적인 게 아니었다. 그보다는 인간의 규율에 지배받지 않는 짐승이나, 인간과는 판이하게 다른 신 같은…….

설마.

신경이 너무 예민해져 있어.

"그를 또 다른 이름으로는 '좌천화공(左天火公)'이라고 부르지. 왼쪽 하늘에서 불을 받은 관직자, 라고. 군신 자카라스가 이 지상에 내려올 때 왼쪽 하늘에서 불을 가지고 내려왔다고 하니까."

갑자기 그의 눈에서 그 선득한 이채가 사라졌다. 고개를 들어 에이엔스를 마주 본 순간, 본래의 그로 돌아가 있었다.

"그런 의미에서 오른쪽 하늘에서 내려온 천신에게 관직을 받은 시조는 오른쪽 하늘에서 물을 받은 관직자라고 '우천수공(右天水公)' 뭐 이렇게 부른다지."

칼은 가볍게 턱을 괴었다.

"사실 우천수공도 이 땅에 남았었다는 설이 있긴 한데……."

칼은 무슨 생각을 하는지 잠시 말을 멈추고 그대로 있었다.

"뭐, 그 이야기는 별로 중요하지 않으니 넘어가고, 어쨌든 다른 시조들은 이론으로 존재할 뿐이지만, 좌천화공의 경우에는 황가에서 태어나는 천공들에게 대대로 물려져 왔다고 하더군. 천공들을 통솔하기 위한 신의 안배였다라나 뭐라나."

제52대 좌천화공 카르테일 운 알카임.

그것이 그의 이름이었다. 이 땅에 유일한 시조의 자손.

칼은 입을 다물었다. 에이엔스는 왜 말을 하다 마냐는 듯 쳐다 보았다.

어떤 의심도 없는 에이엔스의 눈을 보니 '칼=좌천화공=황족'이라는 공식을 전혀 눈치 채지 못하고 있는 것 같았다. 하긴, 같은 능력을 쓴다고 눈앞에 있는 불량한 남자가 제국의 황족이라는 사실을 눈치 채긴 힘들 것이다. 오히려 그저 같은 능력이겠거니 생각하는 게 보통일 터. 그래서인지 누구에게도 한 적 없던 말이 자연스럽게 흘러나왔다.

"그는, 보통 천공과도 많이 다르지."

불을 피우는 것도 사그라뜨리는 것도 그의 자유. 모두가 두려워하는 불의 화신.

"뭐랄까……."

그는 다른 시간의 흐름에 살고 있는 사람처럼 아주 천천히 입술을 떼었다. 목소리는 낮았다.

"괴물, 이라는 편이 맞을까?"

불타오르는 숲.

여인의 절규.

질식할 것 같은 공포의 냄새.

피로 물든…….

11

"헛소리하지 마라."

"어?"

다시는 떠올리고 싶지 않은 과거가 하나하나 형태를 갖추어가
려는 찰나, 불쑥 무덤덤한 목소리가 끼어들었다. 덕분에 칼은 멍
청하게 반문하고 말았다.

"괴물이긴 누가 괴물이라는 거냐."

칼의 표정이 애매하게 변했다. 설마 자신을, 아니, 그녀의 생각
엔 그가 아니지만 하여간 자신을 옹호해 주는 건가? 설마, 저 여
자가?

"그 좌천, 뭐라고 하는 황족이 괴물이라면 나 역시 괴물이 아닌
가? 아니, 괴물일 수도 있겠지. 하지만 적어도 남을 괴물이라 손
가락질하는 이들 속에 있는 괴물보다는 낫다고 생각하는데."

그 말은 돌려 말하자면 남을 괴물이라 부른 칼을 지탄하는 말이었다. 하지만 왜일까? 저 힐책 어린 차가운 한마디에 명치에 뻐근하고 따뜻한 느낌이 퍼지는 이유는. 꼭 칼리마에게 울지 말라는 말을 들었을 때처럼. 그때는 나름 심약한 소년이었던 데다가 극한의 단애까지 내몰려 있을 때라 울어버리고 말았다. 하지만 지금은, 부드러운 굴곡을 그리는 입술을 멈출 수가 없었다.

문득 이상한 느낌에 그를 바라본 에이엔스는 깜짝 놀라고 말았다. 탁탁 타오르는 장작불 너머 그녀를 바라보는 그의 눈빛이 너무나 부드러웠기 때문이다. 그의 얼굴을 비추는 불빛 때문에 착각을 한 걸 수도 있었다. 하지만 따스하기까지 한 미소는 착각이 아니었다.

두근.

일순 설렌 심장은 무얼 말하고 싶었던 것일까.

"그때가……."

문득 칼은 웃음기를 거두지 않은 채 다른 이야기를 꺼내려고 했다. 그때였다. 저 멀리서 '두목님—!' 하고 부르는 소리가 들려왔다. 동시에 고개를 들자, 에이엔스의 옆쪽에 있는 덤불을 헤치고 선원 하나가 나타났다.

「두목님, 송구합니다만 혹시 괜찮으시면…….」

선원의 말이 다 끝나기도 전에 용건이 뭔지 깨달은 칼은 어쩔 수 없다는 듯 웃으며 자리에서 일어섰다.

"하여간 여기서도 이 팔자는 못 벗어나는군. 내 팔자소관이 그렇지 뭐."

에이엔스는 무슨 의미인지 이해할 수 없었지만, 칼이 앞을 지나가려고 하는 통에 일단 무릎을 옆쪽으로 비켜주었다. 그러자 한쪽으로 길게 늘어진 그의 허리끈이 눈앞에서 스쳐 지나갔다.

장작불을 돌아가면 됐을 것을 왜 꼭 이 비좁은 곳으로 지나가는지…….

선원과 함께 덤불 너머로 사라졌다가 잠시 후에 되돌아온 칼은 또 비좁은 길을 지나가 원래 자리에 앉았다. 에이엔스는 그것이 불만족스러워 미간에 금을 그었지만, 말하자니 치졸하게 보일 것 같아 침묵을 지켰다.

"십대 중반부터 이십대 초반까지."

자리를 잡고 앉은 칼은 아까 하려던 말을 계속하기 시작했다. 에이엔스는 상념에서 벗어나 그를 바라보았다. 그는 다시 불쏘시개로 장난치듯 장작불을 뒤적거리고 있었다.

"전장에서 살았다. 아주 추운 곳이었지."

그 땅의 이름은 드몬도. 이름의 뜻은 '유구한 겨울'.

그 이름 뜻대로, 밤마다 불어닥치는 칼바람이 마치 귀곡성처럼 울리고, 살을 엘 듯한 바람과 혹독한 추위에 제 몸 하나도 제대로 건사하기 힘든 곳이었다. 하지만 지금은 대륙 그 어디에도 존재하지 않는 나라였다. 한때는 대륙 북부에 제법 거대한 영토를 차지하고 있었지만, 지금은 '투란티카 공화국' 이라는 이름을 얻은 채, 그 이름이 단단해지기도 전에 다시 내란이 일어 동서로 나뉘어 버린 과거의 왕국이었다.

에이엔스는 고해성사하듯 말하는 칼을 빤히 바라보았다.

역시 군인이었나?

"덕분에 거기서 난 완전히 인간 성냥이었지. 장작에 불붙이는 데 딱 좋다나."

"지금도 그래서?"

에이엔스가 묻자, 칼은 어깨를 으쓱였다.

"귀찮은 능력이로군."

담백한 감상에 칼은 피식 웃음소리를 흘렸다. 그런데 그때, 또 다른 선원이 오더니 아까 선원이 했던 말을 그대로 반복했다. 칼은 웃으면서도 고개를 절레절레 내젓고 말았다.

"확실히 귀찮은 능력이지. 녀석들, 기름이 있으니 그걸로 하면 될 것을 순서 돌아오는 걸 못 기다리고 말이야."

그럼에도 칼은 다시 순순히 자리에서 일어섰다. 그리고 또 허리끈을 흔들며 에이엔스 앞의 비좁은 자리를 지나갔다. 에이엔스는 순간적으로 뭔가 울컥 치밀었지만, 열심히 참을 인을 삼켰다. 하지만 잠시 후에 돌아온 칼이 또 앞을 지나가려고 했을 때는, 결국 참지 못하고 앞에서 살랑거리는 그의 허리끈 꼬리를 홱 잡아당겨 버렸다.

「욱.」

기습적으로 복부가 콱 조여진 칼은 억눌린 소리를 흘리고 말았다.

"뭐야? 아까의 복수야?"

에이엔스는 그의 허리끈을 놓아주며 차갑게 쏘아붙였다.

"거슬리게 자꾸 앞으로 왔다 갔다 하지 마라."

칼은 황당하다는 듯 그녀를 바라보았다. 하지만 곧 음흉한 미소를 지으며 그녀의 옆자리에 앉았다. 그러자 에이엔스가 아닌 척해도 움찔하는 것이 느껴졌다.

"뭐냐. 꺼져라."

확실히 당황하긴 했는지, 안 그래도 신랄한 평소보다 더욱 거친 말이 튀어나왔다. 다른 이라면 불을 자유자재로 다루는 그의 능력을 본 순간부터 지레 겁을 먹을 텐데, 그것은 신경조차 쓰지 않는 듯했다.

"남자의 옷을 벗기려고 했으면 끝까지 책임을 져야지."

"헛소리도 그만 하면…… 읍!"

재빨리 다가온 고개가 그녀의 얼굴 위로 겹쳐지며 뒷말과 숨결을 삼켜 버렸다. 에이엔스는 휙 고개를 돌려 그에게서 벗어났다. 하지만 신랄한 말로 난도질해 버리기도 전에 그가 허리를 와락 끌어안는 동시에 다시 입을 맞춰왔다. 에이엔스는 손을 들어 그의 뺨을 후려쳐 버리려고 했다. 또 멋대로 이런 짓을! 그러나 칼이 먼저 에이엔스의 손을 허공에서 턱 잡아채 제법 억세게 쥐었다.

"쉿……."

그는 나지막한 숨결과 함께 그녀의 아랫입술을 아프지 않게 깨물고 부드럽게 혀를 밀어 넣었다. 그리고 어르듯 입천장을 쓸자 칼의 손에 잡힌 에이엔스의 팔이 희미하게 떨렸다. 거기에 더욱 용기를 얻은 칼은 입술을 가만히 마찰시키며 타액에 녹진녹진하게 녹은 혀로 온 입 안을 다정하게 훑고 다녔다.

타닥타닥 가만히 타오르는 장작불과 비단처럼 펼쳐져 있는 밤하늘. 간간이 존재를 알리듯 불어오는 조용한 미풍과 숲 깊은 곳 어딘가에서 끼룩끼룩 우는 밤새의 울음소리. 장막을 드리우듯 주변으로 빼곡이 들어차 있는 나무들. 멀리서 아련하게 들려오는 왁자지껄 웃고 떠드는 소리…….

은밀한 분위기에 취한 것인지, 희미한 불 냄새 같은 그의 체취와 따스하고 촉촉한 입술에 거부할 마음이 아예 녹아버리고 말았다. 이래선 안 되는 걸 알고 있지만, 지금은 지독히 이성적인 에이엔스마저 뭐가 뭔지 알 수가 없었다.

칼은 이미 정신없이 그녀와의 입맞춤에 빠져 있었다. 뒤섞이는 타액마저 달달하게 느껴지고, 보드라운 입술을 훑고 지나갈 때면 전율이 들끓었다.

그래, 솔직히 인정하자. 이 여자가 탐이 났다. 그 어떤 남자보다 강직하고, 입만 열면 서늘한 말을 토해내고, 외모와 달리 나긋나긋한 구석이 한 군데도 없는 이 여자가. 아니, 그렇기에 더 탐이 나는 것일지도 몰랐다. 그의 능력을 보고도 전혀 겁내지 않고, 그를 높이 떠받들지도 않고, 어떤 사지에 던져 놓아도 차분하게 상황을 타개할 방법부터 찾을 여자이기에.

그런 의미에서 뜬금없는 말이지만, 가슴이 작아도 상관없었다.

'뭐, 이러니 가슴에 환장한 사람 같군.'

칼은 실없는 생각을 하며 에이엔스의 허리를 좀 더 자신의 쪽으로 끌어당겼다.

그녀는 어느 한구석 나긋나긋한 곳이 없다지만, 품에 쏙 들어오는 몸만은 이토록이나 나긋나긋했다. 사실 기사이니만큼 굉장히 탄력적인 몸을 가지고 있었지만 그에 비하자면 그저 부드럽게만 느껴졌다. 여기가 어디인지도 잊고 그대로 자신의 아래 눕혀 버릴 것만 같았다. 대신 칼은 그녀의 귓불 뒤쪽을 나른하게 쓰다듬었다. 지금은 이 정도로 갈증을 달래 보아야 할 성싶었다. 그러나 예민한 곳을 자극받은 에이엔스가 가녀리게 몸을 떨자, 갈증이 달래지기는커녕 욕망의 화롯불이 거세게 타올랐다.

에이엔스의 허리를 끌어안고 있는 칼의 손이 그도 모르는 새에 스르륵 움직이기 시작했다. 그리고 그 누구도 침범한 적 없는 성역(聖域)으로 침입해 들어갔다.

티 안으로 파고드는 손길에 에이엔스가 움찔했다. 하지만 칼이 먼저 보들보들한 살결을 쓸어 올리고 지나가, 딱딱한 보호막에 감싸 있는 가슴에 닿았다. 순간 그 보호막에 가로막힌 칼의 손은 더 이상 진입하지 못하고 어리둥절한 기색을 내비쳤다.

"계…… 아니."

계속 궁금했던 건데, 라고 운을 떼우려고 했던 칼은 급히 말을 바꾸었다. 계속 궁금했다고 묻는 건 예전에 이 코르셋도 아니고 속옷도 아닌 묘한 것을 본 적이 있다는 의미이기 때문이었다.

"이게 뭐지?"

에이엔스는 마찰음이 울려 퍼질 정도로 날카롭게 그의 손을 쳐냈다. 그리고 그에게서 거리를 넓힌 다음, 조금은 비아냥거리듯 매몰차게 말했다.

"정조대다."

잠깐의 침묵이 지나갔다.

"정조대?"

"뭘 묻는 거냐. 혹시 정조대도 모르는 거냐?"

뜻밖에도, 칼은 천진하게 보일 정도로 말간 표정을 한 채 반문했다.

"그게 뭔데?"

감출 새도 없이 에이엔스의 얼굴에 황당함이 떠올랐다. 하지만 곧 깨달았다. 아무리 아멜리타 어를 유창하게 한다고 해도 그의 모국어는 아멜리타 어가 아니었다.

"모르면 됐다."

물론 이 가슴띠는 정조대가 아니었지만, 굳이 설명을 한다는 것도 우스웠다. 그런데 갑자기 칼의 눈에 깨달음이 스쳤다. 상황을 미루어 짐작해 대강 정조대가 무엇을 의미하는지 깨달은 모양.

"역시 철혈의 기사님이시로군."

칼 역시 비아냥거림으로 맞받아쳤다. 순간 에이엔스는 피가 싸하게 식는 느낌이었다. 그의 말에 담겨 있는 단어가 확 와 닿았기 때문이다.

기사.

그렇다. 자신은 기사였다. 정체불명의 집단에게 납치되어 한 치 앞을 알 수 없는 상황이라지만, 이곳에서 억울하게 목숨이 다한다고 해도 기사는 기사였다. 모국의 이름 앞에 신성한 서약을 읊조리고 죽는 날까지 신념과 기개를 지키기로 맹세한. 그러나 지금 자신은 그 사실을 잊고 있었다. 단지 이 무례한 남자 때문에.

살의가 치밀 정도의 모멸감이 들끓었다.

난 여자가 아니다.

아멜리타의 기사다!

"다시 한 번만 나에게 그따위 짓을 하면…… 맹세코 널 죽여 버리겠다."

에이엔스는 칼을 바라보지 않았다. 그저 장작불만을 보며 형형하게 빛나는 청안에 새파란 불꽃을 품고 뇌까렸다. 붉은 빛을 머금어 언뜻 보랏빛으로도 보이는 눈동자에 그야말로 섬뜩한 귀기(鬼氣)가 흘렀다. 하지만 칼은 그 모습에서 필사적으로 자신을 위장하려는 그녀의 일면을 보았다.

자신도 혼란스럽기는 마찬가지였지만, 그녀는 스스로가 흐트러지는 것을 용서하지 않고 있었다. 타인에게도 엄격하겠지만 자신에겐 과하다 싶을 만큼 엄격하고, 단지 누군가가 만들어놓았을 뿐인 규율과 법칙에 팔다리를 잘라서라도 자신을 끼워 맞추려고 하고 있었다.

솔직히 남자에게도 직감이란 게 있는지라, 그 직감에 의하면 그녀는 결코 자신과의 입맞춤을 싫어하지 않았다. 오히려 잠시 아뜩했을 정도로 서로의 감촉에 빠져들었다. 그런데도 그녀는 그것을 인정하지 않고 규율과 법칙의 틀 속으로 도망가 버렸다.

'하긴, 보통은 그렇겠지. 평생을 걸고 지켜온 규율과 법칙을 깬다는 건 너무나 큰 모험일 테니까.'

누가 천공이 인간의 한계를 뛰어넘은 초월자라고 했던가. 막상 천공인 두 사람은 이토록이나 어리석은 인간일 뿐인데.

"태어나 살면서 가장 행복했던 때가 언제지?"

칼은 대뜸 다른 이야기를 꺼냈다. 에이엔스는 도무지 어려워하는 기색 없이 모든 상황을 슬렁슬렁 넘어가는 칼에게 진심으로 화가 났다. 그에게는 인생의 모든 것이 그리 호락호락했단 말인가?

"넌 도대체……."

짜증이 치민 김에 또 쓴소리를 한마디 하려는데, 칼이 말허리를 잘라먹고 먼저 말했다.

"아이러니하게도, 난 전장에 있을 때가 가장 행복했다."

에이엔스는 말을 멈추었다.

"마음껏 검을 쓸 수 있다고 해서, 눈치 볼 사람이 없다고 해서 행복했던 건 아니었어. 다만 큰 소리로 웃을 수 있다는 게, 마음껏 숨을 쉴 수 있다는 게 행복했다."

칼은 제 몸을 태우면서도 즐겁게 타 들어가고 있는 장작불을 보며 이야기를 계속했다.

"하지만 가장 슬픈 때이기도 했지. 그런 곳에서야 행복할 수 있는 내가 슬펐고, 내가 너무 작아서 슬펐다."

지금도 그 유구한 겨울의 땅에는 그와 함께 웃고 떠들었던 자들이 숱하게 묻혀 있었다. 드몬도 전쟁이 종결된 후 대대적인 시신 회수 작업에 들어가긴 했지만, 모두 회수하기엔 위치가 불확실했다. 게다가 봄에도 땅이 단단하게 얼어 있는 곳이다 보니 회수한 시신은 전체의 1/3도 되지 않았다.

능력의 과다 사용으로 설원 위에 흥건한 핏물을 토해내면서도 힘을 발현했던 이유가 무엇이었던가. 그럼에도 칼은 수많은 이를 유구한 겨울 속에 두고 와야만 했다. 결코 봄이 오지 않는 그 땅에. 결코 이방인을 용서하지 않는 패악한 눈의 여왕이 다스리는 왕국에.

천공의 절대자라는 좌천화공인데도, 부하들의 시신마저 고향으로 돌려보내 줄 수 없었다. 그 사실을 깨달았을 때, 칼은 또 한 번 자신이 이토록 작다는 사실을 통감했다. 그 심정은 이루 말할 수 없이 처참했다. 자신이 태어난 날, 황후궁이 낭자한 선혈로 얼룩졌다는 사실을 알았을 때보다 더.

그의 말을 끝으로 길고 긴 침묵이 흘렀다. 이야기를 끝낸 칼은 굳이 그녀에게 이야기하기를 재촉하지 않았다. 하지만 어느 순간, 주술에라도 걸린 것처럼 에이엔스의 입이 열렸다. 누가 시킨 것도 아닌데, 자신이 기사임을 떠올린 게 바로 몇 분 전인데, 그냥 자연스럽게 말이 흘러나왔다.

"내가 가장 행복했을 때는…… 어머니와 함께 살던 때였다."

칼은 그녀에 관한 정보 중 남작 가문 출신의 자작부인인 그녀의 어머니를 기억해 냈다.

'에이옌스는 불임으로 고생하던 아이힌 부처가 늘그막에 기적적으로 얻은 딸이었고……. 아이힌 자작이 병으로 죽은 후에 지금은 그녀의 어머니가 아이힌 영지의 살림을 꾸리고 있다고 했던가. 에이옌스는 열네 살 때 마법의 실현자인 게 밝혀져 궁에 들어갔다고 하니…… 하긴, 오래 떨어져 살았겠군.'

아이힌 자작과 남작 가문에서 시집온 아이힌 자작부인.

솔직히 이들은 세—이든 인이 아닐까 의심하고 보기엔 너무나 신분이 확실했다. 그래서 이미 오래전에 의심 목록에서 삭제하고 관심조차 꺼버렸는데, 에이옌스를 만나본 지금은 다시 관심이 생겼다.

"네 어머니는 어떤 분이지?"

묻자, 에이옌스는 늘 생각해 온 감상인 듯 두 번 고민할 것도 없이 대답했다.

"푸르른 꽃 같은 분이셨다."

"그래?"

칼은 장작불에 장작을 하나 더 던져 넣었다. 아무 생각 없이 듣느라 그것이 '과거형'이었다는 사실은 미처 깨닫지 못했다.

"내 어머니는 붉은 꽃 같은 사람이었는데."

한여름에 피어난 장미처럼 붉고 난처럼 청조하면서도, 요사스러울 만큼 매혹적인 여자였다. 아니, 그랬던 것 같았다. 모두가 세—이든 제국의 황후를 이르길 화려하고 아름다운 붉은 꽃이라고 말했으니까. 하지만 지금 생각해 보면 성격은 그다지 자랑할 만하지 않았던 듯.

어렸던 자신은 그런 여자에게 무엇을 바랐었던가. 단지 그를 세상에 내보내 줬다 뿐, 단 한 번 손 뻗어 안아준 적도 없던 여자에게 무엇을……. 하지만 그는 언제나 그녀의 애정에 목말라 있었다. 부질없는 희망이란 걸 알면서도, 어쩌면, 어쩌면 하고. 정말 한 편의 촌극이 따로 없었다. 그 애정을 사기 위해 자신에게 위기감을 느끼지 않게 하면 될 것이라 생각하고 그 오랫동안 바보인 양 행동해 왔으니.

자랑이라 해도 할 수 없지만, 그는 기억이 나기 전부터 언어를 깨우쳤고 제 안에 맴돌고 있는 흉포한 불의 야수를 본능적으로 다스릴 줄 알았다. 가정교사들이 하는 모든 말을 이해했고, 웃는 자의 음흉한 이면을 재빨리 읽어냈고, 일찍이 세상의 흐름을 인식했다. 그러나 어린것이 일곱 살이 넘도록 언어조차 잘 깨우치지 못한 척 의뭉스레 굴었으니, 알 만하지 않은가?

"네 어머니라……. 너라면 속깨나 썩였겠구나."

한심스럽다는 에이엔스의 어조에 칼은 비식비식 흘러나오는 웃음을 참지 않았다.

"확실히 그랬지."

오죽 속을 썩였으면 저따위 괴물은 내가 낳은 아이가 아니라고, 죽여 버리라고 했을까.

"넌 지나치게 속을 썩이지 않았을 것 같군."

아마 어렸을 때도 깍듯한 자세로 식사법을 올바르게 지키고, 사고도 별로 치지 않고, 흙바닥에서 뒹굴고 노는 또래 아이들을 한심하다는 눈빛으로 보는 조숙한 꼬맹이가 아니었을까.

"글쎄, 내가 너무 말괄량이라서 항상 걱정이 된다고 말씀하셨다."

"설마 네가……."

말도 안 된다는 듯 고개를 들었던 칼은 저도 모르게 말 어미를 흐리고 말았다. 장작불을 바라보고 있는 그녀가 희미하게 웃고 있었다. 아주 화사한 웃음은 아니었지만, 항상 강직하게 닫혀 있던 도톰한 입술은 고운 굴곡을 그리고 있었고, 마냥 서늘하던 청안은 평소와 달리 따스한 빛으로 번져 가고 있었다. 그때, 빤한 시선을 느낀 듯 에이엔스가 그를 돌아보았다.

"뭐냐?"

칼을 눈에 담은 순간, 깃털처럼 보드라운 미소는 흔적도 없이 사라지고 청안이 다시 서늘하게 가라앉았다. 아무래도 그녀는 자신이 웃었다는 사실조차 인식하지 못하고 있는 듯했다.

"뭐…… 아무것도."

그것은 퍽이나 특별한 느낌이었다. 그녀 본인도 모르는 웃음을 혼자 독차지했다는 사실이 그 어느 때보다 특별하게 느껴졌다. 조금은 뿌듯하고, 기쁜 것 같기도 한 그런 느낌. 비록 자신을 향해 저 미소를 지어주지 않는다 해도 지금은 그것만으로도 충분했다.

"이제 그만 자볼까."

칼은 으쌰, 하고 몸을 일으키더니 한쪽 구석에 놓여 있는 모포 중 두어 장을 그녀에게 던져 주었다. 에이엔스는 반사적으로 그것을 받아 들었다. 그런데 모포를 받고 생각해 보니 황당했다.

"여기서 잔다고?"

아까 한 선원이 모포를 가져다주었을 때부터 혹시나 해오긴 했지만, 정말 여기서 노숙을 한다고 할 줄은 몰랐다. 하지만 그러는 사이, 칼은 역시 대공답지 않게 익숙하게 제 손으로 자리를 깔고 그 위에 덜푸덕 누웠다.

"자리가 좀 불편해도 참으라고. 비단 금침 따위는 없으니까."

양팔을 위로 올려 베고 누운 칼은 한 손을 빼내 휘적휘적 흔들며 말했다. 에이엔스는 얼핏 미간을 찡그렸다. 비단 금침 따위 아무래도 좋았다. 그저 그의 스스럼없는 태도를 이해할 수 없을 뿐이었다.

"묶어두지 않는 거냐?"

도망가라고 고사라도 지내는 건가?

"별로 그럴 필요를 못 느껴서."

"도망치면 어쩌려고 하는 거지?"

그제야 칼의 시선이 흘긋 그녀에게 돌아왔다.

"도망칠 건가?"

"잊고 있는 거냐? 난 엄연히 납치되어 온 거다만."

"뭐, 재주 좋으면 혼자 배 몰고 도망가 보던가."

확실히 도망칠 수단은 해변에 뻔히 정박해 있지만, 그녀 혼자서 그 큰 배를 몰아갈 수 있을 리 만무했다. 어딘가에 수감되어 있을 왕궁기사 두 명과 함께한다고 해도 불가능했다.

에이엔스는 입 안으로 한숨을 삼켰다. 그리고 자리에서 일어나 돌멩이나 나뭇가지들을 정리하고 그 자리에 모포를 펼쳤다. 그런 후 성격대로 모서리와 방향을 반듯하게 맞춰 깔고 나서야 모포 위로 조심히 몸을 눕혔다. 그래도 의식이 또렷하기만 해 도저히 잠이 올 것 같지 않았는데, 허리가 모포 위로 느긋하게 풀어지는 순간 몸이 휴식을 갈구하고 있다는 사실을 깨달았다. 짜증날 정도로 능글맞은 어떤 남자를 상대하느라 평소에 사용하지 않는 기력까지 모조리 소진해 버린 모양이었다. 게다가 요 며칠 긴장감에 제대로 잠을 이루지 못했더니 피로가 극에 달해 있었다.

군청 빛으로 짙어진 밤하늘을 바라보고 있는 눈이 금방 깜빡깜

빡해져 왔다. 하지만 칼이 잠들기 전까지는 먼저 잠들 수 없었다. 자신이 깨어 있어도 거칠 게 없는 칼의 태도를 보면 자는 동안 무슨 짓을 할지 알 수 없기 때문이었다.

"유란."

졸음을 쫓기 위해 다른 생각을 하려고 한 순간, 의식적으로 묻어두었던 기억이 떠올랐다. 에이엔스는 빡빡해진 눈을 힘겹게 깜빡였다. 이렇다. 항상. 어머니에 대한 기억을 떠올릴 때면.
에이엔스는 고통스러운 듯 꾹— 눈꺼풀을 내리감았다.

"유란, 이리 오렴. 오늘은 무얼 하고 놀까? 노래를 알려줄까?"

기억 속에서 강가에 서 있는 어머니가 웃었다. 그간의 고생이 무색하도록 소녀처럼 천진한 웃음이었다. 힘든 상황에서도 언제나 온화하고 다정했던 어머니. 그때 자신은 슬픈 게 무엇인지나 알았던가⋯⋯.
에이엔스는 억지로 눈꺼풀을 다시 떠올렸다. 더 이상 떠올려 봤자 이런 밤엔 도움되지 않는 기억일 뿐이었다. 그래서 그녀는 모포를 부스럭거리며 장작불 쪽으로 몸을 돌려 누웠다. 장작불은 아직 힘차게 타오르고 있었고, 그녀와 'ㄱ'모양으로 누운 칼은 등을 돌린 채 아무런 움직임이 없었다.
장작불의 붉은 그림자가 일렁일렁 흔들리는 등은 비스듬하게 누워 있는데도 묘하게 균형적이었다.
'왠지 얼굴을 묻고 싶어지는 등이로군⋯⋯.'

넓고 단단하면서도 왠지 포근할 것 같았다. 그런 생각을 하자 잠이 좀 더 급격히 몰려오기 시작했다. 이제 눈꺼풀이 천근만근으로 느껴지고, 몸이 바닥에 잠기듯 푸욱 가라앉았다.

"이봐."

"왜."

이미 잠들었나 했는데, 대답은 바로 돌아왔다.

"내일 잡혀온 왕궁기사 둘을 만나게 해줄 수 있나?"

에이엔스는 슴벅거리는 눈에 힘을 주고, 자꾸만 목소리에 묻어나오려는 잠기운을 감추며 웅얼웅얼 말했다. 칼은 애써 아닌 척하려는 목소리가 귀여워 얼굴에 옅은 미소를 그렸다.

"그래, 만나게 해주지."

그것으로 둘은 다시 침묵 속에 빠져들었다. 덤불 너머에 옹기종기 모여 있는 선원들도 어느새 모포를 펼치고 누웠는지 주변에 남은 소리라고는 나무의 숨결과 새들의 하품 소리, 파작파작 장작불이 타오르는 소리밖에 없었다. 새치름히 고개 숙인 잎사귀들을 쓸어가는 숲의 숨결은 포근한 자장가를 불러주는 것 같았다.

이내 에이엔스는 땅을 이불 삼아, 하늘을 지붕 삼아, 바람을 벗삼아, 숲이 불러주는 고요한 자장가를 들으며 깊고 깊은 꿈의 세계로 여행을 떠났다. 이상하게, 불안감은 없었다.

12

「전하.」

칼은 소곤거리듯 그를 부르는 소리에 설핏 잠의 수면 위로 떠올랐다. 전장에서 살았던 전적 때문에 어디에 누워도 잘 자는 편이었지만, 그만큼 잠귀가 밝기도 했다.

「기욤?」

칼은 반듯한 미간에 금을 그었다. 벌써 아침인가 싶었지만 주변은 아직 까맣게 잦아들어 있었고, 장작이 다 탄 지 얼마 지나지 않은 듯 잔재에서 희미한 연기가 번져 나오고 있었다. 깨우기에는 너무 이른 시간이었다.

「주무시는 걸 방해해서 죄송한데 잠시⋯⋯.」

기욤은 목소리를 최대한 낮추고 또 소곤거리듯 말했다. 칼은 알았다고 고개를 끄덕였다. 그러자 기욤은 먼저 저쪽에 가서 기다리겠다는 듯 눈짓하고 사라졌다. 그를 따라가기 위해 일어난 칼은 잠시 에이엔스를 바라보았다. 에이엔스는 숨소리 하나 없이 잠들어 있었다. 전에도 느낀 거지만, 아무래도 그녀는 죽은 듯이 자는 버릇이 있는 것 같았다. 그게 왠지 걱정돼서 조심히 입가로 손가락을 가져가 보자, 얕지만 분명한 숨결이 느껴졌다.

'죽지는 않았군.'

하지만 안 그래도 흰 피부가 숲의 어둠 속에 대비되어 지나치게 창백해 보였다. 어딘가 몸이 나쁜 것 같지는 않은데 잠자는 얼굴은 유독 핏기가 없었다. 안쓰럽기도 하고, 뭔가 꼭 안아줘야 할 것만 같았다.

칼은 일단 에이엔스에게 모포를 꼭 덮어주고 걸음을 옮겼다. 그러자 하루 웬 종일 어디서 놀고 왔는지, 어느새 높은 나무 위에 앉아 꾸벅꾸벅 졸고 있던 사왈리가 퍼뜩 깨어나 푸드덕 날갯짓했다. 칼은 행여 에이엔스가 깰까 봐 얼른 사왈리에게 '쉿' 소리와 함께 주의를 주었다. 그제야 사왈리는 포로록 날개를 접고 다시 꾸벅꾸벅 졸기 시작했다.

칼은 피식 웃고 나서 조심히 덤불을 넘어갔다. 기욤은 뭔가 할 이야기가 있는지 잠자는 사람들에게 방해가 되지 않도록 꽤 멀리까지 나아가 있었다.

「할 말이라도 있는 건가?」

다가가서 말을 걸자, 기욤은 자못 비장하게 고개를 끄덕였다.

「월권일지도 모르겠습니다만······.」

목소리에도 진지한 빛이 가득했다. 지금은 농담 따윌 할 생각이 없는 것 같았다. 칼은 슥 팔짱을 끼고 섰다.

「아이힌 단장님 말입니다. 그분께 보이시는 관심이 지나치다는 생각이 듭니다. 제 생각일 뿐입니까?」

「아니, 내 생각도 그래.」

칼은 에두를 것 없이 솔직히 대답했다. 사실 기윰이 언제 물어 올까 생각하고 있었기 때문이다. 기윰이라면 분명 한 번쯤은 걸고넘어질 테니까.

「그럼 위험하다는 것도 알고 계시겠군요.」

칼은 피식 웃음을 토해냈다. 그 소리에 이끌린 듯 어둠 속에 잠든 나뭇잎들이 희미하게 흔들렸다.

「뭐가 위험하다는 거지?」

「전하는 대공이십니다. 언젠가 황제 위에 오르셔야 할 분입니다. 그 상대로는…….」

「그래, 네 말대로 있으나 마나 한 대공이라도 대공은 대공이지. 실권도 없고 반쯤 황궁에 갇힌 빛 좋은 개살구지만.」

「그건!」

기윰이 격하게 반박하려고 하자 칼은 조용하라는 듯 손짓으로 그의 말을 막았다.

「하지만 기윰, 절대 내가 황제의 자리에 오르는 일은 없다.」

기윰은 침묵할 수밖에 없었다. 확실히 지금 상황에서 그런 일이 일어날 가능성은 미미했다. 무엇보다 칼 본인에게 전혀 열의가 없었다. 그는 형을 제치고 황제가 되느니 황족이길 포기할 사람이었다. 게다가 현 황제가 폭군이라면 모를까, 문제가 아예 없다고 할 수는 없지만 현 황제는 충분히 현군이었다. 하지만 세―이든은 대대로 천공의 나라였다. 천공의 우두머리인 '좌천화공'이 다스려야 할 나라인 것이다.

「전하, 이제 이런 말은 지겨우실 거라 생각합니다만, 또 말씀드릴 수밖에 없군요. 세―이든은 초대 좌천화공께오서 하늘로부터 받은 영토입니다. 불을 다루는 전하께서 다스려야 할 나라입니다. 그것이 하늘의 뜻임을, 아시지 않습니까?」

칼은 또 피식, 하고 우습지도 않다는 듯한 웃음을 흘렸다. 그리고 이 화제가 나올 때마다 듣는 척도 하지 않고 딴 짓만 하던 평소와 달리 웬일로 대답을 해주었다.

「인간과 역사는 변한다. 하늘의 뜻 역시 바뀔 수 있는 법이지.」

기윰은 놀란 듯 눈을 크게 떴다가 꾸욱, 주먹을 쥐었다.

「'룽드웨이의 역천(逆天)'을…… 말씀하시는 겁니까?」

칼은 아무 대답도 하지 않았지만, 침묵이 긍정을 나타내었다.

룽드웨이의 역천. 그것은 세−이든 역사의 분기점이었다.

사건은 한 인간의 황자가 좌천화공이었던 황태자를 살해하고 권좌에 오른 일로부터 시작되었다. 그는 제국의 주인은 손에 불을 쥐고 이 땅에 난 신성한 분이라며 말리는 말도 듣지 않고 황태자뿐만 아니라 그리 주장한 대신들까지 모조리 몰살한 뒤 권좌에 올랐다. 하지만 그에게는 아무런 변괴가 없었다. 제국에도 마찬가지였다. 역천의 대역죄에도 하늘은 그를 벌하지 않은 것이다. 그리고 비록 시작은 유혈(流血)이었으나, 시호(諡號)가 '대지의 축복'이란 의미의 '룽드웨이'일 정도로 그 치세가 길고 현명했다.

그 후로 제국은 은연중에 좌천화공의 존재를 반기지 않았다. 물론 룽드웨이 황제가 형제의 주검을 밟고 권좌에 오른 것은 비난받아 마땅한 일이었지만, 그 일로 하여금 깨닫게 된 것이었다. 그들의 주인이 꼭 불을 다루지 않아도 된다는 것을. 그들과 같은 '인간'이어도 충분히 군신의 영토를 다스릴 수 있다는 것을.

대공 역시 원래대로라면 태어난 순서에 상관없이 권좌에 올라야 했다. 그러나 뒤집힌 하늘의 법도가 당연해진 시대에 태어나 제 권리를 누리지 못하고, 오히려 보통 인간과 달랐기 때문에 배척당해야만 했다. 옛날이라면 신을 낳았다며 그가 밟는 땅까지 찬양했어야 할 어미에게 저주받고, 서민이나 범죄자들이 가는 최전방의 전쟁터로 쫓겨나기까지 했다. 물론 표면적으로도 실질적으로도 그가 먼저 자원한 것이었지만, 배타받는 자의 어쩔 수 없는 선택이었다는 걸 모르는 이는 제국 내에 아무도 없었다.

「인간이란 얼마나 간사한 생물입니까…….」

기욤은 격해지려는 숨을 고르며 천천히 말했다.

「손에 불을 쥐고 태어난 분들로 말미암아 이 땅에 제국을 전설하고 하늘의 가호를 받아왔으면서, 궤도에 오르자마자 권좌를 훔치다니.」

하지만 사라지지 않은 존재는 어떻게든 얇게나마 명맥을 유지하는 법. 좌천화공이 제국의 정당한 제왕이라고 믿는 이들은 룽드웨이 황제 시대 때 심한 박해를 받아 그 수가 많이 줄었지만, 아직도 이어져 내려오고 있었다. 당대에는 '대공파' 라 불리는 이들이 그들이었다.

칼은 살짝 고개를 내리깔았다.

「룽드웨이 황제가 수명이 다해 편안히 눈감는 날 희열에 차서 이 한마디를 했다고 하지.」

기욤은 움찔했다. 룽드웨이 황제의 마지막 한마디가 무엇이었는지 잘 알고 있기 때문이었다.

칼은 거의 억양이 느껴지지 않을 만큼 고요한 목소리로 말했다.

「'보라. 하늘의 뜻이란 고작 이 정도였다.'」

기욤의 얼굴이 침통해졌다.

「룽드웨이 황제는 황자 시절 그렇게도 황태자와 비교를 당했다지? 적자(嫡子)였지만 좌천화공이 아니라는 이유로 나이도 어린 서자(庶子)에게 황태자 자리를 빼앗기고, 그늘의 존재였다던가. 뭐, 사랑하는 여자까지 뺏겼다고 했으니 원한이 깊을 만도 하지.」

「하지만 고작 원한 때문이지 않습니까? 고작 그 때문에 하늘의 뜻을 어기고 황위를 찬탈한…….」

기욤은 반박을 하다 말고 멈추었다. 그를 바라보고 있는 칼의 표정이 어쩐지, 구제불능의 조카를 보고 있는 것만 같아서였다. 다정하지만 씁쓸한 웃음.

「하지만 정작 하늘이 그런 그를 용서하지 않았던가?」

기욤은 입이 굳어버렸다. 그러자 칼은 어깨를 으쓱하더니 뒷목을 문지르며 말했다.

「동기가 어쨌든 그는 훌륭한 정치를 펼쳤다. 아니, 동기는 불순했어도 결과적으로 자신이 얼마만큼 해낼 수 있는지 스스로 증명했다고 생각하는데. 그런 면에선 난 오히려 그를 존경하는 편이지. 게다가 뭐, 내가 황제라니……. 나라 말아먹기 딱 좋지 않나?」

기욤은 목이 뻑뻑해져 왔지만, 애써 평소와 다름없는 목소리를 내었다.

「절대 그렇지 않다고 대답할 것을, 아시지 않습니까?」

반박하고 싶은 말도, 하고 싶은 말도 많았지만 지금은 때도 장소도 적당하지 않았다. 게다가 사람을 다 물려놓고 하루 종일 공방을 펼쳐도 결론이 나지 않았던 이야기를, 이제 와서 구구절절이 한다고 결론이 날 리가 없다. 지금 중요한 일은 이게 아니니 기욤은 일단 모든 말을 삼켰다. 그러자 칼도 기욤이 그만두려 한다는 걸 눈치 챘는지 희미하게 웃었다.

「그래서 네가 내 측근이라는 거지.」

「아주 가끔은, 후회도 되지만요.」

그제야 기욤의 얼굴에도 웃음이 살아났다.

「하지만 대공비 역시 혈통이 보증되어야 한다는 것만은 잊지 말아주십시오.」

기욤이 대공비라는 단어를 꺼내자, 칼은 그 점에 대해서는 생각지도 못했던 듯 얼핏 미간을 찡그렸다.

「그렇게까지 앞서 갈 이야기인가?」

기욤은 고개를 갸웃했다.

「그럼 어떤 이야기이십니까? 단지 한때의 관심일 뿐입니까? 다른 때 같았으면 또 은발 때문에 그러시겠거니 하겠지만 요번은 조금 달라 보이…….」

「은발 때문에?」

칼은 기욤의 말이 끝나기도 전에 반문했고, 기욤은 깜짝 놀라 경솔한 제 입을 가렸다. 하지만 칼이 이미 미간을 찡그린 채 시선으로 답을 요구하고 있었다. 결국 기욤은 흠흠, 헛기침한 후에 어쩔 수 없이 입을 열었다.

「그, 사실 전하께서 은발의 여인을 선호하신다는 건 이미 유명한 이야기입니다. 그도 그럴 게 늘 은발의 여인만 취하시니…….」

칼은 끙, 소리를 내며 미간을 짚었다.

'전하, 은발을 좋아하신다면서요?' 라는 이야기는 종종 들어왔지만, 그런 소문이 돌고 있을 줄은 몰랐다.

아니, 사실이니 소문은 아닌가.

모든 이유는 단 하나, 이번에야말로 달님일지도 모른다는 기대. 번번이 허탕을 치면서도 결코 놓을 수 없는 한줄기 어리석은 희망.

「뭐…….」

칼은 손바닥으로 천천히 뒷목을 쓰다듬었다.

「글쎄, 꼭 은발 때문만은 아냐.」

적어도 에이엔스에 한해서만은 그랬다. 아니라면 아무리 멋진 은발의 소유자라고 해도 그렇게 무서운 여자에게 호감을 가지기란 쉽지 않았다.

「하지만 솔직히 말하자면 나도 아직 잘 모르겠다고 해야 할까. 어떻게 보면 귀여운 것도 같은데…….」

기욤은 저도 모르게 '헉' 하는 소리를 내었다. 그러자 칼이 뭐냐는 듯 의아한 눈빛을 보냈다.

「아, 아니, 아무것도 아닙니다.」

말은 그리 했지만, 아이힌 단장이 귀여워 보인다고? 확실히 검술 실력은 훌륭하지만 결코 웃는 법이 없고 새파란 청안만 번득거리며 칼바람을 일으키는 여자가? 도통 칼의 취향을 이해할 수가 없었다. 아니, 여태 봐온 바에 의하면 그녀는 그다지 칼의 취향도 아니었다. 그런데도?

「가끔은 예쁜 짓도 하고.」

칼이 말하는 예쁜 짓이란 뭇 여자처럼 애교를 부리는 것이 아니라, 부하들부터 생각하는 마음이나 뭐 그런 것이었다. 하지만 기욤은 일반적인 상식에 따른 예쁜 짓을 생각하고 또 '헉' 소리를 흘렸다. 그녀가 예쁜 짓을 한다니, 도대체 얼마나 섬뜩한 예쁜 짓인지 상상이 가지 않았다.

「뭐야?」

그제야 칼은 왜 자꾸 헉헉거리냐는 듯, 웃을 수도 없고 찡그릴 수도 없는 애매한 표정을 지었다.

「어쨌든 너무 앞서 가지 말자고. 아무리 그래도 아이힌 단장이 대공비라니, 그거 좀 무서운걸. 아니, 그전에 난 아예 상상이 되질 않는데? 기욤, 의외로 상상력이 좋은 거 아닌가?」

「음, 그게…….」

기욤은 뭔가 생각대로 흘러가지 않는지 난감색이 섞인 웃음을 지었다. 하지만 곧 생각을 고쳐먹었다.

「아니, 그렇군요. 제가 너무 지나친 걱정을 했나 봅니다. 그럼 아직 아침까지는 좀 시간이 있으니 더 주무십시오. 이런 일로 깨워서 죄송했습니다.」

갑자기 칼은 악동 같은 웃음을 지어 보였다.

「네가 너무 예의 차리면 오히려 더 이상해, 기욤.」

기욤은 피식 웃었고, 두 사람은 그 자리에서 헤어져 각자의 자리로 돌아갔다. 하지만 칼은 덤불 너머로 가기 전에 멀어지는 기욤의 등을 바라보았다. 어둠 속에서도 선명한 빛을 발하는 그의 적안은 더 이상 웃고 있지 않았다. 늘 느물거리며 웃고 있던 얼굴도 밀랍으로 굳혀놓은 듯 지나치게 딱딱했다. 이내 칼은 몹시 낮게 깔려 선득하게 들리는 음성으로 읊조렸다.

「대공비? 그건 나에겐 너무 사치스러운 존재야, 기욤.」

대공비를 맞을 생각 따위, 없었다. 괜한 여자를 죄인의 새장에 가두어둘 뻔뻔함은 아무리 그래도 가지고 있지 않았다. 죄인은 자신만으로 충분했다.

죄인.

이 두 손으로 셀 수도 없는 생명을 앗았다.

자신의 아이가 불을 다루는 괴물이라는 걸 믿고 싶지 않았던 황후가 출산 사실을 은폐하기 위해 황후궁의 시녀들을 모조리 몰살했던 것뿐이라고 할지언정, 그로 인해 무고한 생명들이 희생되었다는 사실은 변치 않았다.

그는 낮게 중얼거렸다.

「그래, 변하지 않지.」

그 사실을 잊지 않으려는 듯.

13

　에이엔스는 후텁지근한 더위 때문에 잠에서 깨어났다. 하지만 쨍 하고 내리쬐는 햇빛 때문에 도로 눈을 감아버리고 말았다. 등허리가 척척했다. 세상모르고 자는 새에 얄궂은 햇빛이 세상을 비추며 불쾌한 더위까지 몰고 온 모양이었다.

　「아, 일어나셨습니까?」

　그때, 목소리가 들려왔다. 번뜩 눈을 뜨자, 시커멓게 그슬린 남자가 이를 드러내 놓고 히죽 웃고 있었다. 에이엔스는 깜짝 놀라 당장 모포를 걷고 일어났다. 그리고 버릇처럼 허리춤을 짚었지만, 아무것도 잡히지 않았다. 그제야 에이엔스는 자신이 어디에 있는지를 기억해 냈다. 절로 한숨이 새어져 나왔다. 납치를 당한 것도, 여태 해본 적 없는 이상한 생활을 하고 있는 것도 꿈이 아니었다.

　잘 자는가 싶었던 에이엔스가 갑자기 일어나 뜻 모를 행동을 하자, 칼에게 명령을 받고 그녀를 지키고 있던 선원은 끔뻑끔뻑 눈을 감았다 떴다. 하지만 에이엔스는 그가 그러거나 말거나 일단 주변을 둘러보았다. 쨍쨍한 햇빛이 내리쬐고 있는 숲 속의 공터에는 자신과 선원 하나뿐이었다. 선원은 저쪽의 바위에 걸터앉아 한가하게 시간을 때우고 있었고, 공터의 중앙에는 잔재밖에 남지 않은 장작이 고스란히 놓여 있었다. 칼은 보이지 않았다. 이미 일찍이 일어나 자리를 털고 가버린 모양이었다.

왜일까, 갑자기 당연히 있어야 할 무언가가 비어버린 듯한 느낌이 드는 이유는…….

"내 옷은 어디 있지?"

에이엔스는 그 이상한 느낌을 꾸역꾸역 내리누르고 선원에게 물었다. 하지만 선원은 마냥 눈을 끔뻑거리고 있을 뿐이었다. 에이엔스는 또 그제야 선원이 아멜리타 어를 모른다는 사실을 깨달았다. 그래서 손수 주변을 두리번거리다가 멀지 않은 곳에 널려 있는 백색의 제복을 발견하고 그쪽으로 다가갔다. 그러자 선원이 얼른 자리에서 일어나 그녀를 따라왔다. 제복을 주워 든 에이엔스는 얼핏 미간을 찡그렸다.

"뭐냐?"

「전, 아니, 두목님께서 아이힌 단장님이 어딜 가시든 꼭 따라다니라고 하셔서…….」

에이엔스는 휙 몸을 돌렸다.

"어차피 알아듣지 못한다."

에이엔스는 또 말 붙일 생각조차 못하도록 차갑게 대했다. 하지만 선원은 못 참게 어색해하면서도 쫄래쫄래 그녀의 뒤를 따라왔다. 그에 에이엔스는 몇 걸음 가다 말고 다시 휙 몸을 돌렸다.

그리고 애완동물을 대하듯 선원에게 한쪽 손바닥을 내보였다.

"기.다.려."

끊어 말해봤자 알아들을 수 없는 건 알아들을 수 없는 거겠지만, 에이엔스가 손에 들린 제복을 들어 보이자 선원은 눈치코치로 알아들은 것 같았다. 그는 여기서 기다리겠다는 듯 고개를 끄덕였다. 그제야 에이엔스는 덤불 너머로 가서 사람이 없는 것을 꼼꼼히 확인하고 어느 때보다 재빠르게 옷을 갈아입었다.

단추를 끝까지 채우자 아까보다 더한 더위에 숨통이 턱 막혀왔다. 그러나 제복을 입고 나서야 자신이 자신다워진 것 같았다.

「우오오오!」

「아싸!」

그때였다. 멀리서 남자들이 잔뜩 신이 난 채 외치는 목소리가 연달아 들려왔다. 그러고 보니 아까 일어났을 때부터 여기저기 좀 소란스러웠던 것 같았다.

'무슨 짓을 하고 있는 거지?'

의아해진 에이엔스는 빌렸던 옷을 가지런히 정리해 들고 덤불 바깥으로 나왔다. 그러자 함성과 비슷한 목소리들이 들려온 방향을 보고 있던 선원이 그녀를 돌아보고 버릇처럼 헤죽 웃었다.

「역시 그 제복이 가장 잘 어울리시네요.」

에이엔스는 미간을 찌푸렸다.

"못 알아듣는데도."

에이엔스가 그러거나 말거나, 선원은 옷을 이리 달라는 듯 공손하게 손을 내밀었다. 일단 에이엔스는 군말없이 빌린 옷을 돌려주었다.

「참, 나머지 분들을 만나보시겠습니까?」

선원은 그녀에게 이리 오라 손짓했다. 에이엔스는 의아해졌지만, 여기서 계속 이러고 있을 수도 없는 터라 일단 그를 따라갔다.

그가 에이엔스를 데리고 간 곳은 배가 정박해 있는 해변이었다. 왜 이곳으로 데려왔나 궁금해하고 있는데, 선원이 근처에 있는 다른 선원에게 무어라 말했고, 그 다른 선원은 알았다는 듯 고개를 끄덕이고 모랫바람을 일으키며 배 쪽으로 뛰어갔다. 그사이 에이엔스는 여기저기 흔들거리고 있는 나무들을 이상하게 바라보았다. 멀리 언뜻 보이는 나무가 인공적인 힘에 의해 이리저리 춤을 추고 나면 예외없이 우오오 함성이 들리고, 잠시 후에는 근처에 있는 나무가 또 그렇게 연체동물처럼 유연한 춤을 추었다.

"무슨 짓이냐! 놔라!"

"어디로 데려가는 거냐!"

그때, 칼을 제외하면 며칠 만에 듣는 아멜리타 어가 등 뒤에서 들려왔다. 에이엔스는 천천히 고개를 돌렸다. 익숙한 복장을 한 남자 둘이 연행되다시피 끌려오고 있었다. 다만 그들은 여전히 등 뒤로 손이 결박당한 채 눈가리개가 채워져 있어 여기가 자신들의 묏자리일 거라 지레짐작하고 있는 것 같았다.

둘을 끌고 온 선원은 에이엔스의 앞에서 그들을 멈춰 세우고 밧줄을 잘라주었다. 그리고 눈가리개도 휙 벗겨냈다. 그러자 두 왕궁기사는 갑작스레 눈을 찌르듯이 파고드는 햇빛이 시린 탓인지 눈가를 찡그렸다.

"던웨이 경, 캘런 경."

극적으로 회우하고도 평소와 다를 바 없이 단조로운 목소리로 그들을 부르자, 던웨이와 캘런은 동시에 움찔했다. 그리고 번뜩 에이엔스를 바라보았다.

"단장님!"

"단장님!"

던웨이와 캘런은 거의 경악하다시피 했다. 그도 그럴 것이, 경솔하게 해적선으로 건너갔다가 잡혔을 땐 영락없이 죽은 목숨이구나 싶었는데, 이렇게 살아서 기사단장을 다시 만나다니. 게다가 단장에게서는 그 어떤 고문의 흔적도 찾아볼 수 없었다. 늘 머리를 반듯하게 묶었던 평소와 달리 풀고 있긴 했지만 깔끔하고 결연한 몸가짐은 평소보다 단호해 보였다.

마냥 놀라고만 있는 그들과 달리, 에이엔스는 조금 한숨이 나올 것 같은 기분이었다. 부하들이 무사한 것만으로도 참 다행스러운 일이지만, 하필이면 함께 잡혀온 왕궁기사가 제3왕궁기사단의 골칫거리 던웨이와 캘런이라니. 불행인지 다행인지 도통 알수가 없었다.

갈색 머리카락에 갈색 눈을 가진 던웨이. 블론드에 녹색 눈을 가진 캘런. 둘 다 검술 실력은 훌륭한 편이었지만, 한마디로 말하자면 불량했다. 지나치게 격의없다고 해야 좋을까? 둘 다 높은 귀족가 출신의 기사였으나, 제3왕궁기사단보다 유웰이 이끄는 제1왕궁기사단에 있으면 어울릴 법한 인물들이었다. 멀쩡한 기사들을 선동해 도박판을 벌이는 것은 예사요, 유흥가로 밤 마실 나갔다가 술독에 빠져 외박하는 통에 에이엔스가 직접 납시게 하는 건 양념이요, 도색 서적을 돌리다 걸린 건 열 손가락으로 셀수도 없었다.

아멜리타라고 해서 모든 기사들이 청렴한 것은 아니고, 모두 에이엔스 같은 것도 아니었다. 사람이 많이 고이는 곳이라면 어다나 모범생이 있고, 모범생이 있으면 반항아도 있는 법이었다.

"대체…… 이게 어떻게 된……."

하지만 지금은 그런 던웨이와 캘런도 상황 판단을 하지 못해 난처해하는 기색이 역력했다.

"설명을 하자면 길다."

이런 상황에서도 전혀 흔들림이 없는 에이엔스의 철혈 같은 무표정에 던웨이와 캘런은 서로 어색하게 시선을 교환했다.

아마 그들도 하필이면 함께 잡혀온 기사가 다른 이도 아닌 아이힌 단장이라는 점을 애석하게 여기고 있을 터였다. 초기에 에이엔스가 어린 여기사라고 깔보고 사사건건 이죽거렸다가 된통 혼난 적이 있었으니까. 그리고 에이엔스는 불성실한 타입과는 상성부터 맞지 않았다. 국가에서 배정한 부하이다 보니 능력껏 데리고는 있지만 가끔 쥐도 새도 모르는 새 처리해 야산에 가져다 묻고 싶은 적이 한두 번이 아니었다. 하긴, 어떤 남자에 비하자면 이 둘은 순한 양이나 다름없었지만.

"그럼…… 저희가 정말 살아서 만난 것이 맞습니까?"

일단 던웨이가 물었다. 상황이 어떻게 돌아가고 있는 건지 파악부터 하자는 심산인 듯했다.

"그렇다."

"이곳은 어디입니까?"

이번에는 캘런이었다.

"나도 모른다."

에이엔스가 모른다고 대답할 때가 다 있다니, 던웨이와 캘런은 잠시 멍해졌다.

"그럼 저희를 납치해 온 자들은……."

다시 던웨이가 물으려는 순간이었다.

"어이."

누군지 단박에 알 듯한 불량한 부름이 들리더니, 무언가 허공을 가로지르고 날아오는 기척이 느껴졌다. 하지만 에이엔스는 몸조차 돌려보지 않았다. 쌍둥이처럼 동시에 움찔한 두 기사 중 캘런이 먼저 손을 뻗어 그것을 타악! 막아낸 탓이었다. 아무리 에이엔스와 친근하지 않다지만 던웨이와 캘런도 일단 기사였기에 단장을 노리는 무언가를 그냥 두고 볼 리 없었다.

에이엔스는 뒤늦게 서서히 뒤를 돌아보았다. 그리고 막을 새도 없이 눈가가 움찔— 떨렸다. 싸늘하게 바라봐 주리라 결심했는데, 칼이 너무 뜻밖의 모습으로 나타난 탓이었다.

다소 먼 곳에 서 있는 그는 삐딱한 웃음을 짓고 있었다. 흥미롭다는 듯, 뭔가 불만족스럽다는 듯. 그런데 무인도에 있는 동안 정말 야생으로 돌아가 버리려고 하는지 또 웃통을 벗고 있었다. 머리에 비스듬하게 맨 붉은 띠와 가죽 목걸이, 검은 바지에 두꺼운 가죽 허리띠가 느슨하게 매여 그 끝에는 칼집이 달려 있었고, 뭘 하다 왔는지 맨발에 한 손에는 무언가를 주렁주렁 들고 있었다. 그것들은 붉게 영글어가고 있는 초록색 과일이었다. 그리고 햇빛 아래 드러난 미끈한 상체에는 희미하게 번득이는 땀이 배어 있었다.

"반가운 회우가 되었나?"

칼은 이죽거리듯 물었다.

새하얗게 부서지는 햇빛을 머금은 붉은 눈동자가 기이한 광채를 발했다. 순간 던웨이와 캘런은 왜인지 뱀 앞에 놓인 개구리가 된 것 같은 소름이 등줄기를 관통했다. 하지만 그의 건방진 태도가 마음에 들지 않은 던웨이는 호전적이고 다혈질적인 성격답게 호기롭게 나섰다.

"네놈은 뭐……."

그러나 그 한마디를 끝내기도 전이었다.

「응? 두목님?」

「뭐 하십니까?」

「오, 아이힌 단장님, 좋은 아침입니다.」

「어, 저건…….」

갑자기 칼의 등 뒤로 덤불들이 부스럭부스럭 수도 없이 흔들리더니, 집채만 한 남자들이 하나둘 모습을 드러내기 시작했다. 그들은 하나같이 웃통을 벗어젖힌 채 궂은일로 단련된 근육질 몸매를 뽐내고 있었고, 대부분 키도 멀대 같아 언뜻 보면 거목들이 쿵쿵거리며 걸어오는 듯했다. 오죽하면 에이엔스보다 머리 하나가 더 큰 칼이 그다지 커 보이지 않을 정도였다.

험상궂은 남자들이 우르르 나타나자, 던웨이와 캘런은 꿀꺽 군침을 삼켰다. 아무리 왕국이 자랑하는 기사 셋이라지만 저 남자들이 한꺼번에 덤비면 검도 없는 지금은 꼼짝없이 죽은 목숨이었다.

칼을 위시한 남자들은 낯선 얼굴의 기사 두 명을 발견하고 다들 입을 다물었다. 그러자 칼과 에이엔스를 중심으로 대치한 형태가 된 채 모두 무거운 침묵에 사로잡혔다.

이내 칼은 그 특유의 짓궂은 듯도 하고 나른한 것 같기도 한 웃음을 지어 보였다. 웃음기로 빛나는 붉은 눈동자가 지나치게 유혹적인 빛을 흘렸다.

"내가 누구냐고?"

분명히 같은 남자인데도, 던웨이와 캘런은 뭔가 그 붉은 빛에 홀린 듯한 기분이 되어 하염없이 쳐다보기만 했다.

"칼 이십구 세, 해적단 두목. 이 정도면 충분한 답이 되었나? 그럼 이제 그쪽도 소개를 해야겠지?"

그제야 던웨이와 캘런은 퍼뜩 정신을 차리고 잠시 소개를 해야 하나 말아야 하나 고민하더니, 아무리 적에게라도 자기소개를 잊지 않는 기사도에 의거해 점잖게 입을 열었다.

"거스틴 던웨이. 아멜리타 던웨이 후작가(家)의 삼남이며 제3왕궁기사단의 기사다."

"펠 캘런. 아멜리타 캘런 백작가(家)의 사남이며 제3왕궁기사단의 기사다."

둘 다 평소에는 상상할 수 없을 정도로 점잖은 태도를 보이고 있건만, 칼은 무엇이 마음에 들지 않는지 삐딱하게 고개를 젖히고 그들을 바라보았다.

외모도 저만하면 나쁘지 않고, 어렸을 때부터 수련에 수련을 거듭하는 기사이니만큼 몸도 제법 훌륭하고, 좋은 가문에서 태어난 청년 둘. 무엇보다 그들은 에이엔스가 그토록 사랑하는 아멜리타 인이었으며, 더욱이 그녀와 같은 신념과 강령을 지니고 있는 기사였다.

사실 어제는 부하를 만나게 해달라는 그녀의 말에 아무 생각 없이 그러마라고 허락했지만, 같은 복장을 한 셋이 다정하게—그가 보기에는—서 있는 모습을 보자니 뱃속이 뒤틀렸다. 단순한 뒤틀림이 아니었다. 마치 오장육부가 반란이라도 일으키는 것처럼 사정없이 요동쳤다. 입매도 절로 난폭하게 뒤틀리고, 전신의 혈액이 얼음물처럼 싸한 한기를 흘렸다.

칼은 이것이 무엇으로 인한 감정인지 알고 있었다.

소유욕.

그가 결코 내비치지 않으려고 했고, 완전히 자신의 선 안으로 들어온 자가 아니라면 아무리 탐나도 가지지 않으려 했던 금단의 감정. 그 소유욕이 연못 속에 잠든 교룡처럼 깊이 잠들어 있다가 멋대로 깨어나 수면 위로 떠올라 버린 것이었다.

안 된다. 너무 섣부르다. 이것은 아직 깨어나서는 안 되는 감정이다.

'왜 저렇게 웃는 거지?'

에이엔스는 의아해졌다. 칼은 지나치게 웃고 있었다. 보는 사람이 섬뜩할 정도로 짙은 미소였다. 아무렇지 않게 웃고 있는 듯한 붉은 눈은 어느 때보다 위험하게 빛났고, 알 수 없는 광기(狂氣)마저 느껴졌다.

피부를 찌르는 위화감과 등줄기가 쭈뼛 서는 위기감.

"거스틴 던웨이와 펠 캘런이라……."

목소리도 지독히 나른하고 관능적이었다. 목소리가 좋다는 생각은 더러 했지만, 진정 이게 저 느물느물한 남자에게서 나오는 목소리인지 믿기가 힘들었다.

그건 에이엔스뿐만 아니라 모두가 공통적으로 떠올린 생각인 듯, 세-이든의 선원들도 칼을 생소한 눈으로 바라보았다. 하지만 칼은 다른 이들이 그러거나 말거나, 갑자기 손에 들린 과일 중 하나를 따내 던웨이에게 던졌다. 던웨이는 얼떨결에 그 과일을 받아 들었다.

"주인 없는 땅에 온 걸 환영한다."

던웨이와 캘런은 각자 손에 들린 딱딱한 초록색 과일을 한 번 바라보았다가, 다시 칼에게 시선을 돌렸다. 남자들을 위시한 칼은 여전히 진한 미소를 짓고 있었다.

홀로 그늘 아래 앉아 있는 에이엔스는 피로색이 짙은 한숨을 길게 내쉬었다.

"으하하핫!"

「느하하하핫!」

"이 친구 보통이 아니야!"

「자네 꽤 하는데!」

방정맞은 웃음소리를 따라 울려 퍼지는 방정맞은 웃음소리. 푸르게 우거진 숲 속은 남자들이 거대한 몸집을 흔들며 뛰어다니는 소리와 장난스럽게 이리 치고 저리 받는 소리, 에이엔스가 보기에는 같잖지도 않은 화합을 도모하는 소리로 이곳은 시장 바닥이 부럽지 않도록 소란스러웠다.

그 소란을 제조해 내고 있는 이들은 대부분 칼 쪽의 사람들이었지만, 전보다 더 소란스러운 이유는 던웨이와 캘런 때문이었다. 던웨이와 캘런은 아까 팽팽한 긴장감 속에 대치했던 게 언제냐는 듯, 얼마나 지났다고 어느새 그들에게 섞여 거의 한통속이 되어 있었다. 말도 통하지 않는데 정말 재주도 갖가지였다.

어찌 된 일인가 하면, 대치 상황이 슬슬 풀려나자 선원들은 일단 과일을 따고 있는 중이라며 그들을 숲 속으로 안내했다. 그때까지도 분위기는 물에 기름을 섞어놓은 것만큼 데면데면하고 못참게 어색했다. 던웨이와 캘런은 그나마 가장 잘 알고 있는 에이엔스에게 착 붙어 떨어질 줄 몰랐고, 남자들은 칼을 중심으로 살금살금 눈치를 살폈다. 그런데 언제부터였을까? 선원들이 하나둘 던웨이와 캘런에게 툭툭 말을 걸더니, 막 딴 과일도 먹어보라며 던져 주었다. 그러자 던웨이와 캘런은 천천히 긴장이 풀린 듯, 정신이 드니 어느새 에이엔스의 곁에서 떨어져 선원들과 신나게 놀아 젖히고 있었다.

기실 던웨이와 캘런은 애초부터 기사가 되고 싶어서 기사가 된 자들이 아니었다. 둘은 집안에서 억지로 기사학원에 입학시킨 경우였다. 왕족이나 귀족이나 후계자를 제외하고는 다 떨거지 취급을 받게 마련인지라, 후계자에게 사고가 생길 시를 대비한 차남 외엔 대부분 기사나 수도사가 되는 법이기 때문이었다.

던웨이와 캘런은 수도사보다 기사를 선택했고, 다소의 능력과 집안의 배경으로 왕궁기사가 되었다. 그러니 나라에 지조를 지키고 할 것도 없었다. 오히려 강제로 기사학원에 입학시킨 가문에 미묘한 반발심을 가지고 있었다.

기사 중에는 의외로 그런 자들이 많았다. 다른 이들은 기사가 되지 못해 안달인데, 귀족 도련님들의 배부른 투정이랄까? 게다가 성격 자체가 술에 술 탄 듯, 물에 물 탄 듯, 슬렁슬렁 넘어가고 보자 하는 식이다 보니 납치되어 온 상황이라는 것도 잊어버린 것 같았다. 즉, 이 상황에서도 여전히 꼿꼿한 사람은 에이엔스뿐.

까마귀 노는 곳에 어찌 백로가 어울릴쏘랴.

에이엔스는 한 마리의 고고한 학인 듯 나무 그늘 아래 앉아 그들이 노는 모습을 한심스럽게 지켜보고 있었다.

"단장님!"

그때, 햇빛에 얼굴이 벌겋게 달아오른 던웨이가 뛰어왔다. 그는 이미 단정한 기사복의 단추를 불성실하게 풀어헤치고 팔목과 발목은 둥둥 걷어 올려 살갗을 훤히 내놓고 있었다.

"목마르시죠? 이것 좀 드세요."

에이엔스는 던웨이가 불쑥 내민 과일을 빤히 쳐다보았다. 지금이야 예전처럼 불경하게 굴지 않는다고 해도 그는 그녀에게 결코 친근하게 구는 법이 없었는데, 외지에 함께 떨어진 동료라는 인식 때문인지 이리 손수 챙겨주기까지 했다. 이루 형용할 수 없을 만큼 묘한 느낌이었다. 이런 상황에서야 단합이 되는 건가 싶어 조금 씁쓸하기도 했다.

"고맙다."

에이엔스는 순순히 인사하고 과일을 받아 들었다. 그러자 던웨이는 언제나 무표정한 얼굴로 은근히 자신을 깔보는 듯했던 에이엔스가 고분고분하게 굴자 다소 놀란 표정이었다. 하지만 그녀의 인사가 싫지 않은지 씩 웃었다.

에이엔스는 생경한 기분으로 던웨이를 바라보았다. 골칫거리에 기피 대상밖에 되지 않았던 던웨이가 이렇게 해맑게 웃을 줄 아는 사람이었던가? 장소가 달라지니 사람마저 달라 보였다.

"왜 그렇게 보십니까?"

던웨이도 에이엔스의 눈에 담긴 생소한 빛을 읽었는지 물었다.

"아니, 아무것도. 그냥…… 즐거워 보이는구나 싶어서."

던웨이는 지조 강한 그녀가 적과 어울려 노는 자신을 힐책한다고 생각했는지 데면데면하게 웃었다.

"뭐…… 목적이 뭔지는 모르겠지만 일단 해칠 생각은 없는 것 같아서요. 적당히 장단을 맞춰주는 게 좋을 것 같습니다."

"그래, 너무 친해지진 마라."

던웨이는 척 거수경례를 해 보였다.

"예, 명심하겠습니다!"

그는 다시 선원들 쪽으로 뛰어갔다. 뒤에 남은 에이엔스는 묘한 눈길로 손에 들린 과일을 내려다보았다. 그러다 하나쯤은 괜찮겠지 싶어 막 입에 가져가려는 찰나였다.

"일하지 않는 자, 먹지도 말라는 말 모르나?"

에이엔스는 미미하게 미간을 찌푸렸다. 그리고 작은 한숨을 내쉬며 고개를 들었다. 칼이 다가오고 있었다. 다만 아까와 달리 티를 입고 있었다.

"네 부하가 딴 게 아니라, 내 부하가 딴 거다만?"

"내 부하, 네 부하 따지자는 게 아니라 일하지 않는 것 자체를 말하는 거다만?"

칼은 에이엔스의 말투를 흉내 내듯 똑같이 말했다.

"그럼 먹지 않으마."

"그것참 단순한 사고 구조로군. 물고기도 그보다는 여러 가지 생각을 하겠어."

에이엔스의 눈빛에 짜증이 섞여들었다.

"대체 뭘 어쩌라는 거냐?"

칼은 붉은 눈을 녹이며 빙그레 미소 지었다.

"일하라는 거지."

에이엔스는 황당함을 감추지 않고 '하' 하는 소리를 흘렸다.

"난 도저히 저들이 일하는 것으로 보이지 않는다만."

칼은 요란하게 웃으며 뛰어다니고 있는 선원들을 돌아보았다. 확실히 그들의 모습은 일을 한다기보다 천둥벌거숭이처럼 뛰어다니고 있는 원시인 같았다. 털이 부숭부숭한 선원들도 많다 보니 마치…… 야생으로의 회귀? 덕분에 칼도 에이엔스의 말에 동감하는 바이긴 했지만 순순히 넘어가 줄 생각은 없었다.

"피할 수 없다면 즐기라는 말이 있지. 일이란 즐기면서 해야 능률도 오르는 법이니까. 꼭 억지로 꾸역꾸역해야만 일인가?"

느긋하게 흘러나오는 말이 마치 자신을 두고 하는 말인 듯해 에이엔스는 왠지 가슴을 관통당한 것 같은 기분이 들었다.

"즐길 사람이나 즐기라고 해라."

에이엔스는 가까스로 쓴물이 올라오는 듯한 기분을 삼키고 차갑게 쏘았다. 하지만 칼이 그것으로 떨어져 나갈 남자였다면 이미 훨씬 전에 떨어져 나갔으리라.

"의외로 했던 말 또 하게 한단 말이야? 일하지 않는 자 먹지도 말라고 했잖아?"

"내가 지금 먹고 있는 것으로 보이나?"

"지금만이 아니라 나중에도."

"안 먹으마."

사실 대충 몇 개 따다 주고 말면 될 일이지만, 에이엔스는 알 수 없는 오기가 발동해 지키지 못할 말까지 내뱉고 말았다. 그녀도 인간인 이상 무얼 먹든지 먹어야 하는데도. 하지만 더 이상 이 남자에게는 지고 싶지 않았다. 그러자 갑자기 칼이 에이엔스의 앞으로 나와 무릎을 접고 앉았다. 뜬금없이 그의 붉은 눈과 정면으로 마주치게 되자 에이엔스는 저도 모르게 흠칫했다.

"지금 오기 부리는 건가?"

"뭐라고?"

"과일 따는 걸 우습게보는 모양인데, 저게 의외로 노하우를 요구한단 말이지. 나무를 기어올라 가서 따야 하니까."

잠깐 동요하긴 했지만 에이엔스는 재빨리 차분함을 되찾았다.

"도발이라면 다른 데 가서 해라. 네게 말려들어 줄 생각 따위 없으니."

칼은 가볍게 어깨를 으쓱하더니 자리에서 일어났다. 그리고 무슨 바람이 불어서인지 이쯤에서 포기하고 가려는 듯 왔던 쪽으로 걸음을 움직였다. 하지만 가면서도 꼭 그냥 가지 않고, 딴에는 혼자 중얼거린다고 하지만 들으라는 듯이 말했다.

"자신이 없으면 자신이 없다고 할 것이지 둘러대긴."

그럼에도 에이엔스는 단정하게 앉은 채 그의 도발에 걸려들지 않았다. 그저 눈이 아플 정도로 선명하게 펼쳐진 초록색의 향연을 무심하게 바라보았다. 자박자박, 그의 발걸음 소리가 멀어져 가고 있었다. 에이엔스는 천천히 눈을 감았다 떴다. 그사이 그의 느릿한 걸음 소리가 더욱 멀어져 갔다. 이번에 에이엔스는 평정을 다스리려는 듯 고집있게 입술을 꾹 다물었다. 하지만 바로 그 몇 초 후, 이글이글 끓어대는 가슴을 억누르지 못하고 홱 고개를 돌려 버리고 말았다.

"그 말, 후회하게 해주마."

칼은 '응?' 하고 고개를 돌리더니, 오기와 전투 의지로 활활 타오르고 있는 에이엔스를 보고 히죽 웃었다.

"부디 후회하게 해달라고."

칼은 앞에 있는 나무를 손등으로 툭툭 쳤다.

"보면 알겠지만 이 나무는 껍질이 역방향으로 나 있기 때문에 발을 딛을 때 조심……."

"시끄럽다. 1절만 해라."

에이엔스는 얼핏 짜증이 섞인 목소리로 건조한 으름장을 놓았다. 그러자 칼은 도와주려고 해도 까칠하게 군다고 툴툴거렸다.

몸집은 집채만 한 남자가 어린아이처럼 툴툴거리는데, 여전히 그 모습이 싫지만은 않으니…… 에이엔스는 도무지 이유를 알 수가 없었다.

"그럼 알아서 잘 해보던가."

칼은 그렇게 말하며 여분의 천을 찢어 만든 나무 타기용 천과 단도를 건네주었다. 에이엔스는 그것들을 받아 들었다. 그리고 쏟아지는 햇빛의 파편을 걸고 있는 나무의 꼭대기를 올려다보았다. 새하얗게 부스러지는 햇빛 때문에 나무 꼭대기에 달려 있다는 과일이 잘 보이지 않았다.

말은 호기롭게 했어도 할 수 있을지 걱정이 되었지만, 이제 와서 물러날 수는 없었다. 그리고 선원들이 천을 나무에 대고 원숭이처럼 잘도 기어올라 가는 모습을 계속 봐왔으니, 하라면 못할 것 같지도 않았다.

에이엔스는 자못 비장하게 천을 나무에 걸었다.

"신발 벗는 게 좋을 텐데?"

옆에서 지켜보고 있던 칼이 경험을 살려 조언했지만, 에이엔스는 코웃음도 치지 않았다.

"됐다."

그런 한심한 모습까지 보일 생각은 없었다.

"어? 펠. 저기 봐."

캘런은 던웨이가 팔을 툭툭 치며 하는 말에 '뭐야?' 하고 고개를 돌렸다. 그리고 의아한 표정을 지었다.

"단장님……하고 해적단 두목?"

뜻밖에도, 도도하기 이를 데 없는 그들의 단장과 왠지 섬뜩한 느낌을 주는 해적단 두목이 함께 있었다. 그것도 보아하니 단장은 앞에 있는 나무에 오르려는 듯한 눈치였고, 해적단 두목은 빙글빙글 웃으며 그녀를 지켜보고 있었다.

"설마 단장님이 나무에 오르려는 건 아니겠지?"

"그 설마가 맞는 것 같은데."

믿기 힘들었다. 다른 누구도 아닌 에이엔스 아이힌이 해적과 어울려 나무에 오른다니, 그녀를 알고 있는 자들이라면 아무도 믿어주지 않을 광경이었다.

「오, 아이힌 단장님께서도 나무에 오르시려나 보군.」

그때, 던웨이와 캘런 앞에 앉아 있는 선원이 휘익 휘파람을 내불며 말했다.

「저 두 분 묘하게 친하단 말이야. 처음에는 죽이니 살리니 했는데, 가만 보면 항상 같이 계시더라고.」

「그러게. 두목님도 각별하게 챙겨주시고…….」

다른 선원이 거들자, 또 다른 선원이 대화에 끼어들었다.

「천공대의 총대장이시니 여러모로 신경을 써주시는 거겠지.」

「하지만 정말 그뿐일까?」

한 선원의 의미심장한 말에 모두 그를 돌아보았다.

「거, 왜, 남자와 여자란 게 다 그렇지 않겠나. 함께 동고동락하다 보면 없던 감정도 생기고 하는 법인데 두 분이라고 안 그렇겠어?」

계속 아이힌이라는 이름이 나오는 걸 보니 에이엔스에 대한 이야기를 하고 있는 것 같긴 한데, 알아들을 수 없는 던웨이와 캘런은 의아하기만 했다. 하지만 계속 듣다 보면 뭐가 들리기라도 할까 봐 열심히 경청 중이었다.

「하긴, 두 분 꽤 잘 어울리지?」

선원들은 모두 흐뭇한 눈으로 칼과 에이엔스를 바라보았다. 그 눈빛이 어찌나 훈훈하신지, 딱 귀여운 조카를 바라보는 삼촌의 눈빛이었다.

사실 에이엔스를 만나지 못했을 때는 소문만 듣고 무례한 대화를 나누곤 했었지만, 직접 만나본 에이엔스는 묘하게 미워할 수 없는 여자였다. 소문처럼 싸늘한 공기를 휘감고 있긴 해도 왠지 보호 본능을 일으킨다고 해야 할까? 둥지를 잃고 배타적이 된 어린 새를 보고 있는 것처럼 안쓰러운 마음이 뭉클 일기도 했다. 게다가 거의 칼과 함께 있어서인지 그와 함께 있는 그녀는 그다지 위험해 보이지 않았다. 오히려 귀여워 보이기까지 했다.

「무슨 실없는 말이냐.」

다른 쪽에 있던 기욤이 그들의 대화를 듣고 다가와 작게 힐책했다. 그러자 선원들은 애면글면하게 입을 다물었다.

수더분한 외모를 보면 정말 별것 아닌 아저씨 같은데……. 던웨이와 캘런은 기욤을 얼떨떨하게 바라보았다. 그러다 눈이 마주치자, 기욤은 꾸벅 작게 목례해 보이는 것으로 그들에게 인사했다. 던웨이와 캘런도 작은 목례로 인사를 받아들였다.

「흐흐흐, 그나저나 한 대 할 사람?」

어쨌거나 칼과 에이엔스는 그들대로 내버려 두고 한 선원이 음흉하게 웃으며 비장의 물건을 꺼내 들었다. 모두 '오오옷!' 하는 소리를 내질렀다. 선원이 꺼낸 물건은 여기서는 귀하디귀한 퀼런이었다.

"옷! 이것은!"

던웨이와 캘런의 눈도 번쩍 광채를 발했다. 그러자 퀼런을 꺼내 든 선원은 히죽 웃었다.

「자자, 다들 꿀맛의 궐련 한 대 하라고.」

바람 좋겠다, 기분 좋겠다, 장소 좋고 사람도 좋겠다, 선원은 인심 후하게 베풀어 주변에 있는 모든 이들에게 궐련을 한 대씩 돌렸다. 세-이든에서 출항할 때 어지간히도 많이 싸들고 온 모양이었다.

던웨이와 캘런도 신나게 받아 들었다.

「나도 한 대 줘봐.」

「장군님도 하시겠습니까?」

기욤은 피식 웃었다.

「지금은 장군이 아니라니까.」

「한번 장군님은 영원한 장군님이죠.」

선원은 꼬리방울 딸랑딸랑 흔들며 기욤에게도 궐련을 건네주었다. 그러자 기욤은 불을 돌리고 있는 선원들을 바라보며 짓궂게 웃었다.

「항상 하는 생각인데, 두목님은 이럴 때 참 편하시겠어.」

칼은 궐련을 하지 않지만, 불이 돌아오길 기다릴 것 없이 알아서 불을 붙일 수 있을 테니 하는 말이었다. 그러자 선원들은 동감한다는 듯 껄껄 웃음을 터뜨렸다. 왜 웃는지는 모르겠지만 다들 좋다고 웃으니 던웨이와 캘런도 따라 웃었다.

이내 궐련 끝에 불을 붙인 기욤은 무릎을 접고 앉은 불량한 자세로 뿌연 연기를 뿜어냈다. 차림도 선원들과 별다르지 않겠다, 머리에는 땀 닦을 띠까지 동여맨 채 궐련을 꼬나물고 있으니 꼭 잠시 휴식을 즐기는 공사 현장의 인부 같았다.

「어이쿠! 저런!」

한 선원이 에이엔스와 칼 쪽을 바라보았다가 안타까운 소리를 터뜨렸다. 낑낑거리며 나무에 오르려고 하던 에이엔스가 신발 때문에 자꾸만 미끄러지고 있는 탓이었다.

다시 바닥에 발을 디디고 선 에이엔스는 나무 꼭대기를 올려다보더니, 갑자기 신발을 벗기 시작했다. 에이엔스가 고집을 한풀 꺾은 모습에 선원들은 훈훈한 웃음을 터뜨렸다. 하지만 궐련을 입에 문 채 그들을 바라보고 있는 기욤은 웃을 수도 없고 울 수도 없는 묘한 표정이었다.

반면, 에이엔스의 기분은 비참하기 그지없었다. 얄미운 칼이 뻔히 지켜보고 있는 상황에서 나무에 오르지 못하는 것도 민망한데, 뒤에서 커다란 웃음소리가 연달아 들려왔다. 꼭 자신을 비웃는 것 같아 어금니가 질끈 물렸다. 사실 선원들은 에이엔스가 귀여워서 웃는 것뿐이었지만, 이 상황에서는 딱 오해하기 좋은 웃음이었다.

"그러게 신발 밑창이 미끄러워서 못 올라간다니까."

가만히 있으면 중간이나 가지, 꼭 한마디 거들어 목을 졸라 버리고 싶게 만드는 칼을 매섭게 째려본 에이엔스는 신발을 벗고 발목까지 조금 위로 걷어 올렸다. 이미 그녀의 머릿속에는 한심하다는 생각 따윈 남아 있지 않았다.

"한마디만 더하면 정말 목을 졸라 버리겠다."

발목과 팔목까지 걷어 올린 에이엔스는 제복의 어깨에 달린 끈을 하나 빼 들었다. 칼은 '저런' 하는 소리를 내었다.

"그걸로?"

"무슨 헛소리냐."

에이엔스는 그 끈으로 머리를 질끈 동여 묶었다. 그러고 나서 나무 타기용 천을 잡고 다시 나무에 오르기 시작했다. 신발을 벗은 게 도움되는지 이번에는 꽤 수월했다. 비참했던 기분이 좀 나아지고 득의양양해지는데, 어느 정도 올라가고 나니 팔이 뻐근하게 울려왔다. 평소에 쓰지 않던 팔 근육을 한동안 썼더니 무리가 온 듯했다.

"뭐 해?"

쉽게 올라가나 싶었던 에이엔스가 어느 지점에서 멈춰 선 채 가만히 있자 칼은 의아하게 물었다. 그러다 멈춰 있는 그녀를 보고 장난기가 동했는지 손을 뻗었다.

"떨어질 것 같아? 잡아줘?"

아까보다 많이 올라갔다 해도 손을 뻗으면 충분히 닿을 수 있는 거리였기에 칼의 손이 허리 근처에 다가오는 기척이 느껴지자 에이엔스는 흠칫했다.

"건드리지 마라!"

에이엔스는 발목 근처에 있는 칼의 얼굴을 걸어차 버리려는 듯, 뒤로 휙 한쪽 발을 내질렀다.

"이런."

칼은 얼른 얼굴을 옆으로 치워 공격을 피해냈다. 그 김에 허공을 걸어찬 몸이 기우뚱하자 에이엔스는 나무에서 손을 놓고 바닥에 탁 착지했다. 작게 뿌연 모랫바람이 일었다.

"왜 내려와?"

에이엔스는 찌릿 칼을 째려보았다.

"한심하게 내가 왜 이러고 있는지 모르겠군."

조롱거리가 되고 있는 것 같아 화가 난 에이엔스는 머리 끈을 풀며 해변 쪽으로 가버렸다.

"어이! 아가씨! 하던 건 마저 해야지!"

칼은 그 뒤를 따라가며 능글맞게 외쳤다.

"꺼져라!"

"괜찮아. 처음부터 잘하는 사람이 어디 있어?"

"꺼지래도!"

눈부신 해변 쪽으로 두 남녀의 모습이 멀어져 갔다. 그것을 본 선원들은 빠끔히 고개를 내밀고 옹기종기 모여들었다.

「뭐야? 갑자기 왜 저러시는 거래?」

졸지에 장대 같은 남자들이 모여 두 남녀를 멀뚱히 지켜보고 있는 이상한 광경이 연출되었다. 그때 갑자기 에이엔스가 계속 따라오며 반죽대는 칼에게 화가 난 듯 해변에 굴러다니고 있던 나뭇가지를 집어 들었다. 그리고 그것을 검처럼 칼에게 겨누었다. 그러자 칼이 무어라 느물거리며 말하더니 자신에게 겨누어진 나뭇가지를 쥐고, 휙 끌어당겼다. 그에 에이엔스가 휘청하며 따라오자 그녀의 목에 팔을 감는 것이 아닌가? 깜짝 놀란 에이엔스가 버둥거리자 희게 드러난 그녀의 맨발에 치인 모래들이 허공으로 뛰어올랐다.

선원들은 껄껄 웃어버렸다. 던웨이와 캘런도 저도 모르게 폭소를 터뜨렸다.

그때 에이엔스가 제 머리를 옆구리에 짐짝처럼 끼고 있는 칼의 팔을 잡고 휙 다리를 걸었다. 칼은 재빨리 그녀를 놓고 물러섰다. 에이엔스는 씨근덕거리더니 이내 그를 무시하기로 마음먹었는지 허리를 숙이고 아직 손에 들린 나뭇가지로 모랫바닥에 무언가를 그리기 시작했다. 그러자 칼이 그녀의 손에서 나뭇가지를 뺏어

들고 그녀가 모랫바닥에 그린 그림을 수정했다. 잠시 의아하게 그 그림을 보던 에이엔스는 갑자기 사나운 표정으로 칼을 걷어차 버리려고 했다.

칼은 웃으며 그녀에게서 떨어졌다. 그런 후 갑자기 조개껍질을 주워 들어 탁탁 모래를 털어내고 그녀에게 내밀었다. 에이엔스는 잠시 지극히 의심스러운 눈빛이었지만 곧 그것을 받아 들고 햇빛에 비추어 보았다. 칼은 그런 그녀를 보며 빙그레 웃음 지었다.

찬연하게 쏟아지는 햇빛을 반사하는 바다에 푸른 물비늘이 만화경처럼 환상적으로 반짝거렸다. 푸른 비늘 물고기 떼와 흰 비늘 물고기 떼가 함께 춤추듯 넘실넘실……. 그 빛에 비친 여인의 해사한 얼굴이 뽀얗게 빛났다. 푸른 물비늘이 춤추는 바다를 배경으로 섬세한 얼굴 선에 부드러운 솜털이 은은한 빛을 발하고, 순은 빛의 은발은 저 심해 속에서 유영하는 인어의 비늘처럼 다채로운 색을 반사했다.

햇빛 속의 여인은 온통 순백색으로 빛나는 듯했다. 더구나 오색찬란한 무지갯빛이 그녀의 주위로 온화함에 충만한 공기처럼 반짝반짝 빛나고 있어서, 칼은 그 빛에 가슴까지 뻐근해졌다. 여인을 바라보며 애정과 사랑스러움에 충만해진 사내의 눈이 달콤하기 그지없어 지켜보는 이들이 설탕을 한 움큼 삼킨 것처럼 달달해질 정도였다.

기윰마저 궐련 끝에서 재가 떨어지는 것도 모르고 그들을 지켜보았다. 주군의 저런 눈빛은, 전에도 후에도 본 적이 없었다. 칼도 스스로 저런 눈빛을 하고 있다는 걸 모르는 것 같았다.

한참 에이엔스를 지켜보던 칼의 눈이 갑자기 빛났다. 또 뭔가 장난칠 거리를 찾아낸 모양이었다. 그리고 무방비 상태의 에이엔스를 뒤에서 공주님 안기 자세로 번쩍 안아 들었다. 그녀의 새된 비명과 선원들이 날숨을 들이켜는 소리가 동시에 터져 나왔다.

칼은 또 그녀를 바다에 내던져 버렸다. 그리고 크게 웃으면서도 후환이 두려웠는지 냉큼 선원들 쪽으로 달려왔다. 선원들은 다가온 칼을 다들 궐련 한 대를 든 채 입을 벌리고 올려다보았다.

「후, 덥군.」

한참 티격태격했더니 더웠던지 칼은 땀을 닦아내며 자리에 앉고는 얼빠진 그들을 뭐냐는 듯 둘러보았다.

「왜 그렇게 보는 거지?」

「허…… 험험. 아무것도 아닙니다…….」

선원들은 하나같이 슬그머니 시선을 내리깔았다.

「근데 웬 궐련이지?」

「두목님도 한 대 하시겠습니까?」

「아니, 난 됐어. 물이나 좀 줘.」

「여기 있습니다.」

칼은 무두질해 놓은 가죽 물통을 받아 들고 물을 몇 모금 시원하게 들이켰다. 그런데 그때 갑자기 칼의 맞은편에 앉아 있던 선원이 그를 보며 형용하기 힘든 표정을 지었다. 다른 이들은 합죽이처럼 입을 다물었다. 미묘한 공기가 스멀스멀 피어올랐다. 눕혀놓은 나무토막에 걸터앉아 물을 마시던 칼은 의아한 표정을 지었다.

「뭐…….」

무어라 물으려는 찰나, 터억. 무언가 차가운 게 그의 등을 내리눌렀다.

「……?!」

그 바람에 앞으로 몸이 조금 쏠리고 만 칼은 솔직히 조금 놀랐다. 누가 함부로 그를 건드린 적도 없는데, 등에 웬 족(足)이.

슬쩍 뒤를 돌아보니 물에 빠진 생쥐 꼴인 에이엔스가 푸른 살기를 흘리는 눈으로 그의 등에 젖은 맨발을 댄 채 내려다보고 있었다. 그녀로서야 이유를 알 길이 없겠지만, 선원들이 대경실색한 것은 말할 것도 없었다.

"죽고 싶나."

물을 뚝뚝 흘리고 선 에이엔스를 빤히 올려다보던 칼은 이내 사르르 눈웃음을 지었다.

"아이 참…… 그렇게 보면 무서운데."

유일하게 그 말을 알아들은 던웨이와 캘런은 궐련 연기에 사례가 들려 미친 듯이 기침을 토해냈다.

아이 참? 아이 참! 아이 참이라니!

대체 이 미끈한 외모의 해적 두목은 정체가 뭐냐!

에이엔스는 청안을 이글이글 불태우더니 발에 꾹 힘을 주어 그를 밀어내다시피 하고 휙 몸을 돌려 다른 쪽으로 가버렸다.

"어이! 삐쳤어? 응?"

검은 셔츠에 작달막한 발자국 하나가 선명하게 남은 대공 전하는 재빨리 그녀를 따라갔다. 그 꼴을 넋 놓고 쳐다보던 선원들 중 누군가가 '허, 허헛……' 짧게 허허로운 웃음을 토해냈다. 그것이 하나둘 옆으로 번져 가더니, 종내에는 폭소가 되었다.

14

　에이엔스는 잠시 작게 숨을 들이켜 쉬었다. 그리고 후우, 편안히 내쉬는 동시에 가슴을 단단히 압박하고 있던 띠를 풀었다. 또 칼 때문에 온몸이 쫄딱 젖어 하는 수 없이 옷을 갈아입으며 풀게 되었지만, 가슴에 쌓여 있던 체중까지 시원하게 내려가는 것 같았다.

　선실 안의 에이엔스는 붙박이 침대에 놓여 있는 새 옷을 보며 박박 이를 갈았다. 이 조개껍질을 햇빛에 비춰 보면 그림이 보일 거라는 말 따위 믿는 게 아니었는데. 그런 조개껍질이 있을 리도 없거니와, 한 번 당해봤으면 정신을 차릴 만도 하건만. 그것도 그렇고, 모래 위에 대륙의 지도를 그린 제 그림을 지우고 '에이엔스는 변비 환자다'라고 적는 그 유치함이라니! 거기에 파르르 떨며 반응한 저가 더 한심할 지경이었다.

　에이엔스는 한숨을 내쉬며 옷을 들어 올렸다. 그 순간이었다. 익숙한 목소리가 들리는 동시에 문이 노크도 없이 벌컥 열렸다.

"허리띠를 빠뜨렸……."

에이엔스는 우뚝, 동작을 멈추었다. 그와 함께 무심하게 들려오던 목소리도 중간에 흐려지나 싶더니 이내 아예 들리지 않게 되었다. 그 찰나에도 에이엔스는 눈을 크게 뜬 채로 갑자기 나타난 그를 바라보기만 했다. 아니, 정확히는 어떻게 반응해야 할지 모른다는 말이 맞았다. 그러자 그녀의 얼굴에 못 박혀 있던 칼의 시선이 서서히 아래로 미끄러져 내려갔다. 놀란 듯 살짝 벌어져 있는 입술에서 곧은 목으로, 그리고…….

가녀린 허리가 받치고 있는 게 신기할 만큼 풍만한 융기를 바라본 그의 한쪽 눈썹이 슬쩍 위로 휘어졌다.

"크기가 다르다……?"

그가 멍하게 중얼거린 순간, 에이엔스의 얼굴에 열기가 확 솟구쳤다.

"어딜 보는 거냐!"

에이엔스는 사납게 외치고 티를 끌어올려 가슴을 가리며 휙 등을 돌렸다. 두 사람밖에 없는 선실 안에는 뭐라 이루 형용할 수 없는 침묵이 떨어져 내렸다. 에이엔스는 등을 돌린 채 입을 열지 않았고, 칼도 아무런 말이 없었다.

'왜 크기가 다르지?'

제 눈이 미친 게 아니라면, 분명히 그랬다. 그저 들판에 소담히 핀 민들레꽃처럼 살짝 봉긋한 정도였던 에이엔스의 가슴은 확 두드러질 정도로 커져 있었다. 여인이 달거리를 할 때가 되면 젖가슴이 커진다는 이야기는 그도 알고 있었지만, 저 정도로 차이가 나진 않을 터였다. 가슴에 엄청난 종기가 난다고 해도 저 정도는 아니었다.

아니면 여자의 가슴이란 원래 떼었다 붙였다 할 수 있는 거였나? 그럼 남자들은 다 속고 있는 건가? 아니, 그럴 리가 없잖은가. 그럼 대체…….

문득 칼의 시선이 침대에 놓여 있는 물건에 닿았다.

아, 그래, 저거. 코르셋도 아니고 보호대도 아닌 요상한 속옷.

에이엔스는 보양 등을 드러내 놓은 채 여전히 어깨를 딱딱하게 굳히고 있었다. 가녀린 은발이 타고 흐르는 매끈한 등에 칼은 절로 목구멍을 타고 군침이 넘어갔다.

칼은 천천히 입을 열었다.

"에이엔스."

어느새 등 뒤에서 느껴지는 남자의 열기에 에이엔스는 흠칫했다. 그리고 아직도 자신이 티를 끌어안고만 있다는 걸 깨닫고 재빨리 옷을 뒤집어썼다.

"네가 부르라고 있는 이름이 아니…….

그런데 그가 먼저 결연하게 물었다.

"가슴 한 번만 만져 보면 안 될까?"

우뚝. 한참 후에야 에이엔스는 도저히 믿을 수 없다는 눈으로 그를 돌아보았다. 그런데 그의 표정은 결코 농담이 아니라는 듯 진지하기 그지없었다. 너무 진지해서 무서울 정도였다. 매사 유들유들한 이 남자가 이토록 진지한 적이 또 있었나 싶어졌다.

"잘못 들은 것 같은데 다시 한 번 말해주겠나?"

아무리 그라도 설마 그런 질문을 했겠나 싶어 에이엔스는 진심으로 반문했다. 자신의 귀가 미쳐도 단단히 미쳤다고 믿어 의심치 않으며. 하지만 칼은 아주 또박또박하게 다시 말했다.

"가슴 한 번만 만지게 해줘."

너무 놀라 굳어 있기만 하자, 칼이 뒤에서 몸을 끌어안았다. 그
제야 에이엔스는 퍼뜩 정신을 차리고 벗어나려고 했다. 하지만
그는 어느 때보다 진지한 힘으로 에이엔스를 안고 놓아주지 않았
다. 하긴 언제는 순순히 놓아주었냐마는, 지금은 너무나 진지해
서 소름이 다 돋았다.

"놓으……."

"쉿. 잠깐만."

뭐라고 하려는 찰나, 뒤에서 돌아온 그의 손이 턱을 잡아 돌리
고 입을 맞춰왔다. 그리고 에이엔스가 반사적으로 숨을 들이킬
때를 놓치지 않고 깊이 입술을 내려 혀를 밀어 넣었다. 삼켜보고
싶을 정도로 말랑한 것이 점막을 헤치고 안으로 들어왔다.

거부해. 거부하라고.

그런 마음속 외침에도 소용없이, 에이엔스는 어느새 익숙해진
그의 맛에 정직하게 반응하고 있었다. 입술을 작게 달싹이자 그가
촉촉한 입술을 핥고 다시 안을 탐험했다. 등 뒤로는 단단한 남자의
가슴이 느껴지고, 아프지 않게 턱을 고정하고 있는 손이 느껴졌다.

마음만 먹으면 그를 떨쳐 낼 수 있다는 걸 알고 있었다. 힘이야
그가 더 강하지만, 진심으로 거부한다면 그가 억지로 하진 않을
거라는 것도 알고 있었다. 하지만 몸이 움직이질 않았다. 그가 와
닿는 순간, 모든 게 다 상관없어져 버렸다.

이런 기분은…… 대체 뭘까.

그때 허리를 안고 있던 그의 손이 서서히 티 안으로 스며들어
왔다. 그리고 허언이 아니었다는 듯 살결을 쓸며 위로 올라와 방
해물 없는 가슴에 닿았다. 에이엔스는 반사적으로 움찔했다. 그
러자 그가 어르듯이 혀를 움직였고, 에이엔스가 다시 잠잠해지자

조심히 한쪽 젖가슴을 감싸 쥐었다.

손안에 묵직하게 들어차는 말랑한 감촉이 느껴지며 눈으로 본 크기가 틀리지 않았음을 증명해 주었다. 남자에게서 절로 나직하게 한숨이 새어져 나왔다.

젖가슴을 가만히 어루만지던 그의 손이 이제는 슬며시 솟아난 정점을 문질렀다. 야릇한 희열이 기어올라 오는 느낌에 에이엔스는 작은 신음을 흘렸다. 민감한 해면체가 금세 응축되듯 딱딱해지고, 피부에 발갛게 열이 올랐다. 그가 조심히, 그러나 끈질기게 자극할수록 발끝이 간질거렸다. 마치 발가락 끝에 벌레가 앉아 꼬물거리고 있는 것만 같았다.

칼은 천천히 에이엔스를 돌렸다. 그러는 동안에도 두 사람의 입술은 떨어질 줄을 몰랐고, 티 속에 숨은 그의 손은 가슴을 손바닥으로 크게 감싸고 주물렀다. 알차게 여문 과일의 속살처럼 탄력있는 살집이 그의 손가락을 튕겨내는 것만 같았다.

칼은 느릿하게 입을 옮겨 꽉 힘이 들어간 그녀의 턱을 살짝 핥고 섬세한 턱 선을 따라 선을 그리듯 내려갔다. 그리고 흐트러진 은발 속에 앙증맞게 숨은 하얀 귓불을 깨물었다. 에이엔스는 신음을 흘리지 않으려고 입을 더 꾹 다물었지만 떨리는 몸만은 어쩔 수 없었다. 그러자 그가 귓불을 오독, 깨물고 그 부분을 달래듯 핥아 올렸다. 그런 후 귀 뒤에 숨은 성감대를 타액으로 적셔와 에이엔스는 흐윽, 하고 우는 듯한 소리를 흘리고 말았다.

머리가 너무 더웠다. 몸은 한기가 들린 것처럼 뭔가 시원하면서도 짜릿한데, 머리는 온몸의 열기가 다 몰린 듯 부옇게 흐려져 있었다. 그는 머리뿐만 아니라 닿아 있는 온몸이 뜨거웠다. 가슴을 만지고 있는 손도 뜨거웠고, 입술이나 숨결도, 눈동자도 용암

처럼 뜨거웠다. 그 열기가 자신마저 모조리 집어삼켜 버릴 것만
같았다.

칼은 잠시 입을 떼고 벽에 기대서 있는 에이엔스를 바라보았
다. 그의 붉은 눈은 그야말로 부글부글 끓고 있었다. 타닥, 하고
불티를 토해낼 것 같았다. 그리고 눈가에마저 열기가 몰린 듯 광
대뼈 부근이 조금 불그스름했다.

이내 그는 도저히 참을 수 없다는 듯 '제길' 하고 거친 말을 뇌
까리더니 단숨에 고개를 아래로 내렸다. 동시에 티를 끌어올리고
그녀의 유두를 한입에 삼켜 버렸다.

"웃……!"

에이엔스의 허리가 휘었다. 그러자 뒤로 돌아온 그의 손이 등의
오목한 부분을 훑어 내리며 그녀의 긴장을 풀고자 했다. 그러면서
도 입은 계속 가슴을 맛있게 먹어치우고 있었다. 탐욕스럽게 유두
를 빠는 소리가 쪽쪽, 하고 울려 퍼졌다. 에이엔스는 그 음란한 소
리에 귀를 막고 싶었지만 귀를 막는 대신 고개를 모로 꺾었다.

다리 사이가 얼얼하게 울려왔다. 이제는 머리에 고여 있던 열
기가 하반신으로 내려간 것 같았다. 다리 사이가 간지럽고, 뜨겁
고, 야릇한 감각이 그곳에서 드글드글 들끓어 무언가가 절대적으
로 필요했다. 에이엔스는 본능적으로 다리 사이에 들어와 있는
그의 하반신에 자신의 하체를 문질렀다. 그 행동이 무엇을 의미
하는지도 모르고 그저 본능에 따랐다. 그러자 그의 몸이 불에 덴
듯 크게 움찔했다. 성찬을 맛보는 것처럼 정점을 먹어치우고 있
던 입도 퍼뜩 멈추었다.

에이엔스는 그때에야 흐릿한 눈을 겨우 떠올렸다. 수면 위에
흐려진 잔상처럼 보이는 천장이 눈에 들어오고, 허벅지에는 무언

가 딱딱한 것이 와 닿아 있었다. 몇 겹의 옷감 너머로 느껴지는 그것은 왜인지 그의 몸 어디보다 뜨거웠다.

칼은 후우, 숨을 몰아쉬고 고개를 들었다. 그리고 알 수 없는 말을 중얼거렸다.

"어떻게 이럴 수가 있지? 허리는 가는데, 가슴은 커."

에이엔스는 멍하니 그를 보았다. 아직 머릿속을 잠식한 열기가 다 가시지 않기도 했고, 그게 칭찬인지 뭔지 알 수 없어서였다. 하지만 되물을 새도 없이 칼이 다시 입을 맞춰왔다. 가슴에서 떨어질 줄을 모르는 손에서는 어쩐지 집요함까지 느껴졌다.

얼마나 키스했는지 알 수 없을 만큼 키스가 깊어졌을 때였다.

「두목님, 식사가…….」

칼이 들어왔을 때처럼 노크 한 번 없이 벌컥, 문이 열렸다.

「으헉!」

동시에 놀란 소리가 비명처럼 울렸다. 입을 뗀 둘이 문 쪽을 돌아보자, 기음이 눈을 최대로 확장시키고 입을 쩌억 벌리고 있었다.

「죄, 죄송합니다!」

콰앙!

기음은 천장이 후드득 떨릴 정도로 거세게 문을 닫고 나갔다. 둘은 동시에 서로를 바라보았다. 둘 다 눈은 흥분으로 고조되어 있었고, 한 몸처럼 얽힌 채 칼의 손은 에이엔스의 한쪽 가슴을 감싸 쥐고 있었다. 그래도 다행히 칼의 몸에 그녀가 가려져 자세히 보이진 않았겠지만, 얽혀 있는 자세만으로도 충분히 알 수 있었으리라.

"비켜라."

휘몰아치는 열락의 공기가 깨어지자 두 사람은 어색하게 떨어졌다. 주섬주섬 옷을 추스른 에이엔스는 등을 돌린 채 아무런 말도 하지 않았고, 칼도 등을 돌린 채 열심히 하반신을 진정시켰다.
데면데면하기 이를 데 없는 공기가 두 사람 사이에 감돌았다.

한참 후에 칼이 물었다.

"왜…… 그 이상한 속옷을 입고 있었던 거지?"

에이엔스는 아직도 야릇한 감각에 젖어 있는 가슴을 팔로 슥 가렸다. 붉은 기가 날뛰고 있는 얼굴도 진정이 되질 않았다.

"기사에게 가슴은 불필요한 살덩어리일 뿐이다."

표정이 보이지 않는 칼은 잠시 침묵하고 있다가 읊조렸다.

"그렇군."

그리고 그는 먼저 방을 나가 버렸다. 에이엔스는 한참 동안 움직이지 못했다.

털썩, 배를 나와 해변의 바위에 걸터앉은 칼은 여전히 화사하게 펼쳐져 있는 풍경을 멍하니 바라보았다.

'세상에, 가슴까지 내 취향이야…….'

그 예민한 감도하며, 탄력, 크기까지. 가슴이 작아도 괜찮다고 생각하긴 했었는데, 가슴까지 금상첨화이니 이게 웬 행운인가 싶었다.

「전하.」

그때, 기욤이 다가왔다. 일부러 두목님이라고 부르지 않고 원래의 호칭을 부르는 걸 보니……. 하지만 기욤이 그런 장면까지 보고 그냥 넘어가리라고는 꿈도 꾸지 않았기에 칼은 그저 바다 쪽만 보고 있었다.

「잔소리라면 짧게 해.」

옆에 와서 선 기욤은 쓰게 웃었다.

「아닙니다. 제가 무슨 말을 하겠습니까.」

칼은 무슨 바람이 불었냐는 듯 기욤을 돌아보았다.

「하지만…… 시간이 얼마 남지 않았다는 것은 알고 계시겠죠?」

그제야 칼은 아차 했다.

「그렇군. 노느라 깜빡하고 있었어.」

「이 무인도라고 언제까지나 안전하지는 않습니다. 저희가 떠나기 전에 아멜리타가 이곳을 발견한다면 전투가 불가피해지겠죠.」

그것은 칼도 잘 알고 있겠지만, 기욤은 다시 한 번 경고하는 의미에서 말했다.

「슬슬 그라나츠 해군을 풀어주고 돌아오고 있을 테니 아멜리타도 독이 바싹 올랐을 겁니다. 발견되는 건 시간문제입니다. 황제 폐하께서도 전하께서 귀환하시길 기다리고 계실 겁니다.」

칼이 가장 꼼짝 못하는 인물이 그의 형 에모레일이라는 걸 알고 있으니 하는 말이었다. 하지만 기욤은 왠지 그가 꼼짝 못할 인물이 하나 더 늘 것 같은 예감이 들었다.

「그렇지. 이곳은 곧 떠나야 하는 곳이었지. 하지만 조금 떠나기 싫어지는군.」

「전하.」

기욤은 자못 엄하게 칼을 불렀다. 그런 생각을 하지도 마시라는 듯.

「그냥 말이 그렇다는 거지 비약해서 반응하지 말라고.」

기욤은 그저 한숨밖에 내쉴 것이 없었다.

15

아멜리타 왕국 수도 림하렐, 왕성 백궁.

언제나 차분한 공기가 감돌고 있던 그곳은 요즘 따라 시시각각으로 분위기가 바뀌고 있었다. 바로 어제까지만 해도 전쟁이 난 것처럼 흉흉한 분위기가 감도나 싶더니, 오늘은 모두들 목소리를 낮추고 소곤거리기 바빴다. 사교계의 여인들도 허리를 바싹 세우고 입을 놀리기에 바빴고, 근엄함을 기본으로 하던 기사들도 술렁술렁 흔들렸다. 그 가운데, 현재 기사단장의 갑작스러운 부재로 제3왕궁기사단을 총괄하게 된 듀스 데임 지할드 경은 왕의 부름을 받았다.

급히 왕의 집무실로 가자, 어느 때나 변함없이 문 앞에 부동자세로 서 있는 시녀가 조용히 그의 방문을 알렸다.

"전하, 제3왕궁기사단의 임시 기사단장님께서 드셨습니다."

"들어오게."

문이 밀려나자 정면으로 보이는 책상에 앉아 있는 아멜리타의 청년 왕이 눈에 들어왔다. 그는 세상의 온갖 짐을 다 짊어진 듯 수심에 가득 찬 표정이었고, 평소에는 그나마 의연하던 어깨가 너무나 무거워 보였다.

"제3왕궁기사단의 듀스 데임 지할드가 전하를 뵙습니다."

듀스 역시 참담한 심정은 아비드와 다를 것이 없었지만, 정중하게 인사를 고했다. 그러자 아비드는 땅이 꺼질 듯한 한숨을 길게 내쉬었다.

"지할드 경도 이야기를 들었을 거라 생각하네만……."

아비드는 책상에 놓인, 전서구가 바람을 타고 날아와 재빠르게 전해준 양피지를 가만히 쓸어내렸다. 마치 흔적도 없이 사라져 버린 누군가의 얼굴을 애달프게 쓸어내리듯이. 듀스는 차분하게 왕의 뒷말을 기다렸다.

"실종되었던 그라나츠 해군들이 돌아왔네."

듀스는 이를 악물었다. 실종되었던 그라나츠 해군들이 발견된 장소는 림하렐과 다소 먼 항구 도시 베하엘로였지만, 본디 소문이란 전염병 같은 것이라 이미 수도 림하렐은 그 이야기로 지붕이 들썩거렸다.

해군들은 한 사람도 빠짐없이 귀환했다. 하지만 극적으로 귀환한 일행에는 가장 중요한 세 인물이 없었다.

"하지만 그라나츠 해군의 증언에 의하면 왕궁기사 아이힌 경과 던웨이 경, 캘런 경은 아직 해적들의 손에 잡혀 있다더군."

듀스는 말이 없었다. 아니, 입을 열 수 없었다. 지금 섣불리 입을 열었다가는 또다시 이성을 잃고 왕에게마저 불경을 저지를 것 같았다.

"그라나츠 해군들이…… 그러더군. 아이힌 경이 그들을 구하기 위해서 해적단 두목과 싸워 이겼다고."

거기까지 말한 아비드는 잠시 꾹 입을 다물더니, 곧 짙은 한숨과 함께 떨리는 목소리를 흘렸다.

"어찌 자기가 살 생각은 하지 않고……."

동료와 부하부터 위하는 것은 국가가 요구하는 진정한 기사의 자세였지만, 에이엔스를 남달리 총애하는 입장에서는 절로 그런 말이 새어져 나왔다.

듀스는 잠시 침묵을 유지하다가, 고개를 들었다.

"혹, 세-이든 제국으로 친서를 보내신 일은 어찌 되었는지 여쭈어도 되겠습니까?"

왕은 소용없다는 듯 절레절레 고개를 내저었다.

"제국의 황제는 아직 대답이 없네. 친서가 황제의 손에 들어가지도 않은 모양이야."

확실히 황제가 친서를 받기까지는 아직 시간이 일렀다. 평소에 교류가 있었던 나라라면 모를까, 가장 멀리 떨어진 지형적 특성상 황제가 친서를 받기까지 얼마나 더 걸릴지 알 수 없었다. 이렇게 되면 세-이든의 황제로부터 무언가 실마리를 얻기는 포기하는 편이 나았다.

납치극이 일어난 날부터 아멜리타는 대대적인 수색에 들어갔다. 왕국의 자랑이자 유일한 마법의 실현자가 증발되어 버렸으니 현자의 탑이 발칵 뒤집힌 것은 말할 것도 없고, 던웨이 후작가와 캘런 백작가도 사정은 똑같았다. 당 가문에 대한 모욕이고 음해라며 안 그래도 떠들썩한 림하렐을 더욱 시끄럽게 만들었다. 덕분에 이 유례없는 대형 납치사건으로 인해 아멜리타는 전국이 수군거리는 물결로 조용해질 날이 없었다.

그러던 와중 듀스는 해적선이 세―이든 제국의 배로 의심된다고 고했고, 아비드는 펄쩍 뛰며 놀랐다. 그러나 듀스가 논리 정연하게 이유를 설명하자, 어느 정도 수긍했는지 그도 그렇다는 듯 세―이든 제국으로 친서를 발송했다.

물론 그들을 의심하고 있다는 내용은 아예 배제하고 혹여 탈출한 마법의 실현자가 있는지, 만약 있다면 이 일과의 연관성을 알아봐 줄 수 있는지, 정중하게 답신을 요구했다. 사실 세―이든 제국에는 찔리는 구석이 있는지라 유별날 만큼 예를 다했다. 하지만 황제가 친서를 받는다고 해도 호의적인 대답이 돌아올지 아닐지는 확신할 수 없었다. 하필이면 그들이 신원에 대한 자료를 요구했던 에이엔스 아이힌이 얽혀 있는 이야기이니.

"일단 귀환한 자들의 증언을 토대로 다시 수색 작업을 벌이고는 있지만, 계속 눈가리개를 한 채 선실에만 감금되어 있다가 돌아와서 어딜 다녀온 건지도 기억이 확실치 않다고 하더군. 게다가 해적선은 베하엘로 해군들이 추격하기도 전에 사라져 버렸다고 하네."

아비드는 참담함을 감출 수 없는 듯 중얼거렸다.

"인근의 나라는 모두 신원 불명의 해적선이 들어온 적은 없다고 하고……."

아비드는 아낌없이 애석함을 내보이고 있었고 듀스는 묵묵히 말을 듣기만 했지만, 현재 두 남자의 기분은 같았다. 무력감. 다행히 그녀가 아직 살아 있다는 건 알게 되었지만, 그 한 명조차 되찾아올 수 없다는 무력감이 가슴 깊이 들어찼다.

'에이엔스······.'

아비드는 한 번도 입 밖으로 내어 불러본 적 없던 그녀의 이름을 가만히 읊조려 보았다.

그녀의 심해처럼 푸르른 청안은 언제나 이쪽을 바라보고 있어도 마음이 여기 없는 것처럼 잡히는 법이 없었다. 그래서 언제든지 날아가 버릴까 봐 그렇게 불안했던 것일지도 몰랐다.

'네 출생에 관한 것은 우리 사이의 묵계였지. 난 선왕께 전해 들은 진실을 홀로만 간직했고, 너도 그에 관해서는 입을 열지 않았지. 제발 살아 돌아와라. 만약 네가 살아 돌아와 주기만 한다면······ 이번에야말로 정직하게 청하마. 네가 아멜리타 인이 아니어도 상관없으니, 내 곁에 남아달라고.'

언제 날아가 버릴까 전전긍긍하는 것보다, 당당히 남아달라고 청하는 편이 정도(正道)일 터였다. 그것을 너무 늦게 깨달아 버렸다.

에이엔스는 멍하니 나무에 기대앉아 슬슬 훈혹한 빛이 가라앉아 가는 바다를 바라보고 있었다. 이런 한가함을 느껴본 게 언제인지 전생의 기억처럼 까마득했다. 보통 때라면 한참 집무를 보거나 공무를 수행하고 있을 시간인데, 지금은 먹고 노는 일밖에 할 게 없었다. 하지만 애초에 노는 일에는 취미가 없었고, 하루 종일 입에서 음식을 떼지 않는 선원들과 달리 크게 식탐이 있는 것도 아니었다. 그야말로 미치게 한가했다.

문득 에이엔스는 자신의 몸을 내려다보았다. 선실에서의 사건 후, 다 마르지도 않은 제복을 그대로 걸쳐 입어서 아직도 척척했다. 가슴띠는 물기만 닦아내면 괜찮았기에 그대로 가슴에 둘러두었다.

대체 왜 카르테일을 거부할 수가 없는 걸까? 하긴, 전에도 이런 식으로 다가오는 남자는 없었다. 가끔 어떤 자들은 노골적인 성적 유혹을 보내오긴 했지만, 그녀의 직급과 능력 때문인지 이렇게까지 밀어붙이는 법이 없었고, 에이엔스 역시 눈 하나 깜짝하지 않았다. 오히려 거침없이 혐오스럽다는 눈빛으로 응수해 주었다.

익숙지 않아서 저돌적으로 밀고 들어오는 그를 거부할 수가 없는 걸까? 그렇다면 다른 남자와 키스해도 그와 하는 것과 같은 느낌을 받을까?

에이엔스는 저 멀리에 선원들과 옹기종기 앉아 있는 캘런을 바라보았다. 던웨이는 아까 선원들과 어디를 가는 것 같더니 아직 나타나지 않고 있었다.

'다른 남자라……. 한 번 시험해 볼까?'

에이엔스는 당장 말도 안 된다며 생각을 접어버렸다. 캘런과 키스를 한다니, 상상만 해도 끔찍했다.

그럼 도대체 카르테일은 뭐가 다른 걸까. 사실 얄미운 거나 기피하고 싶은 점으로만 보자면 그가 단연 으뜸인데. 게다가 아무리 싫어도 아군인 던웨이와 캘런에 비해 카르테일은 정체불명의 상대였다. 그런데도…….

"뭐 해?"

문득 들려온 음성에 에이엔스는 흐릿해져 있던 초점을 되찾았다. 깊은 상념에 빠져 있는 사이 다가온 칼이 앞에 서 있었다. 씻고 왔는지 젖은 머리카락은 윤기없는 흑색으로 진해져 있었고, 옷차림도 가벼웠다.

아까 그런 짓을 해버렸으니 화를 내야겠지만 이제는 화를 내는 것도 지겨웠다.

"비켜라. 안 보인다."

칼은 에이엔스가 넋 놓고 바라보고 있던 바다 쪽을 힐끗 돌아보았다. 옅은 노을빛을 받은 바닷물은 갖가지 붉은 계열의 물감을 뿌려놓은 것처럼 물들어가고 있었다. 그리고 하늘이고 바다고 할 것 없이 물결치는 실크를 펼쳐 놓은 양 일렁일렁 흔들렸다. 마치 보이지 않는 여신(女神)이 수평선에 서서 불타오르는 것 같은 붉은 너울을 훠이훠이 흔들고 있는 듯. 그 부드러운 농담(濃淡)의 대향연이 왠지 기분을 감상적으로 만들기에 충분했다.

"세─이든에서."

그가 갑자기 그 이름을 꺼내자 에이엔스는 슥 시선을 위로 치켜들었다.

"노을은 군신 자카라스가 밤을 불러오기 위해 피운 기원의 불이라고 하지."

"군신 자카라스……."

에이엔스가 묘하게 중얼거리는 사이 칼은 그녀의 옆자리에 앉았다.

"세─이든의 주신이다. 아무리 나라 간의 거리가 멀어도 보통 그건 알 텐데?"

"유별나게 그 신을 떠받든다는 이야기는 들었다."

"유별나게인가."

칼은 피식 웃었다.

"바람도, 비도, 눈도, 모든 것을 그 신에 결부하는 것 같더군."

에이엔스는 계속 노을을 바라보며 이야기했다. 이렇게 한가롭게 노을을 바라보고 있는 것도 굉장히 오래된 일인 것 같았다.

"맞아. 바람은 군신 자카라스가 거느리고 있는 독수리 자모일이 날개를 펄럭일 때 분다고 하고, 비는 독수리 자모일의 연인인 독수리 헬라임이 울 때 흐른다 하지."

"그 정도면 유별난 게 맞다."

"아멜리타에는 그런 게 없나?"

"글쎄……. 막상 말하자니 생각나는 게 없군."

"하긴, 아멜리타는 신을 모시지 않으니까."

그 말을 끝으로 둘은 불어오는 침묵의 바람에 잠시 몸을 맡겼다. 칼보다 조금 뒤에 앉아 있는 에이엔스는 노을을 바라보는 척하며 그를 훔쳐보았다. 그는 너무나도 평온해 보였다. 마치 이런 휴식을 처음 즐기는 사람처럼.

뭉툭한 해변의 바람이 불어와 그의 머리카락을 희미하게 훑고, 불그스름한 노을빛이 조각한 듯한 그의 옆얼굴과 흰 셔츠를 고요히 물들였다. 왠지 가슴에 조용한 물길이 차올랐다. 노을빛이 가슴마저 붉게 물들여 버린 것인지, 알 수 없는 감정의 물길이 일었다.

그 기분이 이상해 무슨 말이라도 하려는 찰나였다. 갑자기 푸드덕 작은 바람이 일더니 카이드가 날아와 에이엔스의 어깨에 앉았다.

"카이드."

잿빛 깃털에 노을이 흘린 물감을 묻히고 날아온 카이드는 삐익하고 목을 울렸다. 동시에 검은 새가 날아와 칼의 어깨 위에 앉았다. 그곳이 지정석인 모양이었다. 에이엔스는 눈에 노을을 품고 있는 독수리를 빤히 바라보았다.

"사왈리다."

칼이 어깨에 앉은 독수리를 흘긋 보더니 말했다.

"사왈리?"

"그래. 사왈리 십칠 세, 이제 막 첫사랑에 빠진 도도한 아가씨지."

에이엔스는 고개를 갸웃했다. 첫사랑에 빠졌다니? 그러자 칼은 에이엔스가 의아해하는 것을 눈치 챈 듯 희미하게 웃었다.

"한눈에 반한 모양이야."

"누구한테?"

"지금 네 어깨에 앉아 있는 늠름한 청년한테."

에이엔스는 잠시 아무 표정 없이 있다가, 늦게 그 말의 의미를 깨닫고 퍼뜩 카이드를 돌아보았다. 카이드는 황금빛 눈을 근엄하게 뜨고 아무런 말이 없었다.

"그런 농담, 별로 재미없다."

"농담 아닌데? 사왈리가 카이드 쫓아서 날아가는 거 많이 보지 않았어?"

그러고 보니 저 독수리가 카이드의 뒤를 쫓아 날아가는 모습을 심심치 않게 봤던 것 같긴 했다. 그래도 그저 사이가 좋지 않구나 싶을 뿐이었는데, 그게 자신의 영역을 침범한 새를 배척하는 게 아니라 구애의 몸짓이었다고?

"카이드는…… 매다만."

"그러게, 안타까운 일이지."

칼은 예쁜 척 조신하게 앉아 있는 사왈리의 부리를 슬쩍 쓰다듬었다.

"이 아가씨야, 어쩌자고 금단의 사랑에 빠졌나 그래."

사왈리는 부리를 만지는데도 아무렇지 않은 듯 가만히 앉아 있었다. 전적으로 서로를 신뢰하는 듯한 축생 한 마리와 남자 한 마리……가 아니라 남자 한 명.

"내가 독수리와 동급인가?"

뜬금없는 에이엔스의 말에 칼은 무슨 소리냐는 듯 그녀를 돌아보았다.

"그 아가씨라고 부르는 거……."

칼은 자주 느끼하게 '아가씨'라고 부르곤 했는데, 가만 보니 저 독수리에게도 종종 아가씨라는 호칭을 붙였다. 듣자니 꼭 독수리와 동급인 것 같아서 기분이 썩 유쾌하진 않았다.

"둘 다 아가씨니 아가씨라고 부르지. 그럼 소녀라고 불러줘? 아니, 소녀는 범죄를 저지르는 것 같아서 어감이 좀 별로인데……."

피식, 하는 웃음소리가 들려왔다. 에이엔스가 웃을 리는 없으니 누가 웃는가 싶어 고개를 들었는데, 놀랍게도 그녀가 새어 나오는 웃음을 참을 수 없다는 듯 나직한 웃음을 흘리고 있었다.

"정말 네 넉살은……."

칼은 시선을 뗄 줄 모르고 에이엔스를 빤히 쳐다보았다.

키스하고 싶어졌다. 말랑말랑한 몸을 으스러져라 꽉 품에 끌어안고 그녀의 깊은 곳으로 가고 싶었다. 주체할 수 없는 욕망이 끓는 불처럼 치밀어 올랐다. 천공의 힘을 발현할 때처럼 순식간에 아릿한 열기가 피어오르고, 손안에 땀이 배어났다. 색만 붉디붉을 뿐이지 아무 온도도 가지고 있지 않았던 노을빛이 갑자기 불길로 화하여 온몸을 들끓게 하는 것만 같았다.

에이엔스는 천천히 웃는 것을 멈추었다. 잦아드는 불길처럼 사그라지는 웃음이 느껴졌다.

'나, 지금 웃고 있었어.'

그녀도 확실히 느꼈다. 저도 모르게 웃고 말았다는 걸.

말도 안 된다. 아멜리타에 위협이 될지도 모르는 남자와 대화하면서 웃다니.

에이엔스의 청안이 어느 때보다 선득하게 내려앉았다. 그러자 카이드가 에이엔스의 차갑게 가라앉은 마음을 눈치 챈 듯 슬쩍 머리를 비벼왔다.

"우리를 납치해 온 목적이 뭐지?"

에이엔스는 스스로에게 경고하려는 듯 메마르게 물었다. 칼은 애써 벽을 두르려고 하는 에이엔스를 보며 천천히 입을 열었다.

"필요해서."

두근. 막을 새도 없이 심장이 뛰었다.

"형이 있는데."

뭉근한 노을빛에 취한 것인지, 형 에모레일에 대한 이야기까지 절로 흘러나왔다.

"난 어느 정도 클 때까지 형을 만난 적이 없었다. 아니, 정확히는 만날 수 없었다는 말이 맞겠지."

에모레일은 칼의 친형이었다. 그 역시 선황과 황후에게서 태어난 적통이었고, 나이는 칼보다 네 살이 많았다. 하지만 그는 천공이 아니었다. 불을 자유자재로 다루는 그의 앞에 제국의 유일한 황위 계승자를 방치한다는 것은 본인인 그가 보기에도 어불성설인 일이었다. 특히 그들의 어머니인 황후는 그가 에모레일에게 해를 끼칠까 전전긍긍하여 공석에서도 한 자리에 있지 못하게 했다. 그런데 어느 날, 에모레일은 웃으며 그에게 다가왔다.

〈네가 카르테일?〉

하고 부드럽게 물으며.

온화한 음성. 온화한 웃음. 온화한 존재감. 질투와 혐오로 뱃속이 뒤틀렸다.

칼은 항상 지치지도 않고 말을 걸어오는 그를 노골적으로 무시했지만, 에모레일은 지치는 법이 없었다. 어쩌면 그런 집요함은 형태는 달라도 두 사람이 같은 피를 나눈 형제라는 명백한 증거였던 듯.

"예전에는 형을 무척 미워했었지. 하지만 형은 내가 필요하다고 말해주었다."

그때 칼은 사실 지독한 안도감이 들었다. 태어나자마자 모정은 포기해야 했지만, 형제는 포기하지 않아도 되는구나 싶어서. 그래서 인생이란 잃는 게 있다면 얻는 것 또한 있다고 하는 것일까.

칼은 고개를 들고 이제 불타오르는 것처럼 짙어진 노을을 응시했다.

"누군가에게 필요가 될 수 있다는 건 참 특별한 일이지."

필요하다……. 누군가가 자신을 필요로 한다. 입에 바른 말일지도 모른다는 걸 알지만, 그의 말대로 그건 무척 특별한 어감이었다.

"네 형을 사랑하는구나."

칼은 짧게 웃었다.

"네가 아멜리타를 사랑하는 것처럼."

에이엔스는 길게 늘어져 있던 다리를 끌어 모았다. 그리고 무릎 위에 팔을 교차해 대고 옆얼굴을 묻었다.

사랑……. 애석하게도 그녀가 아멜리타를 위하는 감정은 사랑 따위가 아니었다. 그런 감정이 아니었다.

의무감이었다. 대가였다.

살아갈 목적이 없는 삶을 유지하기 위한…… 마지막 보루였다.

「두목님!」

"단장님!"

동시다발적으로 들리는 부름에 에이엔스와 칼의 고개가 함께 돌아갔다. 그 끝에는 한동안 보이지 않았던 던웨이와 선원들이 있었다. 그리고 그들은 주변에 궤짝을 한가득 쌓아놓고 있었다.

한 선원이 궤짝을 열고 술병을 꺼내 높이 들어 올렸다.

「분위기도 좋은데 한잔하죠!」

칼은 피식 웃고 에이엔스를 돌아보았다.

"한잔하자는데?"

"뭐?"

다시 그들을 돌아보자, 던웨이와 캘런이 섞인 패거리들은 이미 본격적으로 자리를 잡고 앉아 술병과 안주거리를 따고 있었다. 에이엔스는 할 말을 잃어버리고 말았다.

"술은 이성을 흐리게 만들고……."

어쨌거나 짐짓 엄하게 설교하려는데, 자리에서 일어난 칼이 억지로 에이엔스를 잡아끌었다. 에이엔스는 그 우악스러운 힘에 끌려 '엇' 하고 일어서고 말았다. 사왈리와 카이드는 허공으로 날아올라 두 사람을 따라왔다.

"고루한 말 하지 말고 적당히 장단이라도 맞춰줘."

"그러니까 대체 내가 왜……."

칼은 듣는 등 마는 등 에이엔스를 자리에 앉히고 자신도 곁에 앉았다. 그리고 선원이 건네주는 술잔을 받아 척 에이엔스의 손에 쥐어주었다.

"자, 시원하게 들이켜라고."

"술 따위, 마셔본 적 없다."

"그럼 누구는 태어날 때부터 술 마셔보고 태어난 줄 알아? 교본서 같은 아이힌 단장님이야 술 근처에도 가보지 않았겠지만 오늘 처음 마셔보면 되는 거지. 마셔봐."

에이엔스는 찰랑찰랑 흔들리는 술을 내려다보다가, 칼에게 휙 내밀었다.

"싫다."

칼은 다시 에이엔스에게 술잔을 밀었다.

"맛있다니까?"

에이엔스는 의구심 깊은 눈으로 칼을 보더니, 슬쩍 다시 술잔을 내려다보았다. 노을빛을 받은 색깔 때문일까? 달착지근한 맛이 날 것 같았다. 하지만 선뜻 마신다는 것도 그래서 주변을 돌아보자, 다른 이들은 이미 병째 들이켜고 있었다. 꿀떡꿀떡 어찌나 통쾌하게 들이켜는지 여간 맛있어 보이는 게 아니었다. 하긴 던웨이와 캘런도 그렇게 하루가 멀다 하고 술집을 찾아가 떡이 되도록 퍼마시곤 했으니 분명 맛이 있는 것이리라.

에이엔스는 천천히 술잔을 입가에 가져가 보았다. 콧속을 찌르듯 후욱 풍겨오는 알코올 냄새가 머리까지 멍하게 만들었다.

"이런 냄새가 나는 것이 정말 맛있다는 말이냐?"

칼은 빙그레 웃었다.

"백번 듣는 것보다 한 번 마셔보는 게 낫겠지."

그리고 그는 아무렇지 않게 술을 들이켰다. 꼭 물을 마시는 것 같았다. 그의 시범에야 에이엔스는 의심을 억누르고 한 모금 꿀꺽 삼켜보았다. 그리고 잠시 암전……

타악!

에이엔스가 고개를 숙인 채 술잔을 내려치듯 내려놓자, 찔리는 구석이 있는 칼은 어깨를 작게 움찔했다. 사실 이 술은 웬만한 사내도 쉬이 마시지 못할 정도로 도수가 높은 것이었다. 그와 선원들이야 워낙 익숙해져 있다 보니 물처럼 마시기도 하지만, 불을 붙이면 활활 타오를 정도의 도수였다.

하지만 이런 장난을 쳐야만 반응을 보여주는 그녀가 인색한 탓 아니겠는가.

"죽여 버리겠다!"

벌떡 자리를 박차고 일어선 에이엔스의 얼굴은 분노와 술기운으로 벌써부터 벌겋게 달아올라 있었다.

"어이, 어이. 진정하라고. 누구에게나 맛있다는 말은 안 했잖아?"

칼은 유들유들하게 말하면서도 슬쩍 물러났다.

"닥쳐라! 잔말 말고 검을 들어라!"

"진정…… 헉! 너무한 거 아냐! 발로 내리찍다니! 안 피했으면 최소 중상이야!"

"시끄럽대도! 넌 항상 미꾸라지처럼 요리조리!"

"그럼 그대로 맞을 수는 없잖아?"

"그냥 맞아라!"

에이엔스가 공격하고 칼이 피하고, 그게 반복되자 선원들이 상황을 중재하기 시작했다.

「어이구! 저런! 단장님! 진정하십시오!」

「단장님 말려! 저러다 진짜 싸우시겠네!」

해변은 때아닌 소란으로 시끌벅적해졌다.

16

　이제 정말 본격적이 된 술자리의 중앙에는 장작불이 하늘이라
도 태우려는 것처럼 활활 타오르고 있었다. 까맣게 그을린 장작
들은 미친 듯한 소리를 내며 거세게 타 들어가고, 모두 슬슬 취기
가 오른 얼굴로 술병을 옆에 끼고 있었다. 던웨이도, 캘런도, 에
이옌스도 그들에게 섞여 앉아 있었다. 에이옌스는 끼고 싶지 않
다고 끝끝내 거부했지만 칼은 끝끝내 그녀를 자리에 앉혔다.

　군신이 밤을 불러오기 위해 피운 기원의 불은 어느새 지평선
너머로 잦아들어 있었고, 여신이 드리운 밤의 장막이 하늘에 윤
기 어린 빛으로 펼쳐져 있었다. 별빛이 총총한 밤하늘 아래, 술자
리는 점차 절정을 향해 치달아갔다.

　　바다로 나가세
　　바다로 나가세

문득 한 명이 흥을 참을 수 없다는 듯 흥얼흥얼 노래 부르자, 모두 하나둘 따라 부르기 시작했다.

활대를 끌어올리고
돛을 당겨
충각을 날카롭게 세우고
우리를 부르는
바다로 나가세

모두 알고 있는 노래인지 그들은 어렵지 않게 목소리를 하나로 모았다.

벅찬 가슴 드높이는 하늘
푸르고 청명한 태양
강렬한 햇빛

갑자기 누군가 술병을 높이 들고 벌떡 자리에서 일어났다. 그리고 아까보다 크게 노래를 부르기 시작했다. 모두 곁에 있는 물건을 두드리거나 땅바닥을 치며 리듬에 맞췄고, 너울거리는 불꽃에 어우러지는 분위기가 점차 고조되어 갔다.

군신의 비호가 함께하거늘
패악한 바다의 마녀가 두려울쏘냐

태풍아, 불어라
파도야, 몰아쳐라

나는 네가 두렵지 않다
그 무엇도 두렵지 않다

돛을 넓게 펴고
바다로 나가세
바다로 나가세

노래가 끝나자 모두들 환호성을 질렀고, 누군가에게 한 곡 시원하게 뽑으라며 부추겼다. 그러자 한 선원이 흠흠 목을 가다듬으며 자리에서 일어섰다. 아무래도 개중에서 노래를 가장 잘 부르는 선원인 모양이었다. 그런데 그가 부르는 노래는 아까의 힘찬 군가 같은 노래와는 달랐다. 투박한 외모에 어울리지 않게도 아주 감미롭게 목을 울렸다. 다른 선원들도 진한 울림을 전달하는 노랫소리에 귀를 기울였다. 평온해 보이는 얼굴들을 보니 대해 먼 곳에 두고 온 애인이라도 떠올리는 듯했다.

에이엔스도 가만히 노래를 듣다가 옆에 있는 칼에게 물었다.

"저게 무슨 노래지?"

가사는 알아들을 수 없었지만 묘하게 달콤한 느낌이라 궁금했다.

"연가(戀歌)다."

에이엔스는 멀뚱히 칼을 바라보았다. 연가라는 단어를 처음 들은 사람처럼.

"연가 몰라?"

"연가라면…… 사랑 노래 말이냐?"

"맞아."

에이엔스는 믿을 수 없다는 눈으로 노래 부르고 있는 선원을 돌아보았다. 그러자 칼이 그녀의 생각을 눈치 챈 듯 희미하게 웃었다.

"남자라고 연가를 부르지 말라는 법은 없지. 게다가 외모는 험악해도 속은 섬세한 녀석들이니까."

저 연가처럼 감미롭게 울리는 그의 목소리에서는 신뢰와 애정이 묻어났다.

"가사 알려줄까?"

에이엔스는 순순히 고개를 끄덕였다. 그러자 칼은 선원이 부르는 노래에 맞춰 가사를 통역해 주었다.

보라. 만 가지 화종(花種)의 꽃이여
네 자태가 더 함초롬한가, 그녀의 자태가 더 함초롬한가?
네 웃음이 더 어여쁜가, 그녀의 웃음이 더 어여쁜가?

누군가 꽃이 더 곱다 마오, 꽃이 더 어여쁘다 마오
나는 만 가지 꽃의 애교가 아닌 그녀의 손짓 하나에
녹아내리는 사내일지니

에이엔스는 그 노래를 들으며 살짝 고개를 숙였다. 은발이 사르륵 흩어져 내려 표정을 감추어주었다.

이것만은 인정해야 할 것 같았다. 익숙해지고 있었다. 그의 거리낌없는 손길에, 그의 유들유들한 농담에, 자신을 어려워하지 않고 다가오는 그의 거리에, 무너지고 있었다. 욕망이 물결치는 그의 눈빛에.

솔직히 말하자면, 난생처음 어린아이처럼 물장구를 치고 놀았을 때 즐거웠다. 끝까지 짜증스럽다는 기색을 내비쳤었지만, 순박하게 웃으며 치고받는 선원들이 부러웠고, 칼의 소년처럼 해맑은 미소가 좋았고, 어린아이처럼 놀아도 괜찮다는 게 생경한 즐거움으로 다가왔다. 장작불 앞에서 가만가만 흘러나오던 칼의 목소리가 참으로 듣기 좋았고, 전장에서야 행복했다는 그가 안쓰러웠다. 왠지 이 커다란 남자를 안아주고 싶어질 만큼. 강인한 외모와 다른 그의 섬세한 속이 나쁘지 않았다.

여기에서는 복잡한 생각 따윈 하지 않아도 괜찮았다. 외로움을 느낄 새도 없었다. 고독을 곱씹을 새도 없이 칼이 다가와 불을 질러놓고, 너스레를 피워댔다.

에이엔스는 귓가에 스머드는 목소리를 들으며 조용히 눈을 감았다.

이곳은…… 마치 바다 건너에 있을지도 모른다고 생각했던 낙원 같았다.

안 돼. 그만둬.

에이엔스는 필사적으로 생각했다.

흔들리지 마. 여기서 흔들리면 모든 게 무너져 버려. 그럼 너에게 남는 건 아무것도 없어. 기사가 아닌 넌 아무도 필요로 하지 않고, 아무도 바라지 않아.

"유란……."

문득, 오래전 기억의 저편에 묻어두었던 목소리가 들려왔다.

"절대로, 그 누구에게도, 후일 네 남편이 될 사람에게도 이 능력을 보여서는 안 돼."

어머니……. 푸르른 꽃처럼 아름다웠던 어머니.

"왜요?"
"그건…… 네가 평범하게 살 수 없는 증거이기 때문이란다."

이카란은 그렇게 말하고 짙은 한숨을 내쉬었다. 그리고 금방이라도 울 듯한 눈으로 그녀의 머리를 쓰다듬었다.

"이번에야말로 평범하고 안온하게 살 수 있을 거라 믿었는데 왜 하필 네가……. 하지만 나만 아니었다면 넌 이렇게 살 아이가 아니었는데……. 이 죄 많은 어미 때문에 귀한 네가 유랑단에 섞여 이역만리를 전전하며 살아야 하는구나. 미안하다. 미안해……."
"어머니, 울지 마세요. 약속할게요. 누구에게도 이 능력을 보이지 않는다고."

지울 수 없는 슬픔에 얼룩진 어머니의 미소가 너무도 슬퍼, 그녀는 어머니가 원하는 대로 약속해 버렸다. 하지만 어렸던 그녀는 그 미소의 진정한 의미를 이해하지 못했다. 그래서 갖은 고생 끝에 단명한 어머니를 이역에 묻고 난 이듬해, 아무 재주 없는 그녀를 팔아

버리려고 하는 유랑단장 앞에서 경솔하게 능력을 보이고 말았다.
　악몽의 시작이었다.

　에이엔스는 좀체 잠을 이룰 수가 없었다. 마음이 갈피를 못 잡
고 혼란스러운 와중에도 어김없이 잘 시간은 다가오고, 소란스러
웠던 무인도도 평온한 침묵에 빠져들었다. 에이엔스 역시 잠을
청하기 위해 모포를 덮고 누웠지만, 이런저런 생각들로 인해 쉽
사리 잠이 오지 않았다. 이미 장작불도 모두 타 들어가 매캐한 연
기의 잔재만이 남아 있는데, 눈과 의식은 말똥말똥하기만 했다.
주변에서는 간간이 선원들이 드르렁— 코고는 소리가 들려오고,
저쪽에 누운 칼도 잠들었는지 움직임이 없었다.
　에이엔스는 고개만 돌려 칼의 누운 등을 바라보았다. 자신도
죽은 듯이 자는 편이라는 말은 들었지만, 그 역시 코고는 소리 하
나 없이 자는 편이었다. 게다가 등을 돌리고 있어서 그런지 꼭 깨
어 있는 것처럼 보였다.
　너는 왜 자꾸 저 높이 쌓아 올려두었던 내 벽을 허물어 버리는
거지? 왜 너와 있으면 즐겁고…… 죽은 줄만 알았던 감정이 살아
나는 걸까……. 믿으면 믿을수록 이후에 배신당해 아파하는 건
자신뿐이라는 걸 이미 뼈저리게 깨달았는데도…….
　사실 유랑단장이 처음부터 상종 못할 짐승이었던 건 아니었다.
오히려 오가는 유랑 도중에 만난 안면부지의 모녀를 거두어 돌봐
준 사람이었다. 그래서 안일하게 믿어버렸던 것이다. 제 몫만 한
다면 지금까지처럼 자신을 돌봐줄 거라고. 그리고 너무 늦게 알
아버렸다. 그가 그들 모녀를 돌봐주었던 이유는 선심도 무엇도
아니었고, 어머니의 뛰어난 미모가 손님을 끄는 데 한몫했기 때

문이고 어머니가 의학에 조예가 깊었기 때문에 의사로 고용하고
있었던 것뿐이라는 걸.

탐욕이 인간을 얼마나 처절하게, 더럽게 만드는지 그녀는 그때
배웠다. 인간이란 절대 믿을 만한 존재가 되지 않는다는 것도. 왜
어머니가 죽는 날 오열을 토하며 넌 하늘이 내린 아이니 세−이든
으로 돌아가라 했는지 일찍 깨닫지 못했을까…….

에이엔스는 몸을 뒤척였다. 그리고 꾹 눈을 감고 자려고 노력
했다. 계속 생각해 봤자 해답이 없는데도 고민을 하는 것은 쓸데
없는 짓이었다. 하지만 그렇게 어느 정도가 지나자 몸이 뻐근해
서 더 누워 있을 수가 없었다.

결국 에이엔스는 슬쩍 몸을 일으켰다. 그리고 칼이 깨어나는지
확인해 보았지만, 그는 반응이 없었다. 에이엔스는 살그머니 덤
불 너머로 걸음을 움직였다. 그 순간 칼의 눈꺼풀이 슥 위로 올라
가고 붉은 눈동자가 모습을 내보였다. 하지만 칼은 선뜻 그녀를
쫓아가지 않고 잠시 그대로 누워 있었다. 볼일을 보러 간 걸 수도
있을 테니 잠깐 말미를 주는 것이었다. 하지만 한참이 지나도 그
녀는 돌아오지 않았다. 혼자 배를 몰아 도망가는 것은 어차피 불
가능하겠지만, 쓸데없는 생각을 하는 걸지도 모르니 칼은 자리에
서 일어나 그녀의 발자국을 따라갔다.

에이엔스는 은연한 밤바람이 맴돌다 가는 해변을 따라 걸었다.
그렇게 한참 걷다 보니 저 멀리 정박한 배들이 보이고, 잠들어 있
는 바다가 보였다. 달빛이 쏟아져 내리는 어두운 바다는 은하수
를 품은 것처럼 물결칠 때마다 은은한 반짝임을 내보였다. 에이
엔스는 잠시 자신의 발을 내려다보다가, 신발을 벗었다. 그리고

337 †

발바닥 아래 푹신한 모래를 음미하며 계속 해변을 따라 걸었다.

머리카락 사이사이를 개구쟁이처럼 훑고 지나가는 바람이나, 발을 감싸는 모래의 서늘한 온도, 콧속에 물씬 밀고 들어오는 들큰한 물 내음, 은근한 밤의 향기가 좋았다. 영혼에 한줄기의 바람이 스며들어 온 듯, 몸이 가벼워졌다.

에이엔스는 문득 걸음을 멈추고 바다를 돌아보았다. 희고 둥그런 달빛이 바다 위에 내려와 어여쁜 그림을 그리고 있었다. 하지만 파도가 치면 이내 흐트러져 버릴 그림이라는 걸 알고 있어서인지 안타까운 기분이 들었다.

"동글동글 달그림자, 우리 유란 얼굴로 그렸는지 동글기도 하지요."

사아아, 불어오는 바람 가운데 해맑게 웃는 어머니의 웃음소리가 들려오는 것 같았다.

"유란의 은발은 달빛으로 짠 것 같아. 낮에도 밤에도 반짝반짝 빛나. 엄마가 가장 좋아하는 색이야."

달빛…….

에이엔스가 천천히 입을 열자, 선율 같은 음성을 타고 고요한 노랫소리가 흘러나왔다.

그것은 세–이든 어였다. 물론 에이엔스는 세–이든 어를 할 줄 몰랐다. 하지만 이 노래만큼은 세–이든 어로 알고 있었다.

아련한 노랫소리에 이끌린 바람이 등 뒤에서 불어와 찬란한 머리카락을 흩날리고, 고향을 찾아가는 나비처럼 훨훨 하늘로 날아 올랐다. 그 바람을 따라 달빛도 흩날렸다.

에이엔스는 잠시 고요히 물결치고 있는 밤바다를 바라보다가, 주변을 둘러보았다. 잠자리와 멀리 떨어진 곳이라 그런지 아무도 보이지 않았다. 이내 에이엔스는 천천히 단추를 풀기 시작했다. 잠시 이래도 되나 싶어지긴 했지만 아주 잠깐만이라면 괜찮으리라.

제복의 겉옷과 와이셔츠, 바지까지 벗어내고 가슴띠를 바라보았다. 지금은 이것도 거추장스러웠다. 결국 에이엔스는 가슴띠까지 풀어냈다. 그러자 서늘한 밤바람이 온몸을 스치고 소름이 파르르 돋아났다. 밖에서 아래 속옷만 빼고 알몸이 되려니 이루 말할 수 없이 이상한 기분이 들었지만, 에이엔스는 포기하지 않고 차박차박 밟히는 바닷물을 밟으며 안으로 걸어 들어갔다.

얼음장까지는 아니더라도 차가운 온도가 느껴졌다. 등줄기까지 쭈뼛 서는 듯했지만, 그 차가운 온도가 복잡한 머리를 서늘하게 식혀주는 것 같았다.

에이엔스는 달빛을 품고 있는 어두운 바닷물을 가르며 계속해서 안으로 들어갔다. 찰랑찰랑 물소리가 울렸다. 잡을 수 없을 것만 같이 멀리 있었던 달빛이 점차 가까워지고, 그녀는 은연한 달빛 속으로 잠수해 갔다.

달빛인지 머리카락인지 구별되지 않는 그녀의 은발이 바닷속으로 사라지자, 그녀의 옷이 놓여 있는 해변에 척 검은 인영이 나타났다.

칼은 미간을 찡그렸다.

'대체 어딜 간 거야?'

그녀가 보이질 않았다. 분명 해변으로 나간 것까지는 확인했는데, 짓궂은 바람이 모래를 흩날려 그녀의 발자국을 감춰 버렸다. 그는 슬슬 초조해지기 시작했다. 그녀가 무슨 짓을 할까 봐서라기보다, 그냥 그녀가 없는 것만으로도 불안감이 불쑥 치밀었다.

그때, 멀리서 어떤 소리가 들려왔다.

'뭐지?'

공기에 스며들 듯 가는 소리라 칼은 순간 귀곡성인가 싶어졌다. 하지만 가만히 듣고 있으려니, 노랫소리였다. 그리고 칼도 알고 있는 노래였다.

'달빛 꽃?'

세-이든의 아이라면 누구나 알고 있는 자장가였다. 하지만 선원들 중 누군가가 부르고 있다고 하기에는 목소리가 너무…… 고왔다.

마치 나비가 노래하고 있는 것 같았다. 나비들이 하현의 달밤에 고향을 그리워하며 노래를 부른다면 이런 애절함, 이런 애틋함, 이런 아름다움이 아닐까 싶었다.

칼은 홀린 듯이 그 노랫소리를 따라갔다. 하지만 얼마 가지 못하고 우뚝 멈춰 섰다. 설마 했는데, 에이엔스가 백색 제복을 옅게 나부끼며 해변에 서 있었다. 노랫소리의 주인공은 분명 그녀였다.

'역시 세-이든 인이었나…….'

그런데 달빛 꽃을 부르고 있다니, 세-이든 어를 알고 있다는 의미일까? 아니, 말은 정말 알아듣지 못하는 눈치였으니 저 노래만 알고 있는 것 같았다.

그때 갑자기 노랫소리가 끊겨 다시 그녀에게 시선을 던졌다. 에이엔스는 무슨 생각을 하는지 한참이나 가만히 서서 움직임이 없었다. 그러다 문득 뒤를 돌아보았다. 칼은 움찔했다. 하지만 칼이 선 곳은 절묘하게 그녀에게서 보이지 않는 위치였는지 에이엔스는 다시 바다 쪽으로 고개를 돌렸다. 그리고 갑자기 옷을 벗기 시작했다.

'어이, 어이. 나 여기 있다만.'

하지만 칼은 팔짱까지 떡 끼고 서는 모습이 눈감아줄 의사는 전혀 없는 것 같았다. 그도 그럴 게, 이 좋은 구경거리를 놓칠 수는 없잖은가?

옷을 다 벗어낸 에이엔스는 한 걸음, 두 걸음, 젖은 모래에 앙증맞은 발자국을 남기며 바다로 걸어 들어갔다. 그리고 깊은 곳으로 나아가 퐁, 잠수했다. 그제야 칼은 걸음을 움직여 그녀가 서 있었던 자리에 섰다. 서늘한 바람이 그의 턱을 훑고 지나갔다.

그녀를 숨긴 바다는 한동안 잠잠했다. 하지만 곧 수면 위에 그려진 달그림자가 흔들리더니, 용암이 분출되는 것처럼 위로 솟아 올랐다. 그리고 그녀의 머리에서부터 물의 장막이 흘러내리며 새하얀 여체를 토해내었다. 그런 그녀는 마치 양수 속에서 막 태어나는 것만 같았다. 생명의 신비까지 느껴지는 풍경이었다.

에이엔스는 젖은 은발을 쓸어 올리고 그녀에게로 한가득 쏟아져 내리는 달빛과 별빛을 받아들였다. 그리고 대양(大洋)으로 나아가길 바라는 어린 물고기처럼 너르게 펼쳐진 바다를 응시했다. 그 모습이 너무나 아련하고 애달파서, 칼은 한숨을 내쉬고 말았다. 에이엔스가 뒤에 있는 인기척을 느끼고 고개를 돌린 건 그때였다.

해변에 서 있는 남자를 발견한 에이엔스의 눈이 언뜻 커졌다. 하지만 좀 더 생각해 보니 그가 따라온 게 별스러울 것도 없는지 곧 무심하게 고개를 돌려 버렸다. 그리고 한 마리의 인어처럼 아름다운 달빛의 샤워를 즐겼다. 칼은 한동안 그녀를 홀로 내버려 두었다.

그렇게 얼마나 지났을까. 칼은 조금 목소리를 높이고 멀리 있는 에이엔스에게 물었다.

"이제 입술이 파랗게 질리지 않았어?"

짓궂은 목소리를 들었는지 에이엔스는 폭 한숨을 내쉬었다. 그리고 잠시 고민하는 듯하더니, 뭍으로 오기 시작했다. 칼은 단 한시도 눈을 떼지 않고 그녀를 지켜보았다.

서서히 수면 위로 드러나는 그녀는 진정 인어 같았다. 마음껏 바다를 유영하다 뭍의 사내를 유혹하기 위해 비늘을 탈피하고 지상으로 올라온 인어. 아니라면 저토록 아름다울 수가 있을까. 핏기 하나 보이지 않을 정도로 창백해진 피부나 파르라니 변한 입술, 유백색의 달을 등지고 푸르게 빛나는 눈동자가 그녀를 더욱 비인간적으로 보이게 했다.

에이엔스는 남자의 시선이 와 닿는데도 움츠리지 않고 천천히 바다를 나와 그에게 다가왔다. 정확히는 그의 옆에 놓인 옷으로.

파리한 피부에 물기를 잔뜩 머금고 나온 그녀는 서서히 허리를 숙였다. 탐스러운 젖가슴이 아래로 둥글게 쏟아졌다. 그럼에도 칼은 시선을 돌리지 않고 빤히 그녀를 주시했다.

에이엔스는 피로색이 짙은 한숨을 내쉬었다.

"정말 뻔뻔하다고 해야 할지…… 보통 이럴 땐 시선을 돌려주는 게 예의 아니냐?"

목소리에 노기는 섞여 있지 않았다.

"내가 왜? 다시 보기 힘든 장관인데."

에이엔스는 또 짙은 한숨을 내쉬고는 아무런 말 없이 제복의 겉옷을 걸쳐 입었다. 희게 빛나는 몸이 갑주 속으로 사라졌다. 그제야 칼은 시선을 돌리고 바다 쪽을 바라보았다. 하지만 그녀는 선뜻 일어나

가지 않고 잠시 그 자리에 앉아 있었다. 툭, 그녀의 머리카락 끝에서 싸늘하게 식은 물방울이 떨어져 내려 모래 위에 짙은 자국을 그렸다.

곧 에이엔스는 가보려는 듯 옷을 주워 들고 자리에서 일어섰다. 그리고 그를 스쳐 지나갔다. 아니, 스쳐 지나갔다고 생각했다. 그런데 바로 다음 순간 그의 옆에 서서 허리를 숙였다. 머리 위로 그림자가 드리워지자 칼은 고개를 들었다. 그때, 서늘한 입술이 살짝 입술에 와 닿았다. 하지만 아주 잠시만 와 닿았다가 금방 떨어져 나갔다.

칼은 그 틈을 놓치지 않았다. 덥석 그녀의 팔을 쥐고 끌어당겨 자신의 품 안에 가두었다. 동시에 차갑게 식은 입술을 찾아가 따뜻하게 데워주었다. 에이엔스는 저항하지 않고 이제는 제 것처럼 익숙해진 입술을 받아들였다.

이내 입술이 떨어졌을 때, 에이엔스는 알 수 없는 감정에 억눌린 목소리를 흘렸다.

"이건…… 성욕일 뿐이다."

달빛과 그의 붉은 시선에 취한 것뿐이었다.

"솔직히 말하자면……."

칼은 타액과 물기에 젖은 에이엔스의 입술을 쓰다듬었다. 그리고 그녀와 똑같이 억눌린 목소리를 흘렸다.

"성욕이라느니 사랑이라느니, 나도 잘 몰라. 하지만 이것만은 확신할 수 있어. 널…… 원해. 그 무엇보다."

말이 끝나기 무섭게 다시 두 사람의 숨결이 한데 녹아들었다. 창백하고 푸르스름한 달빛이 주술을 걸었다.

17

칼은 조급히 그녀의 입술을 찾았다. 그리고 잘록한 허리를 팔로 감고 끌어당기며 풍만한 젖가슴을 완전히 감싸 쥐었다.

그녀의 어깨에 간신히 걸려 있던 겉옷이 풀썩, 떨어져 내렸다. 하지만 에이옌스는 제 분신 같은 제복이 발아래 엉망으로 밟히는데도 지금만은 신경 쓰지 않았다. 그의 목을 끌어안으며 처음으로 남자의 입술을 갈구했다. 그의 팔이 아프도록 허리를 끌어안았지만 아픔은 느껴지지 않았다. 오히려 젖가슴이 꽉 조여들고 여성의 가장 은밀한 부분이 욱신거렸다.

그 달콤한 통증을 눈치 챈 듯 칼이 사악— 양손으로 볼을 감싸 안아왔다. 그리고 들어 올려 자신의 시선과 마주하게 했다. 월광 아래 흐트러진 머리, 흐트러진 옷차림, 열기 어린 눈동자, 모든 게 너무나 관능적이었다. 자신이 남자를 보고 이런 생각을 할 수 있다는 게 믿기지 않을 정도로.

「에이엔스…….」

다시 살며시 입술이 맞닿았다. 특유의 억양으로 나른하게 울리는 그녀의 이름이 서로의 입 안으로 녹아들었다. 그대로 뒤로 물러난 두 사람은 푹신한 침대 위로 쓰러졌다.

그들의 주변으로는 침대 앞쪽 벽에 걸린 벨벳 휘장이 보이고, 껴안고 뒹굴어도 될 정도로 커다란 침대, 고아한 원목으로 빚은 책상, 벽에는 밤하늘을 비추고 있는 유리창이 비스듬하게 나 있고, 우아한 조각이 새겨진 알렌스투스 산 테이블 위에는 금색 촛대가 놓여 있었다.

그곳은 보통 선실과는 판이하게 다른 방이었다. 방만 얼핏 보자면 웬만한 부호의 방보다 나았다. 바다 위에 있는 동안 칼이 사용하는 선장실이었다. 정작 칼은 해적 두목이 쓸 방이 뭐 이리 호화찬란하냐고 타박했지만, 충신 기욤은 아무리 임시라도 대공 전하의 방은 이 정도쯤은 되어야 한다고 고집을 부렸다.

정신없이 그녀의 입술을 맛보던 칼은 몸을 일으키고 휙 윗옷을 벗어냈다. 옷에 쓸린 그의 머리카락이 흐트러지고, 달빛만이 새어드는 어둑한 방 안에 그의 탄탄한 나신이 모습을 드러내었다. 은연한 달빛이 핥아 내리는 어깨와 근육으로 꽉 조여진 팔, 군살 없는 가슴과 복부가 시야에 들어왔다. 본능에 이끌린 에이엔스는 찬양하듯 그의 어깨와 가슴을 쓰다듬었다. 스스럼은 없었다.

칼은 천천히 그녀의 손을 감싸 쥐고 입가로 끌어당겨 살짝, 입술을 내리눌렀다. 그 동작이 너무나 다정해 에이엔스는 정말 사랑을 받는 것처럼 느껴졌다.

한 번도 남자 따위, 바란 적 없었다. 그녀보다 약하고, 그녀의 능력을 두려워해 다가오기조차 겁내는 사내 따위는. 하지만 이 남자는 달랐다. 그녀보다 강했다. 모두가 두려워하는 그녀의 힘을 겁낼 이유가 없었다.

아니, 아니었다. 다른 말은 어때도 좋았다. 지금 이 순간, 이 남자를 원했다. 달빛에 취했다고 해도, 그의 붉은 시선에 취했다고 해도 좋았다. 이만큼 원하고, 이만큼 원하게 될 남자가 없으리란 걸 알기에 이 순간만이라도 그를 소유하고 싶었다.

만약 후일 그가 아멜리타를 위협하려고 한다면, 싸울 것이다. 하지만 지금만큼은 모든 걸 잊고 그의 품속에 녹아들고 싶었다.

어머니…… 괜찮지요? 일생에 딱 한 번만은.

칼은 그녀의 손을 놓아주고 서서히 고개를 내렸다. 그리고 아직 바닷물이 묻어 있어 짭조름한 맛이 나는 그녀의 유두를 입 안에 머금었다. 혀의 전면에 닿아오는 짠맛 가운데서도 그녀의 과실은 달콤하기 그지없었다.

"하아……."

도톰한 유두를 살짝 핥아 올리자 그녀의 입술 사이로 애끓는 신음이 흘러나왔다. 그는 그 낭랑한 신음 소리에 취한 듯 더욱 정성스레 정점을 애무했다. 야릇한 감각이 뱀처럼 그녀를 옥죄어왔다. 그에 그녀는 애꿎은 시트만 쥐어뜯다가, 곧 주저주저 손을 올렸다. 그리고 가슴께에 있는 그의 머릿속에 살짝 손을 묻었다.

어린 동물처럼 부드러운 모발이 손가락 사이사이를 헤엄치듯 스쳐갔다. 역시 보는 것만큼 부드러운 감촉이었다. 아까웠다. 머리를 자르지 않았다면 그 어두운 밤에 빛나는 검은 폭포처럼 윤기 어린 머리카락이 그의 아름다운 나신 위로 쏟아져 내릴 텐데…….

"왜…… 머리를 잘랐지?"

그녀가 할딱이는 목소리로 묻자, 그는 무슨 말이냐는 듯 고개를 들었다. 하지만 입이 떠난 자리는 손이 대신 소유했다. 그의 손은 검을 다루는 자답게 못이 박혀 있어 다소 투박했지만, 그녀는 그 강인한 손이 좋았다.

"머리······."

그의 머리카락을 보며 아쉬운 듯 중얼거리자, 그제야 칼은 알겠다는 눈을 했다.

"내가 태어난 곳에서 남자의 긴 머리카락은 구속의 증거니까."

"너같이 자유롭게 사는 자도 구속이란 걸 받았나······?"

"자유롭다······. 그렇다면 창공을 비행하는 새가 그토록 부럽지는 않았겠지. 바다에서라면 어디든지 갈 수 있는 미물마저 그토록 부럽지는 않았겠지."

거짓된 모습으로 그녀를 만났지만 이 순간, 그는 진실된 모습을 숨기지 않았다.

"어떤 때는 저 달빛마저 부러웠다. 아침이 되면 세상 그 어디에도 있을 곳이 없다고 해도 밤에는 세상 그 어디든지 갈 수 있는 저 달빛이."

칼은 그녀를 돌아보았다. 그리고 흰 시트 위에 은빛 웅덩이처럼 고여 있는 그녀의 머리카락을 한 줌 들어 올렸다. 잠시 손안에서 강줄기처럼 흘러내리는 머리카락을 바라보는가 싶더니, 이내 신을 경배하는 신자처럼 경건하게 입 맞추었다.

"하지만 지금은 새도, 물고기도, 달빛도, 바람도 부럽지 않아."

에이엔스는 눈을 감고 말했다.

이것은 한정된 장소와 시간 안에서만 일어나는 찬란육리한 촌초의 꿈이다. 그리고 한 장소에 남녀가 함께 있다 보면 어련히 일어날 수 있는 화학적 작용일 뿐이다. 그런데 왜 숭배하듯 입 맞추는 그의 동작에 애절함을 느끼고 마는 것일까.

칼은 그녀의 머리카락에서 쇄골로 입을 옮겨갔다. 그리고 그녀를 소유한다는 열락의 인장을 남겼다. 아무도 밟지 않은 하얀 설원 같은 피부 위에 하나둘 열꽃이 피어났다. 흰 피부 위에 붉은색의 대비가 참을 수 없을 만큼 색정적이었다.

그는 집요하기까지 한 인장을 남기며 완만한 곡선을 그리고 있는 가슴 위로, 그리고 윤택한 자궁이 숨어 있을 배 위로 나아갔다. 그런 후 그녀가 놀라지 않게 서서히 젖은 속옷을 끌어내리자, 창백하도록 흰 허벅지에 어우러지는 옅은 색의 수풀이 드러났다.

"자, 잠깐……."

뜨거운 시선이 와 닿는 피부가 간지러운지 그녀가 미약하게 반항했다. 하지만 그는 그녀의 배를 부드럽게 어루만지며 난폭하게 굴지 않을 것을 약속했다. 그러자 그녀는 희미하게 떨면서도 가만히 있었고, 그는 최후의 보루를 그녀의 발목까지 끌어내렸다. 이내 미끈한 다리를 타고 내려간 얇은 천 조각이 바닥에 안착했다.

마지막 조각을 벗겨내는 동안 허공에 들어진 무릎 위에 살짝 키스하자, 그녀의 근육이 움찔 떨리는 것이 느껴졌다. 하지만 칼은 멈추지 않고 그녀의 허벅지를 나른하게 쓰다듬으며 천천히 다리를 벌리게 했다. 그러자 다리 사이로 눈꽃이 내린 것 같은 덤불이 보이고, 잘팍히 젖어 달뜬 빛을 띠고 있는 꽃잎이 보였다. 그것은 촉촉이 젖은 장밋빛이었고, 욕망에 어두워진 남자의 시선이 두려운지 작게 떨렸다.

에이엔스는 자신도 제대로 본 적 없던 곳을 그가 바라보고 있자 머리가 아뜩해졌다. 하지만 무어라 하기도 전에 그가 무릎에서부터 허벅지를 타고 내려왔다. 그리고 사르라니 떨리는 꽃잎에 입을 대었다.

에이엔스는 또 한 번 경악했다. 이제는 무슨 일이 일어나도 경악하지 않을 것만 같았다.

"너, 넌! 또…… 읏……."

꽃잎을 훑어가는 축축하고 물컹한 감촉에 에이엔스는 경악하는 동시에 자지러졌다. 참을 수 없이 이상한 느낌이긴 한데, 또 참을 수 없이 짜릿한 느낌이었다. 전신을 저릿저릿하게 울려오는 쾌감에 에이엔스는 허리를 뒤챘다. 하지만 어느새 한쪽 다리가 그의 어깨에 올라가 있고, 다른 쪽 다리는 그가 꽉 붙들고 있어 움직일 수가 없었다. 덕분에 에이엔스는 속수무책으로 은밀한 곳을 내어주고 있을 수밖에 없었다. 그가 달콤한 과육을 맛볼수록 발갛게 젖어가는 여성은 뜨거운 꿀물을 흘렸고, 젖가슴이 한계치까지 팽창해 절로 헐떡거리는 신음이 흘러나왔다. 손은 정신없이 시트를 쥐어뜯었다. 하지만 짜릿하고 야릇한 쾌감에 거의 녹아내리듯이 벌어진 꽃잎을 샅샅이 맛보고 있는 남자는 자비가 없었다.

어둑하게 가라앉은 방 안에 여인의 신음이 만개하는 꽃처럼 피어났다.

이윽고 칼이 꽃잎을 전체적으로 가볍게 핥고 입을 떼었을 때, 에이엔스는 손 하나 꼼짝할 힘도 남아 있지 않았다. 온몸이 열병에 들린 것처럼 뜨겁고, 거칠게 새어 나오는 숨결은 타오를 것 같았다.

에이엔스는 고개를 꺾고 울음기가 섞인 목소리로 힘겹게 중얼거렸다.

"그런…… 곳을 핥다니……."

칼은 피식 웃었다.

"넌 온몸이 달아 보여서…… 나도 모르게 핥고 싶어져."

그는 그 말을 증명하듯 또 허벅지를 끈질기게 핥았다. 에이엔스는 아주 잠시 수치심이 들었지만, 오싹한 한기 같기도 한 쾌감에 수치심은 오래가지 않았다.

곧 칼이 그녀의 위로 올라오자, 에이엔스는 때와 왔음을 직감하고 작게 숨을 삼켰다. 그가 바지를 벗는 소리가 들려오고 이내 뭐라 이루 형용할 수 없는 느낌이 여성에 와 닿았다. 단단한 것 같기도 하고, 부드러운 것 같기도 하고, 정말 뭐라고 형용할 수가 없었다. 그 느낌이 미묘해 살짝 몸을 틀자, 그가 양손을 각각 잡아 침대 위로 내리눌렀다. 에이엔스는 본능적으로 손이 제압된 것이 불편해 손가락을 움지럭거렸다. 그러자 그는 더욱 부드럽게 손을 감싸 쥐고 귓가에 속삭였다.

"아파도 조금만 참아."

그 목소리가 너무 낮고 거칠어서 꼭 고문을 받고 있는 것 같았다. 하지만 동시에 귓속에 녹아드는 남성적인 음성이 전신의 혈관을 타고 내려가 정염에 젖은 여체를 전율하게 했다. 그러는 사이 그 미묘한 무언가가 장막을 가르고 서서히 안으로 진입하기 시작했다.

에이엔스는 가까스로 신음을 삼켰다. 그래도 처음에는 골반이 조금 빠듯하게 벌어지는 듯한 이물감이 있었을 뿐이었다. 여인의 첫 경험이 힘들다는 말은 들었지만 못 참을 정도는 아니었다. 하지만 그는 그렇지 않은지 맞잡은 손에서 땀이 홍건하게 배어났다. 늘 반듯하게 펴져 있던 그의 미간도 고통스러운 듯 찡그려져 있었다. 에이엔스는 왠지 그 부분을 어루만져 주고 싶어졌다. 아마 손을 뻗고 말았으리라, 손이 잡혀 있지만 않았다면.

「내가 못 참겠어……。」

열기에 취한 그는 세―이든 어를 쓰고 있다는 것도 모른 채 꽉 억눌린 한마디를 흘렸다. 그리고 자세를 고쳐 잡으며 하반신을 좀 더 밀착해 왔다. 동시에 허리를 튕기듯 단숨에 안으로 쑥 밀고 들어왔다. 순간 에이엔스의 동공이 크게 확장되었다.

"……!"

비명조차 터져 나오지 않았다. 처녀막이 파괴되는 끔찍한 감각이 온몸을 후려쳤다. 귀에다 대고 쇠와 쇠를 미친 듯이 긁어대는 것만 같은 감각이었다. 등줄기가 뻣뻣하게 울려오고 한계까지 벌어진 다리가 밀랍처럼 굳었다.

"흐윽……!"

에이엔스는 본능적으로 허리와 목을 최대치까지 휘고 그에게서 벗어나려고 했다. 하얀 여체가 본의 아니게 짙은 남체에 정신없이 비벼졌다. 하지만 태산처럼 위에 버티고 있는 몸은 움찔하는 시늉조차 하지 않았다. 오히려 평소보다 더 단단하게 굳어 있어 검으로 내려쳐도 검이 튕겨 나올 것만 같았다. 그 강철 같은 몸에 완전히 감싸인 자신의 몸이 너무나 작고, 연약하고, 부드러워 보였다. 그가 뭉개면 크림처럼 뭉그러질 것만 같았다.

그것을 깨닫는다는 건 참 이상한 기분이었다. 화가 나는 동시에 안심이 되었다. 성별을 뛰어넘는 '강자'가 되어야 했던 그녀가 뒤진다는 사실에서 오는 화. 그녀 역시 누군가에게는 이토록 여린 존재가 될 수 있다는 사실에서 오는 안도.

"쉬……. 착하지."

그는 그녀의 정수리에 입술을 내리누르고 우는 어린아이를 달래듯이 속삭였다. 그러자 꼬챙이에 뚫린 생선처럼 바르작거리던 그녀가 서서히 동작을 멈추었다. 그녀가 바르작거리기를 멈추자,

후끈한 열락의 기류에 지배된 방 안에는 자잘한 헐떡임과 누구의 것인지 알 수 없는 거친 숨소리만이 남았다.

에이엔스는 천천히 눈을 감았다 떴다. 이마에 송골송골 맺혀 있던 땀이 강줄기를 그리며 흘려내려 눈이 따가웠다. 온몸이 질 척거리고, 하반신에서는 무언가 뜨거운 액체가 배어나는 게 느껴 졌다. 안에서는 버거울 만큼 내벽을 꽉 채운 그의 남성이 느껴지 고, 서로에게 젖은 피부가 스칠 때마다 쩍쩍 눌어붙어 버릴 것만 같았다. 하지만 얼마간 침묵한 채 그 상태 그대로 있자, 어느 정 도 적응이 되었다. 아니, 오히려 시간이 지날수록 기분이 이상해 져 저도 모르게 내벽을 꽉 조이고 말았다. 그러자 그가 무서울 정 도로 허스키한 신음을 터뜨렸다.

에이엔스의 오른쪽 얼굴 옆에 얼굴을 묻고 있던 칼은 천천히 고개를 들었다. 그리고 휘몰아치는 화염의 눈동자로 그녀를 내려 다보았다.

그는 아주 깊게 그녀의 눈을 들여다보았다. 그 눈은 마치 이미 사랑에 깊이 빠진 남자처럼 따스한 색감으로 일렁였다.

그는 희미하게 웃으며 속삭였다.

"이 아가씨, 보통이 아니네."

"그 아가씨라고…… 부르는 것 좀 하지…… 마라……."

뭐가 보통이 아니라는 건지는 모르겠지만. 에이엔스는 혼탁한 기운이 끼어 있는 목소리를 더듬더듬 흘렸다.

"꼭…… 내가 거리의 여자가 된 것 같아서……."

칼은 큭 하고 웃었다. 그리고 그녀의 귓불을 잘근잘근 씹고 핥 으며 속삭였다.

"그럼 나는 포주인가?"

웃음이 났다. 이런 상황에서도 능청맞게 말하는 그가 우습기도
하고 또 귀엽기도 해서, 어느새 웃고 있었다. 이런 상황에서 웃을
수 있는 자신이 더 신기했다.

"왜 웃어?"

"글쎄……."

웃는 동시에 눈물이 나는 것 같기도 했다.

"왜 웃는지는 모르겠지만…… 네가 웃으니 좋네."

에이엔스는 물기에 젖은 눈으로 그를 의아하게 바라보았다.

"네가 왜……?"

칼은 씁쓸한 듯한 웃음을 지었다.

"나도 글쎄…… 라고 말하는 수밖에 없겠군."

이런 상황에서 웃는 자신도 신기했고, 그를 담고 있는 상황에
서 소소하게 대화하는 것도 신기했다. 언젠가, 그를 보며 느꼈던
감정의 물길이 또다시 심장에 고요히 차오르는 것 같았다.

"근데 이제 해도 될까?"

"무…… 읏……."

그는 더 이상 견딜 수 없다는 듯 반문할 시간도 주지 않았다. 가
늠하듯 살짝 움직여 보더니, 이내 힘차게 내달렸다. 음란한 마찰음
이 울렸다. 그러나 깨달을 틈도 없이 밀어붙여져 아무런 생각이 들
지 않았다. 지금 그녀의 세상에 존재하는 것은 오로지 그뿐이었다.

그에 대해 아는 것이라고는 세–이든 제국에서 태어났다는 것,
이름이 카르테일이고 스물아홉 살이라는 것, 자신이 가장 싫어하
는 성격이라는 것, 그것뿐인데도 지금만큼은 그가 세상의 전부가
되었다. 아침이 되면 또 이 세상 어디에도 있을 곳이 없다고 해
도, 이 밤에는 그의 품속에서 어디든 비출 수 있는 달빛이 된 것

같았다.

"카르……테일……."

에이엔스는 교성을 내지르는 건지 이름을 부르는 건지 알 수 없이 그를 불렀다.

"칼. 칼……이라고 불러."

그는 귓가에 허스키하게 속삭였다.

"칼……."

"카르테일이라는 이름은…… 너무 무거워."

"칼……."

에이엔스는 역동적으로 움직이는 그의 등을 꽉 끌어안고 하염없이 자유로운 이름을 불렀다. 천장이 빙글빙글 돌고, 모든 게 아득해지고 있었다. 이런 세상은 전에도 후에도 본 적이 없었다. 눈앞에 눈꽃송이처럼 휘날리는 쾌감의 도편이 보이고, 항상 그리워하며 바라보기만 했던 창공이 가까워지는 것만 같았다.

이내 두 사람은 함께 절정에 올라 큰 한숨을 토해내며 서로에게로 무너져 내렸다. 부서져 내리는 숨결과 정적만이 남은 가운데, 칼은 에이엔스를 바라보았다. 창백했던 피부는 어느새 혈색을 되찾아 발갛게 달아올라 있었고, 푸르른 눈동자는 정사의 여운으로 심해처럼 일렁였다.

그녀는 진정 바다에서 그를 유혹하기 위해 올라온 인어였고, 개화기를 맞은 달빛 꽃이었다. 은색의 달빛 꽃이 그의 품속에서 흐드러지게 피어났다.

18

"에이엔스."

등 뒤에서 들리는 부름에 에이엔스는 깨어 있다는 표시로 살짝 고개만 끄덕였다. 등 뒤로는 자신을 폭 감싸고 있는 그의 온기가 닿아 있었고, 그의 손은 여전히 젖가슴을 어루만지고 있었다. 계속 남자의 손과 입에 괴롭혀진 가슴이 쓰라렸지만, 아직 달이 수평선 위로 넘어가지 않은 시간이라 에이엔스는 가만히 내버려 두었다. 게다가 가슴을 폭 감싸 쥐고 있는 손이 나쁘지 않았다. 따뜻했다.

달빛은 아직 그의 품속에 머물러 있었다.

"아까 보니 노래를 부르던데……."

나른하게 풀어져 있던 에이엔스의 어깨가 얼핏 굳었다.

"들은…… 건가?"

칼은 긴장을 풀라는 듯 둥그스름한 어깨 위에 입술을 비비며 한숨 같은 숨결을 반드러운 피부 위로 미끄러뜨렸다.

"세—이든의 자장가더군."

"누군가에게 들었다."

"그래……?"

칼은 잠시 침묵했다. 하지만 탐스러운 가슴을 쓰다듬는 손은
여전히 멈추지 않았다. 남자라면 누구나 여인의 가슴을 좋아하겠
지만 그는 과도하게 좋아하는 것 같았다. 꼭 어미의 젖 한 번 먹
지 못하고 큰 것처럼.

문득 묵직한 가슴을 매만지고만 있던 손이 슬쩍 성난 유두를
훑자, 뿔난 아이가 칭얼거리듯 유두가 쓰라리고 가슴 전체가 욱
신거렸다.

"하지 마라."

그에게서 몸을 빼려는 시늉을 하자, 그가 벗어나지 못하게 허
리를 끌어안았다. 그러자 힘을 잃고 부드럽게 이완되어 있는 그
의 하반신이 엉덩이에 와 닿고 에이엔스는 절로 '끙' 하는 소리
가 흘러나왔다. 칼은 나직하게 웃으며 그녀의 목덜미에 입술을
부볐다. 그리고 귀 뒤쪽까지 부드러운 입술로 쓸어갔다.

"간지럽다."

"그러라고 하는 거니까."

에이엔스는 기분이 이상했다. 성관계에 대해서는 어느 정도 들
어서 알고 있었지만, 성관계 후에 대해서는 들어본 적이 없기 때
문에 원래 이런 건가 싶어서였다. 이건 너무나…… 뭐랄까, 친밀
했다.

칼은 그녀를 온몸으로 폭 끌어안고 속삭이듯 말했다.

"다시 불러봐."

"그 자장가를?"

"그래. 듣고 싶어."

에이엔스는 주저했다. 불러도 되는 걸까. 어머니가 어디에서도 부르지 말라고 했는데.

"불러봐."

칼은 부르지 않으면 계속 괴롭히겠다는 듯 다소 강하게 한쪽 가슴을 쥐었다. 에이엔스는 어깨를 움츠렸다가 주저주저 입을 열었다. 그는 이미 한 번 들었으니 두 번이라고 대수로울 건 없을 듯해서였다.

달빛 꽃 같은 네 얼굴

깊은 곳에서 끌어올리듯 목을 울리자 가슴을 괴롭히던 그의 손이 멈추었다.

달빛이 깃들었는지
햇빛이 깃들었는지
아가야, 네 얼굴
해맑기도 하구나

칼은 그녀의 어깨에 고개를 대고 천천히 눈을 감았다.

세―이든에서 달빛 꽃은 신분을 막론하고 어머니가 아이에게 으레 의식처럼 불러주는 자장가였다. 하지만 칼은 어머니에게서 달빛 꽃을 들어본 적이 없었다. 아이를 숨기고 아이가 태어난 걸 목격한 시녀가 있다면 모조리 죽여 버리라고 한 어머니이니 불러줬을 리가 없었다. 세─이든의 아이라면 심지어 거지라도 누릴 수 있는 권리임에도.

아가야, 울지 말렴
달빛 꽃 같은 네 얼굴
웃는다면
모두가 웃을 텐데

어머니가 그때 달빛 꽃을 불러주었다면, 어렸던 자신은 그토록 울지 않아도 됐을까?

칼도 나중에야 들은 이야기지만, 어린 자신은 그렇게도 목청껏 울었다고 한다. 태어나자마자 맡은 피 냄새가 무서웠던 것인지, 태어나자마자 포기해야 했던 모정이 서러웠던 것인지, 유모가 아무리 달래도 멈추지 않았단다.

어린 그가 울 때마다 황후궁의 정원이 불타오르고, 멀쩡히 있던 물건들이 거세게 타올랐다. 그러자 선황, 그의 아버지가 이상함을 느끼기 시작했다. 황후궁을 중심으로 불기운이 감도는 것은 도저히 정상이 아니었기에. 그래서 선황은 어쩔 수 없이 황후궁을 강제로 개방하고 단 한 명의 유모와 함께 깊숙이 숨겨져 있던 붉은 눈의 황자를 찾아냈다. 그리고 기쁨도 아니고 통탄도 아닌 탄식을 터뜨렸다.

전쟁이 잦았던 과거에는 모르겠지만 절정의 평화를 누리고 있는 제국에 지배자의 핏줄로 태어난 천공은 불화의 씨앗일 뿐이었다. 룽드웨이의 난 이후로는 더더욱.

네가 우니
하늘이 울고
바람이 슬퍼
한숨을 짓는구나

칼이 태어나던 날, 황후궁의 주변을 두르고 있던 숲이 이유도 없이 불타올랐다. 불을 안고 태어날 아이의 탄생을 예고하듯이. 그리고 태어난, 흡사 강보에 감싸인 듯 불길을 두르고 있는 붉은 눈의 아이를 본 황후는 새된 비명을 내지르고 말았다.

제국의 공녀였던 그녀는 황태자였던 선황에게 처음 청혼을 받았을 때, 거절했다고 했다. 황가의 핏줄을 타고 내려오는 저주와 같은 힘이 자신의 배에도 깃들까 봐. 하지만 그의 아버지는 자신의 조부는 적자가 없는 그 선황을 대신해 방계(傍系)에서 차출된 황제였으니 쉽게 좌천화공이 태어날 리 없다며 그녀를 설득했고, 황후는 결국 승낙했다. 그런데 태어났던 것이다, 그가.

그는 언제나 자문했다.

난 왜 태어났지?

무엇을 위해서?

달빛 꽃 같은 네 얼굴

에이엔스는 노래를 멈추지 않고 허리에 둘러져 있는 그의 팔을 살며시 감싸 쥐었다. 왠지 그가 슬퍼하고 있는 것 같았다. 그는 아무 소리도 내지 않고 그저 자신을 안고 있을 뿐인데, 그의 슬픔이 피부로 스며들었다. 이성적인 머리보다 그의 슬픔을 느낀 심장이 먼저 울었다.

> 달빛이 깃들었는지
> 햇빛이 깃들었는지
> 아가야, 네 얼굴
> 해맑기도 하구나

에이엔스는 끝까지 노래할 수 없었다. 왠지 모르게 가슴이 저
며서……. 하지만 칼은 이미 졸음기가 가득 묻어나는 목소리로
웅얼거렸다.

"별로 잘 부르지도 않는데 듣다 보니 졸리네."

심통이 난 에이엔스는 홱 그의 팔을 뜯어내려고 했다. 잘 부르
지 못한다는 건 자신도 알고 있지만 굳이 상기시켜 줄 필요는 없
지 않은가. 그러자 칼은 미안하다는 듯 킥킥 웃으며 그녀를 꽉 끌
어안아 왔다.

"그래도 목소리가 예뻐서 듣기 좋아."

진심이었다. 가늘게 울리는 목소리가 예뻐서 성대까지 핥아보
고 싶어졌다. 아, 이거 정말 핥는 게 버릇되면 안 될 텐데 큰일이
었다.

"느끼한 말 하지 마라."

그 한마디에 철혈 같은 마음이 사르르 풀어지는 듯했지만, 에
이엔스는 괜히 통박했다.

"그나저나 정말 그 노래는 누구한테 배운 거지? 세─이든 인이
라면 누구나 알고 있는 거긴 하지만."

"그래?"

"세─이든에서는 아이가 태어나면 꼭 그 노래를 불러주지. 건강하고 바르게 크라는 축복 같은 거라고 해야 할까."

그 말에 에이엔스는 무어라 대답해야 할지 몰랐다. 어머니는 자신이 태어났을 때도 이 노래를 불러주었다고 했다. 축복을 내려주었던 것이다. 부디 건강하고 바르게 크라고.

어머니.

나의 어머니.

어린 딸을 살리기 위해 세상 끝에서 세상 끝으로 온 여인.

"멀리서…… 아주 멀리서…… 온 여인이 알려주었다."

에이엔스는 잔뜩 잠긴 목소리를 힘겹게 흘렸다.

어머니가 살아만 계셨다면 자신은 아직도 어렸을 때처럼 세상 모든 걸 순수하게 보는 그런 성격이었겠지……. 묘기 부리는 야수처럼 사람들 앞에 내보여져 능력을 보이고, 뒤에서는 또 학대당하며 천천히 심장부터 얼어가지도 않았겠지…….

그녀가 아멜리타의 선왕을 만난 건 어머니가 죽은 뒤 고작 삼년 만에 인간다운 감정을 모두 버려 버린 뒤였다. 애초에 마법이 없는 나라에서 태어난 유랑단장은 그녀의 능력을 마법이라고는 상상치도 못하고 그저 신기한 재주쯤으로 여겼고, 가는 곳마다 보란 듯이 내보이고 다녔다. 소문은 그렇게 퍼져 마침 도착해 있던 나라의 왕에게까지 들어갔다. 흥미를 느낀 왕은 유랑단을 왕궁으로 불렀고, 그녀는 죽은 짐승처럼 엎드려 감읍해 마지않는 유랑단장 옆에서 왕명을 하명받아 능력을 보였다. 왕은 단번에 그녀의 능력을 알아보았다.

아멜리타의 선왕은 온건한 성품이었다. 훌륭한 왕이었고, 죽는 날까지 폭정은 단 한 번도 펼치지 않았다. 하지만 그런 왕조차 그녀를 바라보는 눈에 깃든 것은 탐욕이었다. 물론 그는 그녀의 머리를 쓰다듬어 주었다. 그러나 그것은 마법의 실현자를 가지기 위한 겉치레였을 뿐, 그녀 자체에 대한 애정은 없었다. 에이엔스역시 바라지도 않았다. 그럼에도 그의 유지를 받들어 기사가 되었다. 걸 것이 그것밖에 없었기 때문에. 믿고 따를 것이 그뿐이었기에.

"왠지 그 여자는 무척 노래를 잘 불렀을 것 같군."

문득 칼이 중얼거렸다.

"어째서……?"

"너한테 이 정도로 노래를 가르쳤을 정도니까."

에이엔스는 슬쩍 미간을 찡그렸다.

"칭찬이냐 욕이냐?"

"아마 욕이 아닐까?"

"손 떼라."

등 돌려 누운 어깨 너머로 바로 매몰찬 말이 날아오자, 칼은 농담도 모르는 여자라고 툴툴거렸다. 등 뒤에서 바르작거리는 온기와 그 툴툴거림이 귀여워 에이엔스는 저도 모르게 살며시 웃었다. 척 보면 귀엽기는커녕 그 선명한 색에 더불어 기묘한 위압감부터 주는 남자인데, 이런 점은 참 못 참게 귀여웠다.

반면 칼은 물끄러미 에이엔스의 정수리를 내려다보았다.

어떤 여인에게서 달빛 꽃 자장가를 배웠다는 에이엔스. 그 여인은 아주 멀리서 왔다고 한다. 왜 자꾸 그 말에서 달님의 어머니인 파문된 신녀 이카란이 떠오르는 걸까? 에이엔스는 그 여인이어머니라 하지 않았고, 그녀의 어머니는 피츠론 남작의 막내 여동생이었는데. 아니면 단순한 우연일까?

이어질 듯 말 듯 이어지지 않는 연결 고리.

칼은 한숨을 내쉬었다. 지금 아무리 생각해 봤자 결론이 나지 않는 질문이었다.

"자자."

칼은 에이엔스는 포근하게 끌어안고 여명이 밝을 때까지만이라도 단잠에 드려는 듯 몸을 이완시켰다. 에이엔스는 나직한 한숨을 내쉬었다. 어둠 속이기에 그의 향취와 온기가 더 뚜렷하게 느껴졌다. 그녀의 벗은 몸을 감싼 팔은 아름드리나무처럼 굵직했고, 너른 가슴은 무너질 일 없이 버티고 있는 든든한 성벽 같았다.

엉덩이에는 남자의 하체가 닿아 있고 다리는 서로 얼키설키 얽혀 있었지만, 몹시 따스했다. 한 치의 어긋남도 없이 딱 맞아떨어지는 육체가 너무나 포근해서…… 마치 양수 속에 누워 있는 태아가 된 것 같았다. 모든 생명의 본능인 자궁으로의 회귀. 모순적이게도 그것을 이 남자에게서 느끼고 있었다. 그래서인지 장작불이 타고 남은 자리처럼 공허했던 마음 한구석도 더 이상 빈자리가 없을 만큼 꽉 채워진 것 같았다.

아이를 잠의 세계로 인도하는 모빌 같은 공기가 천장에서 잔잔하게 돌다가, 푹신한 이불처럼 두 남녀를 덮어 내렸다. 이내 훈흑한 방 안에는 고요한 침묵만이 감돌았다.

짧은 단잠 후에 깨어난 칼은 몸을 일으켰다. 아무래도 땀을 너무 흘렸더니 좀 씻고 자야 할 것 같았다. 원래 이렇게까지 땀을 흘리는 편이 아닌데 이상하게 에이엔스와는 거의 탈수 증세를 일으킬 만큼 흘린 것 같았다.

칼은 누가 업어가도 모를 만큼 깊이 잠들어 있는 에이엔스를 흘긋 내려다보았다. 그리고 쓰게 웃었다.

'너무 흥분을 해서인가.'

마치 여체를 처음 배운 소년처럼 허겁지겁 그녀를 가지고 정신없이 그녀의 몸을 탐했다. 이토록 완벽한 일체감은 실로 처음이었다. 그리고 에이엔스의 몸은 너무나 향기로워서…….

문득 말랑하게 이완되어 있는 여체를 바라본 눈이 뜨겁게 타올랐다. 아랫배에도 무지근한 열기가 뭉쳐 들었다. 자신의 흔적으로 엉망이 된 순결한 피부가 몹시도 색정적이었다.

칼은 다시 숨결이 거칠어지기 시작했다. 하지만 일단 그녀도 좀 씻을 필요가 있었다. 그래서 다시 그녀의 안에 자신을 묻는 대신 손을 올렸다. 그리고 진주 같은 피부의 결을 따라가듯이 쓸어 올리며 그녀의 볼을 감싸 쥐었다.

"에이엔스."

피부 위에 얇게 퍼져 내리는 것처럼 나직한 목소리로 부르자, 에이엔스의 눈꺼풀이 움찔했다.

"에이엔스?"

재차 불러보았지만, 에이엔스는 나직한 신음을 흘리며 그의 손을 피해 고개를 다른 쪽으로 돌렸다. 차마 잠의 유혹을 떨칠 수 없는 모양이었다. 하는 수 없이 칼은 욕실로 데리고 간 후에 깨우기로 결정하고 바닥에 발을 디뎠다. 그런데 발치에 뭔가가 걸려서 보니, 에이엔스의 기사단장복이 바닥에 아무렇게나 널브러져 있었다.

칼은 쯧, 혀를 내차곤 꾸깃꾸깃해진 기사단장복을 들어 올렸다. 에이엔스가 그토록 애지중지하는 옷이다 보니 그의 손길도 절로 조심스러워졌다.

옷걸이에라도 걸어놔야지 싶어 한 번 탁, 하고 털어내는데 옷에서 잘그락, 하는 소리가 들려왔다. 칼의 눈이 의아해졌다. 이게 무슨 소리인가 싶어진 칼은 다시 한 번 그녀의 옷을 흔들어보았다. 또 잘그락, 잘그락, 하는 소리가 들려왔다. 그래서 칼은 옷에 잘그락거릴 만한 게 달려 있나 둘러보다가, 가슴 안주머니에 뭔가 들어 있는 걸 발견했다.

칼은 아무 생각 없이 가슴 안주머니의 단추를 풀고 그것을 꺼내 들었다.

처음에 든 생각은 왠지 낯익은 물건이라는 것이었다. 하지만 다시 그 목걸이를 바라봤을 때, 칼은 숨 쉬는 것마저 잊어버리고 말았다. 충격과 함께 순간적으로 머릿속이 새하얗게 비워졌다.

그 상태로 시간이 얼마나 지났는지 알 수 없었다. 겨우겨우 숨을 내쉰 칼은 삐그덕, 기름칠하지 않은 소리가 날 것 같은 목을 돌려 에이옌스를 바라보았다. 그녀는 여전히 침대 위에 푹 가라앉은 채 정신없이 잠에 빠져 있었다.

그녀에게서 시선을 거둔 칼은 있을 수 없는 일이라고 수없이 되뇌면서도 바닥에 떨어져 있는 자신의 옷 속에서 목걸이를 꺼내 들었다. 그리고 가죽집을 열자, 색깔만 제외하면 에이옌스의 옷에서 나온 목걸이 장식과 쌍둥이 같은 장식이 드러났다.

칼은 두 개의 목걸이를 겹쳐 보았다.

달칵.

원형 끝 홈이 대칭으로 나 있는 목걸이는 기적처럼 딱 맞아떨어졌다.

칼은 천천히 그 목걸이를 들어 올렸다. 그러자 창문 너머로 보이는 상아빛 달에 한 몸이 된 목걸이 장식이 겹쳐지고…….

「…….」

칼은 언어라는 것 자체를 잊어버렸다.

상아빛 달에 겹쳐진 두 유리알의 가장자리가 아련한 금빛으로 발현하고 있었다. 마치 월식 날에 금환식(金環蝕)이 일어난 것처럼.

이것은 한 사내가 몹시도 사랑한 연인에게 선물한 정표였다. 언뜻 보기에는 목걸이처럼 보이지만 실상은 반지였다. 손가락에 끼는 금가락지는 아니지만, 서로 나눠 가진 유리알을 포개 달에 겹쳐 보면 나타나는 금환(金環). 사내는 연인에게 달님이 그리는 금반지를 선물했던 것이다.

물론 칼도 처음에는 어떻게 쓰는 건지 몰랐지만, 이카란의 행적을 찾다가 만난 장인에게 사용 방법을 들어 알게 되었다. 하지만 실제로 금환을 보는 건 처음이었다. 이유야 간단했다. 이 유리알은 두 개가 겹쳐져야지만 금환을 보여주니까.

칼은 홀린 듯이 에이엔스에게 다가갔다. 그리고 그녀가 누운 옆자리에 천천히 앉았다. 하지만 제 몸처럼 그녀를 만지던 때와 달리 선뜻 손을 뻗지 못했다. 아니, 뭘 어떻게 해야 할지 알 수가 없었다. 설마설마 하긴 했지만, 정말일 거라고는 생각도 해보지 않았기에 혼란스러울 뿐이었다.

문득 기억났다. 장작불 앞에서 어머니가 어떤 분이시냐 물었을 때, 에이엔스는 '푸르른 꽃 같은 분이셨다'라고 대답했다. 분이 셨다……. 분명히 과거형이었다. 그녀의 어머니는, 자작부인은 살아 있는데도. 아멜리타 어였기 때문에 빠르게 깨닫지 못하고 넘어가 버렸던 것이다.

이런…… 바보 같은…….

칼은 축 늘어져 있는 그녀의 손을 들어 올렸다. 그리고 뻑뻑한 결후를 겨우 움직여 침을 삼켜 넘기고, 희미하게 떨리는 입술로 그녀의 손끝에 입을 맞추었다.

「칼리마…….」

이제야 만났건만 야속하게도 그의 칼리마는 대답이 없었다.

「칼리마……. 너였어…….」

가슴속에서 뭔가 뜨거운 덩어리가 울컥, 하고 치받혔다. 목이 메어왔다. 눈가가 뜨거웠다. 그 벅참을 참지 못한 칼은 에이엔스의 양 볼을 감싸 쥐고 그녀의 이마에 자신의 이마를 맞대었다. 벅찬 숨을 내쉬며 눈꺼풀을 내리감자 그녀의 단 체취가 느껴졌다.

세상에 이런 기적이 존재했다.

「네가…… 나의 칼리마였어.」

울음기 묻은 목소리가 칼칼하게 갈라졌다.

"칼……?"

그 목소리를 들었는지 에이엔스가 흐릿한 청안을 내보였다. 잠에 취해서인지, 아니면 육신의 온기나마 허락했기 때문인지, 그 눈에는 더 이상 냉기가 없었다. 누군가가 심장을 쥐어짜는 것처럼 뻐근해졌다.

칼은 뜨거운 것을 겨우겨우 삼켜 넘기고 고개를 올렸다. 그리고 그녀의 이마에 꾹 입술을 내리눌렀다.

"아무것도 아냐. 자. 그 무엇도 널 해치진 못하니까…….”

에이엔스는 희미하게 미간을 찡그렸다.

"칼……. 넌 가볍고 매사가 쉽지만…….”

이런 상황에서도 헛웃음이 나올 것 같았다. 그녀가 자신을 어떻게 생각하고 있는지 한마디로 알 수 있는 말이기 때문이었다.

에이엔스는 몰려드는 잠을 참을 수 없는지 스윽, 눈꺼풀을 감으며 중얼거렸다.

"가끔씩 아주 슬퍼 보여……."

칼은 손안에서 넘실대는 달빛 같은 머리카락을 다정하게 넘겨주었다. 그러자 에이엔스의 얼굴이 좀 더 편안하게 풀어졌다. 얼음 결정이 내려앉은 것처럼 반짝거리는 속눈썹과 규칙적인 숨을 내쉬는 입술, 소녀처럼 발그레한 뺨과 부드러운 턱. 모든 게 너무나 사랑스러워 가슴이 아릿하게 울려왔다.

에이엔스가 완전히 잠들고 나자, 칼은 그녀의 목과 무릎 뒤에 손을 넣어 그녀를 허공으로 안아 올렸다. 그러자 그녀의 몸을 아슬아슬하게 덮고 있던 시트가 사르륵…… 바닥으로 흩어져 내려 그들의 발치에 복종하듯 몸을 누였다.

칼은 자신의 품속에서 더없이 편안해 보이는 에이엔스를 하염없이 내려다보았다. 온몸이 우유를 부어놓은 것처럼 하얀 그녀는 마치 하늘이 그에게 날려 보낸 깃털 같았다. 그의 손안에 살며시 안착한 하얀 깃털.

칼은 세례를 내리는 성자(聖子)처럼 경건히 그녀의 은발 위에 입술을 내리눌렀다.

「나의 칼리마. 편안한 잠에 들기를…….」

19

푸드드득…….

잠결에 새의 날갯짓 소리를 들은 것 같았다. 에이엔스는 힘겹게 눈꺼풀을 밀어 올렸다. 그리고 엎드려 있는 상체를 일으키려고 팔을 뻗자, 손가락 끝에 실크처럼 부드러운 촉감이 사르르 밀려났다. 낯선 감촉이 의아해진 에이엔스는 자신이 누워 있던 자리를 내려다보았다. 푸르스름한 윤기를 내보일 정도로 광택 어린 시트와 라벤더 보랏빛의 이불이 눈에 들어왔다.

그녀가 누워 있는 곳은 낯선 방의 한가운데 놓인 거대한 침대였다.

'여기는…….'

멍하니 중얼거리던 에이엔스는 번뜩 자신의 몸을 내려다보았다. 하지만 자신이 실크 이불 외엔 실오라기 하나 걸치지 않은 전라임을 눈치 채고도 에이엔스는 움직이지 못했다. 그저 햇빛 아래 솜털이 포스스 빛나는 가슴을 한참 동안 내려다보기만 했다.

'매…… 독?'

그런 생각이 절로 들 만큼 가슴이 얼룩덜룩했다. 불그스름한 멍은 말할 것도 없고 어찌나 강하게 빨아 당겼는지 퍼렇게 보이는 멍까지 가슴 위에 화려하게 수놓아져 있었다. 게다가 가슴뿐만 아니라 배와 팔 안쪽의 여린 살, 손목의 안쪽에까지 멍꽃들이 난개해 있었다. 이 정도라면 하체는 어떤 상태일지 보지 않아도 뻔했다.

에이엔스는 뻐근한 목을 돌려 자신이 누운 방을 돌아보았다. 한적한 방 안에는 아무도 없었고, 뭐 걸칠 만한 것도 눈에 띄지 않았다. 그럼에도 에이엔스는 선뜻 일어날 생각이 들지 않았다. 꼭 밤새 검술 연마라도 하고 난 날처럼 온몸에 쑤시지 않는 곳이 없었다. 특히 샅 사이의 은밀한 부분이 욱신거려 왔다. 결국 에이엔스는 문밖에 다가오는 발걸음 소리가 들릴 때까지 침대 위에 멍하니 누워 있을 수밖에 없었다.

뚜벅이는 발걸음 소리가 들린 순간, 에이엔스는 최대한 빨리 보라색 실크 이불을 걷어 올려 자신의 몸을 감쌌다. 그와 동시에 문이 열리고 다스한 향기가 밀려들어 왔다. 그리고 곧 등 뒤로 탁, 문을 닫는 소리가 들려왔다.

에이엔스는 문가 쪽을 돌아보았다. 잠자리에서 막 일어나 대충 옷을 갖춰 입고 잠시 나갔다 온 듯한 칼이 찻잔을 든 채 너무나 힘 있는 시선으로 이쪽을 바라보고 있었다. 꼭 에이엔스가 벌거벗은 채 누워 있기라도 한 것처럼.

거의 그렇긴 했지만.

흐트러진 머리카락은 한쪽으로 쏟아져 은빛 폭포처럼 흘러내렸고, 흰 살결을 돋보이는 보랏빛 실크가 유연하게 뻗은 몸을 나른한 물처럼 감싸고 있었다. 그 위로 보이는 우윳빛 피부에는 남자의 흔적이 적나라하게 남아 격렬한 소유권을 주장했다. 특히 귀 뒤에서부터 가녀린 목덜미를 타고 내려 이불 속 앙가슴까지 이어진 붉은 꽃길은⋯⋯.

칼은 조급해하지 않고 천천히 걸어 침대 가로 다가왔다. 에이엔스는 최대한 평정을 가장하려고 했지만, 그와의 거리가 좁혀질수록 긴장감에 피부가 간질거렸다. 밝은 빛 아래서 그를 보자 간밤에 달빛에 취해 어떤 짓을 저지르고 말았는지 생생한 파노라마처럼 떠올랐기 때문이다. 그래도 후회는 없었지만, 미묘한 어색함은 그녀로서도 어쩔 수 없었다.

달그락, 칼은 들고 온 찻잔을 침대 옆 탁자 위에 올려놓으며 물었다.

"몸은 어때?"

에이엔스는 대답하는 대신 옆으로 흐트러져 있는 머리카락을 쓸어 올리고 주섬주섬 몸을 일으켰다. 시트를 추스르는 그녀의 얼굴에는 희미하게 홍조가 올라 있었다.

"샤워 좀 할 수 있나?"

"샤워? 안 해도 돼."

그게 무슨 소리인가 싶어 침대 옆에 서 있는 칼을 올려다보자, 그는 이불에 가려진 탐스러운 가슴을 내려다보며 대답했다.

"너 자는 동안 내가 해줬거든. 얼마나 깊이 자던지 깨지도 않더군."

에이엔스는 저도 모르게 흠칫하고 말았다.

"내 몸을?"

칼은 핥듯이 눈앞에 있는 여체를 훑어보더니 아주 야릇하게 웃었다.

"즐거운 작업이었지."

화를 내야 할지, 고맙다고 해야 할지, 에이엔스는 할 말을 잃어버리고 말았다. 어쩐지 그렇게 땀을 흘리고도 전혀 몸이 끈적거리지 않는다 했더니……. 그러고 보니 잠결에 물소리를 들었던 것 같기도 하고…….

문득 그가 잠든 자신의 몸을 씻기는 장면이 상상되자 막을 새도 없이 에이엔스의 얼굴에 화르르 불이 붙었다.

그 얼굴을 본 칼은 피식 웃더니 찻잔을 에이엔스에게 내밀었다.

"마셔. 몸이 따뜻해질 거다."

에이엔스는 거절하지 않았다. 천천히 그 찻잔을 받아 들어 한 모금 입 안에 머금었다. 그리고 꼴깍, 삼키자 온몸의 혈관을 타고 따스한 기운이 퍼져 내려갔다.

칼은 잠시 에이엔스가 차를 마시도록 내버려 둔 채 창가로 다가가 커튼을 쳤다. 그러자 방 안은 순식간에 어둑하게 변했다. 방이 어둑하게 변하자 에이엔스의 손에 들린 차의 향기가 더욱 짙어졌다.

에이엔스가 그런 칼을 의아하게 바라보고 있는 사이 그가 다시 침대로 돌아왔다. 그도 에이엔스가 일어나기 바로 전에 일어나 대충 옷을 주워 입고 나갔다 왔는지 옷차림이 엉망이었다. 말 그대로 대충 끼워 입은 바지에 아무렇게나 걸친 셔츠. 머리도 바람결에 흩날린 것처럼 흐트러져 있었다.

그때, 칼이 신발을 벗고 위로 올라왔다. 에이엔스는 왜 다시 침대에 눕는 건가 싶어 의아한 눈으로 그를 바라보았다. 그러자 그는 빙그레 웃더니 에이엔스의 손에서 반쯤 마신 찻잔을 뺏어 탁자 위에 올려놓았다. 그리고 은근슬쩍 에이엔스의 몸 위로 기어올라 왔다.

에이엔스는 진심으로 놀라 버리고 말았다. 그와의 친밀한 행동은 푸르스름한 새벽의 장막이 세상 위로 드리워지는 순간 끝났다고 믿어 의심치 않았는데, 칼의 행동은 너무나 자연스러웠다.

"뭐 하는 거냐."

에이엔스는 자신의 몸을 감싼 시트를 더 꽉 그러쥐며 뒤로 슬쩍 물러났다. 하지만 물러나는 순간 두꺼운 원목 프레임에 턱, 등이 닿았다. 그와 동시에 노골적인 욕망을 담은 사내의 시선이 몸을 훑자, 척추를 타고 오싹한 기운이 미끄러져 내려갔다.

그의 고개가 서서히 밑으로 내려왔다. 그리고 낮게 내쉬는 숨결이 피부에 닿을 만큼 가까운 거리에서 멈추었다.

"내가 네 몸을 어떻게 씻겼는지 알아?"

그는 숨결로 피부를 훑어 내리듯이 속삭였다. 그 느낌을 참지 못한 에이엔스는 홱 고개를 돌려 버리고 말았다. 하지만 그는 신경 쓰지 않고 매끈하게 드러난 목덜미로 내려갔다.

"응? 알아?"

"그만 해라."

나직이 뇌까리는 음성에는 전혀 힘이 없었다.

"그냥 말로 설명하는 건 재미없지. 원한다면 다시 재연해 줄 수도 있는데."

칼은 그 힘없는 말을 듣지 않았다. 오히려 만발한 열꽃으로 엉망이 된 목덜미에 입술을 묻고 문질렀다. 그로부터 소름이 자르

르 일어났다. 에이엔스는 절로 재촉하는 듯한 신음이 새어져 나
갈 것만 같아 입술을 꼭 깨물었다. 거부하려고 하면 얼마든지 거
부할 수 있는데도, 몸에 힘이 들어가지 않았다.

그의 손이 시트를 꼭 붙들고 있는 손을 치워냈다. 잠시 반항이
있긴 했지만 그 반항은 오래가지 않았다. 그러자 칼은 시트를 걷
어 올리고, 진수성찬처럼 풍성하게 드러난 젖가슴을 입술로 애무
했다.

"그만……."

그녀는 고개를 옆으로 젖힌 채 잔뜩 쉰 목소리로 읊조렸다. 본
인이 듣기에도 그만 하라는 건지 재촉하는 건지 알 수 없는 목소
리였다. 칼도 그 목소리에서 흔들리는 감정을 눈치 챘는지 좀 더
강경하게 행동했다.

"어제 네가 아플까 봐 한 번밖에 못했으니까."

그는 하얀 융기 끝에 짙은 꽃물이 스며 있는 부분을 살짝 입 안
에 머금었다. 그리고 혀로 어르며 입 안에서 굴리자 유실이 금방
딱딱하게 뭉쳐 들었다. 결국 에이엔스에서 우는 듯한 신음이 흘
러나오고 말았다.

"한 번으론 성에 차지 않아."

긴 손가락이 잘팍히 젖어 있는 곳으로 밀려들어 왔다. 반사적
으로 하체의 근육이 꽉 조여들었다. 뜨겁게 손가락을 감싸는 내
벽의 감촉에 칼은 칭찬하듯이 유두를 빨아들였다.

에이엔스는 어느새 최전선이었던 시트를 잃어버리고 그의 아
래에 흐트러져 있었다. 긴 은발이 반짝이는 웅덩이가 되어 시트
위에 펼쳐지고, 쭉 뻗은 팔다리가 우아한 은어처럼 시트를 헤쳤
다.

분명히 촌초의 꿈은 끝났는데도, 그의 품속에서 벗어날 수가 없었다. 오히려 그의 몸이 주는 쾌락을 알고 있기에 이성과 상관 없이 육체가 그를 바라며 달아올랐다.

이 몸은…… 너무 따듯했다. 벗어나고 싶지 않을 정도로. 그러니까 한 번만, 단 한 번만 더…….

칼은 에이엔스의 볼을 감싸 쥐고 다시 자신을 바라보게 했다. 그의 눈은 당장이라도 붉은 용암이 흘러넘칠 것처럼 끓고 있었다. 그리고 그의 다른 손은 죄없는 시트만 죄고 있는 에이엔스의 손을 잡아 어디론가 데려갔다. 손바닥 아래 단단한 복부가 느껴지고, 그의 손길을 따라 바지 안으로 들어가자 낯설면서도 익숙한 물건이 닿았다. 그것은 완전하게 일어나 있었고 촉촉이 젖은 손이 닿자 살아 있는 유기체처럼 요동쳤다.

뜨거운 숨과 함께 관능의 언어가 귓속에 스며들어 왔다.

"이렇게나 널 원하고 있어."

에이엔스는 신음하며 눈을 감아버리고 말았다.

완고한 손에 의해 양 허벅지가 벌어지고, 단단한 남성이 여성을 가득 채웠다. 단호하게 밀고 들어오는 거대한 이물감에 여인은 목을 젖히고 신음했다. 하지만 여인의 몸을 점령한 무법자는 움직임을 멈추지 않았다. 불기둥처럼 뜨거운 남성을 앙물고 있느라 파르르 떨리는 허벅지를 나른하게 쓸고, 늘씬한 다리를 타고 내려갔다.

사내는 세게 쥐면 부러질 듯한 발목을 잡아 제 허리에 걸쳐 놓았다. 그리고 여인의 수밀도 같은 엉덩이를 움켜쥐어 좀 더 자신의 쪽으로 끌어당겼다. 그러자 바스락거리는 시트에 쓸려 내려간 여인이 신음과 함께 몸을 뒤척이며 누가 가르쳐 준 것처럼 사내의 허리에 제 양다리를 감았다.

그 단순한 동작에도 여인의 안을 가득 채운 사내는 거친 숨소리와 함께 이를 악물었다. 그러자 이 사이로 무거운 숨소리가 뜨겁게 새어 나왔다.

「칼리마…….」

칼은 에이엔스의 귓가에 그녀가 알 수 없는 단어를 중얼거렸다. 너무나 간절하게, 너무나 애절하게. 그리고 땀에 젖어 더욱 매끈거리는 하얀 목덜미에 깊이 입술을 묻었다. 입술이 녹아날 것처럼 뜨거운 온도가 느껴지고, 펄떡펄떡 살아 움직이는 혈관이 피부 아래로 박동 치고 있는 게 느껴졌다. 전율에 떨고 있는 달콤한 숨결은 귓가를 간질이고, 그녀가 힘겹게 숨을 몰아쉴 때마다 뾰족하게 솟은 유두가 벗은 가슴에 스쳤다. 녹진한 여성은 더 이상 환상적일 수 없을 만큼 뜨겁게 남성을 품고 있었다.

처음 그녀를 가질 때도 그랬지만 정말…… 이건 상상을 뛰어넘은 경험이었다. 그의 칼리마는 너무나 뜨겁고, 황홀한 여인이었다.

"칼……."

정염에 젖은 여인이 허스키하게 쉰 목소리로 귓가에서 중얼거렸다. 그에 사내는 완벽하게 자신을 놓고, 유연한 표범처럼 허리를 휘며 그녀의 안으로 돌진하기 시작했다. 에이엔스 또한 칼의 허리에 감겨 있는 다리를 더욱 단단하게 잠그며 그의 거친 방문을 환영했다.

언제부터 그와 몸을 섞었는지, 이게 몇 번째인지, 아무것도 알 수 없었지만 지금 에이엔스는 그런 것에 신경 쓸 겨를이 없었다.

그가 생각할 만한 겨를을 주지 않기도 했거니와, 계속된 정사에 뇌가 완전히 녹아버린 듯해 그 외에는 아무것도 떠오르지 않았다.

"하아, 하……. 칼……. 칼……."

그가 리듬을 타며 움직일 때마다 침대가 술렁이고 시트가 바스락바스락 정신없이 구겨졌다. 지독히도 색정적인 사내의 숨소리가 여인의 감창 소리에 뒤얽히고, 시큼한 땀 냄새가 숨이 막힐 정도로 방 안을 가득 포화시켰다. 그리고 땀에 젖은 살갗끼리 부딪치는 소리가 더욱 야릇한 취기를 고조시켰다.

그가 타악, 끝까지 치고 들어올 때마다 그녀의 목에서 발작적인 교성이 터져 나왔다. 그리고 한 번에 잡아 뽑듯이 거의 끝까지 나갈 때면 저절로 여성이 조여들며 그를 잡았다. 그럴 때마다 아예 흐물흐물하게 변해 버린 듯한 피부 위로 후터분한 땀방울들이 뚝뚝 떨어져 내렸다.

에이엔스는 머리 위에 드리워진 검은 그림자로부터 흩어져 나오는 뜨겁고 거친 숨소리를 들으며 무거운 눈꺼풀을 밀어 올렸다. 몸은 계속해서 흔들리고 있었고, 수면에 흐려진 잔상처럼 흐릿한 시야에 침대를 짚고 있는 강인한 팔이 보였다.

그녀는 그 팔을 꽉 그러잡았다. 그리고 거목을 타고 오르는 뱀처럼 손끝으로 더듬으며 타고 올라갔다. 그게 굉장한 자극제가 되었는지, 순간 그가 거칠게 밀고 들어와 에이엔스는 질끈 눈을 감으며 신음했다. 동시에 내부에 꽉 들어찬 남성을 최대한 꽉 죄었다. 온몸에 꽃이 만개하는 듯한 환희를 참을 수가 없었다. 그러자 칼에게서 어느 때보다 억눌린 신음이 터져 나왔다.

「그만…….」

칼은 짐승의 으르렁거림으로 들릴 만큼 낮고 필사적인 목소리로 무어라 말했다. 하지만 세—이든 어였기 때문에 에이엔스가 알아들을 수 있을 리 없었고, 알아들을 수 있다 해도 그녀 역시 다른 사람의 말에 귀 기울일 수 있는 상태가 아니었다. 그저 본능에 따라 그의 허리에 더욱 강하게 다리를 감으며 그를 더욱 뜨겁게 조였다.

「이제…… 한계…….」

그는 입 안으로 사나운 욕지거리를 뇌까리더니, 더 이상 버티기를 포기하는 동시에 에이엔스의 허리를 잡고 자신을 완전히 끝까지 밀어 넣었다.

그가 불가능하다 싶을 만큼 깊이 들어온 느낌에 에이엔스는 눈을 크게 떴다. 그 순간 그의 몸이 바위처럼 단단하게 굳더니 하얗게 터져 나온 토정이 그녀의 자궁을 뜨겁게 채웠다. 동시에 지나치게 강한 전율이 자궁을 관통해 에이엔스는 활짝 허리를 휘었다.

거의 눈앞이 번쩍했다. 세상이 완전히 핑글 돌고, 잠시 육체란 그릇을 이탈했다가 가까스로 돌아온 것만 같았다. 덕분에 절정이 끝나고도 에이엔스의 피부는 계속해서 잔물결을 일으키고 그를 품은 여성이 움찔거렸다.

칼은 숨이 막힐 정도로 그녀를 강하게 끌어안고 있었다. 에이엔스를 품에 가둔 그가 숨을 몰아쉴 때마다 잘 단련된 근육에 감싸인 그의 어깨와 등이 정신없이 들썩거리고, 열락 어린 숨결이 피부로 녹아들었다. 어깨와 목덜미를 스치는 숨이 정말 불처럼 뜨거워서 그 무거운 숨결에 닿는 피부가 녹아내릴 것만 같았다.

그는 한참 후에야 뻑뻑하게 울리는 상체를 들어 올렸다. 그리

고 땀에 잔뜩 젖은 에이엔스의 머리카락을 다정하게 쓸어 올렸
다. 아직 다른 세상을 부유하고 있는 듯한 에이엔스는 그를 몽롱
하게 올려다보았다. 칼은 그런 에이엔스가 귀여운 듯 뜨겁고 촉
촉한 입술로 그녀의 볼을 훑고, 짧은 입맞춤 후에 애무하듯 아랫
입술을 깨물었다. 그런 후 여전히 조금 불규칙한 숨과 함께 그녀
의 입술 위에서 속삭였다. 그 목소리는 완전한 만족감에 가득 차
있었다.

"그렇게 조이면 참을 수 있을 리가 없잖아."

에이엔스는 이제 그만 그의 품속에서 빠져나가려고 했다. 하지
만 아직도 안에 있는 칼은 그녀를 더욱 꽉 끌어안으며 놓아주지
않았다. 그리고 그녀의 정수리에 입술을 묻고 조용히 속삭였다.

"쉿, 잠깐만 이대로 있어."

그를 매몰차게 밀어내고 일어설 수도 있었다. 더 이상 들척하
게 굴지 말라고 모진 말을 내뱉을 수도 있었다. 하지만 에이엔스
는 그렇게 하지 않았다. 나른하게 울리는 그의 음성에서 왜인지
모를 간절함이 느껴졌기 때문이다. 그래서 에이엔스는 하늘이 흐
려지면 그 위에 뜬 달도 같이 흐려지며 하늘의 흐린 얼굴을 아파
하듯이…….

불현듯 에이엔스의 뇌리에 오래된 기억이 되살아났다.

하늘.

그 소년의 기억은 아직도 에이엔스의 뇌리 한구석에 묻어져 있
었다. 어느 날인가, 갑자기 신기루처럼 눈앞에 나타났던 한 소년
의 모습. 아니, 모습이었다기보다 지독한 상실의 고통에 몸부림
치는 절규가 머릿속을 울려왔다.

그날 하늘에는 희미하게 뜬 유백색의 달이 흐린 빛을 발하고

있었다. 낮이었지만 푸른 하늘에 뜬 하얀 달이 하늘의 가슴에 콕 박힌 연인인 듯 보였다. 가시 같은 연인. 그러나 떼어놓을 수 없는 상흔 같은 연인. 그리고 하늘이 흐려지면 같이 흐려지며 아파하는 영혼의 연인.

그래서 말해주었다. 울지 말라고. 네가 우니 나도 아프다고. 하늘이 울면 달님도 흐려지며 같이 아파하듯이.

에이엔스는 그녀의 위에 가만히 누워 있는 칼을 고요한 눈으로 바라보았다.

왜 갑자기 이 남자에게서도 그때와 같은 기분을 느꼈을까. 듣는 이의 가슴이 발기발기 찢어질 만큼 고통에 몸부림치던 소년과는 조금도 닮은 구석이 없는데. 하지만 왠지 꼭 안아줘야 될 것만 같았다. 그래서 그녀는 인생에 다시없을 이 순간만, 마음속에 떠오르는 충동을 거부하지 않기로 했다.

왠지 모르게 다 큰 여자의 살결에서 풍겨오는 우유 내음을 맡으며 깊이 가라앉아 있던 칼은 놀라고 말았다. 갑자기 나긋한 팔이 그의 등을 감싸 안아온 탓이었다. 이건 칼도 전혀 예상하지 못한 행동이었다. 그래서 조금 놀란 듯이 아래를 내려다보자, 에이엔스는 뭐냐는 표정으로 그를 바라보았다. 앙큼하게도 자신은 아무것도 하지 않았다는 듯. 그에 칼의 몸도 부드럽게 녹아내렸다.

칼은 두 사람의 발치에서 우겨져 있는 이불을 조심히 끌어 올렸다. 그러자 실크 재질의 이불이 그의 손을 따라 위로 올라오며 얽혀 있는 두 사람의 다리를 훑고, 사악 에이엔스의 몸을 감싸 안았다.

"왜……."

그가 이마 위에 입술을 문지르며 대답했다.

"추울까 봐."

춥지 않았다. 그의 존재감이 너무나 커서, 그의 열기가 너무나 강해서, 그의 눈빛이 너무나 뜨거워서…….

또다시 뱃속이 열기로 휘저어지는 듯해 에이엔스는 살짝 몸을 뒤틀었다. 그 순간 안을 가득 채운 남성이 꿈틀거리며 단숨에 단단한 강도를 자랑하기 시작했다. 남성이 발기하는 순간을 제 안으로 적나라하게 느껴 버린 에이엔스는 드물게도 곤혹스러운 표정을 숨기지 못했다. 야수 같은 남자가 몸 위를 점령한 채 이글거리는 눈으로 내려다보고 있는 상황에서는 더더욱.

"그만……. 안 돼……."

또다시 확실한 의도를 가지고 몸을 어루만지기 시작한 손길에 에이엔스는 뜨문뜨문 신음하며 거절인지 재촉인지 알 수 없는 말을 흘렸다.

"한 번만. 딱 한 번만 더."

아까도 그리 말했지만 결국 지켜지지 않은 약조에 에이엔스는 신음으로 대답했다.

"칼리마, 날 거부하지 마."

칼리마. 아까 스치듯 들었던 단어.

그 단어와 함께 실크가 두 사람의 몸을 훑으며 다시 사르륵 떨어져 내리고, 바스락거리며 울었다.

20

칼은 색색 아기 같은 숨을 내쉬며 영원처럼 깊은 잠에 빠져든 에이엔스는 안은 채 미동도 없이 누워 있었다. 품 안에 딱 맞아떨어지는 몸은 아주 부드럽게 이완되어 있었다. 그리고 죽은 것처럼 자던 때와 달리 숨소리도 제대로 들려왔고 하얀 피부에는 불그스름한 혈색이 돌았다.

이렇게 색색거리며 자는 모습을 보고 있자니 그녀가 왠지 모르게 소녀처럼 어려 보였다. 그 여자를 데리고 말로 하기도 낯부끄러운 이런저런 짓을 하고 난 남자가 할 말은 아니겠지만, 잠든 옆얼굴을 보니 꽤 어려 보이는 것 같았다.

왠지 기분이 묘했다. 처음 만났을 때만 해도 에이엔스는 '생명'이라고 부르기도 힘든 뱃속의 작은 콩알 같은 존재였는데, 지금은 이렇게 함께 있다니. 사실 상상조차 하지 못했다. 뱃속에서 그를 부른 작은 존재가 이토록 아름다운 여인으로 성장하리라고는…….

칼은 그의 가슴에 등을 대고 잠든 에이엔스의 아랫배를 큰 손바닥 안에 살짝 감싸 쥐었다. 군살없이 납작한 배가 느껴졌다.

처음 만났을 때 그녀의 어머니가 그랬던 것처럼 이 뱃속에 생명이 잉태된다면……. 그것도 그로 말미암아 신성함마저 느껴지는 '생명'을 가진다면. 싸우는 것밖에 허락되지 않았던 이 팔로 그녀처럼 향기로운 아이를 가득 끌어안아 볼 수 있다면…….

금지된 소망이 불쑥 머리를 들이밀었다.

'카르테일 운 알카임. 미쳤군.'

그의 아이는 대공비만이 가질 수 있었다. 하지만 존재하지 않는 대공비는 앞으로도 존재하지 않을 터였다. 후궁 또한 마찬가지였다. 그가 원한다면 에이엔스를 가질 수는 있었다. 하지만 그녀 같은 여자는 결코 그 자리를 바라지 않으리라. 아니, 그녀가 칼리마인 이상 본국으로 데리고 가는 것조차 꺼림칙해졌다.

'하지만…….'

칼은 에이엔스가 고른 숨을 내쉴 때마다 천천히 오르락내리락하는 젖가슴을 살짝 손안에 담았다. 흘러넘칠까 말까 할 정도로 손안에 딱 맞아오는 크기와 말캉말캉한 촉감이 지나치게 달콤했다. 칼은 그 촉감을 음미하며 손을 내려 깊은 계곡이 져 있는 앙가슴을 어루만지고, 손바닥으로 데우듯이 배를 문지르고, 허벅다리를 쓰다듬었다. 그리고 그녀의 닫혀 있는 다리 사이로 들어가 민감한 허벅지 살을 느른하게 어루만졌다. 마치 그녀의 온몸을 확인하듯이.

사내의 한숨이 여인의 벗은 어깨에 얕게 퍼져 내렸다.

「칼리마, 왜 이렇게 아름다운 육신을 타고난 거지?」

만약 그녀를 가지기 전에 칼리마인 것을 알았더라면…… 안지 않았을 것이다. 칼리마는 새장 속의 작은 새처럼 지켜줘야 할 존재이지, 자신이 탐할 존재가 아니니까.

사실 칼에게 있어 칼리마는 그에게 없는 '여동생'이라는 개념이 더 강했다. 만나보지도 못한 상대를 '여자'로 인식할 틈 같은 게 있었을 리 없었다. 하지만 에이엔스는 달랐다. 그녀는 너무나 매력적인 여성이었다. 끝까지 자신의 신념을 관철시키고 마는 꼿꼿함도, 검을 아는 손도, 흐트러지지 않는 냉철한 이성도, 아주 가끔씩 내보이는 이십대 아가씨의 귀여움도, 그리고 꿀처럼 달콤한 이 육체도.

그런 에이엔스는 칼에게 있어 절대 여동생 따위가 될 수 없었다. '여인'이었다. 부정할 수 없게도, 처음 보는 순간부터 그의 욕망을 충동질시킨.

그런데 그녀가 바로 칼리마였다.

이런 기적이, 이런 아이러니가 또 있을까.

하지만 이미 늦었다. 탐욕스러운 사내는 이미 이 여인의 달콤함을 알아버렸다. 그래서 끝없이 그녀를 탐했다. 무책임하다고 해도 좋았다. 멈출 수가 없었다.

칼은 그녀를 품 안에 가두어 꽉 끌어안고 말았다.

"칼…… 그만……."

문득 에이엔스가 완전히 쉬어버려 본래의 목소리가 흔적도 남아 있지 않은 목소리로 힘겹게 중얼거렸다.

"이젠…… 정말로 아파……."

하긴 이틀을 그와 침대에서 보냈으니 이젠 엄살없는 그녀도 아플 만했다. 사실 칼의 중심도 이젠 쓰라릴 정도라 더 이상은 불가능했다.

할 일이 많았고, 할 생각도 많았다. 하지만 일단 칼은 한숨 자고 일어나서 생각해야겠다고 결정했다. 그다지 졸리진 않았지만 그의 몸은 잠이 필요했다. 그래서 그녀를 살짝 끌어안은 채 누웠지만, 아무리 시간이 지나도 잠은 찾아오지 않았다. 오히려 의식이 차가운 물처럼 더욱 명료해져 갔다.

결국 칼은 더 이상 침대에서 버티지 못하고 일어났다. 그리고 바닥 위에 훌훌 던져 버린 옷가지를 대강 손 가는 대로 주워 입었다. 속옷도 입지 않은 채로 바지를 입고, 앞섶이 반쯤 트인 셔츠를 입고는 귀찮은 듯 단추도 잠그지 않았다. 그럼에도 에이엔스에겐 아주 정성스레 이불을 덮어주곤 문밖으로 나섰다.

세상 위에 드리워진 새벽의 장막 탓에 바깥은 사방에 푸른 물감을 칠해놓은 것 같았다. 모든 게 무겁고 짙게 가라앉아 있었다. 희미하게 밝아온 새벽의 빛깔이 지나치게 고독해 보였다.

하아, 숨을 내쉬자 하얀 김이 포스스 번져 나갔다. 해가 뜨는 순간 가만히 앉아 있어도 땀이 줄줄 흘러내릴 만큼 더워지겠지만 해가 뜨지 않은 무인도는 겨울이나 진배없었다.

배의 난간으로 다가간 칼은 입과 손으로 휘파람 소리를 내었다.

삐익—

하지만 아무리 기다려도 사왈리는 나타나지 않았다.

「아직 돌아오지 않았습니다.」

대신 새벽 공기를 타고 오는 목소리가 있었다.

칼은 천천히 뒤를 돌아보았다. 서늘한 새벽바람이 흐트러진 머리카락을 더욱 흐트러뜨리고, 흰히 트인 셔츠를 느린 그림처럼 나부꼈다.

「그럼 아멜리타 군함도 이쪽으로 진격해 오고 있겠군.」

찻잔을 들고 있는 기음은 어깨를 으쓱거렸다.

「그 매가 사왈리를 피해 제대로 갔다면요.」

칼에게 다가온 기윰은 손에 든 찻잔을 그에게 건네주었다. 옆의 나무통에 막 걸터앉은 칼은 아무 말 없이 그 찻잔을 받아 들었다. 찻잔에서는 하얀 포말 같은 김이 피어올라 와 새벽 공기에 고요히 녹아들었다.

「그놈도 보통 영리한 게 아니니까, 제대로 갔을 거야.」

칼은 차를 한 모금 마시며 대답했다. 그러자 그 옆에 선 기윰이 그를 물끄러미 바라보았다.

「사왈리를 시켜 그 매를 무인도에서 쫓아내고, 납치된 왕궁기사들을 찾고 있을 아멜리타 군함이 그 매를 발견하게 해서 뒤따라오게 한다……. 그렇다면 아이힌 단장님의 조상 중 누가 세-이든 인인지 알아내신 거겠죠?」

칼은 차를 마실 뿐 잠시 아무런 대답이 없었다. 그러다가 어느 순간 기윰을 보더니, 평소의 그처럼 장난스럽게 씩 웃었다.

「베갯머리송사란 둘만의 비밀인 법이지.」

이번에는 기윰이 아무런 대답도 하지 않았다. 하지만 그도 어느 순간, 심각하지 않게 어깨를 으쓱했다.

「아이힌 단장님이 미남계에 넘어갈 분은 아니라고 생각했는데 말이죠.」

「원래 미남 싫어하는 여장부는 없거든.」

기윰은 농담을 하는 건지 진담을 말하는 건지 알 수 없는 칼에게 흘긋, 시선을 던졌다.

「대공은 그만두고 아이힌 단장님의 하렘에라도 들어가려고 하십니까?」

「오, 그거 괜찮겠는데.」

칼은 엄지손가락과 중지를 마찰시켜 '딱' 하는 소리를 내었다.

「신상명세서도 작성해야 하나? 이름, 카르테일 운 알카임. 나이, 이십구 세. 신장, 8.7갤리아(187㎝). 몸무게, 80칸(80㎏). 직업, 제국의 대공. 취미, 실성한 척. 특기, 불 지르기. 뭐…… 취미와 특기 부분에서 좀 걸리긴 하지만 이만하면 총희 정도는 될 수 있겠지?」

기욤은 절레절레 고개를 내젓고 말았다. 하지만 그러는 그도 지지 않고 맞받아쳤다.

「그러기엔 나이가 너무 많으시군요. 총희를 목표로 하신다면 적어도 십사 세에는 하렘에 들어가셔야 할 텐데…….」

기욤은 미묘하게 말끝을 늘이며 나무통에 비스듬하게 기대앉아 있는 칼을 머리끝에서 발끝까지 훑어보았다. 칼은 악동처럼 짓궂게 웃었다.

「그래도 이만한 체력과 테크닉은 별로 없을걸.」

성적으로 개방되어 있는 편인 세−이든 인끼리야 그다지 유별날 것도 없는 농담이었지만, 기욤의 미간에는 희미한 금이 떠올랐다.

「그래서 이틀 만에 침실에서 나오신 겁니까?」

칼도 심각하지 않게 어깨를 으쓱했다.

「엄밀히 말하자면 이틀은 아니야. 어제 밥을 가지러 나왔었고, 그제는…….」

「아이힌 단장님을 못 뵌 지는 한 삼 일쯤 된 것 같군요.」

기욤은 입귀를 비틀고 빈정거렸다. 그러자 칼은 피식, 웃고는 다시 차를 몇 모금 입 안에 머금었다.

「입조심하라고, 기욤. 나한테야 그러려니 하겠지만 에이옌스 앞에서 입을 잘못 놀렸다간 아차 하는 순간 머리가 하늘을 날고 있을 테니까.」

기욤은 미간을 찌푸렸다. 곧 한숨만 푹, 내쉬었다.

이런 날을 예상하지 못했던 건 아니었다. 알다시피, 늘 걱정해 오지 않았던가. 속된 말로 혹시 둘이 눈이라도 맞을까 봐.

솔직히 자신이 우러르는 주군이라서가 아니라, 칼은 매력적인 남자였다. 아이힌 단장 역시 개인적인 취향을 배제하고 나면 매우 아름다운 여성이었다. 그것도 칼이 죽고 못 사는 은발을 가진. 두 사람의 나이 차이 또한 세 살. 거기에 무인도라는 폐쇄된 공간 환경.

물론 무인도에서 탈출할 수 없을지도 모른다는 절박함은 없지만, 이만큼 눈이 맞기에 적합한 조건이 또 어디 있을까? 그래서 칼에게도 그토록 경계를 요구했지만, 결국은 이런 날이 오고 말았다. 하지만 이 세상에서 그 누구도 막을 수 없는 두 가지가 있다면, 부모에게 반항하는 십대와 여자와 남자 사이에 튀는 불꽃이지 않던가. 사실 어련히 한 번은 이런 날이 있겠거니 해왔고, 주군이 아무 생각 없이 일을 저지를 사람은 아니니 믿어보는 수밖에 없었다.

「그럼 마지막 처리를 부탁드립니다. 먼저 물러가 보겠습니다.」

기음은 그 말을 끝으로 배의 난간 위에 무언가를 내려놓고 선실이 있는 아래층으로 내려갔다. 하지만 칼은 그쪽을 돌아보지 않았다. 그저 가늘게 뜬 눈으로 차를 한 모금 더 마시며 난간 위에 똑바로 서 있는 유리병을 하염없이 응시할 뿐이었다.

쏴아아― 쏴아아―

에이엔스는 파도가 부서지며 새하얀 포말을 토해내는 소리에 정신을 차렸다. 눈을 뜨니 요 며칠간 그랬던 대로 익숙한 나무 천장이 시야에 들어왔다. 후우, 숨을 들이켜자 오랫동안 말을 하지 않은 것처럼 입에서 단내가 났다. 꼭 아주 오랜 잠에 들었다가 깨어난 것 같은 기분이었다.

이번에도 칼은 방 안에 없었다. 에이엔스는 희미하게 미간을 찡그렸다.

'어딜 가면 간다고 말을 할 것이지……'

왠지 모를 불만족스러움에 에이엔스는 작게 투덜거리며 자리에서 일어났다. 그리고 겨우겨우 뻐근한 몸을 추스르며 옷을 입었다. 그러는 동안 흘긋 내려다본 피부는 성한 곳이 없었다. 몇 날 며칠 성난 곳이 가라앉을 틈도 없이 남자를 받아들여 그의 손과 입을 탄 자국이 선연히 남아 있었다.

하얀 피부에 붉게 피어 있는 멍꽃이 기묘한 느낌이라 에이엔스는 저도 모르게 손끝으로 그 부분을 쓸어보았다.

"칼……. 하……. 칼……. 그런 곳은, 보지 마……."
"에이엔스……. 예뻐……."

에이엔스는 푹 고개를 수그렸다. 그런 그녀는 귓불까지 새빨개져 열기가 홧홧했다. 그때, 아무런 기척 없이 문이 벌컥 열렸다. 깜짝 놀란 에이엔스는 누구인지 확인하기도 전에 아직 단추를 잠그지 않은 옷깃을 확 여몄다.

"일어났어?"

칼이 처음 만났을 때와 비슷한 복장을 하고 서 있었다.

"노크 좀 하고 다녀라."

에이엔스는 새침하게 고개를 돌리며 힐책했다. 그러자 칼은 야릇하게 웃으며 등 뒤로 문을 타악, 닫았다. 에이엔스는 조건반사적으로 흠칫했다.

"뭐냐."

서늘한 눈빛을 흘렸지만, 칼은 한 걸음 두 걸음 에이엔스에게 다가섰다. 그가 다가올 때마다 그녀도 한 걸음 두 걸음 물러났다.

"왜 물러서?"

"내 마음이다. 넌 왜 다가오는 거냐?"

칼은 싱긋 웃었다.

"내 마음이지."

그 순간 에이엔스는 터억, 하고 책상에 부딪쳤다. 그러자 칼은 그녀의 양옆으로 손을 짚었다. 덕분에 매우 야릇한 자세가 연출되었다.

"뭐냐, 이 자세는……."

"키스하려고."

에이엔스가 눈을 크게 뜬 사이, 그의 입술이 와 닿았다. 그녀는 그를 밀쳐 내려고 손을 들었지만, 그가 입술을 핥고 파고들어 와 치열을 훑자 그를 밀어내는 대신 어깨에 손을 짚고 말았다. 더 이상 그의 입술이 낯설지 않았다. 마치 제 것처럼 당연하게 느껴졌다.

두 사람은 때와 장소도 잊고 서로의 맛에 심취했다. 그러다 칼의 손이 그녀의 옷 속으로 슬며시 침입하려는 찰나였다. 똑똑. 노크 소리와 함께 한숨 어린 기윰의 목소리가 문밖에서 들려왔다.

「대충 하고 나오셨으면 좋겠는데요.」

우뚝. 모든 동작이 멈추었다.

"가끔 사람들이 왜 살인을 저지르는지 이해될 때가 있어."

칼은 이를 득득 갈며 문을 박살 내버리려는 듯이 노려보았다.

"어쨌든 나가지. 거의 도착해 가니까."

그의 품에서 빠져나와 옷차림을 정돈하던 에이엔스는 의아한 눈을 했다. 거의 도착해 가다니, 어디에? 그러고 보니 배가 분명히 움직이고 있었다. 그것도 출항하고 나서 꽤 된 듯 아주 안정적으로 항해하고 있는 중이었다.

"어디를……."

에이엔스가 물으려고 하자, 칼은 스치듯 그녀의 입술에 촉 키스하고는 추가 설명 없이 먼저 문을 나섰다. 잠시 그가 사라진 문을 보고 있던 에이엔스는 가슴띠를 매고 제복의 겉옷을 걸쳐 입었다. 젖가슴이 욱신욱신 울리며 갑갑한 가슴띠 안으로 들어가기 싫다고 칭얼거렸지만, 아픔을 감수하고 억지로 꾸역꾸역 쑤셔 넣었다. 그리고 옷을 단정하게 정리하고 문고리를 잡았다.

문을 열기 전에 에이엔스는 잠시 심호흡했다. 이제 어떤 얼굴로 다른 이들을 봐야 하는지 가늠이 잡히지 않았다. 어차피 평생혼자 살 거, 순결하지 않게 되었다고 큰 문제는 없지만 남자의 품에서 여태 상상조차 못했던 짓을 저지르고 나니 새삼 무표정한 얼굴이 뻐근하게 당겨왔다. 그것도 그냥 남자와 몸을 섞는 것뿐만 아니라 이런저런 체위에, 횟수는 몇 번이었는지 기억나지도 않았다. 게다가 거기서 끝내지 않고 지금까지 이런 짓을…….

에이엔스는 깊게 심호흡하고 의연히 문고리를 돌려 당겼다. 그리고 내실의 문과 바깥의 문 사이에 자리하고 있는 공간을 지나 바깥의 문을 열고 나갔다.

쩽— 하고 눈이 부실 정도로 강한 빛이 쏟아져 내렸다. 에이엔스는 반사적으로 손을 들어 눈을 찌르듯이 파고드는 햇빛을 가렸다. 눈이 햇빛에 적응하는 사이에도 귓가에는 쏴아아— 쏴아아— 뱃머리가 파도를 신나게 가르는 소리가 들려왔다. 이내 새하얗게만 보였던 시야에 강렬한 빛이 잦아들고, 앞의 풍경이 하나하나 눈에 들어왔다.

「아, 단장님, 일어나셨군요. 이틀 동안 푹 주무셨습니까?」

가장 먼저 보이는 선원 하나가 순박하게 웃으며 새하얀 이를 드러내었다. 그의 뒤로 펼쳐진 갑판 위에 각자 제 할 일들을 하고 있는 선원들이 보이고, 저 멀리의 돛대 앞에 서 있는 칼의 너른 등이 보였다. 칼은 몸집이 왜소한 누군가와 함께 서 있었다. 소년은 듬직한 칼에게 대비되어 더욱 작아 보였다.

칼과 함께 대화를 나누고 있던 소년은 선장실에서 나온 에이엔스를 발견하고 빙그레 미소 지었다.

"오랜만에 뵙네요. 무인도에서는 잘 지내셨나요?"

에이엔스는 소년을 아무 말 없이 빤히 쳐다보았다. 누군가 싶었는데, 그는 그라나츠 해군을 풀어주기 위해 무인도를 떠났던 소년 천공 에테루니였다.

잠시 어이가 없었다. 곧 돌아올 때가 되었다 싶긴 했지만 뜬금없이 나타나 무인도에서는 잘 지냈냐고 묻다니? 대체 언제 돌아온 거지? 아니, '무인도에서는' 이라고?

에이엔스는 난간 너머로 시선을 던졌다. 창창하게 펼쳐진 대해 밖에 보이지 않았다. 그들이 지냈던 무인도는 흔적도 없었다. 다시 시선을 앞으로 돌리자, 칼도 몸을 돌려 그녀를 바라보고 있었다.

"대체…… 어디로 가고 있는 거냐?"

에이엔스는 칼을 응시하며 의심스러운 어조로 물었다.

"미래로."

햇빛을 받은 그의 붉은 눈동자가 투명하게 빛났다.

21

에이엔스는 모르고 있지만, 그녀는 마지막 밤으로부터 약 이틀간 잠들어 있었다. 칼이 먹인 수면제 때문이었다. 던웨이와 캘런도 마찬가지였다. 이제 그들을 돌려보내 줄 때가 된 것이다. 더 먼 미래로 가기 위해.

그때, 주변을 살피고 있던 선원이 외쳤다.

「도착했습니다! 그라나츠 해역입니다!」

선원이 그라나츠라는 말을 외치자, 주변을 경계하며 저편에 서 있던 에이엔스가 번뜩 고개를 들었다. 던웨이와 캘런은 튕기듯 일어나 설마 하고 난간 밖을 내다보았다. 그리고 에이엔스에게 외쳤다.

"단장님! 그라나츠 항구가 보입니다!"

에이엔스는 난간 밖을 보지 않고 믿을 수 없다는 눈으로 칼을 돌아보았다. 칼은 어깨를 으쓱거렸다. 그리고 다른 선원들에게 어떤 명령을 내리듯 손짓하더니, 천천히 그녀에게 다가오기 시작했다. 에이엔스는 딱딱한 얼굴로 그를 바라보며 그 자리에 굳은 듯이 서 있었다.

막 칼이 앞에 와서 서자, 에이엔스는 턱에 힘을 주고 물었다.

"이제는 묻는 것도 질린다. 대체 무슨 속셈이냐?"

또 전혀 알 수 없는 곳으로 데려갈 거라고 예상했는데, 난데없이 그라나츠 해역이라니? 게다가 더 알 수 없는 것은, 왜 칼에게 명령받은 선원들이 갑자기 보트를 준비할까 하는 점이었다. 그에게 납치된 후로는 계속 그랬지만, 도통 짐작조차 할 수 없는 의문투성이였다. 자고 일어났더니 무인도는 보이지도 않는 거리에 멀어져 있질 않나……

"설명해 줘도 믿지 못할 텐데."

"이해하는 것은 내 몫이다. 설명해 보아라."

칼은 별다른 말 없이 갑자기 그녀의 팔뚝을 잡더니 에이엔스가 '엇!' 하는 사이에 그녀를 난간으로 데려갔다. 그곳에는 선원들이 덜커덩거리며 끌어올린 보트가 있었다.

"뭐……"

반문하려고 했지만, 칼은 반문할 틈도 주지 않고 막무가내로 그녀를 보트에 올라타게 했다. 에이엔스가 뭐냐는 듯 잠시 반항했지만, 거의 몸을 번쩍 들어 올리다시피 해서 태워 어쩔 수가 없었다. 그리고 칼은 옆에 휘둥그런 눈으로 서 있는 던웨이와 캘런에게도 올라타라는 눈짓했다. 둘은 서로 의아하게 시선을 교환하더니 쭈뼛쭈뼛 보트에 올랐다.

"에이엔스."

말 한 번 나눠볼 수 없었던 해적 두목이 다정하게 단장의 이름을 부르자 던웨이와 캘런은 도저히 불가해하다는 표정을 지었다. 다른 선원들과는 거의 친구가 되었지만, 묘하게 이 해적 두목에겐 가까이 다가갈 수가 없었다. 굉장히 사교적인 성격으로 보였음에도 불구하고 언뜻언뜻 시선이 스칠 때마다 그의 눈빛이 묘하게 위험해 보였기 때문이다.

"반년이다."

모두가 침묵하는 가운데 그의 목소리만이 중후하게 울려 퍼졌다.

"믿기 힘들겠지만, 딱 반년 후에 다시 오겠다. 그때 모든 걸 설명해 주마. 납치해 왔던 이유, 무인도에서 살았던 이유, 다시 돌려보내 주는 이유까지."

그는 말투까지 달라져 있었다. 평소에도 낮게 울리는 목소리 탓에 가볍게 말해도 껄렁하게 느껴지지 않았지만, 지금은 명령을 내리는 것이 익숙한 지배자 급의 향기가 물씬 풍겨 나왔다.

"지금은 말한다고 해도 이해하지 못할 테니까. 너도 그렇고, 이 두 친구도."

그 분위기에 압도되었는지 던웨이와 캘런은 아무런 말도 하지 못했다. 에이엔스도 아무 말 없이 칼만을 바라보았다.

"그리고, 이것."

칼은 옆에 선 선원이 들고 있던 작은 나무 상자를 내밀었다. 에이엔스는 의아한 얼굴로 그것을 받아 들었다. 그리고 바로 열어 보려고 하자, 칼이 한 손으로 탁 뚜껑을 내리 닫았다.

"원래 네 것인 걸 돌려주는 것뿐이니까 나중에 열어봐라."

에이엔스가 나무 상자를 내려다보며 침묵하고만 있자, 칼은 보트를 내리라는 듯이 손짓했다. 이제야 막 품에 안게 된 여인을 반년만이라도 떠나보내는 남자치고는 건조하기 그지없는 모습이었다. 하지만 잘 있으라는 인사도, 잘 지내라는 인사도 필요없었다. 반년 후면 죽는 날까지 그의 곁에 있게 될 테니까.

나무배가 끼익 하는 소리를 퍼뜨리며 느릿느릿 하강하기 시작했다. 그때, 에이엔스가 휙 손을 뻗어 난간에서 떨어지려는 칼의 팔을 강하게 움켜쥐었다. 칼은 의아하게 에이엔스를 돌아보았고, 모두의 움직임이 정지되었다. 내려가던 보트도 잠시 멈추었다.

"한 가지만 묻겠다."

칼은 눈으로 물어보라 말했다.

"넌……."

모두가 그녀의 뒷말에 귀를 기울였다.

"아멜리타의 적이 되려고 하는가?"

던웨이와 캘런은 기분이 이상했다. 견고한 성벽 같은 그들의 단장이 그럴 리는 없을 텐데, 지금 장면을 보아도 팔을 잡고 있다뿐이지 적을 대하듯 냉철한 모습인데, 남자도 별다른 파동 없는 눈으로 그녀를 보고 있는데, 이상하게 두 남녀의 모습이 애절해 보였다.

"어떤 적을 말하는 거지?"

"아멜리타에 해를 끼치려고 하는가?"

그리 묻는 에이엔스의 속마음은 태풍을 만난 바다처럼 격하게 파도쳤다.

그것만은 아니라고 대답해라. 비록 너와 더 이상을 약속할 수 없다고 해도, 살을 섞었던 정이란 게 이런 것인지 너에게 검을 겨누고 싶지는 않다. 비록 달빛에 취해 일어난 며칠간의 꿈이었다고 해도, 너의 목을 내 손으로 베고 싶지는 않다. 이것은 말로 할 수 없는 내 진심이다.

칼은 느릿하게 입을 열었다.

"그거라면 아니, 라고 대답해 주지. 아멜리타에 해를 끼치는 일은 없다."

손을 타고 전해지는 에이엔스의 간절한 마음을 듣기라도 한 것인지, 칼은 거짓없는 눈으로 대답했다. 그러자 칼의 팔을 단단히 붙잡고 있던 에이엔스의 손이 스르륵 풀어졌다.

"넌 마지막까지……."

에이엔스는 쓰게 웃었다.

"애매모호한 대답만을 하는구나."

"어쩌다 보니 그렇게 만났군. 하지만 반년 후에는 모든 게 확실해질 거다."

"내가 그때까지 기다리리라 생각하나? 돌아가는 즉시 네 행방을 쫓아 모든 목적을 밝혀낼 것이다."

전혀 농담이 섞여 있지 않은 확신 조인데도 칼은 눈에 웃음기를 머금고 웃어 보였다. 그리고 덜커덩, 덜커덩, 끼이익, 끼익, 뻐근한 소리를 퍼뜨리며 아래로 향하는 보트를 내려다보며 난간에 양팔을 걸쳤다.

"그래. 아마 에이엔스 아이힌 단장님이시라면 그렇게 하겠지."

"왜 돌려보내 주는지는 모르겠지만, 돌려보낸 걸 후회하게 될 거다."

"아아, 그건 확실히 그럴지도."

칼리마. 나의 칼리마.

이제야 이렇게 널 만났는데, 반년간 만이라도 떼어놓아야 하다니. 분명 후회하겠지. 하루하루 그리움이 사무치겠지.

그냥 이대로 데려가 버리고 싶었다. 하지만 그럴 수 없었다. 아멜리타에서 그녀의 존재감이 조금만 더 약했다면 외교고 뭐고 당장 납치했겠지만, 승부수를 던져도 아멜리타에서는 그녀를 쉬이 놓아주지 않으려고 할 터였다. 후환이 없으려면 납치보다 정당한

외교적 방법으로 그녀를 데리고 가야만 했다. 그것을 위해 지금
은 놓아줄 수밖에 없었다. 떨어져 있어야 하는 시간을 상상만 해
도 가슴이 도려내지는 것 같았지만, 기다릴 수 있었다. 그녀는 그
의 여인이고, 그의 칼리마니까.

"하지만."

칼은 상체를 일으켜 손으로 난간을 짚었다.

"약속한 것은 지킨다. 반년 후에 다시 오겠다."

철퍽! 그때 마침 보트의 밑바닥이 수면 위에 닿아 보트가 출렁하
고 흔들렸다. 하지만 굳건히 바닥을 디디고 선 에이엔스는 흐트러
짐없이 칼을 올려다보았다. 그러나 그의 머리 위로 쏟아지는 강렬
한 햇빛 때문에 그가 어떤 표정을 짓고 있는지 잘 보이지 않았다.

"봉인된 능력은 아멜리타에 도착하면 저절로 돌아올 거다."

차르르륵 하는 소리와 함께 끊어진 밧줄이 난간 위에 펼쳐져
있는 햇빛의 장막 속에서 토해져 나와 수면 위에 떨어져 내렸다.
그리고 햇빛 속에 있는 칼이 휙 손짓을 하는가 싶더니, 햇빛 속에
서 흰 빛을 반사하는 무언가가 떨어져 내렸다. 에이엔스는 반사
적으로 손을 뻗어 그것을 받아 들었다.

철컹! 시끄럽게 부딪치는 금속성이 울리고 손안에 묵직한 질량
감이 들어찼다. 그녀의 검이었다. 여전히 흠집 하나 없이 깨끗한
상태 그대로 돌아왔다.

"그쪽도 받아."

던웨이와 캘런도 각각 떨어져 내리는 검을 받아 들었다. 하지
만 서로 받아 든 검이 바뀌었는지 '이게 네 건데?' 하며 받아 든
검을 교환했다.

그때, 그라나츠 항구 쪽에서 작은 소란이 일었다. 해역에 나타

난 정체불명의 해적선을 발견한 모양이었다. 그것을 바라본 칼이 햇빛 속에 서서 다시 말했다.

"배웅을 나오는군. 어서 가봐."

그 말에 던웨이와 캘런은 잠시 어쩌지 하는 눈빛을 교환하더니, 이내 결심한 듯 노를 잡았다. 그리고 노를 움직이자, 보트가 미끄러지듯 잔잔한 바다 위를 나아가기 시작했다.

"거기 두 친구."

문득 조금 멀게 들리는 칼의 목소리가 울리자, 던웨이와 캘런은 고개를 돌렸다.

"거스틴 던웨이와 펠 캘런이라고 했던가? 너무 단장님 속을 썩이진 말라고."

장난기 섞인 말에 어안이 벙벙해졌는데, 누군가가 선원들에게 그 말을 통역해 주었는지 갑자기 갑판 위에서 왁자지껄 큰 웃음소리가 연달아 터져 나왔다. 이내 갑판 위에 우당탕 소란이 일고, 선원들이 선미(배의 뒷부분)로 달려와 껄껄껄 웃으며 소리쳤다.

「거스틴! 펠! 잘 가라고!」

「자네들 덕분에 아멜리타 귀족 나리들의 인상이 바뀌었어!」

「같은 나라에서 태어났으면 좋았을 텐데 말이야!」

모두 한마디라도 더 해주려고 갑판 위에서 우글우글 바글바글 난리도 그런 난리가 없었다. 꼭 몇 년간 함께해 온 동료를 떠나보내는 듯한 모습이었다. 그들과 어울려 놀았던 던웨이와 캘런도 이런 환송을 해주리라 생각진 못했었는지 얼떨떨한 표정이었다. 하지만 그들에겐 더 이상 시간이 없었다. 보트가 아직 안전거리까지 나아가지 않았지만, 아멜리타 군함이 바다로 나오고 있으니 그들의 육중한 배도 서서히 움직이기 시작했다.

에이엔스는 하염없이 멀어지는 배를 바라보았다. 던웨이와 캘런도 한동안 배에서 시선을 뗄 줄 몰랐다.

문득 던웨이가 입을 열었다.

"사실 저들하고 진심으로 친해질 생각 따위 없었습니다."

에이엔스는 천천히 던웨이를 돌아보았다. 던웨이는 쓰게 웃고 있었다.

"기사가 되고 싶어 된 게 아니라고 해도 모국을 팔아넘길 매국노는 아닙니다. 제가 태어나 디디고 설 땅을 만들어준 것만 해도 큰 은혜라는 걸 모를 정도는 아니었습니다."

숨길 새도 없이 에이엔스의 눈에 의외라는 빛이 서렸다. 그저 천방지축에 골치 아픈 탕아라고 생각했는데…….

"아무 생각 없는 척 그들과 어울리다 보면 방심하고 뭔가 실마리를 흘리겠지 싶었습니다."

그런 것이었나……. 에이엔스의 입매에 자조가 묻어났다. 의심 없이 해적들과 어울리기에 그저 바보라고만 생각했다. 하지만 표면의 모습에 선입견을 가지고 본질을 보지 않았던 건 자신이었다.

"하지만 지낼수록 알 것 같더군요. 저들은 진심이었습니다. 아마 개중에는 제가 연기하고 있다는 걸 알아챈 사람도 있을 겁니다. 그런데도 별로 개의치 않더군요. 처음에는 좀 우스웠습니다. 진심은 언젠가 통한다는 거냐, 하면서 비웃었죠. 그런데 뭐랄까…….."

던웨이는 슥 팔짱을 꼈다.

"그거랑은 좀 다르더군요. 그들에겐 연기라던가, 진심이라던가, 어느 쪽이든 별로 관계없었던 겁니다. 그저 거기 함께 있는 사람이라는 것만으로 충분하지 않았던 거 아닌가 하는 생각이 드는군요."

던웨이가 먼저 다시 배 쪽으로 시선을 돌리자, 에이엔스와 캘런도 그쪽을 바라보았다.

"이제는 진심으로 궁금해집니다, 저들이 어디서 왔을지."

그들은 많은 걸 알려주지 않았다고 할지도 모르겠지만, 세 사람이 알아낸 정보는 그들의 정체를 밝혀내기에 충분했다. 우선 모두가 세—이든 어를 구사한다는 것, 가명일지도 모르지만 해적 두목의 이름이 카르테일이라는 것, 마법의 실현자가 관계되어 있다는 것. 시간이 좀 걸린다고 해도 아멜리타에 돌아가면 충분히 알아낼 수 있었다. 그런데도 저들은 세 사람을 풀어주었다. 어떤 해도 끼치지 않고, 위협도 가하지 않고, 모든 걸 처음 상태 그대로.

그때 어느덧 가깝게 다가온 아멜리타 군함에서 신원을 물었고, 던웨이가 큰 목소리로 신원을 밝혔다. 그러자 뒤에서 경악이 일파만파 퍼져 나가며 웅성웅성 소란이 일었다.

"단장님! 아이힌 단장님이시다! 사다리를 내려라!"

그 와중에 에이엔스는 문득 손에 들린 나무 상자를 기억해 냈다. 뚜껑을 쥐고 열어 올리자, 달칵 하는 소리를 내며 안에 든 물건이 모습을 내보였다.

어머니의 유품인 목걸이였다. 놀라서 가슴 앞주머니를 두드려보자 아무것도 없었다. 자기도 모르는 새에 떨어뜨린 모양이었다. 하지만 이렇게나마 칼이 챙겨주었으니 절로 안도의 한숨이 새어져 나왔다.

에이엔스는 나무 상자 안에서 목걸이를 들어 올렸다. 차르륵, 소리를 내며 목걸이가 딸려 올라오는데, 왜인지 끈이 두 줄이었다. 의아해하는 찰나, 찰칵— 하는 소리를 내며 한 개의 목걸이가 두 개로 갈라졌다.

찰랑, 하고 푸른 유리알에서 갈려져 나온 검은 유리알.

에이엔스의 눈이 최대치로 팽창되었다.

"단장님? 왜 그러십니까?"

굳어버린 그녀를 보고 캘런이 물었지만 에이엔스는 대답할 겨를 따위 없었다. 그녀는 나무 상자까지 내팽개치고 두 개의 유리알을 각 손에 쥐었다. 두 개의 유리알은 색만 제외하고 쌍둥이처럼 닮아 있었다. 마치 애초에 한 쌍으로 만들어진 것처럼…….

"유란. 이 목걸이는, 짝이 있단다. 하지만 다른 하나는 대해 저 멀리에 있지."

"왜요? 한 쌍은 늘 함께 있어야 하는 게 아닌가요?"

"한 아이가 증표로 달라기에 주고 왔단다. 그 아이가 이 엄마의 목숨을 살려주었거든. 그래서 네가 이리 무사히 태어날 수 있었던 거란다. 그러니 혹시라도 아주 먼 훗날, 그 아이를 만나게 된다면 전해주렴. 감사하노라고, 덕분에 네가 이렇게 예쁜 소녀로 자랄 수 있었다고……."

에이엔스는 번뜩 고개를 들었다. 하지만 그를 태운 배는 이미 보이지 않았다.

그때 어머니가 꽃처럼 웃으며 무어라 속삭였던가.

"그 아이는…… 아주 예쁜 붉은 눈을 가졌단다."

아주 예쁘다기에, 막연히 여자라고만 생각해 왔다.

그런데 너였나.

너였던가!

제2부

Showery Petals—화우(花雨)

1

세─이든 제국.

'변치 않는 낙원'이라는 의미를 지닌 세─이든 제국은 명실상부하게 대륙 최고의 국가였다. 뒤집힌 부메랑 모양으로 굽은 대륙의 오른쪽 끝의 영토를 차지하고 있고, 건국 사천 년 이래 마법의 실현자─'천공'이란 존재를 독식하며 힘을 키웠다. 그리고 한 번도 그 핏줄이 끊이지 않은 알카임 황가의 지배 아래 거대한 제국으로 성장했다.

군신 자카라스를 주신으로 모시며 미신을 믿는 풍습이 강하고, 솜씨 좋은 장인들이 나며, 전통을 중요시 여기는 세─이든 제국의 현 황제는 에모레일 운 알카임. 닐드란 3세라고 불리는 제86대 황제였다. 황제의 인척 관계로는 유일한 아내이자 정비인 황후 엔시나 엔 알카임, 황태자 레네몬 운 알카임, 유일한 형제로는 카르테일 운 알카임 대공이 있었다.

「……라는 건 그렇다 치고.」

칼이 말을 중간에 뚝 잘라먹자, 책을 전부 외운 것처럼 줄줄이 읊어대고 있던 기욤은 푹 한숨을 내쉬었다.

「갑자기 누구나 다 알고 있는 사실은 왜 읊어대는 거지?」

「그러니까 전하께오서는 황제 폐하의 유일한 형제이시며 세─이든 제국의 대공이시라는 말입니다.」

칼은 삐딱하게 고개를 젖혔다.

「그건 나도 안다만.」

기욤은 한숨을 내쉬고 단도직입적으로 말했다.

「그러니까 제국에 돌아오셨으니 그에 걸맞은 복장으로 갈아입어 주셨으면 합니다.」

쿠우웅!

그때, 멀지 않은 곳에서 둔중한 굉음이 일고 여기저기 조심하지 않고 이게 무슨 짓이냐고 힐책이 날아들었다. 밧줄을 놓치는 바람에 물건을 떨어뜨려 버린 일꾼은 거의 사색이 되어 사죄했고, 책임자가 달려와 칼에게 아무 일도 아니라고 죄송하다고 꾸벅거렸다. 칼은 괜찮다는 표시로 슥 손짓한 후에 책임자를 다른 쪽으로 보냈다. 그 동작에는 해이한 성격의 '해적 두목 칼' 답지 않은 권위가 서려 있었다.

그들의 주변으로는 입이 쩍 벌어지도록 웅장한 항구의 정경이 펼쳐졌다. 칼과 기욤, 아니, 카르테일 운 알카임 대공과 기욤 알렌스투스 전(前) 이성상군의 주변으로는 개미 한 마리 접근하지 않았지만, 제국 소속의 선박들을 맞이한 항구는 장날 같은 소란에 휩싸여 있었다. 다른 이들은 배를 정박시키고 물건을 내리랴, 내린 물건들을 확인하랴, 확인이 끝난 짐을 이동시키랴, 선원들은 드디어 고향에 돌아왔다는 안도감에 들떠 있으니 거대한 항구는 소리에 소리로 포화되어 있었다.

버라드 항구. '제국으로 통하는 수문'이라는 별명을 가지고 있을 만큼 가장 크고 유명한 항구로, 세—이든 제국 최서단에 위치한 항구 도시 버라드의 자랑거리였다. 보통은 해항(海港:외국 무역을 위한 항구)으로 이용되지만, 오늘은 무역선 대신 비밀리에 출항했던 제국 소속의 선박을 받아들이고 있었다.

수많은 사람의 발걸음이 섞이는 가운데 칼과 기윰이 서 있었다. 에이엔스들을 그라나츠 해역에 데려다 주고 나서 대해를 건너고 바다 괴물 가바스의 둥지를 지나 막 세—이든 제국에 도착한 참이었다. 아직 할 일은 산더미처럼 산적해 있지만, 한 가지 일은 일단락된 셈이니 다음 일을 준비하기 위해 일단 제국으로 돌아온 것이었다. 그래서 해적 두목의 껍질을 벗고 대공으로 돌아가 달라 이야기한 건데, 칼은 역시 충신의 마음도 몰라주고 씩 웃을 따름이었다.

「어차피 라담산까지 가려면 좀 더 걸릴 텐데 또 빡빡하게 구는군, 기윰.」

라담산은 황궁이 있는 세—이든 제국의 수도였다.

「하지만…….」

기윰이 무어라 반박하려고 할 때, 마침 책임자가 다시 다가와 칼에게 정중하게 양피지를 건네주었다. 그 김에 기윰은 또 말을 방해받고 말았다.

「전하, 목록과 물건들이 모두 일치합니다.」

양피지를 건네받은 칼은 슥 눈짓으로 끝도 없이 길게 늘어진 목록들을 훑어보았다.

「누락된 것은 없나?」

「예, 없습니다.」

책임자는 과도하게 칼을 어려워하고 있었다. 거대한 항구의 책임자인지라 나라의 높은 분들이야 매일같이 만나왔을 텐데, 거의 수도에만 있어 만날 일이 없었던 소문의 대공을 대면하니 절로 진땀이 배어져 나오는 듯했다.

비운의 황자. 불을 안고 태어난 좌천화공. 어린 나이로 악명 높은 드몬도 반란군과 맞서 유구한 겨울의 땅에 공화제의 불씨를 당긴 장본인. 은연중에 승천할 때를 기다리고 있다는 제국의 대공.

그는 마치 불안 요소로 짜인 듯했다. 정작 본인은 안정적이기 그지없었지만, 그는 출생부터 살아온 길, 현재의 위치까지 모두 타인에게는 너무나 불안한 요소였다. 그야말로 불씨 같았다. 불씨는 평소에야 잠잠하지만 한 번 불을 피우면 걷잡을 수 없이 타올라 주변을 모두 집어삼키고 마니까.

평생을 지방 공무원으로 살다가 끝날 남자라고 해도 그 점은 어렵지 않게 간파할 수 있었다.

칼은 대충 양피지를 말아 기음에게 건네주었다.

「잘 보관해 둬. 가져온 만큼 그대로 돌려줘야지.」

양피지는 아멜리타 해역에서 노략질을 해온 물건들을 빠짐없이 기록한 목록이었다. 물론 나중에 돌려준다고 해도 노략질해 간 것을 돌려드립니다, 하고 돌려줄 리는 없지만 멋대로 가져온 만큼 좀 더 추가해서 돌려줄 예정이었다.

「그럼 라담산으로 돌아가 볼까.」

「말을 준비해 두었습니다.」

칼은 저 멀리서 누군가와 심각하게 대화 중인 에테루니를 불렀다.

「에테루니!」

에테루니는 고개를 돌리더니, 앞에 있는 남자에게─버라드 해군복을 입고 있는 걸 보니 버라드 해군인 듯했다─알았다는 듯 손짓하고 칼에게 다가왔다.

「전하.」

「무슨 일이지?」

아무래도 무언가 소식을 들은 것 같아 묻자, 에테루니는 난감하게 웃었다.

「이미 제국은 다 알고 있는 이야기라고 하는데, 저희가 바다 위에 있는 동안 북대륙의 정세가 바뀌었다고 하네요.」

「북대륙이라면 드몬도, 아니, 투란티카 말인가?」

십여 년 전의 드몬도 전쟁 때문에 칼은 북대륙과 꽤 인연이 깊었다.

「예. 승전 소식이에요.」

칼은 살짝 눈가를 찌푸렸다.

「한동안 끝나지 않을 거라고 예상했는데 의외로군. 어느 쪽이 브란 평원에 승리의 깃발을 꽂았지?」

드몬도 전쟁 이후 드몬도의 이름을 버리고 투란티카 공화국으로 새로이 출발한 나라는 공화제가 좀 안정된다 싶기 무섭게 전쟁을 시작했다. 거대한 황무지 브란 평원을 중간에 끼고 있는 탓인지 원래부터 동쪽과 서쪽의 사이가 좋지 않았는데, 거기에 밥그릇 싸움이 더해지니 서로 금 그릇을 차지하겠다고 검과 방패를 높이 치켜들었다. 그게 사 년 전 이야기였다. 그런데 칼이 바다 위에 있는 동안 막을 내린 모양이었다.

전쟁이 끝났으니 다행이라면 다행이지만, 전쟁은 기필코 또 다른 불씨를 당긴다. 그 점을 생각하면 안 그래도 대륙의 정세가 불안한 지금으로서는 그다지 반가운 이야기가 아니었다.

「동 투란티카라고 하네요.」

「역시 동 투란티카가 승전한 건가…….」

기욤은 팔짱을 낀 채 생각에 빠진 칼을 돌아보고 걱정스레 말했다.

「그럼 아무래도 세―이든에 화친을 청하겠군요.」

세―이든은 엄밀히 따지자면 중립국이었다. 그렇기에 어느 나라의 편도 들어주지 않지만, 알다시피 머지않은 과거에 잠깐 드몬도와 손을 잡았던 적이 있었다. 정확히는 드몬도 중앙정부와 손을 잡았던 것이고, 적대했던 쪽은 중앙정부를 위협하는 반란군이었다.

칼이 이끌었던 세―이든 파병군과 드몬도 정부군이 손잡은 연합군에 의해 반란이 진압되고, 왕국이 공화제로 바뀌며 중앙정부의 사람들은 동 투란티카 쪽으로 많이 유입되었다. 우연인지 필연인지 중앙정부에 있는 사람들은 대체적으로 동 투린티카 지역을 고향으로 두고 있었기 때문이다. 돌려 말하자면 그런 동 투란티카가 승전했으니 세―이든에 동맹을 청할 수도 있다는 의미였다.

천공대 소속이긴 하지만 군인이 아닌 에테루니는 속사정을 잘 모르는 듯 질문했다.

「동맹이 문제가 되나요?」

기욤은 수심 어린 얼굴로 대답했다.

「동맹까지는 괜찮지. 제국과 공화국이 동맹을 맺고 잘 이끌어 갈 수 있을까 하는 점은 둘째치고, 문제는 화친을 맺을 경우 동 투란티카에서 서 투란티카의 잔병 처리를 의뢰할 수도 있다는 점이야. 만약 그런 의뢰가 들어온다면…….」

「아! 파병군의 총사령관으로 대공 전하께서 지목될 가능성이 높은 거죠?」

기욤은 짧은 침음을 흘렸다.

「거의 확실하다고 해도 좋지. 아무래도 전하는 한 번 그곳에 파병을 다녀오셨고, 왕당파의 입장에선 전하께서 멀리 떠나 주는 게 이득일 테니까.」

에테루니는 슬쩍 주변을 둘러보더니, 소리가 닿는 거리에 아무도 없다는 걸 확인하고 나서야 은밀히 물었다.

「긍정적으로 보면 정치와 군사에 개입하지 못하도록 되어 계신 전하께서 다시 군부에 개입할 수 있는 거니까, 좋은 거 아닐까요?」

기욤은 애매한 웃음을 지었다.

「하지만 그리되면 전하께선 분명 목숨이 위험해지시겠지.」

에테루니는 그제야 거기에 생각이 닿은 듯 '아' 하며 머쓱한 소리를 내었다.

「지금도 그리 안전한 편은 아니지만, 왕당파에게 전하께선 지독히도 따가운 눈엣가시 같은 존재일 테니까.」

그쯤에서 기욤은 슬쩍 칼을 돌아보았다. 칼은 팔짱을 끼고 선 채 무언가 생각하듯 바닥을 내려다보고 있었다. 그걸 확인한 기욤은 갑자기 어딘가 가보려는 듯 몸을 돌리는 척 은근슬쩍 에테루니의 목에 팔을 두르고 뒤돌아선 채 속삭였다.

「사실 전하께선 한 번 왕국에 공화제의 불꽃을 피우셨잖아?」

「하지만 전하께서 거기에 뭔가 직접적으로 하신 건 아니었잖아요?」

에테루니 역시 속닥거렸다.

「하지만 전하께서 출정하신 전쟁을 끝으로 철옹성 같던 왕국이 공화제로 바뀌었으니 명분은 충분하지.」

「그러니까 강경 왕당파는 불안 요소를 제거하기 위해서는 무슨 짓이라도 할 거라는 거죠?」

「바로 그거야. 왕당파가 옹호하는 황제 폐하께서 전하를 아낀다는 사실은 아무 도움도 안 돼. 오히려 그 점이 강경 왕당파에게는 더 자극제가 될 수도 있지.」

게다가 좌천화공이 진정한 제국의 지배자라고 주장하는 대공파는 왕당파에 비하자면 아직 그 힘이 미약했다. 지금 부딪치면 열에 아홉의 확률로 패하는 건 대공파임이 분명했다.

「그리고 말이다, 에테루니.」

기욤은 씁쓸하게 웃으며 운을 띄웠다.

「네?」

「난 무엇보다 전하께서 다시 그 땅에 가시는 게 싫다. 그곳은…….」

기욤은 잠시 침묵했다.

「너무나 상처투성이의 땅이거든.」

에테루니는 입을 다물었다. 그 당시 에테루니는 아직 천공임이 밝혀지지 않아 빈민가에서 살고 있었지만, 출정하는 군의 행렬은 인파에 섞여서 봤다. 선두에 나아가는, 고작 열다섯밖에 되지 않았다는 황자의 결연한 표정이 한동안 머릿속에서 떨쳐지질 않았다.

「그런데 말이죠.」

「응?」

「혹시 거기서 무슨 일이 있었나요? 지금에야 묻는 건데, 저 사실 출정하는 전하를 본 적이 있거든요. 그때는 뭐랄까……. 굉장히 대하기 어려울 것 같고 무거워 보이셨는데…….」

에테루니는 슬쩍 칼을 돌아보았다.

사지(死地)에서 돌아와 직접 그를 찾으러 온 황자, 아니, 새 황제의 등극에 맞춰 대공 위를 받은 칼은 너무나 달라 보였다. 따뜻하게 웃으며 머리를 쓰다듬고 '너무 늦게 데리러 와서 미안하다'라고 말해주었다.

「나도 잘 몰라. 무슨 심경의 변화가 있으셨는지. 그냥 알 수 없는 언젠가부터 자연스럽게 저리되셨으니까. 한 번 죽음을 경험하면 사람이 바뀐다고들 하지? 전하도 그런 게 아닐까 싶어. 다만…….」

「다만?」

살짝 칼을 돌아본 기음은 쓰게 웃었다.

「천성이란 건 바뀌지 않는 법이니까. 아직도 전하의 안에는 에테루니 네가 보았다는 그분이 계시지. 그분을 깨우는 건…….」

에테루니는 그 뒷말을 받아 낮게 중얼거렸다.

「별로 현명한 일이 아니라는 거죠?」

기음은 굳은 표정으로 천천히 고개를 끄덕였다. 그때였다. 칼이 중얼거렸다.

「글쎄…….」

기음과 에테루니는 얼른 자세를 바로 했다.

「지금은 깊게 생각해 봐도 별다른 수가 없겠지. 화친을 청할지 하지 않을지도 모르고, 지금 우리에겐 그보다 더 중요한 일이 있으니까. 일단 라담산으로 돌아간다.」

집으로 돌아간다는 말에 신난 사왈리가 그의 머리 위를 빠르게 날아 한 발자국 먼저 라담산으로 향해갔다. 칼은 푸르른 창공을 이고 기민하게 날아가는 사왈리를 올려다보았다. 카이드를 쫓아갈지도 몰라 잠시 새장에 잡아 넣어둔 것 때문에 한동안 팩팩 성질을 부리더니 막상 집에 돌아오니 그저 신이 나는 모양이었다.

'에이엔스, 넌 평소처럼 딱딱한 왕궁기사단장으로 돌아갔겠지?'

그의 품속에 있을 때는 그토록 누긋한 여인이었는데.

시트 위에 부드러운 굴곡을 그리며 흐트러지는 은발이나 어둠 속에서도 새하얗게 빛나는 여체, 달빛 꽃 자장가를 부르던 고요한 목소리, 뭍으로 올라온 인어처럼 낭창한 팔다리, 짜증난다는 듯 톡톡 쏘는 말투마저 벌써부터 그리웠다.

라담산.

푸르게 펼쳐진 녹음이 아름다운 연곡지하 라담산은 대륙의 중심이라고 해도 좋을 정도로 크게 번창한 도시였다. 울창하게 우거진 푸른 숲을 끼고 있는 도시 구석구석의 집집마다 깨끗하게 정비되어 있고, 비극의 그림자는 그 어디에도 보이지 않았다. 황제도 종종 찾곤 한다는 거대한 극장에는 연일 막이 올라 수많은 스타를 배출해 내고, 시장에는 물건과 사람이 흘러넘치며, 곳곳에 세워진 민영 도서관은 문턱이 아예 없어 누구나 드나들 수 있었다. 하지만 칼은 이 도시를 볼 때마다 씁쓸해졌다. 빛이 밝은 만큼 그림자도 짙은 법인데, 누구나가 부러워할 만큼 번성하는 도시가 가끔 마치 그렇게 보이려고 발악하는 것 같기 때문이었다.

「전하!」

황제궁 앞에 멈춰 선 칼은 하인들을 데리고 급히 달려나오는 남자를 돌아보았다. 하지만 칼이 알은 체를 하기도 전에 남자는 경악한 표정으로 그 자리에 쩌억 굳어 서버렸다. 칼은 의아한 표정을 지었다.

「왜 그리 놀란…….」

칼이 물으려고 하자 말에서 내린 기욤이 살짝 언질해 주었다.

「전하, 머리카락이요.」

그제야 칼은 '아' 하는 소리를 내었다. 머리카락을 자르고 난 지 꽤 된데다 함께 출항했던 선원들은 이미 익숙해져서 전혀 놀라지 않게 된 탓에 머리카락을 잘랐다는 것마저 깜빡하고 있었다.

「저, 전하! 머, 머, 머리카락이!」

어찌나 놀랐는지, 황제궁의 방문자를 담당하는 남자는 거의 소프라노 톤으로 비명을 내질렀다. 하지만 속으로 쩝 입맛을 다신 칼은 하인에게 말고삐를 건네줄 뿐, 머리카락에 대해서는 별다른 설명 없이 물었다.

「폐하께선 어디 계시지?」

「아, 안뜰에 계시…….」

남자는 어버버거리며 겨우 대답했다. 하지만 칼은 아무렇지 않게 남자를 스쳐 지나갔고 기욤은 조용히 그의 뒤를 따랐다. 그들이 지나가고 나서야 남자는 저도 모르게 참고 있던 숨을 파핫 토해내었다. 그리고 칼의 뒷모습을 휙 돌아보았다. 칼은 마침 검실이 차여진 가죽 혁대를 허리에서 풀어서 따라가는 하인에게 건네주고 있었다. 황제궁에는 누구를 막론하고 무기 소지가 불가능하니 기욤도 마찬가지였다.

「대체 어쩌시려고…….」

더구나 아무리 황제의 동생이라지만 황제를 알현하러 오는데도 꼭 해적 같은 차림새라니, 정말 기행의 대가 카르테일 대공은 어디까지 가려는지 알 수가 없었다.

한편, 기욤만을 대동하고 안뜰로 향하고 있는 칼은 난감하게 웃었다.

「저건 약과겠지?」

그의 뒤를 따르고 있는 기욤은 무심한 얼굴로 대답했다.

「제가 솥에 끓여질 시간도 얼마 남지 않았군요.」

「그래도 기욤 넌 네 아내가 구해줄 테니 그렇다 치고 난 누가 구해주지?」

「송구합니다만 자업자득이라는 명언이 떠오릅니다.」

칼은 힐끗 기욤을 돌아보았다.

「기욤, 갑자기 저 연못에 널 던지고 불을 붙이고 싶어지는데? 솥보다는 조금 더 뜨거울지도 모르겠군.」

그럼에도 기욤은 심드렁하게 대답했다.

「제 아내가 구해주겠죠, 뭐.」

「이제 받아치는 데 아주 물이 올랐군?」

「학습 능력에 의한 결과랄까요.」

거기까지 주거니 받거니 하던 두 남자는 안뜰로 들어가기 전에 잠시 휴전했다.

「나머지는 폐하를 뵙고 나서 계속하자고.」

「바라는 바입니다.」

멀리서 보기에는 아주 깍듯하게 대화를 나누고 있는 것 같지만 둘의 대화는 이미 직급을 잊은 지 오래였다.

칼은 손짓 한 번으로 기욤에게 여기서 기다리라 말한 뒤, 한낮의 햇빛을 받아 백금 빛으로 반사되는 회랑을 지나 안뜰로 들어섰다.

안뜰은 마치 이상향을 그대로 옮겨놓은 듯한 곳이었다. 중심에 크게 자리 잡은 연못에는 연꽃들이 동동 떠다니며 고운 자태를 뽐내고 있었고, 여기저기서 포로록포로록 물줄기들이 솟아났다. 그리고 인간의 범주를 넘어선 듯한 솜씨로 조각되어 있는 기둥이 사방에 쭉 둘러져 있었다. 담장은 투각 기법으로 새겨져 그 사이사이로 햇빛이 쏟아지며 바닥에 유리화 같은 햇빛 그림자를 그렸다.

그리고 화려한 배경과 스스럼없이 녹아들어 있는 남자와 여자. 한눈에도 서로 은애하는 것이 보일 정도로 다정한 두 남녀는 꿈결 같은 정원에 함께 서 있었다.

「폐하.」

칼은 조금 안심한 듯한, 혹은 부드럽게 녹아내리는 것 같은 음성을 흘렸다. 그러자 고개를 든 남자가 칼을 발견하고 화사하게 웃었다. 햇빛을 받은 흰 얼굴이 여인의 살결처럼 희게 빛났다.

「카르테일! 내 동생…….」

얼마 전까지의 칼처럼 윤기 어리게 빛나는 검은 머리카락, 따스한 잿빛 색 눈동자, 에모레일은 함박 웃으며 오랜만에 안아보자는 듯 팔을 벌렸다. 하지만 햇빛 때문에 희미하게 보였던 칼의 윤곽이 뚜렷하게 드러나자 저도 모르게 표정을 굳히고 말았다.

「너 머리가…….」

역시 그건가. 칼은 쓰게 웃더니 장난스럽게 팔을 벌렸다.

「잔소리는 얼마든지 들을 테니 먼저 오랜만에 돌아온 동생을 좀 안아주지 않으시겠습니까?」

에모레일은 개구쟁이 막내 동생을 보는 듯한 눈으로 어쩔 수 없다는 양 웃더니, 가벼운 포옹으로 재회의 기쁨을 나누었다.

「그래, 오랜만에 본 바깥세상은 어땠느냐?」

에모레일은 칼과 닮은 듯도 하고 닮지 않은 듯도 한 얼굴을 녹이며 다정하게 물었다. 칼도 빙그레 미소 지었다.

「아무리 바깥세상이 좋아도 고향만 하겠습니까.」

사실은 돌아오고 싶지 않을 정도였지만, 에모레일에게만은 할 수 없는 이야기였다. 에모레일은 자신이 동생을 새장 안에 가둬 두고 있는 게 아닐까 하는 죄책감을 가지고 있었기 때문이다. 칼은 그런 말을 함으로 해서 친애하는 형의 마음을 더욱 무겁게 만들고 싶지 않았다.

「그럼 머리카락은 어떻게 된 거냐?」

올 것이 오자 칼은 잠시 '음……' 소리를 흘리며 하늘을 올려다보았다. 그나마 황제의 체통이 있어서인지 에모레일은 비명까지 내지르진 않았지만, 아까 딱딱하게 굳은 표정을 보아하니 그냥 넘어갈 것 같지는 않았다.

칼은 웃는 얼굴에 침 못 뱉는다는 명언을 상기하며 어느 때보다 천진하게 웃었다.

「그냥 어쩌다 보니.」

에모레일은 슬며시 미간을 찡그렸다.

「그런 말이 어디…….」

「잘 어울리시니 된 거 아닐까요?」

칼을 구해준 이는 의외의 인물이었다. 제국 최고의 미인이라 칭송받는 황후 엔시나였다.

「오랜만에 뵙습니다.」

칼은 살짝 목례하며 그녀에게 인사를 전했다.

「황후마마를 뵙는데 이런 차림이라 죄송합니다.」

엔시나는 낭랑한 웃음소리가 날 듯한 미소를 지어 보였다. 그런 엔시나는 희디흰 살결에 노을을 품은 듯한 붉은 머리카락, 고양이처럼 샐쭉 추켜올라 간 눈매에 다홍빛 눈동자를 영롱하게 빛내는 미녀였다. 어깨를 내놓는 드레스 디자인 탓에 햇빛 아래 드러난 둥그스름한 어깨는 햇빛을 흡수한 것처럼 포스스 빛났고, 에모레일과 맞춰 입은 듯한 녹색 드레스는 그녀를 더욱 선명하게 보이게 했다. 완벽한 조형미를 뽐내는 코와 절경의 선을 그리고 있는 입술까지 어디 하나 매력적이지 않은 곳이 없었다. 그야말로 제국 최고의 미녀라는 칭송이 아깝지 않은 여인이었다.

「얼굴이 아주 훤해 보이는군요.」

「황후마마께서도 좋아 보이시는군요.」

사적인 자리인데도 칼은 아주 정중하게 형수를 대했다. 그냥 형수가 아니라 제국의 국모이기도 하니 당연한 이야기였지만, 칼이 이토록 깍듯하게 대하는 인물이 또 있을까 싶을 정도였다.

「그런데 차림을 보아하니 네 궁에 들르지 않고 바로 온 것이냐?」

칼의 시선이 다시 에모레일에게 돌아갔다.

「예, 일단 폐하를 뵙고 가보려고 합니다.」

에모레일은 난색이 섞인 웃음을 지어 보였다. 그 표정이 확실히 칼과 닮아 있었다. 외모는 에모레일이 칼에 비해 좀 더 여성적이랄지, 여려 보인달지, 이지적이라면 이지적인 편이었지만 나란히 세워놓고 보니 두 사람이 형제라는 사실을 단번에 알 수 있었다. 키는 칼이 좀 더 크고 체격도 좋았으나, 에모레일이 맏형 타입이라면 분위기 탓인지 칼은 딱 막내로 보였다.

「시녀들에게 혼 좀 나겠구나.」

칼은 어색하게 웃었다.

「아무래도 그렇겠죠?」

「각오하고 저지른 일이라고 생각한다.」

아무리 칼이라고 해도 시녀들의 반응이 좀 걱정되긴 했는데, 역시 에모레일은 동생이 선택한 것이라면 그것으로 되었다는 양 특별한 말은 없었다. 그것은 무관심이라기보다 전적인 신뢰. 그에 칼의 얼굴에 진심으로 웃음꽃이 피었다. 엔시나는 훈훈한 눈빛으로 두 형제를 지켜보았다.

「그나저나 전서구로 보낸 내용은…….」

에모레일이 본론을 꺼내려고 하자, 칼은 잠시 그의 말을 막으려는 듯 엔시나를 보고 이야기했다.

「잠시 괜찮겠습니까?」

엔시나는 에모레일은 흘긋 보더니, 괜찮다는 듯 조신하게 고개를 끄덕였다. 그러자 에모레일과 칼은 엔시나에게서 조금 떨어진 자리에서 대화를 나누었다.

「혹시 다른 사람에게도 그 이야기를 하셨습니까?」

칼이 묻자, 에모레일은 고개를 내저었다.

「아니다. 네가 아무에게도 말하지 말라고 했으니 아직 나 혼자만 알고 있다.」

이내 에모레일의 얼굴에 옅은 수심의 그림자가 드리웠다.

「그렇다면…… 사실인 것이냐?」

칼은 천천히 고개를 끄덕였다. 그러자 침묵한 에모레일은 조금 후에 침통하게 중얼거렸다.

「하필이면 신성 모독죄를 저지르고 파문된 신녀라니…….」

칼은 버라드 항구에 내리기 직전에 라담산으로 전서구를 날려 한발 먼저 에모레일에게 '진실'을 알렸다. 확실해질 때까지 비밀에 붙여달라는 당부도 잊지 않았으나, 진실을 들은 에모레일은 적잖이 놀랐던 모양이었다.

신녀는 신을 상징하는 화롯불 앞에 나서서 평생 군신의 신부로 살겠노라 맹세한 '신의 신부'를 의미했다. 그런 그들은 온 나라의 존경과 대접을 받지만 대신 평생을 철저히 신의 신부로 살아야만 했다. 순결을 지키는 건 물론이고 남자와는 함부로 이야기도 나누지 못하며, 태도 역시 항시 정숙해야 했다.

솔직히 칼이 보기에는, 멀쩡한 여자들을 잡아다가 신의 신부라는 멍에 아래 보기 좋은 고문을 하고 있는 거라고밖에 생각되지 않았다.

신녀들의 최대 덕목은 '순결'. 그 계율을 깬 신녀를 기다리는 것은, 대역죄인의 꼬리표와 평생 유폐.

사형은 아니었다. 어쨌거나 신의 신부를 인간의 손으로 죽이는 건 다른 의미에서 신을 모욕하는 행위이기 때문이었다. 하지만 계율을 깬 신녀는 차라리 죽는 게 낫다는 생각이 들 정도로 멸시와 천대 속에서 평생을 살다 쓸쓸히 죽음을 맞아야 했다. 대신,

상대 남자에게 기다리는 것은 사형대. 신의 신부를 범한 죄인으로 신분을 불문하고 즉결 처분이었다.

에이엔스의 아버지도 그렇게 죽었다.

에이엔스를 떠올리자 칼은 가슴이 누군가에게 쥐어뜯기는 것처럼 지끈거렸다.

「그래도 '천공' 이라면 이야기는 다르지. 이미 그녀가 신녀의 딸이라는 증거를 찾아보고 있다.」

신녀의 딸.

이 나라에서 그만큼 태어나선 안 될 존재가 또 있을까.

칼은 주먹을 꾹 쥐었다.

하지만 그녀는 달님이었다. 그녀가 없었다면 그는 분명히 지금 이 자리에 서 있지도 않았을 것이다. 모두가 그녀를 손가락질한다고 해도, 그가 지키리라. 그가 행복하게 해주리라.

「그럼…… 부탁드립니다.」

에모레일은 왠지 모르게 쉰 동생의 목소리가 의아했지만 그 이상의 생각은 하지 못했다.

「일단 궁에 돌아가 보겠습니다.」

칼이 바로 몸을 돌리고 가려 하자, 에모레일이 막 생각났다는 듯 말했다.

「레네몬을 만나고 가지 그러느냐. 네가 그냥 갔다는 걸 알면 많이 섭섭해할 텐데.」

「황태자 전하께는 금방 다녀오겠다고 전해주십시오.」

칼은 에모레일에게 인사하고 엔시나가 서 있는 쪽으로 다가갔다. 정확히는 기욤이 서 있는 입구 쪽으로 다가간 것이었지만, 그쪽으로 가는 길목에 엔시나가 서 있었으므로 어쩔 수 없이 그녀를 스쳐 지나가야 했다.

그녀와 교차하는 지점에 다다른 칼은 살짝 목례하고 그녀를 지나쳐 갔다. 엔시나도 눈짓으로 인사하고 그를 보내주었다. 하지만 칼과 교차하는 순간, 엔시나는 달짝지근하게 녹아 나올 듯한 목소리를 작게 흘렸다.

「너무 좋다는 얼굴 하지 마세요, 질투가 나려고 하니까.」

칼은 말이 없었고, 표정도 없었다. 그저 아무 말도 듣지 않았다는 양 그녀를 스쳐 지나 안뜰의 입구를 나섰다. 그리고 기욤보다 한 발자국 앞서 가며 그에게 따라오라 손짓했다. 기욤은 주군의 딱딱하게 굳은 등을 보고, 뒤를 한 번 돌아보았다. 일률적으로 서 있는 기둥 사이로 보이는 황제와 황후는 화사한 정원 속에서 무척 살가워 보였다.

이내 기욤 역시 묵묵히 고개를 돌리고 저 멀리 앞서 가는 주군을 따랐다.

2

에이엔스는 슬쩍 눈썹을 추켜세웠다.

"동 투란티카의 승전이라고?"

그녀의 앞에 서 있는 듀스는 묵묵히 고개를 끄덕였다.

"예."

"동 투란티카의 승전이라……. 서 투란티카의 패잔병들이 남하해 올지도 모르겠군."

"아멜리타까지 올 가능성은 적어 보입니다만 그 때문에 여러모로 시끄러운 것 같습니다."

에이엔스는 다시 앞에 놓인 양피지로 시선을 돌렸다. 고아한 마호가니 책상 위에는 그녀의 인가를 기다리고 있는 서류가 수북이 쌓여 있었다. 에이엔스는 손에 들고 있는 깃털 펜으로 양피지 위에 나르듯이 사인하며 단호하게 잘랐다.

"그것이 정말 심각하게 걱정된다면 전하께서 기사단을 모집하시겠지. 섣불리 걱정해 봤자 될 일이 아니다."

듀스는 사인한 양피지를 옆에 서 있는 서기에게 건네주는 에이
엔스를 조용히 바라보았다. 그녀는 조금도 변한 점이 없었다. 대
형 납치극의 희생자가 되어 한동안 아예 증발해 버린 게 언제냐
는 듯 무사히 돌아와 일선으로 복귀한 그녀는 여전히 에이엔스
아이힌 기사단장이었다. 건조한 말투도, 차갑게 굳은 표정도, 새
파랗게 빛나며 예리한 안광을 발하는 청안도, 티끌 하나 묻지 않
은 백색의 기사단장복을 단정하게 차려입은 모습도.

그녀가 항상 그랬듯 집무실의 책상에 앉아 근무하고 있는 모습
을 보니 모든 게 꿈만 같았다. 그녀 대신 임시 기사단장으로 저
책상에 앉았던 일도, 사라진 그녀의 자취를 그리며 알 수 없는 그
리움에 시달렸던 일도, 이죽거리며 자신을 비웃었던 붉은 눈도.
종종 그녀가 돌아온 게 꿈은 아닐까 싶어 급히 와보면 그녀는 그
자리에 앉아 무표정한 얼굴로 뭐냐는 듯 바라보았다. 그럼 듀스
는 와락 밀려드는 현실감에 묘한 안도를 느꼈다.

"이게 단가?"

에이엔스는 서기에게 물었다.

"예. 오늘 인가해 주실 서류는 이것으로 끝입니다."

에이엔스는 마지막 서류에 슥 사인하고 서기에게 건네주었다.
서기는 감사하다는 듯 고개 숙이고 먼저 집무실을 나섰다.

"연병장으로 가보지."

듀스는 묵묵히 에이엔스의 뒤를 따랐다. 집무실에서 연병장으
로 통하는 길목은 여전히 한산했다. 상아로 깎은 듯 새하얀 기둥
이 늘어서 있는 회랑에는 장난꾸러기 같은 햇빛만이 찾아와 팔랑
팔랑 뛰어놀고 있었다.

차분히 걸어가고 있던 에이엔스는 문득 기둥 너머로 보이는 정원에 시선을 던졌다. 사실 정원이라고 해도 지붕이 씌워진 복도가 네모낳게 둘러진 가운데 작게 나 있는 휴식처 정도였다. 돌바닥이 매끈하게 깔린 정원의 중앙에는 기사궁 설립 당시부터 있었을 아름드리나무가 하늘을 우러러 한 점 부끄러움도 없다는 듯 우뚝 솟아올라 있었다. 그리고 기사들이 쉴 수 있도록 만들어놓은 벤치가 그 주변에 뼁 둘러져 있었다.

울창하게 드리워진 나뭇잎 사이로 쏟아진 햇빛이 바닥에 초록빛 그림자를 그리며 파도치듯 일렁일렁 흔들렸다. 그 아래 몇몇 기사들이 앉아 체스를 두거나 독서를 즐기고 있었다. 그 무인도처럼 평화롭기 그지없는 풍경이었다.

에이엔스는 그 자리에 멈춰 섰다. 그리고 화사한 초록빛으로 드리워진 정원을 하염없이 바라보았다. 그러자 뒤따라오고 있던 듀스가 의아한 눈빛을 했지만, 그것도 눈치 채지 못할 만큼 정원의 풍경에 정신이 팔려 있었다.

벌써 한 달 반이 지났다. 기사궁은 그다지 계절감이 없는 편이었지만, 후텁지근했던 여름 바람이 슬슬 호젓한 가을바람으로 바뀌고 있었다. 하지만 에이엔스는 전혀 변하지 않았다. 기사단장이라는 위치도, 관심의 중간에서 외톨이라는 사실도, 이방인이 아닌 척하고 있는 이방인이라는 점도.

종종 아침에 일어날 때면 아직도 무인도에 있는 게 아닐까 하는 생각이 들었다. 하지만 익숙한 방 안 풍경은 분명 자신의 방이었다.

그 무인도에서는 며칠만 있었을 뿐이다. 아멜리타에서 태어나 살아온 세월에 비하자면 바닷물의 표주박 같은 시간밖에 되지 않는데, 이상하게도 그 며칠이 에이엔스를 지배하고 있었다. 물론 표면적으로는 아무렇지도 않았다. 대형 납치극에서 무사 생환한 기사단장이라는 타이틀을 추가로 달긴 했지만, 그녀는 무사히 일선으로 복귀했고 모두 어렵지 않게 그녀의 귀환을 받아들였다. 하지만 뭐랄까……. 무언가 부족했다. 부족한 듯한 기분은 언제나 그랬지만, 아주 중요한 게 빠져나간 것 같았다.

에이엔스는 슥 시선을 들어 물빛 하늘을 올려다보았다.

'한 달 반…….'

그가 약속했던 시간은 반년. 벌써 한 달 반이 지났으니, 남은 시간은 넉 달 반.

에이엔스는 알 듯 말 듯 자조를 지었다.

'그 말을 정말 믿는 건가.'

입으로는 세상도 제 것으로 만들 수 있는 법이었다. 그것을 알고 있으면서도 그 말을 믿는 건, 어리석기 짝이 없는 짓이었다. 하지만…….

에이엔스는 무의식중에 자신의 목덜미를 짚었다. 두터운 옷깃 아래 느껴지는 두 개의 목걸이.

'네가 약속했던 반년, 기다려 보겠다. 만약 네가 정말 어머니가 말씀하셨던 그 생명의 은인이라면…….'

그래서 납치되어 무슨 일을 겪었냐는 질문에 계속 잠들어 있었을 뿐이라 아무런 기억도 나지 않는다고 대답해 버렸다.

"단장님?"

듀스는 무슨 생각을 하는지 아련한 색으로 깊어지는 에이엔스의 눈이 이상해 그녀를 불렀다. 그제야 그녀는 '음?' 하며 상념의 세계에서 빠져나왔다. 그리고 가던 길을 계속 가보려고 하는데, 마침 정원의 벤치에 앉아 체스를 놓고 있던 기사 중 하나가 그녀를 발견하고 목소리를 높였다.

"단장님!"

아까는 멀어서 누구인지 몰랐는데 가만 보니 던웨이였다. 그리고 그 앞에 앉아 체스 상대를 하고 있는 이는 캘런이었다.

던웨이는 씩 웃으며 체스 말 하나를 높이 들어 보였다.

"한판 두지 않으시겠습니까?"

듀스는 어이가 없었다. 모범생 아이힌 단장과 반항아 던웨이 기사가 어울리지 않는 조합이라는 건 누구나 다 아는 사실이었다. 하지만 어째서인지 던웨이는 돌아온 이후 부쩍 에이엔스에게 친한 척을 하고 있었다. 그런데 더 알 수가 없는 건, 그 누구에게도 마음을 열지 않던 에이엔스가 요즘 이상하게 던웨이와 캘런을 배척하지 않는다는 점이었다. 바로 지금처럼.

"대신 연병장으로 좀 가주겠나?"

에이엔스는 그렇게 말하더니 던웨이를 향해 다가갔다.

에이엔스는 저 점이 달라져 있었다. 예전이라면 북풍이 쌩쌩 몰아치는 얼굴로 싹 무시하고 지나가 버릴 텐데, 지금은 순순히 던웨이의 청을 들어 다가가고 있었다. 단지 같이 납치되었던 자에게 느끼는 동지 의식이라고 보기에는, 에이엔스는 그럴 만한 사람이 아니었다. 그렇다고 딱히 던웨이나 캘런을 대놓고 총애하는 건 아니었지만, 에이엔스를 알던 자라면 확실히 이상함을 느낄 정도였다.

듀스는 멀어지는 그녀의 등을 의아하게 바라보았다.

에이엔스가 다가오자, 옆에서 독서를 하던 기사는 의외라는 눈으로 그녀를 보았고, 캘런은 알아서 자리를 비켜주었다. 던웨이는 씩 웃으며 말했다.

"단장님께서 백 쪽으로 하세요."

캘런이 비켜준 자리에 앉은 에이엔스는 체스판 위에 어지럽게 얽혀 있는 백말과 흑말을 내려다보더니, 흑말의 킹을 집어 들고 말했다.

"아니, 내가 흑 쪽으로 하지. 경이 먼저 두도록."

던웨이는 반박하지 않고 흑말을 그녀 쪽으로 몰아주었다. 그러자 서로 판을 까는 소리가 탁, 탁, 탁, 악기를 연주하는 것처럼 정원에 울려 퍼졌다.

기물을 시작점에 다 두고 난 에이엔스는 벤치에 불량하게 한쪽 다리를 걸치고 앉아 아직 판을 깔고 있는 던웨이를 바라보았다.

자신은 그럴 만한 이유가 있어 납치된 후가 기억나지 않는다고 말했던 건 그렇다손 치더라도, 던웨이와 캘런까지 그렇게 대답할 줄은 몰랐다. 사실 두 사람이 먼저 그렇게 말했기 때문에 에이엔스도 그쪽으로 입을 맞춘 것이었다. 나중에 왜 기억나지 않는다고 대답했느냐 묻자, 던웨이와 캘런은 씩 웃으며 대답했다.

"새로 사귄 친구들과 잠시 휴가를 다녀왔다고 생각하기로 했습니다."

그리고 덧붙였다.

"그런데 단장님까지 그렇게 대답하실 줄은 몰랐습니다."

그에 그럼 내가 너희들이 다 기억하고 있다고 말하면 어쩌려고 했느냐 묻자, 던웨이와 캘런은 어깨를 으쓱거렸다.

"그땐 머리를 잘못 부딪쳐서 단발 기억상실중에 걸렸다고 대답했겠죠, 뭐. 만약 그 변명이 통하지 않으면…… 기사 자격이 박탈되었겠죠? 으하하!"

정말 속이 편하다고 해야 할지, 바보라고 해야 할지. 보이는 것만큼 생각이 없지 않다는 걸 알게 되긴 했지만, 칼만큼이나 도통 무슨 생각을 하고 사는지 알 수 없었다. 만약 에이엔스가 그들과 다른 말을 했다면 기사 자격 박탈에서 끝나지 않을 수도 있었다. 매국노로 모함당하면 어쩌려고 그랬단 말인가. 진심을 주고받았다고 해도 자신의 명예까지 걸고 지켜줄 상대가 아니었을 텐데 말이다.

"단장님?"

던웨이의 의아한 부름에 에이엔스는 현실 세계로 돌아왔다.

"두세요."

에이엔스는 자신의 말을 움직였다. 얼마나 말없이 체스만을 두었을까. 문득 던웨이가 굴곡없는 목소리로 말했다.

"단장님, 제가 재미있는 이야기 하나 들려드릴까요?"

에이엔스는 슥 고개를 들고 던웨이를 바라보았다. 그는 여전히 체스 판에 시선을 멈추고 있었다.

"재미있는 이야기라니?"

"저희 아버지 말입니다."

던웨이의 아버지라면 꼬장꼬장하기로 유명한 던웨이 후작이었다. 던웨이는 아버지와 사이가 별로 좋지 않은 모양인지, 평소에는 먼저 아버지에 대한 이야기를 꺼내는 법이 없었다. 종종 아버지와 함께 있는 모습을 보면 그는 일단 목청부터 높이고 있었다.

"갑자기 결혼을 하라더군요."

확실히 던웨이 나이 스물일곱이니 귀족의 자제치고는 혼기를 조금 넘기긴 했다.

"후보 리스트를 줄줄이 들고 오는데…… 어디서 제가 요즘 단장님과 친하게 지낸다는 이야기를 들었나 봅니다."

그다지 관심있게 듣고 있지 않던 에이엔스의 손이 우뚝 멈추었다. 그 동작에서 '설마?' 하는 기운을 읽었는지 던웨이는 피식 웃음을 토해냈다.

"예, 단장님은 어떠냐고 하시더군요."

잠시 멈추어 있던 에이엔스의 손이 다시 무심하게 움직이기 시작했다.

"던웨이 후작께서는 상상력이 풍부하신가 보군."

던웨이와 캘런은 푸하핫 웃어버렸다. 확실히 던웨이와 에이엔스의 조합이라니, 그림을 그려보는 것조차 힘들었다.

"그런데 캘런 백작님도 상상력이 풍부하시더라고요."

에이엔스는 슥 눈을 치켜뜨고 캘런을 돌아보았다. 캘런은 긍정의 표시로 어깨를 으쓱거렸다.

"별로 재미있는 이야기는 아니군."

평이하게 말은 하고 있지만 에이엔스는 심히 불쾌해졌다. 신원도 모르는 남자와는 그런 짓까지 했지만, 여전히 누군가에게 여자로 보인다는 것은 불유쾌했다.

"어라, 재미없으세요? 전 이야기 듣는 순간 구르면서 웃었는데. 저희 아버지가 절 그렇게 웃겨줄 줄이야……."

"저도요. 그날 웃다가 축 사망하실 뻔했습니다."

"하나도 재미없어."

단호하게 자르자, 갑자기 던웨이는 무슨 장난을 하려고 그러는지 킬킬거렸다.

"재미없는 이야기를 한 번 재미있게 만들어볼까요?"

장난기가 다분한 말에도 에이엔스는 아무런 대답이 없었다. 그저 몇 번 더 던웨이와 번갈아가며 말을 움직이더니, 어느 순간 대뜸 자리에서 일어섰다. 캘런과 대화를 나누며 슬렁슬렁 말을 움직이던 던웨이는 왜 그러냐는 듯 그녀를 올려다보았다. 에이엔스는 손에 쥔 말을 휙 던웨이에게 던지며 말했다.

"체크메이트. 던웨이 경, 정말 기사 자격을 박탈당하고 싶지 않으면 말조심하는 게 좋을 거다."

던웨이는 '헉' 하는 소리를 내었다. 에이엔스가 던진 것은 백말의 킹이었다. 어느새 체크메이트를?

"그럼 이만."

에이엔스는 담백하게 말하더니 왔던 쪽으로 되돌아가기 시작했다. 던웨이와 캘런은 얼떨떨한 얼굴로 멀어지는 그녀의 등을 바라보았다. 그 무인도에서의 생활 이후로 조금 누긋해졌나 싶었더니, 역시 청안의 마녀 에이엔스 아이힌 단장이 어디 가진 않은 모양이었다. 그 해적 두목과 함께 있을 때는 묘하게 여성스러워 보이기도 했는데 말이다.

위험을 감수하고 그 해적들을 보호해 주었던 이유는—그들이 보기에도 평범한 해적 같지는 않았지만—시험해 보고 싶었기 때문이었는지도 몰랐다. 그 해적들보다, 에이엔스를.

솔직히 말하자면 던웨이와 캘런은 에이엔스를 좋아하지 않았다. 어린 여자가 그들의 위에 서서 고압적으로 구는 꼴이 심히 거슬렸다. 그래서 깔보다가 된통 당하기도 했었지만, 무력과 권력의 권위 앞에 진심으로 충성심이 들 리 만무했다.

어차피 한 번 기사가 된 이상, 파직되지 않는 한 그들은 죽을 때까지 기사였다. 그렇다면 에이엔스가 그들의 기사단장이라는 점도 불변했다. 이왕 모실 거라면 진심으로 존경할 수 있는 사람을 모시고 싶은 것이 모든 기사들의 욕망이리라. 그래서 던웨이와 캘런은 시험해 보았다. 그녀가 정말 그들의 단장이 될 만한 인재인지 아닌지.

세상의 상식으로 따지자면 에이엔스가 여태까지 해온 것만 해도 충분히 훌륭한 단장 감이었다. 하지만 던웨이와 캘런은 법률과 규칙의 틀에 박아놓은 듯한 예전의 에이엔스에게서는 전혀 인간미를 느낄 수 없었다. 따라서 그들의 가슴도 울지 않았다. 그러나 작금의 에이엔스는 분명, 여태까지와는 다른 모습을 보였고 그들 나름대로의 시험에 합격했다.

"단장님."

문득 던웨이는 멀어지는 그녀를 불렀다. 에이엔스는 자리에 멈춰 서서 힐끗 시선만 돌렸다. 뭐냐는 듯.

"감사합니다."

에이엔스는 얼핏 미간을 찡그렸다. 도통 무슨 말인지 이해할 수 없다는 의미였다. 그러나 던웨이는 그저 벙글벙글 웃을 따름이었다.

뉘엿뉘엿 가라앉아 가는 화사한 녹음. 여름이 가고 있었다.

3

　에이엔스는 후, 한숨을 내쉬고 등 뒤에 있는 아치형 창문 너머로 시선을 던졌다. 삭막한 회색빛 풍경. 우울하게 가라앉아 가는 잿빛 하늘. 괴괴히 불어오는 겨울바람. 난로를 피워놓은 집무실 안에는 훈훈한 공기가 감돌고 있었지만, 왠지 저 쓸쓸한 겨울바람이 심장 한구석에까지 불어드는 듯했다.

　에이엔스는 시간이 이토록 빠르다는 것을 처음 실감했다. 그야말로 시위를 떠난 화살 같았다. 그 무인도에서는 하루하루가 천일 같았는데, 눈코 뜰 새 없이 바쁘게 지내다 보니 어느덧 겨울이었다.

　'다섯 달 반…….'

　약속한 시일까지는 반달밖에 남지 않았다. 하지만 칼에게서는 아무런 소식이 없었다.

　사실 그와 헤어진 지 다섯 달째 되었을 때, 에이엔스는 더 참지 못하고 비밀리에 조사를 의뢰했다. 카르테일이란 남자에 대해서. 아직 이렇다 할 만한 성과는 들려오지 않았지만, 그가 돌아올 때쯤이면 그의 정체를 알아낼 수 있으리라. 물론 그가 약속을 지킨다는 전제하에서지만.

하지만 뭐랄까……. 우울한 겨울 분위기 탓인지 이제는 모든 게 다 부질없는 느낌이었다. 기다림이 불러일으켰던 묘한 흥분도 이제는 심장의 가장 바닥에 고인 침전물처럼 가라앉고, 인생 최대의 일탈을 벌였던 그 푸른 달밤도 멀게만 느껴졌다.

역시 겨울이 문제였다. 겨울은 사람을 너무 감상적으로 만들었다. 요즘은 모두가 싱숭생숭한 것 같았다. 겨울이 될수록 범죄율은 더 활발하게 상승하고, 견고한 성처럼 결코 흐트러짐이 없던 듀스도 요즘은 종종 묘한 눈을 하고, 왕도 뭔가 하고 싶은 말이 있는 듯 계속 에이엔스의 눈치를 살폈다. 하지만 왕은 무슨 이유에서인지 계속 눈치만 살필 뿐, 하고 싶으신 말씀이 있느냐고 물으면 어색하게 웃으며 아무것도 아니라고 했다. 그나마 변하지 않는 사람이 있다면 사계절 내내 천방지축인 던웨이와 캘런 정도랄까.

에이엔스는 한숨을 내쉬며 한 손으로 마른세수를 했다.

'피곤해…….'

온기가 그리웠다. 어려서부터 수족이 잘 차가워지는 자신을 안타깝게 여기며 꼭 안아주던 어머니의 온기가. 바닷물에 새파랗게 언 자신을 뜨겁게 안아주던 남자의 온기가.

반사적으로 떠올린 생각에 에이엔스는 흠칫 놀라 손을 내렸다.

'무슨 생각을…….'

에이엔스는 잡스러운 생각을 떨쳐 내려는 듯 자리에서 일어섰다. 그리고 뿌연 서리가 끼어 있는 창가에 섰다. 비교적 기후가 따뜻한 림하렐에는 눈이 내리지 않지만, 창문 너머로 보이는 백궁은 여전히 온기없이 새하얗기만 했다.

그때였다. 똑똑똑. 조금 다급한 듯한 노크 소리가 들려왔다.

"아이힌 단장님."

"들어와."

문이 열리고 기사궁 소속의 사무직원이 파리한 얼굴을 하고 들어왔다. 어찌 보면 웃을 수도 없고 울 수도 없는 듯한, 굉장히 애매한 표정이었다.

"무슨 일이지?"

"그러니까 그게……."

에이엔스는 미간을 찌푸렸다. 우물쭈물거리는 것이 마음에 들지 않는다는 표시였다. 그러자 사무직원은 굵은 침을 삼키고 입을 열었다.

"전하께서 급히 오시라는 전갈을 보내오셨습니다."

왕이 에이엔스를 부르는 것은 유별난 일도 아니었다. 그런데도 왜인지 사무직원은 퍽이나 놀란 얼굴이었다.

"좋지 않은 일인가?"

"오시라는 말씀 외엔 없으셨지만…… 제가 들은 이야기로는 보통 일이 아닌 것 같습니다."

기사궁은 백궁의 동쪽 끝에 폐쇄되어 있는 관계로 소문이 늦게 도는 편이었다. 기사와 소속 직원이 아닌 이상 현자들이라고 해도 함부로 들어올 수 없고, 방문자는 단장의 허가가 있어야지만 출입이 가능했다. 하지만 사무직원들 같은 경우는 백궁 전체의 사무 라인과 통해 있기 때문에 기사궁에서 소문을 가장 빨리 접할 수 있었다. 그래서 심심한 기사들은 때로 사무직원들과 친분을 쌓아 발 빠르게 소문을 전해 듣기도 했다.

"무슨?"

사무직원은 잠시 입 안으로 단어를 골랐다.

"세-이든 제국……."

모국과의 교류가 거의 없어 사무직원의 입에 오르는 일도 적은 이름이 나오자 에이엔스는 반사적으로 심장이 덜컹했다.

"세-이든 제국의 대공께서 아멜리타에 방문하겠다고 전갈을 보내오셨다고 합니다."

왕을 알현하기 위해 그의 집무실로 가자, 역시 대제국의 대공이 방문하는 일이 보통 일은 아닌지 기사단장들이 모두 소집되어 있었다.

가장 늦게 도착한 에이엔스는 살짝 목례하고 제2왕궁기사단장과 제4왕궁기사단장 사이 비어 있는 자리에 섰다. 그러자 유웰이 왔냐는 듯 눈짓으로 말했고, 에이엔스도 눈짓으로만 인사를 전했다. 지금만큼은 유웰도 평소의 불량한 모습을 벗어던지고 단추를 목 끝까지 단정하게 잠그고 있었다. 반항아처럼 이리저리 삐치던 금발도 차분하게 묶은 채였다.

대들보 같은 기사단장들이 모두 모이자, 상석에 앉아 있는 아비드는 그들을 쭉 둘러보았다.

베일 듯이 빳빳한 백색의 기사단장복. 공적인 일이 있을 때마다 각자의 소속을 표시하기 위해 왼쪽 팔에 두르는 휘장. 다섯 명의 기사단장이 나란히 서서 엄숙한 표정을 짓고 있는 모습은 아멜리타의 자랑거리였다.

"오늘 그대들을 소집한 이유는 나라가 큰손님을 맞게 되었기 때문이다."

기사단장들은 흐트러짐없이 왕의 뒷말을 기다렸다. 아비드는 값비싼 독피지로 도착한 방문 알림을 들어 보였다.

"세—이든 제국에서 황제의 동생인 대공이 아멜리타에 방문하겠다고 한다."

"갑작스러운 방문의 이유를 여쭈어도 되겠습니까?"

질문한 이는 유웰이었다.

"외교."

아비드는 단 한마디로 대답했다.

"정확히는 무역이라고 해야겠지. 보내온 전갈에 의하면, 아멜리타와 세—이든은 특별한 계기가 없어 대륙이 모두 통하는 작금에도 교류없이 지내고 있으니 이 기회를 삼아 좋은 관계를 맺었으면 한다는군."

기사단장들은 모두 침묵했다.

그것은 명백한 화친의 청이었다. 제국이 먼저 왕국에 화친을 청한 것이다. 이례적인 일이었다. 도도한 제국이 먼저 화친을 청하다니. 그만큼 아멜리타가 인정받는다고 볼 수도 있겠지만, 그 전에 와락 의심부터 드는 일이었다.

"송구합니다만……."

제4왕궁기사단장이 입을 열었다.

"제국에게 있어 아멜리타는 그다지 메리트가 없을 텐데요."

아비드는 고개를 끄덕였다.

"경의 의견에 동의하네. 아멜리타가 부유한 편이긴 하지만 상대는 웬만한 것은 자급자족할 수 있다는 대제국이니까. 그런데 갑자기 무역이라는 명목으로 화친을 청하다니…….”

“그것도 제국의 제2 황위 계승자가 손수 오면서까지요?”

제2왕궁기사단장이 미묘하게 중얼거리며 덧붙였다. 그에 제5왕궁기사단장이 나섰다.

“사실 나라 간에 처음 외교를 맺을 때 왕자들이 나서는 것은 크게 이상한 일이 아니지 않습니까?”

거기에 제2왕궁기사단장이 반박했다.

“그러나 그것도 예전부터 외교를 담당하고 있는 왕자들이 나서는 게 보통이죠. 세─이든 제국의 대공은 표면에 나서는 일이 없었잖습니까?”

제국 내의 사정은 거의 유출되지 않지만, 제국 내에서라면 모를까 적어도 국제사회에서는 그랬다. 드몬도 전쟁 때 파병군을 이끌었다는 이야기는 들었지만 그건 조금 다른 분야였다.

“확실히…… 이상하군요.”

유웰이 중얼거렸다.

“어쨌든…….”

독피지를 내려놓은 아비드는 담담하게 입을 열었다.

“우리는 대공의 방문을 환영한다는 답신을 보냈다.”

기실 대공이 밀고 들어온다고 해도 아멜리타는 거절할 명분이 없었다. 명백히 좋은 뜻으로 오겠다는 건데 거절한다면 제국과 척을 지겠다는 의미나 다름없었고, 만약 외교를 거절한다고 해도 그건 일단 그를 받아들이고 난 이후의 일이었다.

“준비를 해야겠군요. 도착 예상 일이 어떻게 되는지 여쭈어도 되겠습니까?”

“그게 그대들을 급히 소집한 이유인데……. 한 달 뒤라고 하는군."

이번에는 근엄한 기사단장들도 다소 놀란 눈치였다. 한 달이라
는 촉박한 시간도 시간이지만, 아멜리타와 세-이든은 대해를 건
너온다 해도 족히 몇 달은 넘게 걸리는 거리였다. 그런데 한 달
뒤 도착이라면 답신을 받기도 전에 이미 세-이든에서 출발했다
는 의미. 도대체 뭐가 그렇게 급하다고?

"한 달 뒤 그라나츠 항구에 도착한다고 한다. 그라나츠 항구의
환영대는 제1왕궁기사단과 제3왕궁기사단이 맡기로 하고, 수도
환영대는 나머지에게 맡긴다."

아비드는 계속 생각해 왔던 대로 임무를 배분했다. 왕국 최고
기사단인 제1왕궁기사단에게 환영대를 맡긴 이유는 최고 기사단
이기 때문이었고, 제3왕궁기사단에게 환영대를 맡긴 이유는 특색
있는 기사단이기 때문이었다. 제국의 대공이 아멜리타에 도착해
서 바로 만나게 되는 얼굴들이니만큼 부족함이 없어야 했다. 그
것은 예의를 갖춘다기보다 '우리는 이 정도다'라고 말하는 일종
의 기선 제압이었다.

"시일에 맞춰야 하니 급히 움직여야 할 것이다. 긴장을 늦추지
말라."

다섯 기사단장은 지엄한 왕의 명을 받들며 척 고개 숙였다.

"높으신 전하의 명을 받듭니다."

"아이힌 경."

명을 받고 나머지 기사단장들과 함께 왕의 집무실을 나서려고
했을 때, 아비드가 에이엔스를 불러 세웠다.

"예, 전하."

"아이흰 경은 잠깐 남게."

에이엔스는 밖으로 향하던 걸음을 돌리고 다시 자리에 돌아왔다. 네 남자는 그녀를 흘긋 돌아본 후에 집무실을 나섰다.

"잠깐 함께 바람 좀 쐬지."

에이엔스는 의아했지만 한 걸음 앞서 집무실을 나서는 아비드를 조용히 따라나섰다. 그러자 문밖에 서 있던 시녀들이 나가실 거라면 외투를 가져오겠다고 했지만, 그는 손짓 한 번으로 됐다 말하고 복도를 따라 걸었다. 에이엔스는 말없이 그의 뒤를 따랐다.

복도를 지나 정원의 중심부를 가르고 있는 회랑으로 들어서자, 확실히 겨울은 겨울인지 늘어서 있는 기둥들이 다른 때보다 창백한 빛을 발하고 있었다. 그리고 여름에는 찬란한 빛을 발하던 정원도 단조롭게 가라앉아 있었다.

아비드는 지붕이 씌워진 회랑을 벗어나 회랑에서부터 이어진 돌바닥을 따라 한쪽 정원의 중앙에 서 있는 분수까지 나아갔다. 왕이 자주 산책하는 정원의 분수는 겨울임에도 맑은 물이 고여 있었다.

아비드는 분수 앞에 서서야 뒤따라온 에이엔스에게 말을 걸었다.

"아이흰 경, 건강에 별다른 문제는 없나?"

납치당했다가 돌아온 자는 으레 그렇듯이, 에이엔스도 돌아오자마자 건강검진과 상담을 받았지만 별다른 문제는 발견되지 않았다. 다른 이들은 모르겠지만 오히려 푹 쉬었다 와서인지 예전보다 기력이 쌩쌩했고 정신적으로도 멀쩡했다.

"예, 건강합니다. 걱정해 주셔서 감사드립니다."

에이엔스는 여전히 신하로서 아비드를 대했다. 그러자 세심하게 조각되어 있는 분수의 끝을 올려다보는 아비드의 얼굴에 언뜻 쓸쓸함이 스쳐 지나갔다.

"그럼…… 아직도 기억나는 것은 없나?"

"송구합니다."

주군에게 거짓을 고하려니 에이엔스의 기사 본능이 아우성쳤지만, 이제 와서 거짓이었다고 말할 수도 없었다.

아비드는 한동안 말이 없었다. 그저 옅은 잿빛으로 펼쳐져 있는 하늘을 멀거니 올려다볼 뿐이었다. 그럼에도 에이엔스는 전혀 지루해하지 않고 자리를 지켰다.

"가끔 말이다……."

그는 한참 후에야 드디어 입을 열었다.

"이렇게 하염없이 하늘을 올려다보고 있으면 날고 싶어지는구나. 하늘을 나는 것은 인간의 숙원이라고 하더니, 나도 인간인 모양이다. 인간의 숙원에는 여러 가지가 있지. 한때 아멜리타의 숙원은…… 그대였다. 아이힌 경."

에이엔스는 어렵지 않게 그 말밑에 숨은 뜻을 눈치 챌 수 있었다. 아멜리타의 숙원. 아니, 세−이든 제국을 제외한 모든 나라의 숙원. 고대의 권능을 계승한 마법의 실현자. 하지만 여태까지 그것은 그들 사이의 묵계였다. 이 나라의 유일무이한 국주(國主)인 그는 물론 선왕에게서 에이엔스에 관한 이야기를 들었을 테고, 암묵적으로 그 진실을 지켜주었다. 그런데 왜 하필 이제 와서…….

"현자들은 꿈꾸었다, 고대를 증명해 주는 존재가 이 땅에도 내려오는 일을. 하지만 마법의 실현자는 하늘이 내리지."

과거, 하늘이 드디어 이 땅에도 하늘을 대변하는 어린 생명을 내려주었다. 그것은 막 태어나 날갯짓도 제대로 하지 못하는 어린 매 같은 소녀였다. 하지만 어린 매는 나는 법을 몰랐다. 이 땅에는 어린 매에게 나는 법을 알려줄 이도 없었다. 그렇게 하늘을 천운으로 살아가는 어린 매를 지상에 잡아두었다.

"가끔은…… 그대가 나를 수 있는 저 하늘로 날아가고 싶어질 때가 있지 않은가?"

"전하의 곁이 신(臣)이 나를 곳입니다."

"그런가……."

비겁하다 해도 좋았다. 에이엔스가 곁에서 사라지고 없을 때는 돌아오기만 한다면 정정당당히 옆에 남아달라 청하겠다고 결심했었지만, 정작 무사히 돌아온 에이엔스의 얼굴을 보자 용기가 나지 않았다. 행여나 물은 순간 에이엔스가 진짜 둥지를 찾아가겠다고 이야기할까 봐, 입이 떨어지지 않았다.

'비겁하다고 욕한들 어쩔 수가 없구나. 널 놓치기가 싫으니…….'

하지만…… 가슴의 이 불안한 고동은 무엇일까. 무엇을 예견하는 것일까.

"천축이 구르고 겨울이 가면…… 봄이 오겠구나."

봄을 기다리고 있는 잿빛 하늘이 우울하게 미소 지었다.

4

다섯 달 반이 눈 깜짝할 사이에 지나가 버렸듯, 한 달이라는 시
간도 순식간이었다. 원래의 업무를 병행하며 대공 환영대까지 준
비하다 보니 정말 하루가 어떻게 갔는지도 기억나지 않을 정도였
다. 문득 정신이 들면 기사궁의 복도를 걸어가고 있었고, 또 문득
정신이 들면 다음날 아침이었고, 또 문득 정신이 드니 오늘 대공
을 맞이할 그라나츠 항구 도시에 도착해 있었다.

에이엔스는 그라나츠 해군부의 임시 집무실에서 겉옷을 걸쳐
입고 단추를 끝까지 단정하게 잠갔다. 그리고 흐트러진 부분이
없는지 꼼꼼히 점검했다. 제국의 대공이 까칠한 사람이라면 환영
대의 복장 가지고도 흠을 잡을 수 있을 테니 어느 때보다 정갈한
차림새를 갖추어야 했다.

에이엔스는 작게 심호흡했다. 귀빈을 맞는 것이야 이제 특별할
것도 없는 일이었지만, 이상하게 가슴이 두근거렸다. 아무리 그

녀라도 제국을 상대로는 긴장이 되는 모양이었다.

에이엔스는 방을 나서려다가, 뭔가 떠오른 듯 책상으로 다가갔다. 그리고 가장 아래쪽 서랍 깊숙이 넣어둔 봉투를 꺼내 들었다. 빳빳한 갈색의 봉투. 봉투를 납봉하는 붉은 밀랍은 민무늬로 찍혀 있을 뿐, 소속을 표시하는 문장은 찍혀 있지 않았다.

그녀는 그 봉투를 지그시 내려다보았다.

그것은 얼마 전 비밀리에 조사를 의뢰했던 자에게서 받은 조사 결과였다. 하지만 에이엔스는 아직 봉투를 뜯어보지 않았다. 막 받았을 당시에는 뜯어볼 시간이 없었고, 그 후로는 왠지 손이 가지 않아서였다. 진실이 이곳에 들어 있다고 생각하자 섣불리 개봉할 수가 없었다. 게다가 한동안 바빠서 잊고 있었지만, 이미 그가 약속했던 반년으로부터 반달이 지났다. 하지만 그는 여전히 소식이 없었다. 결국 약속을 지키지 않은 것이다.

'어리석은 믿음이었지.'

아무리 그가 생명의 은인일지 모른다 해도 가벼운 구두 약속을 믿고 반년이나 지지부진하게 기다리고 있었다니, 누가 봐도 어리석기 짝이 없는 짓이었다. 이루 말할 수 없이 씁쓸한 감정이 들었지만, 일단 급한 일은 이쪽이 아니었다.

에이엔스는 겉옷의 안주머니 안에 봉투를 넣고 다시 단추를 잠갔다. 그때 마침 똑똑, 노크 소리가 들려왔다.

"들어와."

문이 열리고 들어온 인물은 대공 환영대로 대동하고 온 기사였다. 하지만 이번에 듀스는 그라나츠에 오지 않았다. 수도에서도 할 일이 있기 때문에 단장과 부단장 모두 자리를 비울 수 없는 이유에서였다.

기사는 짧게 경례하고 말했다.

"단장님, 제국의 배가 해역에 들어오고 있습니다."

에이엔스는 목 끝을 잠깐 만지작거리고 그와 함께 방을 나섰다.

"준비에는 차질이 없나?"

"예. 모두 대열을 갖추고 있습니다."

해군부를 벗어나 항구로 나가자, 나라에 큰일이 있지 않고서는 보기 힘든 진풍경이 펼쳐졌다. 하나같이 반듯한 백색 제복을 갖춰 입은 기사들이 대공의 배가 정박할 자리에 이열종대로 쭉 대열을 갖추고 서 있었다. 그들의 뒤쪽에는 기사단의 깃발이 하늘 높이 솟아올라 바람결에 흔들리고 있었고, 대공을 환영할 꽃 소녀들도 화관을 쓰고 하얀 드레스를 갖춰 입은 채 서 있었다. 그라나츠 항구 도시 시민 중 빼어난 외모를 조건으로 선별한 소녀들은 제국의 대공을 만날 수 있다는 설렘에 다소 상기되어 있는 듯했다.

봄이 찾아온 날씨는 맑았고, 모든 것이 완벽하게 준비되어 있었다.

"저 애들보다 에이엔스 네가 꽃을 들고 있는 게 더 어울리지 않을까?"

기사단장의 자리인 항구 중앙에 서자, 먼저 그 자리에 서 있던 유웰이 또 느끼한 어조로 수작을 걸었다. 하지만 능글맞은 남자에게 면역이 생긴 에이엔스는 이제 가렵지도 않았다.

"아이힌입니다, 유웰 경."

"거참, 이 좋은 날에도 여전히 차가우시구만."

"그다지 좋을 건 없어 보입니다만."

유웰은 그녀가 웬일로 그런 말을 다 하느냐는 눈빛이었다.

"세―이든 제국의 대공이라는데 아이힌 경은 흥분되지도 않는 모양이야?"

"흥분해야 하는 일입니까?"

"뭐."

유웰은 어물쩍한 대답을 흘렸다.

"스무 살짜리 애송이가 드몬도 전쟁을 종식시켰다고 하잖아?"

그러고 보니 에이엔스도 얼핏 그 이야기를 들었던 것 같았다.

지금은 투란티카 공화국이라고 불리는 드몬도 왕국은 과거에 대륙의 축 중 하나였다. 만약 세―이든에 마법의 실현자가 태어나지 않았다면 드몬도가 대제국이 되었을 거라 하니, 그들의 위상이 어느 정도였는지는 보지 않아도 알 수 있었다. 지금이야 오랜 내란으로 국력이 쇠락해 아멜리타보다 아래지만, 한때는 그랬다.

더구나 드몬도는 험한 지형 특성상 호전적인 국민성 때문에 대대로 군사 국가였다. 고압적인 군사 체제 때문에 반란이 발발하긴 했지만, 드몬도 전쟁 당시 드몬도 군의 무력은 대륙 전쟁을 불러일으키지 않을까 우려될 정도였다. 하지만 대공은 그 전쟁을 단 한 부대만으로 종식시켰다. 그 소문으로만 보자면 거의 군신(軍神)이라고 해도 좋았다. 그러니 군인이나 기사라면 한 번쯤은 만나보고 싶은 자일 터. 하지만 에이엔스는 그저 그런가 싶을 뿐, 별다른 감흥은 없었다.

'근데, 가만? 스물 초반의 어린 나이라고?'

에이엔스는 문득 이상함을 느꼈다. 언젠가, 장작불 앞에서 칼이 지나가듯이 했던 말.

"십대 중반부터 이십대 초반까지 전장에서 살았다. 아주 추운 곳이었지."

십대 중반부터 이십대 초반. 전쟁 당시 대공의 나이. 전장. 드몬도 전쟁. 아주 추운 곳. 유구한 겨울의 땅, 드몬도.

뭔가 강렬한 예감 같은 것이 머릿속을 스쳤지만, 에이엔스는 애써 그 생각을 떨쳐 내었다. 드몬도 전쟁에 참여했던 소년병이라면 대공 외에도 숱하게 많았을 터였다. 그 가벼운 남자가 대공이라? 말마따나, 던웨이와 캘런이 웃다가 축 사망하실 일이었다. 게다가 대제국의 대공이 해적 노릇을 하며 잠시만이라도 무인도에서 살 리 만무하지 않은가.

"배가 보입니다!"

바다를 살피고 있던 해군들이 여기저기서 외쳤다. 기사들의 허리가 꼿꼿하게 세워졌다.

에이엔스는 바다 쪽을 바라보았다. 배들이 돛을 최대한으로 펼치고 항해해 오고 있었다. 햇빛을 흡수해 단풍 빛으로 보이는 붉은 돛이 흡사 드래곤의 날개처럼 보였다. 배의 양옆에 원뿔 모양으로 솟아난 검은 활대 사이사이에 물갈퀴처럼 걸린 옅은 붉은빛의 돛. 그리고 창공을 날아오르는 드래곤처럼 바다를 가로질러 오는 거대한 선박은 압도적이었다. 제국의 위엄을 그 선박 하나로 나타내는 듯, 그야말로 장대하고 웅장했다.

두웅, 두웅, 두웅.

예의 그 북을 두드리는 듯한 공진이 심장을 울려왔다.

바람결에 흩날리는 은발 사이로 에이엔스는 시린 눈을 희미하게 찡그렸다.

　―무언가가 있다.

　저 드래곤의 본체 같은 선박에.

　"휘유, 겁나는구만."

　유웰마저 진심으로 감탄한 듯한 목소리를 흘렸다.

　"제국의 권위는 이 정도라는 건가."

　아무도 내색하지는 않았지만, 제국의 선박이 가까워질수록 분명 모두 압도되고 있었다. 제국의 대공이 방문한다는 사실만으로도 그럴 만했으나, 실제로 마주하게 된 제국의 권위란 전설 속에 잠든 환수를 만난 것과도 같은 경외심이 솟아오르게 했다. 하지만 이열종대로 선 기사들은 기사학원에서부터 익혀온 끈질긴 인내심으로 미동조차 없이 배가 항구에 도착하길 기다렸다.

　이내 제국의 선박들이 하나둘 항구에 입항하자, 장정 다섯 명으로도 들어 올리기 힘든 닻이 내려와 수면 위에 거센 파문을 일으키고, 배로부터 발판이 내려왔다. 힐끗 올려다본 제국의 배는 고개를 끝까지 꺾어 올리지 않으면 다 눈에 들어오지도 않을 정도였다.

　발판이 안정적으로 바닥에 닿자 배에서 검은 옷을 입은 남자들이 우르르 내려왔다. 그리고 배 앞에 경계를 만들며 나란히 쭉 섰다. 천편일률적인 동작이 거의 행위 예술에 가까웠다. 대공이 데리고 온 군인들인 듯했는데, 저쪽은 모두 검은색이고 이쪽은 모두 하얀색이다 보니 그 흑백의 대비가 무척 대조적이었다.

　무감동한 시선으로 그들을 가볍게 훑어보던 에이엔스는 어느 지점에서 우뚝 시선의 진행을 멈추고 말았다. 그러자 그 시선 끝에 닿은 남자가 에이엔스를 발견하고 희미한 미소를 지어 보였다. 공적인 자리이기 때문에 금방 무표정으로 돌아가 버리고 말았지만, 에이엔스는 저자를 알고 있었다.

분명히 머지않은 과거 어디에선가…….

필사적으로 기억의 장을 넘겨보던 순간, 노을 지는 무인도의 해변에서 술병을 높이 들어 보였던 선원의 얼굴이 섬광처럼 머릿속을 스치고 지나갔다. 에이엔스는 눈가를 찌푸렸다.

말끔한 차림으로 대열 속에 근엄하게 서 있는 저 남자는 분명 그때 술병을 들며 방정맞게 웃었던 선원이 틀림없었다. 자신의 눈이 잘못된 게 아니라면. 그뿐만 아니라, 일렬로 서 있는 군인들 사이사이 낯익은 얼굴이 보였다.

그 사실이 무엇을 의미하는지 정리를 끝내기도 전이었다. 휘익— 배에서 검은 그림자가 하늘로 솟구쳐 올랐다. 에이엔스를 포함해 몇몇 기사들의 시선이 반사적으로 그것을 좇았다.

고개를 들자, 가장 먼저 눈에 들어온 것은 하늘을 배경으로 장엄하게 펄럭이는 검은 깃발이었다. 황금의 사자와 독수리가 싸우고 있는 문장. 세—이든의 국기였다. 그리고 물결치는 깃발 앞을 지나쳐 다시 땅으로 하강하는 독수리.

최상단에 달린 깃발에서부터 배의 중앙 돛대를 타고 내린 에이엔스의 시선이 막 뱃전에 나타난 검은 인영에 멈추었다.

펄럭—

바람을 타고 검은 옷자락이 크게 펄럭였다.

햇빛을 등지고 있어 잘 보이진 않지만, 남자였다. 그때 독수리가 크게 날갯짓하며 그가 뻗어 올린 팔 위에 안착했다. 모든 것이 느린 그림처럼 보였다. 독수리가 날개를 펄럭이는 것도, 독수리가 그의 팔 위에 내려앉는 것도, 품이 넉넉한 그의 옷자락이 나부 끼는 것도, 그가 서서히 고개를 돌리는 것도.

그가 쓴 긴 두건이 흩날리며 치워진 순간— 눈이 마주쳤다.

"……!"

에이엔스는 눈을 크게 뜨고 말았다.

빙그레 웃음기를 머금는 선연한 핏빛 눈동자. 반년 사이 제법 길어진 흑발. 유려한 외모. 옷차림은 판이하게 달랐지만, 검은색 에 간간이 붉은색으로 강조한 복장이나 녹아내릴 듯 달착지근한 웃음은 잊으려고 해도 잊을 수 없는 한 남자의 것이었다.

그는 조금 다른 대공을 상상했던 이들이 당혹스러워질 만큼 매 력적인 미소를 지어 보였다. 그 시선은 같은 제복을 입은 수많은 기사 중에서도 똑바로 에이엔스에게 꽂혀 있었다.

두웅!

심장이 마지막 공명을 울렸다.

임시 집무실로 돌아온 에이엔스는 문을 닫기 무섭게 가슴 부근 을 짚었다. 두꺼운 옷감 너머로 손끝에 바스락거리는 양피지가 느껴졌다.

에이엔스는 급하게 안주머니에서 봉투를 꺼내 들었다. 그리고 우악스러운 힘에 바스락바스락 시끄러운 소리를 퍼뜨리는 고아 한 갈색 빛 봉투를 내려다보았다.

[의뢰인 귀하 친전(親展).]

에이엔스는 레터 나이프를 사용하지 않고 입구를 찍 찢어냈다.

무두질해 놓은 가죽처럼 다소 질긴 편지 봉투를 찢어내는 손길은 거칠고 다급했다.

[익명으로 긴밀히 부탁하신 조사에 관해서입니다.]

촤악, 봉투 안에 고이 접혀 있는 양피지를 꺼내 펼쳐 들자 강물처럼 유순하게 흘러가는 필체가 보였다.

[조사를 부탁하신 인물의 이름은 카르테일. 여러 방면으로 조사해 본 결과, 현재 카르테일이라는 이름을 가진 사람은 전 대륙에 단 한 명밖에 없는 것으로 밝혀졌습니다.]

두근두근, 심장이 미친 듯이 질주하기 시작했다. 갈증이 이는 것처럼 입술이 바싹바싹 마르고, 차마 다음 문장으로 시선을 옮길 수가 없었다. 그래서 에이엔스는 한참이고 거친 숨을 몰아쉬고 있다가, 위쪽 문장에 눌어붙어 있는 듯한 시선을 억지로 끌어내렸다.

[그는 세—이든 제국의 당대 황제 닐드란 3세의 동생이자 제2 황위 계승자로, 카르테일 운 알카임 대공입니다.]

머리가 아뜩해졌다.
쾅!
"단장님!"
핑 도는 현기증을 추스를 새도 없이 집무실의 문이 부서질 것처럼 열리고 헐레벌떡 던웨이와 캘런이 뛰어들어 왔다. 보통 때는 단장의 방을 노크도 없이 열어젖혔다가는 호되게 혼나겠지만, 지금은 그런 사소한 데 신경 쓸 겨를이 없는 듯했다.

"그, 그, 그! 그 해적 두목이! 다, 다른 군인들도! 아니, 그, 서, 선원들……."

던웨이와 캘런은 바보가 되어버린 것처럼 말을 끝내지도 못하고 정신없이 더듬거렸다. 하지만 에이엔스는 동상이 되어버린 듯 딱딱하게 굳은 채 뒤를 돌아보지 않았다.

와그작!

이내 에이엔스는 손에 들고 있던 양피지를 한 손으로 와락 움켜쥐어 구겨 버렸다. 던웨이와 캘런은 입을 다물고 말았다. 양피지를 사정없이 일그러뜨린 그녀의 손이 새하얗게 질려 있었다.

이제야 알게 되었다. 이 세상은 '있을 리 만무한 일'이 수시로 일어나 뒤통수치는 곳이라는 걸. 하긴, 마법의 실현자인 자신부터 다른 사람의 상식으로 보자면 '있을 리 만무한 일'이었다. 자신부터 그런 존재이면서, 그런 일이 있을 리 만무하다고 안일하게 속단했다니 얼마나 어리석은가. 이번 일로 인생 공부 하나는 톡톡히 한 셈이었다.

"괜찮으십니까?"

문득 뒤에 따라오는 듀스가 물었다. 하지만 척척 앞서 가고 있는 에이엔스는 대답이 없었다. 듀스는 그런 그녀를 걱정스레 바라보았다. 대공을 모시고 수도 림하렐로 돌아온 이후 에이엔스는 계속 저 상태였다. 원래부터 말이 많은 편은 아니었지만, 오늘은 유독 심했다.

언제나 속을 알 수 없는 여자였지만, 오늘은 더더욱 마음의 문을 단단하게 걸어 잠그고 있는 것 같았다. 꼭 상처 입은 맹수가 흉포하게 이빨을 드러내는 것처럼, 아무도 들어오지 말라고 경고하는 것처럼.

그라나츠에서 림하렐까지 오는 도중에 무슨 일이라도 있었던 것일까? 이러저러한 사정으로 아직 대공을 만나보지 못한 듀스는 도통 이유를 알 수가 없었다.

"지할드 경."

에이엔스는 갑자기 걸음을 우뚝 멈추었다. 조금 거리를 남겨두고 뒤따라오던 듀스도 멈춰 섰다.

저녁을 맞아 어둡게 드리워진 복도에 멈춰 선 그녀의 뒷모습은 몹시도 음산했다. 저 멀리 회장에서 뿜어져 나오는 조명 빛에 비춰지는 은발도 평소보다 음울한 금속성 윤광을 흘렸다. 그것이 마치 서슬 퍼렇게 날이 선 검 같았다. 게다가 보일 듯 말 듯 뒤로 돌아온 옆얼굴도 짙은 음영이 진 탓인지 그녀 같지 않았다.

"경의 냉철함을 믿는다."

알 수 없는 말을 남긴 에이엔스는 이내 몸을 돌리고 다시 걸어가기 시작했다.

갑자기 밑도 끝도 없이 냉철함을 믿는다니? 뜻을 알 수 없는 말이었지만, 지금은 마냥 의아해하고 있을 때가 아니니 듀스는 묵묵히 그녀를 따라갔다.

오늘 기사들이 할 일은 연회가 무사히 끝날 때까지 귀빈들을 보호하는 것. 초대받은 귀족과 왕족들은 금잔을 들고 떠들썩하게 연회를 즐기겠지만, 공무를 수행해야 하는 기사들에게 연회란 지루한 시간밖에 되지 않았다. 가끔은 마음씨 좋은 누군가가 술을 권하기도 하지만, 공무 중인 기사에게 술을 권한다는 것은 놀리는 거나 마찬가지였다. 사실 끈질기게 술을 권하면서 기사들이 곤란해하는 모습을 즐기는 악취미적인 귀족도 있었다.

배정받은 위치에 선 듀스는 다시 흘긋 에이엔스 쪽을 보았다. 에이엔스는 보통 기사단장의 자리인 왼쪽 벽 중앙에 서 있었다.

오늘 그녀는 평소와 다르게 정복을 입고 있었다. 다른 기사들과 듀스도 마찬가지이긴 했지만, 기사단장인 그녀의 정복 가슴 부분에는 휘장(徽章)과 훈장들이 주렁주렁 달려 있었다. 그리고 활동성을 고려한 평소의 제복과 달리 정복은 의식 때만 입는 것이기 때문에 제복보다 더 선이 반듯하게 서 있었다.

백색의 정복을 입고 차분하게 서 있는 그녀는 마치 심해 속에 잠들어 있는 백룡(白龍) 같았다. 강철 같은 백색 갑주를 두르고 가만히 숨죽인 채 포효하길 기다리는. 평소보다 날이 선 분위기가 그녀를 더더욱 염세적으로 보이게 했다.

'알 수 없는 일이로군……'

그런 생각을 하는 사이 보통 때보다 들뜬 공기 속에 귀족들이 하나둘 회장에 들어차기 시작했다. 회장은 금세 서로 인사를 나누는 소리와 가만가만한 웃음소리, 회장 한편에 자리 잡은 왕국 음악단의 연주 소리로 포화되었다. 그 와중에도 기사들은 장식품인 양 한 치의 흐트러짐 없이 배경과 동화되어 있었다.

한창 분위기가 무르익었을 때, 백발 지긋한 하인장이 문 옆에 서서 외쳤다.

"일동 예를 갖추십시오. 전하께서 드십니다."

끊임없이 대화를 나누던 귀족들은 한순간에 말을 멈추고 문 쪽으로 자세를 바르게 했다. 계속 배경에 깔려주던 음악도 뚝 끊겼다. 그러자 끼이익, 금빛 세공이 호화로운 문이 양옆으로 밀려나고 두 남녀의 모습이 나타났다.

왕과 오늘의 파트너인 공녀.

"모두, 좋은 밤이오."

왕이 부드럽게 웃으며 인사하자, 모두 입을 모아 인사를 전했다.

"좋은 밤입니다, 전하."

"아름다운 밤입니다."

왕은 공녀를 에스코트해 회장의 상석으로 나아갔다. 그리고 공녀에게 양해를 구한 뒤 팔을 빼고 침묵하고 있는 좌중을 둘러보았다.

"오늘 그대들에게 소개시켜 드릴 분이 있소."

왕의 말에 사람들은 두런두런 시선을 교환했다. 하지만 그것은 의아함의 표시가 아니라 기대감으로 고무되어 있다는 표시였다. 이미 오늘 연회가 왜 열리는지는 전 왕국이 다 알고 있기 때문에, 참석자들은 소문의 진상을 확인할 수 있다는 흥분에 들떠 있었다. 듀스도 조금은 기대가 되었다.

왕은 좌중을 천천히 둘러보며 그가 들어왔던 문으로 손을 뻗었다. 그가 들어온 직후 다시 닫혔던 문은 아직 엄숙하게 침묵하고 있었다.

"오늘 이 자리까지 멀리에서 방문해 주신 분, 대세—이든 제국의 대공 전하를 소개하오."

모두 눈도 깜빡이지 않고 서서히 밀려나는 문에 일거수일투족을 주목했다. 이내 문이 열리고 그 중앙에 나타난 이는…….

대공의 얼굴을 목격한 듀스는 그 어느 때보다 눈이 크게 확장되었다. 붉은 눈! 예전엔 복면을 쓰고 있었기 때문에 얼굴을 자세히 볼 수 없었지만, 이죽거리며 자신을 비웃었던 그 눈이 저기에 있었다. 결코 있어서는 안 될 자리에!

듀스는 몰아치는 충격과 혼란에 상황도 잊고 발을 내딛으려고 했다. 그 순간 에이엔스가 휙 눈짓해 움직이지 말라 날카롭게 명령했다. 듀스의 발이 멈칫했다. 듀스는 피 맛이 느껴질 정도로 어금니를 꽉 깨물고 이성을 총동원해 겨우 자세를 되돌렸다. 하지만 꾹 쥔 주먹은 핏기 하나 없이 새하얗게 질려 푸들푸들 떨리고 있었다.

대공이 앞으로 걸음을 내딛자, 그의 머리 한쪽에 달린 장식이 차라락 흔들렸다. 둥그런 모양을 그리고 있는 장식 아래 발처럼 매달린 장신구들이 서로 부딪치며 침묵 속에 파문을 퍼뜨렸다.

옷차림은 세-이든의 전통 복장이었다. 장신구는 머리에 하나 크게 달린 것과 비슷한 목걸이, 그리고 긴 손가락에 끼워진 반지 하나 정도일 뿐, 별다른 것은 없었다. 심지어 그것들은 값비싼 금도 아니었다. 하지만 이국적인 전통 복장 때문인지, 그가 풍기는 묘한 매력 탓인지, 그는 이 자리에 있는 그 누구보다 눈에 띄었다.

대공이 그와 비슷한 전통 복장을 입은 두 명의 남자를 대동하고 걸어가자, 그가 지나가는 자리를 장식하고 있는 사람들은 누가 시키지도 않았는데 하나둘 고개를 숙이기 시작했다. 그 동작이 물감 번지듯 회장에 있는 모든 이들에게 번져 나갔다.

왕은 다가오는 대공을 묵묵히 지켜보았다.

머나먼 제국에서 찾아온 적안의 맹금은 이 자리에 존재한다는 것만으로도 압도적인 빛을 발하고 있었다. 그것은 눈이 시릴 정도로 강렬한 빛이었고, 모두를 스스럼없이 고개 숙이게 하는 무엇이었다. 그것이 미묘한 열등감을 불러일으켰다. 제국과 왕국의 차이가 있다고 해도 그는 이인자일 뿐이고, 자신은 지배 급의 정점에 선 일인자인데, 낮에 처음 만난 순간 한눈에 압도되어 버렸다.

「좋은 자리에 초대해 주어 감사하오.」

통역관이 통역을 해주긴 하지만 보는 눈이 있어 입에 맞지 않는 말투를 쓰려니 칼은 혀가 뒤틀리는 기분이었다. 이래서 그는 공식석상에 참석하는 일이 탐탁지 않았다. 하지만 빙그레 웃음기를 머금는 얼굴은 그저 태연하기만 했다.

"아닙니다. 오히려 이리 참석해 주셔서 감사합니다. 이 자리가 대공 전하를 모시기에 조촐하지나 않을까 저어됩니다."

「설마. 그렇지 않소. 아주 좋은 자리요. 좋은 자리를 기념해 건배합시다.」

대공이 빛을 반사해 찬연하게 빛나는 금잔을 들고 말했다. 모두 하나둘 술잔을 들고 다시 있기 힘든 자리를 축복했다.

"대공 전하의 방문을 환영합니다!"

잠시나마 앞으로 드리워질 암운(暗雲)을 가리고 금빛이 찬란하게 부서져 내리는 성대한 연회가 시작되었다.

5

「저자는?」

모두 즐겁게 연회를 즐기던 도중, 대공이 툭 던진 한마디에 사람에 사람을 타고 소리없이 파문이 퍼져 나갔다. 아주 잠시잠깐이긴 했지만, 사람의 수면을 타고 미미하게 퍼져 나간 진동. 칼은 그 꺼림칙한 파동을 눈치 채고 살짝 미간을 좁혔다. 그도 언제나 느껴왔던 것이니까.

"아, 저자는……."

「내 눈이 잘못되지 않았다면 여인이 분명한 것 같은데 입고 있는 옷은 분명 기사복이 아니오?」

칼은 능숙하게 본심을 감추고 중얼거렸다. 그러자 그의 반대편 자리에 앉아 있는 왕이 진심으로 흐뭇한 미소를 지었다. 마치 아주 좋은 무언가를 자랑하고 싶어 안달이 난 어린아이처럼. 그리고 왕은 에이엔스의 속마음이 어떤 상태인지 추호도 짐작치 못하고 그녀에게 이리 오라 손짓했다.

그 손짓에 에이엔스는 한 치의 흐트러짐도 없는 동작으로 다가와 지극히 정중하게 허리를 숙였다. 그녀의 절제된 동작을 따라 현요한 은발이 곧은 목줄기를 타고 유려한 굴곡을 그렸다.

그녀가 멈춰 선 자리와 칼이 앉은 자리는 딱 아랫사람이 윗사람을 대하는 거리였다. 그 이하도 아니었고, 결코 그 이상도 아니었다. 그 거리를 본능적으로 눈치 챈 칼의 눈에 못마땅한 빛이 어렸다가 금세 사라졌다.

"전하께서도 들어보신 적이 있으실지 모르겠습니다. 아멜리타 왕국의 자랑거리인 제3왕궁기사단의 기사단장……."

「에이엔스 아이힌.」

왕의 소개가 다 끝나기도 전에 칼은 당연한 권리를 주장하듯 단호히 그녀의 이름을 내뱉었다. 왕은 반사적으로 흠칫했다. 팔걸이에 팔꿈치를 대고 볼을 괸 채 느긋하게 앉아 있는 그에게서 선연한 소유욕의 향기가 풍겨온 탓이었다. 하지만 기분 탓이었다고 말하듯 대공은 빙그레 웃음 지었다.

「그 이름은 나도 익히 들어 알고 있소. 청안의 마녀, 에이엔스 아이힌.」

세―이든 어의 독특한 억양 때문인지, 나른한 목소리 탓인지, 그가 읊조리는 에이엔스의 이름은 이 자리에 앉은 공녀의 볼이 발긋해질 정도로 달착지근한 느낌이었다.

"영광입니다, 전하."

칼은 붉은 눈에 흥미롭다는 감정을 숨기지 않고 꼿꼿하게 서 있는 에이엔스를 바라보았다. 무인도에 있을 때도 기가 질릴 만큼 기사단장다웠던 그녀였지만 지금은 훌륭하다고 박수까지 쳐주고 싶을 정도였다. 물론 그의 품속에서 낭창하게 울던 그녀를 모르고 있다면.

「청안의 마녀라는 호칭이 기분 나쁘다면 사과하지.」

통역관의 말이 끝나자마자 작은 웅성거림이 번져 나갔다. 제국의 대공이 일개 기사단장에게 '실례'가 아니라 '사과'를 언급하다니, 생각지 못한 일이었다.

"아닙니다. 부디 말씀을 거두어주시길 바랍니다."

아무런 감정이 엿보이지 않는 대답에 칼은 피식 낮은 웃음을 토해냈다. 그런 그를 보는 에이엔스의 심장에는 빙점을 기록하는 살얼음이 끼어갔다.

처음 만났을 때부터 언제나 속을 알 수 없는 남자였다. 무엇이라도 다 보여줄 것처럼 투명하게 미소 짓고 거리낌없이 농담을 던졌지만, 교묘하게 가려진 속내는 대체 무엇인지 짐작조차 할 수 없었다. 하지만 대공의 껍질을 뒤집어쓴 그는 알 수 없다는 수준을 넘어, 아예 다른 남자가 되어 있었다.

나른하게 퍼지는 미소도, 날큼한 윤기가 흐르는 진보라 빛 벨벳 소파에 느긋하게 앉아 있는 모습도, 꼭 어울리는 이국의 복장도, 소년 같은 천진함이 아니라 지독할 만큼 관능적인 남성미도…… '해적 두목 칼'이 아닌 '대공 카르테일'이었다.

"그러고 보니 뒤에 계신 분들은 아직 소개를 받지 못했군요."

아비드의 말에 칼은 '아아'하는 소리를 길게 흘렸다.

「오른쪽은 기욤 알렌스투스. 대공 친위대의 군인이오. 왼쪽은 제바니한 공작이오.」

모두가 숨길 새도 없이 흠칫했다. 합석하지 않고 서 있기에 서

기쯤 되나 싶었는데, 대뜸 제국의 공작이라니? 순간 왕은 어떻게 해야 할지 알 수 없는 표정이 되어버렸고, 공녀는 얼떨떨한 얼굴이었다.

"미처 공작이신 줄 몰랐습니다. 지금이라도 합석을 하는 편이……."

「괜찮습니다.」

고명한 학자인 듯도 하고 강건한 군인인 듯도 한, 나직하지만 힘에 넘치는 목소리가 들려왔다.

고개를 돌리자, 제바니한 공작이 묵묵한 표정으로 이어 말했다.

「신하 된 몸으로 높으신 주군과 한자리에 앉을 수는 없습니다.」

공작― 그것은 공후백자남(公侯伯子男) 오등작(五等爵) 제도의 최선두에 서 있는 대귀족의 작위. 그 작위는 왕 혹은 황제로부터 내려온다. 즉, 공작은 황제를 모실 '의무'가 있는 황제의 재산인 것이다. 그런 공작이 대공을 '주군'이라고 말하고 있었다.

순간 얼핏, 섣불리 건드릴 수 없는 제국의 민감한 사안이 스쳐 지나간 듯했다. 하지만 확실히 눈치 챈 이는 에이엔스가 유일했다. 왕은 뭔가 알 듯 말 듯한 정도인 듯했다.

'그래, 너와 난 이토록 다르다는 건가?'

지독한 배신감. 차라리 그가 정말 해적이었다고 해도, 약속을 어기고 아멜리타에 해를 끼치려 했다고 해도 이토록 배신감이 들진 않았으리라. 뺨을 올려붙일 수도 없는 '대단한 사람'으로 나타난 그의 비겁함이 혐오스러웠다.

에이엔스의 청안이 회복될 수 없는 한기를 품었다.

아직 연회가 끝나지 않은 시간이었지만 조금 이르게 밖으로 나오자 에이엔스는 그나마 숨통이 트이는 것 같았다. 하지만 한 남자의 얼굴이 떠오를 때마다 다시 숨이 턱턱 막혀왔다. 그리고 왜 이토록 괴로워지는 것인지 알 수 없는 채 미지의 감정과 싸워야 했다.

에이엔스는 아무도 주목하지 않는 어둑한 정원에서 졸졸졸 청아한 소리를 내며 흘러내리는 분수의 물줄기를 멍하니 바라보았다.

그라나츠에서 림하렐까지 오는 내내 그녀는 그를 모른 척했고, 그 역시 그녀를 모른 척했다. 몇 번 시선이 마주치는 일은 있었지만 그는 언제나 검은 남자들의 철통같은 수비에 둘러싸여 있었다.

제국의 군인들은 수백 명에 달하는 임시 호위대의 존재가 무색하도록 한시도 대공의 곁을 떠나지 않고 보호진을 구축했다. 그리고 오히려 기사들이 다가오려고 하면 불편한 기색을 내비쳤다. 어째서인지 에이엔스에게만은 예외였지만, 그녀는 결코 다가가지 않았고 그도 다가오라 말하지 않았다. 바람을 등진 채 포복해 적시를 노리고 있는 맹수처럼.

그러는 사이 에이엔스는 그가 단순한 해적이 아닌 대공이라는 '사실'을 인정하려고 부단히 노력했다. 하지만 시선이 마주칠 때마다 빙그레 웃음기를 머금던 붉은 눈은, 푸른 달이 비현실적일 만큼 크게 뜬 날 밤 그녀를 격정적으로 안아주었던 그 남자였다.

으슬으슬한 한기가 교활한 뱀처럼 목덜미를 타고 올라왔다. 그 한기를 조금이나마 몰아내 보고자 에이엔스는 슥 어깨를 감싸 안

왔다.

그것이 벌써 반년 전 이야기였다. 하지만 그가 찍은 화인(火印)은 아직도 이토록 선연히 남아 있었다. 그것만은 에이엔스도 부정할 수 없었다. 그런데 그는 칼이 아니란다. 입 밖으로 내어 부르기도 황송한 대공 전하라고 한다.

'이런 촌극은 웃기지도 않아…….'

에이엔스의 눈에 음울함이 감돌았다. 그때였다.

"에이엔스."

흠칫. 막을 새도 없이 심장이 뛰어올랐다. 심장에 각인된 존재감에 반응하듯. 하지만 에이엔스는 선뜻 고개를 돌리지 않았다. 그저 곧 비가 오려는지 습한 기운을 머금은 질척한 바람이 두 사람 사이를 훑어가도록 내버려 두었다. 그도 그녀가 알아서 반응하길 기다리듯 말없이 서 있었다. 이내 에이엔스는 등 뒤에 도사리고 있는 맹수를 향해 천천히 고개를 돌렸다.

회장에서 번져 나오는 주홍 불빛을 등진 그가 꿈결처럼 아득한 정원에 서 있었다. 미풍이 긴 옷자락을 쓸어가도록 내버려 둔 그에게서는 결코 무시할 수 없을 만큼 진한 이국의 향기― 사향 같기도 한 남성적인 향취가 풍겨 나왔다. 평범한 옷을 걸치고 있을 때도 어딘지 귀족적인 남자였지만, 지금 이렇게 보니 왜 일찍 의심하지 못했나 싶을 만큼 감히 범접할 수 없는 기품이 흘렀다.

에이엔스는 당연한 듯 고개를 숙이려고 했다.

"고개 숙이지 마라."

그녀가 만난 칼이 환상이 아니었다는 듯 유창한 아멜리타 어. 하지만 에이엔스는 그 말을 듣지 않았다. 기어이 깊이 고개 숙이고 그 어떤 사심도 섞이지 않은 단조로운 음성으로 반박했다.

"대공 전하의 안전에서 고개를 들고 있을 수는 없습니다."

역시 그런가.

예상했던 대로의 반응에 칼은 '후—' 한숨을 내쉬었다.

"그래, 난 대공이지."

에이엔스의 심장이 나락으로 떨어졌다. 모든 정황이 의심할 바 없긴 했지만, 직접 그의 입으로 대공이라는 사실을 들으니 알 수 없는 충격이 머리를 때려왔다.

난 대체 무엇을 기대했던 것인가.

"하지만 천공이다, 너와 같은."

뒤이어 나온 말은 전혀 위로가 되지 않았다. 오히려 고개 숙인 에이엔스의 눈빛이 더욱 선득하게 가라앉게 만들었다.

"전 마법의 실현자일 뿐입니다. 그리고 사람이라고 해서 다 같은 사람은 아닙니다."

"어째서? 내 무엇이 너와 다르지?"

칼은 에이엔스에게 다가오며 진심으로 궁금한 듯 물었다.

"새삼 저 같은 자가 깨우쳐 드릴 것이 아니라고 생각합니다."

"하긴, 지금 중요한 건 그게 아니지."

생각보다 너무 가깝게 다가온 거리에 에이엔스는 무례해 보이지 않도록 정중하게 한 걸음 물러서려고 했다. 덥석 팔뚝을 잡아온 그의 강인한 손길만 아니었다면.

"난 아직 재회의 키스도 받지 못했거든."

팔이 잡히는 동시에 흘러나온 말에 에이엔스는 반사적으로 그를 올려다보았다. 역광을 등진 채 묘한 이채를 품은 그의 붉은 눈이 매혹적인 웃음기를 머금고 있었다.

"놓아주십시오."

에이엔스는 재차 한 걸음 물러서려고 했다. 하지만 칼은 반년 만에 겨우 닿은 그녀에게서 손을 거두지 않았다.

"에이엔스."

"아이힌입니다, 전하."

조용히 흘러나오는 그녀의 목소리에는 아무런 감정도 섞여 있지 않았다. 재회의 기쁨도, 적의감도, 심지어 배신감도. 그에 비하자면 하찮은 기사단장이 어떻게 대공을 상대로 그런 감정을 가질 수 있겠냐는 듯.

어느 정도 예상한 반응대로였지만, 막연히 생각해 왔던 것과 직접 겪는 것은 차이가 있게 마련이었다. 싸늘한 냉기로 매섭게 맞설 때보다 더 견고한 벽을 둘러 버린 듯한 모습에 칼은 절로 한숨이 흘러나왔다.

"속여서 미안했다. 하지만……."

"무엇을 속이셨습니까?"

바닥을 향해 있던 에이엔스의 시선이 그제야 칼을 향해왔다. 칼은 저도 모르게 흠칫하고 말았다. 옅은 불빛을 받은 청안이 인기척없는 깊은 숲 속의 호수인 양 말갛게 고여 있었다. 너무도 잔잔하게, 아무런 파동도 없이. 그리고 진심으로 궁금해하고 있었다. 그가 무엇을 속였는지 알 수 없다고.

"그건."

"대공 전하와 신은 며칠 전에 막 만났을 뿐입니다. 무엇을 속일 시간이나 있었겠습니까?"

난 너를 모른다. 에이엔스는 그렇게 이야기하고 있었다.

"모른 척한다고 되는 건 아닐 텐데."

"만약 제가 만났던 해적 두목 칼을 말씀하시는 것이라면."

예상외로, 에이엔스는 '칼'까지 모른 척하지는 않았다. 그러자 칼의 눈에 의문이 스몄다. 아예 시치미를 딱 떼고 만난 적도 없다는 식으로 굴거나, 만났던 것을 인정하긴 하되 예전보다 더 싸늘한 눈빛을 보낼 거라 예상했는데, 무슨 심중인지 알 수 없었다.

"그 사람은 대공 전하가 아니지 않습니까?"

추측도 아니고, 질문도 아니고, 그것은 확신이었다.

"무슨 말이지? 난 나일 뿐이다."

"아니, 다릅니다. 존재 가치부터 다른 두 사람이 어떻게 같은 사람이 되겠습니까."

"그 존재 가치란 세상에게 있어서를 말하는 건가, 아니면 너에게 있어서를 말하는 건가?"

"둘 다입니다."

"그래? 그럼 너에게 있어서 어느 쪽의 존재 가치가 더 크지?"

칼은 어디 한 번 대답해 보라는 듯 도전적으로 물었다.

"솔직히 말씀드려도 되겠습니까?"

"물론이지. 입 바른 말은 다른 자들이 하는 것만 해도 신물 나니까."

"그렇다면 감히 고하겠습니다. 대공 전하이십니다."

칼은 에이엔스의 이마에 구멍이라도 뚫으려는 양 빤히 쳐다보았다.

"입 바른 말은 하지 말라고 했을 텐데."

"송구합니다. 하지만 국가에 있어 대공 전하의 존재 가치가 더 크다는 것은 누가 봐도 자명한 일입니다. 그렇다면 저 역시 그러합니다."

고집스러운 모습에 칼의 입가에 삐뚜름한 미소가 걸렸다.

"잘났군. 넌 국가를 대변하고 국가는 널 대변한다는 건가?"

에이엔스는 대답하는 대신 침묵했다.

"에이엔스."

이내 칼은 양손으로 에이엔스의 어깨를 잡았다. 속박하듯 어깨를 꽉 쥐어오는 온기에 에이엔스는 저도 모르게 어깨 위에 놓인 그의 손을 바라보았다. 동시에 후회했다. 어깨를 다 감싸 안는 듯 커다란 손에 비록 값비싼 금은 아닐지라도 척 보기에 보통 범상치 않은 고가의 반지가 끼워져 있었다. 단순한 디자인이었지만 검은 반지에 흐르는 고귀한 광택이 서민들은 평생을 일해도 구경조차 할 수 없는 가격임을 짐작할 수 있었다. 아주 사소한 것들도 그와 자신은 너무나 다르다고 이야기하고 있었다.

사실 그를 기다리며 조금은 꿈꾸었다. 자신과 같은 '칼'과 함께라면 평범하게 살 수 있지 않을까 하고. 그녀 자신도 몰랐던 본심은 조금 그런 생각을 했었던 것 같았다. 하지만 얼마나 호접몽만 못한 가소로운 꿈이었던가…….

"대체 아멜리타가 너에게 무엇을 해주었지?"

칼이 물었다. 어딘지 간곡하게 들리는 어조로.

"아멜리타는 널 배척한다. 그건 나뿐만 아니라 바보가 봐도 확실한 이야기다. 그런데도 아멜리타에 무엇이 있어서 넌 네 모든 것을 거는 거지?"

에이엔스는 소름이 끼칠 만큼 말간 눈빛으로 그를 올려다보았다.

"이해 못하실지도 모르겠습니다만, 세상에는 대가가 필요없는 일도 있습니다. 고작 그런 것을 알려주시기 위해 먼 대해를 건너오셨습니까?"

꾸욱, 에이엔스의 어깨를 쥔 손에 더욱 힘이 들어갔다. 그리고 이내 꾹 다물린 그의 입술이 열리고 단호한 한마디가 흘러나왔다.

"아니, 난 널 얻기 위해 왔다."

쿵. 막을 새도 없이 심장이 떨어져 내렸다. 결코 반응하지 않으리라고, 철저히 대공으로만 대하겠다고 결심 또 결심했는데, 그 말에는 본능적으로 여인의 심장이 진동했다.

"널 세―이든으로 데려가겠다."

하지만 바로 다음 말이 흘러나온 순간, 심장이 얼어붙었다. 얼음덩어리로 화한 심장에서부터 올라온 소름 끼치는 냉기가 청안 위로 희번덕거리며 떠올랐다.

"무슨 말씀을 하시는지 모르겠습니다. 전 아멜리타의 기사단장입니다. 결코 제국으로 귀화할 생각은 없습니다."

부서져 내릴 것처럼 메마른 목소리에도 뼈 시린 한기가 배어나왔다.

붉은 눈에 언뜻 씁쓸함이 스며들었다. 그리고 그는 뭔가를 알고 있는 것처럼 그녀의 목 부근을 짚었다. 그의 손바닥 바로 아래 맞닿은…… 증표.

"에이엔스, 이제 그만 네가 있어야 할 자리로 돌아와라."

심장박동도, 그에게서 흘러드는 온기도, 시간의 흐름도, 천변만화하는 색채의 향연도, 모든 것이 멈추었다.

6

"부디 알아들을 수 있는 말씀을 해주시길 바랍니다."

오랜 침묵 후에 흘러나온 에이엔스의 어조는 지극히 담담했다. 사정을 모르는 이가 본다면 정말 아무것도 모른다고 믿을 것처럼.

"많은 이들이 전하를 찾고 있을 테니 어서 돌아가 보심이……."

담담하게 자신을 감추는 에이엔스를 보던 칼은 끓어오르는 마음을 참지 못하고 한품에 그녀를 와락 끌어안았다. 속수무책으로 남자의 큰 품 안에 감싸인 여인의 몸이 흠칫하고 떨렸다. 그리고 벗어나려는 듯 바르작거렸지만, 남자는 더욱 강하게 힘을 줄 뿐 결코 억센 팔을 풀지 않았다. 이내 에이엔스의 몸에서도 힘이 풀렸다. 다른 이라면 무력을 행사해서라도 무례를 범하지 않도록 하겠지만, 상대는 시선을 함부로 맞추는 것조차 죄가 되는 대공이었다.

"에이엔스."

귓가에 그의 나직한 저음이 흘러내렸다. 그리고 단정하게 묶인 은발 아래로 열풍 같은 그의 숨결이 불어들었다.

"약속을 기억하고 있겠지. 반년 후에 모든 것을 설명해 주겠다는 약속 말이다."

"괜찮습니다. 대공 전하께서 오신 것만으로도 충분한 대답이 되었습니다."

"아니, 들어라."

몸을 감싸 안은 악력이 조금 더 강해졌다.

"분명 처음에 너에게 왔던 이유는 네가 천공이기 때문이었다."

에이엔스는 말이 없었다.

"칠 년 전…… 아니, 이제는 팔 년이로군. 팔 년 전, 넌 왕궁기사단의 기사단장이 되었지. 그전까지는 두드러지는 활약이 없었기 때문에 제국은 너란 존재가 있다는 것도 모르고 있었다. 그러나 해적 토벌로 인해 아멜리타에도 마법의 실현자가 있다는 소문이 전 대륙에 퍼졌다."

칼은 마치 남의 이야기를 하는 것처럼 차분하게 말했다.

"나도, 나의 형님도 그 소문을 들었다."

그의 형……. 군신이 피운 기원의 불이 사그라지는 해변에 앉아 그에게서 이야기를 들을 때만 해도, 그가 말하는 '형' 이 세―이든 제국의 황제를 말하는 것이라고, 그 누가 언감생심 상상이나 했을까.

"우리는 의심을 가졌다. 단 한 번의 예외도 없이 제국에서만 태어났던 천공이 정말 다른 나라에서 태어났을까? 하고. 그래서 아멜리타에 진상 조사를 부탁했지만 아멜리타는 아무런 대답이 없었다. 널 빼앗기기 싫었던 거겠지. 때문에 우리도 다소 난폭한 방법을 쓸 수밖에 없었다. 그만큼 천공은 제국에 있어……."

"송구합니다만, 왜 제게 그런 말씀을 하시는지 이해가 되지 않습니다."

한동안 가만히 이야기를 듣기만 하던 에이엔스는 건조한 음성을 흘렸다.

"왜 이렇게 절 안고 계신지도."

올가미처럼 에이엔스를 꽉 끌어안고 있던 팔이 조금 풀려났다. 그리고 마주하게 된 칼의 눈은 예리하게 가늘어져 있었다.

"정말 모르는 건 아닐 테지."

"모르겠습니다."

"그럼 그것까지 모른다고 할 건가? 네가 나에게 안겼던 것. 내가 너를 안았던 것. 대공도, 기사단장도 아니고 그저 한 사람의 여자와 남자로 며칠이고 사랑을 나누었던 것까지도."

볼을 붉힐 만한 말에도 에이엔스는 시선을 피하지 않았다. 그저 변함없이 말간 눈으로 그를 주시했다. 하지만 두 사람의 사이에는 격렬한 기류가 휘몰아치고 있었다. 마치 기 싸움을 하듯 맞부딪친 시선들은 전진밖에 모르는 용맹한 전사처럼 한 걸음도 물러서지 않았고, 긴장감이 당장이라도 끊어질 것처럼 팽팽하게 당겨졌다. 그것은 이미 서로의 육체를 알고 있는 남자와 여자 사이에서 일어나는 일종의 성적 긴장감이기도 했고, 적과 물러설 수 없는 최전선에서 부딪힌 긴장감이기도 했다.

"그는 대공 전하가 아니었습니다."

순간 칼의 입매가 언뜻 난폭하게 비틀어졌다. 하지만 곧 본연의 모습을 되찾고 악동처럼 짓궂게 미소 지었다. 그리고 에이엔스의 귓가에 밀어를 읊조리는 것처럼 나직하게 속삭였다.

"그래? 그렇다면 다시 시작하면 되겠지. 난 여전히 널 원해."

오랫동안 우려낸 것처럼 진한 저음에 달팽이관이 짜르르 전율했다. 그리고 물안개처럼 자욱하게 번져 나가는 불빛으로부터 그녀를 완전히 숨긴 몸에서는 아스라한 사향내가 풍겨와 코끝을 자극했다.

"전 원하지 않습니다."

"맨 처음 만났을 때도 넌 원하지 않았지. 하지만 곧 원했다. 내 말이 틀린가?"

그것은 독선적인 불꽃같은 자신감. 그것은 파괴적인 불꽃같은 자만심.

그야말로 전횡적이고 이기적인 불꽃으로 전신을 감싸고 있는 듯한 남자는 지독히도 남성적이었고, 한 여자를 향한 화염 같은 소유욕을 품고 있었다. 가까스로 억눌러 두었던 소유욕이 폭발해 거부하는 여자를 집어삼키려고 했다.

이것이 그의 본모습인지, 다른 이들의 경각심을 지우기 위해 억지로 꾸며냈던 유들유들한 '칼'이 그의 본모습인지, 그것은 그 스스로도 잘 알 수 없었다. 하지만 그런 건 아무래도 좋았다. 그는 그녀를 원하고 있었다. 거친 소유욕을 숨기지 못하고 표출해 낼 정도로.

"분명 그랬을지도 모르겠습니다."

에이엔스는 순순히 인정했다. 그에게 강렬히 끌렸던 자신을. 부정한다고 해서 그 마음이 거짓이 되는 건 아니기에.

"허나, 누차 말씀드리지만 적어도 제게 있어 대공 전하께서는 그가 아닙니다. 그리고 조금은 끌렸던 그도 이 시간부로 제 안에서는 죽었습니다. 아시는지 모르겠습니다만 전 그런 사람에게 지리멸렬하게 미련을 가질 사람이 아닙니다."

칼의 손에 매서운 힘이 들어갔다. 그 손아귀에 잡힌 에이엔스는 손목이 아려와 저도 모르게 눈빛을 떨 것만 같았다.

"우긴다고 되는 게 아니다."

"그래서, 이제 무엇을 어쩌시겠습니까?"

에이엔스는 그게 아니라고, 억지가 아니라고, 더 이상은 그런 식으로 반박하길 그만두었다. 자신이 억지를 피우는 것이든, 그가 억지를 피우는 것이든, 이런 공방은 무의미했다.

"전하께서 가진 권력의 폭리를 취하시겠습니까? 싫다 하는 절 억지로 안으시겠습니까? 아니면 귀화할 생각이 없는 절 멋대로 데려가시겠습니까?"

"귀화가 아니라고 말했을 텐데."

에이엔스는 손목을 비틀어서 겨우 그의 손에서 빠져나왔다. 그리고 갑자기 옷깃을 열기 시작했다. 그런 후 목에 걸린 두 개의 목걸이를 난폭하게 벗어냈다.

"이것 때문에 그리 생각하시는 겁니까? 안타깝군요. 이건 제 것이 아닙니다. 그때……."

그때 일을 언급하는 것만큼은 에이엔스로서도 상당한 용기가 필요했다.

"대공, 아니, 칼에게 노래를 불러주었을 때 말했던 멀리서 온 여인이 준 것입니다."

칼은 한참을 말없이 두 개의 목걸이를 쳐다보기만 했다. 그러다 이내 그녀의 손에서 그것을 가져갔다. 그때 에이엔스는 저도 모르게 소중하고 소중해서, 누구에게 함부로 보여준 적도 없었던 어머니의 유품을 다시 가져올 뻔했지만 꾹 손에 힘을 주어 참았다.

"이것이 무엇인지 아나?"

칼은 왠지 모를 윤기가 어린 눈으로 두 개의 목걸이를 바라보며 조용히 물었다. 에이엔스는 고개를 모로 돌리고 어렵사리 말을 끄집어냈다.

"연인이…… 준 것이라 들었습니다."

그 순간 칼의 눈이 묘한 이채를 발했다.

'네가 말하는 '멀리서 온 여인'은 신녀였다. 신녀 이카란. 순결을 최대 덕목으로 삼는 그녀가 신을 배신하고서라도 함께하고자 했던 연인이 유일하게 남긴 물건을, 어쩌다 스친 사람에게 줄 것 같나?'

신……녀.

어머니의 몸가짐으로 보아 평범한 여인이 아니었을 거란 생각은 했지만, 미처 신녀일 거란 생각은 해보지 못했다.

"그녀의 사정은 잘 알지 못합니다. 전 그저 받아달라며 주기에 받았을 뿐입니다. 뭔가 오해를 하고 계신 것 같군요. 기꺼이 그 오해를 풀어드려야 하겠지만, 일신의 힘이 부족해 그조차도 풀어 드릴 수 없으니 부디 선처해 주셨으면 합니다."

거의 뻗대듯이 나가 버리고 말았다. 그런 그녀를 담은 칼의 눈이 깊게 가라앉았다.

거부 반응을 보일 거라고는 예상했다. 화를 낼 거라고, 득달같이 날뛸 거라고, 조금은 걱정을 하기도 했다. 하지만 그녀를 너무 쉽게 생각했던 것인지 아예 파고들 틈을 주질 않았다. 예전처럼 자극한다고 해서 파르르 떨며 말려들지도 않고, 아예 어머니와의 관계를 전면적으로 부정하고 나섰다.

이 목걸이를 이토록 소중히 대해왔던 것만 봐도 이카란이 그녀에게 보통 존재가 아니었음을 알 수 있는데도…….

그리도 싫은 것인가.

칼은 저도 모르게 손을 뻗었다. 그리고 감싸듯이 그녀의 은발을 쓸어내렸다. 에이엔스는 그 다정한 동작에 깜짝 놀라 한 발자국 물러섰다. 칼은 음울한 눈으로 소리없이 속삭였다.

하지만 칼리마. 네가 에이엔스고, 에이엔스가 너인 이상 난 널 놓아줄 생각 따위 없어. 대공이란 내 위치가 부담스러운 것이든, 널 속인 데 화가 난 것이든.

"오늘은 이 정도로 하지."

칼은 그녀에게 목걸이를 돌려주었다. 에이엔스는 그것을 내려다보다 굳은 결심을 하고 검은 유리알 목걸이 쪽을 도로 그에게 내밀었다.

"이것은 제가 가지고 있을 것이 아닙니다."

칼은 천천히 고개를 내저었다.

"그 목걸이는 원래 한 쌍인 것. 이카란이 나머지 한 짝을 너에게 주었다면 분명 무언가 의미가 있는 거겠지. 네 것이다."

이런 아이러니가 또 있을까. 그녀의 어머니인데, 그가 더 친숙하게 이카란이라 부르다니.

"에이엔스, 세상은 네가 아는 것이 전부가 아니다. 도저히 한 인간이 다 알 수 없을 만큼 넓고 넓어서, 때로 기막히는 일이 도처에서 벌어지고 있는 곳이지. 곧 알 수 있을 거다. 내가 왜 해적 두목이 되어 널 만나야 했는지."

칼은 그리 말하고 걸음을 옮겨 앞서 가버렸다. 멀어지는 그의 옷자락이 비장하게 나부꼈다. 그 뒤에서 에이엔스는 꾸욱, 목걸이를 움켜쥘 수밖에 없었다.

그때, 정원의 으슥한 자리 옆 담장 너머에 동상처럼 서 있는 남자의 주먹이 부서질 것처럼 억세게 쥐어졌다. 하지만 칼에만 오롯이 정신이 팔려 있던 에이엔스는 그의 인기척을 눈치 채지 못하고 자리를 떴다.

7

불안은 정신을 차릴 새도 없이 현실이 되고 말았다.

"지금…… 무어라 하셨습니까?"

아비드는 한 나라의 통치자답지 않게 떨리는 목소리를 흘리고 말았다. 하지만 그의 맞은편에 앉은 이는 마냥 담담하기만 했다.

「말이 난해했소?」

정말 알아듣지 못해서 반문한 게 아니란 걸 알진대, 그는 천연덕스러웠다. 그에 왕을 포함한 아멜리타 측 참석자들은 어안이 벙벙해졌다. 그사이 칼은 옆에 서 있는 신하에게 손짓했다. 그러자 그는 손에 든 독피지들을 금으로 된 반(槃) 위에 공손하게 올려놓았다. 그리고 아비드 앞으로 배달해 주었다. 하지만 아비드는 그저 얼떨떨하게 독피지들을 내려다볼 뿐이었다.

「다시 불러주기엔 양이 좀 많으니 생략하겠소. 직접 보는 게 낫겠지.」

아비드는 여전히 믿을 수 없다는 눈으로 맞은편에 앉은 칼을 바라보았다.

중앙궁, 대회의실. 왕과 국회가 서로 의견을 조율할 때 쓰이거나 타국에서 온 귀빈들과 무역 및 정치 외교적인 이야기를 나눌 때 사용하는 대회의실의 현재 인구밀도는 높았다. 바로 느닷없이 오늘로 당겨진 회담 때문이었다.

갑자기 어젯밤 대공 측에서 회담 일자를 내일로 당기겠다고 청해왔고, 이 무슨 관례에 어긋나는 짓인가 싶었지만 아비드는 따를 수밖에 없었다. 대공이 그리 하길 바란다는데 어찌 반론을 제기할 수 있었을까. 그래서 환영회의 여파가 미처 다 가시기도 전에 대공이 아멜리타에 방문한 주목적이라고 할 수 있는 회담이 열리게 되었다.

그때까지만 해도 크게 놀라움은 없었다. 관례에 어긋나는 일이긴 했지만 회담 일자가 당겨지는 일이 왕왕 있었기 때문이다. 그런데 상석(上席)에 앉은 대공이 무어라 했을 때는, 아비드를 포함해 모든 이가 놀랄 수밖에 없었다.

"하지만…… 이해가 되지 않는군요."

아비드는 어렵사리 목소리를 내었다. 두꺼운 독피지의 부피도 부피지만, 밑도 끝도 없는 목록의 길이 탓에 스산한 금속성 윤기를 흘리는 금 반 위에는 독피지가 거의 책처럼 쌓여 있었다.

"이것들을 다…… 무상으로 넘기시겠다니."

요는 그것이었다. 회담의 개막을 알리는 짧은 의식이 끝나기 무섭게 칼은 대뜸 기나긴 목록을 읊기 시작했다. 물론 서기가 대신 읊었지만, 줄줄이 읊어대는 목록이 너무 어마어마해서 아멜리타에 그 대가로 내놓을 만한 물건들이 있을까 의아해질 정도였다. 아주 작은 소모품부터 시작해서 전 대륙적으로 무역 선호 물품 중 하나인 세-이든 전통 비단, 숱한 향신료, 맛 좋기로 유명한 세-이든 산 벌꿀, 건축자재, 양모, 염료, 액세서리, 피혁, 찻잎 등등……. 그것까진 그렇다손 치더라도, 황당하다 못해 얼이 빠져 버린 이유는 대공이 이 어마어마한 양에 별다른 대가가 필요하지 않다고 발언했기 때문이다.

「엄밀히 말하자면, 완전히 무상은 아니오.」

양 팔걸이에 팔꿈치를 대고 깍지 낀 칼은 빙긋이 웃었다.

예상대로 한 나라를 먹여 살릴 수 있는 양이 놀랍기는 한 모양이었다. 하지만 개중 어느 정도는 일전에 아멜리타 해역에서 노략질해 간 것이었고—그렇다고 알려줄 생각은 없지만—대신 받을 대가에 비하면 결코 비싼 값이 아니었다.

「우리 세-이든 측에서는 그대 아멜리타 측에 이것들을 넘기는 대가로 바라는 것은 딱 하나요.」

모두의 머리 위로 어리둥절한 기색이 떠올랐다. 나라 자체를 달라는 게 아니고서야 이 수많은 물품이 단 하나의 무엇과 같은 가치를 지닐 수 있단 말인가? 만약 그런 것이 있다면 오히려 자신들이 먼저 보고 싶은 심정이었다.

"무엇을 뜻하시는지는 알 수 없으나 애석하게도 이 많은 것들과 맞바꿀 만한 것은……."

아비드가 차분하게 설명하려고 했을 때, 문득 칼의 시선이 어디론가 향해갔다. 그 시선의 끝은 아비드도 아니었고, 재상도 아니었다. 다른 그 누군가도 아니었다. 지금 이 회의실에서는 평생 거기 서 있는 동상만큼이나 주목을 끌지 못하는 공무 중인 기사, 회의실 한 편에 숨소리조차 죽이고 서 있는 에이옌스였다.

에이엔스의 눈가가 움찔 떨렸다. 물끄러미 자신을 주시하는 칼의 시선에 뱃속이 퍼덕거렸다. 지독한 불안감이 스멀스멀 피어올라 신경을 위협하고, 섬광처럼 닥쳐오는 불길한 예감에 그의 입을 틀어막고 싶어졌다. 그러나 그는 자비가 없었다. 남들은 몰라도 분명 그만은 에이엔스의 떨리는 시선을 눈치 챘을 텐데, 칼은 시선을 원위치시키고 청천벽력 같은 한마디를 툭 내뱉었다.

「에이엔스 아이힌.」

회의실 전체가 쩍 동결해 버렸다.

"다시…… 말씀해 주시겠습니까?"

아비드도 주검처럼 창백하게 굳은 표정으로 말했다.

「내가 이것들의 대가로 원하는 것은.」

칼은 '우리' 혹은 '세―이든'이라고 하지 않고 '내가'라고 말했고 통역관 역시 똑같이 통역해 주었지만 공황 상태에 빠진 사람들은 그런 미세한 부분까지는 눈치 채지 못했다.

「이 나라의 기사단장인 에이엔스 아이힌이오.」

모두 헉 숨을 들이 삼켰다. 휘몰아치는 충격에 잠시 잊고 있었지만, 에이엔스가 누구였던가. 왕국에서 유일하게 고대의 권능을 계승한 마법의 실현자. 억만금을 낸다고 해도 맞바꿀 수 없는 왕국의 보물!

"당혹스럽군요."

충격이 지나치니 오히려 담담해진 듯, 아비드는 어느새 발간 혈색을 되찾고 의연하게 되받아쳤다.

"무슨 심중으로 그런 말씀을 하셨는지는 모르겠지만, 아이힌 경은……."

칼은 예상한 대로라는 듯 중간에서 청년 왕의 말을 가로챘다.

「마법의 실현자지.」

그때까지도 아비드는 초연함을 잃지 않았다.

"그럼 불가능한 주문을 하셨다는 것도 알고 계시겠군요."

무표정하던 칼의 입매가 슬쩍 끌어올려졌다. 그리고 윤곽이 뚜렷한 입술 사이에서 피식— 낮은 웃음이 흘러나왔다. 명백한 비웃음. 잔잔한 수면에 돌멩이를 던져 넣은 것처럼 사람에 사람을 타고 순식간에 파문이 퍼져 나갔다. 아비드는 순간 얼굴에 수치스러운 열이 확 끓어올랐지만, 거래의 첫 번째 수칙이 결코 먼저 이성을 잃지 않는 것이었다. 사사로운 것을 거래하는 한낱 상인들도 다 아는 사실일진대, 한 나라의 국왕이라는 자가 모멸감에 질 수는 없었다.

「어차피 순순히 응하리라고는 생각지 않았소.」

아비드는 미간을 찌푸렸다.

「알고 있겠지만.」

그런 아비드와 달리, 칼은 그의 반항 따위 새의 지저귐으로밖에 들리지 않는다는 듯 느긋하게 운을 띄웠다. 그때, 몇 발자국 뒤에 서 있던 제바니한 공작이 신하에게 눈짓했다.

점잖게 앞으로 나선 그는 서류철을 칼의 앞에 내려놓았다. 칼은 그 서류철을 들어 올렸다. 그리고 품이 넉넉한 옷자락을 작게 펄럭이며 탁자 위로 서류철을 투욱, 내던졌다.

「그대들이 멋대로 마법의 실현자라고 부르는 천공은 제국에서만 태어나오, 단 한 번의 예외도 없이.」

"그것은 저 역시 잘 알고 있습니다."

아비드는 이미 상대가 제국의 대공이라는 것도 잊어버린 듯 싸늘하게 식은 눈빛으로 응수했다.

"제국에서 의구심을 품는 것 역시 이해하는 바입니다. 하지만 아이힌 경은 아멜리타에서 태어난 아멜리타의 국민입니다."

왜 난데없이 화친이라는 명목을 들고 손을 내미나 했더니, 역시 검은 속내가 있었던 것이다. 그러나 생각보다 동요가 심하진 않았다. 몇 년 전 제국에서 그녀에 대한 서류 사본 양도를 부탁했을 때부터 언젠가 이런 날이 올 거라 예상했기 때문이었는지도 몰랐다. 하지만 그렇다고 아, 예, 그렇습니까, 하고 유일한 마법의 실현자인 동시에 친애하는 기사단장인 그녀를 내놓을 수 있을 리 없었다.

"그녀의 부친은 대대로 아멜리타 남부 도시 베하엘로의 아이힌 영지를 다스려 온 아이힌 자작이었고, 모친은 명망 높은 피츠론 남작가 출신의 자작부인이었습니다. 납득하실 수 있을 만한 자료는 얼마든지 있습니다. 보시겠습니까?"

어느 때보다 단호한 의지를 담은 아비드의 시선과, 그의 눈에 담긴 뜻을 눈치 챈 칼의 서늘한 시선이 허공에서 맞부딪쳤다. 칼은 속으로 코웃음을 쳤다.

'궁지에 몰리면 쥐도 고양이를 문다는 건가?'

분명 에이옌스를 향한 이 청년 왕의 감정은 연심이나 사랑이 아니었다. 하지만 순수하게 기사단장을 향한 총애도 아니었다. 적어도 그는 에이옌스가 기사나 마법의 실현자만이 아닌 '여자'라는 사실을 인식하고 있었다. 아멜리타 남자들도 해태 눈이 아닌 이상 불특정의 누군가는 그녀에게 매력을 느꼈으리라 생각하긴 했지만, 하필 그게 에이옌스가 목숨을 걸고 충성하는 아멜리타 국가 그 자체인 왕이라니…… 못마땅했다. 못마땅하다 못해 심기가 불편하고 뱃속이 뒤틀렸다.

「아비드 4세. 그대는 뭔가 착각을 하고 있는 것 같군.」

칼은 여전히 느긋하게 입을 열었다. 입에 맞지 않는 공대를 그만둔 채.

「아니면 내가 아무런 증거도 없이 제국의 힘을 등에 업고 억지를 부린다고 생각하는 건가?」

아비드의 눈가가 미미하게 떨렸다. 혹시……. 설마 그럴 리가……. 아니, 선왕과 그 유랑단장이 죽은 이후 살아 숨 쉬는 이들 중에서는 그와 아이힌 자작부인, 에이옌스 본인만 아는 사실을 알고 있을 리 만무했다. 하지만 선왕의 하명을 거역할 수 없었을 뿐인 아이힌 자작부인은 사교계에도 잘 나타나지 않고 일평생 평화롭게 사는 것만이 소망인 사람이기에 새삼 이런 폭풍에 발을 들였을 리가 없었다.

「우리 세−이든 제국은 법을 존중하는 법치국가이며 결코 정황이나 심증만 가지고 무력을 앞세우지 않는다.」

에이옌스를 납치했던 것도 무력의 일종일 수 있겠지만 일단 살짝 덮고 넘어가기로 했다.

「증거가 필요하다면 얼마든지.」

그제야 아비드의 시선이 탁자 위에 아무렇게나 던져져 있는 서류철에 닿았다. 전신의 피가 발밑으로 빠져나가는 느낌이었다.

'설마…… 설마……!'

숨길 새도 없이 공포에 사로잡힌 아비드의 눈을 본 듯, 칼은 말했다.

「이카란이라는 여인이 있다. 살아 있다면 올해로 꼭 쉰이 되는 그녀는 정확히 삼십육 년 전, 열여섯의 나이로 신의 품에 귀의해 신녀가 되었다.」

모두 어리둥절한 표정을 지었다. 느닷없이 왜 관계없는 여자에 대해 이야기하는지 알 수 없어서였다.

「헌데 십 년 후, 갑자기 제국에서 증발해 버렸지. 아무도 그녀가 어디로 간지 몰랐고, 어디에서도 그녀의 흔적이나 시신을 찾을 수 없었다. 그녀를 마지막으로 보았던 목격자의 말에 의하면 그녀는 절벽에서 투신했고, 당시 군은 시신이 바다에 잠겼으리라 예상하고 그녀를 사망자 명단에 올렸다.」

대회의실에는 그의 목소리만이 나직하되 힘있게 울렸다.

「그런데 최근, 그녀가 세―이든 제국의 최북부 도시 바아론에서 국경을 넘어 알렌스투스 공국으로 간 것이 확인되었다. 그리고 밀항선을 타고 드몬도 왕국으로 숨어들어 갔다. 그 후 디운 왕국의 남부 끝자락 시골 마을에서 한 마구간지기 부부의 도움을 받아 아이를 낳았지. 그 아이는.」

그때쯤에 모두들 눈치 챘다. 시선이 에이엔스를 향해갔다.

「흔치 않은 은발을 가지고 있었다.」

아무런 소리도 없었다. 마치 대회의실 전체가 진공 상태에 빠진 듯 모두들 망연자실 앉아 있을 뿐이었다. 그 가운데 칼은 에이엔스를 바라보았다. 에이엔스도 떨리는 눈으로 그를 바라보았다. 창백한 안색의 그녀는 마치 히스테릭한 병자처럼 보였다. 핏기 하나 없이 새하얗게 질린 피부에 도드라지는 청안은 알게 모르게 괴이한 광채를 발했고, 어금니가 아릴 만큼 꽉 다물린 입술은 충격과 분노로 떨리고 있었다.

그녀는 눈으로 물었다. 꼭 이렇게까지 해야 했습니까. 그러나 칼은 대답하지 않았다. 이미 쏟아진 물이었고 시위를 떠난 화살이었다.

어느 누가 '선택'의 정의를 일러, 선택이란 한 가지를 택하는 것이 아니라 한 가지를 포기하는 것이라 했다. 하지만 칼은 그 어느 쪽도 포기할 생각이 없었다. 그녀를 제국으로 데려가기도 하고, 자신의 것으로 만들기도 할 터였다.

그가 태어나 가장 먼저 배운 것은 포기하는 법이었다. 살면서 가장 신물 나게 해온 짓도 포기라는 것이었다. 꼭 '포기'해야 하는 것이라면, 어떻게든 포기할 수 있었다. 하지만 이번만큼은 할 수 없었다.

칼리마— 에이엔스는 그의 존재 이유였다.

칼은 절대적인 침묵에 사로잡혀 있는 대회의실에 다시 목소리를 퍼뜨렸다.

「하지만 그곳에서 이카란이라는 여인의 종적은 또 사라졌지. 잠깐 이 이야기는 밀어두고, 십이 년 뒤로 넘어가 보지. 무대는 공교롭게도 아멜리타로군. 어느 날 아멜리타 국왕의 부름을 받은 한 유랑극단이 왕궁에 입성했다. 그 당시 아멜리타에는 기이한 재주를 부리는 소녀에 대한 소문이 자자했고, 그 소문을 들은 국왕 역시 궁금함을 참을 길이 없었던 것 같더군. 그리고 얼마 후 유랑극단은 출궁했지. 그로부터…….」

섬뜩한 소름은 어디서부터 시작된 것일까.

「소녀의 모습을 본 사람은 없었다, 라더군.」

칼은 팔꿈치를 팔걸이에 댄 채 손가락으로는 볼 가를 괴고 계속 말했다.

「확실히 이상한 일이지. 그 당시에는 어차피 소문이란 게 그런 것이려니 하고 신경 쓰는 사람 하나 없었다지만, 조사하면 조사해 갈수록 다들 '어? 그러고 보니 왜 그랬지?'라고 하더군. 한편,

아멜리타 남부 베하엘로 아이힌 영지에서는 한 소녀가 병으로 죽어가고 있었지. 그 불쌍한 소녀는 열네 살. 귀족이긴 하지만 크게 볼 것은 없는 가문의 딸이었지. 아이힌 영주의 딸이 그 당시 불치병으로 생사를 넘나들고 있었던 사실 또한 기억하는 자가 여럿 있을 것이다.」

좌중은 아무런 말도 하지 못했다. 확실히, 그 사실을 기억하는 자가 대부분이었기 때문이다.

「하지만 소녀는 얼마 후 기적적으로 회복했고, 훌륭하게 성장해 가문의 영광이며 나라에 둘도 없는 인재가 되었지.」

살짝 눈을 내리깔고 있던 칼은 슥 떠올렸다.

「왕국 최초의 여성 기사단장으로.」

아비드는 이를 악물었다.

우연히 타국의 비천한 신분으로 떠돌고 있던 마법의 실현자를 발견한 선왕은 혹시 모를 사태에 대비해 그녀를 완전한 자국민으로 위장시킬 수 있는 방법을 모색했다. 그때 마침 중앙과 거리가 먼 한직에 한 영주가 은발이고, 마치 신이 돕듯이 역시 은발인 그 딸이 병으로 오늘내일한다는 보고를 받았다. 마법의 실현자는 열두 살. 그 딸은 열네 살. 나이까지 엇비슷했다. 그것은 거의 운명적이기까지 했다.

「그것에 대한 증거는 모두 그 안에 있다.」

아비드는 차마 서류철을 펼쳐 볼 생각은 하지도 못하고 그저 바라볼 뿐이었다.

"그 때문에…… 아멜리타를 방문하신 겁니까?"

그의 눈은 분노와 자괴감을 재료로 파르르 떨렸고, 꾸역꾸역 밀어내는 듯한 목소리는 마치 갈매기가 꺽꺽대는 것 같았다.

「아니라고는 할 수 없군.」

말도 안 되는 소리!

사실이 꼭 진실인 것은 아니듯이, 진실이 꼭 사실이 되는 것은 아니었다. 저쪽에서 아무리 진실을 말해도 사실로 만들지만 않으면 되는 것이다.

「천공은.」

그런데 그전에 칼이 먼저 다시 운을 떼웠다.

「우리의 하늘인 군신 자카라스에게서 관직을 받은 하늘의 대변자다. 그런 자가 군신 자카라스의 영토 밖에서 태어나는 건 있을 수 없는 일이지.」

"억지를 부리시는군요."

어느 때보다 군건한 의지에 빛나는 아비드의 눈이 이글이글 끓었다. 그러자 세—이든 측의 눈빛이 눈에 띄게 불편해졌다.

「누가 억지를 부리는 건지 모르겠군, 아비드 4세.」

이제 눈빛이 눈에 띄게 불편해진 것은 아멜리타 측도 마찬가지였다. 아무리 제국의 대공이라지만 국왕의 이름을 신하 대하듯이 부르다니. 게다가 자연스러운 하대도 무언으로 자신이 우위임을 사위하는 듯해 불쾌하기 짝이 없었다. 표면적으로나마 훈훈했던 분위기는 자취도 없이 모습을 감추고, 모두 말없이 팽팽한 신경전을 벌였다.

「증거가 더 필요한 건가? 증거를 보여달라고 한다면 얼마든지 보여주겠지만, 무엇보다 확실한 증거는 아이힌 경이 가진 천공의 능력이다.」

천공이라는 단어가 익숙하지 않은 아멜리타 측은 순간 천공이 무엇인지 의아해하다가, 마법의 실현자를 가리키는 호칭임을 기억해 냈다.

칼은 갑자기 독피지에 무언가를 그리기 시작했다. 거의 독피지 위를 나르듯이, 한 치도 주저하지 않고. 사람들은 의아하게 그를 지켜보았다. 그러자 이내 탁, 깃털 펜을 내려놓은 칼이 잉크가 채 마르기도 전에 독피지를 들어 올렸다. 모두들 미간을 찌푸렸다. 거기에는 대체 무엇을 표현한 건지 알 수 없는 원형의 그림이 그려져 있었다. 진(陣)인 것 같은데 어찌 보면 세-이든 특유의 정교하고 기하학적인 무늬 같기도 하고, 신을 찬양하는 문양처럼 신성한 것 같으면서도 무어라 형용할 수 없을 만큼 기묘한 느낌이었다.

「이것은 천공이 능력을 발현할 때 나타나는 '천공진(天公陣)'이라는 특유의 진이다. 여기에 있는 자들 중 누군가는 이 진을 본 적이 있을 것이다.」

아멜리타 측에 앉은 사람들 중 몇몇이 눈에 띄게 움찔했다.

「천공진에 깃들어 있는 여덟 개의 문양. 이것은 여명과 궤적, 파동, 굴레, 천구, 천칭, 지팡이, 풍차를 뜻한다. 세-이든의 주신인 군신 자카라스께서 성전에서 사용한 물건들이며, 후일 이 땅에 내린 여덟 개의 성물(聖物)이지.」

칼은 독피지를 탁자 위에 내려놓았다. 그리고 회담에 참회한 이들을 슥 훑어보았다.

「이래도 더 반론할 말이 있는가?」

아비드의 유약한 얼굴이 흙빛으로 물들었다.

"신화란…… 후대가 정황에 맞춰 만들어낸 이야기일 뿐입니다."

꾸역꾸역 화를 참고 있었던 세-이든 측은 그 한마디로 인해 거의 폭발해 버렸다.

「감히 세—이든의 신성을 모독하는 것입니까!」

「이런 무례가 또 어디 있습니까!」

「불경도 이런 불경이 없습니다!」

너무나 격렬한 반응에 아멜리타 측은 얼떨떨한 기색이었다. 그러자 통역관이 이유를 알려주었고, 아비드는 딱딱하게 얼굴을 굳혔다. 자신이 실수를 하고 말았다는 것은 알겠지만, 여기서 사과했다가는 칼의 주장을 인정하는 꼴이었다. 그래서 얼굴만 굳히고 있는데, 의외로 칼이 슥 손을 들어 신하들의 소란을 잠재웠다.

「한 번쯤은 실수로 넘어가겠지만, 아비드 4세. 명심하길.」

칼은 감미롭게도 빙긋이 웃으며 덧붙였다.

「세—이든에서 신성모독죄는 사형에 버금가는 중형이라는 것을.」

이제 회담 분위기는 끝까지 치달아 있었다. 모두들 불쾌함과 불편함이 목 끝에 턱 걸려 있는 기색이었고, 만약 회담 자리에 무기 반입이 허가되었다면 이미 무기를 뽑고도 남았음 직한 흉포함이 감돌았다.

「이럼에도 아이힌 경이 아멜리타에서 태어난 아멜리타 국민이라고 주장한다는 것은 아멜리타 역시 군신 자카라스의 영토임을 인정하는 것인가? 그렇다면 천공이 아멜리타 인으로 태어났다는 것도 말이 되겠지.」

아비드는 분노로 파르르 떨리는 목소리를 숨기지 않았다.

"감히 무례하다고 말씀드리겠습니다."

「이미 협상은 거의 결렬된 것 같은데, 아닌가?」

아비드를 포함해 아멜리타 측은 다시 한 번 얼어붙었다. 협상결렬. 그 말이 뜻하는 것은 단 한 가지뿐이었다.

전쟁!

갑자기 칼이 자리에서 일어났다. 그 동작을 따라 아멜리타 측의 심장은 덜컹 내려앉았다.

「정리할 시간이 필요할 테니 바로 이 자리에서 대답을 내놓으라고 하지는 않겠다. 얼마간 말미를 주지. 하지만 최악의 경우, 제국은 무력시위도 불사할 것이다.」

무력시위. 통역관의 입에서 퍼져 나오는 그 네 음절이 머릿속에 또렷이 박혀왔다. 제국은 마법의 실현자를 되돌려주지 않을 시에는 전쟁마저 불사하겠다고 선언하고 있는 것이었다. 아무리 특별한 능력을 가지고 있다지만 단 한 사람 때문에.

「그러나 만약 긍정적인 대답을 돌려준다면, 제국은 왕국에 영원한 신뢰와 동맹을 약속할 것이다. 군신 자카라스의 이름으로.」

유별날 만큼 군신 자카라스를 떠받드는 제국이니 그 신의 이름을 내걸고 하는 맹세는 절대적인 약속을 의미했다.

"협박이라도…… 하시는 겁니까?"

그리 묻는 아비드의 볼이 푸들푸들 경련하고 있었다. 하지만 칼은 그런 아비드에 대조적이게도 빙그레 웃었다.

「아니. 협박이라도, 가 아니라 협박 그 자체지.」

아비드는 떨리는 입술을 꾹 다물었다.

「참. 잊을 뻔했군.」

모두 무거운 침묵을 지키는 가운데 먼저 대회의실을 나서려고 했던 칼은 문득 뒤를 돌아보았다. 그리고 슥 손을 들었다.

사실 제가 가진 힘을 천박하게 자랑하는 짓은 건달의 행패나 다름없고 그가 가장 혐오하는 짓이기도 하지만, 황제의 윤허 아래 무력시위까지 불사하겠다고 선언한 마당이니 어느 정도 기선 제압을 해둘 필요가 있었다.

「아는지 모르겠지만.」

갑자기 탁자 위에 잘 놓여 있던 독피지—예의 그 천공진을 그렸던—에 화륵 불이 붙었다. 그리고 맹렬하게 타오른 불길은 굶주린 짐승처럼 순식간에 독피지를 좀먹어 들어갔다. 어떤 이들은 흠칫하며 엉거주춤하게 일어서기까지 했다. 아비드는 눈을 크게 떴다.

「나 역시 천공의 능력을 가진 자다. 이 정도면 훌륭한 협박이 되었는지 모르겠군.」

칼은 마지막 경고를 남겨놓고 몸을 돌렸다. 그리고 알아서 뒤따라오는 자들을 대동한 채 우뚝 굳어 서 있는 에이엔스에게 다가갔다. 정확히는 에이엔스의 옆에 있는 문을 향해서였지만, 칼은 에이엔스를 완전히 스쳐 지나가기 전에 잊지 않고 그녀의 귓가에 한마디를 남겼다.

"진심이다. 나는 너를 얻기 위해서라면 전쟁도 불사하겠다."

에이엔스는 어금니가 아릴 만큼 입을 꾹 다물고 아무 대답도 하지 않았다. 대신 온 힘을 다해 주먹을 으스러져라 움켜쥐었다.

한편, 칼을 따라나선 기욤은 흘긋 에이엔스를 돌아보고 설레설레 고개를 내저었다. 그리고 앞서 가는 칼에게 낮은 목소리로 속삭였다.

「다른 여자에겐 전쟁마저 개의치 않겠다는 말이 낭만적일지도 모르겠지만 아이힌 단장님을 상대로는…… 역효과가 날 것 같습니다만.」

칼은 의아하게 기욤을 뒤돌아보았다.

「전쟁도 불사하겠다는 말이 낭만적인가?」

진심으로 궁금하다는 듯한 물음이었다.

「어떤 대가도 치르겠다는 말로 들릴 테니까요.」

칼은 냉소를 지었다.

「전쟁이 어떤 것인지 모르는 아낙들이나 할 만한 생각이로군.」

「전쟁마저 불사하겠다고 하신 분께서 하실 말씀치고는 좀 아닌 것 같다는 생각이 드는군요.」

칼은 피식 웃었다. 그리고 일이 좀 생각대로 풀리자 욕구불만으로 인한 초조함이 다소 사그라졌는지 본연의 그답게 말했다.

「기욤, 또 덤비는군. 고향에 돌아가지 못하게 아멜리타에 묻어버리는 수가 있어.」

기욤은 쩝 입맛을 다셨다. 그러자 칼은 회랑의 난간 너머로 보이는 정원을 물끄러미 주시했다.

「확실히 세-이든과는 다른 곳이로군.」

「그렇죠.」

「세-이든이었다면 이쯤에 수경 정원을 만들었을 텐데, 풍광 망치게 저 무식한 조각상은 뭐야? 하지만 인정할 건 인정해야겠지. 이 궁은 확실히 아름다워.」

칼은 차분하게 가라앉아 있는 정원에 시선을 멈춘 채 이야기했다.

「그라나츠 항구도 버라드 항구에 못지않게 번성했고, 수도의 경치도 볼만하지. 세-이든과 다른 건축 양식도 이국적이라 새롭고, 조각 기술은 세-이든보다 훌륭한지도 모르겠군. 그런 이곳이 에이엔스가 살아온 곳이다.」

대 회의실이 있는 중앙궁을 벗어나자, 여기저기 제 갈 길을 가고 있는 기사들이 보였다. 에이엔스의 기사단장복과 조금 다른 평기사 제복을 입고 있는 기사들은 대공 일행을 보자 아주 정중하게 허리를 숙였다. 아직 그들은 대회의실에서 어떤 파란이 일었는지 모르고 있을 테니 진심으로 경의를 표하는 모습이었다.

「나도 이런 곳을 불바다로 만들고 싶지 않을 정도인데, 에이엔스는 말할 것도 없겠지. 에이엔스는 어떤 대가를 치러서라도 이곳을 지키려고 할 것이다.」

그런 그녀가 얄밉지 않은 것은 아니지만, 에이엔스는 분명 그럴 터였다. 온 힘과 충성을 다해 이곳을 수호할 것이다. 그런 여자고, 그런 기사니까.

「그러니 결국 전쟁은 일어나지 않겠지.」

조금은 치사한 방법이지만, 칼은 그녀의 충성심과 우직함을 이용한 것이었다. 전쟁은 그저 협박 수단에 불과했을 뿐, 칼은 진심으로 전쟁을 일으킬 생각 따윈 없었고 만에 하나 그가 전쟁을 일으키려고 해도 결코 전쟁이 일어나지 않으리라는 것을 간파하고 있었다. 전쟁의 발발은 에이엔스가 어떻게든 막을 테니까. 칼이 사랑하게 된 여자는 그런 여자였다.

그때, 칼의 뒤에서 기음이 못살겠다는 듯이 중얼거렸다.

「그러니까 뜻하신 바는 훌륭하지만 그런 말이 역효과를 낼 것 같다니까요.」

털썩. 에이엔스는 어두운 방에 돌아오자마자 겉옷도 벗지 않고 침대에 무너지듯이 엎드려 누웠다.

"단장님."

문밖에서 하인이 불렀지만 지금은 대답하기도 귀찮았다. 그래서 마냥 누워 있기만 하자, 이내 문밖을 배회하던 인기척이 사라지는 게 느껴졌다. 그 후로도 에이엔스는 생명 없는 인형처럼 누워 있기만 했다. 그런 그녀의 귓가에는 아직도 왕과 대신들이 공론을 벌이던 목소리가 쟁쟁했다.

"아이힌 경을 내어줘야 합니다."

"잊었소? 그녀는 마법의 실현자요!"

"그렇다면 전쟁을 벌이시겠다는 말씀이십니까? 상대는 제국입니다!"

"그렇다고 마법의 실현자를 덥석 내어줄 수는 없는 노릇 아닙니까!"

"그럼 어쩌자는 겁니까? 결과가 빤한 싸움입니다! 패망의 패인 것을 알면서도 뒤집자는 말씀이십니까?"

"다른, 다른 방법이 있을 거요!"

"그러니까 그 다른 방법이 무엇입니까! 사실 전 처음부터 의구심을 가졌습니다. 제국의 사천 년 역사에 마법의 실현자, 아니, 천공인지 뭔지 하는 자가 타국에서 태어난 일은 단 한 번도 없었습니다. 그런데 덥석 아멜리타에 마법의 실현자라니! 너무 쉬이 굴러 들어온 행운이다 싶었지요. 그래서 선왕 전하께도 확실히 조사해 보는 것이 낫지 않느냐 아뢨지만 선왕 전하께서는 오히려 하늘이 내려준 축복을 부정하느냐며 절 나무라셨습니다. 보십시오! 그 결과가 어떻습니까!"

"저도 백작의 의견에 동의합니다. 선왕 전하도 그렇습니다. 아무리 마법의 실현자가 탐나셨기로서니 나라가 주먹구구식으로 굴러가는 구멍가게도 아니고, 나원!"

"진정하시오! 감히 승하하신 선왕 전하를 욕되이 하시는 것이오?"

대신들은 순식간에 강경파와 온건파만큼이나 극단적인 두 파로 나뉘어 목청껏 공론을 벌였다.

"아이힌 기사단장의 가치가 높다는 것은 저도 인정하는 바입니다. 하지만 그 가치가 아무리 높다 한들 국가와 맞바꿀 수는 없는 것 아닙니까?"

"단지 협박일 수도 있소. 너무 극단적으로 생각하지 마시오. 백작도 잘 알지 않소! 그녀의 전투력은 일개 대대와 맞먹소! 그녀를 잃는다는 것은 엄청난 손실을 의미하오."

"제국에는 그 일개 대대와 맞먹는 전투력을 갖춘 마법의 실현자가 즐비해 있습니다! 보셨잖습니까! 이미 대공부터 마법의 실현자입니다!"

"맞습니다. 그럼에도 제국이 대륙정복에 나서지 않는 건 그들의 신이 내려준 영토 외에는 부정하다 믿고 있기 때문이라 하지 않습니까. 결코 힘이 없어서가 아님을, 여기 계신 모든 분이 알고 계시지 않습니까?"

그 순간 소름 끼치는 정적이 대회의실을 뒤덮었다. 그리고 모두의 시선이 하나둘 에이엔스에게 꽂혔다. 혐오와 골치 아픔, 안쓰러움이 엉망으로 뒤범벅된 시선들의 응축. 그제야 마냥 앉아 있기만 했던 아비드가 입을 열었다.

"오늘 회담은 이것으로 해산하겠다. 모두들 너무 흥분 상태인 것 같으니 마음을 가라앉히고 내일 조의에서 다시 토론하겠다.

해산하라."

다들 흥분 상태임을 인정했는지 군말없이 자리를 파하고 일어 났다. 그리고 칼이 스쳐 지나갔을 때와 조금도 변함없는 자세로 서 있는 에이엔스를 지나쳐 우르르 밖으로 몰려 나갔다.

"쯧, 여자가 기사단장이랄 때부터 알아봤지."

대부분 시선만 던지고 갔지만, 가장 격렬하게 열변을 토했던 백작은 맹렬한 적의를 숨기지 않았다. 그는 원래부터 여자인 동 시에 고작 자작 가문 출신밖에 되지 못한 에이엔스가 기사단장이 라는 데 지독한 거부감을 가지고 있었다. 바로 듀스의 아버지인 지할드 백작 말이다. 그의 자랑스러운 아들이 고작 여자의 보좌 관밖에 못하고 있으니 어찌 아니 그랬을까.

에이엔스는 멍하니 누운 채 눈앞의 시트를 응시했다. 왜 이렇 게 되어버린 걸까. 그토록 지켜보려고 전전긍긍해 왔던 비밀이 이렇게 허무하게 밝혀지는 게 말이나 되는 건가? 그런데 왜…… 비밀이 밝혀진 것보다 칼의 낯선 모습에 치떨리는 배신감이 드는 걸까.

정말 '칼'은 없는 걸까.

에이엔스는 제 가슴께를 부여잡았다. 갑자기 숨을 쉬기가 힘들 었다. 그가, 함께하고 싶을 만큼 자유로웠던 그가, 때때로 가슴이 아릿할 만큼 해맑았던 그가, 자신을 한 몸처럼 안고 잠들었던 남 자가 존재하지 않는다고 생각하자 심장에 알 수 없는 격통이 찾 아왔다.

눈물이…… 날 것만 같았다.

도저히 견딜 수 없어진 에이엔스는 벌떡 자리에서 일어났다. 그리고 책상으로 가서 눈이 보이지 않는 맹인처럼 와르르와르르 물건을 쏟아내며 어떠한 것을 찾아냈다. 그것을 꺼내 딱딱한 가죽집을 열자, 희미하게 새어 들어오는 달빛에 비친 단도의 칼날이 얼어붙은 은빛을 음산하게 퍼뜨렸다.

칼은 무의식중에 미간을 찡그렸다. 그리고 이마를 짚고 있던 손가락으로 미간에 선명하게 잡혀 있는 주름을 문질렀다. 다른 손으로는 앞에 놓인 책을 팔락거리며 다음 장으로 넘겼다. 그렇게 얼마나 책을 읽고 있었을까. 칼은 다시 한 번 미간을 찡그렸다. 하얀 건 종이고 검은 건 글씨일진대, 오늘따라 내용이 머릿속에 들어오질 않았다.

결국 칼은 더 이상 억지로 읽기를 포기하고 벌떡 몸을 일으켰다.

「쳐들어가?」

하지만 곧 절레절레 고개를 흔들고는 다시 푹 몸을 무너뜨렸다.

「난도질을 당하지나 않으면 다행이지.」

게다가 이곳은 아직 아멜리타였다. 비록 떠나야 하는 나라일지라도, 아니, 떠나야 하는 나라이기에 유종의 미는 거둘 수 있게 해주어야 했다. 아무리 에이엔스가 기사단장이라도 성별이 여자인 이상 남자인 대공과 섞이다가는 추문이 퍼질 수도 있을 테니까. 어차피 이것을 끝으로 다시 돌아오지 못할 나라라면 끝까지 깨끗한 이미지로 남게 해주는 것이 좋았다. 그녀를 위해서도, 그 자신을 위해서도.

「미치겠군.」

칼은 푹 한숨을 내쉬고 소파에 깊이 머리를 박았다. 반년하고도 반달을 더 독수공방하다가 겨우 다시 만났는데 키스조차 못했으니 정말 딱 돌아버릴 지경이었다. 그런 한탄에 빠져 있을 때였다. 문밖에서 조심스러운 노크 소리가 들렸다.

「들어와.」

불성실하게 누운 자세 그대로 입만 열어 허락하자, 문이 열리고 하인이 들어왔다.

「전하.」

「뭐지?」

칼은 여전히 그 자세 그대로 물었다. 그러자 하인이 고개를 그의 쪽으로 숙이고 비밀스레 속삭였다. 그 말을 들은 순간, 하늘이 무너져도 그 자세 그대로 있을 듯했던 칼이 휙 고개를 돌렸다.

「뭐라고?」

하인은 비장하게 고개를 끄덕였다. 결코 거짓말이 아니라는 듯.

8

사아아아…….

밤바람이 불어왔다. 고도가 높기 때문인지 서늘한 바람이 늘어뜨린 은발을 정신없이 흩날리고, 느슨한 옷자락 사이로 스며들어와 펄럭펄럭 휘날렸다.

에이엔스는 그곳에 앉아 있었다. 낮게 가라앉은 궁이 내려다보이는 탑의 난간에. 지그재그로 쌓아진 난간이 움푹 파인 부분에 앉아 떨어질 일이 걱정되지도 않는지 바깥쪽을 향하고 있었다. 굽힌 한쪽 무릎 위에 턱을 대고, 은연한 달밤의 풍경에 넋을 놓고 있었다.

탑의 계단을 올라온 칼은 늘어선 기둥 사이로 보이는 그녀의 등을 하염없이 바라보았다. 군청빛으로 너르게 펼쳐진 밤하늘에 가장자리가 선명한 달이 마치 거기에 찍어둔 도장처럼 말갛게 빛나고 있었다. 그 탓인지 찬란한 은발과 백색의 제복이 그림 같은 밤 풍경을 배경으로 휘날리고 있는 장면이 묘하게 비현실적으로 보였다. 마치 누군가가 그려놓은 화폭의 한 장면 같았다. 그렇다면 제목은 '지친 기사의 등'이라고 해야 할까.

에이엔스는 문득 등 뒤에서 느껴지는 인기척에 고개를 돌렸다. 그 동작을 따라온 은발이 크게 흩날리며 시야 앞을 수놓았다. 짙은 어둠 속에 서 있는 칼은 새까만 머리카락과 옷에 비해 적안만 새빨갛게 타오르고 있어 마치 마왕(魔王) 같았다. 그가 서서히 걸어나올수록 어둠에 동화되어 있는 듯했던 옷자락이 흩날리며 짙은 밤하늘처럼 펼쳐졌다.

"오셨습니까."

조용히 묻는 목소리는 파문이 일지 않는 수면인 듯 차분했다.

"눈도 마주치지 않으려고 하더니, 갑자기 이런 곳으로 부른 이유가 뭐지?"

에이엔스는 대답하지 않고 다시 고개를 원위치시켰다. 칼은 잠시 그 등을 지켜보다 그녀의 곁으로 다가가 그의 가슴께까지 오는 옆의 난간을 짚고 섰다.

칼은 시간의 흐름을 잊은 듯 저 멀리를 바라보고 있는 에이엔스의 옆얼굴을 응시했다. 그야 반가운 일이지만 이런 시간에 이런 장소로 불러낸 것도 그렇고, 웬일인지 정원에서처럼 그를 밀어내지도 싸늘한 칼날 같은 눈빛을 빛내지도 않았다. 떠나야 하는 위험에 놓인 모국을 내려다보는 눈빛은 우수에 젖은 듯 낮게 가라앉아 있을 뿐이었다.

칼은 천천히 난간에 걸터앉았다. 난간은 충분히 넓었기에 중앙에 앉은 에이엔스와 달리 솟아오른 옆 난간의 단면에 등을 대고 그녀에게서 좀 떨어진 자리에 앉았다. 그리고 팔짱을 낀 채 그녀가 응시하고 있는 방향을 함께 바라보았다. 달이 높다랗게 뜬 밤 하늘 아래 수도 림하렐은 옅은 불빛이 일렁이는 바다처럼 몽환적인 분위기를 자아냈다.

"그래도 자라온 고향이니 떠나기 힘든 마음은 알아."

칼은 그 풍경에서 시선을 떼지 않은 채 느닷없이 말했다. 대공이 아닌 칼의 말투였다.

남자는 조용히 손을 뻗었다. 여자가 미동없이 남자를 바라보고 있기만 하자, 남자는 쓴 미소를 지어 보였다.

"지금만이라 해도 좋아. 날 대공이 아닌, '칼'로 봐줄 수 없겠어?"

그녀에게 허락된 듯 뻗어진 손을 내려다보던 여자는 천천히 그의 손을 잡았다. 그러자 남자는 여자를 제 무릎 위에 앉혔다. 이 순간만은 기사가 아닌 여인이 된 여자는 저항하지 않았다. 오히려 제 둥지를 찾은 어린 새처럼 바람 내음이 나는 남자의 가슴에 고개를 기댔다. 남자는 품 안에 안긴 여자의 몸이 너무나 작게 느껴져 가슴이 아렸다. 비정상적일 정도로 사랑스러워, 다시는 놓치지 않겠다는 듯 끌어안아 버리고 말았다.

두 사람은 서로를 안은 채 아늑한 달밤의 풍경을 한참이나 응시했다. 서늘한 바람은 계속해서 그들의 머리카락과 옷깃을 훔쳐 갈 듯 불어오고 있었다.

"저 달을 보면 무슨 생각이 들지?"

문득 칼이 물었다. 에이엔스는 그의 가슴에 고개를 기댄 채로 멀리 떠 있는 달을 바라보았다.

"하늘의 연인……일까."

칼은 조금 놀란 눈으로 그녀의 정수리를 내려다보았다. 지금만이라도 칼로 봐달라고 했다고 말투까지 칼을 대할 때로 바꿀 줄은 몰랐기 때문이다. 동시에 안도감이 따듯한 물처럼 명치로 퍼져 나가 그도 정말 오로지 칼만이 된 듯 짧게 웃었다. 그러자 에이엔스가 물었다.

"웃는 이유를 물어도 되나?"

"아니, 너답지 않게 낭만적인 대답이다 싶어서."

"나라고 철로 빚어진 게 아니다."

"근데 왜 하늘의 연인이지?"

에이엔스는 조금 더 달을 응시했다.

"저렇듯 하늘에 박혀 있는 모습이 상흔 같아서……. 그럼에도 떨치지 못하고 품고 있는 모습이 연인 같아서……."

칼은 상념 같은 말을 들으며 그녀의 동그란 정수리에 입술을 내리눌렀다.

"그리고 하늘이 흐려지면 함께 흐려지며 아파하니까."

그 느낌에 취한 것인지 에이엔스는 조금 한숨을 내쉬듯 말했다.

"듣고 보니 그렇군."

그리고 네가 정말 내 칼리마라는 증거이기도 하고.

칼은 한 번 더 확인해 보듯 그녀의 은발을 살며시 쓰다듬어 내리며 물었다.

"혹시 어렸을 때 머리카락이 금색이 섞인 은발 아니었나?"

"……."

에이엔스는 잠시 대답이 없더니 이내 뭔가를 체념한 듯 대답했다.

"맞다. 크면서 이런 색이 되었다."

어렸을 적에 금발이었던 아이가 커가며 제 본래 색을 되찾듯 크면서 솜털이 빠지고 제 본래 색을 찾은 것이리라. 왜 처음부터 그런 가능성도 있다는 생각은 하지 못했을까……. 그렇다면 더 일찍 알게 되었을 텐데. 하지만 평생 찾을 수 없을지도 모른다 생각했던 그녀를 이제라도 이렇게 찾았으니 괜찮았다.

칼은 하염없이 그녀의 머리카락을 쓰다듬었다.

넌 날 기억하고 있을까? 하지만 만약 기억하고 있더라도 내가 그 소년이었노라고 아직은 말하지 않을 거다. 연민은 필요없거 든. 난 네 사랑이 필요해. 동등한 자에게 조건없이 주는 사랑이.

하늘의 연인인 달님을 어찌 지상의 남자가 탐하겠느냐만, 차가 운 달님의 온기를 알아버린 남자는 놓아줄 수가 없었다.

"에이엔스."

칼은 조용히 입을 열었다.

"뻐꾸기와 개개비의 이야기를 알아?"

"개개비는 뻐꾸기의 알인지도 모르고 제 새끼처럼 키운다는 이 야기 말이냐?"

"그래. 개개비는 제 둥지에 영악한 뻐꾸기가 몰래 넣어둔 알인 줄도 모르고 제 새끼와 함께 품어 키우지. 곧 제 새끼를 다 잡아 먹어 버릴 살육자를."

칼이 할 이야기가 무엇인지 짐작된 것일까. 에이엔스의 몸이 설핏 굳었다.

"에이엔스. 인정하긴 싫지만…… 천공이란 뻐꾸기의 새끼 같은 존재다. 영악한 어미 뻐꾸기가, 하늘이 개개비의 둥지에 몰래 넣 어둔 새끼지. 하지만 애석하게도 인간은 뻐꾸기보다 영악한 개개 비더군."

"······."

"영악한 개개비는 어느 순간 뻐꾸기 새끼가 제 새끼가 아닌 걸 알고 제 몸보다 커지기 전에 죽여 버리려고 하지. 하지만 개개비를 욕할 순 없겠지. 자기들도 살아야 할 테니까."

에이엔스는 시선을 들고 그를 마주 보았다. 홍옥(紅玉) 빛 눈동자가 씁쓸하게 흐려져 있었다.

그는 손을 뻗어 그녀의 턱을 쥐었다.

"뻐꾸기의 둥지는 내 곁에 있다."

그것은 간접적이고 부드러운 강요였다. 천공인 넌 원래 있어야 할 곳으로 돌아가야만 한다는.

그리고 그의 고개가 천천히 가까워져 왔지만 에이엔스는 피하지 않았다. 허락을 구하듯 살짝 맞닿아오는 입술을 말없이 받아들이고, 오히려 그의 목에 팔을 둘러 끌어당겼다.

칼의 손이 올라와 머리카락을 헤치고 얼굴을 애절하게 감싸 안았다. 그렇게 두 남녀는 은연한 달밤 아래 한참이나 서로의 입술을 탐했다. 이내 두 사람의 입술이 서서히 떨어졌다. 에이엔스의 한 팔은 여전히 그의 목에 둘러져 있었고, 다른 손은 살짝 맞닿듯 그의 입가를 짚고 있었다.

에이엔스는 깊게 일렁이는 그의 눈에서 타액으로 촉촉이 젖어 있는 남자의 입술로 시선을 옮겨갔다. 희미하게 흘러나오는 숨결이 달았다.

칼을······ 사랑했다.

사랑. 솔직히 지금도 그것이 정확히 뭔지는 몰랐다. 하지만 하나만은 알 것 같았다. 칼이 가르친 감정이, 행복이, 웃음이······ 사랑이라는 것을.

푸른 달이 뜬 날 밤 칼이 그녀를 원한다 말한 순간부터 그를 사랑하고 말았다는 걸…… 깨달았다. 그래서 기다렸던 것이리라. 그래서 그녀가 알던 남자와 전혀 다른 사람으로 나타난 그에게 그토록 배신감이 들었던 것이리라.

만약 그가 단순히 해적 두목 칼이었다면, 그녀는 비난, 강등, 그 무엇을 감수하고라도 함께해 달라 청했을 것이다. 하지만 그녀가 사랑하게 된 이는 유들유들하고 귀여운 '칼'이었지, 이토록 남성적인 '대공'이 아니었다.

"나는 너를 얻기 위해서라면 전쟁도 불사하겠다."

그는 알고 있었을 것이다. 자신은 결코 아멜리타가 불타도록 내버려 둘 사람이 아니라는 것을. 그래서 그토록 자신만만하게 전쟁을 운운했었던 것이리라. 하지만 언젠가, '칼'은 장작불 앞에서 고백했다. 전장에 있을 때가 가장 행복했지만, 가장 슬픈 때이기도 했다고. 그런 곳에서야 행복할 수 있는 자신이, 너무나 작은 자신이 슬펐다고. 그것은 전장이 어떤 곳인지 알고 있는 자만이 할 수 있는 이야기였다. 그러나 그 '칼'은 없었다. 인정해야 했다. 그는 없었다. 단지 제국의 대공이 있을 뿐이었다.

"이 일 때문에 절 납치하셨던 겁니까?"

자세는 그대로였지만 에이엔스가 그리 물은 순간, 칼은 그녀가 저 멀리 멀어진 것을 느꼈다. 하지만 대답하지 않을 수도 없었다.

"그래."

남자의 눈이 자신을 밀어내지 말라 아프게 속삭였지만, 에이엔스는 바닥에 발을 딛고 일어났다. 그리고 고요한 눈빛으로 말했다.

"전하, 저도 인간이었나 봅니다."

"무슨…… 말이지?"

왠지 모를 불길함에 칼은 조심히 물었다.

"칼을…… 사랑했을지도 모르겠습니다."

그런 말은 미처 상상하지 못한 듯 칼의 눈이 크게 뜨였다.

"얼음 같은 심장이라 그 누구도 이 안에서는 살아남을 수 없을 줄 알았더니…… 불을 가진 남자가 이 얼음 속에서도 살아남았더 군요."

미친 듯이 심장이 뛰었다. 공명을 느꼈을 때처럼 가슴이 벅차 올라 터질 것만 같았다.

그녀가…… 에이엔스가……!

그러나 곧이어 흘러나온 그녀의 말은 그를 나락으로 밀어버리 기에 충분했다.

"그런데 그 남자가 존재하지 않는 사람이라는군요."

"나는 나일 뿐이라고 몇 번이나……."

"그만 하십시오!"

놀랍게도 그녀가 언성을 높였다. 화를 낼 때면 종종 언성을 높 이긴 했지만 이토록 절규와 같은 외침은 아니었다.

"더 이상 칼을 욕되이 하지 마십시오."

에이엔스는 새파랗게 번득거리는 눈으로 짓씹듯이 말했다.

"내가…… 네 안의 칼을 욕되이 한다고?"

"칼은 치사했어도 비열하진 않았습니다."

한순간 칼은 충격에 얼어붙었다. 대륙이 두 조각났다 해도 이 정도로 충격적이진 않았으리라.

"난…… 대공이다."

칼은 저도 모르게 말하고 나서야 기가 막혔다. 이건 마치 그가 혐오해 마지않던, 권력의 폐해에 뼛속까지 물든 황족 나부랭이 같지 않은가. 충격에 혀까지 미쳐 버린 모양이었다.

"그렇습니다. 대공이시죠. 그토록 자유로웠던, 그토록 해맑았던 칼은…… 없습니다. 하지만 제가 사랑했을지도 모르는 칼은 그런 남자였습니다."

마지막 말을 하는 에이엔스는 어딘지 그녀답지 않게 울어버릴 것 같았다. 언젠가 그가 겪었던 상실의 고통에 몸부림치고 있었다.

"감히 사랑했다고는 말하지 않았습니다. 만약 칼을 사랑했다면 그가 무엇으로 변해도, 설사 괴물이 되었다고 해도 상관없었겠죠. 하지만 전 당신을 용납할 수 없습니다. 전하께서 칼의 껍질을 썼어야 하는 이유는 충분히 이해합니다. 하지만 이성이 감정을 이기지 못하는군요. 저처럼 얄팍한 인간이 가증스럽게 사랑 같은 신성불가침을 입에 담지는 않겠습니다."

갑자기 에이엔스는 느슨하게 풀어둔 제복의 앞섶 안에 손을 넣어 무언가를 꺼내 들었다. 가죽집 안에 든 단도였다. 그리고 가죽집 안에서 단도를 꺼내 들고, 흩날리는 제 머리카락을 한 손안에 그러쥐었다. 난생처음 소름 끼치는 감각이 그의 혈관을 타고 내려갔다.

"에……!"

그가 다급히 부르려는 순간, 서걱! 날 파란 단도가 단숨에 긴 머리카락을 잘라냈다.

"이것은 지지부진하게 붙잡고 있던 내 미련입니다."

그녀가 손을 펼치자, 잘라내진 머리카락이 파사삭 흩어져 내렸다. 칼은 본능적으로 손을 뻗어 그것을 잡으려 했다. 하지만 결이

가는 은발은 잡을 수 없는 달빛처럼, 물처럼, 모래처럼, 그렇게 그의 손가락 사이를 빠져나갔다.

"몸? 원한다면 가지십시오. 이미 제 마음은 이 세상에 존재하지 않는 남자에게 주었으니까요."

그 말을 남겨놓은 에이엔스는 차갑게 등을 보이고 멀어져 갔다. 하지만 칼은 벽돌 바닥에 흩어져 은사(銀絲)처럼 서늘한 금속성을 발하고 있는 은발에서 시선을 떼지 못했다.

에이엔스는 숙소로 통하는 회랑에 들어섰다. 그때 어둠 속에 동상처럼 서 있는 흐릿한 인영에게서 목소리가 흘러나왔다.

"어딜 다녀오십니까?"

대낮에 공적으로 묻는 것과 같은 무심한 물음. 자신만큼이나 변화없는 무표정. 서늘하게 깔리는 목소리. 듀스였다.

에이엔스는 우뚝 멈춰 섰다.

"지할드 경, 이런 시간에 무슨 일인가?"

듀스는 대뜸 짧아진 채 가볍게 묶여 있는 그녀의 머리카락을 잠시 응시했다. 하지만 곧 시선을 거두고 평소라면 상상조차 할 수 없는 말을 내뱉었다.

"제가 먼저 물은 것 같습니다만."

철저한 상명하복의 관계에 복종해 온 듀스로서는 이례적인 일이었다.

"새삼 내가 기사의 수칙을 다시 읊어주길 바라는 건 아니겠지."

에이엔스는 주변의 공기마저 얼려 버릴 듯한 목소리로 냉혹한 일갈을 가했다. 하지만 듀스는 좀체 물러서지 않았다.

"물러가라, 지할드 경. 더 이상의 무례는 용납하지 않는다."

이례적인 듀스의 태도가 이상하긴 했지만, 에이엔스는 그를 상대해 주고 싶은 마음이 없었다. 적어도 오늘 밤에는 더 이상 남자란 생물을 마주하고 싶지 않았다. 그래서 어떤 여지도 주지 않고 스쳐 지나가는데, 불쑥 튀어나온 팔이 팔뚝을 강하게 움켜쥐었다. 그에는 에이엔스조차 놀라고 말았다. 듀스 데임 지할드가 이런 돌발 행동을 하다니!

"그럼 당신은?"

무례한 말투도, 알 수 없는 감정에 억눌린 목소리도 평소의 그가 아니었다.

"당신은 알고 있었을 겁니다."

어쩔 수 없이 마주하게 된 듀스의 눈은 에이엔스만큼이나 새파랗게 번득거리고 있었다.

"그 해적 일당이 실은 대공 일행이었다는 것을!"

듀스는 거의 으르렁거리듯 불꽃같은 말을 토해냈다. 하지만 에이엔스는 태연한 낯빛으로 되물었다.

"무슨 말이냐?"

듀스는 휙 그녀를 끌어당겨 자신의 앞에 세웠다.

"그 붉은 눈, 잊을 수 있을 리가 없습니다. 당신을 납치해 갔던 해적은 분명 대공이었습니다."

"지할드 경, 대체 무슨 생각으로 그런 말을 하는지는 모르겠지만⋯⋯."

"아니, 당신은 알고 있었어. 그러니까 내게 냉철함을 믿는다고 이야기했던 거겠지."

듀스는 거짓말을 할 생각은 행여나 하지도 말라는 듯 잇새로 말을 짓씹었다.

"그러니까 내게 냉철함을 믿는다고 이야기했던 거겠지."

무례의 정도가 한계치를 넘어가고 있었지만, 에이엔스는 담담했다.

"지할드 경."

"그럼, 말해도 되겠습니까? 당신이 모든 걸 기억하고 있다고. 나라를 배신하고, 기억나지 않는 척 아무 말도 하지 않았다고!"

그는 거의 울부짖듯이 말했다. 순간 그 어떤 일이 있어도 무뚝뚝할 줄 알았던 에이엔스의 얼굴에 명백한 조소가 피어났다.

"해보아라. 네가 무엇을 할 수 있는가? 듀스 데임 지할드. 확실히 그 이름은 훌륭하지. 이 나라를 지탱하는 기둥 중 하나다. 하지만 자만하지 마라. 넌 아무것도 할 수 없다."

일평생 굳혀왔던 냉철한 모습을 잃을 정도로 노기에 사로잡힌 남자 앞에서는 누구라도 주눅이 들게 마련일 텐데, 에이엔스는 그를 비웃기까지 하고 있었다.

"네가 무엇을 할 수 있는가? 듀스 데임 지할드. 확실히 그 이름은 훌륭하지. 이 나라를 지탱하는 기둥 중 하나다. 하지만 자만하지 마라. 넌 아무것도 할 수 없다."

심장을 설컹설컹 베어갈 만큼 잔인한 말이었다. 하지만 냉혹한 여제 같은 여인은 조금도 주저하지 않고 이성을 잃은 남자의 가슴을 처참하게 난도질했다.

그녀의 말은 모두 사실이었다. 그래서 그 말에 이렇게 낭자한 핏물이 뚝뚝 배어나는 것이었다. 그는 아무것도 할 수 없었다. 아멜리타 최고의 백작 가문에서 태어난 부기사단장이지만, 제국이라는 '거인' 앞에서는 어린아이에 불과했다. 대공도 그것을 알고 있었을 것이다. 행여 '대공 일행=해적 일당' 이라는 공식이 탄로

난다고 해도 그다지 문제되지 않는다는 것을. 증거가 없기 때문이었다. 그래서 여태까지 듀스는 피 끓는 심정으로 입을 다물고 있는 수밖에 없었지만, 회담에서 있었던 이야기를 듣고는 기어코 이성을 잃고 말았다. 하지만…… 하지만 처음 대공을 본 날 폭발할 것처럼 혼란한 가운데 그녀를 따라 나갔다가, 대공과 그녀가 함께 있는 모습을 보지만 않았더라면 조금 더 이성적으로 대처할 수 있었을지도 몰랐다.

"내가 그렇듯이."

에이엔스는 지나가듯이, 아무렇지도 않게 투욱 말했다. 듀스는 번뜩 고개를 들었다.

"상대는 대공이다. 제국이다. 그 앞에 너와 난 단지…… 먼지일 뿐이다."

듀스는 어금니를 악물고 허스키하게 짓눌린 목소리를 흘렸다.

"쥐도 궁지에 몰리면 고양이를 무는 법입니다."

"아니, 넌 그렇게 하지 않을 거다."

"어떻게 확신하십니까?"

듀스의 눈에 독기가 스민 찰나였다. 에이엔스가 바람이 부는 듯, 구름이 흘러가는 듯, 강물이 흐르는 듯, 고요한 목소리로 읊조렸다.

"너는…… 내가 계속 지켜봐 왔고 이 나라를 위해 기사가 된 너는, 결코 이 나라를 배신할 수 없을 테니까."

그 한마디가 가슴에 쌓인 둑을 무너뜨렸다. 악독하게 빛났던 눈빛도 무너져 내렸다.

어째서 당신이 이토록 사랑스러운 사람이라는 걸 이제야 깨달아 버렸을까. 곁에서 사라진다는 생각만 해도 굳건한 이성이 흐트러질 만큼 어느덧 소중한 사람이 되어버렸다는 걸, 왜 이제야 깨달았을까. 다른 남자의 품에 안긴 당신을 보고서야 당신 역시 그토록 작고 여린 여인이라는 것을 깨달았다.

듀스는 끓어오르는 충동을 참지 못하고 그녀를 와락 끌어안아 버리고 말았다.

손톱이 손바닥에 박혀 아릿했지만 칼은 으스러뜨릴 듯이 쥔 주먹을 풀 수가 없었다. 어둠 속에 선 그의 붉은 눈에 불꽃이 튀었다. 숙소로 돌아갔다면 추문이고 뭐고 밀고 들어갈 생각이었는데, 에이엔스는 회랑의 중앙에 서 있었다.

남자의 품에 안긴 채.

어금니가 악 다물렸다.

'감히……!'

저도 모르게 이성을 놓으려는 순간, 에이엔스가 이런 상황에서마저도 절도있는 동작으로 탁 그를 밀어내더니 인정사정없이 볼을 올려붙였다. 남자의 얼굴이 홱 돌아가도록 후려치는데, 미처 날뛰기 일보 직전이었던 칼마저 일순 '저런, 아프겠군' 하는 생각이 들 정도였다.

텅 빈 공간이라 더욱 극대화되어 들리는 에이엔스의 얼음장 같은 목소리가 회랑에 울려 퍼졌다.

"더 이상의 무례는 용납하지 않는다고 했다, 지할드 경."

평소라면 이렇게까지 신경질적으로 반응하진 않았겠지만, 지금은 그녀도 여유가 없었다. 하지만 듀스는 고개가 돌아간 그대로 서 있을 뿐이었다.

"제복을 벗기 전까지는, 난 너의 상관이다. 명심해라."

에이엔스는 매몰차게 그를 스쳐 지나 어둠 속으로 사라졌다. 그러자 무거운 침묵이 내려앉고, 듀스는 생명의 불꽃마저 꺼진 듯 멍하니 서 있다가 몸을 돌려 다른 쪽으로 걸어갔다. 하지만 칼은 계속해서 그 자리에 서 있었다. 그러다 아주 오랜 시간이 지난 후에야 그도 몸을 돌렸다.

'에이엔스, 넌 칼과 내가 다른 사람이라 말하지만……'

칼은 그녀가 사라진 공허한 회랑을 뒤돌아보았다. 후우, 한숨을 내쉬었다.

'아무리 부정해도 난 나일 뿐이다.'

아무래도 오늘은 혼자 놔두는 편이 좋을 것 같았다. 지금은 그녀가 칼을 사랑했다는 사실만으로도 충분했다. 그녀 같은 고집에 시간은 좀 걸리겠지만, 곧 인정하게 될 테니까. 칼과 그는 결국 한 사람이라는 걸.

이틀 후 아침, 중앙궁 대회의실. 그곳에서 두 나라는 다시 한 번 회담을 가졌다. 세-이든 측은 평온한 얼굴이었지만 아멜리타 측은 암운(暗雲)이 짙게 깔린 얼굴이었고, 아비드는 잠을 설쳤는지 그야말로 피죽도 못 얻어먹은 것처럼 파리하게 질려 있었다. 그 가운데, 짧아진 머리카락으로 나타나 다른 이들을 놀라게 했던 에이엔스가 발언권을 얻어 입을 열었다.

"삼가 고합니다."

그녀는 예전 회담 때와 달리 자리에 앉아 있었고, 여전히 기사단장복을 바르게 갖춰 입고 있었다. 옅은 침묵이 깔린 표정은 잔잔했고, 목소리는 떨림이 없었다.

"아멜리타 왕국 제3왕궁기사단의 기사단장 신 아이힌은."

육중한 정적이 깔려 있는 대회의실에는 그녀의 목소리만이 유일하게 울려 퍼졌다.

"세—이든 제국으로의 귀화를 받아들이겠습니다."

여기저기서 침통한 침음이 막을 새도 없이 터져 나왔다. 아비드는 아릴 정도로 질끈 눈을 감고 말았다.

이때만큼 나라의 힘이 약하여 서글펐던 적이 있었던가. 미약한 자신의 힘이 원망스러운 적이 있었던가! 하지만 이것이 최선의 선택이었다. 지할드 백작의 말대로, 그녀의 가치가 아무리 높다 한들 국가와 맞바꿀 수는 없는 노릇이었다. 몇 번을 토론하고 공방을 벌여도 결론은 마찬가지였다. 그녀 역시 어제 열린 아멜리타 단독 회의에서 단지 자신 한 사람 때문에 아멜리타를 불태울 수는 없다고 말했다. 전쟁을 막을 수만 있다면 이 한 몸 기꺼이 바치겠노라 경건하게 고개 숙이는 그녀는 그 순백함에 눈이 부실 지경이었다. 그런 여인을, 그런 기사를 떠나보내야만 했다. 아비드는 젖어드려는 눈가를 가까스로 억눌렀다.

「현명한 결정을 했군.」

칼은 담담한 목소리를 내었다.

"하지만."

그러나 에이엔스가 끝이 아니라는 듯, 반전의 뜻이 숨어 있는 운을 띄웠다.

"한 가지 조건이 있습니다."

칼의 눈에 의문이 피어났다. 동시에 불안했다. 다른 이들은 자신더러 어디로 튈지 알 수 없다고 하지만, 칼에게는 에이엔스만큼 어디로 튈지 몰라 불안한 사람이 없었다.

「우선 들어보지.」

에이엔스는 말간 눈빛으로 되물었다.

"들어주시겠습니까?"

「일단 들어봐야 알겠지.」

에이엔스는 잠시 고민하는 눈치더니, 어떤 조건인지 말하기 전에는 아무리 들어달라 해봤자 통할 말이 아님을 인정하고 눈을 내리감았다.

열두 살, 이방인 소녀 유란은 자작가의 영애 에이엔스 아이힌이 되었다. 어머니도 없고, 나라도 없고, 사랑하는 이도 없었다. 아이힌 자작 부처 역시 부모님이라고는 하나 바로 기사학원에 넣어졌기에 몇 번 만나본 적도 없었다. 하지만 한 가지 잊히지 않는 것이 있다면, 처음 만난 자리에서 지금은 고인(故人)이 된 아이힌 자작이 물었던 질문.

"이름이 무엇이냐?"

그녀는 아무런 감정도 없는 메마른 어조로 대답했다.

"유란입니다."

"유란……. 이국의 이름이구나. 뜻이 무엇인지는 아느냐?"

"달……이라고 들었습니다."

어머니의 이야기를 할 때만은 흔들리는 어린 소녀의 눈빛을 보았던 것일까. 본의는 아니지만, 날 때부터 병을 안고 태어나 마음껏 뛰어보지도 못한 어린 딸의 죽음마저 세상에서 지워 버리려는 소녀에게 아이힌 자작은 오히려 조용한 미소를 보였다.

"그래, 달……. 그 이름이 좋겠구나. 우리나라의 옛말로는 '에이엔스'라고 한단다. 유란, 널 이제 에이엔스라고 불러도 되겠지?"

"예……."

"죽을 고비를 넘기고 이름을 바꿨다고 하면 의심하는 사람은 없겠지. 그런데 공교로운 일이다만, 내 딸의 이름은 '에일라'였다. '해'라는 의미지. 밤을 밝히는 달은 한낮을 밝히던 해의 빛을 받아 빛난다고 하던가……. 에일라(해)의 빛을 받아 이 어두운 세상에도 맑은 에이엔스(달)의 빛을 내주려무나. 너로 인해 에일라는 살아보지 못한 세상을 살겠구나. 부디 내 딸을 대신해, 이 나라를 위해 살아다오."

그렇게 그녀는 에이엔스 아이힌이 되었다. 단순한 에일라의 대역이 아닌, 어쩌면 기억도 잘 나지 않는 유란보다 에이엔스가 더욱 진정한 그녀 자신이었을지도 몰랐다.

에이엔스는 눈을 슥 떠올렸다.

"저는 이렇게 아멜리타를 떠나지만."

그때 파란 유리알처럼 빛나는 그녀의 눈은 의지로 단단하게 응축되어 있었다.

"훗날 제가 죽는다면, 그 시신만큼은 아멜리타에 묻혔으면 합니다. 이것이 조건입니다."

9

「불허한다.」

대공은 단 한마디로 일축했다.

「한 번 제국으로 귀화한 자는 영생을 군신 자카라스에게 복종함을 의미한다.」

아비드는 노골적으로 인상을 일그러뜨렸다. 하지만 에이옌스는 어느 정도 불허의 대답을 예상했는지 무표정한 얼굴이었다.

「제국인은 죽어서까지 제국인이다.」

그 말은 그저 허울 좋은 명목이었을 뿐, 칼의 본심은 에이옌스의 시신마저도 제 곁에서 떨어뜨리고 싶지 않다는 것이었다. 제국의 황족이자 좌천화공인 자신이 제국 밖에 시신이 안치되는 일은 만에 하나라도 있을 수 없으니, 에이옌스의 육신 또한 제국에 묻혀야만 했다. 그리고 조금 비틀린 마음도 있었다. 죽어도 신념을 굽히지 않는 에이옌스 아이힌. 그로 하여 그 고고함과 순정함이 더욱 빛나는 것이지만, 세-이든 인임이 밝혀진 마당에도 아멜리타에 복종하는 그녀가 얄미웠다.

"그렇다면 절 죽여서 데려가십시오."

칼의 눈가가 움찔 떨렸다. 그리고 믿을 수 없다는 듯, 다시 말해보라는 시선을 던지자 에이엔스는 의연하게 입을 열었다.

"비록 이 몸에 깃든 피는 제국에서 받았을지라도, 전 아멜리타의 은혜를 입어 기사가 되었고 충성을 맹세했습니다. 한낱 미물도, 한갓 축생도 은혜를 아는 법일진대 어찌 만물의 영장이 되어 흐르는 대로 배를 바꿔 탈 수 있겠습니까. 제국이 전쟁마저 불사할 정도로 이 한 몸 원하신다면 드리겠으나, 삼가 아뢰겠습니다. 제 영혼이 쉴 곳은 이곳입니다."

삼가 아뢰기는커녕 그것은 스스로 지옥도를 걷겠다는 말과 마찬가지였다. 제국으로 가지만 제국에 충성하지는 않겠다는 발언이라니, 지금부터 죽을 때까지 제국에서 살아야 함에도 저런 말을 한다는 건 미움을 받고자 작정한 것이었다. 신념을 굽힐 바에야 미움을 사는 쪽이 낫다는 것이리라. 칼은 할 말을 잃어버리고 말았다.

'융통성은 먹고 죽으려고 해도 없지.'

만약 그렇게 생각한다고 해도 마음속에만 담아두는 편이 편하게 사는 길이련만, 부러질지언정 휘지 않는 저 목석 같은 여자를 대체 어떻게 해야 할지 감도 잡히지 않았다.

"부디 사자(死者)가 안식처에 되돌아올 수 있는 자비를 베풀어주시기를 간청합니다."

칼은 팔꿈치를 팔걸이에 걸친 손으로 입가를 짚고 침묵에 빠졌다. 그러자 사람들은 사뭇 긴장한 채 칼에게서 나올 대답에 귀추를 주목했고, 에이엔스는 땅에 굳건히 뿌리를 내리고 있는 거목처럼 흔들림없는 시선을 보냈다.

칼은 한숨을 내쉬었다.

「좋다. 그 정도 자비는 베풀어주지.」

설마 대공이 허락하리라 생각지도 않았던 세—이든 측은 눈을 크게 떴다. 천공의 시신에 관해서는 대공의 선에서 처리할 수 있는 일이 아니었다. 황제의 윤허가 있어야만 했다. 그런데 허가하다니!

「아이힌 경이 천수(天壽)를 다한다면 그 시신이 아멜리타에 돌아가는 것은 허가하겠다.」

그리고 덧붙였다.

「단, 만에 하나 경이 자해를 하는 경우는 예외로 친다.」

에이엔스는 천천히 고개를 숙였다.

"자비에 감사합니다."

칼은 자리에서 일어섰다. 그리고 옷자락을 펄럭이며 몸을 돌렸다.

「출발은 삼 일 뒤다. 그전까지 떠날 채비를 마치도록.」

「전하.」

「알지? 잔소리는 1절만.」

「아니, 그보다도…….」

칼은 뒤따라오는 기욤을 흘긋 돌아보았다.

「만약 아이힌 단장님께서 죽어도 뜻을 꺾지 않으신다면 어쩌려고 하십니까?」

역시 자신의 끈끈이 풀로 지낸 세월을 헛되이 보낸 건 아닌지 단번에 왜 시신의 귀환을 허가했는지 눈치 챈 모양이었다. 상대가 저토록 강경하니 지금은 일단 숙여주고 나중에 설득시키면 된다는 생각을. 이보전진을 위한 일보후퇴랄까.

「글쎄.」

칼은 느긋하게 운을 떼웠다. 그리고 대공으로서의 품위를 유지하느라 한동안 잊고 지냈던 히죽거리는 웃음을 지어 보였다.

「그건 그때 가서 생각하면 되겠지?」

저런 모습을 보면 당최 주도면밀한 건지, 단순히 무대포인 건지 알 수가 없었다. 웃고 있어도 정말 웃고 있는 게 아니고, 허술해 보인다고 해서 정말 허술한 사람이 아닌 건 누구보다 잘 알았지만, 가끔은 한 가지로 통일해 주면 좋으련만. 대체 아까 그 카리스마 넘치게 회담에 임했던 대공은 어디로 간 건지, 변신이 그야말로 카멜레온처럼 자유자재였다.

아무튼 급하게도 삼 일 뒤면 떠나겠다고 못을 박아두었으니 그들도 슬슬 준비를 하기 위해 돌아가고 있을 때였다. 문득 칼의 시야 저편에 우뚝 서 있는 인영이 들어왔다. 칼의 눈에 깃든 온도가 맹렬하게 하강했다.

'듀스 데임 지할드. 지할드 백작 가문 출신. 이십팔 세. 기사학원 수석 졸업. 에이엔스처럼 특수 사항이 없는데도 어린 나이에 기사단장 후보로 거론되었던 제3왕궁기사단의 부기사단장.'

이미 칼은 멋대로 에이엔스를 끌어안았던 애송이의 프로필을 꿰고 있었다. 사심없이 봐도 얄미울 정도로 완벽한 프로필이었다.

'그리고 잘생겼군.'

칼이 줄로 거칠게 깎아놓은 듯한 야성미와 유려한 듯 고귀한 기품을 아우르고 있다면 듀스는 말 그대로 조각칼로 섬세하게 조각해 놓은 조각상 같았다.

그것조차도 마음에 들지 않았다. 강인한 듯 섬세한 듯 여심을 속절없이 뒤흔들 만한 외모라니. 게다가 그라나츠 해역에서 에이엔스를 납치하던 날, 그분을 놓으라며 덤벼들었던 듀스는 척 봐도 에이엔스에게 오묘한 경외심과 연심을 함께 가지고 있었던 듯했다.

왕에 이어 부기사단장까지……. 에이엔스 아이힌, 은근히 마성의 여인이 아닌가? 하지만 두 남자가 여자의 벽이 높다고 제 마음조차 빨리 눈치 채지 못하는 멍청이라는 게 그에겐 그렇게 다행일 수가 없었다.

칼은 끓어오르는 열을 억누르고 듀스를 스쳐 지나갔다. 어차피 이 상황에서 승자는 자신이었다.

"대공 전하."

그런데 그때, 고개 숙여 대공에 대한 예를 갖춘 채 그냥 스쳐 보내나 했던 듀스에게서 부름이 날아들었다. 칼은 걸음을 멈춰 세우고 슥― 뒤를 돌아보았다. 그의 동작을 따라 줄줄이 따라오던 사람들도 멈춰 섰다.

"한 가지, 부탁드려도 되겠습니까."

마침 뒤에 있던 통역관이 재빨리 통역해 주었다. 물론 통역이 없어도 칼은 알아들을 수 있었지만 여기서는 아멜리타 어를 모르는 것으로 되어 있으니 통역해 주길 기다리는 척할 수밖에 없었다.

「뭐지?」

"전하께서 드몬도 땅에 떨친 위상은 익히 들어왔습니다. 괜찮으시다면 부디 드몬도 전쟁의 영웅과 검을 나눌 수 있는 영광을 내려주십시오."

칼의 입가에 서늘한 미소가 떠올랐다.

'기사단장과 부기사단장이라서 그런가, 말투가 똑같군.'

특히 극히 정중하게 비꼬는 점이 꼭 닮아 있었다.

「그대는 너무 성급한 것 같군.」

그때, 제바니한 공작이 나섰다.

「대공 전하의 안전에 자신이 누구인지도 밝히지 않고 대뜸 청부터 하다니, 그대들이 그토록 강조하는 기사도가 이런 것인가?」

낯이 붉어질 만큼 신랄한 지적이었지만 듀스는 전혀 당황해하지도, 민망해하지도 않고 깍듯하게 사과했다.

"죄송합니다. 급한 마음에 무례를 범했습니다. 듀스 데임 지할드. 아멜리타 지할드 백작가의 삼남이며 제3왕궁기사단의 부기사단장입니다."

「뭐.」

칼은 천천히 외마디를 흘렸다.

「그대 기사들은 정식으로 신청이 들어온 결투는 피하지 않는다고 했던가? 좋다. 이곳에서는 이곳의 법을 따라야겠지.」

"감사합니다."

「하지만 한 가지.」

기욤은 어디로 튈지 모르는 대공이 또 무슨 소리를 하려나 싶어 걱정스러운 시선을 보냈다. 하지만 칼은 잔소리꾼 어머니 같은 기욤의 걱정을 아는지 모르는지, 태연하게도 웃으며 비수를 날렸다.

「죽어 나가도 책임은 지지 않겠다. 드몬도 전쟁의 영웅은 좀 거칠어서 말이다.」

그나마 담담했던 듀스의 눈에 감출 새도 없이 시린 냉기가 스

떴다.

"바라는 바입니다."

불꽃을 품은 남자와 냉기를 품은 남자 사이에 보이지 않는 기류가 격렬하게 몰아쳤다.

삼 일. 떠나기로 결정하긴 했지만 막상 삼 일간의 말미만 주어지니 에이엔스는 무엇부터 해야 할지 알 수가 없었다. 그런데 가만히 생각해 보니 자신에겐 그다지 정리할 만한 게 없었다. 기사단장으로서의 일은 계속 보좌해 온 듀스가 대부분 알고 있으니 장황하게 인수인계를 하고 말고 할 것도 없었다. 게다가 세─이든 제국으로 귀화하겠다고 선언한 순간 기사단장 직에서 하야(下野)한 것이나 다름없으니 그에 대한 정리는 국가에서 알아서 해줄 터였다. 소식을 듣고 급히 온 아이힌 자작부인과는 인사를 했지만, 친구는 한 사람도 없는데다가 기사들과도 그다지 유대가 깊지 않았으니 거창하게 송별회를 할 것도 없었다.

에이엔스는 쓴웃음을 감출 수가 없었다.

'나름대로 깊이 뿌리를 내리고 있다고 생각했는데, 착각이었구나. 떠나는 게 이토록 쉬운 일이었다니……'

그때였다. 열어둔 문 앞에 하인이 나타나 용건을 전했다.

"손님이 찾아오셨습니다."

"손님이라니?"

"단장님!"

하인이 안내해 줄 때까지 참지 못한 방문자들이 뛰어들어 왔다. 에이엔스는 어이없다는 목소리를 내고 말았다.

"던웨이 경, 캘런 경."

두 불량 기사는 아주 멀리서부터 뛰어온 듯 숨소리가 거칠었다. 이마에는 송골송골 진땀이 맺혀 있었고, 가슴은 연방 들썩거렸다.

"단…… 허억. 잠시만요."

급하게 말하려던 던웨이는 여든 살 먹은 노인네처럼 손을 내저으며 숨부터 골랐다. 얼마나 힘차게 뛰어온 건지 캘런은 말할 기운도 없이 기진맥진이었다. 에이엔스는 문 앞에서 비실거리고 있는 두 불량 기사를 그저 멀거니 쳐다보기만 했다. 그러자 한동안 숨을 고르고 난 뒤에 던웨이가 벌컥 목소리를 내었다.

"세-이든으로 가신다면서요!"

회담이 끝난 지 채 한 시간도 되지 않았건만 이미 소문은 일파만파 온 궁으로 퍼져 나간 모양이었다.

"그렇다."

에이엔스는 그다지 대수로울 것 없다는 듯 무덤덤하게 대답했다. 마치 세-이든을 여행한 후에는 돌아올 것처럼.

"이게 웬 마른하늘에 날벼락입니까……."

"너무 일이 연속적으로 터져서 꿈인지 생시인지도 헷갈립니다."

아무리 철혈의 에이엔스 아이힌 단장이라지만 이역만리로 끌려가야 하는 운명 앞에서는 눈물지을 거라 생각했는지, 던웨이와 캘런은 멀쩡한 에이엔스의 모습에 허탈해진 얼굴이었다. 그런데 문득 에이엔스가 피식 웃음 지었다.

"그 때문에 이렇게 달려온 건가?"

저도 모르게 웃음이 났다. 그냥 이 상황이 못 참게 우스워서. 자신과 서로 개나 소 보듯 하던 던웨이와 캘런이 이렇게까지 변하다니, 어찌 우습지 않을까. 하지만 조금은, 나쁘지 않은 기분이었다. 아니, 이 상황에 달려와 주는 사람이 있다는 게…… 솔직히 말하자면 고맙기까지 했다.

난생처음 에이엔스가 말갛게 웃는 모습을 본 던웨이와 캘런은 눈가가 벌겋게 달아오르기 시작했다. 이상한 일이었다. 분명 그녀를 단장으로 인정하긴 했지만, 그녀가 원래 세-이든 인이고 그 때문에 세-이든으로 돌아가게 되었다는 이야기를 들었을 때도 슬프지는 않았다. 놀라느라 슬픔을 느낄 새도 없었다는 말이 맞겠지만, 떠나게 되었다고 오열하는 것보다 아무렇지 않게 웃는 모습이 가슴을 더 아릿하게 만들었다.

"저희가 말하겠습니다!"

갑자기 캘런이 비장하게 외쳤다. 순간 에이엔스의 얼굴에서 미소가 잦아들고 평소의 서늘한 표정이 떠올랐다.

"대공이 그 해적이었다고, 멋대로 단장님과 저희를 납치해서……. 아니, 반년 전에 저희가 가볍게 생각하지 않고 사실대로만 말했더라도……."

작금에도 섣불리 입을 열었다가는 어떤 화를 당할지 몰라 침묵하고 있었지만, 일이 이렇게까지 된 마당에 마냥 모른 척하고 있을 수는 없었다. 하지만 에이엔스는 단호했다.

"그런다고 해서 무엇이 달라지지?"

"에?"

"그래, 확실히 그대들은 나와 함께 납치를 당했었으니 틀림이 없겠지. 하지만 대공이 순순히 그걸 인정하리라 생각하나?"

오히려 자칫하다가는 던웨이와 캘런이 황족모독죄로 화를 입을 수도 있었다. 그리고 떠나기로 통보한 이 상황에서는 마지막 발악밖에 되지 않을 터였다. 그것도 아주 구차한.

"던웨이 경, 캘런 경. 이 순간부터는 그대들이 무엇을 보았는지도 잊는 게 좋을 거다."

던웨이와 캘런은 주먹에 각이 새하얗게 튀어나오도록 꽉 쥐었다.

"진실과 역사는 언제나 권력자의 것이란 말입니까……?"

"이를테면."

"그, 그럼 저희도 따라가겠습니다!"

던웨이의 폭탄 발언에 에이엔스보다 더 놀란 인물은 캘런이었다. 에이엔스는 얼핏 '뭐?' 하는 표정을 지을 뿐이었지만 캘런은 거의 경악했다.

"야, 인마. 너 무슨 소릴……."

던웨이는 배신자나 다름없는 친구를 확 째려보았다.

사실 던웨이 그 자신도 자신이 지금 무슨 소리를 하는지 잘 알 수 없었다. 분명 예전보다 에이엔스를 좋아하게 되긴 했지만 자신의 삶이나 터전과 맞바꿀 정도는 아니었다. 하지만 왠지 에이엔스를 혼자 보내면 안 될 것 같았다. 누구보다 의연하고 점잖게 이 사태를 받아들이고 있는 그녀였지만, 그 모습이 더욱 안타까워 마치 얇은 다이아몬드로 빚어놓은 인형 같았다. 다이아몬드의 강도 자체는 단단하지만 정작 그 얇기가 몹시도 얇아 당장이라도 깨어져 버릴 듯한.

"마음만은 고맙게 받겠다."

예상대로 에이엔스는 두말할 것도 없이 거절했다.

"하지만……."

정작 그녀가 거절하자, 그런 소리 하지도 말라는 듯 놀랐던 캘런이 우물쭈물 수긍할 수 없다는 소리를 흘렸다.

"너희를 생각해서 하는 소리가 아니다. 그곳에서 난 아무 힘 없는 서민에 지나지 않는다. 경솔하게 따라온 너희를 돌봐줄 수도,

돌봐줄 생각도 없으니 그 정도로 해두어라."

"단장님……."

던웨이와 캘런은 억눌린 목소리를 내었다.

바보 같은 사람.

왜 예전에는 이 사람의 모진 말투가 위장이라는 걸 몰랐을까? 지금도 단지 정을 떼려고, 자신들이 더 이상 경솔한 생각을 하지 않도록 단호하게 자르는 것뿐인데.

그러고 보니 이 사람은 늘 그랬다. 한심하다는 듯 내려다보긴 했어도 삐뚤어진 자신들을 그냥 내버려 두진 않았다. 그렇게 엇나갔다면 너희들 마음대로 하라 포기해 버렸을 수도 있었을 것을, 허가 없이 외박을 하면 끝끝내 찾으러 오고 정신이 해이해졌다며 토할 때까지 연병장을 달리게 만들었다. 밤새 그 자리를 지키고 있으면서. 그때는 여명이 밝아올 때까지 꿈쩍도 않는 그녀를 보고 독하다느니 정말 마녀라느니 수없이 욕했지만, 그건 정말 자신들에게 무관심했다면 할 수 없는 일이었다. 비록 기사단장의 의무감에서 그랬을지언정.

던웨이는 힘겨운 미소를 지어 보였다.

"그곳에 가서도 그렇게 사신다면 호감을 얻기는 힘드실 겁니다."

에이엔스는 다시 한 번 피식─ 웃었다.

"그런가……. 그래도 나쁜 기분은 아니구나. 누군가라도 그렇게 말해준다는 게."

이제 언제 다시 보게 될지, 다시 볼 수나 있을지 모르는 세 명의 기사는 무거운 침묵에 휩싸였다.

"잊지 말아주십시오."

문득 던웨이가 운을 떼었다.

"후일 다른 단장님을 모시게 된다고 해도…… 저희가 처음으로 인정하고 끝까지 모시고자 했던 분은 단장님이시라는걸."

잠시 침묵했던 에이옌스는 천천히 입술을 열었다.

"고맙다."

그녀의 메마른 목소리에 얼핏 물기가 섞여 있는 것 같다고 느낀 건 착각이었을까. 던웨이와 캘런은 입술을 꾹 깨물었다. 그때였다. 똑똑, 다시 노크 소리가 들려와 들어오라 허가하자 문이 열리고 앞에 서 있는 하인이 말했다.

"다른 기사 분께서 찾아오셨습니다. 전해드릴 이야기가 있다고 하십니다."

입구로 가보니 유웰이 이끄는 제1왕궁기사단의 기사가 서 있었다.

"무슨 일이지?"

"기사단장님의 전언입니다."

기사는 근엄하게 인사해 보이고 말했다.

"단장님께서 토씨 하나 빼먹지 말고 전하라 하셨기에 불가피하게 그대로 전해드리겠습니다."

"고하라."

"'지금 연병장으로 오면 아주 재미난 구경을 할 수 있을걸. 놓치면 후회할 테니까 눈썹 휘날리게 뛰어와'."

10

기사들이 수련할 때를 제외하고는 언제나 고요한 기사궁의 연병장은 현재 축제를 방불케 했다. 역시 발 없는 말이 천 리를 가는 법인지, 부기사단장과 대공이 갑자기 결투를 벌인다는 소문을 듣고 눈썹 휘날리게 뛰어온 사람들로 인해 인산인해를 이루었고, 혹시 모를 사태를 대비한 세—이든의 군인들이 열주처럼 늘어서서 부리부리하게 눈을 빛내고 있었다. 아멜리타의 기사들도 마찬가지였다.

그 와중에, 옷을 갈아입은 칼이 연병장으로 걸어나왔다. 그러자 이미 연병장에서 기다리고 있었던 듀스가 자세를 바로 했다.

"아멜리타 왕국 제3왕궁기사단의 부기사단장, 지할드 백작 가문의 듀스 데임 지할드입니다."

듀스는 기사도에 따라 결투에 임하기 전에 자신의 직급과 신분을 밝혔다. 그러자 칼도 정식으로 자신의 직급과 신분을 알렸다.

「세-이든 제국 천공대(天公隊)의 총대장, 알카임 황가의 제2 황위 계승자이며 제52대 좌천화공, 카르테일 운 알카임 대공이다. 그럼, 시작해 볼까?」

그 말을 끝으로 통역관은 얼른 사정거리에서 벗어났다.

"부탁드리겠습니다."

태평하게 나눈 대화는 그것으로 끝이었다. 끊어질 듯 팽팽한 긴장감이 가득한 가운데, 두 남자가 달려나갔다 싶은 순간 카앙! 검이 부딪쳤다. 첫 번째 합은 두 사람 모두 내지르는 동시에 방어했으니 그야말로 막상막하였다. 그리고 검이 떨어지는 순간, 칼이 육안으로 따라가기 힘들 만큼 빠른 속도와 엄청난 힘으로 아래서 위로 공격을 내질렀다. 그러나 듀스도 두 합에 밀릴 상대는 아니었다. 그는 재빠르게 검을 누여 아래서 위로 맹렬하게 치고 올라오는 검을 막았다. 하지만 격돌에 우우웅 떨리는 검의 진동음이 잦아들기도 전이었다. 칼이 뒤로 팔을 빼자 카가가각! 부딪친 날들이 소름 끼치는 마찰음을 퍼뜨리고, 두 개의 검이 서로에게서 떨어졌다.

사람들이 한시름 돌릴 새도 없이 뒤로 물러났다 싶었던 칼의 검이 공기를 찢었다. 듀스는 무슨 일이 일어나고 있는지 인식하기도 전에 휙 고개를 옆으로 뺐다. 거의 전사의 본능이었다. 그 동시에 희생양을 노리고 날아든 검이 방금 전까지만 해도 듀스의 머리가 있던 자리를 찔러 들어왔다. 사람들은 '헉!' 신음을 내질렀다.

듀스의 어깨 위로 사라락, 청발 몇 가닥이 흩어져 내렸다. 자세를 낮춘 듀스는 자신의 시선보다 한 단 위에 있는 칼의 눈을 바라보았다. 그때처럼 선명한 붉은 눈이 이죽거리며 그를 내려다보고 있었다.

"찌르기. 이건 너희 기사들의 주특기던가?"

똑바로 들려온 아멜리타 어. 듀스의 눈이 조금 커졌다. 그 해적인 걸 알고 있긴 했지만…….

채앵! 바로 어깨 위를 가로지른 검을 쳐낸 듀스는 얼른 사정거리에서 벗어났다. 하지만 두 남자는 시간을 두지 않았다. 차악! 바닥에 파고들 것처럼 내리눌려 있던 칼의 발이 모래를 흩날리며 회전하는 순간, 후우웅! 크게 공기를 가른 검이 완벽한 포물선을 그리며 먹이를 덮쳤다. 듀스도 검을 크게 내질러 서슬 퍼런 윤광에 빛나는 검을 막았다. 카아아앙! 엄청난 힘이 격돌했다. 아마 둘 중 한 사람의 힘이 조금만 더 약했다면 그쪽의 검이 튕겨져 날아가고도 남았음 직한 힘의 격돌이었다.

에이엔스가 연병장에 도착한 것은 그때였다.

"여, 에이엔스."

가장 먼저 에이엔스를 반긴 것은 빙글빙글 웃고 있는 저음이었다.

"유웰 경."

여전히 제복을 불성실하게 입은 유웰은 느슨하게 팔짱을 낀 채 입구 옆에 기대서 있었다. 그리고 에이엔스가 나타나자 한쪽 팔을 빼내 살랑살랑 흔들었다.

"대체 이게 무슨 소란입니까?"

언제나 조용히 가라앉아 있던 기사궁이 거의 시장 바닥처럼 북새통을 이루었고, 금속성이 울려 퍼질 때마다 여기저기서 함성과 신음이 터져 나왔다. 기사궁에 기사가 아닌 사람들이 이토록 많다는 것은 단 하나를 의미했다. 누군가가 폐쇄되어 있는 기사궁을 임시로 개방했다는 것. 그리고 그럴 만한 인물은 유웰! 이 징글맞은 남자뿐이었다.

"이런 멋진 구경거리를 기사들끼리만 보는 건 좀 그렇잖아? 그래서 잠시 기사궁을 개방했을 뿐이니 또 너무 빡빡하게 굴지 말라고, 에이엔스."

"아이힌이라고 몇 번을 말해야 알아들으시겠습니까."

이 사이로 흘러나오는 음성이 지독히 음산했지만, 유웰은 '오?' 하며 놀란 듯한 표정을 지을 따름이었다. 에이엔스가 조금이나마 감정을 내보인 게 꽤 의외인 모양이었다. 하지만 곧 능글맞게 웃으며 또 술에 술 탄 듯 물에 물 탄 듯 굴었다.

"일단 보라고. 두 번 보기 힘든 장관이잖아."

그제야 에이엔스는 자신이 급히 이곳에 온 이유를 기억해 내고 시선을 돌렸다. 그때 마침 카앙! 검이 다시 한 번 맞부딪쳤다. 칼이 내지른 검을 듀스가 막고, 다음 순간 듀스가 내지른 검을 칼이 막았다.

"역시 미남들은 뭘 해도 그림이 나오는구만. 미남이 두 명이니 여자들이 아주 그냥 쓰러지네. 저러다 실신하면 골치 아픈데 말이야."

에이엔스는 천천히 눈을 감았다 떴다. 유웰이 무어라 짓궂게 중얼거렸지만 들리지 않았다. '칼'이 저곳에 있었다. 비록 무인도에 있을 때와 차림이 좀 다르긴 했지만, 칼이었다. 에이엔스는 주먹을 꾸욱 움켜쥐었다.

잘라낸 미련이 부족했던 것인가.

그런데 그때, 빈틈을 노리고 있던 듀스가 아주 찰나적으로 얼은 기회를 놓치지 않고 검을 휘둘렀다. 새파랗게 빛나는 검날이 칼의 어깨를 양단하기 직전까지 다가갔다. 눈을 크게 뜬 에이엔스가 저도 모르게 뛰쳐나갈 뻔한 순간, 칼이 휙 어깨를 빼는 동시에 듀스의 목을 노렸다. 두 남자는 정말 서로를 죽이려는 것처럼 조금도 주저하지 않고 검을 휘두르고 있었다. 하지만 듀스 역시 빠르게 등 돌려 검을 막는 동시에 몇 걸음 물러섰다. 그러나 발바닥이 바닥에 완전히 닿기도 전에 두 남자는 다시 부딪쳤고, 크게 공기를 흡입하며 부풀어 올랐던 에이엔스의 가슴이 내려앉는 순간에도 극렬하게 검을 나누고 있었다.

"아이힌."

문득 유웰이 드물게도 장난기없는 목소리로 그녀를 불렀다. 그리고 에이엔스가 완전히 돌아보기도 전에 작은 목소리로 중얼거리듯 말했다.

"감당하기 힘든 남자를 골랐어."

옆으로 돌아가던 에이엔스의 고개가 멈칫했다.

"무슨 말씀이십니까?"

유웰은 두툼한 입술로 씩 악동 같은 웃음을 그렸다.

"저 정체를 알 수 없는 대공 전하가 널 볼 때의 눈은 완전히 제 것을 보는 수컷의 눈인데도? 남자는 남자를 아는 법이거든. 뭐, 언제 그렇게까지 되었는지는 나도 모르겠지만."

"농담치고는 지독하군요."

"뭐, 당사자인 네가 농담이라면 농담이겠지. 그러니까 지독한 농담의 연장선이라고 치부하고 계속 들어봐."

"유웰 경."

에이엔스는 골치 아프다는 듯 한숨을 숨기지 않고 그를 불렀다. 하지만 유웰은 멈출 생각이 없어 보였다.

"일단 속에 뭘 담고 있는지 알 수가 없어. 그런 말이 있지. 웃는 자의 가면을 조심하라는. 저 대공 전하가 꼭 그래. 웃으면서 남의 배때기를 쑤실 것 같달까?"

에이엔스는 눈가를 찌푸렸다.

"하지만 그런 사람일수록 쉽게 자극받지 않지. 그런데 말이야, 그런 사람을 한 번 자극해 놓으면 최소한 난리 아수라장까지는 각오해야 할 거야."

유웰은 그녀를 보며 뜻 모를 웃음을 지었다.

"아이힌, 너는 어느 정도까지 그를 자극해 놓았지?"

"아무리……."

에이엔스는 천천히 입술을 떼었다.

"대공 전하의 속을 알 수 없다고 해도 유웰 경만큼은 아닐 거라고 생각합니다."

유웰은 푸핫 웃음을 터뜨렸다.

"맞아. 난 자주 그런 소릴 듣지. 하지만 아이힌, 난 서자(庶子) 출신이잖아? 몇 배를 더 노력해야만 평범한 수준이 될 수 있었지. 그러다 보니 어느새 이렇게 되더군. 그래서 말인데, 사실 그거 내 이야기야. 웃는 자의 가면을 조심하라는 거. 나는 웃으면서 저 자식을 어떻게 하면 철저하게 짓밟아 버릴 수 있을까 생각하거든."

유웰은 그렇게 말하며 싱긋 웃었다.

"너도 그 대상 중 한 명이었는데, 혹시 알고 있었나?"

에이엔스는 아주 화사한 웃음기를 머금는 그의 눈에서 시선을 돌리지 않았다. 부담스러울 정도로 빤히 바라보았다.

"귀족 출신. 마법의 실현자. 기사학원 차석 졸업. 전하의 특별 대접. 아아, 가만히 두면 언젠가 내 자리까지 기어오르겠구나 싶었지. 그래서 너에게 접근했던 거였어. 아무리 철벽같은 사람이라도, 아니, 그런 사람일수록 일단 한 번 마음을 열면 죄다 퍼주거든. 그렇게 날 신임하게 만든 뒤에 방심하는 순간 나락으로 떨어뜨려 버리는 건 거의 쾌감이 느껴질 정도더군."

유웰은 등골이 오싹해질 만한 이야기도 이솝우화 하나 들려주듯 평이하게 읊었다.

"근데 아이힌 넌 참 쉽지 않았어. 곧 죽어도 마음을 열지 않으니 뒷구멍으로 나쁜 소문이라도 퍼뜨릴까 싶었는데, 타이밍이 좋았지 뭐야? 갑자기 해적에게 납치되어 증발해 버렸으니까. 손쓰지도 않고 한 놈 처리했으니 이보다 더 좋은 게 어디 있겠어?"

"갑자기 그런 이야기를 하신다는 건, 이제 제가 완전히 처리되었기 때문입니까?"

에이엔스 역시 보통은 아니었다. 꼼짝없이 생매장 당할 뻔했다는 이야기를 들었는데도 전혀 낯빛에 변화가 없었다.

"맞아. 떠나는 자의 뒤에 흔들어주는 이별의 노란 손수건이랄까."

"경솔하시군요. 원래 마지막 발악이 가장 무서운 법 아니었습니까?"

"하지만 공명정대한 에이엔스 아이힌 단장. 넌 잔머리 쓰는 것과는 거리가 멀지."

"웃는 자의 가면을 조심하라 하셨습니까? 그럼 저도 감히 충고해 드리죠. 웃지 않는 자가 한 번 웃을 때를 조심하라고."

그리고 에이엔스는 일부러 칼을 흉내 내듯 빙긋이 웃어 보였다. 유웰은 빤히 에이엔스를 바라보더니, 이내 입가를 정신없이 씰룩거리며 '풉!' 하는 웃음을 토해냈다. 에이엔스는 서늘한 얼굴로 팩 고개를 돌렸다.

"크큭! 아이힌! 너 절대로 웃지 마라! 완전 웃겨!"

유웰은 무릎까지 두드리며 배를 잡고 웃었다. 그렇게 한참을 실성한 사람처럼 큭큭거리다가 겨우 잦아든 간헐적인 웃음과 함께 다시 입을 열었다.

"권력이란 그렇지. 바닷물과 같아서 마시면 마실수록 갈증이 나거든."

"그것을 잘 알고 계시는 분이 그렇습니까?"

"잘 알고 있으니까 더 그런 거지."

"유웰 경은 더 이상 올라갈 자리가 없지 않습니까?"

유웰은 빙그레 웃었다.

"하지만 잃을 수는 있지."

에이엔스는 잠시 분위기가 무르익을 대로 무르익은 연병장 쪽을 바라보다가, 지나가듯 무심하게 한마디를 내뱉었다.

"짠 것은 몸에 좋지 않습니다. 적당히 드십시오."

유웰은 대답이 없었다. 그저 잠시 후에 '아아' 하는 불량한 소리를 길게 흘리더니 어깨를 으쓱거렸다.

"누가 이렇게 착한 아이힌 경을 마녀라고 했는지 모르겠단 말이야."

"착각은 자유라고 말씀드리겠습니다."

문득 유웰이 터억, 에이엔스의 머리 위에 커다란 손바닥을 짚어왔다. 깜짝 놀란 에이엔스가 얼른 고개를 돌리려고 하자, 돌리지 못하도록 꽈악 힘을 주었다.

"유웰 경!"

"아이힌, 제국에서는 아무도 믿지 마라."

에이엔스는 위로 올라가던 손을 멈추었다.

"널 떨어뜨리려고 했던 내가 유일하게 해줄 수 있는 충고야. 아멜리타는 고작 건국 오백 년이 되었던 제국은 건국 사천 년이 된 나라다. 오래 고인 물은 썩게 마련이지. 척 보기에도 저 대공 전하는 기가 질릴 정도로 복잡해. 최대한 저 대공 전하와 섞이진 마라. 만약 섞일 수밖에 없다면, 절대 마음은 주지 마라. 대공 전하의 수많은 후궁 중 한 명으로 생을 마감하고 싶지 않다면."

후궁!

피가 식었다. 칼이 대공임을 알게 된 후로도 미처 후궁에 대한 것은 생각하지 못했는데……. 지금부터 자신이 갈 곳에는 그의 수많은 후궁이 그만을 오매불망 기다리고 있을지도 모르는 이야기였다. 그렇다 해도 이제 자신과는 관계없을 텐데, 왜인지 가슴이 미친 듯이 욱신거렸다.

"그런 약속을 했다지? 죽어서는 아멜리타에 돌아오겠다는. 그래, 돌아와라. 그때까지 악착같이 이 자리에 살아남아서, 네 꽃상여가 가는 행렬을 꼭 내가 지휘할 테니까."

유웰의 손이 머리 위에서 떠나갔다.

"에이엔스 아이힌. 내 자리를 위협하는 널 싫어했지만 에이엔스 너 자체는 싫지 않았다. 어딘지 사람을 안쓰럽게 만드는 구석이 있었거든."

유웰은 아프지 않게 에이엔스의 머리를 툭 치고 먼저 등을 돌렸다.

"잘 가라, 나의 전우여."

에이엔스는 뒤돌아보지 않았다.

"유웰 경, 한 가지만 약속해 주십시오."

대답은 들려오지 않았지만 유웰이 뒤돌아보고 있으리란 것이 느껴졌다.

"결코 전하의 자리를 위협하지는 않겠다고."

피식— 하고 웃는 소리가 들려왔다.

"또 사서 걱정을 하는군. 아무리 권력을 탐해도 나 역시 기사다. 한 번 맹세한 이상, 내가 죽을 때까지 모실 주군은 그분뿐이다. 걱정 마라."

이내 유웰의 인기척이 완전히 사라져 갔다.

믿어도 될 터였다. 아주 불량한 사람이었고 하루가 멀다 하고 여러 사람 복장 터지게 만든 남자였지만, 공무를 소홀히 하거나 전하에게 불경을 저지르는 기사는 아니었으니까. 자신이 떠난 자리만큼, 더욱 잘 메워줄 것이다. 그것만으로도 에이엔스는 훌륭한 이별 선물을 받은 것 같았다. 환경이 사람을 만든다던가. 그녀는 역시 '기사'였던 모양이다.

갑자기 사람들 사이에서 신음인지 함성인지 알 수 없는 소리가 동시다발적으로 터져 나와 번뜩 정신이 들었다. 얼른 연병장 쪽을 바라보자, 그곳은 시간이 멈춰 있었다. 가장 먼저 살짝 상체를 비튼 채 서 있는 칼이 보이고, 그다음으로 그의 팔을 스쳐 지나간 듀스의 검이 보였다. 강철같았던 살갗에서 배어 나온 핏방울이 듀스의 검을 타고 도랑을 그리며 주르륵 흘러내렸다. 충격으로 에이엔스의 표정이 얼어붙었다.

강한 남자였다. 예전 결투 때 자신도 그의 뒤에 돌출되어 있는 돌부리를 발견하지 못했다면 이기기는커녕 상처 하나 낼 수 없었을 만큼. 나르는 검은 한 치도 빈틈이 없었고, 검을 나눌 때 극대화되는 패기는 무엇보다 압도적이었다. 그런 그가 듀스에게 일격을 맞은 것이었다. 물론 듀스 역시 훌륭한 검사이긴 했지만 검을 나눠본 바로는 칼보다 한 수 아래였다. 그런데 대체 어쩌다가?

그때, 팔을 베이고도 무표정한 칼의 시선이 흘긋 뒤를 향해왔다. 그 시선의 끝에는 에이엔스, 그녀가 있었다. 그 순간, 왜인지 에이엔스는 깨달을 수 있었다. 그가 일격을 맞은 이유는 방심했기 때문이고, 그 방심은 자신과 유웰이 함께 있는 모습을 봄으로 인해서였다고.

「열받게 하는군.」

무어라 알아들을 수 없는 말을 중얼거린 칼은 홱 검을 빼며 듀스와 거리를 두었다. 듀스도 잠시 거리를 두고 숨을 골랐다. 먼저 일격을 날리긴 했지만, 상처 입은 맹수는 더 잔인해지는 법이었다. 그 증거로, 여태 거의 즐기는 듯했던 그의 붉은 눈에 섬뜩한 귀기(鬼氣)가 흘렀다.

"혹시 격투술 할 줄 아나?"

느닷없는 말에 반문할 새도 없었다.

"기사니까 배웠을 테지. 알아서 잘 방어하라고. 정말 적당히 하기 힘들어졌으니까."

거세게 위에서 아래로 내려쳐지는 검을 가까스로 막은 순간, 뾰족하게 세워진 팔꿈치가 옆얼굴을 노렸다. 듀스는 거의 본능적으로 팔을 들어 육탄 공격을 방어했다. 콰직 소리가 날 듯이 부딪친 팔이 저릿저릿하게 울려왔다. 하지만 정신을 차릴 새도 없이 검이 공기를 양단하며 위로 쳐올려졌다. 최대한 상대를 뒤로 빼자, 후웅! 검끝이 바로 코앞을 스치고 지나갔다.

"잘 피하는군."

이제야 인정사정 봐주지 않겠다는 그의 뜻을 이해한 듀스는 각
오를 다시 했다. 그런 방식을 원한다면 얼마든지 상대해 줄 의사
가 있었다. 그러자 칼도 결의로 다져지는 듀스의 눈을 본 듯 지체
없이 검을 내질렀다. 두 사람은 다시 맞부딪쳤다. 그러나 그게 듀
스의 치명적인 판단 착오였다. 오기를 부리지 않고 원래 방식을
고수했다면 되었을 것을, 오기에 눈이 멀어 제 방식을 버린 채 덤
비고 말았다. 계속 그런 식의 군검술을 연마해 온 사람에게.

내려쳐지는 검을 막은 순간, 위험을 느낄 새도 없이 퍼억! 무릎
에 허리를 후려 차였다.

"……!"

크게 휘둘러지는 철근에 맞은 듯한 고통에 오장육부가 오그라
드는 것 같았다. 신음조차 나오지 않았다. 하지만 얼른 물러서려
는 순간, 시야가 휙 아래로 향하고 팔과 어깨가 최대치로 팽팽하
게 당겨진 것이 느껴졌다. 그러나 역시 무슨 일이 일어났는지 깨
닫기도 전이었다.

우드드득!

뒤로 꺾인 팔이 소름 끼치는 파열음을 퍼뜨렸다. 동시에 듀스
에게서 짐승의 절규 같은 신음이 터져 나왔다. 생채로 피부가 찢
어지고 뼈가 으스러지는 고통에는 그조차도 비명을 참을 수가 없
었다. 혼절하지 않은 것만으로도 대단한 일이었다.

듀스의 무릎이 덜푸덕, 땅으로 무너졌다. 뿌옇게 모래먼지가
일었다. 그러나 그것이 끝이 아니었다. 집어던지듯 듀스의 팔을
놓아준 칼이 다른 손에 잡힌 검을 제대로 쥐었다. 철컥, 묵직한
쇳소리가 울렸다. 듀스는 천천히 눈을 감았다. 명백히 자신의 패

배였다.

목 뒤로 싸늘하게 요동치는 살기가 느껴지고, 후웅— 바람이 일었다. 그러나 바로 목 뒤까지 다가온 검은 듀스의 목을 가르고 지나가지 않았다. 바로 그의 목과 맞닿는 지점에서 아슬아슬하게 멈춰 섰다. 예리한 칼날과 목덜미의 피부가 맞닿은 느낌에 진처리가 쳐질 정도였다. 하지만 아무리 기다려도 검은 그대로 멈춰 있을 뿐이더니, 이내 슥 목에서 떠나갔다.

"이 정도로 해두지."

듀스는 번뜩 감았던 눈을 떠올렸다. 그리고 의연해졌던 게 언제였냐는 듯 매섭게 뒤를 돌아보았다. 등 뒤로 쏟아져 내리는 역광을 흡수한 붉은 눈동자가 어둡게 빛나며 듀스를 내려다보고 있었다.

"동……."

"동정하는 거 아니니까 걱정은 살짝 접어두지 그래?"

"명예롭게 죽게 해주십시오."

칼은 검을 척 어깨에 걸쳤다.

"그놈의 명예 타령. 에이엔스가 하는 것만으로도 100절까지는 들은 것 같으니까 적당히 해둬. 아니면."

칼은 보란 듯이 비릿한 웃음을 지었다.

"네 목숨이 헐값인 건가? 다른 이들이 구경거리 삼아 지켜보고 있는 자리에서 피를 뿌리며 죽어갈 만큼?"

기사에겐 더없이 치욕스러운 이야기를 끝낸 칼은 몸을 돌렸다. 그리고 가보려는 듯 걸음을 내딛었다. 하지만 칼은 두 걸음을 내딛지 못했다. 비틀거리며 일어선 듀스가 내지른 말 때문이었다.

"그렇다면 결투는 아직 끝나지 않았습니다!"

칼은 슬쩍 뒤를 바라보았다. 검을 어깨에 걸친 채 삐딱하게 뒤돌아보는 모습은 정말 제국의 대공이라고 볼 수 없을 만큼 불량했다.

"더 덤비지 마라."

듀스는 확 입을 열었다. 하지만 내뱉지 못했다. 칼이 바로 뒤이어 한 말 때문에.

"아멜리타에게서 두 명이나 충신을 빼앗고 싶지 않으니까."

"……."

듀스에게서 더 이상 패기가 보이지 않자 칼은 그제야 완전히 걸음을 돌렸다. 그리고 에이엔스가 굳은 듯이 서 있는 쪽으로 걸어가다가, 아주 잠시 멈춰 섰다.

"하지만 이건 인정하지. 멋있었다, 듀스 데임 지할드."

듀스의 질끈 깨문 입술 사이로 억눌린 신음이 터져 나왔다.

칼의 걸음이 멀어지자 기사들이 우르르 듀스에게 모여들었다. 그러자 듀스의 주변은 그의 다친 팔을 확인해 보는 사람이나 완전히 꺾인 팔을 보고 신음하는 사람, 어서 의무반을 부르라고 외치는 사람으로 순식간에 소란스러워졌다. 그리고 칼의 주변에도 그의 팔에 난 생채기에 기겁한 사람들이 몰려들었다. 아니, 몰려들려고 했다. 하지만 칼이 아직 다가오지 말라 손을 들어 보였기에 사람들은 멈칫하고 걸음을 멈추었다.

여전히 입구 쪽에 박힌 듯이 서 있는 에이엔스는 오롯이 자신만을 쳐다보며 다가오는 칼에게서 시선을 돌리지 않았다. 보기보다 상처가 꽤 깊은 듯 칼은 계속해서 피가 뚝뚝 흘러나오는 팔을 하고도 무표정한 얼굴로 에이엔스의 앞에 와 섰다.

"에이엔스."

어스름하게 땅거미가 가라앉는 산등성이에 넘어가는 석양처럼 붉음을 품은 목소리가 귓가에 진득하게 퍼져 내렸다. 그리고 그 순간, 그가 휙 팔을 끌어당기더니 피할 새도 없이 고개를 내렸다. 땀에 젖은 그의 검은 머리카락이 반듯한 이마 위로 사르라니 드리워지고, 에이엔스는 눈을 크게 떴다.

—뜨거운 입술.

순간 에이엔스는 저도 모르게 모든 걸 잊고 그에게 매달릴 뻔했으나, 이곳이 어디인지를 기억해 내고 휙 고개를 돌렸다. 그런데 대체 언제 이쪽으로 온 건지 세—이든의 군인들이 그들의 주위에 쭉 장막을 둘러쳐 놓은 상태였다. 그것도 두 사람이 무엇을 할지 예상한 것처럼 등을 돌린 채.

"무슨 짓이십니까."

칼은 고개 돌린 그녀를 내려다보는 눈에 웃음기를 품었다.

그가 '칼'과 동인 인물이라는 걸 인정하지 않으려 한다면 인정하게 해줄 수밖에.

"승자에겐 으레 미녀의 키스가 따르게 마련이잖아? 열심히 싸웠는데 이 정도는 봐달라고."

칼은 그 말을 끝으로 미련없이 저쪽으로 걸어가 버렸다. 그러자 두 사람의 주변을 두르고 있던 군인들도 천편일률적인 동작으로 장막 상태를 해제하더니 그의 뒤를 따라갔다. 그 모습은 또 '대공'이었다.

에이엔스는 저 멀리로 사라지는 검은 무리 떼를 하염없이 바라보다가, 듀스 쪽으로 시선을 돌렸다. 듀스는 부축의 손길을 모두 뿌리치고 혼자서 걸어가고 있었다. 고통 때문에 살짝 굽어 있긴 했지만 그의 등은 어느 때보다 담담했다. 그제야 에이엔스도 연병장 바깥으로 걸음을 돌렸다.

그녀는 바보가 아니었다. 지금 듀스에게 위로의 말을 건네는 건 그를 비참하게 만들 뿐이라는 걸 모르지 않았다. 게다가 이것이 그가 선택한 일에 대한 대가라면, 고통에 몸부림친다고 해도 그 혼자 감내해야 하는 일이었다. 매정하다 욕해도 할 수 없었다. 늘 이렇게 살아왔고, 스스로도 그렇게 해왔으니까. 그리고 앞으로도 절대 누군가에게 기대지 않고, 그렇게 살아갈 테니까. 한 번쯤 괜찮겠지 하고 '누군가'에게 기대어 버린 대가를 받는 것은, 아멜리타를 떠나게 된 걸로 족했다.

11

타악!

야무진 손놀림으로 가방을 모두 싸고 난 에이엔스는 주변을 둘러보았다.

안 그래도 썰렁했던 방은 이제 정말 황량해 보였다. 그나마 책이 빼곡히 차 있던 책꽂이는 텅 비어서 먼지만이 희미하게 쌓여 있었고, 짐 가방이 놓인 침대도 시트가 벗겨져 알몸을 드러내고 있었다. 테이블과 의자, 몇 없는 가구 위에는 먼지가 쌓이는 것을 예방하기 위한 흰 천이 덮어져 있어 을씨년스럽기 그지없었다.

삼 일. 이십사 년이 순식간이었듯, 삼 일도 눈 깜짝할 새에 지나가 버리고 말았다. 어제도 새벽이 깊을 때까지 마지막 업무를 보느라 기사단장복을 입고 있었지만, 지금은 평범한 차림이었다. 하지만 그 역시 뭇 여자들과는 달라도 한참 달랐다. 흰 셔츠에 검은 바지. 이제는 거의 몸의 일부 같은 가슴띠도 여전히 착용한 채였다.

"아이힌 공(公)."

그때, 문가에서 굵직한 목소리가 들려왔다. 생소한 호칭이었지만 삼 일 전부터 세―이든 측에서는 에이엔스를 '아이힌 단장'이 아닌 '아이힌 공'으로 부르고 있었으므로 그다지 낯설지 않았다. 천공은 지위나 성별을 막론하고 '공(公)'의 칭호를 받기 때문이라고 들었다.

이름에 관해서는, 대공 역시 이제 그녀의 본명이 '유란'이라는 걸 알게 되었지만 의미는 같았기에 에이엔스는 이 이름이라도 관계없다고 했다. 편한 쪽으로 쓰라고 하자, 대공은 '그래?' 하고 의외로 담백하게 납득했다.

"모셔오라는 명을 받았습니다. 출발 시간이 가까우니 서둘러 주십시오."

문가에 서 있는 세―이든의 군인은 발음이 어눌한 아멜리타 어로 말했다. 에이엔스는 알았다는 듯 가방을 들어 올렸다. 그러자 군인이 재빨리 다가와 가방을 들어주려는 듯 손을 내밀었다.

"됐다."

하지만 에이엔스는 단 한마디로 호의의 손길을 거절했다. 그러자 군인은 별말 없이 손을 거두었다. 아마 칼에게서 사소한 것은 그녀가 뜻대로 하게 내버려 두라 명령받은 것 같았다.

에이엔스는 황량해진 방을 다시 한 번 돌아보고, 의연하게 발걸음을 밖으로 돌렸다. 그런데 밖으로 나오자, 하인이 가지런히 손을 앞으로 모은 채 서 있었다.

그는 이미 에이엔스의 추천장을 받아 월급 좋고 일하기도 제법 수월한 다른 일자리를 찾아둔 상태였다. 그를 거두어준 곳은 던웨이 후작가였다. 아마 던웨이가 힘을 쓴 듯했다. 사실 에이엔스는 왕궁에 남는 쪽을 추천했지만, 그는 더 이상 왕궁에서 일할 생각은 없다고 했다. 왕궁에서 일하는 것은 누구나가 갈망하는 일인데도.

그는 담담한 어조로 물었다.

"가십니까?"

"이게 마지막이겠구나."

하인은 잠시 침묵했다. 그러더니 갑자기 뜬금없는 이야기를 꺼내었다.

"제가 예전에 모셨던 주인님은 개망나니였습니다."

에이엔스는 다소 의외라는 눈빛을 보냈다. 그는 딱 그 주인에 그 하인이라고 무척 감정 표현에 인색한 이였다. 가끔 유웰이 '저 하인도 꼭 너 같은 게, 볼 때마다 숨 막혀. 듀스도 그렇고 저 하인도 그렇고, 어떻게 네 주변엔 철을 씹어 먹으며 살 것 같은 놈들만 있는 거지?' 라고 할 정도로. 언젠가 에이엔스가 한 번 지나가듯 이 '예전에 일했던 곳의 주인은 어땠었지?' 라고 물었을 때도 그는 '그저 주인이셨을 뿐, 별다른 감상은 없습니다' 라고 일축했을 뿐이다.

"평소에도 그랬지만 특히 술을 마시면 아무도 말릴 수 없는 폭군이었죠. 안마님을 때리는 것은 물론이었고, 저도 숱하게 맞았습니다. 그래서 그 집에서는 고용인들이 몇 달도 못 채우고 그만두는 일이 다반사였죠. 저 역시 그중 한 명이었습니다."

그는 그쯤에서 잠시 쉬었다.

"그다음으로 모시게 된 단장님은…… 분명 살가운 분은 아니셨습니다. 하지만 이 집은 언제나 안락했습니다."

그는 단지 숙소에 불과할 뿐인 이곳을 '집' 이라고 표현했다.

"단장님께서 출근하신 후에 이미 깨끗한 서재를 또 쓸고 닦으며 평화라는 것을 알게 되었고…… 단장님께서 밤새 불빛 하나에 의지해 업무를 보실 때 차를 한 잔 타 드리는 것은 제 일상의 즐거움이었습니다. 당신은 분명 좋은 주인이셨습니다."

그는 천천히, 그러나 아주 깊숙이 허리를 숙였다.

"감사합니다. 좋은 주인을 모실 수 있게 해주셔서."

에이엔스는 걸음을 뗴었다. 그리고 아직도 허리 숙이고 있는 그를 지나쳐 가며 인사 대신 한마디를 남겼다.

"너 역시 아주 좋은 사람이었다."

그녀는 그를 하인이라고 하지 않았다. '사람'이라고 했다. 고개 숙인 그의 눈에 묽은 액체가 차올라 그녀의 발걸음이 떠난 자리를 적셨다.

끝도 없이 늘어서 있는 세—이든 호위대와 행렬할 준비를 마친 마차와 군마들, 여기저기 검은 깃발이 휘날리고 있는 자리에는 배웅을 나온 아비드도 있었다.

"아이힌 경, 아니, 에이엔스."

아비드는 마지막이 될 이름을 애틋하게 불러보았다. 하지만 이름을 부른 후로는 선뜻 다른 말을 하지 못했다. 목이 메는지, 감정이 북받쳐 오르는지, 여러 가지 감정으로 칠해진 얼굴을 한 채 결후를 들썩거렸다. 에이엔스는 모국의 땅에 불어오는 바람을 등지고 묵묵히 그의 뒷말을 기다렸다.

"이제 와서 고백하지만…… 조금은, 너를 여인으로 연모했는지도 모르겠다."

"전하."

기겁할 만한 고백에도 에이엔스는 힐책하는 것인지, 거부하는 것인지, 그도 아니면 안쓰러워하는 것인지 알 수 없는 어조로 그를 불렀다. 아비드는 잠시만 자신의 말을 들어달라는 듯 손을 내보였다.

"하지만 나는 겁쟁이였다. 손을 내밀지 않는 너에게 손을 뻗지 못했고, 행여 너를 손에 쥔다고 해도 극심할 반대와 싸울 용기가 없었다. 나는 국가였고, 국가는 나였기에 사사로이 나만의 감정을 앞세울 수도 없었다. 게다가 너는 너무나도 높이 있었다."

"무슨 말씀을 하십니까. 전하보다 높은 이는 존재하지 않습니다."

아비드는 진심이 분명한 에이엔스의 반박에도 쓸쓸하게 웃을 따름이었다.

"너는 하늘이 내린 여인이다. 그리고 하늘이 내린 후에도 너무나 사랑하여 돌보지 않을 수 없었던 하늘의 연인이기에, 도저히…… 인간으로서는 닿을 수 없는 존재지."

"저는…… 얄팍한 인간일 뿐입니다."

사랑이란 것조차 깊이 하지 못하는. 사랑이란 걸 할 자격도 없는……

그 남자도 자신처럼 뇌까지 얼음인 듯한 여자보다는 좀 더 곱고 향긋한 여인과 함께하는 편이 좋을 것이다.

그 생각에 가슴이 지끈거리는 이유는 단지 아직 '칼'을 온전히 떨치지 못했기 때문이리라. 하지만 이토록 얄팍한 자신이라면 금방 잊을 수 있으리라.

아비드는 그 말에는 대답없이 서서히, 너무나도 푸르러서 눈이 시린 창공을 올려다보았다.

"매가 하늘을 나는구나."

아비드가 올려다보고 있는 하늘에는 새하얗게 부스러지는 태양을 얹은 검은 그림자가 날아가고 있었다. 언제 어딜 가나 에이엔스를 따르는 맹금, 카이드였다. 하지만 아비드가 말하는 매는 카이드를 뜻함에도, 카이드를 뜻하는 게 아니기도 했다.

"겨우 나는 법을 배웠으니 훨훨 날거라. 다시는 사사로운 욕심에 취한 인간들이 만든 새장에 갇히지 마라."

아비드는 다시 시선을 내렸다. 빛을 보고 있었던 탓인지, 시야에 비치는 에이엔스가 마치 하얗게 발현하는 듯했다.

"하지만…… 정말 네가 후일 이곳에 돌아오길 바란다면, 힘을 키우고 키워서, 언젠가는 꼭 돌아올 수 있게 해주마."

물기에 젖은 아비드의 목소리가 희미하게 떨렸다.

"그 시간이 도무지 기다릴 수 없을 만큼 길어서 네가 하늘의 부름을 거절할 수 없게 된다면, 너의 아이라도…… 너의 아이가 안 된다면 너의 후손이라도, 그 후손의 후손이라도…… 너의 피를 꼭 이 땅에 다시 불러오겠다. 그리고 그때는 꼭…… 이곳을 고향으로 행복하게 살게 해주겠다."

에이엔스는 깊숙이 허리를 숙였다. 그 말만으로도 충분하다는 듯.

"언제나 무사 평안하시길 바랍니다. 이국에서도 아멜리타의 안녕을 기원하겠습니다."

잠깐 바람이 머물렀다. 짧게 흔들리는 그녀의 찬란한 은발에, 새하얀 셔츠에, 맑은 목소리에. 장대하게 흩날리는 깃발이 푸르른 하늘에 검은 수를 놓고, 하늘에서 떨어져 내리듯 하강해 온 독수리 한 마리가 마차 위에 내려앉아 행렬의 선두를 지휘하듯 날개를 펄럭였다. 잠시 모든 시간이 멈춘 것만 같았다. 하지만 시간은 더 이상 그들이 함께함을 허락하지 않았다.

"출발하겠습니다. 마차에 올라주십시오."

에이엔스는 떨어지지 않는 걸음을 억지로 뗄 수밖에 없었다. 그리고 군인이 안내해 주는 마차로 다가갔는데, 그가 문을 열어 준 순간 움찔하고 말았다. 행렬 중에 가장 크고 웅장한 마차이기에 혹시나 싶었는데, 아니나 다를까, 안에는 칼이 앉아 있었다. 그것도 위압감이 느껴질 만큼 검은 대공 복장을 한 채.

"전⋯⋯."

문을 잡고 있는 군인을 돌아보며 감히 전하와 같은 마차에 탈 수 없다고 하려는 순간이었다.

"타라, 계속 이 상태로 있고 싶지 않으면."

마차 안에서 흘러나온, 오늘따라 유독 울림이 깊은 목소리에 에이엔스는 입 안으로 한숨을 삼키고 어쩔 수 없이 마차에 올랐다. 그래도 그와 최대한 떨어진 맞은편 자리에 살짝 앉았다. 그리고 한순간이라도 더 아멜리타의 정경을 눈에 담기 위해 바깥을 보는데, 아까까지만 해도 보이지 않았던 인물이 눈에 들어왔다. 한쪽 팔에 붕대를 감고 지지대를 받쳐 목에 맨 천으로 고정하고 있는 인물은 저 멀리에 서 있었다. 인수인계 때문에 삼 일 내내 얼굴을 마주하긴 했지만, 사적인 이야기는 단 한 번도 나누지 않았던 듀스였다.

아비드를 위시한 기사들에 섞여 있지 않고 혼자 동떨어져 서 있는 듀스는 하염없이 이쪽을 바라보고 있었다. 천천히 마차의 문이 닫히기 시작했다. 그 사이로 듀스는 느린 그림처럼 고개를 숙였다. 그의 청발이 바람에 나부끼며 들리지 않는 말 대신 인사를 전했다.

이내 타앙, 소리를 내며 마차의 문이 닫혔다. 바깥에서 '출발—!' 이라고 외치는 우렁찬 고함이 들리고 곧 덜컹, 하고 마차가 한 번 흔들렸다. 그리고 조금씩 진동하며 앞으로 나아가기 시작했다.

에이엔스는 멈칫했다. 마차에서 내리려는 찰나, 칼이 에스코트해 주려는 듯 손을 내밀었기 때문이다.

"괜……."

"대공의 손을 민망하게 할 셈인가?"

"전하, 전 드레스를 입고 있지도, 부러질 것처럼 연약한 발목을 가지고 있지도 않습니다."

"그거야 잘 알지. 뭐, 발목에는 동의할 수 없지만. 어쨌든 최소한의 호의라고 생각하고 받아들여."

칼은 그렇게 말하며 일방적으로 에이엔스의 손을 끌어당겼다. 그러자 에이엔스는 강한 힘에 당겨져 어쩔 수 없이 바닥에 발을 디뎠다.

"이곳인가."

칼은 에이엔스의 손을 놓아주지 않은 채 주변을 돌아보았다. 에이엔스도 오랜만에 찾아온 장소의 정경을 눈에 담았다.

이카란이 잠든 이곳은 여전히 양수처럼 부드러운 물 내음과 아련한 바닷바람에 가득 차 있었다. 옥빛 바다와 물빛 하늘, 초록빛 산야가 화폭에 그려놓은 것처럼 따스하고 온화한 곳이었다.

타국에 잠든 그녀를 고향으로 데려가기 위해 찾아왔다.

"아름다운 곳이로군."

"전하, 송구합니다만 손을……."

불편함이 가득 담긴 에이엔스의 목소리가 들려왔을 때에야 칼은 언덕에서 시선을 돌렸다. 그리고 큰 손 안에 폭 감싸인 손을 움지럭거리고 있는 에이엔스를 바라보았다.

"뭐."

칼은 무슨 뜻인지 알 수 없는 미온적인 소리를 흘리더니 겨우 손을 놓아주었다.

"그럼 가볼까."

그리고 칼은 먼저 앞장서서 걸어가 버렸다. 뒤에 남은 에이엔스는 아직도 온기가 남아 있는 듯한 손을 무의식중에 매만졌다.

쿠구구구궁.

묵직하게 입구를 가로막고 있던 돌문이 무거운 소리를 퍼뜨리며 옆으로 밀려났다. 어둠이 내리 깔려 있는 안에서는 습하고 퀴퀴한 냄새가 풍겼고, 자욱한 먼지가 콧속과 목구멍을 간질였다.

횃불을 들고 있던 남자는 뒤에 서 있는 이들을 돌아보고 꾸벅 고개 숙였다.

"잠시만 기다려 주십시오."

악어 껍질 같은 얼굴에 듬성듬성 짓무른 흉터가 나 있는 묘지기는 제법 예의 바르게 말하고 안으로 들어갔다. 하지만 수많은 사람 중 아무도 그를 뒤따르는 자는 없었다. 가장 선두에 서 있는 칼과 에이엔스도 입구 앞에서 기다릴 뿐이었다.

"여기 있습니다."

한참 후에 묘지기가 주섬주섬 밖으로 나오더니 검은 상자 하나를 내밀었다. 상자는 표면의 검은색이 회색으로 보일 정도로 먼지가 쌓여 있었고, 입구가 굳게 밀봉되어 있었다.

'어머니……'

고작 이 작은 상자가 그녀의 어머니였다.

사실 에이엔스는 혼자 이카란의 유골을 가져오려고 했지만, 대공이 '함께 간다' 라고 엄포를 놓은 탓에 떠나는 길에야 들르게 된 것이었다.

먼저 상자를 받아 든 인물도 에이엔스가 아닌 칼이었다. 대공이 손수 먼지 가득한 상자를 받아 드는 걸 본 하인이 얼른 나서려고 했지만, 하염없이 상자를 내려다보는 칼의 눈빛이 결코 그것을 허가하지 않았다.

칼은 먼지 때문에 깨끗한 손이 새까맣게 변했는데도 개의치 않고 유골함의 윗부분에 쌓인 먼지를 조심히 쓸어냈다.

"이카란."

칼은 가만히 중얼거렸다.

"이제야…… 다시 그대를 만나는군."

에이엔스는 입술을 꾹 다물었다. 바람이 쉬었다 가는 그의 저음이 사뭇 애잔해서, 잔잔한 가슴이 파문을 퍼뜨렸다.

"이카란, 돌아가자."

칼은 몇 번이고 유골 함을 쓰다듬었다.

"그대의 연인이 옆자리를 비워놓고 그대가 돌아오기만을, 다시 재회하기만을 기다리고 있다. 이제야 그대를 고향으로 돌려보내 줄 수 있게 된 나를 용서해라."

칼은 시간의 흐름이 느려진 양 서서히 푸르른 하늘을 올려다보았다. 하늘은, 파랬다. 머나먼 대해를 건너, 얼어붙은 유구한 겨울의 땅을 지나 단 한 명의 생명을 살리고자 했던 이카란의 푸른 눈동자가 품었던 고요한 미소처럼.

"아주…… 긴 여행이 되었겠구나."

바람이 불어왔다. 봄을 품은 듯 뭉근한 바람이 잠시 강하게 불어와, 여인의 은발과 사내의 흑발을 휘날리고 초록빛 산야를 내달리며 옥빛 바다를 건너갔다. 그 바람에 이미 과거의 유수(流水) 속으로 모습을 감춘 꼬마의 목소리와 아름다운 여인의 목소리가 묻어왔다.

〈어머니, 바다 건너에는 뭐가 있어요?〉

〈낙원. 낙원이 있단다.〉

〈낙원이요?〉

〈그래. 변치 않는 낙원이 있지. 그곳에도 슬픔이나 고통, 아픔이나 절망, 미움이나 분노, 그런 것이 없지는 않지만…… 사랑하는 이들이 사는, 낙원이란다.〉

"잡아."

에이엔스는 또 한 번 눈앞에 내밀어진 손을 복잡한 심경이 담긴 눈으로 바라보았다. 웅장하게 솟아오른 돛대를 등진 칼은 배의 난간으로 가는 발판 위에 서서 또 손을 내밀고 있었다. 에이엔스는 알게 모르게 한숨을 한 번 내쉬고는 군말없이 그 손을 잡았다. 작은 보답이었다. 잊지 않고 이카란을 함께 고향으로 데려가 주는 것에 대한.

에이엔스가 순순히 손을 잡자 칼은 퍽이나 의외라는 눈치였지만, 빙그레 웃으며 에이엔스를 먼저 배에 태워주었다. 그리고 그역시 발판에서 내려 배의 갑판에 올랐다. 그러자 항구에서 대열을 갖추고 있던 군인들도 슬슬 배에 오르기 시작하고, 인파로 복작복작했던 항구는 해군들과 수도에서부터 배웅 온 기사들을 제외하고 한산해졌다.

「닻을 올리고 돛을 펼쳐라!」

돛이 펄럭! 장렬하게 펼쳐지고 육중한 본체가 움직이기 시작하자, 항구가 멀어져 갔다. 에이엔스는 난간에 선 채 멍하니 항구를 바라보았다.

이제 정말 끝인 건가…….

"일동!"

그 순간이었다. 항구가 쩌렁쩌렁 울릴 정도로 우렁찬 목소리가 울려 퍼졌다. 그러자 쭉 늘어서 있는 해군들과 그 선두에 서 있는 약 스무 명의 기사들이 지휘자의 외침을 따라 갑자기 척 정자세를 취했다.

"아이힌 단장님께 경례!"

그것은 예술에 가까웠다. 거의 백 명에 가까운 남자들이 하나같이 같은 옷을 갖춰 입고 단 한 치의 오차도 없이 동시에 경례해 보인 것은. 그야말로 들리지 않는 처억! 소리가 항구 가득히 울려 퍼질 것 같았다.

"아이힌 단장님의 앞길에 가호가 함께하기를 바랍니다!"

또박또박하고 씩씩한 목소리들이 이구동성으로 항구가 떠나가라 외쳤다. 에이엔스는 드물게도 완전히 망연자실해져서, 배가 보이지 않게 될 때까지 경례하고 있을 듯한 남자들을 쳐다보았다. 그때, 문득 강렬하게 내리꽂히는 햇빛이 잦아드는가 싶더니 무언가가 눈가를 가려왔다.

"눈 감아."

온기가 느껴질 정도로 등 뒤에 가까이 서 있는 인물은 역시 다름 아닌 칼이었고, 눈을 가린 건 그의 손이었다.

"천공진을 그려봐."

"무슨 말씀이십니까?"

"일단 해봐. 하지만 공격을 한다고 생각하지 말고, 바람을 불러온다고 생각해. 바람에는 여러 가지 종류가 있지. 태풍, 강풍, 미풍, 약풍…… 질풍이나 해풍, 산풍이나 화풍까지도. 그중 질풍과 산들바람에 힘을 빌린다고 생각해."

그것은 일종의 주문 같은 것이었을까. 이미 희미하게 불어오고 있는 바람에 가만히 섞여드는 저음이 묘한 믿음을 주었다. 에이엔스는 칼의 손에 가려진 눈을 감고, 어두워진 시야에 힘을 발현할 때처럼 천공진을 그렸다. 가장 먼저 푸르게 그려지는 원형.

"수면이 된 것처럼 잔잔하게, 그 어떤 자연에 위배되지도 않고 자연스럽게."

에이엔스는 보지 못하겠지만, 칼은 바다 위에 그려진 그림처럼 배를 중심으로 수면에 그려진 푸른색의 거대한 천공진을 내려다보며 속삭였다. 그의 옷자락과 머리카락은 어느새 아까보다 강하게 불기 시작한 바람에 춤을 추듯 흩날렸다.

"바람을 손에 쥔다고 생각해 봐."

"바람은 잡을 수 있는 존재가 아닙니다."

"하지만 천공은 잡을 수 있지. 그저 할 수 있다고 믿어."

바람을 잡는다……. 할 수 있다…….

"그리고 신호를 주면 손에 잡힌 바람을 놓아라."

어느덧 에이엔스는 자신도 깨닫지 못한 새에 아래쪽에서 손을 맞잡고 있었다. 바람을 잡았다.

그때, 칼이 수면에 그려진 천공진에서 시선을 떼지 않은 채 한 손을 들어 올렸다. 그러자 그 손짓 하나로부터 내려온 명령이 사람에 사람을 타고 퍼져 나가, 난간에 서 있는 군인들이 손에 들고 있는 것을 바다 쪽으로 쏟아내었다. 두 군인이 양끝에 서서 잡고 있던 커다란 천 속에 담긴 물건들이 소리도 없이 화악 쏟아져 내렸다. 칼과 에이엔스가 타고 있는 중앙선에서뿐만 아니라, 세—이든의 모든 배에서 똑같은 움직임이 일었다.

"놓아라."

에이엔스는 맞잡고 있던 손을 탁 열었다. 그 순간, 강한 바람이 불어닥쳤다. 그리고 바다 위를 내달리듯 질주해 온 바람이 갑작스레 위로 맹렬히 치솟아올랐다. 동시에 하늘 저 높은 곳까지 퍼져 올랐다. 눈꽃송이처럼 새하얀 꽃잎들이.

"눈을 떠봐."

칼의 손이 서서히 눈가에서 떠나갔다. 에이엔스는 조용히 눈꺼풀을 밀어 올렸다. 새하얗게 부서지는 햇빛, 푸른 물비늘이 춤추는 바다…….

꽃의 비.

에이엔스의 사기색 눈동자에 놀라움이 어렸다. 하늘에서 꽃비가 내리고 있었다.

새하얀 꽃잎들이 마치 춤을 추는 것 같았다. 순백의 원피스를 입은 소녀가 하얀 옷자락을 나부끼며 발랄한 춤을 추듯, 무희가 새하얀 능사를 흔들며 정적인 춤을 추듯, 꽃비는 그렇게 흐드러지게 내렸다.

에이엔스는 갑판 위고, 바다 위고, 항구 위고 할 것 없이 어디에나 흐트러져 내리는 꽃비 속에서 천천히 뒤를 돌아보았다. 조용히 웃고 있는 칼이 보이고, 그 뒤로 커다란 천을 쥔 채 홀린 듯이 꽃비를 바라보고 있는 군인들이 보였다. 배에 탈 때부터 한쪽 구석에 천에 감싸인 무언가가 수북이 쌓여 있다 싶었더니, 꽃잎을 담고 있었던 모양이다.

멀거니 펼쳐져 있는 손바닥 위로 보드라운 꽃잎이 하나둘 떨어져 내렸다. 그리고 손바닥 위에 앉아 어린 새처럼 퍼져 내렸다. 순간, 에이엔스는 왈칵 꽃잎을 바르쥐고 치미는 감정을 참을 수 없는 듯 그 양손을 입가에 대었다. 질끈 감은 눈꺼풀 사이로는 희미한 물기가 비쳤다.

사람이란 왜 이다지도 어리석을까. 잃게 되어서야 그 소중함과, 마음을 주지 않았다고 해서 받지도 않았던 것이 아님을 알게 되다니.

외톨이라고 생각했다. 아무도 자신을 이해해 주지 않을 거라고, 아무도 자신과 같을 수는 없다고, 그렇게 먼저 장막을 쳐놓았던 것은 자신이었다. 지레 겁을 먹고 단단한 갑주 속에 숨어 있었던 것도 자신이었다. 하지만 그들은 존경을 주었고, 추억을 주었다. 속뜻은 어쨌거나 너 자체는 싫어하지 않았다고 말해준 유윌도, 한심한 인간들이라고 멸시했지만 단장으로 인정해 주었던 던웨이와 캘런도, 일시적인 관계라고 생각했지만 당신은 분명 좋은 주인이었다고 고백해 준 하인도, 끝까지 왕으로 대했지만 너의 후손이라도 되찾아오겠다고 맹세해 준 아비드도, 끝까지 다정한 말 한마디 건네주지 않았건만 언제나 당연한 듯 자신의 곁을 지켜준 듀스도, 그 모두가.

에이엔스는 한참이나 그렇게 서 있다가, 손에 쥔 꽃잎을 바다 위로 떨어뜨리며 항구를 보았다. 해군들과 기사들도 황홀할 만큼 아름다운 꽃비의 향연에 웅성거리며 하늘을 올려다보고 있었다. 배가 항해해 갈수록 그 모습이 멀어져 갔다.

"안녕히, 아멜리타여……."

물기에 흐릿해진 시야로 보이는 그녀의 모국은, 완전히 보이지 않을 때까지도 아련하게 떨어져 내리는 설백 빛 화우(花雨)에 감싸인 채였다.

『천공의 연』 2권에 계속…